百年中国通俗文学价值评估

社会学卷

汤哲声 总主编

范伯群 张蕾 黄诚 著

"十三五"国家重点出版物出版规划项目

国家社科基金重大项目"百年中国通俗文学价值评估、阅读调查及资料库建设"（项目号：13&ZD120）最终成果

国家出版基金项目
NATIONAL PUBLICATION FOUNDATION

江苏凤凰教育出版社
Phoenix Education Publishing, Ltd

图书在版编目(CIP)数据

百年中国通俗文学价值评估.社会学卷/汤哲声总主编.—南京:江苏凤凰教育出版社,2021.8
ISBN 978-7-5499-9530-1

Ⅰ.①百… Ⅱ.①汤… Ⅲ.①中国文学-通俗文学-现代文学-文学研究②中国文学-通俗文学-当代文学-文学研究 Ⅳ.①I206.6

中国版本图书馆CIP数据核字(2021)第170818号

书　　名	百年中国通俗文学价值评估·社会学卷
总 主 编	汤哲声
作　　者	范伯群　张　蕾　黄　诚
策划编辑	章俊弟
责任编辑	周敬芝　王　岚
装帧设计	夏晓烨
监　　制	杨赤民
出版发行	江苏凤凰教育出版社(南京市湖南路1号A楼　邮编210009)
苏教网址	http://www.1088.com.cn
照　　排	南京理工出版信息技术有限公司
印　　刷	南京爱德印刷有限公司
厂　　址	南京市江宁区东善桥秣周中路99号
开　　本	787毫米×1092毫米　1/16
印　　张	21.25
版　　次	2021年8月第1版
印　　次	2021年8月第1次印刷
书　　号	ISBN 978-7-5499-9530-1
定　　价	128.00元
网店地址	http://jsfhjycbs.tmall.com
公 众 号	江苏凤凰教育出版社(微信号:jsfhjyfw)
邮购电话	025-85406265,025-85400774,短信02585420909
盗版举报	025-83658579

苏教版图书若有印装错误可向承印厂调换
提供盗版线索者给予重奖

目 录

上 编

第一章　鸦片战争：国门被砸与烟毒弥漫 …………………………… 3
第二章　通俗作家笔下的辛亥"武昌首义" …………………………… 22
第三章　通俗作家声讨袁氏称帝和张勋复辟两股逆流 ……………… 40
第四章　通俗作家谴责军阀混战的罪行
　　　　——以《政海》《甲子絮谭》为中心 ……………………… 68
第五章　通俗作家为五四青年爱国运动鼓与呼
　　　　——以周瘦鹃的作品为例并兼及其他文坛现象 ………… 87
第六章　报人杂感：引领平头百姓的舆论导向
　　　　——以《新闻报》严独鹤和《申报》周瘦鹃的杂感为中心 ……… 104
第七章　从通俗文学看民族凝聚力的蓄积 ………………………… 125
第八章　通俗作家的抗战小说
　　　　——以张恨水为中心 ………………………………………… 142
第九章　张恨水的《八十一梦》与《五子登科》 ………………… 165
第十章　通俗作家的"强国梦"为何难圆？ ………………………… 187

下 编

第一章　论谴责小说的历史价值与现实意义 ……………………… 213
第二章　侦探小说吹来一缕"科学"与"人权"清风 …………… 230
第三章　都市乡土小说对中国现代文学的重大贡献 ……………… 253

第四章　通俗文学的现代化与现代文化市场的初建 …………… 268

第五章　中外交流：一支被忽视的翻译方面军 ………………… 285

第六章　从通俗小说看转型期知识分子的面影
　　　　——论姚鹓雏笔下的知识分子形象 ………………… 296

第七章　历史学家对"鸳鸯蝴蝶派"的评价
　　　　——以研究"上海学"的史家论述为中心 …………… 309

第八章　请为他们戴上"市民大众文学"的桂冠 ……………… 327

后记 ……………………………………………………………… 330

上 编

第一章　鸦片战争：国门被砸与烟毒弥漫

范伯群

第一节　通俗作家笔下的"国难小说"

鸦片从一种能治病的灵验的"洋药"，到成为中国举国痛剿的毒品，是源于鸦片战争中国门被英帝国主义所砸。英帝国主义砸中国国门表面上是为了"通商"，但它当年最主要的"商品"就是鸦片，致使烟毒弥漫中国全境，使中国陷入"财尽民废"的颓势，实际上为后来各帝国主义国家妄图瓜分中国预铺了道路，作为那时"日不落帝国"的世界头号强国，它想侵占的份额还会少吗？

这场战争事先并非没有预兆，但昏愦无能的清廷竟还关起门来做着"中国乃世界中心之天朝"的美梦。鸦片之役的深远影响也不是帝国主义一手可以操纵的，它使中国从古代社会跨进了近代社会的门槛，当清廷这只纸老虎千疮百孔时，当林则徐被流放后，使英军惧怕的倒是三元里和浙江某些乡间的义民，这预示着中国人民与帝国主义百年不屈抗争的序幕已经拉开。

这场战争在通俗小说中得到比较集中的反映是在1906—1909年间。毗陵（今常州）张春帆的《黑狱》（又名《黑暗地狱》，1906年点石斋总发行）、佛山吴趼人的《黑籍冤魂》（《月月小说》第四期，1906年12月出版）、元和（今属苏州市域内）观我斋主人的《罂粟花》（又名《通商原委》，光绪三十三年[1907年]自印本）、长洲（今属苏州市域内）彭养鸥的《黑籍冤魂》（与吴趼人的小说同名，吴氏的是短篇，彭氏的是长篇，1909年2月改良小说社出版）都涉及了这场"划分代际"的战争及其对中国人民的巨大危害。

当时，张春帆以长篇小说《九尾龟》而闻名。这是被鲁迅称为"嫖学教科书"①的作品,胡适也说它"只刚刚够得上'嫖学指南'的资格"②。该书读者虽然众多,成为风行一时的畅销书,但名誉实在是大高而不妙的,然而阿英对张春帆所写的《黑狱》评价极高:

  漱六山房张春帆所著小说,最为人称道者,为写清妓院生活之《九尾龟》。实则张氏所著之《黑狱》,其价值乃高过《九尾龟》十百倍,乃真可称,然绝不为人所知。《黑狱》系写鸦片战争前夜的小说。书凡二十四回……此书之写实性甚强,即书中的事实,足见官民间因鸦片所引起的种种纠纷之日趋严重,而必然引起大的"激变",此"激变",即清醒之官民,必有一日起而拒鸦片之再输入,而不惜种种牺牲以完成之。读此册后再阅其他鸦片战争小说,可知中英鸦片之战,其发生实有悠久之前因。③

  《黑狱》的第一回"一声檀板闲将身世话当年　万顷芙蓉从此神州开浩劫",用一位昔日的红妓因鸦片的毒害堕落成白发乞妇的一段莲花落作为开端,引出了广东烟毒弥漫下的种种惨烈图景。她手拍竹板口吟唱:"脸儿青,发儿枯,肩儿耸,背儿驼。正面儿,是酆都逃出孟婆婆,侧面儿,是道子难描变相图。呀!谁知我,围珠翠,拥绮罗,年少青春,也是个千人见万人爱,一颗明珠?"④这主要是一个外形的描摹,但接着写的是广东整个社会内里的烂空。上自两广总督贺图、广州知府黄太尊、南海知县史朴,再到吃得最"肥"的海关关督荣华、财主后代梁十五、医生曹鹤舫,下到花农胡阿三、屠户胡某,乃至不知其名的叫花子,都成为吸毒成瘾者。一旦官吏染上了毒瘾,就更为所欲为,草菅人命。百姓民穷财尽就铤而走险,于是盗贼蜂起。被抢被偷的苦主如若报案,官吏、师爷、捕快一道道关卡都要进行盘剥,于是广州当时有一首民谣:"强盗官,一般般,不报案,留一半。"意思是一旦报官,那么强盗抢剩下来的一半也会被官府给榨光。鸦片毒化了衙门上下,于是逼良为盗,强盗又杀官害民,如此循环往复,愈演愈烈,此为"激变"之根源,也就

---

① 鲁迅:《上海文艺之一瞥》,《鲁迅全集》第4卷,人民文学出版社1981年版,第292页。
② 胡适:《〈海上花列传〉序》,《胡适文存》第3卷,黄山书社1996年版,第367页。
③ 阿英:《国难小说丛话》,《小说三谈》,上海古籍出版社1979年版,第1页。
④ 范伯群:《挑开宫闱绘春色的画师——张恂子》,南京出版社1994年版,第127页。

必然有清醒的官民起而拒绝鸦片的输入,不惜一切代价去完成这一历史使命。小说的结尾写道:"林制台得了代表广东百姓的意见,禁烟的心越发坚定。便同将军抚提司道商量,要实行他的主意。不想招人嫉忌,诖误了功名,还几乎丧了性命,却因此开个亘古未有的局面,也是林制台初时万想不到的事。"①《黑狱》和《九尾龟》的第一、第二集都于1906年出版,张春帆另有小说《宦海》和《政海》,也称得上是有良知的作品,可见张春帆也是个既"忧国忧民",又不时沉湎于"花柳丛中"的"两面人"。

接着阿英在《国难小说丛话》中向我们介绍了《罂粟花》:

> 看过《黑狱》,可进而读《罂粟花》,一部正面写鸦片战争的中篇小说。出版于光绪三十三年(1907年),元和观我斋主人著,别题《通商原委》……作者所取立场,完全站在林则徐一面,故对朝廷奸佞,屈辱求和之辈,抨击甚为激烈,文字亦甚简洁。惜文学气分(今作"氛"——编者注)较单薄。②

元和在清代属苏州府,可见作者是苏州人,但生平不详,也没有查到他是否发表过其他作品。全文只有两万七千多字,却分成了二十五回。小说内容的真实性几乎无可挑剔,人物也大多是真名实姓,不愧是一篇记录鸦片战争的忠实报告,但它不是"报告文学",因为它缺乏文学性。阿英从政治角度对它的评价尚可,但也不得不指出它"文学气氛单薄"。在小说中,战事由广东写起,英军无隙可乘后再图浙江、江苏,以致破镇江,直逼金陵。它详写广东、浙东和镇江战役,略写福建厦门、乍浦吴淞的战事,对鸦片战争作了鸟瞰式的报道。小说虽然说是正面反映战争过程,但当时的作家只对古代的"冷兵器"战争有所参照与了解,对现代化的、使用洋枪洋炮的战争现场还缺乏展示的能力。《罂粟花》的重点是对朝廷臣僚的忠奸与战时的勇毅与无能一一作了评点。通俗小说的强项之一应是特别注重细节描写,精彩的细节往往令人终生难忘,简直可以铸成百姓的"民间口碑"。这篇小说的"文学气氛"所缺的就是这一重要因素。它有时也想涉及细节,但细节不真实,反成

---

① 范伯群:《挑开宫闱绘春色的画师——张恂子》,南京出版社1994年版,第172页。
② 阿英:《国难小说丛话》,《小说三谈》,上海古籍出版社1979年版,第2页。

了"笑柄"。例如,当时英国议会里曾激辩过是否要对清廷采取军事行动。有良知的议员也认为鸦片是毒品,在国外销售是不道德的恶行,也有议员考虑到军事行动是否有绝对的"胜算",因为当时清廷的纸老虎形象还未被戳穿。后来在议会中以二百七十一票对二百六十二票的微弱多数通过,决定采取军事行动。在《罂粟花》第七回"英女主拈阄决战 林制台募勇筹防"中却写道:"那英国京城里,向有一座庙,名叫罗占士庙,香火极灵,英国人男男女女都尊信的。因此女王令大家一齐到神庙内,做了几十个纸阄,分写了和字战字,当场第一个摸着是个战字,接连第二、第三两个都是战字,因此大家定计决战。"①这大概是不懂英国议会制的中国专制国臣民的一个"民间传说",被观我斋主人写得有鼻子有眼似的,读了不禁令人哑然失笑。

吴趼人与彭养鸥的同名小说《黑籍冤魂》也是很著名的反映鸦片危害的小说,但阿英没有将它们放在他的《国难小说丛话》中加以评论,这是有一定道理的。彭养鸥的《黑籍冤魂》虽然也涉及鸦片战争,但这两篇同名小说主要是写鸦片对中国官民的毒害,战争不是作者要落笔的主旨,因此阿英不予置评是很有分寸感的"放弃"。

第二节 《黑籍冤魂》历史的纵深感与控诉力

吴趼人《黑籍冤魂》的正文写在暗夜中一个垂死的"鸦片鬼"送了他一个纸卷,他回去一看,原来是这个抽鸦片成大瘾的人的自述,他家破人亡全是鸦片的危害所造成的,但鸦片瘾已使他无法自拔,他只能留下一卷类似自传的"堕落史",诉说鸦片之害,在行将成为"路倒尸"之前,作一番"现身说法",在忏悔中希望人们不至于蹈他的"覆辙"。就这篇自述来看,他倒算是一个"黑籍"中的"冤魂"。吴趼人在短篇小说的开端,写了一个"神道设教"的"引子",说鸦片是神道为了报复中国人没有向菩萨兑现所许下的"愿心",就托梦给印度的一个和尚,叫他种植罂粟花,以后传播开去。印度人就制成鸦片,贩到中国来,"于是乎把一个偌大中国,闹得民穷财尽",原来是神道要中国人还那笔"许愿"的"巨款"。如果将这个"引子"斫掉,或许能算是一篇控诉鸦片危害的较好的作品。

---

① 林鲤主编:《中国历代珍稀小说4》,九洲图书出版社1998年版,第830页。

彭养鸥的《黑籍冤魂》可说是描写鸦片种种危害的最为成功的长篇小说。作者生平不详,我们只知他也是清代的苏州人,和《罂粟花》的作者观我斋主人是同乡,因为他写小说时具名"长洲彭养鸥"。在清代,元和县与长洲县,还有吴县,皆属苏州府治下。至今我们也查不到彭养鸥是否还写过其他作品,但就这部二十四回的长篇小说看来,他的故事非常集中,也尽量想在作品中塑造人物形象,层层深入地细诉鸦片的毒害。若问为什么苏州人会连续写出《罂粟花》和《黑籍冤魂》这样的反映鸦片战争和鸦片危害的小说来,由于我们不知二位作者的背景资料,无法详解。可是在费正清主编的《剑桥中国晚清史》中提及,"外事专家包世臣曾宣称,苏州有十万名瘾君子"。①原来在上海未开埠之前,"当时,长江中下游有两大鸦片集散地:一是苏州,二是汉口"。地处江南的苏州内河网络纵横,可"由苏州分销全省,及邻境之安徽、山东、浙江等处地方"。②看来,苏州的精英人士们对鸦片这一恶性膨胀的毒瘤是切齿痛恨的。我们只能以此作为答案,当然这仅是一种推断。不过在彭氏的小说封面上,刻有"醒世小说"四字,说明作者以为写这类小说是醒世的当务之急,也算是为这个推断作个佐证。

彭养鸥的《黑籍冤魂》颇有历史纵深感,他集中写了一个吴姓"鸦片世家"五代人的所作所为。小说从道光年代写起,直延伸到光绪后期,描写了吴氏五代人的更替,小说的跨度竟达半个多世纪。吴氏是鸦片世家,他们一代接着一代用鸦片作为罪恶的工具,毒害中国人,但此作品也昭示,鸦片在害人的同时也必然会害己,以至于造成吴氏世家一代一代的自我毁灭。小说第一回就写出了鸦片起始作为洋药乃至发展到成为戕害人民的毒品,吴氏世家当是"罪魁祸首":

> ……这鸦片烟有一种功效,异常灵验,人若作事过劳,精神疲倦,吃了两口烟,顿时精神朗畅,骨节通灵。又如风寒小疾,头痛身热,吃了几口烟,自然神清气爽,百病消除,所以叫做洋药……但这种鸦片的功效,却也稀奇,只有不吃烟的人,偶然呼上一口,才有些灵验;若是吃上了

---

① [美]费正清编:《剑桥中国晚清史·上卷》,中国社会科学出版社1993年版,第193—194页。
② 熊月之主编,陈正书著:《上海通史·第4卷·晚清经济》,上海人民出版社1999年版,第113—114页。

瘾,那就无用了……烟瘾越吃越大,烟毒越受越深,一个人被鸦片束缚住了,任你是拔山举鼎的英雄,铜浇铁铸的罗汉,只要烟瘾一发,顿时骨软筋酥,连一些气力也没有。所以吃烟的,一个个扛肩缩膀,面黄肌瘦,三分不像个人,七分倒像个鬼,把锦绣似的山河,都被这烟气熏得个天昏地黑,日暗无光,简直变成了一个烟鬼世界了!①

印度人会种烟,英国人会贩烟,但都不吃烟,且亦不许吃烟。他们是己所不欲,偏施于人。先是以洋药"身份"输入中国,而将洋药变成毒品,却是中国人的"发明"。小说以浓重的讽刺笔调,写出"这吃烟法子,实是我们中国人发明的,但发明这种法子,却也非易,简直与科学一般,其中也有新知识,新理想;而且父作子述,经过了几重阶级,方才发明得完全,能离那吃水烟吃旱烟的法子,独立成一种吃鸦片科学"②。这种"鸦片科学"就是靠吴氏鸦片世家不怕牺牲,前仆后继,才使其成功而且步上精细化的道路。第一代的始祖是吴廉,他为了嗜烟,已尝试将鸦片熬成了膏,用开水冲服。一次渴饮这种膏水过量,就等于吞服生鸦片过量而一命呜呼。他既是始作俑者的祖师爷,又兼任中国第一个"鸦片鬼"。他的儿子吴慕慈,觉得父亲是吃鸦片不得法而死。问题是怎样另辟蹊径,尝试出一种新方法来,将抽鸦片成为一种人生享受。这第二代人却是"刻苦钻研"的关键一代。鸦片烟膏是流质,他用吃水烟与旱烟的方法都碰了壁。他就不断改良尝试,先发明特制的烟枪与烟斗,接着才知需有加热用的烟灯,再辅以烟扦,但要躺下吸烟,又不弄脏床铺,就得有专用的烟盘。总之他几乎用毕生的聪明才智,配套成龙地不断完善与精细化,直到熬烟膏时怎么去烟渣,沥出来的渣叫做"笼头灰",这种烟灰的力量却比鸦片力道还足,如此等等,都成了他的一套独门绝技。于是他洋洋得意,到处宣扬与传授。这种初始令人羽化登仙、终身遗患无穷的"一榻横陈",传播之速,比瘟疫还快。正如小说中所描写的:

无奈这吃鸦片法子传染开去,极易极速,不到一年,却已风行海内。你看前后数十年,偌大个中国,弄得民穷财尽,国势寖衰,坐使黄种飘

---

① 吴宗蕙:《中国大众小说大系·近代卷》,北岳文艺出版社1994年版,第197—198页。
② 吴宗蕙:《中国大众小说大系·近代卷》,北岳文艺出版社1994年版,第201页。

流,白人猖獗。欧风美雨,日夕惊惶,赤县神州,演出弱肉强吞之惨剧。推原祸始,其酿成今日亚东之时局者,必以鸦片烟为下流之归;而罪魁祸首,多是吴慕慈一人造因布种。①

吴氏世家第一代虽嗜毒毕命,但这究竟是戕害自身。可是他却启发自己的儿子深感父亲的死惜乎不得其法。"我想这鸦片既名为烟,自然只好吸其烟,怎么好把这物质都吃下去?我父亲当时是误了。"于是他发奋继承父亲遗志,使父亲的阴魂不留遗憾,要开辟出一条"新路"来。这条路就是将吃生鸦片的"立即毕命",变为"温柔一刀"的"慢性自杀"。流毒之深广在"乾隆末年,吃烟的人已占全数四分之一,广东尤为兴盛"②。其连锁反应就是社会的极不安定,民穷财尽的必然后果是盗贼蜂起。嘉庆初年、道光初年两度不准鸦片进口,也严办私贩。"这时吴慕慈年已衰老,烟量吃得不可收拾,平时也是个私贩,得了这个消息,怕是逃走不了,捉去当官,受不起责罚,遂将生烟尽吸个饱,瞑目长逝,也做了个鸦片鬼,与他父亲一起往西方乐土去了。"③

但这个世家并非就此歇手。吴慕慈的儿子吴春霖见当时吸烟的人日益增多,禁烟入口后,反使烟价大涨,如果能在此时,不像乃父一样,仅是私贩,如能广辟渠道,一定可得厚利,大可发他一笔洋财,借此成家立业。他比乃父更进一步的是与外商贸易悉在离埠较远的大洋荒岛上进行,中国法令难以企及,然后买通"快蟹艇"运载。在关胥盘查时,重重贿赂,胥役见钱眼开,哪有不肯舞弊的?因此,表面上盘查得十分严密,但吴春霖开辟出一条万无一失的"畅通渠道",鸦片旺销如故。洋商犹如蚂蟥附膛,内奸好似苍蝇逐臭,吴春霖就成了垄断贩烟的托拉斯,"不上数年,积得家资数十万,自以为子孙万世之业"④。

小说写到吴氏世家的第三代,林则徐钦差就出场了,其时是道光十八年(1838年)。小说称林则徐是我们中国的一个大政治家,他1839年到了广东,就下定决心要禁绝鸦片。吴春霖以为在林则徐身上多用些银子,万事可以大吉。谁知林则徐铁面无私,他见势头不对,打算躲到洋船上去,暂避锋

---

① 吴宗蕙:《中国大众小说大系·近代卷》,北岳文艺出版社1994年版,第205页。
②③ 吴宗蕙:《中国大众小说大系·近代卷》,北岳文艺出版社1994年版,第208页。
④ 吴宗蕙:《中国大众小说大系·近代卷》,北岳文艺出版社1994年版,第209页。

芒,哪知林则徐以迅雷不及掩耳之势,趁他还未动身就将他捉拿归案。对他判决时,林则徐说道:"贩烟之罪,重于吃烟。贩烟之人,勾引洋商,流毒内地,显违国法,隐祸生灵,非枭市不足以警众。吴春霖于三日后即行正法,并密查他的私贩羽党,拿到时一体治罪,不得漏网!"①吴春霖在狱中三天没有烟抽,行刑前已是奄奄待毙,让他成为刀下之鬼已是便宜了他。他的财产虽被家人悉数私藏到洋船上去,但林则徐不仅令包匿吴春霖财产的洋商颠义尽行交出,而且将所有洋商的二万二千余箱鸦片收缴到虎门,然后一起销毁,那就是大快人心的"虎门销烟"了。

第三代正法后,吴氏第四代吴瑞庵在鸦片战争之后,又东山再起。当清廷割地赔款,五口通商后,"这鸦片就变成了正项税则,吃的贩的,都是冠冕堂皇,不干例禁了"②。原本如丧家之犬的吴瑞庵在外国人手下做个"沙文","沙文"也就是外国人的奴才。他凭着小时学过几年洋文,将外国人趋奉得十二分周到。洋人就出来为他说项,说他父亲为贩烟而正法,要算为鸦片而殉难,他的儿子应该获贩鸦片的专利,作为"正当报酬"。于是,他在广东城里开设土栈,他做了一个贩鸦片的总管,发财立而可待,但是乡里都晓得他的家史,他发的是不义之财,而一般受他盘剥的鸦片贩子,更是妒忌他。作为暴发户的他自感应该吸取父亲的教训,见好就另改行业:

> 左思右想,却想不出一个名利双收的生意来。三百六十行生意,有钱皆可做得,但要教人家钦敬,却只有读书行医两种行业……后来这吴瑞庵却想出一注生意来,这注生意,只要有钱,人人皆可做得,不要学习,不妨半路上出家,不但可以名利两全,并且是荣宗耀祖……你道是什么生意?就是做官一行……一自捐官之例一开,官场风气,遂大有变动。无论娼优隶卒,龟奴盗贼,一朝发迹,便可拿着几个臭铜钱,去捐一官半职,到官场中去鬼混……这班人终日终夜,躺在鸦片铺上逍遥作乐,哪里懂得什么民情利弊?又哪里讲得什么忠君爱国?……然而做官要是奸滑刁诈四字俱全,会逢迎得上司、垦剥得下民,便算个能员。③

---

① 吴宗蕙:《中国大众小说大系·近代卷》,北岳文艺出版社1994年版,第213页。
② 吴宗蕙:《中国大众小说大系·近代卷》,北岳文艺出版社1994年版,第217页。
③ 吴宗蕙:《中国大众小说大系·近代卷》,北岳文艺出版社1994年版,第218—219页。

写到这里真是对清廷的莫大讽刺。这讽刺也不能算是彭养鸥的独创,在晚清的小说中不乏此类描写。连官场中人自己也知道做官是最容易的事,在晚清有一个流传得很广的故事:李鸿章每问被保荐来的人,学过何种专业,如有专业经历的,他就将他派到相关的专业部门去,如果说,什么也没有学过,他就说:那就做官去!因此,在吴趼人的《二十年目睹之怪现状》第一百回的"回评"中就提到过此事:"曾闻诸人言,合肥李文忠恒詈人曰:'天下最易的是做官,连官也不会做,真是无用的东西了。'"①李伯元在《官场现形记》中也谈及,做官的利钱也最厚。跑官买官的人是花了大价钱买来的,他到任后的搜刮当然更是凶狠。因此,在李伯元的小说中两次提到做官的七字诀,"千里为官只为财"。吴瑞庵眼看祖宗三代都不得善终,于是他就另辟蹊径,以退为进了。他花了十万雪花银买了一个道台,很快就补了缺,做了浙江宁绍道台。

从第八回起一直到第二十四回,作者的写法就为之一变,主要通过许多细节说明烟民人数之多,烟毒危害之大。宁绍道台原是个海关肥缺,吴瑞庵会几句洋话,他媚外的奴才本性是长技,但做了一年官,他将买官的本钱收回后,觉得事务太忙,有碍于他抽烟,于是他自动请求到冷僻的温处道就任。他公事一概交给师爷,自己整天与烟榻为伴。这日有重要公事卷宗送到烟榻上,他竟因烟迷将公事卷宗掉在烟灯上烧毁了。闯祸后他就辞了官,回家享他的清福。他将烟室命名为"卧云居",挂上了"烟霞万古"的匾额,又由清客为他集古人诗句:"重帘不卷留香久,短笛无腔信口吹。"②每天醒来前,他就像个断了气的死尸,要有人为他喷烟,他闻到烟气,才会"起死回生"。他长年卧床,得了外症,背上生了恶疮,估计是"发背",就这样活活痛死了。他房中连老鼠也有了烟瘾,现今卧云居锁着,无人吸烟,老鼠就死了一地。这种死鼠丢在野地里,十里之内都能闻到那腐烂的恶臭,那年广东还因此发生了鼠疫。小说最后的十多回主要写吴氏鸦片世家的第五代,也即吴瑞庵的三子一女都因为鸦片的毒害而各个下场悲惨。有的后代生了孩子,婴儿无缘无故地大哭不止,后来向婴儿吹几口烟,他就会转哭为笑,名曰"胎里瘾"。总之,几个子孙的际遇,都各有他们的特色,但综观他们的人生末路,都与鸦

---

① 吴趼人:《二十年目睹之怪现状》,吴组缃等:《中国近代文学大系·小说集三》,上海书店出版社1994年版,第772页。

② 吴宗蕙:《中国大众小说大系·近代卷》,北岳文艺出版社1994年版,第225页。

片有关,于是烟毒的危害就令人不寒而栗,在作者看来,他们自小就与鸦片为伍,甚至在未出世之前,就染上了毒瘾,他们可说都是"黑籍冤魂"。通过描写吴氏鸦片世家的害人害己,也间接控诉了帝国主义用鸦片砸开中国的国门,大肆输入鸦片的险恶用心。

彭养鸥为了劝烟民同胞戒除鸦片,在小说的最后一回"滞魄幽魂现形惊异类 危言辣论改过望同胞"中竟然写地狱里对烟鬼特别严厉,"冥律不比阳律愤愤",在十八层地狱之外,还有更残酷的"阿皮地狱",专为烟鬼而设,对烟鬼阴曹决不宽待。作者用心可谓良苦,但在一篇优秀作品的结尾,用此种笔法表达他"醒世"的宏愿,未免有点"画蛇添足"了。

第三节　上海开埠成为鸦片进口、转口和最大消费城市

原本清廷指定广州是中国对外一口通商的城市,但在鸦片战争之后,条约上订定了"五口通商"。这样,上海就很快跃居为中国第一大商埠。上海的地理条件优于广州,中国当时主要的出口货物是丝和茶,它们的产地大多在上海周边,同时许多内陆的产物也可利用长江顺流而下,成本与售价大大低于一口通商时的广州。于是,广州各洋行的大班就纷纷来到上海,广潮帮的通事与买办也接踵而至,先是设立分行,后来连洋行的总部也搬迁到上海。上海在1843年开埠之后,从一个三等县跃居成为世界上都市化最快速的区域之一,而鸦片的销售中心也从广州迁移到了上海。据统计,1871年从上海输入的鸦片占全国输入总量的71%。

对于鸦片的毒害,清朝政府并不是不知,但是严重的财政困难使得它不得不饮鸩止渴。1858年(咸丰八年)为筹措剿灭太平军的经费,朝廷被迫与英美法三国公使额尔金签订《中英通商章程》,从此鸦片得以以洋药名义合法进口。作为回报,清朝政府则可从每箱入口鸦片上收取三十两税银。以后这个数字又增加到五十两、八十两。清廷这一政策变化在上海也得到了反映。1858年,上海道台吴煦为筹饷设立广潮义捐,得广潮商人助饷八十三万元,其中的大部分出自广潮土商。作为回报,广潮商人获得对上海烟土业的垄断权,以及上海对鸦片的弛禁。从此,贩土成为上海潮帮的主业,而上海作为中国最重要的鸦片输入口

岸的地位更加不可动摇。①

当然,上海所有进口的鸦片不会都在本地消费,但不争的事实是上海是世界最大的鸦片进口中心,最大的鸦片转销口岸,同时也是最大的消费城市。那时的上海成了世界上最邪恶的都市之一,素有"鸦片之都""东方花都""中国第一赌城"之称,烟、赌、娼三者都居全国之首。这样,在通俗小说中反映烟毒危害的小说内容,发生地也由广东转向了上海。

在诸多对鸦片危害性予以揭露与控诉的通俗小说中,以包天笑的长短篇小说最为著称。他发表这些有关烟毒危害的小说,是在民国时期,表面上看已不同于晚清,鸦片的销售已作为犯法的行业。他的长篇小说《上海春秋》(1925年上海大东书局出版)、《甲子絮谭》(1924年10月至1925年7月在《半月》杂志上连载)和短篇小说《金粉世家》(与张恨水的长篇小说同名,1942年《小说月报》第二十五至二十七期连载)②都很深刻地揭露了烟毒害国坑民的罪恶。他的笔下既有对鸦片贩运猖獗的愤懑,也有对烟毒弥漫全国的忧虑,但他更开辟了一个题材领域,那就是除鸦片战争之类的外战,鸦片还引发军阀内战。写鸦片与内战的关系,恐怕要算包天笑的小说最为生动了。

在《上海春秋》第十五、第十六回中,他通过鸦片贩子蔡子鹤之口对友人王桂庭说:"上海滩上吃这黑饭的少说点就有好几万人罢。有大做的,有小做的;有官做的,有私做的;有零做的,有整做的;有外国人做的,有中国人做的:各有门路,种种不同。所以近几年来吸鸦片烟的人越吸越多了。"③在这里所谓"吃黑饭"的人,是指各种贩运鸦片的人,这个"约数"是惊人的。王桂庭原是嫁妆专卖店的老板,这爿店是他丈人传给他的,他尽心经营,收入也还能过得去。蔡子鹤偷偷告诉他,他现在走的是"长江路",也就是通过长江到内地的轮船私贩鸦片,现在连在船上给旅客理理发、修修面的剃头师傅,也做这门子生意,变得阔了起来。王桂庭被他说得心动,他就与蔡子鹤勾搭

---

① 熊月之主编,罗苏文、宋钻友著:《上海通史·第9卷·民国社会》,上海人民出版社1999年版,第181页。
② 除《上海春秋》有多种单行本外,《金粉世家》与《甲子絮谭》均收入包天笑著、范伯群编选的小说集《一缕麻》,华夏出版社2008年版。
③ 包天笑:《上海春秋》,《上海滩与上海人丛书》第2辑,上海古籍出版社1999年版,第138页。

走上"吃黑饭"的路。第一票就加入三百元的股份,只过了十天,他就分到了五十多元的利润。从此一个正当的商人也就无心经营他的本行,觉得卖嫁妆只是二分铜的利润,实在没有多大兴趣了。不仅正当生意不做,有了鸦片的大收益,也就食饱思淫欲,一心想弄女人了。包天笑就以这一情节作为一团"酵母",在20世纪40年代出版的通俗刊物《小说月报》上又发表了《金粉世家》,塑造了一个靠贩吗啡起家终成上海女大亨的金太太的形象。她既然嫁给了金姓,又以贩卖白粉为业,小说故名《金粉世家》。

　　金太太原名史如春,是上海福州路上松春面馆老板的爱女。读过几年书,长成后就在面馆里帮父亲做账房与收银员,凭她的美貌,在收钱付钱时,颠倒了许多食客,说她是"肤似凝脂,手如柔荑"①。食客们还对她加了评语,说她"艳如桃李,冷若冰霜"②,但二十岁的年龄,也已到了摽梅之期。她在面馆落市之后,有时也和店里帅气能干的下面师傅金阿松到游戏场里走走,从此阿松就成了如春的情俘,交往既久,一次在酒后她竟委身于金阿松。事情总会有暴露的一日,他父亲知道后大为震怒,定要辞退阿松,好让女儿另行高攀。可那时他们不仅正在热恋,而且她还怀了孕。女儿就非嫁阿松不可,即使讨饭也要跟他,她父亲也不给她办嫁妆,只给了她五百元,叫他们以后不要上他的门。她为了争一口气,钱也不要,与阿松结了婚,租了一个亭子间,成了家,生下一个女儿。阿松虽然还是在另一家店里做下面师傅,但一月二十多元的工资,对娇生惯养的如春来说生活也就太清苦了。她看房东太太的丈夫倪先生是长江轮船上的三买办,就想请房东太太为阿松荐一个轮船上的茶房,收入可以高一点。可是房东太太与丈夫一商量,说是茶房是很难荐的,但女的倒是需要的,只要态度大方,活泼机智,卖相不推扳就行,就是有点危险性质,房东太太知道这是做"黑佬"生意。后来与如春一谈,说此事是犯法的,得冒着吃官司的危险,让她与阿松慎重商量一下。史如春回答得很干脆:"用不着商量,我自己决定,他也不能阻我。倘然真的弄到吃官司,也是我命该如此,不能怨人。实在我那种日子,过不下去了,既然倪先生有这条路子,我愿意拼着小身体去试一试了。"③于是秘密机关的头头对她进行了面试,结果看她性情爽快,仪态大方,敢于负责,几乎可得满

---

①② 中国现代文学馆编:《包天笑代表作》,华夏出版社1999年版,第22页。
③ 中国现代文学馆编:《包天笑代表作》,华夏出版社1999年版,第34页。

分。当即付她一百元治装费,服饰与行李是不能太寒碜的。

从此,史如春坐着官舱,今天姓陈,是道尹夫人,明天姓李,是师长太太,后天又是局长小姐,换着各种装束,改乘各种班次,带着吗啡白粉,在长江水道上奔波。一个月跑了三趟,就净分得三百多元。有了钱她就慢慢由搭伙头到做股东,不仅在长江道上,就在南洋、北洋,天津、广州,都有她的足迹,到处有她的熟人。她进而成为机关的指挥,坐镇一地,不必亲自出马了。这是一行"末等生意",却有"头等规矩",每次生意收入均预留公积金,每个"从业"者也有保险制度。出了问题,自有人代着去吃官司,再用贿赂,大事化小,小事化了,最多代坐几个月监牢,收入更是不菲。贩毒这一行几乎达到了"产业化"的程度。十年下来,金太太手中积下了数十万元,她就离开这一行,开始向别的行业投资,房地产、股票她都试水。

自从她大发之后,就叫金阿松辞掉下面师傅的职业,在家坐着吃闲饭。可金太太一月没有几天在家,年轻的阿松在性欲上打了饥荒,在嫖妓时得了隔阴伤寒,不治而逝。金太太将丧事办得有模有样,但她如此貌美,三十岁的人看上去不过二十出头,许多人劝她再嫁,作为一个上海女大亨,她回答非常有见地:

> 我为什么要嫁人呢?……有许多女人的嫁人,都是为着依赖计,为着生活计,但我自己足以生活,也不必依赖丈夫,我现在那个境地,岂不写意?何必要嫁人,受人家的束缚呢?倘然嫁一个无用的丈夫呢?我倒要去豢养他,名分既定,一时倒未便随意去弃他,反而受了一生的累赘。否则去嫁一个大亨,或是上海的所谓闻人,连我自己也不能活动,倒被人家罩住了,我都有些不愿意。此外我为什么要嫁人呢?倘然为了生育计,我已经有了一个女儿。人家说:女儿终不及儿子好,我却没有这个重男轻女的心思,因为我自己就是一个女儿呀!至于解决性欲的方法,上海地方,不论男女,都很容易;况且我现在对于性欲问题,是很为淡薄呢。如此说来,我们又何必要谈到嫁人问题呀?①

她倒很有点女性主义"先行者"的素质。她的男朋友虽多,这种职业也

---

① 中国现代文学馆编:《包天笑代表作》,华夏出版社1999年版,第40页。

不能不与男人周旋,但她没有再嫁过人,人家还是叫她金太太。她现在的主要任务是想离开"黑佬"生意,另行投资做正当买卖,洗白她的名誉和好好培养她的宝贝女儿。女儿金潋露高中毕业后,她不让女儿到欧美去受欧化影响,而是送她到日本,她要女儿去读美术学院,这是一门有品位的高尚艺术。她女儿比她还漂亮,是美术学院里的校花。金太太自己到日本去陪读,就在日本进行商贸。她们光顾的都是非常贵族化的交际场合,她要为女儿找一位高贵家族出身的乘龙快婿,她自己的门庭也就可以打着"门当户对"的幌子而得以提升。她果然如愿,为女儿找了一位日本华侨首富的子弟。男家在上海也有分行分号,结婚后女婿就到自家的上海分行工作。这位公子在日本还有家长监督,到了上海被一班损友带着纸醉金迷,先玩舞女,再进书寓,继而沉迷于上海的艳窟。不仅自己得了花柳病,还传染给了金小姐。这下事情就闹大了,直到以离婚告终。但金潋露得了八十万元的赡养费,加上金太太自己的八十万元身价,财产更是可观了。不过女儿从此郁郁寡欢,但她自小一切依赖母亲,自己一无主见,花晨月夕,只是自叹孤凄,这时金太太又对女儿发表她的"譬解":

> 男人算得什么?有了钱,还怕找不到男人?譬如你父亲故世的时候,我也正在青春,原可以嫁人。然而我却不再嫁人,便是看破了这班男子的心肠。以后我们择人,倒不必讲求家世、财产、才学,只要同你父亲一样,肯听话,能服从,就可以了。从前把你嫁与苏家,我原是错了,但到底也收获了八十万元。现在尽足自给,慢慢儿地物色人才,你妈只有你这样一个女儿,哪有不替你想法子的呀?①

小说到此就结束了。这篇小说也像包天笑的短篇名作《一缕麻》一样,可以说是多主题的。一方面,他想写出上海作为鸦片、白粉的最大分销口岸,贩毒既有一个复杂的、网状的庞大地下军团,又形成了一条龙式的无孔不入的产业化模式,已经达到了水银泻地般的泛滥,漫天际地地向全国辐射,但他不像彭养鸥的《黑籍冤魂》那样进行控诉,而只客观地叙述。另一方面,包天笑还想展示另一个主题,那就是在上海靠投机倒把、囤积居奇以及

---

① 中国现代文学馆编:《包天笑代表作》,华夏出版社1999年版,第55页。

各种不正当的,甚至是犯法的行业起家的财主不在少数,上海原有"冒险家的乐园"之称,金太太形象的塑造自有她一定的典型性。她在父亲面店里的账桌后面接触各色人等,见多识广。她嫁给金阿松有她性格中执着的一面,是她自己将处女贞操给了阿松,即使她错了,她也敢一人做事一人当,她竟与父亲决裂了。当她在走上贩毒这条路之前,也凭着这股一人做事一人当的硬气,敢于去冒风险,就慨然允承了。靠着她应付过各色人等的女账房的经历,凭着她的美貌与灵活,她非常潇洒地长袖善舞于这支地下军中,终于涉险成了一个上海女大亨。女大亨与女流氓之间是不一定能画等号的,金太太不是女流氓,她也还有知耻的一面,做过"吃黑饭"的生意,一旦发迹,她还想洗白自己的身世。她不过是一个靠犯法生意起家的女强人,在当时的上海,她懂得金钱财富就是她做女大亨的靠山,钱能通神,使她可以自由自在,率性而为,她要有指挥别人、设计自己的自主权。她自以为看透了男人,自以为她这个女大亨高出男人一头。说她是女性主义的"先行者",并非牵强。在当时包天笑塑造这一类型的人物,自有他的用意。因此,他只用客观叙述的笔调,使他的多主题呈现于读者之前。当然这部成功的小说也不是没有缺陷,这个题名就成问题。张恨水笔下的"金粉世家"也算是钟鸣鼎食的大家族,彭养鸥《黑籍冤魂》中的鸦片世家至少有代代相传的意思,而金漱露处处依赖母亲,根本没有做女大亨的资格,一个只是母女相依为命的家庭,何来"世家"的气魄?题名最多称为"金粉嫂"即可,何必去与张恨水的名著同名呢?

第四节 鸦片既腐蚀人的躯体也毒化人的灵魂

1924年的江浙齐(燮元)卢(永祥)大战其根源当然是由北洋军阀直皖两系长期的矛盾积累而成,近因却是争夺贩卖鸦片的地盘和获取高额的鸦片税金。这场战争发生在江浙沪这一国内最繁华的地区,损失更为惨重。战争使生灵涂炭,大片村镇化为焦土。这场内战也是鸦片之罪,因为江浙军阀为了争夺上海这块肥肉——最大的鸦片进口中心、最大的鸦片转销口岸和最大的消费城市,不惜让老百姓丧失生命、倾家荡产、妻离子散,过着民不聊生的痛苦日子。

叶圣陶的《潘先生在难中》也以齐卢大战为背景,但他的主旨是塑造潘先生这个"灰色小人物"的典型形象。包天笑写《甲子絮谭》的宗旨不是为了塑造典型,所谓"絮谭","谭"在这里通"谈",所谓"絮谈"就是采取轻言慢语,零星琐碎而又滔滔不绝地与你"神聊",摆下一个"龙门阵",让你了解当年的社会百态,通常不是客观的叙述,而是愤怒的控诉和揭露。在小说中,包天笑借人物之口说:"上海地方就是那不正当的营业容易发财……现在上海最时髦的就是贩土,其次就是办发财票,再其次便是开赌,再其次便是卖假票欺骗人家,开游戏场引诱良家。你想这一次打仗却是为什么打的,谁也不知道?为了鸦片烟土的事,大家争一个鸦片地盘呢。"①这真是一语道破玄机。包天笑的结论也不是孤证,在后来姚鹓雏写的《江左十年目睹记》②中也提到这次战争的起因就是为了争"十一太保"的利益,"十一"加起来是一个"土"字,而鸦片的俗称就是"土",但那部小说里只是提及,没有详细反映这场战争。在费正清主编的《剑桥中华民国史·上卷》中,也曾讲过这个道理:

> 地盘提供可靠基地,再加上税收、物资和士兵。没有地方职权的指挥官必然是别人管区的一个客人。在这种不可靠而危险的情况下,他通常将不得不打仗以夺取地方权利,要不然就接受从属地位或不利的结盟。控制地盘也给予即使最独立专横的军阀以一种合法性……销售鸦片赚得大宗款项;这种毒品的税收中心在禁烟局的伪装下日益增多。③

当然,谁是地盘的统治者,谁就会拥有当地的禁烟局,从而攫取源源不断的大宗税金。

在小说中,包天笑发挥他的轻言慢语、海阔天空的"神聊"本领,让读者在作品开端就领略他"侃大山"的魅力。通俗小说的丰富性与存真性是不可低估的,优秀或较优秀的通俗作家是站在市民的立场上去透视这个世界的,反映民间疾苦也往往显示他们有着代表"社会良知"的一面。《甲子絮谭》对20世纪20年代齐卢大战时期上海社会的许多黑暗面的描写,能使我们反观20年代上海社会盗贼蜂起、绑匪猖獗、烟毒弥漫、社会畸形的百态千

---

① 包天笑:《甲子絮谭》,范伯群编选:《包天笑文集》,华夏出版社2000年版,第334页。
② 此书原名为《龙套人语》。1984年文化艺术出版社将其重印时改名为《江左十年目睹记》。
③ [美]费正清编:《剑桥中华民国史·上卷》,中国社会科学出版社1993年版,第322、第325页。

姿。军阀们让士兵到前线去拼命，他们自己则高卧在温柔乡中，纸醉金迷。作者通过描写主人公周小泉所租住的二房东家的女儿阿凤，反映了军阀在后方的奢侈糜烂生活。阿凤是一名暗娼，她母亲是老鸦片鬼，就是靠女儿出卖肉体赚取她的烟本。一个母亲甚至鼓励女儿去操皮肉生意，人性堕落到何种程度，岂非昭然若揭？但这归根也是鸦片之瘾在操纵。她家原来就是一个暗娼秘窟，因地处租界，战时为了获取高额租金，就将房子租给了周家，从此阿凤就到各个大旅社中去实行"外卖"。这次她找到了一个包月的大买家，此人就是一个从湖北来的军阀，问他到上海来的公干，他"只说因为江浙战争才到上海来的"，但不肯透露自己是为了帮衬哪一方的。从这一人物的出现可以知道，参与这场战争的并非只是江浙双方的军阀，江浙军阀实际上为了战胜对方，邀请了与他们有密切关系的各地军阀如湖北与福建的部队都来参战，当然也期许于日后各种优惠的条件。此人住在上海东方大旅社，白天出去办事，参与运筹帷幄，晚上就叫暗娼阿凤上门服务。鸦片与女人一样也不能缺，每当鸦片断档时，即使是深夜，他也非要阿凤立刻帮他弄来不可，他还惋叹"可惜我家里还有好几百两土，没有带来……我们湖北的烟土价钱又便宜，东西又好，并且这几百两土还是一个钱没有花的"。不仅军阀是吸鸦片成瘾者，阿凤还在东方旅社中听到一个令人惊骇的故事，兵士们在烽火连天时，也非要在席地幕天的战场上狂抽鸦片。

　　这一番打仗你们可知道，不吸鸦片烟的还打不过吸鸦片烟的咧……今天又到了许多福建来的队伍，据说都是吸鸦片的，打起仗来说甚是勇猛咧……正在开火的当儿，他们却便在这儿过瘾。过足了瘾，精神百倍，他便奋勇异常。你可知道鸦片烟这件东西是个兴奋剂呀！……你刚才说哪里有这许多烟枪烟灯，其实的确有这许多鸦片器具，而且这种东西也都是他们随身带的。不过那种东西实在是简陋得可笑。我先讲他们的烟枪，他们的烟枪大一半自然是皮条枪，取其便于携带。一声令下，开赴前敌，他们把皮条枪向衣袋里一塞，跟着大家跑了，自然是最觉轻便。可是也有许多人是吸不惯皮条枪的，他们就用一种毛竹枪。制作是粗陋得很的喽，也不能太粗太长，也要衣袋里搁得进。至于烟斗呢，有的果然像一只烟斗，有的你道是什么东西做的？倒也难为他们想得出，原来广东店里有一种卖青盐陈皮的黄沙小罐，牛奶色的，也和烟斗差不多大小。那底是尖的,他们把那罐口磨光了,尖底的地方戳一个眼儿,装在枪上,就算是个烟斗了……他们用一块马口铁皮,剪得圆圆儿的。要不就是听头香烟里开出来的一个小圆盆儿,也好把半段洋蜡烛烧热了黏在上面,再用一个鸭蛋壳或是鸡蛋壳敲破了两头,在那洋蜡烛上一罩便成了烟灯了……好在他们的吸烟不择地方,随便哪里都可以吸的……这原是苦吸烟嘘。他们既不能借民房,也不能都有营帐。有战壕的便躲在战壕里面,那战壕又大概不能十分宽阔,只好把身子拳(今作"蜷"——编者注)曲了;万一天下了雨,那战壕里又全是水,因此那班吸鸦片烟鬼都不愿在战壕里,宁可冒着险在平地上,或者有什么隐藏的地方。他们把一些稻草在地下一铺,枕头是没有的了,只好把破衣服包上几块砖头睡下来。点上洋烛,罩上蛋壳,抽出皮条枪,嗤嗤嗤地猛吸了几十口烟。那个时候前面怎样的炮火连天,尸骸遍地,他也只好不管。闭着眼睛扛着肩架猛抽他的烟,便是一个炮弹飞过来,连人带他的烟具一股脑儿都变成了炮灰,他也不管的了,只好付之天命。及至过足了瘾,把烟枪带好在身边,便精神抖擞地起来。呐一声喊,猛冲前去,让前敌的弟兄们退下来过瘾。这时候那种吸烟兵勇猛百倍,一以当十,好似一群野兽,那才厉害呢。这便像机器上加足了油,像皮管里打足了气一般。①

读到这里,我们真觉得是"人"已经被鸦片"异化"了。鸦片既是麻醉剂,也是兴奋剂。鸦片既可以腐蚀人的躯体,也可以毒化人的灵魂。"人性"被化为凶残的兽性,"人"蜕化成了战争的机器,"人"已经麻醉成杀人的工具。军阀的士兵也成了鸦片鬼,这就意味着他们必然对老百姓的奸淫掳掠更加疯狂,他们的鸦片本钱都是从疯狂的掳掠中获得的。包天笑在小说中写阿凤的母亲为了自己能抽鸦片而忍心让亲生女儿去卖身,军阀视鸦片为命根,在温柔乡里吞云吐雾,筹划如何杀更多的生灵,而那些军阀的士兵们也能在幕天席地中猛抽鸦片,令我们感到,鸦片既可以使人萎靡不振,也可以弄得人去铤而走险。包天笑就是通过鸦片上瘾者之众多,社会上下各界都有大量吸毒者,以吸毒者的普遍性来说明其中可得利税超级可

---

① 包天笑:《甲子絮谭》,范伯群编选:《包天笑文集》,华夏出版社2000年版,第326—328页。

观,因此,军阀们就敢冒天下之大不韪,去发动罪恶的战争。一部《甲子絮谭》靠这些故事与细节拼凑起一幅鸦片引发的军阀混战的画卷,使人感到烟毒危害的"罄竹难书"。

在我们民族耻辱史的第一页上,若干优秀的通俗小说成为正史之外真实而生动的一段"稗官野史"。鸦片是当年帝国主义强行注射在我国肌体上的一支剧毒针剂,欲使中国病入膏肓。回首往事,令人触目惊心。

第二章　通俗作家笔下的辛亥"武昌首义"

范伯群

鸳鸯蝴蝶派的不少文人具有双重身份：一、作家和文艺刊物的主编，二、新闻工作者。他们中的不少人是清末中国报业初兴的第一、第二代"报人"。作家与刊物主编的收入是无法固定的，个人办刊物还有亏本的可能，但报纸编辑从办报老板的手中获取固定的收入，这往往是他们生活资料的主要来源，此类收入并不比当年高工资的大学教授们低。作为报人，他们在编报时，即使是属文艺性质的副刊，也都需要与报纸的整体版面相配合，因此他们都写过大量的时评、杂感，面对当时的社会热点与国际国内政治风云变幻，他们需要站在舆论阵地的最前沿。当时的民间报纸如果不能充当"社会良知"和"市民喉舌"的角色就难以生存，因为民间报纸一定要尽量追求读者面的最大覆盖率，报人们需要广大市民自愿从口袋里掏出钱来订阅自己所办的报纸。过去文艺界的一个根深蒂固的观点，认为鸳鸯蝴蝶派作家只是写些卿卿我我的言情小说或是只发挥文艺的娱乐功能的观点，是十分片面的。[①]本文就通俗作家笔下的"武昌首义"进行盘点，也应该从他们的时评、杂感谈起，他们用时评、杂感作为武器为"首义"鼓与呼！

第一节　时评杂感像匕首投枪击中清廷心脏

在"武昌首义"之后，通俗作家以多种体裁的文艺形式，讴歌革命首战的

---

① 拙稿《报人杂感：引领平头百姓的舆论导向——以〈新闻报〉严独鹤和〈申报〉周瘦鹃的杂感为中心》（与黄诚合作）曾发表在《中国现代文学研究丛刊》2013 年第 8 期上，论及他们在袁世凯称帝、张勋复辟、五四运动、曹锟贿选、五卅惨案、1926 年的三一八惨案直到抗战以及蒋介石政权崩溃过程中的杂感随笔的主要内容，用白纸黑字论证他们用平头百姓看得懂和喜闻乐见的形式和语言，成为平头百姓政治舆论导向的引领者。

胜利,扮演着轻骑兵的角色,为"星星之火"造势,表现最为突出者,当属陈冷血与包天笑的时评。当革命初起时,清廷妄图封锁起义的消息,电报局当即被官方控制,当地报纸也不准外运。《申报》在武汉的访员于1911年10月12日通过当地租界的外国电报公司,向上海《申报》馆发来消息,电报仅四个字:"武昌失守"。报馆心领神会,知道近期广州"黄花岗"起义虽惨遭屠戮,革命的"星星之火"却在武昌开出了胜利之花。这消息立即传遍黄浦之畔。在消息传开的次日,即10月13日,陈冷血与包天笑就闻风而动,他们在自己任主笔的《时报》上特开《时评》专栏。陈冷血是善写时评杂感的报人,他的专栏定名"时评(一)",包天笑的专栏则定名为"时评(二)"。包天笑还写有关辛亥革命的"逸话"与"佚史"。这些时评杂感"三言两语",他们二人有时一天要连写数则,就像匕首投枪一样击中清廷的心脏,为刚诞生在摇篮中的"武昌首义"保驾护航。10月12日得到消息,从10月13日即"开栏",到11月3日为止的二十天内,陈冷血共发表时评六十则,平均每天三则;而包天笑也发表了三十四则,他尚有"逸话"两则,"佚史"一篇。读这九十多则时评杂感,就可知道这些"三言两语"的短文在当时能起何等作用。10月13日,陈冷血的时评题目及副题为"黄兴与荫昌——湖北革命记之一":

> 武昌失守,汉阳又危。革命军既有兵队,又有军械,与政府俨然有对峙之势矣;而政府亦以对峙相待,命陆军大臣统近畿军队乘车而下,相见于江汉之间。是役也,南北战欤,人民与政府战欤,革命与专制战欤,其胜其败,势将大异。①

短文前半不仅是写当时的大势,而且在文字的"背面"还指出,此役与广州黄花岗之役大不相同。黄花岗之役仅是数以百计的敢死队的冲击,势单力薄,故而被清廷残酷镇压下去了,而这次却是训练有素的新式军队,革命党手里"既有兵队,又有军械",与政府是兵对兵,将对将的"对峙"。清廷不得不令陆军大臣亲自出马,可见形势之严峻。文章的后半是为这次起义"定

---

① 陈冷血:《时评(一)》,《时报》1911年10月13日。为节省篇幅,以下凡引用陈冷血和包天笑在1911年10月13日至11月3日之间在《时报》上发表的《时评》,均在内容后附(×月×日),不再一一加注。

性",乃是"人民与政府战欤,革命与专制战欤",认为这样的刀对刀、枪对枪的正规军之战,是代表人民对腐败政府之战,是推翻二百六十多年来的专制清廷之战,战将必胜。文章虽短,气势澎湃,立场坚定,实有千钧之力,宣告清廷的末日将临。这实际上也是通过报刊的舆论,对全国人民的一次鼓舞与号召。

包天笑也撰文,为这次革命"定性"。文章的题目是《共和与专制斗》:

> 20世纪为专制政体将绝迹于地球之日也。革命军以提倡共和为宗旨,固以探得骊珠矣。以共和与专制斗,所以各国不敢以寻常内乱视革命军也。(1911年10月19日)

短文提出了"政体"这一个大问题,革命之所以必能成功,因"共和"乃20世纪大势之所趋。"骊珠"是一种珍贵之珠,"探得骊珠"在这里是指革命军所作所为已得到当前世界政体之精粹,这是必胜之源。武汉当时是租界林立的长江中游之重镇,帝国主义曾屡屡干涉中国内政,但这次他们只好宣告中立。

除了这一类为革命"定性"的时评之外,这九十多则短论尚可分为若干类别。第二类是一再强调"人心之所向"。人心向背应该是胜负之一大关键,因此,他们二人的时评中有很多篇都涉及"民心所向"的内容,再由民心所向进而谈及"军心之所向"。包天笑以设问的口气写道:"苟政府不失民心,则事尚可为耳,然而今之政府果不失民心也耶?"(1911年10月13日)老百姓心中当然只会有一种答案:清廷丧权辱国,腐朽颓败,已到了民心丧尽无可挽救的危局!正因为民心丧尽,以至于军心也随之而起剧变。陈冷血在《湖北革命记之九》中谈及:"由汴梁、郑州派往武昌之防兵一千五百名,火车至汉口,将下车,兵问统带将何往,答曰往攻武昌,兵均不肯下车,统带官不得已折而北,电告政府,仍令往,兵不肯,乃暂驻刘家庙。"(1911年10月18日)另外,还报道南昌调鄂之兵也皆不肯行。当时的统带官们之所以不敢强令,就因为怕激起兵变,连自己的命也不保。武昌之革命,不也是起于有革命思想之军人之"兵变"吗?包天笑还在文中写到革命军的宣传攻势也非常奏效,有时对敌军用攻心为上之策。在《革命军战胜于口舌》中讲到革命军"以三数人,激昂奋励演说一场,而五六百之军队倒戈投顺,此其气象为何如乎？"（1911年10月22日）这说明民心丧失之后，其必然连带的后果是"军心之叛离"。"军"就是穿上军装的老百姓，但能使一再被灌输反动教育的"军人"——用于保卫清廷的老本也"叛"了，说明这是最彻底的民心叛离。包天笑进而更具鼓动性地以《英雄用武之日至矣》为题，鼓呼道："今日者，正英雄用武之日也。吾有志之少年，尚武之志士，平日握拳奋臂，慷慨激厉，今日奈何不起耶！"（1911年10月20日）

第三类杂感是指出"政府之不可恃"。北军无斗志，官员惶惶不可终日，清廷已到穷途末路的地步。在1911年10月14日和15日，在陈冷血的《湖北革命记二、三》中报道："武昌新军起，不及日而长沙陷，保定陷，荆州、宜昌、重庆，四处凡有新军之处，无一不响应。南京已有不安之象，若广州、若安徽已有陈迹可寻者，今必更岌岌。呜呼，政府已无尺寸之柄矣！"（1911年10月14日）他在文中用"摧枯拉朽"四字形容当时的形势。陈冷血在杂感中又写道："官吏惶恐自扰，各将家眷迁移至上海，是地方未乱，而官先乱之也，尚能付之以保卫地方之重任耶？"（1911年10月15日）而天笑则以《逃死不遑之官眷》为题，报道官眷纷纷迁避至上海。他又另用"逸话"的形式写《旗人之狼狈》："旗人妇女到上海后，要伪装成汉族，就雇人梳汉族妇女之发髻，被索价每次二元；又某旅馆之旗人极力为其小女儿缠足（满人是不缠足的——引者注），哭声震邻屋不能安睡矣。"（1911年10月21日）无论是用"杂感"或是"逸话"，他们告诉老百姓，清廷、官吏、眷属都方寸已乱，正在纷纷作鸟兽散。与之形成对比的是包天笑在《时评》中报道的武昌民间秩序："武昌城内，商民照常贸易，米价亦平。惟每人每日仅许籴米两升，不许多购。每米店派有党人两名监示员，而人民亦恪守其律。或曰各省办平粜，有此整齐否？"（1911年10月18日）这表明了武昌城内民气正处于上升期，民众以实际行动拥戴革命。包天笑一再在《时评》中强调革命阵营中之有条不紊："兵工厂加倍工作，而铁厂暂停工，然工匠仍留厂中，每日发铜元十五枚。现方各处运粮，以济民食。《论语》云'足食矣，民信之矣'，《论语》固一部政书也。"（1911年10月19日）

从"民以食为天"这一点出发，陈、包时评中的第四类作品特别关心民生。包天笑在《勿停各细民工食》中提及"闻各处以金融恐慌，商业停顿，于是令工人停工。夫工人日以数百文以糊口，一旦断其生机，是促之使乱，力顾大局，当以维持之"。（1911年10月17日）而陈、包二人在时评中也一再写道:"国家有变,各处土匪往往乘机思逞,最为心腹之患。各处人民为自保计,急宜自组织团练队,绅商士民各有身家,时哉弗可失也矣。"(1911年10月17日)在关心民众的同时,他们也指出,勿乱杀满人,也正因为革命之初,有不分对象乱杀现象,所以也引起了国际上的议论。

　　他们二人多次谈革命军之上下皆勇武。就士兵而言,包天笑在《革命军武勇谈(二)》中,歌颂了英勇牺牲之战士:"革命军中有一健儿,身受创伤数处,踣不能起。邻近民家昇之归,为之裹创,血透衣数重,不能脱。妇人均为之感泣,壮士怡然曰:'我死奚足恤,特汝曹当知我之死,为同胞流血而死,并非为一己有所图。他日君辈享自由幸福之日,或能一回想我辈今日斯可耳。'言已遂瞑。"(1911年10月30日)这是对战士的歌颂。对当时初任首义临时大都督的黎元洪也加以颂赞,表示革命军上下一心,增进了当时民间对这革命的信任感。这可算是他们时评的第五类内容。对有关黎元洪的报道,也基本上符合其人的实际。陈冷血写道:"黎元洪蓄志已十余年,决定以武汉为根据地,故久不去,极力曲事张彪而利用之。张彪以其恭顺,也一切倚畀之,故所练新军,任其布置……久之而其党徒布满各地,一举即可以号召。"(1911年10月16日)张彪是当时武汉军队的第一把手,黎元洪则屈居其下,黎之军事才能实远高于张。张彪当时有"丫姑爷"之称,武汉的最高长官张之洞曾将其最得意的丫鬟嫁给张彪,因此他背景很硬。首义时张逃窜到军舰上去,继续效忠于清廷。黎元洪不仅出身于北洋水师学堂,而且三次到日本考察学习陆军等有关新知。当时武汉新军的训练教材都由他主编,他还曾制定中国陆军改革的第一个法规《湖北练兵要义(十条)》。在清朝的两次全国性秋操中,在对抗实战训练时,南洋军在他的指挥下,三次打败由段祺瑞指挥的北洋军。因此,他的名声大震,有不少南方各地的军事长官也都到湖北军队中来交流见习,他在军中的人脉也就变得十分广泛,对这次革命也大有裨益。陈冷血在《黎元洪逸事》中介绍:"平时喜读书,能知天下大势。性颇沉毅,寡言语,爱才能。凡湖北将士不见容于张彪者,黎氏悉延揽之,以故湖北军界无不爱戴黎氏者。"(1911年10月16日)其中还有一则云:"有人问黎元洪,何以不毁拆京汉铁路,以绝北军?黎答,吾自要用,故不损毁。又问,武胜关最为险要,何不派兵扼守?黎答,彼守者,即我之人,何必派兵。"(1911年10月19日)这说明革命首义都督有一定的军事才能,亦能服众。此类宣传,有利于民间对武昌革命军的上下产生一种信任敬佩之心。

这九十多则短论,陈冷血将它归之于一个结论:《大局已定》,"凤山炸矣,荫昌退矣,庆王病矣,袁世凯不出矣;长沙失矣,宜昌失矣,九江失矣,广州变矣,西安变矣,云南、四川无信矣,南京、杭州汹汹矣;陆军败矣,水军降矣;财政竭矣,无人,无财,无兵,无器。呜呼!唯有哭而已矣"。(1911年10月26日)实际上,在这二十天中,已有湖南、陕西、山西、云南、江西九江和南昌六地宣布独立。

上海报纸的影响力,在当时虽然还不能辐射到全国,对北方的渗透力还很有限,但在长江以南,它们的影响力是相当可观的。除《时报》外,《申报》《新闻报》上也有若干大力支持首义的言论,但不及陈冷血与包天笑那么及时、密集和锐利罢了。当然,时局形势也是多变的,他们的九十多则时评杂感也并非每言必中,因为他们不是预言家,而是革命大局的鼓舞者。读后令人对革命前途充满信心,也使我们可以改正过去的一贯偏执的见解,以为通俗作家所有的作品均是软性的卿卿我我、风花雪月的"无病呻吟"。

第二节 小说和回忆录与正史形成互动

通俗作家用时评杂感打了"头阵",接着他们又连篇累牍地用小说和回忆录等形式,以反映"武昌首义"的历史功绩。包天笑、李涵秋和蔡东藩等通俗文学的重量级作家,皆从多种角度涉及首义的实况,与正史的记载形成了互动,丰富了读者对首义的感性认识。

包天笑曾打算以小说的形式写一部八十到一百万字的民国开国史。这当然要从辛亥革命前后写起。后来计划虽然没有全部兑现,但是,他出版了一部十万字的《留芳记》,将辛亥革命这一段史实用历史小说的形式加以呈现。当时,包天笑非常欣赏友人曾朴所写的历史小说《孽海花》。他在自己的回忆录中写道:"因思历史小说者,不同于历史也,也不同于传记也,最好与政治军事无关的人,用以贯串之,始见轻松俊逸。"①他羡慕曾朴启用了赛金花其人,将清末的一段政界史实用旁敲侧击的方式将"有趣的琐闻逸事"串连起来,大大增加了人们读这部历史小说的兴趣,一下就销了五万部,但包天笑久久未得一人可以担此串联重任。后来有人向他建议,可用梅兰芳,

---

① 包天笑:《钏影楼回忆录续编》,大华出版社1973年版,第1页。

理由是"这孺子一定成名,现在已经声誉满京华,士大夫争相结纳,用他来贯串,比了《孽海花》中的赛金花,显见薰莸的不同"①,即意为更显高格。这就是《留芳记》中的"芳"字所指认的人物,可是包天笑没有算计到赛金花背靠的政治人物是当朝状元与后来的驻外大使洪钧,而梅兰芳与许多政治人物的关系就淡漠得多,平时只能在堂会上见个面,寒暄几句而已。这个建议导致写辛亥革命前后的故事就与梅氏呈现脱节现象,梅兰芳与以后的政界的关系也并不密切,因此《留芳记》自然不会像《孽海花》那样轰动,但是抛开梅氏,包天笑在写首义的若干重要情节时,是基本符合历史事变真相的。如在第三回"天怨人怒易帜九州"中,他写道:

> 我今且说共进会中,就有好多实行家。他们在实行家中,又分出两派来:一派是暗杀派,手枪、炸弹便是他们的利器;一派是运动派,那运动派专以运动军队,输入革命知识。因为共进会中两湖地方人很多……所以这一派很占有势力。加着近几年来,一班从东洋留学回来的学生,提倡革命的人,如怒潮狂飙地卷来。大家知道赤手空拳无济于事,非有实力不可,数年来大好青年被清廷杀戮的也不知多少。最近广东黄花岗一役,死了七十二名青年志士。可是东起西伏,断臘刳胸者还是此仆彼继,因此共进会以运动军队入手,比较的似为有利。②

的确,"武昌首义"之所以会胜利,革命党与新军联手是成功的一大关键,或者说,革命知识的传播使部分新军成了革命党人,部分新军与革命党人已融而为一。枪杆子里出政权的道理,在辛亥革命中也发挥过巨大作用,但是,我们在肯定包天笑能正确地点出革命制胜的原因之余,也应该指出包天笑笔下存在描写不实之处:

> 俗语说得好:蛇无头而不行。革命军原想是拥戴第八镇统领张虎的,只是大家说这个顽固老东西万要不得,便想起这位创造中华民国、厚德载福的黎元宋黎协统来。这时大家拥到黎元宋房间里,黎元宋也

---

① 包天笑:《钏影楼回忆录续编》,大华出版社 1973 年版,第 1 页。
② 包天笑:《留芳记·第三回》,范伯群编:《包天笑代表作·一缕麻》,华夏出版社 2008 年版,第 132 页。

不知道是怎么一回事,吓得躲在床底下只是发抖,却被一位姓方的唤做方伟,眼快先瞧见了,便道:"请出来,请出来!我们大家商量大事要紧。"黎元宋只得出来。大家说明革命军要举他为都督、群情爱戴的话。黎元宋起初不肯答应,说:"元宋德薄能鲜,鄂省军界伟人很多,怎么推戴到鄙人?"这时党人中有位姓张的唤做张震武,性情最为暴烈,他便取出手枪来道:"今天我们大家一致推戴黎公,要是黎公不允我们,那就对不起你老人家了!这是我们大众的意思,你若推辞,就是违反了大众的意思,就是怀着二心。所以今天只有两条路可走:一条路是公举你为首领,一条路是送了你的命。"黎元宋沉吟了半晌,说:"既承诸君爱戴,一定要我出去,可是要听我的号令。"即便说了许多军法上应遵守的话,如不得抢劫、奸淫以及捣毁教堂等等。总算大事粗定,便发令一面袭取了汉阳,一面占住了汉口镇。①

小说中的黎元宋即黎元洪,他在"武昌首义"时被拥立为革命军的"都督"。他从清廷的高级军官转变为革命军首领,在跨出这一大步时当然会有思想斗争,至于"床下都督"是证据不实的丑化他的"民间故事"。包天笑就听了此类传说,信以为真,而且觉得在小说中描写这种细节,也能吸引读者。包天笑晚年在香港写《钏影楼回忆录续编》时,关于这些方面还用了很多篇幅,例如《辛亥风云》(一)至(四)等四篇回忆文章。他写道:"《留芳记》里所写的人,都不是真姓名,而是影射的……写小说不免有夸张的地方,也不免有隐讳的地方,有的出以故作惊人之笔,有的发为奇异莫测之文,但是我现在所记述的不是小说,只不过把从前在朋友处听来曾写在《留芳记》上的,加以修正,平铺直叙的再记录一下而已。"②对黎元洪的"床下都督"一事,大概也属故作惊人之笔或奇异莫测之文。

包天笑是从"大"处谈"武昌首义"的,如指涉共进会从发动军队政变入手等,但在李涵秋的小说中是从"小"处着手去反映辛亥革命的,他以一个家庭中的成员在革命时的不同思绪与态度,用"以小见大"的另一视角,去反映当时的大势。应该说,李涵秋对辛亥革命有一定的实感,因为他在1905年

---

① 包天笑:《留芳记·第三回》,范伯群编:《包天笑代表作·一缕麻》,华夏出版社2008年版,第133—134页。

② 包天笑:《钏影楼回忆录续编》,大华出版社1973年版,第13页。

至1910年间生活在武汉。当辛亥革命爆发时,虽然他已离开了武汉,但通过报纸上的报道,再加上他对武汉地域的熟悉,二者叠加,能在他的内心绘出较为具体的画面。他在长篇小说《广陵潮》和《侠凤奇缘》等情节中都嵌入了辛亥革命前后的社会巨变。在《侠凤奇缘》中,他虽然也正面描写了辛亥革命当晚的情节,但写得过于简单,无异于新闻简报式的交代,全书的重心是放在"奇缘"之上,也即以辛亥革命为背景促成侠与凤的"奇缘",因此不及《广陵潮》所反映的内容有特色。《广陵潮》的特色在于它的视角与其他小说不同,它没有正面描写革命的经过,而描写了富绅伍晋芳一家各色人等在辛亥革命中所受到的不同波及。伍晋芳当时是清廷的武汉警官,革命发生的当晚,他们一家正在为他的爱子小美子大庆周岁生辰,宾客盈门,炮声一响,宾客纷纷星散。小美子的生母朱二小姐原是伍家的家庭教师,然与伍晋芳发生了暧昧关系,就生米煮成了熟饭。为了争宠,她折磨死了伍晋芳的另一爱妾小翠,还阻止了伍晋芳的发妻从扬州跟伍晋芳到武汉来,这样她就能独占丈夫。炮声一响,社会大乱,她在暗求菩萨保佑时,忏悔意识也有所冒头:她想到小翠比她现在经历乱世更幸运,她安安稳稳地躺在坟墓里了,而被她阻拦在扬州的发妻三姑娘也舒舒服服地生活在扬州。她如能活着,将来一定要善待她。伍晋芳知道做警官很危险,因为当时与首义新军对峙的就是警察,街上躺着许多被打死的警察尸体,于是就想弃官逃回扬州。革命军在短时期开放城门的一瞬间,他们随着大批出城逃难的老百姓一起涌出城门,却发生了严重的踩踏事件,朱二小姐不留神一脱手,玉雪可爱、刚满周岁的小美子已被踩成了肉酱。失去爱子的朱二小姐就往长江里一纵,幸好被家人一把拖住,才留得一命。这一情节恐怕是根据报纸报道设计的。在《申报》1911年10月15日的新闻中载:"是日武昌各城门皆未启,文昌门于二点后开一小时,难民出城者颇多,革命军告以尔等即在城中亦必不加伤害……"并报道在百姓涌出城门时发生了踩踏死伤事件。李涵秋并没有停留在一个妇女的忏悔和一个家庭失子的悲哀上,他通过这个家庭展现了一位为辛亥革命英勇牺牲的富玉鸾烈士的形象。富玉鸾本是一个官二代与富二代,他父亲曾是清廷的高官,病故后留下丰厚的财产给妻儿。他母亲为他定下了伍晋芳的女儿淑仪这门亲事。淑仪原与《广陵潮》中的主人公云麟青梅竹马,大家也本以为她与云麟是天生的一对,但算命先生拆散了这对未来稳稳成真的鸳鸯青年,说云麟是三妻之命。伍晋芳的后母、一家之主的卜氏就将淑仪另配给富玉鸾。当富玉鸾知道其中的原委后,一心要促成云麟与淑仪的婚事,自己竟然违背母亲的意愿,到寺庙中去出家了。他向云麟表示,一个青年人就应该有"血性",宁愿牺牲自己,也不能夺人所爱。同时他还读了《民约论》等许多新书,也与专权的母亲对抗,讲起平等来,活活将他母亲气死了。后来,他就散尽家财,东渡到日本去留学。在启程前,他还在扬州史公祠里演讲,以唤醒国人。留日期间,他成了一位革命志士。回国到武汉密谋起义,却被奸人告密,于是逃回扬州,匆匆和等了他多年的淑仪结了婚。婚后三天,他就在扬州组织起义,那个告密的奸人跟踪他到了扬州,他终于被捕。在被审判时,他痛斥审问他的制台:"你是旗人,不配问咱!你问咱多少同党,咱的同党除了你们一班满奴醉生梦死,不识高低,其余大约都是咱的同党。"当受酷刑时,"富玉鸾此时已经置生死于度外,咬牙忍受,并不则声。只见那血花飞溅,顿时成了个血人,眼直口闭,刚剩得奄奄一息!"①这真是他平时所说的"血性"与革命意志的高扬。富玉鸾受刑之后,在死囚牢里静待行刑日期。他只有一件事放心不下,便是淑仪的终身:"早知咱今日如此结局得快,又何苦生生地玷污了她?况且她同云大哥自幼何等亲密,这婚姻是十拿九稳,偏生走出咱这一个人,硬拆散了他们这比翼鸳鸯,这都是咱母亲的糊涂主意。"②于是他认认真真地写了一封长信给淑仪,力劝她万不能为自己守节,云大哥是他至好,须得依然完成他们这一段良缘。当这封信托人传出去后,他觉得诸事布置均已妥帖,转萧然长叹,不知将来这东方病夫国究竟怎生个挽救?他全然是一片拯救祖国与苍生的博大胸怀。当他在狱中听到"武昌首义"成功时,他只恨自己这身子羁缚在这里,不能助他们一臂之力。他期望江苏的同志能使南京光复,"铜山西崩,洛钟东应,咱干的事正多着呢!转未可以一死塞责"③。应该说,李涵秋笔下的革命志士的形象还是写得非常光辉的。朱二小姐想的只是小我一己之私利,而家庭的另一个成员却眼光远大,想的是自己牺牲后,东方病夫国何日得以复兴重光。李涵秋写他是死在张勋之手,"玉鸾临刑时候固然毫无畏惧,旁边观看的人,莫不壮其有胆,说他真是英雄"④。李涵秋在小说中从多

---

① 李涵秋:《广陵潮·第五十五回》,江苏古籍出版社1985年版,第641页。
② 李涵秋:《广陵潮·第五十八回》,江苏古籍出版社1985年版,第678页。
③ 李涵秋:《广陵潮·第五十八回》,江苏古籍出版社1985年版,第679页。
④ 李涵秋:《广陵潮·第五十八回》,江苏古籍出版社1985年版,第681页。

面反映了辛亥革命撼动了多种类型人物的灵魂,例如,他还写了一脑袋忠君思想的何其甫演出的一幕为清廷假"殉节"的丑剧。

通俗演义史巨子蔡东藩从1916年到1926年编著了《历朝通俗演义》,上自秦朝下讫民国,共二千一百六十六年的中国历史,用演义体裁,共十一部六百五十一万言,使中国二十四史的高文典册,变成通俗的历史知识,飞入了寻常百姓人家。他所写的《民国通俗演义》共一百二十回,但在他的这部演义中反映"武昌首义"的篇幅,只有一回多书,未免过于简略。全书开首第一句就是"鄂军起义,各省响应,号召无数兵民,造成一个中华民国"。写"武昌首义"得到民间的拥戴,则以作者个人的观感为主:"小子每忆起辛亥年间,一声霹雳,发响武昌,全国人士,奔走呼应,仿佛是痴狂的样儿。此时小子正寓居沪上,日夕与社会相接,无论绅界学界,商界工界,没一个不喜形于色,听得民军大胜,人人拍手,个个腾欢,偶然民军小挫,便都疾首蹙额,无限忧愁。"又写道:"老天总算做人美,偏早生了一个孙中山,又生了一个黎黄陂,并且生了一个袁项城,趁这清祚将绝的时候,要他们三人出来做主,干了一番掀天动地的事业,把二百六七十年的清室江山,一股脑儿夺还,四千六百多年的皇帝制度,一股脑儿扫清。"①这就是蔡东藩的《民国通俗演义》提纲挈领的开端。黎黄陂即黎元洪,湖北黄陂人;袁项城即袁世凯,河南项城人。那时对著名人物,往往用他们的籍贯作为他们的尊称。现在人们对于孙中山与袁世凯的生平行状都是耳熟能详的,而对黎元洪,一般人大概就较为生疏了,但要论及"武昌首义"的历史,是跳不过黎元洪这个曾经被孙中山称为"民国第一伟人"②的。

第三节 对历史人物既不能美化拔高也不容丑化矮化

最早写黎元洪的大半生生平的是扬州通俗作家贡少芹的《黎黄陂轶事》,此书于1916年9月由上海国华新记书局出版,又于1917年10月再

---

① 蔡东藩:《民国通俗演义》第一回,中华书局1973年版,第1—2页。
② 萧致治:《黎元洪:功过参半的"民国第一伟人"》,《南方都市报》2011年7月7日。文中谈及"直到孙中山辞掉大总统后,1912年4月初,黎元洪邀请孙来武汉访问,并热情接待了孙中山。孙中山、胡汉民都非常肯定黎元洪的功劳,称赞他为'民国第一伟人'"。1912年4月15日,上海《民立报》《时报》也报道了孙中山出席黎元洪举办的盛大欢迎会,并发表《共和与自由之真谛》的演说。

版,从黎氏的"军官时期"写起,到他在袁世凯称帝和张勋复辟时所取的态度与立场为止。

要论及"武昌首义",就必须对被革命党人举为首任革命都督的黎元洪其人——这位历史转捩点上的关键性人物之一,给予公允的评价,这也是史家义不容辞的责任。通俗文学作家贡少芹的《黎黄陂轶事》既然是第一本较为全面反映黎元洪大半生生平的著作,因此,我们也应该对它作一鉴定与评价。

黎元洪(1864—1928年),字宋卿,湖北黄陂人。军人家庭出身。幼年家贫,曾读几年私塾。1883年,考入天津北洋水师学堂。当时水师学堂中除少数中国籍教师如严复、萨镇冰外,很多课程都由外籍教师教授,他们用外语授课,学生都要懂得外语,因此黎元洪在校中熟谙了英语,后曾在军中任外国教练的翻译。他成为都督和任副总统、总统时,每当接待外国记者或开记者招待会,常用汉英两种语言,英语亦能对答如流。他从水师学堂毕业后,在北洋水师服役七年,以定远轮二管轮(驾驶)职务参加甲午海战。舰毁,他因自购有救生衣,经过近十小时与风浪搏斗,才得以游到大连。后他在两江总督张之洞麾下服役。因在督造炮台时工作出色,在筹建的时间、质量和费用上都令张之洞十分满意,从此得到赏识,被委为管带,相当于现在的营长。1896年,随张之洞到武汉,参与湖北新军的建立。当时天津有袁世凯训练的新军,人称北洋军,武汉则有张之洞训练的新军,人称南洋新军。张曾三次派黎元洪等人到日本学习考察军事,因此,黎既懂水师,也具陆军方面的知识。南洋新军的训练教材都由他牵头编写,编者都具他的名字。后晋升至第二十一混成协协统(相当于旅长),是湖北新军中的第二号人物。湖北新军中的第一号人物即"丫姑爷"张彪,此人在军事上的知识远逊于黎,但黎只能屈居于张彪之下。黎在军中治军甚严,但又能体恤士兵,平日就住在军营中,并不回家歇宿,并亲自参加操练,也没有官架子,很得士兵的拥戴。一些参加革命的党人被捕后,他也能出手营救,以保外就医等名义将他们保释出狱。发现军中的革命党人时,他只让他们离开部队了事,因此也得到革命党人的好感。革命党人在密谋起义时,也曾讨论过如起义成功,欲推黎元洪为起义后的首任都督,但也只是一种议论,并未作出决议。在革命当天,他听到工程兵起义,这是张彪管辖的部队,与他无关。他只是"自扫门前雪",将自己率领的部队集中起来,他也不表任何态度,沉默以观察事变的进展,但求本部不出现什么"乱子"。当有外面的士兵来报送起义的消息时,他亲手枪杀了这位来报信的革命党人。可见当时他只想自己管辖的队伍不要再出什么"问题",说明他是个"中规中矩"的清廷高级军官,他并不懂得什么是革命的道理,但求自保,然而,他又深知清廷的极端腐败。当立宪派在四川保路运动中与清廷作斗争时,他也以军人代表的身份参加了"湖北铁路协会",得到立宪改良派人对他的好感,因此说他的政见具有改良色彩,也比较恰当。当他看到起义的势头不可遏制时,就令部队解散,让各人去自找"出路"。他不像湖北的最高长官满人瑞澂和"丫姑爷"张彪那样逃上军舰,继续与革命为敌,而只是躲在下级亲信的家中。当革命党人与咨议局立宪派人开联席会讨论由谁出任首义都督时,有人提议由黎元洪出任为佳,这个提议其实是由多种原因促成的。一是当时著名的革命领袖如孙中山远在国外,黄兴、宋教仁尚在香港和上海等地,而武昌起义的革命军人的最高军阶也不过是相当于连排长,缺乏号召力;二是武汉的新军也不都是革命党人,要使这大多数的军人参加这场巩固与继续革命的战斗,一定要有一个他们信得过的人,黎元洪一直以重德行、颇清廉的汉官形象出现,平日既受士兵拥戴,就能产生一定的"向心力";三是起义一定要有一个知名的人物出面,才能对外界有震撼力,光凭一般军人出面,外界只以为是一场"兵变",容易被清军或武汉租界的帝国主义军队镇压下去,而黎元洪是知名的高级军官,在全国性秋操中,曾受到过清廷的表彰,在军界颇有好评,南方多省的军队都派人到武汉南洋军中来参观见习过,因此,他在部队中人脉很广;四是他与武汉各租界当局的关系也较好,因为懂外语可与他们直接交流,平时打交道就多,所以可使各租界当局不出面干预,有保持中立的可能,那就不会受外国势力的讨伐;五是他懂军事,可在以后对清廷的战斗中发挥他的所长。在贡少芹的书中归纳起来大致有以上几点。过去,革命党人不过是在起义前密商时,曾提及过他或许能胜任这一职务,咨议局立宪派又由于他能参与保路运动,对他抱有好感,于是一致赞成这一提议。当探得黎所躲藏的处所后,大家就派代表去请他"出山",可是黎元洪非常惶恐,他借口事关重大,自己又不是革命党人,不能担此重任,请另选贤能。他是被挟持和拥戴到当时的革命指挥部去的。在指挥部前革命军人还夹道鼓掌欢迎他,可他还是不同意出任,于是被软禁在指挥部内,三天中食不下咽,进行激烈的思想斗争。这与后来盛传他是"床下都督"的传说颇有关系,但说他在革命党人请他出任时,躲在床下发抖,毕竟是无法证实的"民间故事"。当革命党人贴出第一张安民布告时,就叫他签名,他还一再说"莫害我,莫害我",还是旁人在布告上代签了一个"黎"字,但这张布告在民间产生了意想不到的效力。群众围观布告,不识字的急切地请旁人念给他听,大家都拍手叫好,民心得到了安定。外国人也啧啧称奇"想不到黎也是革命党"。布告内有保护侨民生命财产的内容,于是他们也严守中立。不吃不喝的黎元洪还在紧张地盘算,他也不愿为清廷"殉节"。如他不出任,革命党人也决不会放过他,已经有人建议,将他杀了祭旗;如革命失败,他也要被清廷视为管理部队不力而判罪,再加上布告由他署名,他那时也有口难辩,保不定还有灭族之灾;而当时革命军很快占领了汉阳与汉口,局面有了进一步的起色。另外,他去年在秋操时也领教过北军的实力。正如陈冷血在时评栏的《黎元洪逸事》中所记的:"去年北军秋操,元洪亦预其间,归对人言,极诋北军之不足恃,其轻之已久矣。"①他考虑,如出任都督也有有利于保存自己和家族的一面,他也知道当时人心所向,革命成功的希望也是很大的。因此,在做了三天"懦夫"之后,他以剪辫为开端,表示决心拥护革命。他干脆剃了一个光头,有人说他像一尊罗汉,他第一次露出笑容说像"弥勒佛"。于是,他到楼下去进行演说,表示支持革命。革命党人为了坚定他的决心,1911年10月17日,在阅马场召开盛大的祭天誓师大会,黎元洪身穿军装,佩军剑,骑高头大马,俨然以首义都督、民国元勋的姿态出现。从此他由过去的消极转为积极地参与军事斗争。我们可以这样说,孙中山是英雄造时势,黎元洪却是时势造英雄。黎任都督后的又一大功劳是策反了清廷海军总司令萨镇冰。当时武昌前线最厉害的是海军的炮火,它使革命军和百姓大受损失。萨原是北洋水师学堂的教师,他对黎在学习时的印象很好。于是,黎以学生的身份写信诚恳地劝萨反正,取得了成功,海军主力退出战场,大大减轻了革命军的压力。尽管如此,我们也不能否认黎的态度由消极转变为积极,是有一个较艰难的过程的,但贡少芹在《黎黄陂轶事》中简单化地忽略了他的艰难转变过程。书中写革命党人要黎出任都督时,"黎踌躇曰:'公等此举,吾也深表同情,吾不敢遽应命者,第恐蹈3月29日黄花岗之覆辙,徒多戕同志生命耳'"。他又怕自己不是革命党人,无法调动一切,但"众曰:'惟都督之命是听,有不服从

---

① 陈冷血:《时评(一)》,《时报》1911年10月16日。

者,都督纵能恕彼,吾侪不之宥也'"。于是"黎颔之"。①将一个清廷的高级军官转变为首义都督的过程,处理得如此简单化,实际上有美化黎元洪之嫌。

在袁世凯出山后,倡导和议成功。选孙中山为总统,各省代表又选黎为副总统,兼领湖北都督及海陆军大元帅。黎一直误认为袁世凯有"治世之才",也有治理中国之实力,而袁世凯也笼络他。他于1912年8月借袁世凯之手屠杀了首义的革命党人、令他胆战心惊的张振武,这是黎氏生平的一大劣迹。事情的原委是这样的。张振武,小学教师出身,"武昌首义"的重要参与者之一,与孙武、蒋翊武合称武汉"三武"。张振武思想激进,胸无城府,敢说敢做。在黎元洪思想苦斗的三天中,张早已不耐烦,曾建议干脆杀了黎元洪。黎元洪就职都督之后,张振武时时带着六十名卫士,屡屡闯都督府,如入无人之境,又常常出黎的洋相,让黎元洪下不了台。后来张携巨款到沪去购军械,黎检查后认为其中次品甚多,又觉账目不清,就查问张振武。张当面拍桌子敲板凳地回答道:你是我们拉你出来做都督的,你现在竟这样对我们,你不要搞错啊!再加上当时张有若干极左言论,他开口闭口在演说中表示,革命非数次不成,流血非万万人不止。第一句话还说明他是一个坚定的革命派,他对辛亥革命后的现实是不满的,至于要流万万人的血不止,就说明他可能会无限制地扩大革命对象。中国当时也只有"四万万同胞",还经得起如此杀戮吗?更让黎元洪胆战心惊的是,他觉得张此类言论,下一个革命对象就必然是黎自己,因此就欲除掉张振武。此事在武汉是不能下手的,他就借袁世凯之手以封张为蒙古巡边使为名,将他诱到北京。黎致电袁世凯:

> 张振武怙权结党,桀骜自恣,赴沪购枪,吞蚀巨款。当武昌二次蠢动之时,人心惶惶,振武暗中煽惑将校团,乘机思逞……近更蛊惑军士,勾结土匪,破坏共和,倡谋不轨,狼子野心,愈接愈厉……元洪爱既不能,忍又不可,回腹荡气,仁智俱穷,伏乞将张振武立予正法,其随行方维,系属同恶相济,并乞一律处决,以昭炯戒。②

---

① 贡少芹:《黎黄陂轶事》,上海国华新记书局1917年版,第14页。
② 蔡东藩:《民国通俗演义》,中华书局1973年版,第109页。

袁世凯正当在笼络黎元洪之际，更有电报为黎主动杀张的铁证，自己可毫不负杀首义革命党人的罪责。于是立抓立杀，两小时就解决此事。当有人闻讯赶来营救时，也只能抚尸大恸了。此事件使黎与革命党人的关系恶化到了极点，革命党人掀起数次倒黎运动，但都未成功。于是一度以"黎菩萨"为诨名的黎元洪也被改称为"黎屠户"了。

当时，除孙中山与袁世凯的南北势力外，黎俨然成为中国中部的第三势力。在孙中山内阁中，武汉首义的党人却无一人入阁，引起武汉部分革命党人的不满，就联合立宪党人，建成共和党，推黎为党魁。在以武汉还是以南京为首都的建都之争中，首义之地又未能入选。再加上黎、袁合谋杀害革命党人，凡此种种，这一时期，黎倒向了袁世凯一边。在这些关键问题上，贡少芹的《黎黄陂轶事》却为黎氏开脱，这并不实事求是。贡在文中说："赣宁二次革命，黄陂恐湖北糜烂，不得不依附中央。"又说杀张振武非黄陂主动，而是袁世凯"托词将任张、方重要责任，惟不知其品性与心术，其任用与否悉取于黄陂一语"。黎素嫉张、方嚣张，"不得不历述二人在鄂专横之历史，其意盖使项城不必重用也"。①此类辩白徒使一本尚有一定价值的传记的真实性大大受损。

黎元洪虽向袁世凯一边倾侧，但袁对这位非北洋嫡系的第三势力，还是放心不下。想诱其入京而加以控制，但黎近二十年在湖北苦心经营，他就是不肯离开这老根据地。最后，袁世凯命手下悍将段祺瑞亲自出马，"敦请"黎北上商计国是，黎不得不上火车去京，在火车上他就听到袁世凯宣布任命段祺瑞为湖北都督，黎听后如五雷轰顶，知道此去必然凶多吉少。这也使黎由原以为袁有"治世之才"发展到对他的为人失去信任。袁世凯迎黎下榻瀛台，这是慈禧幽禁光绪的场所，于是"湖北王"一变而为"瀛台囚"了。先有段祺瑞，后有段芝贵将黎的军队改编或遣散，从此，黎就成了光杆司令，他的老本输个精光。"黎菩萨"就成了"泥菩萨"。可以说，他以后只能俯首于袁世凯之下，即使是等袁死后，他虽继任了总统，但也非得看各派军阀的脸色度日不可，虽数度有总统与副总统之虚衔，却几乎没有过一天好日子。

不过在以后的日子里，黎却还有一生中的两个亮点，使他在中国现代史

---

① 贡少芹：《黎黄陂轶事》，上海国华新记书局1917年版，第33页。

上,除首义都督之外,还能看出他对共和的信念是坚定不移的。一是袁世凯称帝时,先是杨度来做说客,贡少芹写黎当时的回应:"吾所处之地位为共和国副总统,若关于民国事宜,既承下问,吾可妄参末议,若涉范围以外,吾不愿与闻,言已,拂袖入。杨度等惭赧而退。"①袁世凯封他为"武义亲王",武义即武昌首义之意。并将"武义亲王府第"的匾额强挂在他大门上,黎命人摘下弃之一边。袁世凯定武义亲王的俸禄每月三万,袁屡送黎屡退。袁以为孙武是黎的亲信,由他送去也许能够接受。贡少芹写道:"黄陂曰:'我思辛亥起义诸先烈耳,若辈不惜牺牲生命,换取共和。君与吾亦起义时之一分子也,所幸生存世界,当继其未竟之志,若曰改变初衷,异日何以见诸先烈于地下乎?'孙武惭而去。"②当梁士琦再来黎宅说项时,黎指着厅中的一石柱说:你们如再逼我,我就撞死在这里。梁士琦怕惹出大祸,连忙退出。在袁欲称帝时,黎元洪借此机会,愤然早早从瀛台迁出,住东厂胡同。总之在袁世凯称帝时,黎元洪的表现为生平之一亮点。

当袁世凯死后,黎即为大总统。当时段祺瑞为内阁总理,段刚愎自用,视总统为他的盖印机器,他的命令是非借总统府之名发出不可,于是何时想盖印,就立刻要按他的旨意照办。于是引起了严重的所谓"府院之争",也即总统府与国务院之不和。段等以武力挟持总统,而无一兵一卒的黎元洪奈何他不得。此时,张勋忽然愿以调人的身份入京斡旋,黎正在走投无路之际,病急乱投医,就请张勋只身来京。谁知张勋带了六千辫子军来京,会同康有为演了一出复辟的丑剧。人称"武圣"与"文圣"的张、康扶持十一岁的幼主溥仪坐上龙座,封黎元洪为一等公,并要他"奉还大政"。黎答道:此应由国民公决,吾不能私相授受。对授予一等公的答复是:"洪宪时代,武义亲王,尚薄而不为,乌有此时而受是项乱命乎?盖余在位则为公仆,退位则为公民,举所谓亲王、公爵者,俱不足以荧惑我也。"③这就是黎元洪在袁氏称帝时,持反对态度之外,对张勋复辟再次表示了仍坚持民国共和制立场的又一亮点。贡少芹还写了一段"黄陂欲枪击张勋":黎"谓其夫人曰,张逆叛国,余为共和国元首,誓必手刃此贼,俟其来而歼之,苟杀彼,余必无生全希望,

---

① 贡少芹:《黎黄陂轶事》,上海国华新记书局1917年版,第67页。
② 贡少芹:《黎黄陂轶事》,上海国华新记书局1917年版,第69页。
③ 贡少芹:《黎黄陂轶事》,上海国华新记书局1917年版,第95页。

否则余亦必为彼所杀。言已,匆匆出,其夫人牵衣挽之,绝裾而去,盖黄陂本挟一不怕死决心,将待张至,拼牺牲此生命,与之激斗也"①。实际上,张勋并没有亲自来见他。这一段,其他各书都未见,仅为孤证,只能存疑。

黎晚年悉心从事实业救国的宗旨,亦有所贡献,但这已是写《黎黄陂轶事》之后的事了。贡少芹的《黎黄陂轶事》出版于1916年,到1917年再版时,才加上张勋复辟之经过。在"绪论"中贡少芹写道:"不佞居鄂最久,关于黄陂之微事细行,耳所闻目所睹者,不可偻指,兹特表章出之。"②在这本轶事中,他的确讲了许多黎黄陂值得人们尊敬的言行,但它的致命缺点是处处为黎黄陂的劣迹辩护,凡此是有违历史真实的。

在冯天瑜、张笃勤所著的《辛亥首义史》中,有一段对黎氏的"平议":"概言之,来自旧营垒的黎氏出任都督,在湖北军政府时期所发挥的效力,可以喻为一柄双刃剑,一方面,有助于军政府的稳定与发展,这种效用是由革命党人出任都督所难以企及的;另一方面,又在与革命派角力之际,曾借袁世凯以自重,打击党人,消弭革命力量……综观全体,步履蹒跚,充满矛盾性的黎元洪,在辛亥革命及民国建设中的积极贡献和消极作用也不可小视,然置于历史天平,作一总的权衡,堪称一位应予基本肯定的人物。"③这是辛亥革命百年祭时历史学家对黎氏的评价。对历史人物,应该给予公允的评价,既不能"美化"与"拔高",也不能"丑化"与"矮化"。

---

① 贡少芹:《黎黄陂轶事》,上海国华新记书局1917年版,第93页。
② 贡少芹:《黎黄陂轶事》,上海国华新记书局1917年版,第2页。
③ 冯天瑜、张笃勤著:《辛亥首义史》,湖北人民出版社2011年版,第341—342页。

第三章　通俗作家声讨袁氏称帝和张勋复辟两股逆流

黄　诚　范伯群

上　篇

　　1915年袁世凯称帝和1917年张勋复辟时，新文学家的队伍尚在集结中，以文艺为武器反击这股逆流的任务，主要落在民国通俗作家的肩头。通俗作家不负众望，他们笔下的时评杂感和长短篇小说，硕果累累，而他们擅长的"轶事逸闻"笔记也实在不容小觑。我们别看它是不起眼的"边角料"，选材好的也像速写一样几笔就能画出形神兼备的人物形象。当时的通俗作家正如包天笑所说的，是一批"拥护新政制"的人，也即他们赞成以孙中山为首的共和派，因此在这两次战斗中，他们的作品可以说不仅数量极多，而且速度也特快。他们所掌握的上海三大报的副刊，即《申报·自由谈》《新闻报·快活林》和《时报》的"时评"，都有即时性的时评杂感出现于报端，称帝、复辟发展到什么阶段，时评杂感马上就针锋相对地痛加围剿，即使是大部头的作品，也不甘拖沓落后。袁世凯是1916年6月6日死的，由野史氏编的《袁世凯轶事》集，于当月就由上海文艺编译社出版，销路极畅，到1917年4月，就印到了第七版，平均不到一个半月就得再版一次，说明当时的市民大众也特别关注揭露称帝罪行的种种内幕，野史氏编的《袁世凯轶事续录》集也在1916年10月问世。张勋于1917年7月1日拥冲龄废帝坐上"龙廷"，7月12日就宣告复辟失败，野史氏所写的《复辟之黑幕》在7月份就出版了，而且在近八十年后，得到柯灵和张海珊的好评，在他们二人主编的《近代文学大系·笔记文学集2》中，选了《复辟之黑幕》中的二十六则轶事，并加了赞赏的评语，可见这部作品还是有一定文学性和保留价值的。至于长篇小说，杨尘因的洋洋七十万言的《新华春梦记》在袁氏死了六个月之后，于1916年12月由泰东图书局出版。这种速度对长篇小说而言，也属"闪电战"了。下面将多种文类的主要作品依次作简要的介绍。

第一节　冲锋陷阵的时评杂感

时评杂感可以扮演轻骑兵的角色。当时《新闻报》副刊《快活林》的主编是严独鹤；《申报》的总主笔是陈景韩（冷血），其副刊《自由谈》的主编也由他兼任；《时报》的"时评"则由陈景韩和包天笑任主笔。

"时评"这个名称是由陈景韩任《时报》主笔时"发明"的，原属"专用"，意为"《时报》的短评"。主要是由陈景韩用"冷"的笔名与包天笑以"笑"的笔名执笔撰写，而两人合作时，就以"冷笑"为笔名。当时其他报纸写时政评论，还习惯于用那些起承转合的长文，而《时报》的时事评论，皆是言简意赅的短评，甚至短到一句就另起一行的格式，真所谓"匕首投枪"。后来很多报纸都学这种"冷血体"，过去中国没有"时评"这一词汇，然而被各报借用后，它就变成"时事评论"的公用名称。1912年年底，陈景韩被"挖"到《申报》作总主笔后，《时报》的"时评"主要就由包天笑独自承担了。这些副刊的作者都被划入通俗作家的行列，由他们撰写或组织的时评杂感活跃在反帝制和反复辟的斗争中，成为声讨袁氏与张氏的檄文。

沪上三大报中最老牌的是《申报》，在这次全国性的大事件中，冷血作为"时评"的首创者，当然要以"时评"去还击那股逆流。他非常敏感，当1915年8月3日袁氏的美国顾问古德诺发表《共和与君主论》后，他马上感觉到有一股邪气扑鼻而来，他在8月12日的《申报》上发表了针对性的"时评"，其形式就像当年他在《时报》首开"时评"专栏时那样，也采用一句换一行的简洁锋利的格式，文章的题目是《不谈政体》：

政体已成事实矣，何必多谈？
总统已明白宣誓矣，更何必多谈？
今日所宜谈者，宪法也，非政体也。
古德诺者，宪法顾问也，非政体顾问。
古德诺多事矣！

何则谈政体,非今日所急也。①

辛亥革命以后共和政体已成事实,袁世凯任总统时,在誓词中也表示坚决拥护共和制度,而你这个美国人发表的这篇"废话"背后却大有用意。所谓"多事",可以作两方面的理解,一是你管得太宽了,你是在多管闲事;另一是,若更往深处想,所谓"多管闲事"者,是唯恐天下不乱的主动"挑事"。这确是大有背景的要下一盘大棋的一个引子。果然,古德诺1915年8月3日发文,杨度等六人在十一天之后就以此为据组织筹安会发表宣言,提出"讨论国体问题"。冷血在苗头刚出现时就看出这个美国人不怀好意。8月23日,筹安会正式成立,以研讨"共和政体得失"为名,所谓"筹安六君子"掀起轩然大波。冷血在8月27日就发表时评《杨度杨度》:

此筹安会,惜不倡于清帝逊位之前。杨度之救国论,惜不发表于革命未成之日。盖假令在其时,不论其会其事之当否,而杨度固不失为矫矫独立之士也;假令其说固正当诚实,我中国可以强,可以富,可以立宪,而我民并能不出再番更国体之代价也。虽然未革命之前,中国原非君主乎! 何以国不富、国不强,预备悠久而立宪未成也?②

文中指出杨度发起成立筹安会的目的是昭然若揭的:这种论调如果出自帝国时代,你不失为一个"君子",我们甚至可以不必付出辛亥革命的沉重代价,但你在民主共和国时期提出,不过就想通过筹安会来造舆论,再"复辟"出一个皇帝来。可是有了皇帝,国就能富强和立宪了吗? 清廷就是活标本。所以他在文中加了一句,"假令其说固正当诚实",意为杨度是别有用心的,既不正当也不诚实,他是有来头的,后面有一堆不可告人的私货在。冷血之笔写时评老辣深刻,在当时的确是首屈一指。

冷血针对"称帝"阴谋的步步推进,随着时序的发展也有几十篇这样的时评。当袁氏被迫取消帝制时,他又为袁氏其人作了总结,也为此番"折腾"概括出历史的教训:"世之得以统治人者,不外二途,其一曰真诚,其二曰巧

---

① 冷血:《不谈政体》,《申报》1915年8月12日。
② 冷血:《杨度杨度》,《申报》1915年8月27日。

术,真诚万古不磨,巧术则俟其巧尽而止……若巧术则必至弄巧成拙之时,而无法可施之时期至矣。呜呼,人心去矣……虽有巧心,乌能成事?况所谓巧者,乃天下之大愚也耶!呜呼,无法可施矣,可以已矣。"(《申报》1916年4月9日)后面两句是说,帝制已被迫取消,那个总统的座位你还霸得住吗?你不过是个大笨伯,收场拉倒!对袁氏,冷血投以轻蔑的一瞥。1916年6月24日,北京传来蔡锷病逝的假消息:"北京电,某使馆传出消息,蔡锷已在永宁病故,蔡病系脑膜炎云云。"收到这个假噩耗,冷血同一天就发表了题为《蔡锷》的时评:"蔡锷,此次挽回帝制之机关也……其能本其良心以行实事,不惧万钧之力只身万里发难与帝制抗争者,蔡锷一人而已。蔡锷脱虎口至云南后,云南独立,云南独立而后,贵州独立,云贵独立,而后有护国军。有护国军,而广西独立,广西独立,而后帝制取消。"自广东、浙江、四川、湖南等地均独立,"而后帝制之中心人物,遂以病逝,而后乃有今日。除川南之战绩不计外,蔡锷固已有功于民国也。呜呼,若北京所得之消息而确,我为民国惜焉"。冷血爱憎分明,冷血不冷。第二天才有电更正,6月24日之电乃谣传,其时,蔡锷尚在日本治病。

如果说《申报》上冷血的时评以简洁锐利著称,那么《新闻报·快活林》的杂感则以讽喻灵动为特色。这些文章除主编严独鹤撰写之外,大都由其他通俗作家执笔,有的化名至今也不知何许人也,如果不是严独鹤的化名,也可能是通俗作家"朋友圈"中人。文章写得勇敢泼辣,坚决顶住那股势头不小的逆流。由于《快活林》是由以前的副刊《庄谐录》改版而成,因此每一期还有一篇"谐著",以便令读者能收获阅读快感,因此,它的时评杂感的讽刺性特强。袁世凯于1915年为恢复帝制而紧锣密鼓,而《快活林》也随之一着不让,针锋相对。袁氏的宪法顾问美国政客古德诺发表《共和与君主论》,妄言帝制更优于共和。杨度、孙毓筠、严复、刘师培、李燮和胡瑛等所谓"筹安六君子"甘为袁氏称帝的"马前卒",掀起"讨论国体问题"的轩然大波。国内正义人士纷纷责难古德诺,为什么不到美国去实行"优于"共和的帝制?筹安会的宣言以古德诺的定调为理据,因此也破绽百出,受到同声共讨。9月20日,《快活林》即发表笔名为"太和"的《拟筹安会征求大手笔》一文。此文用筹安会诸公的口气,承认"鉴于日前宣言书之为世诟病","故劝进表一通尚在迟回审慎之中"。现拟向四万万同胞中之"大手笔"求助,希望能有"才智通达之士",写出"典雅高皇,古气磅礴,或引据经史,或侈谈欧美,务足引起读者之兴会,令其击节叹赏,拍案惊呼,咸知时不可失,大事始克有济"。如"文字无灵",则"不能达本会日夕祈祷之目的"。如有此等"大手笔","本会当特派专车,奉迎到会。酬润不惜从丰……将来新君登基时,代为奏请颁给头等宝星,以示优异"。这篇杂文对所谓"筹安六君子"极尽讽刺之能事:若要古气磅礴或引据经史,可称"国学大师"的刘师培谁人能及;如要侈谈欧美,中外兼修的严复则冠绝同侪。这些会内的皇皇"大手笔"也并非"江郎才尽",为何在"迟回审慎"之余,深感束手无策?只因对帝制那一套,早已药石无灵,在中国历史上它已"寿终正寝",还有什么大手笔能令它"起死回生"呢?

接下来的便是筹安会所属想出种种离奇方案,制造种种荒唐借口,欲为实现帝制找一条阻力最小的"旁门左道"而煞费苦心。因为前有让袁氏成为终身总统之说,但现在要做皇帝,终身总统是不够过瘾了,是否用总统世袭的办法去替代呢?又想到总统一旦变成皇帝,不被国际所承认又该咋办?于是提出对外续称总统,对内则称皇帝的"良策"。真可谓绞尽脑汁,却一个办法比另一个办法来得更蠢。《快活林》在1915年9月29日发表笔名为"吴悔公"的《戏拟小百姓上筹安会书》。文中说筹安诸君"情态直无异于新嫁娘羞对人直言其夫婿也,乃转易一名词曰'他'……与其遮半面琵琶,不如落落大方,全身毕现,反令我小民死心塌地,以崇奉此尊无二上之君主也"。"至于清议可惧,外人难服,似可不必计及。当今之世只宜图利,何容虑将来之害……诸公可放胆为之,小民当拭目以俟"。具名为"全国小百姓上"。接着在9月30日,又发表了笔名为"蛰民"的《时局预言》,其中谈到未来一是"拜跪裤涨价",因为对皇帝是要三跪九叩的,今之礼服皆不便于拜跪,预测做此项生意将大有利可图;二是"六君子封爵",但也预告"又必有争功斗宠活剧出现于北京舞台,以供看客之欣赏也";三是"小百姓吃苦",事态必发展到"人心惶惶,市面动摇,天堂未见,地狱先现"。筹安会成了"筹祸会"。这些杂感均能句句说到老百姓心坎里,而筹安会善献媚的"乏走狗"们的原形也暴露无遗。

说到"争功斗宠",争功斗宠者马上就现身了:梁士诒认为靠这几个"书呆子"光是进行什么学理研究,又在所谓合法考量上做文章是钝刀子割肉,半天也不出血的。他于1915年9月16日发起组织"全国请愿联合会",发动各地军阀、各省官僚、各"自发"团体请愿劝进,以"民意"所向为由,可迅捷扶袁氏上台。这使筹安会诸君颇为侧目,自觉这头功被梁财神抢去了,而且这一招还有一个绝妙的功效,因为袁氏就职时曾宣誓拥戴共和,现在要实行帝制,岂不自食其言？如以"民意所向为重",又是另一说法了。戏还要演得丝丝入扣,第一批请愿书呈上,务必假装"退回",以表示忠实于自己的誓言,然后再掀起一个请愿高潮,才装出实在无法不食言而只能"屈从民意"的样子。誓言宛如放屁,"民意"才高于一切。筹安诸君面对这种妙计只好甘拜下风,他们也只能"随风起舞"了。这是从第一阶段的研究学理发展为第二阶段的"劝进"请愿。这样《快活林》的杂感也升级为《戏拟上海人力车夫致北京人力车夫书》,因为当时的确组织了"北京人力车夫请愿团",甚至聚集上万人,签名者每人发铜元四枚。请愿联合会还令丐头召集众乞丐进行请愿,于是又有《戏拟乞丐请愿书》等杂文。筹安会诸君也不甘落后,发起"妇女请愿团",独鹤还写了《妇女请愿之利益》,袁氏大内将不用太监而改用女官,而"妇女请愿团"的团长安静生就荣任女官之首长,以代昔日的李莲英之流,这使流落在清宫之外久已失业的太监们就只好一枕黄粱了。而在"妇女请愿团"之后,又派生出"妓女请愿团"。在这些"戏拟"文中最值得介绍的是1915年10月21日瞻庐写的《戏拟致君媒书》。"君媒"者,即为"万岁爷做牵头,为皇帝老子拉皮条,为黄袍加身者做撮合山"之媒人也。"顷者文字收功,目的已达,新帝临朝,近在旦夕。""公等以大媒资格建不世奇功,届时以黄金千镒、白璧百双为酬媒之柯仪,铁券之赐,茅土之封,为谢媒之礼物。"可是"自公等一作君媒,而全国之公民竟下降为蚁民,将来君主位高,蝼蚁命贱,未始非公等有以玉成之,是公等于元首则曰君媒,对于人民则曰蚁媒"。"公等贪此一杯媒酒,作饮鸩止渴之举。万一中原多事,不识咎将属谁？是公等对于敌体则曰君媒,对于时局则曰鸩媒。"此文从君媒谈到蚁媒,而当时局有变时,与人民为敌者就是"鸩媒",饮鸩止渴的下场,公等应熟思之。此文代表了众"蚁民"的万般愤恨,也直问得"君媒"额上直冒冷汗。袁氏帝制的第三阶段就是粉墨登场了。于是《快活林》刊登独鹤的杂文《滑稽新闻》,第一则是《多管闲事》:"老店新开,时机业已成熟。识者早知一瞬间即须将公司招牌除下,改为独家经营矣。但闻同业中人近忽以该店轻率更张,流弊所及,恐致牵动市面为词,群起阻止,一池春水,底事干卿？"另一则是《新字典之畅销》:"现有某书肆发行一种字典……销路极旺。出书不及一月,已再版至千余次,购此书者,以军界官界中人为多,而国民代表尤莫不人手一册,其内容如何,严守秘密……经东方福尔摩斯再四侦察,始知其全书仅有一页,用西洋纸精印'赞成'二字。"新字典之出版对书肆而言,"亦大好之投机事业也"。这种讽刺是刻骨的。每一次军阀和地方官员的"劝进",就是一次"再版",而"袁记"的国民代表人手一册,那就是大家必须"依样画葫芦"了。杂文虽于1915年11月7日发表,但颇有点预见性,因为到了11月20日,袁氏的御用各省区"国民代表大会"才为国体问题投票。果然到那一天,一千九百九十三名代表无一人敢表异议,大家都抄某书肆所出版的新字典,票箱里一律是"赞成"二字,宣布之后,还同声高呼帝国万岁,声彻堂陛。袁氏当然满心喜悦,可是袁氏却不知道高兴之日即末日之时:被他软禁在京的蔡锷将军却在前一天——11月19日悄然脱险,离开了北京。这预示着"帝制"第四阶段的开始,云南将高举声讨义旗! 蔡锷将军等正义人士不"买"他编的这本新字典。《新闻报·快活林》的时评杂感虽以"谐著"面貌出现,却嬉笑怒骂皆成文章,可说是极尽讽刺挖苦之能事,有时激愤到将嬉笑化为冷嘲,怒骂以致刻骨,真正是为全国的小百姓代言声讨。

当时,包天笑所主持的《时报》"时评"上也有许多绝妙的短文。如袁氏准备于1916年元旦正式登基,并以1916年为"洪宪元年",但他事先就预定将大肆封官赐爵授勋。包天笑1915年12月25日于《时报》发表时评《鹰犬》一文:"犹忆郑汝成既封侯,其仪仗中有鹰犬等物。记者浅陋寡闻,不知凡公侯伯子男等勋爵,其仪仗中皆须用鹰犬否乎?则恐鹰犬之价值将大增矣。今吾政府开国叙勋,所云爵赏方续续无已,窃恐鹰犬不足,将以人代之也。"明摆着就是将授勋爵者比喻为袁氏之鹰犬。《时报》主要是面对国内文教界读者,包天笑对这方面的事情,当尤为列入报道之优先。当袁氏软禁章太炎时,《时报》于1916年5月21日发表包天笑的《幽禁章太炎》:"章太炎一学者也,前清时代提倡种族革命最力,至于今日,所谓种族革命亦既已遂矣。试问彼究有何罪而必欲幽禁之致于死?夫政府而果有力者,何不阻止蔡锷出京,亦既放虎归山矣,而拘一手无缚鸡之力之文人,以为解嘲之地,亦殊可笑人也。"袁氏所以要将章太炎幽禁于北京龙泉寺,就是因为章太炎坚决反对帝制,包天笑公开报道此事,使群情愤激而向袁氏施加舆论压力,为他日营救章太炎助力。

我们以沪上"申、新、时"三大报为例,将当年通俗作家反帝制的正义态度作了一个回顾。相比而言,其中以《快活林》最接市民大众之"地气",以《申报》陈景韩的时评最为老辣而深邃,而《时报》的包天笑亦不乏多篇妙文,但相比之下,包天笑的时评当以反张勋复辟更为锐利。

第二节　"轶闻逸事"为袁世凯画像

　　通俗作家擅长"侃"轶闻逸事，但如果侃得好，只要不是"下三滥"的恶搞，有时几笔或几个细节，就能为人物画像，为事件说明原委。搜集袁氏称帝、张勋复辟的轶闻逸事最活跃的当属扬州通俗作家贡少芹。他在袁世凯1916年6月6日死后，当月就编辑出版了一部《袁世凯轶事》。隔了四个月，即10月份就编辑出版了《袁世凯轶事续录》，他还出版了《洪宪宫闱艳史演义》和《八十三日皇帝之趣谈》等。后两部也谈不上是他的创作，而是一种对知情人口述的记录。关于《洪宪宫闱艳史演义》，据贡少芹说，是转述某姑苏女子的口述。此女子为袁母养女，自幼即生活在袁家，袁母视其如己出。此女终身未嫁，大半生为袁氏巨族中的女塾教师，袁氏之女均为她的生徒。袁氏称帝时，此女已"发苍苍而视茫茫矣，犹执教鞭勿辍也"，直到袁殁才归姑苏故里。对袁氏家庭间事，皆能津津不倦，犹似白头宫人谈天宝遗事，此书就出于她的口述。她能详略不等地复述袁氏十六"御妻"的出身与嫁娶经过、十七"皇子"的各各行状、十六"公主"的个性与事迹，其中详略就是按他们在袁世凯心目中的地位决定篇幅的多寡。对袁氏称帝前后直到临终的动态，此书都有所涉猎。读后觉得这个"艳"字，主要是为了商业推销而设的，因为出之于当时的有教养女子之口，绝不会夹杂些不堪入目的东西，有时倒还能涉及一些颇可观览的袁氏内心世界。不过一人娶如此多的宠妾，事实本身就可为他戴上"荒淫无耻"的帽子，要说是"艳史"也不为过。《八十三日皇帝之趣谈》是写袁氏为皇帝时所施之阴谋诡计与穷奢极欲生活，袁氏忽儿得意，忽儿失意，嬉笑怒骂，哭啼间作，到头来是一场春梦，而六君子十三太保逢迎取媚，丑态毕呈，种种事实，均为历史之未录者，而内容系出自袁氏侍从之口，亦较为可据。

　　《袁世凯轶事》叙述了袁氏读书时的轶事：作文时，"师尝命题为'普天之下，莫非王土，率土之滨，莫非王臣'四句。项城之文前后多不成句读，惟中有二小股云：'东西两洋，欧亚两洲，只手擎之不为重；吾将举天下之土，席卷囊括于座下……吾将强天下之人，拜手稽首于阙下，有不从者，杀之无赦。'其师阅之，为舌挢不下"①。又记袁氏尚总结其一生行事顺遂之本：他"尝对

---

① 野史氏（贡少芹）辑：《袁世凯轶事》，上海文艺编译社1916年版，第13页。

人言,天下无难事,惟有金钱,自能达到目的"①。在《袁世凯轶事续录》中又述袁氏少年时之另一篇作文:题为《千乘之国》,当时其师正与客下棋,于是袁世凯即就着棋发挥道:"千乘之国,若着此棋焉,夫着棋不厌诈也。治国亦不厌诈也,治国非如着棋乎?"②莫看这三件轶事,简直将袁氏的"三观",即世界观、人生观与价值观一总概括了。"吾举天下之土,席卷囊括于座下"是他人生追求的目标,"天下无难事,惟有金钱,自能达到目的"是他攫取目标的手段,"治国亦不厌诈也"则是他巧取豪夺达到目标的具体策略。他一生干过像参加强学会,取得康有为之信任,才有本钱向慈禧告密,悍然出卖光绪皇帝,攫取直隶总督与北洋大臣之高位,因此,有民谣云:"六君子,头颅送,袁项城,顶子红,卖同党,邀巨功,康与梁,在梦中,不知他,是枭雄。"他借辛亥革命而雄起,获取孙中山将总统之位让于他的机会。他一面买通清廷权贵,逼清帝逊位,一面宣誓拥戴共和政体,誓词尚在人们耳边,他就阴谋恢复帝制,凡此种种,都表明他为了达到自己的人生目标不惜使用"诈术"。他在朝鲜时欲取韩王之位而代之,待失败狼狈归国,他在国内仍不过是个道员,即相当于厅级职位,他如何甘心? 于是通过阮忠枢以巨金"为阉官李莲英寿",据说是花了五十万两白银之数,李莲英就将慈禧治国的机密一一通报袁氏,又告诉袁,要升官职须由大员提议,阉官只能从旁怂恿,才能成事,建议他拜在荣禄门下,荣禄乃慈禧的外甥,官居军机大臣,深得慈禧信任。于是袁又以重金结识荣禄。他那时还没有亲自将光绪欲借他的兵力,实现还政的机密向慈禧直呈,而是要通过荣禄,于是荣禄连夜进京向慈禧告密,结局是光绪被幽禁于瀛台。袁氏用金钱开路,以奸诈为进身之阶,才得以从练兵大臣之重任再攀上北洋大臣的高位,窃取了可以左右政局的大权。他一贯用金钱打通一切升迁之路,运用得可谓熟极如流。他要称帝时,几乎动员了各个阶层的吹鼓手来为他"抬轿",可是清廷遗老们没有什么动静,于是他看中所谓"素孚众望"的国史馆馆长王闿运(表字湘绮)为他写劝进表。可是王湘绮却向他索价二十万元。"交易"成功后,袁世凯撚须笑曰:"三个字(即王湘绮的签字画押——引者注),卖我二十万,其代价不可谓不巨。假若个个如此,我便搜罗全国所有,兀自不敷供给他们呢!"少顷,又曰:"细细想

---

① 野史氏(贡少芹)辑:《袁世凯轶事》,上海文艺编译社1916年版,第54页。
② 野史氏(贡少芹)辑:《袁世凯轶事续录》第1卷,上海文艺编译社1916年版,第3页。

来,还是便宜。我虽然花费金钱,到底落个子孙万世之业,那老头儿不过得了二十万元,可算将中华大国,签押卖给我了,而且这笔巨款,何尝是我自家私囊里拿出来的,还不是取给在百姓们身上吗?"①原来他的金钱开路全是搜刮的民脂民膏。莫看这些轶闻逸事,一是暴露他自小就有"皇帝情结";二是通过他向人传授办事顺遂的秘诀,可知他确是以行贿起家的;三是他以诈治国,因此,民谣中以"枭雄"为其定性是非常中肯的。他一生奸诈,到弥留时不得不自己承认。他对老友徐世昌(东海)说:"老友,予生平惯以权术操纵人,不图晚年竟为一般宵小所愚,致令予一世英名,扫地以尽。予自恨又复自悔……杨度误我,杨度误我!"②但是像他这种枭雄,他人是无法左右的,只能从旁助推。当然他一生不是没有做过好事,但若论"英名"是谈不上的,更加上他一生"最后的句号",为国人所不齿。可见有价值的轶闻逸事是绝不能小觑的,几笔就画出一幅幅酷似他的速写。

袁氏的练兵也有他的一套要诀,项城曰:"此无他,使之听命而已。彼等本蠢蠢无知,吾但临之以雷霆不测之威,囿之以井蛙有限之见,使其心目中但知有袁某,而不知有皇帝,又使其视我如帝天,如神明。我有所令,虽探汤赴火而不敢辞,如是乃可用矣;且练成而后,皆为我之兵,而非国家之兵也,自我一去,任便何人,不能驾驭之。"③据说他将兵分成很多棚,每棚都有他的肖像,士兵们须定期膜拜,他还向士兵们反复灌输养活他们的就是袁公。他恩威并施,终于练成一支袁氏"私家军"。"姜桂题、段祺瑞、吴长纯、冯国璋、王占元、雷震春、王士珍、陆建章、段芝贵、张勋、张怀芝、曹锟、李长泰、田中玉等,皆隶其麾下。命其军曰武卫右军,训练期年,成效渐著,较他军崭然露其头角,由是袁之盛名,震耀于京津之间。"④这就是袁世凯的老本,在他活着的时候,大局是基本能摆平的,到他一死,什么直系、皖系、奉系等北洋军阀就大闹华夏了。袁氏实际上是北洋时期的乱源之本。

除了贡少芹的轶闻逸事之外,尚有许指严的《新华秘记》前编、后编两大本,但均出版于1918年8月和9月,与贡少芹的著作相比,出版时序较晚,

---

① 野史氏(贡少芹)辑:《袁世凯轶事续录》第4卷,上海文艺编译社1916年版,第31页。
② 萧林主编:《中国禁毁小说110部·洪宪宫闱艳史演义》,时代文艺出版社2001年版,第161—162页。
③ 野史氏(贡少芹)辑:《袁世凯轶事续录》第3卷,上海文艺编译社1916年版,第36—37页。
④ 野史氏(贡少芹)辑:《袁世凯轶事续录》第2卷,上海文艺编译社1916年版,第31—32页。

主要是汇编当时公开的报纸而成,独家资料不多。许指严虽是写掌故轶闻的专家,但这两部书无足观也。

第三节　长篇小说高视阔步紧跟讨袁行列

上述所提及的一些轶闻逸事著作的篇幅也不算短,但它们毕竟不属于长篇小说。在讨袁的通俗文学作品中,长篇小说也有多部,堪称较优秀的有杨尘因的《新华春梦记》与叶小凤(楚伧)的《如此京华》。这些作品的问世也非常迅捷,七十万字的巨著《新华春梦记》在袁世凯死后六个月,即1916年12月就出版了,而《如此京华》则先连载在包天笑任主笔的《小说大观》上,当袁世凯称帝的阴谋暴露时,就从《小说大观》第三集开始刊登(1915年12月1日出版)。由于《小说大观》是季刊,这部六十八回的长篇小说直到1916年12月才连载完毕。也就是说,《如此京华》早于《新华春梦记》动笔,而全文则与《新华春梦记》同时问世。只因为起始时间有早迟,所以它们的写法也有所不同。叶小凤只能以"方将军"影射袁世凯,而且称帝逆流尚在"进行时",叶小凤用塑造若干人物的手法完成这部长篇。杨尘因则皆用真名实姓,即使是当时还活着的炙手可热的人物也大多如实以告,因此塑造少而实事多,本节主要论述杨著的《新华春梦记》。

在这部长篇小说的书叙中,作者的好友张海沤介绍了其成因:

> 癸丑后,予与尘因俱卖文海上,聊以自活……共和复活,尘因一日持洪宪朝事目,就予商为《竹枝词》,登诸报章,告之国人。予曰:"不若掇拾而编辑之,裒然成帙,与吾国人观览焉之为愈也。"尘因然之,遂成是书。初欲名为《洪宪外史》,继定今名。是书告成,庶几附会少,确实多,未始不可供将来修洪宪史者采择焉。其果为新异瑰丽之文乎?然实足以纪奇特怪戾之事也。①

可见杨尘因也是有心人,他将洪宪事已作了系统的搜集,本来打算用民间喜爱的多首《竹枝词》加以表现,但张海沤则以为他既有充分的前期准备,

---

① 杨尘因:《新华春梦记·叙四》,上海泰东图书局1916年版,第2页。

不如写成长篇更可以让大众明白这"奇特怪戾"的一段丑史。杨尘因接受了这一建议,写出了袁氏的一场春梦。

这部长篇小说的特点之一,就是张海沤所评价的"附会少,确实多"。当然,小说总不免有创作的成分,但书中写的大多是袁氏周围的权贵,其中手握枪杆子、操生杀大权者也不在少数,而现在能令读者一望而知所指何人,实在算得上是一部"真刀真枪"式的实录了。此书由张海沤为其眉批,再由南社社员张冥飞这支老辣的刀笔为其撰写回评。这些回评足以将袁氏牢牢钉在耻辱柱上,即使是活着的"攀附者"也会觉得这些刻骨的文字令他们灵魂颤动。

杨尘因系统地搜集了自筹安会成立至袁世凯死的资料,因此,小说也就有条件全景式地反映事实的真相。小说从筹安会的第一次"命名会"写起,也即是1915年8月14日杨度等六个发起人为迎合袁世凯的"皇帝情结",借古德诺的别有用心的"多管闲事"为因头,开会讨论以什么名义,号召人们来响应他们的不可直白告人的阴谋。

> 刘师培道:"但是这个团体,叫个什么名称呢?"大众便低着头,想了半晌,还是杨度说道:"现在中国的人心,只有一个安字,可以笼络得住,不如叫做筹安会罢。"大众同拍手道:"好极!好极!"严复道:"会名既然通过了,我们也该选几个发起人,撰一篇宣言,订几条简章,设一处事务所,才好进行。"①

看来杨度作为首创者和当天开会的主席,是"成竹在胸"的。他让大家先想半晌,当大家莫衷一是时就抛出他想好的会名。他不愧是袁氏的智囊,他度量了民间最有吸引力的"安"字,去迎合民众,以为可以一呼百应。筹安会成立之后,果然像模像样地以讨论学理为伪装,替袁氏称帝的狼子野心敲起了开场锣鼓。可是书呆子们的讨论使袁氏觉得如钝刀子割肉。书中写道:袁世凯"也觉得尽是一群书呆子,不能乘风破浪",还是号称财神爷的梁士诒,不仅手握袁氏复辟帝制所需的财权,而且作风比书呆子们泼辣得多,他发起了"公民请愿团",后称"请愿联合会"。这令袁世凯感到非常解渴。

---

① 杨尘因:《新华春梦记》第1卷,上海泰东图书局1916年版,第12页。

因为一是能煽风点火,与书呆子们的温水煮青蛙不同,现在可使他的走卒们带头来请愿,从而在全国点起一把火,来个遍地开花;二是更解决了他心头最踌躇的难题:他就职时曾宣誓忠于共和,现在怎么要复辟帝制了呢?有了"请愿联合会",他就可以"民意难违"为借口,还有什么比打"民意"牌更冠冕堂皇的呢?可见袁氏不仅视之为"乘风破浪"的好办法,而且能解决他最纠结的难题——将他就职总统时的誓词一脚踢开,为他找到下台的台阶,顺理成章地早日坐上皇帝宝座。在杨度与梁士诒争开国元勋的"头功"时,梁就显得棋高一着,杨度在袁氏面前就相形见绌。于是杨度不仅在各省设立筹安会的分会,而且在梁士诒发动大规模请愿潮时,他听到阮忠枢说,袁世凯秘密授意阮也找几个社会团体参与请愿,就在他们"自己人"的酒宴上提出,"出来请愿,必要下流的人群里去找,才显得是真正的民意呢"。于是第一就想到"女界请愿团",然后又从女界,延伸到"花界请愿团",而且商定由杨度的相好花元春为"花界请愿团"团长。如此一发动,酒席同伙"茅塞顿开",于是七嘴八舌:"我看下流社会里最有势力的,第一是车夫。""叫花子的势力,若要合找东行西行打捉蛇的,算起来也不小呀!"杨度又说:"现在女戏子的势力很大,这事非托你不可。你只要把这事办好,小叫天、刘鸿声他们,不怕不来。"原来以讨论学理为名的高端筹安会,在与梁士诒争宠的过程中,只好以动员离高端十万八千里的"下流社会"为己任了,真可谓"上穷碧落下黄泉"。虽然捞不到"请愿"的发明权,也只好在开辟"新领域"上讨得主子的青睐。于是小说就由此而展现一幕一幕的怪剧。小说的镜头一转,就写梁士诒与杨度等十人刚开完御前会走出"总统府",先是看见二三百个红脸大汉一律苦力打扮,闹嚷嚷地蜂拥前来,吓得他们又缩回了总统府门厅,只听这班人骂咧咧地抱怨:"咱叫你莫去莫去,你偏要拖咱去,如今上了他们的金钟罩……""你莫看咱们弟兄伙子穷拉胶皮车,咱们的骨头比他们重呢。""想咱们白天里被这班兔崽子骗了去开什么皇帝会,那时他们派军队围着咱们,一个一个捧着五响毛瑟枪,逼咱们画十字……""哪知耽搁咱们一天的日子一毛钱也没混到手,只混得他妈五个铜子。回去买水喝也不够。""果然新皇帝这样的看待咱们穷百姓,这个皇帝也不知是他妈的什么王八羔子变的了。"你一言,我一语,无非都是骂皇帝。接着又来了一群蓬头垢面、鹑衣百结的乞丐,唉声叹气地道:"可怜咱们平常在大街上,叫声老爷太太,喊两声救苦救难,还要混百十来个鹅眼钱。今天为着皇帝上什么书,还调了多少兵,捧着洋枪逼着咱们画十字,闹了一天,只给咱们三个铜子。画完了十字,就拳打脚踢,赶咱们出来。"他们大骂新皇帝刻薄。这边梁士诒等站在总统府门首,听得明明白白,真像吞了一把绣花针。小说写"车夫请愿团"与"乞丐请愿团"的反应来戳梁士诒们的心窝,很真实地说明,呈上的请愿劝进表是一纸十足的假民意。袁氏只要走狗们为他营造出一个"薄海同钦"的假相,"皇帝我自为之",就心满意足。而使他最为头痛与忌惮的是外交使馆时不时来个照会:"如若强迫恢复帝制,一旦失却民意,大总统可能担负保护地方治安,与外商侨民的财产不损失否?"其中实行天皇制的日本又较各国公使为甚,屡屡发出警告,大概袁氏所给的利权还不足以填其欲壑。袁氏知道外国人讲究民意,于是他更要演一出大戏给外交使团看看,当然也是为了登基的手续办得更臻完备,他施出一举两得的办法,兴师动众地召开御用的各省区"国民代表大会"对国体问题进行投票。结果是全体赞成君主立宪。这些"代表"们一到北京就狂嫖滥赌,花天酒地,原以为袁氏对这一票的犒赏价格不菲,谁知袁世凯施展登楼拔梯的绝技:"凡充当代表者,理应各归故里,各安职业云云。"代表们的自嘲说得比车夫、乞丐更惨痛:"真好像袁大总统的夜壶样儿,用得着提过来灌一个饱。用不着时扔在床榻底下,也不管人家的骚臭,哪里还值半文钱咧?"结果还是梁士诒收拾残局,每人赏一百元,另外特赏银质纪念章一枚。嫖账与赌债就只好由各人就地借债偿还。与灰溜溜的代表有天壤之别的是袁世凯,当下人将全票通过君主立宪国体并选当今大总统为皇帝时,作者揣摩袁氏的内心,对他的反响有一段绝妙的描写:

> 他自得了这个喜报,便呆呆向那神仙榻上一躺,半晌不曾作声,吓得报喜的人倒吃了一惊,也不知主子犯的什么毛病。又静候片刻,见袁世凯仍是不发一言,吓得不敢作声,慢慢儿退出房去。就是寻常左右的侍官见他这般形状,乃平日未曾见过的,也都吓得裹足不前。当时袁世凯躺在那神仙榻上,瞪着眼珠儿,呆想了许久,猛然一翻身,站将起来,把两只手儿背着,摇来摆去,只在房里打磨旋,自言自语笑道:"咦,得了!……咦,得了!……"接连说了十多声,一直就向于夫人房里冲去。进了于夫人房门,也是这个样儿,吓得于夫人不知怎样才好。一时,各房姨太太都拥到袁世凯左右,谁也不敢插嘴去问他,也有疑心中了邪,

也有疑心受了毒,各自闷在心里,急得泪汪汪都要流将下来。袁世凯仍是背着两手,摇来摆去地冷笑道:"咦,得了!……咦,得了……!"于夫人听得实在不耐烦,便仗着胆儿问道:"主子,您什么事儿得了呢?"袁世凯仍是自言自语道:"这乃是民意所归,你们总不能再反对了。"于夫人听罢,知道他又是中了皇帝身上的病,心坎里便安了一半,忙转脸来劝袁世凯道:"我看你也要休息休息才好。白天也想登基,夜晚也想即位,没有一时一刻不在那龙袍龙帽上打主意。日常如此,恐怕您这条老命,还要送在皇帝两个字上咧!"①

这一段虽不能说是作者的神来之笔,却非常精准地勾勒出了袁氏的内心与外在的动态:当袁氏听了这个喜报,也许像巨灵击一猛掌,就像雷击后的浑身震颤,既在他意料之中,也似乎出于他提心吊胆之外——竟是不折不扣、十十足足的全票。可是他不能像范进那样欣喜若狂,这不符合他的身份,于是不如先以静制动。先冷静地躺在榻上咀嚼他的喜悦,回顾他如何经受千难万险,终于在惊涛骇浪中掌控帝制之舟到达胜利的彼岸。他打着磨旋,每一声"得了"就是向那些反对者的一次示威,他已跨越了最后一道门槛,谁也奈何他不得了。直到于夫人插嘴时,他才将那么多声的"得了"给"翻译"出来:"这乃是民意所归,你们总不能再反对了。"可是知夫莫若妻,于夫人知道他日思夜想、梦寐以求的就是"登基"与"即位",却说出一句一语成谶的话:"恐怕你这条老命,还要送在皇帝这两个字上咧!"

可是圈内圈外反对者还是大有人在。就在1915年11月20日"国民代表大会"全票通过的前一天,蔡锷一飞冲天,跳出了袁氏的软禁,由天津到日本,经台湾转香港过越南,于21日抵达昆明。当12月12日袁氏宣布改国号为"中华帝国",定1916年元旦为"洪宪元年"时,于25日,蔡锷与唐继尧通电云南独立并组织护国军。就在当月,孙中山发表《讨袁宣言》,痛斥袁氏的种种罪行。接着贵州、广西等多省也纷纷宣告独立。圈内也有人对他的帝制持保留态度,不愿为他出力。段祺瑞、冯国璋乃北洋军阀皖、直两系的首领,是袁世凯从小站练兵就搂在自己怀里,视为左右手,现在翅膀硬了,叫他们列个名劝进还不干。段、冯他们知道,过去是上下级,相互可视若铁哥

---

① 杨尘因:《新华春梦记》第6卷,上海泰东图书局1916年版,第113—114页。

儿们,一旦成了君臣,性质就大变,一方手握生杀大权,另一方等圣旨一到只有跪接叩头谢恩的份儿。段祺瑞一定要等洪宪宣告退位再想赖在总统位子上时,才肯出来做他的内阁总理。至于杨度、梁士诒之流,他们是利欲熏心的变色虫,只要看梁的自白就能一窥他们的原形了:

> 但是我已从满清之后,就嫁民国,今又在民国之中,转嫁与新朝,一醮再醮,早是不节之妇,真到新朝失败了,只要他们不与我为难,我又何妨再嫁共和?不然我就嫁与外国人,或者是印度,或者是波兰,皆可以优游卒岁。我又何必做那不食周粟的书呆子呢?我既抱这个腰缠十万,到处扬州的观念,谁人能饿死我呀?①

袁世凯手下有这样一批人,他五十八岁不死更待何时?杨、梁二人原是政敌,为争头功吃醋争宠,暗下较劲,可是到袁氏四面楚歌摇摇欲坠时,他们二人就自然走到一起来了,这只能说明他们虽在袁氏面前各显神通,但本质上是一丘之貉。第九十七回写两个宿敌一起"密商"自己的出路:

> 梁士诒正在他的寓所里默想那脱身之计,忽见门丁进房禀道:"杨大人拜会。"梁士诒还认为是杨士琦……不一刻那从外面进来的……乃是平日惯与他斗智的杨度。梁士诒一见是杨度来访他,也很觉诧异,忙延入座。杨度不待梁士诒开口问话,便叹一声气道:"嗐,我看这桩事儿闹得很不妙,咱们须打个退身的主意要紧。"梁士诒一听这番话,也将寻常斗心机的法术丢开,正色问道:"可又有什么变卦了?"杨度道:"最迷信帝制的冯国璋、张勋,都严守中立,龙济光也被迫独立……你想若不早些打主意,当真想把这条命送掉?"梁士诒道:"我何尝不晓得老袁是扶不起来的?就是将他扶起来,也是一个刘沛公,鸟尽弓藏之祸,咱们都不能免……"杨度听了这一番议论,便展眉头笑道:"我早知这桩事儿,必定要与你商量的。究竟这退身法儿怎么才好呢?"梁士诒见杨度问他的方法,暗睒了杨度两眼,见他确是出于至诚,也就吐出真意道:"这是咱俩说的话,不可使第三人晓得的。我看眼前只好实做一个冷字,看看风头,

---

① 杨尘因:《新华春梦记》第4卷,上海泰东图书局1916年版,第25页。

真到万分不得下台之际,再实行那三十六着的第一着。"杨度道:"若照我看起来,现在走得最好。"梁士诒连连摇头道:"稍嫌早了些。"①

这一段两个"对头星密室对话"的折子戏真是精彩万分。到袁世凯众叛亲离时,他们必然会走到一起来的,因为眼前两人都有把命送掉的危险,所以如何解脱才是他们的当务之急,这样就可以从对头而变为同一条战壕里的"战友"。可是又不大放心对方,如果是老袁派对方来测自己的"忠诚度"呢?因此还心怀鬼胎,时不时要"暗睃"两眼,看对方此访是出于至诚,才说出两人的私密话,而且千万不能与第三人道。这是多么"志同道合"啊!真是串在一根绳上的两只蚂蚱,对头星原是一路货。袁世凯手下豢养这批"乏走狗",五十八岁不死更等待何时?

至于写蔡锷的正面形象,也是书中的重点笔墨。蔡锷虽被袁氏召来北京被施以"政治软禁",但他充分利用自己的政治智慧,耐着性儿与袁氏周旋一番。先"迷恋"于妓院的温香软玉、纸醉金迷之中,因此与他夫人演出了一场大争吵,闹到了要离婚的边缘,先由夫人"撤退"返里,然后更是朝朝暮暮,与小凤仙厮守在一起,大有信陵君醇酒妇人之概,从少年英雄蜕变为浊世公子的样子。他含着一泡眼泪"醉生梦死",终于使袁世凯放松了对他的监视,在小凤仙的掩护下,跳出樊笼到云南高举义旗,一声霹雳,打响了反袁的第一枪。可惜他完成了壮志后,于1916年11月8日,因喉疾在日本福冈医院病逝。当时中国还派专轮将他的遗体运回祖国公祭。

《新华春梦记》的结尾也是十分民间化的:"可也奇怪,在袁世凯死的那一天,正是端阳佳节,谭叫天忽然高兴登台,在文明园里演了一出多年不演的《打鼓骂曹》,城市上一班戏迷,争先恐后地去过瘾,直到戏散之后,忽听说善演曹操戏的黄润甫死了,于是都说死了一个活曹操。就有一班慧心人,疑心是袁世凯死了,风风雨雨,布满京华,后来袁世凯的死信传出去,果然也是这一天,可见人心真可以得天心也。"②将若干巧合拉扯在一起,将曹操比诸袁世凯,在学界看来,似乎不太妥帖,但受《三国演义》影响很深的民间,倒是可以拍手称快的。

---

① 杨尘因:《新华春梦记》第10卷,上海泰东图书局1916年版,第66—68页。
② 杨尘因:《新华春梦记》第10卷,上海泰东图书局1916年版,第122页。

下 篇

张勋久存复辟之心,在袁氏称帝时,他知道自己实力远在袁之下,只好眼看着袁氏一意孤行,他的复辟梦只能压在心底,静待时机。到袁氏死后,他觉得时机将到,但时机是要等待的,直到黎元洪总统与段祺瑞总理意见相左,闹得不可开交时,他才觉得自己"鸿运高照"的时机已经到了,压在心头的复辟梦可以变成现实了。

当袁世凯复辟帝制时,封副总统黎元洪为"武义亲王",黎不受,趁此搬出了瀛台,迁到东厂胡同本宅居住,并辞去了副总统与参议院院长之职,自愿成为一普通公民。当袁世凯死后,黎元洪以昔日副总统的身份,按照约法,名正言顺地就任总统之职。当时段祺瑞任国务院总理,段任职后,独断专行,完全架空了总统。段将总统府视为他专事盖章的机构,于是产生了府院之争。特别是第一次世界大战,中国到底是参战还是中立,更使府院之争发展到白热化的程度。那时,段手握兵权,而黎氏自从被袁世凯"请"到北京之后,一直是一个光杆司令。他怎么斗得过段祺瑞呢!而且段在袁世凯死后,俨然以北洋军阀的首领自居,他发动督军团对黎逼宫,又欲在天津另立一政府。黎元洪在孤立无援时,张勋"愿意"赴京进行调停。于是,黎元洪病急乱投医,竟然上了一心想复辟清廷的张勋的当。原要张单身来京,可是他带了六千辫子军直奔北京。当他控制了北京之后,就解散了国会,然后将清宫十一岁的废帝捧上皇座,封黎为"一等公",黎拒绝后知有性命之忧,他通电由在南京的副总统冯国璋为代理总统后,夜半出逃。他先到法国医院求助,但院方负责人均不在医院,无人敢收留。因随员中有人与某日本武官相熟,请他与日大使相商,躲进日本兵营。张勋在伪廷则自封为首席议政大臣、直隶总督、北洋大臣,留京办事,内外全权,一口独吞。

第一节 通俗作家声讨张勋复辟的时评杂感

从黎、段决裂到督军逼宫再到张勋复辟,严独鹤主编的《新闻报·快活林》一直站在主持正义的一方,虽以嬉笑怒骂的"谐著"出之,却是忧国忧民,为民喉舌。这是一种令市民大众非常容易看懂而乐于接受的时评杂感。副刊一方面对张勋妄图复辟的阴谋早有预见,及时揭露;另一方面对督军团的干政,也仗义执言,痛加斥责。

在1917年6月1日"拾尘"的《送蚌将军归蚌埠序》中就对张勋的阴谋之举发出警示,并将张勋及其辫子兵的嗜血本质进行了痛快淋漓的揭露。张勋是1917年6月14日进北京的,而"谐著"在6月1日就关注他的动向。纷纷以杂感与漫画为武器声讨张勋。在"拾尘"的《送蚌将军归蚌埠序》后,严独鹤为文章加了编者按:"据近日情势,则蚌将军率虾兵蟹将,兴妖作怪矣。武人横行,中原多故,鹬蚌相争,尚不知呈何结果也。"张勋原驻军徐蚌,所谓蚌将军横行,就是指他蠢蠢欲动。6月7日,在"瞻庐"的《读〈西厢记〉感言》一文中,巧妙地用《西厢记》中的人物影射当前的政局,达到不言而令人自明的效果:"当相国寺被围之际,一般骄兵悍将,宣言将双文献出,万事全休,否则玉石不分,俱成齑粉。楚歌四面将夫人围在垓心,独有张生者,愿作调人,力筹退兵之策,此固夫人所馨香而祷祝者。"相国寺乃指总统府,骄兵悍将指督军团,夫人乃黎元洪,张生非张勋莫属。可是笔头一转:"张生此举,实含有极大之野心,彼将拥立幼童无知之欢郎,代夫人执行家政。"很清楚地点出要将尚在游戏寻欢的儿童溥仪代黎元洪来"统治"国家。1917年7月1日张勋复辟的政局,此文在6月7日就一语中的了。

《快活林》也对督军团进行了严厉的谴责,揭露他们组团的狼子野心。1917年6月11日"拾尘"所写的《独立赋》点明自己是"仿《阿房宫赋》":"会议毕,北京出,段氏革,督军急,联七八,宣布独立,皖奉豫鲁而闽浙,燕军咸阳,专电惶惶,拍到中央,解散国会,恢复内阁,借口宪法,捣乱时局,强凶霸道,无恶不足……骄兵悍卒,结党成群,扬威耀武,不法横行……使天下之人不敢言而敢怒,督军之心,日益骄固。起内讧,召外侮,胡闹一番,国亡家破。呜呼,召乱者督军也,非国民也;受害者,国民也,非督军也。"文章指明省份,也即指名道姓,作者敢于对掌握枪杆子的军阀开火,指出他们对国家将造成何等的危害,也真是敢写敢骂。更离奇的文章是6月12日"忆珠楼主"的《鬼国新闻种种》,一是写《洪宪皇帝之愉快》:"闻北部督军独立,举兵直逼京畿……且津门有设临时政府之说,元首一席,岌岌不保,共和国体,因而动摇……所谓六君子十三太保之流,莫不大出风头,乘时而起,借翻旧案,兼雪前耻。皇帝闻之,掀髯大笑,乐不可支,谓去年云南独立,今日北方独立,去年迫朕退位……今日迫黎退位……报应循环。"①二是写《蔡松坡之愤惋》："余之独立,原为恢复共和,今之独立者,果为护拥共和耶?"②他指出这是步王莽、董卓之后尘。文章用已死的袁世凯看到他的六君子与十三太保在督军团的配合下,为他重翻旧案,蔡松坡在阴间指明督军团乃为叛逆团。《快活林》也很有分寸地将组成督军团的督军与没有参与这个团体的督军加以区分,6月17日,"剑秋"发表了一篇《督造宪法草案》,草案讽刺"脱离中华民国之督军省长,有左列各款之自由权":1.起兵之自由权,2.阴谋集会之自由权,3.压迫总统之自由权,4.解散国会之自由权,5.有干涉内政外交之自由权,6.无爱国之义务,7.无保护人民之义务,8.遇造反时有纵令部下奸淫掳掠之权。此文将督军团无法无天的暴行进行了痛快淋漓的揭露。

《快活林》在1917年6月7日的《读〈西厢记〉感言》中是两面开弓的,既批督军团,也点出张勋妄图复辟的意图。从6月11日起到17日多篇文章都针对督军团的罪行进行声讨,从19日起,矛头就转向张勋及其麾下的辫子军,因为那时辫子军已经由天津向北京直窜了。6月19日,"枫隐"发表了《辫子出风头歌》："黎公无法,愿调和,急召辫帅进京中……调人愿效鲁连风,维时国会散不散,总统保不保,都在辫帅一言中。辫帅风头既出足,麾下辫兵亦威风,进京之后或向八大胡同嫖小娘,或在六国饭店撒酒疯,谁人敢把辫兵惹,赛过深山猛大虫。"③当时正值农历端午节,"谐著"上发表几篇有关"端午新五毒"的文章,其中"蚌壳精"和"豚尾精"正是影射张勋乃当前之毒物。6月14日张勋进入北京,"瞻庐"在《烦恼着唐三藏》中说,唐僧徒弟猪八戒的一条豚尾不翼而飞:"豚尾已在北京城中,惹出奇祸,将一座金碧辉煌之罗汉堂,闹得落花流水,八百罗汉,立时星散(按:指勒令解散国会——笔者)……师徒聚议捕捉豚尾之法,志在实行,至豚尾之运命如何,今尚在不可知之数,诸君毋躁,徐听最后之尾声可也。"④而到7月8日,虽然复辟势力还在挣扎,但全国已一致声讨,大势已去。那天正值中国旧时的所谓"分龙日","天台山农"发表《分龙日之分龙说》,文中说道,"文武圣人"(按:"文圣"指康有为,"武圣"指张勋——笔者)实行复辟,五色国旗,无端消灭,共和推

---

① ② 忆珠楼主:《鬼国新闻种种》,《新闻报》1917年6月12日。
③ 枫隐:《辫子出风头歌》,《新闻报》1917年6月19日。
④ 瞻庐:《烦恼着唐三藏》,《新闻报》1917年7月1日。

翻,皇帝出现,亲王郡王,开气蟒袍,浑身煊赫,辟既复矣,宗社党、保皇党,附凤攀龙,龙运复交,但到了今天分龙之日,转瞬将打龙袍,人民痛饮黄龙之酒,皇帝复蹈祖龙之辙,神龙见首不见尾了。实际上就预示了复辟已现必败之征。报上又配以一幅"文武圣"抱着一个"小皇帝"的漫画,则更令人忍俊不禁。严独鹤主持的《快活林》在当时敢于直指手握兵权的武人干政的罪行,映现了人民大众的心声,深得市民大众的热捧。

包天笑为之写时评的《时报》也发表了一系列有分量的杂感。在张勋刚实行复辟时,包天笑就在1917年7月2日发表"时评":"叛逆之徒,人人得而诛之,以中华民国而乃有复辟之举,其为谋叛国家无疑,且清室本不欲复辟,乃三数权奸,拥此幼主,倡言复辟,实则欲自取之耳,不讨逆复何待?"①据许指严的《复辟半月记》记载:"瑾瑜等四太妃不愿遽行复辟,以招危险,世太保续亦叩头流血,请斟酌尽善方可实行。辫帅岸然不顾,遂于三时捧幼帝出殿,受朝贺礼矣。"②清室并非不想复辟,但当时觉得还没有复辟的本钱,而此举又可能令他们丧失享受年金四百万的待遇,甚至可能有丧失性命之忧。太妃们与内总管世续很是犹豫不决,但张勋则将小皇帝按在龙椅上就算复辟成功,"上午四时,梁鼎芬、王士珍、李庆璋等联袂进公府谒见黎氏,请其退让政权。黎答以民国系国民公有之物,余受国民付托之重,退位一节,当以全国国民之公意为从违,与个人毫无关系"③。这就是包天笑7月2日写这则时评的大背景。7月7日,包天笑的时评以《帝制与复辟》为题,表明了他对这次复辟根源的看法:"帝制与复辟,均为共和国中绝对不容有而未可加以轩轾者也。乃今日帝制派人,竟借复辟而出头。抑知今日之复辟即前日不严惩帝制之结果,而今日不严惩复辟,即又酿成他日帝制之原因,如此循环相生,而国遂亡矣。"④在洪宪倒台之后,过去所谓的六君子、十三太保,"其罪魁均纷纷逃至徐州。张勋置酒谓之曰:民党被缉,则逃至租界,君等亡命,则逃至徐州。租界借外人为保护,而徐州则仍为中国之领土,君等之志气,毕竟高出于民党也"⑤。张勋洋洋得意,却无知妄闻。租界并非保

---

① 笑:《时评》,《时报》1917年7月2日。
② 许指严:《复辟半月记》,交通图书馆1917年版,第9页。
③ 许指严:《复辟半月记》,交通图书馆1917年版,第15页。
④ 笑:《时评》,《时报》1917年7月7日。
⑤ 上海文艺编译社编:《民国叛人张勋传》,上海文艺编译社1917年版,第32页。

护民党,按西方法律,即所谓言论自由、政见自由,民党才利用其"缝隙效应"。徐州虽为中国领土,但不啻是清廷的一块复辟的根据地,张勋复辟时重用的就是过去袁世凯称帝时的班底。因此,包天笑的这一时评,确有穿透力。1917年7月10日,包天笑又发表时评《诛张勋》:"不诛张勋,何以谢天下;不诛张勋,何以杜复辟;不诛张勋,何以惩悍帅;不诛张勋,何以警戒一切坏乱法纪称兵迫胁之武人。故我谓今日之复辟,即前者不惩治帝制派有以养成之。若今犹取前者之态度也,我殊为共和国危。"①

《申报》陈冷血的时评也同样指出,一定要彻底铲除复辟逆流之根源。他以"冷"为笔名在1917年7月2日的时评《真力量》中写道:"阅者诸君,勿以今日北京所传复辟之消息为可骇而可怪。盖其事有必至之势也,何则?欲知今日复辟之不能免,须先知以前革命之尚未成。何以尚未成?盖当时尚未用真力量也。当时借袁世凯欲自谋帝制之力量,因以告成。迨袁帝未成,而又身死,则其力量已解。而复辟之事,自然出现。盖以前之革命,仅启其端。而今后方为实行其事也,实行其事非真力量不可也。数年以来,人民之苦于反对调停疏通运动之中也,久矣。不得谓之治,而亦不得谓之乱。虽有忧时之心,而无可以发抒真力量之地。不能发抒真力量,则国家之基础永无巩固之时。阅者诸君,勿以今日北京所传复辟之消息为可悲而可伤也。是乃试验真力量之动机,而国家兴亡转移之关键也。阅者诸君其勿骇勿怪勿悲勿伤,其各奋发其真力量以求其真结果。"②陈冷血是一位有真知灼见的报人,他文中的含义是非常深刻的。他认为辛亥革命尚未成功,因为它还没有真正显示"真力量"。当时只因袁世凯欲以攫取总统之权为跳板,实现他的"皇帝情结",中国虽然进入了共和时代,但复辟的危机并没有消除。待到民党二次革命失败后,孙中山等革命者再次流亡海外,袁的权势达到了顶峰,他认为复辟帝制时机已到。可是帝制仅实行八十三天就失败了。待袁氏魂归地府,这股复辟清廷的力量就必然会冒头。张勋看准了当时正是他实现清廷复辟之良好机会。归根结蒂,就是中国还没有出现"真力量"。陈冷血只能空泛地希望人民"其各奋发其真力量","真力量"何时能出现?到了1927年北伐胜利时才灵光一闪,但接着来了一个四一二政变,革命又未

---

① 笑:《诛张勋》,《时报》1917年7月10日。
② 冷:《真力量》,《申报》1917年7月2日。

成功，要待到1949年，"真力量"才得以真正显示。当时，陈冷血还只是抱有一个空泛的愿望，直到1949年后，他成为上海市特邀人民代表时，才体会到谁才是"真力量"者。1917年7月10日，陈冷血又以"冷"为笔名发表了题为《警告当局》的时评："张勋兵败无援，一鼓可歼无。所谓议和也，苟或议和，议和之后而清室依然清室，张勋等辈依然张勋等辈，辫子军依然辫子军，则其祸有不可胜言者。一方无以服天下人之心，一方无以儆效尤者之意，无以服天下人之心。则今日事即平，而今日之乱不已；无以儆效尤者之意，则今日之乱即已，而日后之患无穷。诚心拥护共和者其思之。"①像陈冷血、包天笑、严独鹤等辈，在当时仅是政府或当局的监督者，而不是社会的彻底改造者，这是他们的局限性。但同时我们也不得不辩证地看到，当年通俗作家的时评杂感代表了广大市民大众的意志，这是可以"白纸黑字"为证的。他们在国家兴亡的关头，并不是"商女不知亡国恨，隔江犹唱后庭花"，而是以最迅捷尖锐的笔墨，以不畏强暴者的姿态，挺身而出，仗义执言，甚至指名道姓地直捣逆龙之巢穴。这是平头老百姓看得懂，也是民间所喜闻乐见的一种时评杂感。我们旧文重读，还是感到文中既"有温度"也"接地气"。

第二节　《复辟之黑幕》为丑态百出的张勋画像

贡少芹以"天忏生"为笔名所写的《复辟之黑幕》被柯灵与张海珊选载在《中国近代文学大系·笔记文学集2》后，在记叙张勋同类的作品中脱颖而出，受到人们的青睐。柯、张二位在选载前所写的按语中说：天忏生"1917年7月，又在翼文编译社出版《复辟之黑幕》，及时揭露了张勋复辟的丑闻佚事。虽因时间仓促，难于核实，但贵在及时，而且材料皆'得之于京华归客某君耳所闻、目所见'，鄙视拾人牙慧，袭人余唾，绝不掇拾报章一鳞一爪。作者认为：'既有此无量滑稽之事，当然有滑稽之文以副之，理也，亦势也。'故'以滑稽之笔，成滑稽之书，虽曰游戏以出之，谈笑以道之，其实字字是血，句句是泪'。文章写得嬉笑怒骂而不失其真，可以了解复辟内幕和当时社会对于复辟的反应"②。评价还是较高的。

---

①　冷：《警告当局》，《申报》1917年7月10日。
②　柯灵、张海珊编：《中国近代文学大系·笔记文学集2》，上海书店1990年版，第308页。

在《复辟之黑幕》中，贡少芹写了张勋赴京，名为调停，但实际上早就作好了复辟的一切准备。与他同车进京的有黎元洪当时刚任命的国务总理李经羲，李经羲见他亲携一个巨箧"弗可须臾离，且时时将护之，似极宝贵者。李叩以其中贮何物，张笑而不答。再三诘之，张低声告李曰：'此中无他长物，盖靴帽、袍褂、翎顶也。'李询以何需此，张曰：'余久不见幼主，此行将便道诣宫门请安。君亦先朝大臣，得暇盍偕我入觐乎？'李漫应之，而以未携朝服为虑。张曰：'吾行箧中贮有朝服数袭，公果需此，愿假君一用。'"进京后，他还强拉李随他入谒，就将朝帽强按在李的头上，"笑而言曰：'张冠李戴，有何不可耶？'"①因李刚被任命为民国总理，入清宫朝见，是无论如何以为不妥的。张乃一大帅，亲随是不可少的，但此物在事先就暴露于下人目中，他认为不妥，为求万无一失计，不惜自己携此巨箧。他准备自己一袭也就可以了，但竟带有数袭，就想随时拉愿意入宫者一起参与。如果李经羲随他一起前往，那又是他的一个大筹码——新任民国总理也参加了此次复辟。岂不爆出一大惊天新闻。在复辟那天，"文圣"康有为也应张之召到了北京，但张勋因看梅兰芳演京剧，到十二时才回寓。见康圣人已静待他多时，又在秘书万绳拭的催促下，就以此7月1日作为他复辟的"黄道吉日"，"武圣""文圣"带了随员与部队闯入清宫。半夜三时，"宣统正酣睡未醒，张亲由龙床上挟之出，强令登极。溥仪吓得大哭不止，瑾妃、世续、溥伦闻声而出，询问何事，张逆以复辟对。瑾妃等执意不可。张大声叱曰：'今日之事，不能听你们做主，有不从者，莫怪老夫无情！'溥伦诘之曰：'汝此番举动，不是学曹操逼宫故事么！'张曰：'曹操逼宫，是杀后惊主；我今日逼宫，是拥君即位，那是不能一概而论的。'"②于是他紧锣密鼓，凌晨四时就派梁鼎芬等谒见黎总统，请退还政权，但碰钉子而返。而在宫中，真正上演了一出滑稽活剧。因张勋酷爱京剧，兴致勃发时也常登台客串，自命小叫天第二。"讵日久则狃于习惯，凡语言举动，皆含有戏剧之意味，此次入京谒见伪帝宣统，其跪拜奏对，一如演剧家之态度，无毫发异。溥仪赐勋旁坐，勋即操戏白以对曰：'万岁在上，安有老臣座位？'宫中侍值之人，睹其状，莫不掩口葫芦，张勋殊不自觉云。"③张勋一意孤行，下属中也有人不愿同流合污者。"部下秘书某君，忽

---

① 柯灵、张海珊编：《中国近代文学大系·笔记文学集2》，上海书店1990年版，第308—309页。
② 柯灵、张海珊编：《中国近代文学大系·笔记文学集2》，上海书店1990年版，第316页。
③ 柯灵、张海珊编：《中国近代文学大系·笔记文学集2》，上海书店1990年版，第308页。

向张提出辞职书。张愕然问之故,某君曰:'大帅既封亲王,对于宣统当称奴才;我辈对于大帅,也合自称奴才了。我虽寒素,却不愿做奴才,更不愿做奴才之奴才。'张大怒,叱曰:'你还没有称奴才的福命呢,要去便去。'某遂即日行。"①可见,张勋是将做奴才看成一种"福命",真是奴才皮而又复奴才骨。另外,自复辟以来,满人之有世界知识者,也无不私忧窃叹,甚或慷慨愤激,痛骂辫帅,并有旗民泣告同胞书。泣告书中有"讵苍天太忍,变生不测,生一张勋,害我旗族,时倡复辟,人所切齿"等语。指出"我宣统帝尚在冲龄,于国政毫无见解""张勋之心,无非欲篡大位,窥窃神器"②。在反对者中还有张勋的发妻,"张勋正室曹氏,奉新曹家村农家女也。粗服乱头,貌殊不扬,而为人颇贤淑,年二十三,始归于张,时张已三十八龄矣"③。贡少芹写道:"张既封忠勇亲王之后,对其妻妾,施施然有骄色。先是复辟之谋,张曾对其妇曹氏言之,妇辄以为不可。迨所谋已遂,且加封亲王,妇大骂其夫无良,谓:'民国待汝不为不厚,今冒天下大不韪,汝纵不为一身计,独不为子孙计乎!今虽封忠勇亲王,吾恐汝他日将为平肩王矣。'张问平肩王何说,妇大声曰:'汝将来首领必不保,一刀将尔头砍去,汝之颈不与两肩一字平么!'刻闻其妇已束装返里矣。"④不数日,"辫军与讨逆军每战失败,张逆知大势已去,乃向清室辞直督及议政大臣之职。伪廷可其请,询张何往,张谓将率队回徐,为归老计,向宣统勒索黄金万两,以酬其劳。宣统曰:'万两黄金值银四十余万元,朕即位于今甫七日,酬汝四十余万元,不啻以五万元买一日皇帝做也。此举朕殊不值得。'……时瑾太妃在侧,闻张语,即质之曰:'今复辟势将消灭,民国优待四百万之皇室岁费,皆断送汝手,吾孤儿寡妇,又向谁人取偿耶!'张默然"⑤。张勋失败后逃进荷兰使馆。张在狗急跳墙之际,扬言要"焚烧北京,祸及外人"⑥。驻京各公使,深恐京师地方糜烂,也就收纳他躲进荷兰使馆。当时在京各国使馆公推荷兰公使为主席,故由荷兰使馆为张藏身之地。"当讨逆军逼近京城时,张犹持强硬态度,将以一死谢天下,今逃

---

① 柯灵、张海珊编:《中国近代文学大系·笔记文学集2》,上海书店1990年版,第316页。
② 许指严:《复辟半月记》,交通图书馆1917年版,第60—63页。
③ 上海文艺编译社编:《民国叛人张勋传》,上海文艺编译社1917年版,第38—39页。
④ 柯灵、张海珊编:《中国近代文学大系·笔记文学集2》,上海书店1990年版,第313—314页。
⑤ 柯灵、张海珊编:《中国近代文学大系·笔记文学集2》,上海书店1990年版,第318页。
⑥ 许指严:《复辟半月记》,交通图书馆1917年版,第122页。

入荷使馆,莫不讥其竟食前言……张曰:'余初拟督兵亲赴战场,为吾小妾所阻,谓身为朝廷大员,不宜轻入险地。继见兵败,知大势已去,又欲自尽,小妾监守我,跬步不离左右,谓大帅若尽忠报国,妾他日何所依赖?彼言时泣不可抑,余见其可怜,不能拒绝所请。设非彼之阻力,吾早已魂归地下矣。'"①以上就是《复辟之黑幕》中记载之复辟始末。张勋既然被称为"辫帅",书中写其视"辫"乃是否忠诚之"标记",又视辫重于自己的生命,贡少芹在书中将这条"辫子"始终作为重点记叙的对象。张勋最初入觐宣统时,"以首顿地出血,匍匐痛哭,其声如老牛之呜呜然……'老臣虽服官民国六年,然耿耿此心,实无一日不思幼帝。因保存辫发,以为永远纪念,故每日沐发时,如见太妃与皇上也。'言次,以手探脑后,挈尺余长之小辫,举以示之。又曰:'老臣有豚子三人,均弗许剃发,以报国恩'"。当廷有人问他:"'君谓哲嗣为豚儿……然帝亦畜发者,公谓豚尾,未免出语失检。'张自知失言,乃叩首曰:'陛下之辫,乃龙尾也。'瑾太妃见其状殊惶恐,意以温语慰之曰:'今上之辫为龙尾,卿带甲数万,不愧当时虎将,卿之辫发,可谓之虎尾。'张再拜曰:'谢万岁龙恩!'"②张勋为议政大臣后,就任意支配宰相、尚书、侍郎、丞参等官职,他就以有否保留辫子为权衡标准,"凡前清官僚,自亡国后,保存发辫而不服官于民国者为上选,可得内阁宰辅位次;有发辫而曾应民国之聘出山者为次选,可得尚书、侍郎之职;至若无发而又为民国官员者,虽有奇材异能,亦屏而不用"。有人问他,你是民国巡阅使兼安徽督军,却为议政大臣,未免就不公允。张反唇相讥:"我不服官民国,乌能挟此重兵?不挟重兵,皇上乌能复辟?诸君又乌能有今日哉!"③故京中谚语,谓张勋率辫子军,造成一辫子小朝廷。为此京中理发店中之假辫售发一空。都装了假辫来求官,事后为张勋知道,来求官者都要有一鉴定辫子真伪之手续,"有冒充者,予以枪毙之刑,故日来此风稍杀矣"④。一个道士名吴笛楼者,将散发编辫,前往求

---

① 柯灵、张海珊编:《中国近代文学大系·笔记文学集2》,上海书店1990年版,第323—324页。
② 柯灵、张海珊编:《中国近代文学大系·笔记文学集2》,上海书店1990年版,第309—310页。
③ 柯灵、张海珊编:《中国近代文学大系·笔记文学集2》,上海书店1990年版,第310—311页。
④ 柯灵、张海珊编:《中国近代文学大系·笔记文学集2》,上海书店1990年版,第311页。

官。伪言在前清时,曾为某省某府太守,鼎革后,无心出仕,匿居京师,穷困不能自给。"勋赞曰:'真忠臣也。'命吴稍待数日,将予以某省道尹云。"①张勋又宣言于众:"今后凡京中各部衙门,所雇用之侍从人等,悉以有辫者充之。"于是京中之苦汉及拉胶皮车做小本营业者,他们脑后留辫本无关忠诚与否,而是一种从小的生活习惯,现在也纷纷来踊跃投效。其部下有的辫子军有脱下军服、改易姓名者,也来充混。"张皆来者不拒,且优给雇资……喜谓左右曰:'我说人心不忘故主,今日果应其言。不然,哪里来这么许多有辫子的人呢?'言讫,掀须狂笑,乐不可支。"②更令人耻笑而作为谈资的是:张最喜名伶刘喜奎的色艺,上年在天津时,即欲纳之以充下陈,但刘婉拒。张疑其身价太高,购了金珠、钻石,博其欢心,刘又璧还。张欲以势力强致,刘连夜逃到北京。这次张勋到了北京,刘就躲进六国饭店,借外人势力范围保护之。张派说客去游说,刘被逼得没有办法,就提一条件:"张王爷如欲妾我,当先去其豚尾,否则不敢,即作罢论。"张就花五十元向属下的辫子兵买一辫子去顶替,刘向说客道:"子母诳我,老张必不肯为此。畴昔入京,袁总统亲劝其剪发,彼犹悍然力梗其命,岂余之要求,君之说词,所能动哉?兹姑无论其真伪与否,烦君将命往邀大帅过我,果牛山濯濯也,吾嫁之。如其不然,吾当亲为剪之。姑予以两日限,脱过时,彼纵断其发,亦不能发生效力。子往哉,余鹄俟之。"张勋大骂曰:"贱人侮我太甚,吾誓杀之!"③后因他的爱妾寻死觅活大哭不止,誓言刘朝入,吾夕死。张见妾娇痴状态,意殊不忍,才打消此意,但妾仍防范极严,张入朝时,也派心腹老妈子尾之行,恐张私晤刘喜奎,再提前议。张勋还对某公使说:我头可断,辫发不可剃去!某公使冷语讥之曰:"你果然断了头,尔时任人所为,乌能再保存豚尾乎?"张曰:"我死后瞧不见就算了,我活在世上一天,绝不忍使它舍我而去。总而言之,我这条辫子,比我的生命还宝贵得好多,劝我剃发,尤甚于要我的命!"某公使为之轩渠不止。④ 张勋曾解"孝"字:"孝字一撇像辫。"⑤如此说来清入关前,中国人都不知孝为何物?所谓"辫帅"对辫子的感情达到如此之狂热度,的确

---

① 柯灵、张海珊编:《中国近代文学大系·笔记文学集2》,上海书店1990年版,第311页。
② 柯灵、张海珊编:《中国近代文学大系·笔记文学集2》,上海书店1990年版,第312页。
③ 柯灵、张海珊编:《中国近代文学大系·笔记文学集2》,上海书店1990年版,第321—323页。
④ 柯灵、张海珊编:《中国近代文学大系·笔记文学集2》,上海书店1990年版,第326页。
⑤ 上海文艺编译社编:《民国叛人张勋传》,上海文艺编译社1917年版,第51页。

乃爱辫者中之帅也。除贡少芹的《复辟之黑幕》外，尚有许指严的《复辟半月记》与上海文艺编译社编辑的《民国叛人张勋传》，前者详细记载复辟半月之经过，后者分十八章，从张勋出身与发迹谈起，再写张勋与敌我方面之多重关系，直至写张勋之暴戾、之懋愎、之贪婪、之淫恶、之迂腐等等，对张勋复辟的过程，却谈得较少，最后写张勋失败后的雄心，无非妄图东山再起。

这里还须附带声明，历史学家兼小说家蔡东藩所写的上起秦朝下迄民国的一部六百五十一万字的大跨度、系统完整的《历代通俗演义》，其中《民国通俗演义》于1921年写了前八十回，后又由许廑父续写了后四十回，于1929年才完成，但只写到1924年为止。许廑父原欲写到北伐成功，但没有完成原定计划。袁世凯与张勋复辟逆流这一时段，由蔡撰写，其中有若干资料，就取自上述多部著作，但为还原当时之情状，蔡著中抄了不少宣言、通电、文告之类，供读者与研究者参考，以求信实。关于这部大书中的袁、张逆流部分，大致与本文上述内容相差无几，也就从略不叙了。纵观通俗作家所写这两段逆流的始末与原委，的确如贡少芹所说，不啻是一部可作观览的野史。

第四章　通俗作家谴责军阀混战的罪行
——以《政海》《甲子絮谭》为中心

范伯群

"军阀主义一个明显特征就是战争。1911年和1928年之间,总数超过一千三百个敌对军事集团进行了约一百四十场战争,使中国大部分地区战乱不断。"[1]这个统计数字是相当惊人的。那一百四十场战争就是中国大大小小的军阀为争夺权势和利益所发动的火并,而战乱使人民处于水深火热之中,过着地狱般的生活。军阀与土匪对地盘的概念是有所不同的,军阀一定要争得更大更富裕甚至在政治上更能左右逢源的地盘,以这样的地盘为基地,去实现他更大的野心,满足其欲壑。土匪当处于占山为王而不利的时刻,它是有流窜性的。在袁世凯死后,北洋军阀统治时期最大的军阀是以段祺瑞为首的皖系、以冯国璋为首的直系(1919年12月冯国璋死后,当以曹锟为首)和以张作霖为首的奉系。这三大北洋派系为攫取北京政权以争得中国的统治地位,进行了反反复复的拉锯战。通俗作家就抓住其中的两场重构政局的直皖战争,使我们形象地看到军阀混战所酿成的滔天罪行。张春帆的《政海》叙述了第一次直皖战争,这是一部反映1920年7月14日爆发的曹(锟)段(祺瑞)大战的长篇小说。包天笑的《甲子絮谭》叙述了第二次直皖战争,是反映1924年9月3日爆发的江浙齐(燮元)卢(永祥)大战的长篇佳作。我们之所以说反映这两场战争的重要性,是因为1920年7月直系联合奉系对皖系段祺瑞发动攻势,很快夺取北京而大获全胜后,直、奉军阀替代皖系段祺瑞夺得了北京的统治权,这是一次使皖系军阀开始步入颓势的关键之战。很快直、奉又因分赃不匀,在1922年进行了第一次直奉战争,将奉系赶回东北,而包天笑在《甲子絮谭》中所反映的1924年江浙齐(直系)卢

---

[1] [英]贝思飞著,徐有威等译:《民国时期的土匪》,上海人民出版社1992年版,第30页。

(皖系)大战之所以重要,因为此战更引起了一系列的连锁反应。当时奉系眼见直、皖在江浙开打,就趁机从东北闯入山海关,以报第一次直奉战争失利之仇,于是直奉又展开了一场大战。此时北京兵力空虚,于是原属直系的冯玉祥在北京发动政变,囚禁了因贿选而爬上总统宝座的曹锟,又将清逊帝溥仪赶出故宫,并邀孙中山北上共商国是。这次政变推翻了北京的直系政府,也导致直系战局全线不利,从此一蹶不振。这场民国的"三国演义"随着北伐战争的节节胜利而使北洋军阀彻底失势。因此,包天笑所描写的这场战争也引起了国内的种种变局。

第一节　《政海》的波涛掀腾漩涡起伏

张春帆笔名漱六山房主人,他最有名的小说是《九尾龟》,曾被鲁迅和胡适称作"嫖学教科书"。张春帆也写过一些好的或较好的作品,如阿英曾为我们推荐过他的《黑狱》:"漱六山房张春帆所著小说,最为人称道者,为写清妓院生活之《九尾龟》。实则张氏所著之《黑狱》,其价值乃高过《九尾龟》十百倍,乃真可称,然绝不为人所知。《黑狱》系写鸦片战争前夜之小说……与《九尾龟》前数册同年发行。所描写的,都是鸦片输入后,在广东所造成的种种恶果,自官吏以至小民……可知中英鸦片之战,其发生实有悠久之前因。"①因此,我们认为张春帆在创作中也有两面性,他所写的《宦海》与《政海》是属于较好的作品。

张春帆的《政海》最初连载于周瘦鹃主编的《半月》杂志第四卷第一期至第二十四期,也即是1925年1月至12月。小说以北洋军阀统治时期一位相对正直的官吏江对山和一位上海《皋报》记者陈铁舫对时政大局的观察为线索,串连了当时军阀之间的复杂矛盾与直皖大战的始末。陈铁舫虽是上海记者,但常以报道北京消息为自己任务的主项,因此也就与江对山成了好友。这部长篇小说涉及当时炙手可热的众多政治人物,他们像走马灯一样,你方唱罢我登场的政坛风云,可以说是一个颇为气势恢宏的全方位架构。在小说中出场的有当时的大总统齐作仁(徐世昌)、前任代总统国玉璋(冯国璋)、已故大总统项成龙(袁世凯)、被张勋赶下台的大总统李玄素(黎元洪)、

---

① 阿英:《国难小说丛话》,《小说三谈》,上海古籍出版社1979年版,第1页。

有靠贿选上台的大总统虎昆吾(曹锟),光是大总统就前后出现了五个。还有当时最有实力和权势的直系首领覃志安(段祺瑞),有将段祺瑞拉下马的主力战将伍玉芝(吴佩孚),还有奉系首领庄作揖(张作霖)。此外,参加巴黎和会的外交部长陆威林(陆征祥)、复辟失败的庄得功(张勋)也一一在书中被提及。当然还有一些二流的政客,在这里就不一一注释了。以上这些政治人物大都还在马上,手握权势,虽然都是用的"代名",但一眼就可看出他姓谁名某,能这样让他们如实地在小说中出场,作者也是有一定胆识的。

长篇小说一开头就用形象化的手法,将当时的国内形势作一番描述:

> 如今的政局就同汪洋大海一般,波浪掀腾,漩涡起伏,更有那七曲八湾的浅港,星罗棋布的暗礁,这已经是极可怕的境界,再遇着那狂风骤雨,电激雷轰的时候,这种环境自然越发觉得险恶非常了……最苦的是海里的这些鱼虾蚌蛤,就像如今这班颠连无告的同胞,那班手握军符、拥兵自重的制抚使、节度使、三边总制,直是那横海的蛟螭、跋浪的鲸鳄,张开了城门一般的大口,把那些无辜的鱼虾蚌蛤,直吞进去,吃得好不快活……可怜这班鱼虾蚌蛤,一个个被他们收拾得九死一生,走投无路。你想人民是国家根本,人民苦痛到这般地步,国家的前途还有什么希望?①

作者在这部长篇小说中用写实的手法加以演绎,小说在这一段具象化的形容之后才正式展开情节。小说的第一回就是"衣冠傀儡齐作仁慷慨登场",写的是1918年9—10月之间发生的事。前总统黎元洪在1917年被张勋赶下台时,通电由副总统冯国璋为代总统,黎就到天津去做寓公了。当时冯国璋身居南京,张勋也奈何他不得,况且他1917年搞复辟也只有十二天的"寿命"。以后代总统当然就到北京坐镇,但总理段祺瑞是北洋皖系首领,冯则是北洋直系首领,面和心不和了一阵,矛盾总是会越来越深的。当时代总统任期一到,段、冯两派随便哪一方出来坐镇总统大位都是摆不平的,于是段祺瑞操纵他的"安福俱乐部",让齐作仁先来做个傀儡。这是小说展开之前"政坛走马灯"的一幕。虽是傀儡,上了台也总要唱唱戏才是,他就宣言偃武

---

① 张春帆:《政海·第一回》,大东书局1926年版,第1—3页。

修文,希望与国民党等西南六省政府和平谈判,国家统一了才能致力兴办实业,然后建设交通事业,作为实业发展之助,然后军民分治,逐步裁兵等等。这出开场锣鼓也算是冠冕堂皇的。在谈判之前当然就要求双方停战,正好一批社会上的名流也在这时发起了一个"平和协会",倡言南北和谈,但他的施政方针为几个主战派大军阀所反对,因为只有走"武力统一"的路,军阀才能在政坛上耀武扬威,一谈和平,武人行将失势,何况"军民分治,逐步裁兵?"多年招募、训练的军队是他们最重要的血本和命根。因此,他们勒逼大总统解散"平和协会"。这样政海中的矛盾潜流就呈现在读者面前。这时正逢欧战胜利,北京是没有出兵的参战胜利国,也要表示庆祝一番。大总统在与几位官员商讨时,也邀请几位交通界、实业家代表一起来参加,开个联席会议。那时的侨务院总裁江对山还建议,除有北京新闻界参加之外,还请上海新闻界的头面人物参加,以广宣传。经大总统首肯后,上海新闻界一行十几人赴京,这样上海《皋报》记者陈铁舫也就可以出场了。作者写了他们从上海到南京,至浦口要渡江转乘津浦铁路前的一个细节,就是当时因不同军阀的控制,北京与上海的钞票是不同值的,北京的钞票只有票面的五折,如果他们拿上海的钞票去购车票,就等于损失一半。大家正在踌躇时,陈铁舫却带有大把北京钞票,就先由他代大家垫付。这个情节一是显示陈铁舫是常在上海、北京之间来往穿梭的;二是表示军阀割据,各地连使用的钞票也不统一;三是显示北京虽为"首善之区",那里的钞票也只能五折使用,这个政府全不顾民生,它的经济肯定已糟成一团。这为以后要江对山出来做财长,整顿金融市场埋下了伏笔。到了北京,当时的官员为拉拢关系,好为自己广做宣传,搞得上海这些舆论界头面人物什么正事也没有干。每餐皆参加北京大员们的轮流接风洗尘,后来所接到的请帖实在来不及应付了,只好分组赴宴应酬。陈铁舫觉得"大好的光阴,都在这酒食征逐里头飞一般地过去"①。终于轮到他们受总统接见,在这"总统谈话会"上,总统先对新闻界代表说了几句正确的废话,无非是说政府同舆论界应该互相扶助。然后就到实业界等处去发表谈话了。散会后的几回小说,就是写新闻界同仁一起参观北海的紫光阁、瀛台、金匮石室,在走马观花的过程中,每到一处都有一番介绍。紫光阁中陈列的是历代帝皇的画像,无可观览;瀛台就不同了,这

---

① 张春帆:《政海·第七回》,大东书局1926年版,第4页。

是西太后监禁光绪皇帝的地方,后来袁世凯当总统时又变相软禁过副总统黎元洪;金匮石室则是袁世凯写好接班人名单后所密封之处,传令要等他死后,才能开启石室看他所定下的接班人名单。在北海,处处都是政坛有忆旧价值的"名胜"。这两回实际上就是通过"名胜忆旧"将过去的复杂政局作了一个简略的回顾。张春帆毕竟是张春帆,他一跳开政坛,就要回到《九尾龟》的老路上去。从第五回下半回的"秘书长大宴会群花"开始,他再也按捺不住要回到他熟悉的路上去走一遭了。这后半回的题目读起来应在回目上加一个","号:"秘书长大宴,会群花"。在总统谈话会的当天晚上政府秘书长伍缃伯代表齐大总统主持西餐会宴请三十几位客人,除政府的几个要员外,全是新闻记者。江对山早早到了,陈铁舫正好坐在他对面,有"同好"的老友,"两个人就谈起八大胡同的情景来,江对山本是行家,陈铁舫也是老手,谈起来谈得十分入港"①。当他们谈到叫"条子"之类时,主持人伍缃伯也本是一路货,立刻付之行动,拿了几张"局票"提起笔来就写,"你看他兔起鹘落,挥洒如飞,绝好的一笔赵字"②。毕竟是政府秘书长,摇笔杆本是他的专长,代拟总统命令、撰写文告的本领用到写招妓的"条子"上去,绰绰有余,妓女拿到这种"墨宝"是值得"装裱"起来,挂在"窑子"里供人鉴赏,很值得自豪一番。于是东方饭店里"一霎时玉绕珠围,莺飞蝶舞",宴会到十一时才散。陈铁舫为了让来自上海的记者们领略一下北国风味,就趁酒兴,带他们去见识一番。在妓女房间里,妓女正在夹七夹八应酬他们时,忽听得外面高叫一声"到后面",妓女站起来就走,说这是叫我们去见客。上海记者都被这一声大喊吓了一跳,都"诧异得极了,说见客就见客,何必要这样死声淘气地吆喝。陈铁舫道:'这是北京的胡同通例,就像上海长三妓院的喊:客人上来。客人来么二妓院的喊:移茶'"③。于是一幕妓女"跑厅"演出开始了,"跑厅"就是妓女一个一个跑出来在客人面前"亮相",以供狎客挑选:

> 一个跑厅就来把门帘高高地打起,一班妓女一个一个地走过来,跑厅嘴里报着名,一个个走到门口,打一个照面,一回身就走。那一种走过来的姿势和那打照面时的眼风,一翻身就走的态度,倒也是一番情

---

① 张春帆:《政海·第五回》,大东书局1926年版,第5页。
② 张春帆:《政海·第五回》,大东书局1926年版,第6页。
③ 张春帆:《政海·第五回》,大东书局1926年版,第10页。

景,比上海幺二妓院的移茶,可是大大的不同。铁舫看了几个道:"只要这几步路走得灵动,这一个眼风来得风骚,那一个转身又转得十分圆转,就一定是名下无虚。"说不了一个妓女款款地走过来,粉颈微抬,秋波乍转,那一个转身,更是四平八稳。看着她的身影,竟是一朵云,给风吹了过去的一般……①

相形之下,当然比大总统接见时的庄严相有魅力得多。以张春帆的处世标准来看,常进妓院是男子风流潇洒的一种表现,陈铁舫当然也被写成《九尾龟》中的章秋谷型的。这说明一个作者熟悉了一个形象后,在其他小说中很难舍他而去,就像章秋谷的魂依附在作者身上,久久不忍惜别。

小说的第一回至第七回只是点出了政海矛盾的潜流,让齐作仁亮了一次相,推出了二流政客江对山等几个官员,也在上海记者中突出了陈铁舫这一人物。他们虽然风流,但被作者视为政坛上和新闻界两个所谓"清流人物",一个是比较爱惜自己翼毛的官员,一个是面对政坛的黑暗还能作出些清醒评价的记者,他们在作品中就是张春帆所要建立的对"政海"的评价体系,他们的"高度"也就是作者的思想"标高"。

从第八回开始,作品就进入《政海》的"波浪掀腾,漩涡起伏"了。从这一回起到第十一回,作者介绍的重点是段祺瑞操纵他手中的福民俱乐部(即历史上臭名昭著的安福俱乐部)以及他对巴黎和会中的中国代表所发的指示,这也成了引发五四运动的"燃点",一直写到直系领袖冯国璋的死。一方面是段祺瑞通过安福俱乐部要巴黎和会上的中国代表屈服于日本的压力,放弃中国对青岛的主权而在和约上签字;另一方面是爱国学生组织了救国会到总统府请愿,捍卫中国的主权。对五四运动,作者实在写得太简略了,"这班学生都是青年爱国志士""在新华门外等了一天一夜,无故地给警察厅逮捕了几个人去,又打伤了好几十个学生。这一下子的风潮可闹得大了。始而是京城里各课堂罢课,各苦力罢工,渐渐地这罢课罢工的风潮,推广到南方来"②。的确,通俗作家大都对五四运动是青年爱国运动这一点持赞许态度,但对五四运动又是新文化运动这一点往往认识不足,张春帆也不例外。

---

① 张春帆:《政海·第六回》,大东书局1926年版,第3—4页。
② 张春帆:《政海·第九回》,大东书局1926年版,第3页。

张春帆对五四运动只是一笔带过,也失去了揭露段执政的良机。在小说中作者主要突出了段祺瑞安福系的媚日卖国行为,硬要巴黎和会上的中国代表屈服于日本的压力。"这个时候,任卓如(梁启超在小说中的化名)同着一班名流,也到了巴黎,还有上海商界里公请的几位国民代表一齐都到。大家都结结实实地疏通舆论上的阻碍,又想了许多法子,到处宣传,唤起各国同中国的感情,刚刚同日本成了个旗鼓相当之势,若是中国政府能认真作全权代表的后盾,这一次的外交也还不致大糟特糟。无奈那班福民俱乐部的人物,都主张在外交上退让一步,想要结个邻国的奥援……更兼这些国防军的饷款,哪一笔不是从借款上来的,所以覃督办也主张让步。"①因为段祺瑞是当时的总理,所以北洋皖系的部队就被他称为国防军,其实就是支撑皖系势力的"段家军"。当时北洋政府是靠着借外债度日的,包括来自日本的贷款。中国的全权代表"陆威林在巴黎,因为自己的外交政策完全失败,却又完全是本国政府弄糟的,正在一万分的不高兴,怎禁得全国学生同团体的电报就如雪片的一般来得络绎不绝,都是叫他不要签字的。这个当儿,政府的电报也同雪片一般地飞来,叫他签字。陆代表着实踌躇了一回,又和胡代表密密地商量了一天,竟毅然决然地拒绝签字,立时回国,只把个覃督办同一班福民俱乐部的人都气得目瞪口呆,做声不得"②。这几回中作者将当时正义与邪恶势力都作了一个大致的区分。虽然有简单之嫌,但也把政局的面貌勾勒出了一个轮廓来。这政局日益变得剑拔弩张是发端于直系首领国玉璋的突然去世。国玉璋在代总统时手下有两个师自己的"私家军",总统下任后他还是没有交出来,等他一死,覃督办就将这两个师军队收编到自己门下,这就意味着他动了直系的家底。当虎昆吾接了国玉璋的班后,他手下的干将伍玉芝就开始挑衅覃督办的权威,覃督办当时是何等八面威风,当然予以训斥,但伍玉芝非但置若罔闻,反而发电报回击。伍虽然称覃为老师,自称学生(段曾是吴佩孚在军校的老师),却尽力把他数落一番,说他如何如何轻开战衅,如何如何涂炭生灵,又如何擅借外债,如何包揽政权。

当这位秀才出身的师长伍玉芝捋了覃志安的虎须之后,小说的第十二到十四回就写第一次直皖战争。先是覃督办逼齐作仁下令将伍玉芝免职,

---

① 张春帆:《政海·第九回》,大东书局1926年版,第2页。
② 张春帆:《政海·第九回》,大东书局1926年版,第4—5页。

将虎昆吾褫职留任,同时下动员令预备讨伐。齐大总统当然没有敢下令。正如覃督办手下的人所说的:齐大总统是个城府极深的人,他是有意要挑拨双方的恶感,自己好收渔翁之利。于是覃督办的铁干大将铁中铮带三营全副武装的兵将总统府团团围住,一场逼宫戏演得有声有色。齐作仁只好在讨伐令上盖印。虎昆吾与伍玉芝也十分强硬:"只说元首已失自由,命令概系伪制,传檄全国,急起义兵,清除奸逆。"①在兵力上覃督办优于直系五倍,财力则十倍于虎昆吾,器械精良,各部都拥有最新式的快炮,子弹充足,军饷接济源源不绝。可是他的独裁作风令其丧失人心,奉系也趁此进关助战。伍玉芝作为军界后起之秀,指挥有方。他将兵力摆成一个分散的长蛇阵,使皖军找不到直军的主力何在,强大的炮兵无法发挥优势,而他自己率领精锐辗转打击皖系的要害,甚至将皖系的前敌司令部也一锅端,前敌司令和所有高级指挥官都做了他的俘虏。军队失去前敌指挥,哪有不速败之理?伍玉芝以胜利者的姿态进了北京,所有皖系的战争"祸首"都逃到东交民巷去了,只有覃督办坚持不走,他要扮演一下男子汉的硬气。可想而知,这场"仇人相见,分外眼红"的场面与对话一定火药味十足,在作者笔下却出乎意外地变得十分有趣:

> 这位名震中西的伍师长走了进来,倒也和平日一般,恭恭敬敬地行一个礼,叫一声老师。覃督办让他坐下,冷冷地道:"我早知道你要来,特地在这里恭候。我姓覃的怕者不做,做者不怕,应该如何地处分,你只管秉公办理,不必徇情,我候着就是了。"伍玉芝到了这步田地,也不好再说什么,只说:"学生方才已经见过了大统领,正为着这事来见老师。大统领也知道老师受了宵人的播弄,绝不是老师的本意,现在正商量着这件事,总不能叫老师怎样的过不去,老师请放心就是了。"覃督办干笑道:"既然如此,足感盛情。我即刻解除兵柄,到天津去住着,听候处分,何如?"伍玉芝连说很好,就匆匆辞去。②

想象中的剑拔弩张,转身却成了"云淡风轻"的场面。军阀之间原是一

---

① 张春帆:《政海·第十二回》,大东书局1926年版,第18页。
② 张春帆:《政海·第十四回》,大东书局1926年版,第10—11页。

场你方唱罢我登场的把戏,既然政权归属已经由直系所夺,兵权也交了出来,也应该就此收场了。问题是今后你虎昆吾与伍玉芝是不是能牢牢控制局面。现在是伍玉芝目空一切的时候,这是他认为最理想的结果了。

从第十五回到第二十回,讲述的就是军阀势力的又一次重新组合。因为奉系也参与战斗,在争夺天津的一役中很有功劳,所以掌权后还有一个奉直分赃的问题,这样奉系与直系又因分赃不均而形成新的矛盾。实际上就是引发后来两次直奉战争的根子。《政海》的成功之处是比较忠实地反映了第一次直皖战争前后的中国政坛形势和战争的过程,最大的缺点是丝毫没有描写军阀战争中人民所遭受的极大灾祸。它开端曾写那军阀们张开城门般的大嘴,将鱼虾蚌蛤直吞进去,吃得好不快活。这一点没有在小说情节中有所发挥。至于他的《九尾龟》情绪的再次发足,也是张春帆从"胎里"带来的毛病。

第二节 《政海》中几个主要人物的个性描绘

《政海》这部小说塑造了几个主要人物,作者想重点刻画齐作仁、伍玉芝等的个性,对江对山与陈铁舫,也分配了一定的角色让他们担当。首先是大总统齐作仁,这是以徐世昌为原型的。作者先报了他的历史与行状:"齐作仁是三世闻家,数朝元老。前清的时候做过军机大臣,放过三边总督……民国又做过项大统领任内的行政院委员长,后来辞职家居。那班统兵大员遇有什么重大疑难的事件,都去请教齐作仁,齐作仁偶尔同他们出个主意,或者偶尔发几句议论,倒也料事如神,有言必中,因此,这班人竟把齐作仁当作如今的卧龙先生一般,又好像那时的白衣宰相,个个人都很佩服他。"[①]张春帆还算是给他留面子,当时在背地里他有一个"雅号",绰称"水晶狐狸"。他上台之后,宣布他的和谈政见,这也是冠冕堂皇的施政方针,这样总统才能做得稳当,他知道自己光杆一个,没有兵权,和谈可将军阀的作用压低那么一点。虽然不是要刀枪入库,马放南山,但总不像武力统一,非借助军阀大佬的枪炮不可。谁知这引起了罩督办的反对,心想是我把你扶上宝座,你竟与我反道而行?齐作仁眼看自己的政见有了强硬的对头,就不得不挑拨直

[①] 张春帆:《政海·第一回》,大东书局1926年版,第5页。

皖两系的关系，表面上他是不偏不倚，实际上是想坐收渔翁之利。作者写出了一个城府极深，实质平庸的大统领。我们客观来看，在北洋时期大多是那一类做过清朝大员的人成了民国的当家人，这个共和的招牌怎么会不变色呢？

在小说中将伍玉芝写成用一个师就能将覃氏"国防大军"打得落花流水的常胜将军，以致他能名震中外，作者用覃督办反衬了这位军界后起之秀。覃督办原以为自己兵多将广，器械精良，对付伍玉芝是稳操胜券的。谁知连前敌司令部的司令与高级将领都成了俘虏。覃督办就问军中的几个外国顾问："你们几位不是说国防军无敌于中国的么？如今却一败涂地，把这两年来训练的功夫付之流水，这真是出于意外的事。"外国顾问答道："国防军所受的教育，同所用的军械，实在可以无敌于中国，无奈伍玉芝的战略，高妙非常，始而延长阵线，虚张声势，摇动我们这一方面的视听，他却自己统着极精锐的队伍，忽东忽西地四面策应，叫人捉摸不定他主力军队的集中地，以致我们的炮兵骑兵都失了效用，像这样的以少击众的战略，不但你们贵国军人中少得很，就是东西各国有名的宿将，战略也不过如此，这叫作千军易得，一将难求。"①用覃督办与外国顾问的对话，就将伍玉芝的军事才能突现了出来，名震中外也不是溢美之词，小说写出了他貌似低调，实质目空一切的个性。1924年9月8日，美国影响极大的《时代》杂志周刊将吴佩孚作为封面人物，刊登了他的照片，称他为"中国最强者"，但这是小说发表后的事了。

"清流"江对山，在袁世凯掌权时，为爱惜自己的羽毛，他还敢不遵守袁氏的旨意行事，袁世凯看他也是个人才，没有严惩他，仅是丢官而已。在小说中他是个理想主义者，他扬言"要调和于南北、新旧、老少之间"。问他如何才能实现他的理想，他答道："我自己想要调和老少新旧的争潮，推诚布公地把此中利害尽情抉发出来，切切实实地将新旧两派联络起来，不要起什么门户之见，老的小的彼此提携，不要起那些意见之争，在这个人才过渡的时代，方才可以维持现状。"②看来实在是空话连篇，但陈铁舫在小说中的主要任务就是为"空话连篇"作毫无根据的点赞："这一番说话，却是未经人道，又真个的关系非常，对山先生的远见，真不可及。"③其实江对山什么问题也解

---

① 张春帆：《政海·第十四回》，大东书局1926年版，第9—10页。
② 张春帆：《政海·第八回》，大东书局1926年版，第1页。
③ 张春帆：《政海·第八回》，大东书局1926年版，第2页。

决不了,当时的军阀与官僚哪个理他的"推诚布公"和"切切实实"呢?但江对山确实在管理财政危机上还是有点见解的,他在政务会议上的一通发言,几乎是讲了一篇军阀政府的借贷外债史:

> 民国以来的财政无所谓整顿,不过是借债过日子就是了。但借债也有几个时代,最初是欧债时代,就是比国债款七百万两,克利司浦债款五百万镑,善后借款二千五百万镑。那时的善后借款,虽然表面上英法美俄日各国都是债权人,但日本是没有实力,是英国同他代募,俄国是法国同他代募,所以盐务稽核处成立以后,没有俄国人同日本人在北京总机关里头办事的。其次就是日债时代,覃志安当国的时候,主张用武力统一西南,日本的山本总理也主张联络覃志安,于是赵雨田、鲁纯生一班人先后向日本借了七种债款,把电报同关外林、矿、吉会铁路、满蒙铁路、高徐济顺铁路抵押了一万万,又是参战借款同军械借款四千万。这还是可以罗掘借债的时代。到了季辅侯代理院务的时候,非但外债借不来,而且日本为着抵制日货的风潮,催索债款,不肯展期,季辅侯没法儿可想……①

这是一篇军阀借贷外债的简史,也就是中国主权的出卖抵押史,盐务、电报、森林、矿产、铁路都作了抵押品,而覃志安一定要逼我国外交代表在巴黎和会上签字的根源也呼之欲出了。读来令人无限感慨。江对山上任做了几天财长,由于不肯同流合污,从"名满天下"到"谤亦随之",被副手董盘铭挤了下来。那位董次长却勾结一个外国流氓,偷偷搞起借款阴谋来,因为每次借外债的经手人是可以拿到大笔回扣的。江对山也只好到天津做寓公去了,他还是回归他的"清流"角色。在他身上我们看到了一个还算清白,也有自己理想的官吏的无所作为,只好以退出政界为归宿。这部《政海》正像覃督办所说的政海里"可怕得很啊!"但这种感叹出自覃督办之口好像很不合适,他绝不会对政海险恶有如此的感受,他接着还是积极活动,看如何能东山再起。不久,他不是又当上了段执政吗?以致酿成了三一八惨案,他没有"回头是岸"的彻悟,怎么会有如此的哀叹?如果装在江对山身上,也不

---

① 张春帆:《政海·第十八回》,大东书局1926年版,第3—4页。

大相宜,因为他还是想要做有良心与有人格的人,那么只能作为张春帆冷眼看世界后的独白了。

第三节 《甲子絮谭》全景式地反映江浙齐卢大战

包天笑的《甲子絮谭》是写第二次直皖交锋。1924年正逢甲子年,包天笑先取一种古老的"推背图"式的神秘预测作为小说的开端:每逢"三元甲子"必是一个凶年。这种说法在姚鹓雏的《江左十年目睹记》中也曾采纳过。可见此说在民间流传得很有市场。"谭"通"谈","絮谈"就是轻言慢语地随意地与你摆"龙门阵",现在又叫作"侃大山"或"神聊神侃"。小说连载于周瘦鹃主编的1924年底到1925年底的《半月》杂志上,可见它非常及时地反映了1924年9月3日至10月13日长达四十天的军阀战争。读这篇小说,还可以同叶圣陶的《潘先生在难中》进行对比,探索新文学与通俗文学在同一题材上的不同写法。

这场战争发生在上海和江浙这一全国的首富地域,自从太平天国之后,这一富庶之区已赢得了六十年的太平盛况,上海作为中国第一商埠,它税源丰富,粮饷易筹,百货云集,还有兵工厂——江南制造厂,能制造军械。这是一块任何军阀都想独占的肥脔,但自从上海镇守使郑汝成被刺之后,皖系何丰林上台,上海就成了皖系的"禁脔"。在1928年上海成为特别市之前,它行政上本应该属于江苏。江苏直系军阀齐燮元说:"上海是我们江苏的一部分,一定要夺回。"那时自认还有实力的皖系浙江军阀卢永祥却说:"上海是浙江的门户,一定要保持。"当时,皖系首领段祺瑞已倒台,在全国范围内,仅有浙江的卢永祥是皖系中最有力量能与直系一决雌雄的干将,而在直系军阀看来,卢永祥已是皖系唯一的"残余",又处在江苏、安徽、江西、福建四省直系势力的包围之中,这个最后的钉子一定要拔掉。由于双方自觉准备还不够充分,再加上江浙绅商的奔走呼吁,双方就订立了"江浙和平条约"。可是在这期间,浙江卢永祥收编了两个师的福建军队,违反了和约中双方不能收编客军的条款,这就成了1924年江浙大战的导火线。

反映江浙大战这一题材的通俗文学当数包天笑的《甲子絮谭》为长篇代表作了。叶圣陶的《潘先生在难中》也反映了同样的题材,但一比较就可知道新文学与通俗文学的写法是有很大不同的。新文学作家重视在自己的作品中塑造典型人物,在叶圣陶的这一作品中就塑造了潘先生这个灰色小人物的形象。通俗文学往往侧重于叙事,特别喜爱搜集一些奇闻逸事,虽然这种写法也能反映很多社会现状,有时也能在小说中出现某个典型人物,但他们塑造典型人物的主观愿望并不强烈。包天笑的长篇小说希望全景式地反映上海及其周边地区受战乱影响的严重灾情。这部小说以记叙一个黄渡的殷实富户周云泉儿子周小泉结婚的情景作为开端,将这个普通家庭的喜事自然而然地引向江浙军阀的一场大战。然后就接着写这一家在战乱中逃到租界后的所见所闻,上海战时的市民实况大多由周云泉的儿子周小泉的感受表达出来,而周小泉也不过是一位有点同情心的青年而已。包天笑的长篇小说与张春帆的小说最大的不同之点就在于他在小说中较为深刻地反映了军阀对民间造成的巨大灾祸:村镇为墟,人民颠连失业,富而贫,贫而死,不知凡几,江浙沪六十年来所积聚的元气也消亡殆尽,即使战后倾十年之力也难以恢复;也不像《政海》的第十三、第十四回较多笔墨集中于战略战术,而主要写上海社会在战局中的惶恐万状与犯罪率之激增,写江沪战区的农村成了一片焦土。

1924 年 9 月,双方的战机已经"熟透",但由于江浙绅商从中调和,求他们不要开战,大造"谁打第一枪,谁就是战争的祸首"的舆论。因此双方的前哨虽已接近,枕戈待旦,但双方的军事长官表面上都宣言"人不犯我,我不犯人"。加上民间报上的舆论也有些压力:谁先动手是戎首,是挑动战争的罪人。于是前哨士兵都伸长耳朵,听对方是否发第一枪。在历史书上都说是江苏先进攻了浙方,包天笑却用了一个民间的传说,作为战事的开端。富户周云泉为怕战事一旦爆发,他儿子原来预订的婚事就变得遥遥无期,于是要赶在战前办妥这件家庭大事。乾坤两宅都同意婚期大大提前,准备今天成亲,明天就逃往上海租界这只"保险箱"中去避难。吉期就定在甲子八月初二子时。

新娘子轿子进门照例是要放三个炮,这个炮手红桥镇还没有,却是从青浦带来的,他的火药格外地结实,加着秋高气爽,而且在夜深人静之中,那炮声分外的响亮。谁知这三声炮却轰破了江浙和平空气,蔓延到了全国,影响到了全世界……这炮声顺着风吹送到苏浙两军的耳边,两方面的军队都跳起来道:"啊呀,开火了!"各把肩头上枪紧一紧,立时从黑夜里出发奔向前线,也不曾查明这炮声何来……两方面从黑暗中就开起枪来。既然开了火,也就不问谁是戎首谁非戎首了。①

凭上海这样一个国际都市及周边的富庶地区,要说震动了全国,影响了世界也是不为过的。这三声炮响纯属偶然,但这偶然是深寓在必然之中的,这场江浙军阀争夺上海的仗早晚是要打的。作为通俗作家,包天笑对这类民间传说特别感兴趣,这样的开端也着实能吸引读者的眼球。待到周家到了上海,好不容易以昂贵的价格在租界租赁到咫尺之地以后,作家就用周小泉的视线看战时上海的各种乱象。他首先写上海租界与华界交界处的"实况镜头":

> 小泉渐渐地来到北火车站了,那一条界路和火车站只隔着马路旁边的一带铁栏杆,栏杆以南却是租界,栏杆以北便是华界的火车站。这时火车站已纷乱得不成样子了,那租界上沿铁栏杆一带,不但是华捕、印捕加派双岗,连外国商团也在巡防。界路这一边看热闹的人着实不少,好似自己站在租界里瞧着华界里的人别有一种境界,就像在两个国土里一般。周小泉也在人丛里挤挤的,这一方的人太多了,有碍车马通行。那巡捕便来驱散,大家见有巡捕来了,便逃到那边去。停一回儿又攒聚了来,尤其是见了外国巡捕格外惧怕,倘然有个三道头巡捕过来把手一挥,那些在马路上闲荡看热闹人,便似山崩潮涌地退下来,甚而有挤倒践踏的。②

作家借书中人物之眼让我们从中既体会到有些同胞的"隔岸观火"的幸灾乐祸的国民劣根性,也看到外国人在中国土地上肆意耀武扬威。

在战争中,百姓受的痛苦是罄竹难书的,除了妻离子散、家破人亡和妇女遭受奸淫之外,在小说中,包天笑将战事中最常见的拉夫、强当、勒索、兵劫也写得淋漓尽致。上海市内虽不是战区,但包天笑也写出了上海百姓深受苦难。上海平民百姓,特别是劳动人民中饱尝痛苦灾难之一的就是拉夫。

---

① 包天笑:《甲子絮谭》,范伯群编选:《包天笑文集》,华夏出版社 2000 年版,第 264—265 页。
② 包天笑:《甲子絮谭》,范伯群编选:《包天笑文集》,华夏出版社 2000 年版,第 285 页。

包天笑写了"骨肉睽离拉夫痛泪"这一专章。那些兵丁见了"短衣帮"的就抓,"短衣帮"不够,对那些"长衫帮"也要动手。许多劳动者被"草绳扎了手臂,似乡下人送胡羊到宰牲场去一般,是一串一串的……一大串手臂上都用草绳扎住。两个人一排,甲的左手和乙的右手一同扎住了。在马路上鱼贯而行,前面两个兵士荷枪而行,中间的两旁还有兵士夹护,恐防他们逃出来,后面又有两个兵士押队,好像是押解什么俘虏一般"①。作者借一个老妇人之口,说出了人民倒悬于水火之中的惨痛生活:"可怜我只有一个儿子了,我的媳妇还有七个月身孕。倘若被他们拉去死在战场上,我的老命一条是不要的了,我的媳妇也要急死苦死了,她腹中的小孩子也不能生出来了。我的一家都完了。天杀的啊!你们要打仗,关我们什么事啊?你们自己要死就死便了,为什么要拉我的儿子去啊?"②看到这种妻离子散的悲惨场景,周小泉"心想这就叫拉夫。生生地把人家夫妻母子拆散,残酷极了。这都是那班军阀家的罪恶啊!"在城中军阀们横行无忌,而在沪苏的村镇更是打家劫舍,杀人放火,敲诈勒索,无所不为,何况在战争期间,发生这种情况真是遍地蹂躏,司空见惯。等到战争结束,败方是溃兵散勇,更加无人管束,奸淫掳掠,肆意妄为;胜方是庆功狂欢,放假三天,上级闭起眼睛,士兵更是有恃无恐,公开将它看作上级给他们的特殊"奖品"。抢劫之后,当然连带的是强当强卖。

  那些丘八,强当强卖,天天闹一个不清,吓得那些开当铺子的不敢开门。但是当铺越不敢开门,他们越要叫他开门。我们住的地方在近就有一家当铺。那苏州那些当铺的门都是非常坚固的,往往外面用铁皮包裹的石库门,还用钉钉着,一下子是攻不开的。他们却由几个人搬了一大块石头撞门,撞得震天架响,真是可怕。

  那些丘八太爷,他不知哪里去弄了一只皮箱,送到典当里去,先说是要当五十块钱,典当朝奉说:"箱子里什么东西?"他们不肯说:"你答应了,我才开给你看。"朝奉说:"看了是什么东西才可以当钱。"……便把箱子开了。只见里面跳出一只老鼠来,向典店的柜台底下一钻,便不

---

① 包天笑:《甲子絮谭》,范伯群编选:《包天笑文集》,华夏出版社2000年版,第289—292页。
② 包天笑:《甲子絮谭》,范伯群编选:《包天笑文集》,华夏出版社2000年版,第287页。

知到哪里去了……朝奉道:"老鼠怎么能当钱?"丘八道:"我们这个老鼠是个宝贝,叫做金毛鼠,出在四川峨眉山,好容易花了一百多两银子购求得来的……"……吵闹了好久,老鼠是无从赔他,只得给了他五十块钱了事。①

这个民间故事,将商店在战乱中所受的无妄之灾写得十分离奇,说明商人随时可能受到兵士花样百出的敲诈勒索。

作家将军阀部队扰民的本质,无法无天的恶行,揭露得淋漓尽致。归根结蒂都应该算在几个发动战争的军阀头上,而士兵也不过是他们操纵的工具,他们部队的性质决定他们所必然犯下的罪愆。这些在城乡仗势无所不为的士兵们,在军阀的操纵下,也只是炮灰而已,也一批一批死伤在战场上。因此,小说还写了一辆辆死人车和伤兵车的惨状。

> 本来听说黄渡昆山那里也设有临时医院,都被伤兵拥挤满了。连苏州的各医院也挤满了,只好用火车载到别处去。听说还有一种死人车,都是装的重伤已死的兵。那又不似伤兵车一般横七竖八而已,简直是一个压一个,好似装牲畜的车子,带毛连血捆载而去。据说装棺材的时候,还有不曾死透的,留着一口气儿的人却向他们哀告道:"弟兄们,慢慢儿,我还不曾死咧。"但是他们为省手续起见,也就钉往棺材里去了。因为他就是活着也不过挨延一天两天,终究是个死,倒占了医院里的一个榻位,花费了许多药品,倒不如早早了结他为愈。②

这也写尽了战场上的残酷性,军阀们为了争自己的一己私利,而草菅人命,将士兵作为炮灰,让他们去为自己拼个你死我活。在战场上死伤的当然不止是士兵,还有战区的百姓和许多被强征去的"拉夫"。参战的不仅是江浙军阀,他们也将湖北和福建等地的军阀请来参战,以增加自己的实力。这些外地的军阀住在最豪华的东方饭店,白天出外参加"运筹帷幄",计划着血腥屠杀,晚上则包了妓女,在云雾缭绕的鸦片烟灯下过着享乐奢侈的生活,

---

① 包天笑:《甲子絮谭》,范伯群编选:《包天笑文集》,华夏出版社2000年版,第360—361页。
② 包天笑:《甲子絮谭》,范伯群编选:《包天笑文集》,华夏出版社2000年版,第355页。

与战区惨痛的生活形成鲜明对照。在《甲子絮谭》的结尾，包天笑还用了这样一个情节来结束长篇："开茶馆的女儿阿水不知道在哪里捉了一只蟹来。王伯伯看见了，说道：'今年打仗，有许多兵士的血流在昆山黄渡一带的河里，所以今年的蟹是毒的。'"①这一细节也体现了战争的残酷性。从9月3日到10月13日整整四十天的江浙大战，虽然不能说血流成河，但牺牲还是十分惨重的。小说以三元甲子开始，又以毒蟹作结。姚鹓雏在《江左十年目睹记》中也谈到过三元甲子，也有"今年不能吃蟹"之一说。这倒不是小说家们有抄袭的嫌疑，而是证实当年这种说法非常流行，小说写到这场战争时，就常会触及那些共同话题。

包天笑的长篇小说皆是围绕这场战争的话题，如苏州居民的仓皇出逃、租界的人满为患、旅舍价格暴涨等等，而且提供了大量因战争使上海社会更显动荡的民情民风片段。如车站秩序大乱，抢劫事件频发，绑匪活动更为猖獗，民间更因时局的动荡，有些人觉得前途无望而醉生梦死，沉迷在"打诗谜"等赌博游戏之中……因此，这部二十回的长篇小说很有些全景式的格局。这部小说也说明了通俗文学作家写作的某些特点。虽然通俗小说中也有典型人物出现，但他们的重点在于叙事，将真实的社会动态呈现于读者面前。包天笑不仅为读者提供了全景式的画面，特别值得一提的是，他还通过人物之口揭示了这场战争发生的根源。通过民间的口碑一针见血地道出了军阀发动战争的目的："上海地方，就是那不正当的营业容易发财……现在上海最时髦的就是贩土，其次就是办发财票，再其次就是开赌，再其次就是卖假票欺骗人家，开游戏场引诱良家。你想这一次打仗，却是为什么打的？谁也不知道为了鸦片烟土的事，大家要争一个鸦片地盘呢！"这席话与今天历史读物来对照，实在是不错的。如费正清主编的《剑桥中华民国史》中就有这么一段话谈到当年军阀战争的原因：对军阀来说"军队是主要因素，但不控制地盘也难维持。地盘提供可靠基地，再加上税收、物资和士兵……加之许多军阀把他们辖区的权势看成很可能是暂时的，他们不能总是依靠获得税收的传统做法。他们以他们所能采取的任何手段急切地想搜刮钱财……销售鸦片赚得大宗款项；这种毒品的税收中心在禁烟局的伪装下日益增多。在有些地区，合法化了

---

① 包天笑：《甲子絮谭》，范伯群编选：《包天笑文集》，华夏出版社2000年版，第417页。

的赌博提供了大笔收入,例如在广东,1928年的赌博税每月收入一百二十万元,而且是许多高级官员为私用而瞒过大笔款项以后的数字。卖淫等行业也受到支持并由军阀抽税"①。广东如此,上海当然就更能在销售鸦片、赌博、淫业等不正当的营业上得到更丰厚的税收。据说单是上海的鸦片税收就能武装并养活三个师的兵力,可想这是一个怎样的天文数字。加之一些军阀自己就是私运私贩毒品的头目,其收入就更难以计数了。因此,不仅包天笑在《甲子絮谭》中这样揭露,姚鹓雏在《江左十年目睹记》中也提到江浙齐卢大战就是争一个贩卖"十一太保"的基地,所谓"十一太保",笔画加起来就是一个"土"字,"土"即为鸦片的俗称。在报上不大容易看到这种为争鸦片地盘而发动战争的文章,在上海共和书局所编的《江浙大战记》中也不敢公开提及,在通俗小说中却指出了军阀江浙大战的主要促成因素,他们争的就是当时上海作为贩运贩卖销售毒品的中心这块肥肉。姚鹓雏的《江左十年目睹记》也涉及这次大战,但他的长篇小说所反映的是长达十年的社会与政坛乱象,写江浙大战的笔墨并不多,不像包天笑全文直指这四十天的恶战与惨象。姚鹓雏的文章也能衬托出包天笑小说的真实性。

如果将《甲子絮谭》与《政海》对比,那么在揭露战争扰民害民方面,当然是《甲子絮谭》远胜于《政海》。为了表明吴佩孚是当时中国最优秀的将领,在《政海》中也写出了他指挥艺术的高明。《甲子絮谭》则将重点放在强调战争的残酷性上,对双方在战场上的正面交锋却没有触及。

在1924—1925年间,通俗作家如俞天愤、严独鹤、程瞻庐、范烟桥、顾明道、江红蕉等人都写过以江浙大战为题材的短篇小说。其中特别应该提到的是俞天愤,他不仅写此类小说,还深入前线的红十字会当救济队队员,直接在前线救死扶伤,并以目击惨状作为小说的原料。他常对人说,天笑这个名字实在不大确切,"天"看了现今的世界怎么会笑得出呢?"天"看了这个世界只会愤怒。因此,他取名"天愤"。这次他亲临前线,目睹惨象,大概更觉得他自己名字实在太确切了。他用短篇小说反映了做红十字会会员目击的真相:

> 在下这回在本地的红会里服务,曾经到过黄渡、浏河、南翔、安亭、朱家桥、马陆镇、葛隆镇、陆渡桥、竹条弄,许多被灾较重的地方,真是说

---

① [美]费正清编:《剑桥中华民国史·上卷》,中国社会科学出版社1993年版,第322—325页。

不尽的凄凉,话不像的惨厉。总而言之,房子没有半间整齐,用具没有半件完好。鸡的啼,狗的吠,这两种声音,绝对不曾听见。那些可怜的好百姓呢?有在另一镇的亲戚家里居住,便是上上等的福人;有破庙栖宿的,也算是幸运了;以外都倚着那败壁颓垣,用两三根小竹子撑着一两片芦席,便算一家人团坐共卧的去处了。更有一片瓦砾,一眼望去,有三四里不见人烟的,可称得片瓦无存。东一个地窟,西一个地窟,说是行军时的临时战壕,也就是平时很繁盛的街市。咳,战争战争,简直是江南人民的劫运罢了……①

这一短篇小说来自俞天愤的亲身经历,与其说它是小说,不如说它是一篇短篇的报告文学。

另外,严独鹤也以1924年江浙大战为题材写过几篇为人称道的短篇小说,如《下野后的新年》的视角也很是新颖。这是一篇写下野后的大军阀的生活与心态的短篇:

鲁大帅手下拥着十几万兵,平时倒也很有些威风。不知怎样,战事一起,竟接二连三地大打其败仗,后来弄得无法可施。只好一面通电下野,一面就实行那三十六着中的上着,一溜烟逃到租界上来做一个寓公了。②

下野后的军阀鲁大师仍然过着奢侈豪华的生活,一家骨肉团圆过春节,可他还是觉得今不如昔,认为冷冷清清,因此闷闷不乐。只有最会讲话的四姨太能说得他动心,重新打起劲头来:"如今的事情哪里说得定。老爷眼前固然是不得意时,也许隔不到半年,机会来了,依然可能重整旗鼓……"饭后还打起兴致带着小儿子去看电影。可是电影纪录片上的镜头中炮火连天,颓垣断壁。"又映出很大的字幕来,这是'军阀之罪恶'。鲁大帅不由唉了一声。他的小儿子,便扯着他衣袖道:'阿爹,这五个字中,我只认得一个"之"字,其余都不认识,到底是说些什么呀?'"这篇小说的结束耐人寻味,可以使读者产生无穷联想,因此得到称赞。

---

① 俞天愤:《连长的家报》,《红玫瑰》第1卷第23期,1925年1月。
② 严独鹤:《下野后的新年》,《红玫瑰》第1卷第29期,1925年4月。

第五章　通俗作家为五四青年爱国运动鼓与呼
——以周瘦鹃的作品为例并兼及其他文坛现象

范伯群

五四运动有着"双肩挑"的意义：首先它是一场青年爱国运动，但参加这一爱国运动行列的当然不止是青年，工商各界都热烈响应，上海约有十一万工人参与政治大罢工，宣告中国工人阶级登上政治历史舞台，约七万店员罢工、商人罢市达七天之久，再加上早先学生的罢课，"三罢"运动使一国际大都市整体瘫痪，直到政府被迫将卖国贼免职才复工、复课、开市。人们总说商人是"唯利是图"的，但他们中大多数人眼看国家在危亡之际，也知爱国高于图利。其次，五四运动的另一层意义在于倡导一个新文化运动。这一层意义主要是就知识分子而言的，工商界等与其关系不太大了。对这一层意义的响应主要来自知识阶层，与爱国运动的参与者相比，有较大的差距。它在知识分子中间可没有像投入爱国运动那样一致。即使是在热烈响应者中，他们响应的向度是否把握了分寸，这也应有一个评价的标准。应该说发动这一新文化运动的大方向无疑是正确的，但是一个简单化的"打倒孔家店"的口号，就值得我们去分析与反省了。因此，在讨论五四运动双重意义的同时，也不得不提出对五四运动有一个双重评价的问题，这是一个很复杂的也很值得研究的课题。本章先以周瘦鹃的作品为中心来试作这一双重评价，当然也会旁及其他值得讨论的文坛现象。要谈周瘦鹃在五四时期的表现，就得从他在1919年5月进入《申报》馆时谈起。

第一节　五四运动与周瘦鹃的"爱国基因"发生了强烈共鸣

周瘦鹃正式受聘于《申报》成为副刊《自由谈》的主编是在1920年4月1日，但他在1919年5月就已跨进了《申报》的门槛，那时他的名义是"《申报》

特约撰述",如果说得更确切一些,他是《申报》副刊《自由谈》的"见习主编",实际上掌控了《自由谈》这个既是老牌又是名牌的副刊。一个25岁的青年作者,能挑起这副重担吗?因此,他既是"主编",又是"见习",他得经过一个考察期。《自由谈》副刊创刊于1911年8月24日,时值晚清,历经王钝根、吴觉迷、姚鹓雏几任主编后,由天虚我生(陈蝶仙、栩园)接手,但天虚我生既是作家,又是一位提倡国货的实业家,后因他主持的家庭手工业社工作繁忙,不得不辞去《自由谈》主编之职。当时也无人接棒,就由《申报》总主笔陈冷(冷血、景韩)兼任。总编辑的工作担子是很重的,陈冷再兼顾《自由谈》常有力不从心之感,他当然要找一位能胜任这一职务的人接班。经他反复考量,觉得年轻的周瘦鹃能胜任这一角色,他向《申报》的老板史量才建议任用周瘦鹃来接编《自由谈》。这并非陈冷一时的心血来潮,他对周瘦鹃是经过了长期考察的。当他与包天笑轮流主编《小说时报》时,周瘦鹃是该刊的主要作者之一,在该刊出版的三十三期中,周瘦鹃除其中三期未发表著译之外,其他各期都有著译,有时甚至一期中有二到三篇之多。周瘦鹃还是1914年创刊的《礼拜六》的台柱,又曾担任过《新申报》和《新闻报·快活林》的特约撰述,在这两个报纸上各发表了一百多篇文章。他又于1916—1918年受聘于中华书局任编译,专给《中华小说界》和《中华妇女界》编撰译著。他的《欧美名家短篇小说丛刻》就是于1917年由中华书局印行的。从这篇履历来看,周瘦鹃著、译、编三者皆能拿得出手。当然为慎重起见,给予一个"实习期"也是必要的,好让史量才在这一期间权衡一番,再正式"量才"录用不迟。因此,周瘦鹃在1919年5月就进《申报》办公了。在数十年后,周瘦鹃还能回想起当年一位青年才俊春风得意的况味:"记得那时是1919年,我得意洋洋地走马上任,跨进了汉口路申报馆的大门,居然独当一面地开始做起编辑工作来……这在我笔墨生涯五十年中,实在是大可纪念的一回事。"①

可见周瘦鹃是踏着五四运动的鼓点跨进《申报》大门的。他在熟悉新环境时,正值五四运动的波涛于"六三"在上海掀起巨浪。工人罢工、商界罢市和学生罢课的"三罢"运动和周瘦鹃的"救国基因"产生了强烈的共鸣。他闻风而动,在上海六三运动的次日——6月4日起就以"五九生"为笔名,陆续

---

① 周瘦鹃:《笔墨生涯五十年》,《周瘦鹃文集》第4卷,上海文汇出版社2011年版,第302页。

写了一组以《见闻琐言》为题的十四篇文章,大多是报道上海爱国运动的实况并痛斥军阀政府镇压爱国学生的暴行。在1919年6月4日的第一篇《见闻琐言》中他就写道:"自从五月九日以后,大家闹着国耻纪念。说我们该永远把'五月九日'四字刻在心上,不可忘却。我说很好,就起了个别号,叫做五九生,借着做个国耻纪念的纪念。况且我恰又是五月八日辰时生的,只差几个钟头,说他五九生,也总算过得去……前天上海二万多个学生在公共体育场上为北京大学殉难的烈士郭钦光开追悼会,十分悲伤。我说一样一个人,郭钦光死了,就有这二万多双眼睛中为他落泪,要是章宗祥一死,恐怕要有四万八千多个脸儿上显出笑容来咧。"①这里他专门提到章宗祥,显然因为章宗祥是1915年代表袁世凯政府签订卖国条约的人。我们说周瘦鹃有着"救国基因"是有充足根据的。周瘦鹃在六岁时,他父亲就去世了,父亲病危时,正值八国联军肆虐中国,当八国联军攻陷北京之时,关心国事的父亲在病榻上听到了这个噩耗,愤激填膺,在昏迷时还呓语高呼:"兄弟三个,英雄好汉,出兵打仗!"这是他父亲在生命的尽头迸发出来的爱国情怀。周瘦鹃一生中将它视为父亲的遗嘱。在1915年5月9日袁世凯政府和日本签了卖国条约后,周瘦鹃就写了他自认为是最主要的代表作之一的《亡国奴日记》。他后来说:"在那国难重重国将不国的年代里,我老是心惊肉跳,以亡国为忧,因此经常写作一些鼓吹爱国的小说和散文,例如《亡国奴日记》《卖国奴之日记》……皆在唤醒醉生梦死的国人,共起救国。此外,还写过假想中日战争的《祖国之徽》和《南京之围》,后来'八一三事变'发作竟不幸而言中……"②可见周瘦鹃对国家的危亡有一种超前的危机感。他于1915年由中华书局出版的六十四开袖珍本《亡国奴日记》又何尝不是一篇假想之作?但他是认真研究了朝鲜、印度、越南、埃及、波兰、缅甸六国一度的亡国史,又受到英国小说家威廉·勒苟《入寇》的启发而后作的。他在这本书的"跋语"中写道:"吾岂好为不祥之言哉,将以警吾醉生梦死之国人,力自振作,俾不应吾不祥之言陷入奴籍耳。尝忆十年以前英国名大小说家威廉·勒苟氏草《入寇》一书,言德意志攻入英国,全国尽陷。虽凭理想,几同实录。夫以英国之强,苟氏尚复发为危辞警其国人,今吾祖国之不振如是,则此《亡国奴日

---

① 五九生:《见闻琐言》,《申报》1919年6月4日。
② 周瘦鹃:《笔墨生涯鳞爪》,香港《文汇报》1963年6月17日"姑苏书简"专栏。

记》乌可以不作哉?"①威廉·勒苟的《入寇》当年也是一篇假想之作。《亡国奴日记》在当年大获成功,声讨了袁世凯的卖国罪行。在五四运动中,他又请中华书局重印此书,一天就销去四千余册,并一版再版,在五四运动中销数又达四五万册之多。在这本书中,他不仅对"矮子兵"的种种暴行进行揭露与控诉,还写中国人民的反抗与斗争。1919年6月,他目睹中国"外争国权,内惩国贼"的民气高涨,内心当然会产生强烈的共鸣。

在1919年6月8日和9日两天的《见闻琐言》中,他主要报道上海罢市和北京军阀政府镇压学生的情况。6月8日:"上海竟罢市了。华界租界中大大小小的商店都一起关上了门,停止营业……医学家说,病人临死的当儿,神经昏乱了,往往要发一种死物狂……我说眼前北京政府的举动不是很像死物狂么?一上日间平白地拿了一千多个热心爱国的好学生,似乎要坑死了他们才罢。"②6月9日:"罢市已一连三天了。昨天我见许多商店的门上都在贴着'不去国贼不开门''不诛国贼不开市'的纸条儿……我听说几天来北京学生因为拿得太多了,没有这大监狱容纳他们,就把个大学法科做了临时监狱……先把北京学生和附和学生的小百姓一齐拘禁了起来。第二步就把通国罢课的学生、罢市的商人也一网打尽,都去关在这大监狱中,四面用二十万兵马团团围住,绝他们的饮食,瞧他们生生饿死,岂不爽快?只可惜没有这魄力罢了。"③这些报道,一方面是写民气之激愤,一方面揭露军阀政府的狰狞残忍。6月11日,周瘦鹃又在《申报》上发表题为《晨钟——为北京幽囚之学子作》的小说,声援被捕的学生。在开端的小序中非常郑重而恳切地以"同学"的身份,向他们致敬:"夜深寂坐,悲愤煎心。起草斯篇,聊以自慰。北望燕君,祝诸君无恙,并遥致最诚挚之敬礼于诸君之前。七年前之上海民立中学学生周国贤敬识。"④从这篇小序中我们看到周瘦鹃的一颗爱国之心,与站在斗争最前列的燕君们的心是跳在同一节拍上的。严格说来,这不是一篇小说,而是热情如火地呼号的散文。一方面他想把悲愤之心充分地表达出来,否则无以使自己的心情平静下去;另一方面他以仰视的姿态向在军阀政府所设的监狱中仍在斗争的同学献上自己的敬意。这

---

① 周瘦鹃:《亡国奴日记·跋语》,中华书局1915年版。
② 五九生:《见闻琐言》,《申报》1919年6月8日。
③ 五九生:《见闻琐言》,《申报》1919年6月9日。
④ 瘦鹃:《晨钟——为北京幽囚之学子作》,《申报》1919年6月11日。

篇作品没有情节，没有人物，没有对话，唯一的存在就只是一个伟大的爱国学生群体。他将北京的爱国学子比作"晨钟"，这"晨钟"是"少年中国的福音，唤大家牺牲一切，救这可怜的中国……我们少年的精神不死，中国的精神永永不死"①。他看到这伟大运动的价值所在，中国未来的希望就在这群爱国青年身上。"晨钟"唤起大家醒来，奋身作新的一天的战斗。他在这些热血青年的行动中听到了这洪亮而传之辽远的钟声。

周瘦鹃在五四时期不仅重印了《亡国奴日记》，而且新写了一篇《卖国奴之日记》。这是一篇很有特色的文章，因为如果是一个真的卖国奴写的日记，他必定要为自己百般开脱，尽力使出狡辩的伎俩来。如果这样写，或许会在读者中引起歧义。周瘦鹃用的是卖国奴在汪洋大海般的群众声讨怒潮中，甚至在家属亲友也众叛亲离的巨大压力之下的"自我招认法"，这样既不容他们自己开脱与狡辩，又让他们原形毕露。

卖国奴所怕的是广大民众的"三罢"运动，他们几个人在窃窃私语时说："我最怕的就是上海一罢市，像传染病般牵到旁的地方，也一起闹起罢市来。事情越闹越大，政府中定要害怕，临了没有法儿想，便把我们垫刀头。"②他们已感到有一股巨大的压力：

> ……全中国的男女老幼，却都不当我是中国人。一见了我，便戟手大骂道：你不是我们中国人，你是外国人的走狗，没志气没良心，没一丝中国人的气味的。这中国一片干净土上，可容不得你这个人面兽心的恶贼奴。我有几个好友……如今一见我，却好似遇了鬼，忙着避开去，连正眼儿都不向我瞧一瞧……唉，我好好一个须眉男子，为什么给人家奚落到这般田地？③

卖国奴家中的佣工也跑光了，小妾也把过去他买给她的衣饰全毁坏之后出走了，还在床上铺着一张大纸，上面写道："我虽是个女子，却也知道一些大义。自问清白之躯，从前落在烟花队中，已辱没了爷娘，现在更做你卖国奴

---

① 瘦鹃：《晨钟——为北京幽囚之学子作》，《申报》1919 年 6 月 11 日。
② 周瘦鹃：《卖国奴之日记》，范伯群主编：《周瘦鹃文集》第 1 卷，文汇出版社 2011 年版，第 128 页。
③ 周瘦鹃：《卖国奴之日记》，范伯群主编：《周瘦鹃文集》第 1 卷，文汇出版社 2011 年版，第 112 页。

的小老婆,岂不是第二重辱没爷娘。昨夜我便立下决心,走出这污秽耻辱的屋子,任是饿死冻死,也一百二十个情愿。"①他那发妻也留下了一封信,那信中说嫁他二十年,暗中受了无限痛苦,如今带着孩子们回母家去,他们也不愿再见他,说有了个卖国的父亲,一辈子蒙着耻辱咧。当家中失火时,他忙去唤父亲,父亲依旧不理。"我连嚷火起,把门打得震天价响,他只冷冷地说道:'我不幸做了卖国奴的父亲,今夜烧死了,也算替你向全国同胞谢罪。'说完,自管念佛。"②以上这些情节,当然是出于周瘦鹃的假想,无非是"煎愤之心"的一种发泄,同时说明卖国奴皆为全国同胞乃至家人亲友所不齿。《卖国奴之日记》因语多激烈,当时没有出版社敢印,由周瘦鹃自费出版。

类似的小说还有《亡国奴家的燕子》等等。以上说明在五四青年爱国运动中,对周瘦鹃的评价是可以打高分的。关于这一评价,大概也不至于会有分歧。

第二节 如何把握革新与承传二者的分寸感

但是在五四运动后,有关周瘦鹃对待新文化运动的评价恐怕比上述他在爱国运动中的评价要复杂得多。

自1917年文化革命掀起后,周作人1918年4月19日在北京大学演讲时说:"现代的中国小说,还是多用旧形式者,就是作者对于文学和人生,还是旧思想,同旧形式不相抵触的缘故。"他在举例时,提到了"《玉梨魂》派的鸳鸯蝴蝶体"。③ 1919年1月9日,钱玄同在《"黑幕"书》一文中指出:"其实与'黑幕'书同类之书籍正复不少,如《艳情尺牍》《香闺韵语》及'鸳鸯蝴蝶派的小说'等等。"④接着1919年2月2日,周作人在《中国小说中的男女问题》一文中说:"近时流行的《玉梨魂》,虽文章很是肉麻,为鸳鸯蝴蝶派小说的祖

---

① 周瘦鹃:《卖国奴之日记》,范伯群主编:《周瘦鹃文集》第1卷,文汇出版社2011年版,第135页。

② 周瘦鹃:《卖国奴之日记》,范伯群主编:《周瘦鹃文集》第1卷,文汇出版社2011年版,第136页。

③ 周作人:《日本近三十年小说之发达》,《中国新文学大系·建设理论集》,良友图书印刷公司1935年版,第292—293页。

④ 钱玄同:《"黑幕"书》,《新青年》第6卷第1号,1919年1月15日。

师,所记的事却可算是一个问题。"①后来有人觉得鸳鸯蝴蝶派应该是指言情小说,他们的社会小说、武侠小说、侦探小说等也归入"鸳鸯蝴蝶"名下似乎不大妥当,因此,又为他们定了一个"《礼拜六》派"名字,即以这派小说的代表刊物《礼拜六》杂志为他们定名,将他们统划在"休闲派"名下。不论是"鸳鸯蝴蝶派"还是"《礼拜六》派",总之他们是"旧派",与新文学家不是同一类人。这样整体的文坛就分成了新旧两派,而且新文学家将过去活跃在文坛上的作家大多都划为"旧派"——即所谓旧思想、旧形式的一派中去。他们当然也将周瘦鹃划入旧派一类,因为他写了不少鸳鸯蝴蝶的言情小说,认为他是哀情名家。但周瘦鹃认为自己是一位新派,至少是既能新,又能旧——能新旧通吃的作家。他的根据是1920年,当《小说月报》在进行"半革新"时,茅盾负责主持《小说新潮》一栏,周瘦鹃的名字在这一年十二期的《小说新潮》专栏中出现了十五次——他翻译了外国作家的七个短篇,还连载了一个易卜生的多幕剧《社会柱石》,分八期登完。于是他自认为能跻身于新派中无疑。他发表在这一专栏中的虽全是译作,但在《小说新潮》栏中当时创作作品的来稿是极少的。可是,在1921年《小说月报》全面革新时就没有周瘦鹃刊登作品的资格了。周瘦鹃是有点失落感的。他想再次证明自己,1921年1月9日,在他主持的《申报·自由谈》副刊上,他开辟了《小说特刊》专栏,到8月7日共出版了三十期。每期的头条约请张舍我谈有关短篇小说创作诸问题,又几乎每期简介一位外国小说名家,并附有作家的小像,计有莫泊桑、巴尔扎克、柯南·道尔、大仲马、雨果、狄更斯、皮琴生(挪威作家,现译为比昂松)、华盛顿·欧文、史蒂文生、萧伯纳、安徒生、马克·吐温等等。在特刊第七、第八号上有凤兮的《我国现在之创作小说(上、下)》,赞扬"鲁迅先生的《狂人日记》一篇,描写中国礼教好行其吃人之德,发千载之覆……置之世界小说诸大家中,当无异议,在我国则唯一无二矣"。当时对鲁迅的《狂人日记》有如此高评价的文章还不多见,发这样的文章也表示周瘦鹃对鲁迅这篇杰作的认同。在特刊上,周瘦鹃对胡适、周作人、冰心、刘半农都有所赞扬。另外,他在4月3日出版的《礼拜六》周刊第一百〇三期《编辑室启事》上还说:"本刊小说,颇注重社会问题、家庭问题,以极诚恳之笔出之。有以此类小说见惠者,甚为欢迎。"他在1921年3月26日出版的《礼拜六》第一百〇二期上发表了短篇小说《血》,又在1921年6月18日出版的

---

① 周作人:《中国小说中的男女问题》,《每周评论》第7号,1919年2月2日。

《礼拜六》第一百一十四期上发表了《脚》等小说,都反映了劳工的悲惨生活。他一再表示自己能"新旧兼备",而且是有"趋新的表现"的人。

1921年5月,茅盾与郑振铎创办了《文学旬刊》(附在《时事新报》中发行),因为他们觉得在商务印书馆主办的刊物《小说月报》上要对旧派进行批判是无法畅所欲言的,所以另办《文学旬刊》,创办该刊的主要目的就是批判旧派作家及其作品,而且周瘦鹃是主要被批判的对象,因为他既是《礼拜六》前一百期的台柱,又是《礼拜六》后一百期的主编之一。对周瘦鹃《礼拜六》刊物"颇注重社会问题、家庭问题,以极诚恳之笔出之"等语,在《文学旬刊》上的反映是:"什么'家庭问题'咧,'离婚问题'咧,'社会问题'咧,等等名词,也居然冠之于他们那些灰色'小说匠'的制品上了。他们以为只要篇中讲到几个工人,就是劳动问题小说了!这真不成话。"①这其实是一种"不准革命"的翻版——不准进步!而且那些并不以理服人的批判屡屡出现在《文学旬刊》上,他们对部分通俗作家的"趋新"和"靠拢"表现不予理会,相反采取的是"严拒"的态度,该刊"记者"在回答读者来信时则说:

> 《礼拜六》那一类东西诚然是极幼稚——亦唯幼稚的人喜欢罢了——但我们所不殚劳的再三去指斥,实是因为他们这东西,根本要不得。中国近年来的小说,一言以蔽之只有这一派,这就是"黑幕派",而《礼拜六》就是黑幕派的结晶体,黑幕派小说只以淫俗不堪的文字刺激起读者的色欲,没有结构,没有理想,在文学上没有立足点,不比古典派、旧派、浪漫派等等尚有其历史上的价值,他的路子是差得莫明其妙的,对于这一类东西,惟有痛骂一法。②

将近年来新文学作品之外的小说一股脑儿都归入黑幕派本来就不实事求是,说旧派的小说全是"淫俗不堪的文字刺激起读者的色欲",就更加过分。旧派大多是崇仰儒学的,在他们所写的言情小说中,是不会涉及色欲的。例如周瘦鹃,他自认为所写的哀情小说总的主题是"反对封建家庭与婚姻专制"③。至于"惟有痛骂一法",就剩下"扣帽子"而缺乏理性的有说服力

---

① 玄(茅盾):《评〈小说汇刊〉》,《文学旬刊》第43期,1922年7月11日。
② 记者:《通讯》,《文学旬刊》。
③ 周瘦鹃:《一生低首紫罗兰》,《拈花集》,上海文艺出版社1983年版,第304页。

的分析了。因此在文章中经常出现"文丐""文娼""狗只会狗吠"等诬蔑性的谩骂。在痛骂旧派作家之余,还迁怒于读者:"说一句老实话罢,中国的读者社会,还够不上改造的资格呢!"它是个"懒疲的'读者社会'"①。"现在最糟的,就是一般读者,都没有嗅出面包与米饭的香气,而视粪尿为'天下的至味'。"②在这种"惟有痛骂一法"中,周瘦鹃从此觉得成见已无法挽回,新派与他们这批清末民初老作者之间的鸿沟太深了。他就仍然按自己原有的路子继续前行了。他既不以自己的著译中有"新"的因素而以"新派"自居,也不以自己著译中有被指认为"旧"的成分而为非。他从小在学校里就是个穷学生,常受某些同学的歧视,而他只能用默默的苦干精神来回答这些歧视,因此,他不会回敬对他的痛骂,但并非不表示自己的文学观点:"小说之作,现有新旧两体,或崇新,或尚旧,果以何者为正宗,迄犹未能定论。鄙意不如新崇其新,旧尚其旧,各阿所好,一听读者取舍。"③中国的读者本来就是多样的存在,作品也自然是"多元共存"的。新文学的读者大多是受新式教育的青年和知识精英群体,但广大中下层市民群众还是受民族传统阅读习惯的影响,他们面对革新后的《小说月报》还一时难以理解,他们还是喜欢通俗的作品。限于他们的文化水平,他们无法在报刊上发表自己的阅读心得,但就通俗文学当时的读者群体和数量而言,与新文学读者相比,实在是处于"默默的强势"与"悄悄的流行"状态之中。我们认为总得有这么一批正派而爱国的"旧派"作家,为中国广大的中下层读者服务。

初期的新文学作者尚分不清对民族传统中哪些是应该批判的,哪些是应该承传的。从"打倒孔家店"的总口号中,他们有否定一切传统的倾向,虽然是一种阶段性的存在,但它实实在在是存在过的。我们不能否定茅盾与郑振铎在文学史上的重要地位,但他们初期是具有这种倾向的,再加上当时年轻气盛,这种失态应该是阶段性的。因此,在双重评价中也有失分的地方。

对"新派"而言,他们是崇尚革新,对所谓"旧派"而言,他们却重视承传。他们所遵循的"旧道德"中,既有封建残余的存在,但也有着须要发扬的民族美德的瑰宝。对他们说来既要理直气壮地弘扬民族美德,但也有一个逐步

---

① 西谛(郑振铎):《新文学观的建设》,《文学旬刊》第37期,1922年5月11日。
② 西谛(郑振铎):《本栏的旨趣与态度》,《文学旬刊》第37期,1922年5月11日。
③ 周瘦鹃:《自由谈之自由谈》,《自由谈小说特刊》第11期,《申报》1921年3月27日。

克服封建残余影响的过程。这也同样存在于周瘦鹃的身上。例如,他写过许多宣扬孝道的小说,"孝"当然是一种民族美德,不过他的小说中也有愚孝的成分。在新文学作品中很少看到对民族美德"孝道"的颂扬,尽管许多新文学作家都是行动与生活实践中的孝子,如鲁迅与胡适。或者他们会用一种孝道的变奏——父爱与母爱去诱导读者报答父母的爱心,如朱自清的《背影》和冰心作品中一再宣扬母爱无私与忘我的暖流。至于茅盾与郑振铎对通俗文学的看法,也有态度上的转变。张恨水在《一段旅途回忆》中曾谈及他与郑振铎在旅途中的一席对话。在张恨水的《啼笑因缘》出版后,受到某些新文学作家的否定,可是郑振铎提及"茅盾对于这书,另有一种看法。他对大家相同的批评,完全两样""对于技巧方面,茅盾认为你有你的长处"。张恨水立即问:"那么,意识方面呢?"郑答道:"自然,《啼笑因缘》里也有暴露。"下面这段话只是张恨水回忆中所记得的大意:大概茅盾对章回小说的改良写法,并不反对。在通俗教育方面,也还不失为一个利用工具。①郑振铎在1949年谈及另一位通俗文学言情大家刘云若时,也曾给予很高的评价。②因此,新文学作家也不是坚持自己过去那些失分的表现,在以后的评价中,他们也逐渐对所谓"旧派"作家有了一分为二的看法。

对于周瘦鹃而言,他理直气壮地传颂民族美德"孝"当然是值得肯定的,但是也有一些"愚孝"的残余在他的作品中隐约地表现出来。在《礼拜六》第一百〇一期中他发表了一篇题为《父子》的小说,他的目的是要"使人知道非孝声中还有一个孝子在着"。他受到了西谛的批评:"在《父子》中,他描写一个理想的儿子,功课又好,运动又好,又是一个新派的学生;他父亲的打骂,他都能顺受不忤。后来他父亲给汽车碰伤了,医生说,流血过多,一定要人血灌入,方能救治。这个孝子听了,情愿杀身救父,叫医生把他的总血管割开,取出血来灌入他父亲的身里。他父亲活了,他却因总血管破裂死了……《礼拜六》的诸位作者的思想本来是纯粹中国旧式的……同时却又大提倡'节''孝'……想不到翻译《红笑》《社会柱石》的周瘦鹃先生,脑筋里竟还盘踞着这种思想。"③郭沫若也从医学常识方面批评了周瘦鹃:"周瘦鹃对于输

---

① 张恨水:《一段旅途回忆》,重庆《新华日报》1945年6月24日。
② 徐铸成:《张恨水与刘云若》,《旧闻杂忆》,四川人民出版社1981年版,第100—101页。
③ 西谛(郑振铎):《思想的反流》,《文学旬刊》第4期,1921年6月10日。

血法也好像没有充分的知识……我敬告周先生,不要那么惹人笑话了吧!"①其实周瘦鹃这篇小说在艺术上并无多少可取之处,周瘦鹃缺乏医学上输血的常识也是事实,但我们讨论的是关于"孝道"的问题。看来西谛当年至少有"非孝主义者"的嫌疑。我们却认为《父子》小说中有"愚孝"的残余:作为一个新派青年,在专制顽固的父亲打骂时,总应该用一种说理与说服的方法,而不能一味"顺受不忤",尽管这种说理与说服并没有什么效果,但至少有一种心灵的反拨,我们认为是可以这样要求一个新派青年的。正因为他没有做到这一点,以致直到自己以生命为代价之后,才使父亲有所觉醒与忏悔,这代价似乎花得太大了。至于郭沫若的批评,当然是对的,因为郭沫若是学过医学科学的。关于"孝行孝思",的确是中国传统美德,孙中山也曾说过:"一般醉心新文化的人,便排斥旧道德,以为有了新文化,便可以不要旧道德,不知道我们固有的东西,如果是好的当然应该要保存,不好的东西才可以放弃。""讲到孝字,我们中国尤为特长,尤其比各国进步得多……所以孝字更是不能不要的。"②至于西谛对周瘦鹃关于"节"——"从一而终"的批评,是有道理的。在《礼拜六》第一百一十期上,他在为陈小蝶的笔记小说《赤城环节》所加的按语中说:"叔季之世,伦常失坠,坚烈为黄节妇,百世不易觏也……于戏节妇,可以风矣。"他认为黄节妇是可以作为节妇的榜样的,但他在有的作品中也显示出自己思想上的矛盾,在《礼拜六》第一百一十二期上他写了一篇《十年守寡》的小说,却又为失节辩护。文中写王夫人苦守十年,到底战胜不了情欲终于向欲海竖起了降旗。周瘦鹃为她辩护道:"世界是用情造成的,胸窝中有这一颗心在着,可能逃情字么?"他由此还在小说中发表了长篇大论:"中国千年的老例,是男子死了一个妻不妨再娶十个八个妻的;女子死了夫,却绝对不许再嫁,再嫁时就不免被人议论,受人嘲笑。以后就好似在额上烙了再醮妇三个大字,再也不能出去见人。这是社会中一种无形的潜势力,直是打成了一张钢罗铁网……王夫人的失节,可是王夫人的罪么?我说不是。王夫人的罪,是旧社会喜欢管闲事的罪,是旧格言'一女不嫁二夫'的罪。"周瘦鹃的矛盾心态也是在社会转型期常会出现的现象。另外我们也应看到,这和周瘦鹃所受的教育和特殊的家庭结构

---

① 郭沫若:《致郑西谛先生信》,《文学旬刊》第6期,1921年6月30日。
② 孙中山:《民族主义》第6册,《孙中山选集》,人民出版社1984年版,第681页。

的影响有关。他受过封建教育,"从一而终"的思想在他脑中是存在着的,但他又受到过新式教育的熏陶,知道世间的男女应该是平等的。他六岁丧父,他对母亲守节抚孤的感恩也会连锁地遍施于对其他节妇的尊敬,因此他初期的小说创作与发稿中时时对节妇表示好感。转型期两种教育思想在他脑中倚重倚轻地轮番出现,造成了这种思想上的矛盾。在他年幼时也有旁人劝他母亲改嫁,他觉得他母亲如果改嫁了,他以后的生活道路就不堪设想了,但他母亲用自己的十指做女红,含辛茹苦地将他培养成人。周瘦鹃对伟大的母爱回报以"孝思孝行",这些都构成了他理直气壮地反复宣扬孝道的动力,他也会不时表达对节妇的尊敬。这就显示了他当时的局限性。

  我们不能不承认他在五四时期脑中还存在封建思想的残余,但是,像他这批所谓旧派作家中的许多人都在以后时代的影响下,逐渐清除自己这种残余的封建思想,成为捍卫民族美德的正能量。对周瘦鹃而言,他对这种封建残余的清除,在他的作品中留下了清晰的文字记载。在《说伦理影片》一文中针对愚孝的问题,他说道:"平心而论,我们做儿子的不必如二十四孝所谓王祥卧冰、孟宗哭竹那种愚孝,只要使父母衣食无缺,老怀常开,足以娱他们桑榆晚景,便不失其为孝子。"①对于"从一而终"的问题,他在《娶寡妇为妻的大人物》一文中写道:"娶寡妇为妻在我们中国是一件忌讳的事,而在欧美各国,却稀松平常,不足为奇。"他举出美国的国父华盛顿、法国怪杰拿破仑、英国海军中第一伟人奈尔逊、美国前总统威尔逊等多人,都是娶寡妇为妻,这"既无损于本人的名誉,也无碍于本人的事业。我国只为人人脑筋中有了不可娶寡妇的成见,而寡妇也抱了不可再醮的宗旨,才使许多'可以再嫁'的寡妇都成了废物……与其如此,那何妨正大光明地再醮呢?然而要寡妇再醮,那么非提倡男子娶寡妇为妻不可"②。就周瘦鹃在五四时期总的评价而言,在爱国运动中,对他的评价应该是非常高的,但在新文化运动中,对他的评价就得打折扣了。因为他既坚守中国的民族美德,同时他的脑中也有封建旧道德的残余。就旧道德而言,其中既有封建道德又有民族美德。在近现代转型期,人们往往分不清如何剔除旧道德之中的封建部分,保留我国的民族美德。新文学家有时采取激进的态度,彻底否定"旧道德",虽然他

---

① 周瘦鹃:《说伦理影片》,《〈儿孙福〉特刊》,大东书局1926年版,第423页。
② 周瘦鹃:《娶寡妇为妻的大人物》,《上海画报》第109期,1926年5月16日。

们在行动中还能遵守其中的民族美德,但在文字上总抱一种决裂的态度。而像周瘦鹃这些所谓"旧派"作家,却能坚守并颂扬民族美德,但是他们又残存着其中的封建性。这些作家多少存在着此类的缺陷,不过分寸不同罢了。有的作家对这些残存的东西表现得很顽固,有些作家却能随着时代的前进而逐渐清除这些残余的糟粕。在这里并非对新旧两派作家各打五十大板的问题,我们应该看到在大时代的转型中,对革新与承传等的复杂性认识得非常清楚,分寸把握得十分准确,是一件非常不容易的事,有的部分甚至要等到后代去完成这种认识,去把握这些问题的适度分寸。

第三节 对五四运动的评价应在新的高度中得到统一

在五四运动当年,要全面认识五四运动的价值,以及它对时代的伟大推动作用是存在某些局限的,这其中的内涵,是要运动过后经过当代人反复推敲,甚至是后代人的反思,才能逐渐得到较为清晰的认识,才能对其进行恰如其分的评价。

在历史学家的笔下,五四运动有四大精神领袖:蔡元培举着民主主义大旗,李大钊高擎社会主义旗帜,陈独秀代表了激进主义,而胡适则是自由主义的掌门人。[1]可是历史学界却没有提及鲁迅,其实鲁迅的《狂人日记》和他1918—1919年5月前所写的《随感录》对学生运动肯定起了激励作用。那"从来如此,便对么?"[2]的斥责式问话的确使先进青年要清算那几千年的旧账。他在《随感录·三十九》中说:"那时候,只要从来如此,便是宝贝。即使无名肿毒,倘若生在中国人身上,也便'红肿之处,艳若桃花;溃烂之时,美如乳酪'。国粹所在,妙不可言。"[3]那时的顽固派甚至将无名肿毒作为自己自豪的本钱。《随感录·三十六》则为我们作为弱国而感到恐惧:"现在许多人有大恐惧,我也有大恐惧。许多人所怕的,是'中国人'这名目要消灭;我所怕的,是中国人要从'世界人'中挤出。"[4]五四时期,日本帝国主义首先要将我们从青岛、山东挤出,作为将全中国成为他们殖民地的第一步。因此,无

---

[1] 吕明灼:《五四"四大领袖":感召体现在精神方面》,《北京日报》2010年6月28日。
[2] 鲁迅:《狂人日记》,《鲁迅全集》第1卷,人民文学出版社1980年版,第429页。
[3] 鲁迅:《随感录·三十九》,《鲁迅全集》第1卷,人民文学出版社1980年版,第321页。
[4] 鲁迅:《随感录·三十六》,《鲁迅全集》第1卷,人民文学出版社1980年版,第310页。

论对新文学运动,还是青年爱国运动,鲁迅与青年学生乃至全国人民的心是相通的。值得再探讨的是鲁迅当时对五四运动却又评价不高,这在他1920年5月4日给宋崇义的书信中就有所表现,那正好是五四运动一周年纪念之日。

  比年以来,国内不靖,影响及于学界,纷扰已经一年。世之守旧者,以为此事实为乱源,而维新者则又赞扬甚至。全国学生,或被称为祸萌,或被誉为志士;然由仆观之,则于中国实无何种影响,仅是一时之现象而已;谓之志士固过誉,谓之祸萌,亦甚冤也……

  近来所谓新思潮者,在外国已是普遍之理,一入中国,便大吓人;提倡者思想不彻底,言行不一致,故每每发生流弊,而新思潮之本身,固不任其咎也。

  要之,中国一切旧物,无论如何,定必崩溃;倘能采用新说,助其变迁,则改革较有秩序,其祸必不如天然崩溃之烈。而社会守旧,新党又行不顾言,一盘散沙,无法粘连,将来除无可收拾外,殆无他道也。

  今之论者,又惧俄国思潮传染中国,足以肇乱,此亦似是而非之谈,乱则有之,传染思潮则未必。中国人无感染性,他国思潮,甚难移殖;将来之乱,亦仍是中国式之乱,非俄国式之乱也。而中国式之乱,能否较善于他式,则非浅见之所能测矣。

  要而言之,旧状无以维持,殆无可疑;而其转变也,既非官吏所希望之现状,亦非新学家所鼓吹之新式;但有一塌糊涂而已……

  仆以为一无根柢学问,爱国之类,俱是空谈;现在要图,实只在熬苦求学,惜此又非今之学者所乐闻也。①

这封信是鲁迅刚从日本回国,任教于杭州、浙江两级师范学堂时写给学生宋崇义的。那时鲁迅教的是博物课,大致是现在的生物学。至于宋崇义此人,我们没有多少可掌握的背景资料,根据《鲁迅全集》的注释,我们只知道他是一位中学和专科学校的教师,但他出版了多种中学教科书,其中有《生理卫生学》《动物学》《植物学》等。大概以《生理卫生学》卖得最火,可查

---

① 鲁迅:《致宋崇义》,《鲁迅全集》第11卷,人民文学出版社1980年版,第360—361页。

到的是肯定再版十次以上。光凭这一点我们可以推断,宋崇义是当年鲁迅教生理学时的好学生,而且他也视鲁迅为他的启蒙老师。现在要出版教科书了,也许他觉得应该向老师汇报。他与鲁迅通信所谈的究竟是什么,有没有向远在北京的鲁迅请教对五四运动的看法等等,对我们说来是一个谜。鲁迅并不认为学生运动是"祸萌",但他当时是主张思想革命的,重在改造中国国民性,他对学生打人放火等拳头、暴力行为是有自己的看法的,因此觉得将他们誉为"志士"还够不上,他看到了其中存在的乱象。

根据以上这封信,我们可作出几点推断。一、鲁迅对五四运动的评价有其局限性,他对其主流的积极面还缺乏足够的肯定;二、他认为提倡者思想不彻底,言行不一,像是针对运动中的暴力行为,这是有一定道理的;三、认为改革应较为有序,他并非赞成"改良"方式,而在这次抗议行动中,应该有基本该遵循的秩序,而不能出格;四、由于鲁迅研究国民的劣根性还缺乏辩证观点,因此,就贸然肯定中国人无感染性;五、他从进化论观点出发,坚信旧的必然会崩溃,但新的是什么,则非"浅见所能测";六、据他从过去的阅历来看,在旧的崩溃的过程中必然会生乱,但这是中国式之乱,非俄国式之乱。总之按当时鲁迅的见解,还无法理解中国人以后会受俄国思潮的影响,走十月革命一声炮响的道路。通信的最后则指出应该"熬苦求学",做有"根柢学问"的人。关于这一点也许是对宋崇义刻苦做学问的一种肯定与鼓励。

我们论述并引申上面这一大篇话,是想说明,即使鲁迅这样一位伟人,他对五四运动也有一个认识和发展的过程。尽管《鲁迅全集》中提及五四运动的言论并不多,但在他写《中国新文学大系·小说二集·序》时,还是对五四运动作了更新自己过去观点的评价:"'五四'事件一起,这运动的大营的北京大学负了盛名,但同时也遭了艰险。"①这是一个相当正面的评价,指的是盛名之后,北大学生遭到了旧势力的迫害与中伤。"在北京这地方——北京虽然是'五四运动'的策源地,但自从支持着《新青年》的《新潮》的人们风流云散以来,1920至1922年这三年间,倒显着寂寞荒凉的古战场的情景。"②在这里鲁迅肯定了五四运动是一场新旧大搏战的战场,而在其中起

---

① 鲁迅:《中国新文学大系·小说二集·序》,《鲁迅全集》第6卷,人民文学出版社1980年版,第246页。
② 鲁迅:《中国新文学大系·小说二集·序》,《鲁迅全集》第6卷,人民文学出版社1980年版,第250页。

着骨干作用的是《新青年》和《新潮》中的一群人,这也应该包括他自己,他的小说与杂感的确在五四运动中起了推动作用。此后鲁迅也不像1920年那样,认为俄国思潮不会感染中国人,而是在《答国际文学社问》中说:

> 先前,旧社会的腐败,我是觉到了的,我希望着新的社会的起来,但不知道这"新的"该是什么;而且也不知道"新的"起来以后,是否一定就好。待到十月革命后,我才知道这"新的"社会的创造者是无产阶级,但因为资本主义各国的反宣传,对于十月革命还有些冷淡,并且怀疑。①

这就是他回顾1920年那一段的思想历程。现在不仅得到了释疑,而且说在现实的教育下还增加了许多勇气。他也在《三闲集》的序言中写道:"我一向是相信进化论的,总以为将来必胜于过去……"可是在广东的现实证实他的思想是有偏颇的,因此,"我的思路因此轰毁"。②而到了写《二心集》的序言时,他更明确地指认:"后来又由于事实的教训,以为惟新兴的无产者才有将来,却是的确。"③这是鲁迅告别过去的思想认识的飞跃。

世界上不存在未卜先知,人们认识五四运动对中国未来的影响可能会有一个过程。据胡适考证,最先提出"五四运动"这个名词的是当年参加运动的《新潮》社的罗家伦,他用"毅"的笔名在1919年5月26日出版的第二十三期《每周评论》上发表了一篇名为《五四运动的精神》的文章,提出五四精神是:一、学生的牺牲精神;二、社会制裁精神;三、民族自决精神。其实他所提出的三点,只有第一点是在运动中表现了的;第二点,只制裁三个卖国贼,并没有对旧政府产生其他影响;至于第三点,弱国是无法自决的,还是受各帝国主义的斩割。真正认识五四精神要到20世纪40年代,毛泽东在发表《新民主主义论》时才充分挖掘了五四运动的伟大意义。毛泽东指出,五四运动以后,中国无产阶级由于自己的成长和俄国革命的影响,义不容辞地承担了反帝反封建的革命责任,而软弱的中国资产阶级是不能尽此责任的。因此他为五四运动定性:五四运动是反帝反封建的运动,五四运动在其开

---

① 鲁迅:《答国际文学社问》,《鲁迅全集》第6卷,人民文学出版社1980年版,第17页。
② 鲁迅:《三闲集·序言》,《鲁迅全集》第4卷,人民文学出版社1980年版,第5页。
③ 鲁迅:《二心集·序言》,《鲁迅全集》第4卷,人民文学出版社1980年版,第189页。

始,只限于知识分子,但发展到六三运动,就有广大的无产阶级、小资产阶级和资产阶级的联盟,成了全国范围的革命运动。从1919年5月4日北京学生的爱国运动发展到1919年6月3日的上海工人总罢工,无产阶级登上了历史的舞台。中国革命进入了无产阶级领导的新民主主义革命。五四运动波及中国工人阶级当时的大本营上海时,就开始了一个划时代的革命新阶段。这才将五四精神提高到了一个全新境界。这对我们是一个极大的新的启示,我们的思想认识达到了一个全新的境界,产生了新的飞跃。周瘦鹃虽然在1919年的六三运动中表现得很积极,但他只是热情地报道了学生与商界的爱国运动。他对五四精神的认识,对无产阶级领导革命的划时代意义的认识,应该要到新中国成立后,他们苏州民进的几位老人成立了学习毛主席著作小组,以周家花园为小组讨论的会议地点,此后,他们才有了新的认识。上文谈及的不论是某些新文学作家在革命初期对当时文坛产生影响的若干激进言论,还是所谓"旧派"的某些作家对封建残余思想的剔除,都有一个发展的过程。因此,对五四青年爱国运动和新文化运动的评价,最终都在毛泽东的认识高度中统一起来。如此看来,他们当年各自的局限性,要在历史长河的发展中,在新的高度中才能得到统一。

第六章　报人杂感：引领平头百姓的舆论导向
——以《新闻报》严独鹤和《申报》周瘦鹃的杂感为中心

范伯群　黄　诚

鸳鸯蝴蝶派的不少文人具有双重身份：一、作家和文艺刊物的主编；二、新闻工作者，他们自称为"报人"。后者才是他们的主业，也是生活资料的主要来源。作为报人，他们主编的副刊要配合报纸的整体版面，写、编大量的杂感与随笔，呼应当时的社会民生热点与国际国内的风云政治变幻。本章系统地整理了他们中的代表人物在袁世凯称帝、张勋复辟、五四运动、曹锟贿选、五卅惨案、1926年三一八惨案，直到抗战以及蒋介石政权崩溃过程中的杂感随笔，用白纸黑字论证他们用平头百姓看得懂和喜闻乐见的形式和语言，成为平头百姓政治舆论导向的引领者，发挥了"社会良知"和"市民喉舌"的作用。

第一节　鸳鸯蝴蝶派作家的双重身份与不同的职能

不少被称为"鸳鸯蝴蝶派"的文人是具有"双重身份"的，第一重身份是作家和文艺刊物的编者，第二重身份是新闻工作者。那时他们称自己为"报人"，其实这才是他们的"职业"——"主业"。严独鹤是《新闻报·快活林》（抗战后改名为《新园林》）的主编，周瘦鹃则是《申报》副刊《自由谈》和《春秋》的主编。《新闻报》号称日销二十万份，而《申报》则日销十五万份。它们在当年的上海乃至全国具有极大的影响力。与此同时，他们除进行"业余"文艺著译之外，严独鹤还为世界书局主编《红杂志》《红玫瑰》和《侦探世界》等刊物，周瘦鹃则为大东书局主编《半月》《紫罗兰》《紫兰花片》和《新家庭》等刊物。无论是编报纸副刊和杂志，还是进行著译，他们心目中的主要读者对象都是都市的市民大众。这两重身份对他们而言，职能也是有较大区别的，或者说两种身份还有各自的分工。就创作与所编的文艺性杂志来说，他们的主要职能是供普通市民大众的业余"休闲"，当然这其中也有"寓教于乐"的成分。周瘦鹃曾引用美国消闲杂志的畅销与流行来支持自己编通俗文艺刊物主要是提供娱乐休闲读物的观点：

> 吾友程小青言，尝闻之东吴大学教授美国某博士，美国杂志无虑数千种，大抵以供人消遣为宗旨。盖彼邦男女，服务于社会中者綦夥，公余之暇，即以杂志消闲，而尤嗜小说杂志，若陈义过高，稍涉沉闷，即束之高阁，不愿浏览矣，是故消闲之小说杂志充斥世上，行销辄数十万或竟达百万二百万以外，若专事研究文艺之杂志，则仅二三种，行销亦不广，徒供一般研究文艺者之参考而已，即英国亦然。著名之小说杂志如《海滨杂志》《伦敦杂志》等，亦无非供人作消遣之品。有《约翰伦敦》周报一种，为专研文艺之杂志，销数无多，海上诸大西书肆中竟不备，予尝往叩之，苦无以应，寻得之一小书肆中，因订阅焉。据肆中人告予云，此报海上绝无销路，每期仅向英国总社订定二册，一归一英国老叟购去，一则归君耳。观于此，则可知英美人专研究文艺者之少矣，返观海上杂志界肆力于文艺而独树新帜者，亦不过一二种，足以代表全国，其他类为消闲之杂志，精粗略备，俱可自立。①

当他们办报纸副刊时，态度就不同了。副刊是报刊的一个组成部分，因此他们对当时的社会热点、国际风云、国家大事，必然要多加观照，于是成为平头百姓的政治舆论导向。严独鹤在谈如何编好一张副刊时，总结了他编副刊所抓住的三个要领："其一是每期须有一篇好的短文（言论）；其二是须有一幅好的漫画；其三是须有一部好的连载。唯有如此，方能相得益彰，吸引读者。"②而严独鹤的所谓"言论"的内容则是"取材则上自时政大事，下至市井琐闻，皆为市民所切切关心者"。③而且每当世界或国内政坛出现大变故时，他们的言论就会变得非常关注时政大事。往往在副刊的头条，用杂感文体

---

① 周瘦鹃：《说消闲之小说杂志》，《申报·自由谈》，1921年7月17日。
②③ 严祖佑：《父亲严独鹤散记》，《严独鹤杂感录》，上海世纪出版股份有限公司远东出版社2009年版，第458页。

配以精彩的漫画议论时政或抨击弊端。在他们所编的副刊中"鸳鸯蝴蝶"之类的文字最多仅表现在连载小说中,而"一篇好的短文"和"一幅好的漫画"主要用来讽喻时事或关心民生。

严独鹤于1914年8月受聘于《新闻报》,主持副刊。他将旧式副刊《庄谐丛录》改名为新式副刊《快活林》。自此他实践"一篇好的短文"和"一幅好的漫画"的模式,而且提出副刊宜雅俗共赏的理由:

> 雅俗合参:文艺之作,宜取高雅,此固正当之论第。就报纸之性质以言之,则陈义过高,取材过雅,皆似不适于普通读者。盖报纸之功用,舍传播消息主持舆论外,亦可目为通俗教育之一种利器,与其他艺术专书文学著作只供通人研究者不同;若一编既出,而不能得一般人士之了解,则已失其报纸之效用矣。故《快活林》之文字,颇取通俗,求适于群众,但浅薄无味或鄙俚不可卒读者,亦概不阑入,冀其俗不伤雅也。①

因此他为自己的副刊制定了四个标准:"(一)隽雅而不深奥;(二)浅显而不粗俗;(三)轻松而不浮薄;(四)锐利而不尖刻。"②

在1915年袁世凯称帝,1917年张勋复辟,1919年五四运动,1923年曹锟贿选,1925年五卅惨案,1926年三一八惨案,直至抗日战争以及蒋介石政权的崩溃过程中,严独鹤都发表过许多通俗而尖锐的杂感。除日寇占领上海时,他愤而辞职外,自1914年至1949年这三十多年中,他一以贯之主编《快活林》(抗战后改名为《新园林》)。曾任《解放日报》总编辑的陈念云在1986年对严独鹤的言论性短文作过如下评价:他的最大贡献"是一生留下了近万篇报纸副刊的言论性文章。他在主编《新闻报》副刊期间,基本上每天发表一篇叫做'谈话'的文章……每篇长则六七百字,短则二三百字,基本内容是两种,一种是社会杂感,一种是时事杂感。社会杂感主要议论各种社会现象和社会问题,其特点是接近民众,尽可能反映民众的疾苦和呼声。旧

---

① 严独鹤:《十年中之感想》,《〈新闻报〉三十年纪念册(1893—1923)》,《新闻报馆》1923年印行。
② 严建平:《我的祖父严独鹤》,《严独鹤杂感录》,上海世纪出版股份有限公司远东出版社2009年版,第466页。

中国诸如物价飞涨、民不聊生、毕业即失业等等,就常常在他的笔下有所揭露和抨击。时事杂感则国际国内都有评论,而且总是从大处着眼,小处落笔,有的讽刺与批判还相当尖锐泼辣。总之他的'谈话',每篇都是有感而发,言之有物,从不随便舞文弄墨,无病呻吟。他的文字还有通俗易懂,而又生动活泼的特点,有时议论风生,诙谐幽默。早年报上的文章,大都是古体文,他是率先用白话体写文章的一个,因此拥有众多的读者"①。在这篇文章中陈念云还说:"《新园林》当年刊登风花雪月的文字本来就不算多。"我们则认为风花雪月根本不能作为新文学给所谓鸳鸯蝴蝶派"定罪"的标准。只要不是逃避现实,玩物丧志,无病呻吟,风花雪月应该是人间倩丽雅洁的美景,蔑视"月光曲"等圣乐奏鸣的只是对瑶琴干瞪着浊眼的一条笨牛。至于对严独鹤杂感的艺术性,郑逸梅曾评价说:"要言不繁,很为俏皮,又复圆转含蓄,使人读之,作会心的微笑。有时独鹤患病,不能到馆,由另一编辑余空我代写,空我依样画葫芦,也是每天来一《谈话》,但读者们觉得不很够味,认为独鹤所谈是圆圆的,空我所谈成为扁扁的了。"可见严独鹤的杂感既无懈可击,逻辑性极强,又不失机智灵动,颇能适合平头百姓的口味。

  至于周瘦鹃,就所编副刊而言,他的资格没有严独鹤老,时间也没有严独鹤长。他是1919年五四运动前夕才进《申报》的,他掌控《自由谈》笔政的时间约十二年,后来又主编《申报·春秋》约六年光景,一共是十八年左右。日寇占领上海期间,他即脱离报馆,而抗战胜利后,国民党官僚资本入侵《申报》,他受到排挤,只挂一个设计委员的空衔。他在编《自由谈》期间,也有不少言论性文章,并配以漫画。在副刊中他还设多种专栏。1919年6月4日至9月28日有《见闻琐言》十四天次;1920年4月3日至1921年8月7日,刊《自由谈之自由谈》三百一十八天次;1922年7月1日至22日,设《一片胡言》十二天次;1922年7月6日至12月31日,改《一片胡言》为《随便说说》一百三十六天次;1931年6月19日至9月2日有《点滴》九篇;1931年9月24日至10月20日撰《痛心的话》二十一篇。这些言论性文章与严独鹤"谈话"的性质相类似,甚至是相互呼应的。而他们的这些言论性文章,过去很

---

① 陈念云:《纪念新闻界前辈严独鹤先生》,《严独鹤杂感录》,上海世纪出版有限公司远东出版社2009年版,第438—439页。

少受到学界关注,对他们的评价只是简单化地套上一个"鸳鸯蝴蝶派"的帽子作为结论,甚至想当然地说他们所编的副刊大多是庸俗黄色的垃圾而已。为了揭示真相,我们须用下面"白纸黑字"的实例作为试金石来加以盘点与鉴定。

第二节 在每个重大关节点皆能引领平头百姓的舆论导向

严独鹤将《庄谐丛录》改为《快活林》后,开始并没有设"谈话"这一专栏,那时他的言论性专栏名为"谐著",与过去的《庄谐丛录》保持了一定的连贯性,也寓有"快活"的含义,也含有让读者"轻松地阅读"的意思,而且也不是他一人所写,大多倒是他的所谓"鸳鸯蝴蝶派"的同人执笔的,这也说明,这一个圈子里的人关心时政与民生的还大有人在。用"谐著"当然是想用老百姓所喜闻乐见的形式,用他们能理解的社会话语去表达报人的观点,也即贯彻他的办副刊要"颇取通俗,求适于群众"的理念。那就需要与一般给知识分子所看的杂感的风格有所不同,但"谐著"也绝不会谐到"化屠户的凶残为一笑"的程度,而是实践自己的宗旨:"浅薄无味或鄙俚不可卒读者,亦概不阑入,冀其俗不伤雅也。"严独鹤的"谈话"专栏则是始于五四时期,说得精确一点是从 1919 年 6 月 6 日"创始"的。就他担任《新闻报》副刊主编后所遇到的国家大事而言,其中袁世凯称帝、张勋复辟和曹锟贿选这三次,简直是一场场政治"闹剧",对付它们只能是嬉笑怒骂、辛辣讽刺。因此,用"谐著"作为专栏名称是相当匹配的。五四运动在严独鹤看来是一次群众性的爱国主义运动,因此对付帝国主义就应该义正词严,于是,他就改"谐著"为"谈话"专栏,以此揭露敌人,唤醒民众。这一"谈话"专栏一直延续到 1949 年 5 月《新闻报》停刊为止。要了解这个长达三十年的专栏最简捷的办法就是抓住几个关节时段加以盘点。

严氏上马伊始,最先遇到的是袁世凯称帝的闹剧。从"袁记"的筹安会成立发表宣言起,"谐著"专栏就针对这篇宣言"倒行逆施"的荒谬言论进行了辛辣的讥讽。这份筹安会的"宣言"是拾了一个美国的名叫古德诺博士的"牙慧",说什么:"君主实较民主为优,而中国尤不能不用君主国体。"[1]美国

---

[1] 古德诺:《共和与君主论》,《亚西亚日报》1915 年 8 月 3 日。

不是一个君主立宪国,它因实行民主制而飞速发展。美国古德诺博士倒应该先到美国去宣传,在美国先实行君主制而取得更大的成功,然后再到中国来指手画脚,这才有说服力。可是筹安会的头头杨度却举起这样一个"破烂法宝",作为宣言立论的根据,使全国舆论哗然。此后,《新闻报·快活林》几乎天天有针对性的文章对此予以揭露与批驳。如"谐著"于1915年9月12日发表了太和的讽刺性文章《拟筹安会征求大手笔启》,文中说,"鉴于是前宣言书之为世诟病""故劝进表一通,尚在迟回审慎之中",现在筹安会非得征求一位大手笔来重写宣言书,"酬润不惜从丰……并于将来君主登极时,代为奏请颁给头等宝星以示优异"。这一篇嘲讽的文章成了彻底否定筹安会的第一炮。紧接着蛰民于9月13日发表《时局预言》一文,一是预测中国的"跪拜裤涨价",因君主登极后,必行三跪九叩之礼。二是杨度等筹安会发起人所谓"六君子封爵",但预测"在封爵之际,又必有争功斗宠诸活剧出现于北京舞台,以供看客之欣赏也"。三是预测"小百姓吃苦,天堂未见,地狱先现,吾知筹安会之佳名,必至名实相反",指出他们实乃"筹祸会"。筹安六君子还来不及争功斗宠,半路里又杀出一彪人马,梁士诒不甘筹安六君子拔了头筹,他知道这些书生们号召进行"学理讨论"是远水解不了近渴的,他想出的办法更直接,于是发起成立"全国请愿联合会",动员各界各地通电或在京向参政院请愿,以"强奸"民意的方法要求召集国民会议解决国体问题,一致拥戴袁世凯称帝。于是拼凑了各种名目的请愿团,除各省或各大行业的请愿联合会外,还专门组织了"妇女请愿团",更异想天开的是还有"乞丐请愿团"和"人力车夫请愿团"等,简直近于戏谑。《快活林》也一一在"谐著"专栏以戏谑回敬。严独鹤于1915年10月9日刊出《妇女请愿之利益》一文:一旦帝制复辟,妇女就有做"后妃之希望""即下焉者亦可以为宫嫔、为秀女";国体变更,男子可以封王晋爵,女子的"诰命之封,亦必恢复";过去女子有要求参政者,倡议北伐者,闹得大人先生头痛,"现在能凑趣,能为此媚,在大人先生中恢复了女子之名誉"……天台山农于10月23日发表了《戏拟妓界请愿书》,河影于11月11日还写了《戏拟囚犯请愿书》,这些戏拟文章都意在讽刺梁士诒等可以无耻到无所名目不可以利用的地步。律西于10月5日写《戏拟上海人力车夫致北京人力车夫书》,揭露梁士诒等用每个车夫签名后即发"铜元四枚"为诱饵,因此,那天竟吸引人数达万人之多。这些戏谑将欲称帝的袁氏龙袍尚未加身,却先被画成了一个大花脸。袁世凯的长子袁克定为了做太子,还组织了一套班子,天天印一批假报纸,专供袁世凯一人观看,以伪造全国"民意"一致呼吁改变国体,以迎合袁世凯的皇帝梦。明明《快活林》天天声讨,可是袁氏看到的《新闻报》却是一片拥戴声,致使袁世凯竟对他儿子袁克文说,严独鹤此人真是不错。

至于张勋复辟,通俗作家也有许多文字,其中写得最有力度的大概要算是天忏生的《复辟之黑幕》。①天忏生在书中说:"既有此无量滑稽之事,当然有滑稽之文副之,理也,亦势也。""虽曰游戏以出之,谈笑以道之,其实字字是血,句句是泪。"而在《新闻报》上也将张勋及其辫子兵的嗜血本质进行了痛快淋漓的揭露。张勋是 1917 年 6 月 14 日进北京的,而"谐著"在 6 月初就关注他的动向,纷纷用杂感与漫画为武器声讨张勋。在 6 月 1 日"拾尘"的《送蚌将军归蚌埠序》中就发出警示,而严独鹤在文章后面以编者身份加了注释:"据近日情势,则蚌将军率虾兵蟹将,兴妖作怪矣。武人横行,中原多故,鹬蚌相争,尚不知呈何结果也。"张勋原驻军徐蚌,所谓蚌将军横行,就是指他正在蠢蠢欲动了。当时正值农历端午节,"谐著"上发表几篇有关"端午新五毒"的文章,其中所指"蚌壳精"和"豚尾精"就是影射张勋乃目前之毒物。6 月 19 日,枫隐的《辫子出风头歌》:六千辫子兵已到天津,到处扰民:"惟有徐州张大帅,依旧要把辫子保,麾下健儿辫尽留……维时国会散不散,总统保不保,都在辫帅一言中,辫帅风头既出足,麾下辫兵亦威风,进京之后或向八大胡同嫖小娘,或在六国饭店撒酒风。"6 月 14 日张勋进入北京,瞻庐在当天的"谐著"《烦恼着唐三藏》中,唐僧徒弟猪八戒的一条豚尾不翼而飞,而到 7 月 8 日,虽然复辟势力还在挣扎,但全国已一致声讨,大势已去。那天正值中国旧时的所谓"分龙日",天台山农发表《分龙日之分龙说》,实际上就预示着复辟已现必败之征。而版面上又配以"文武圣"抱着一个"小皇帝"的漫画,则更令人忍俊不禁。

在五四运动前夕,周瘦鹃开始掌控《申报·自由谈》,他的杂感政论与严独鹤的《快活林》同声呼应。可以说,周瘦鹃是踏着五四运动的鼓点,登上当时媒体的最大平台之一——《申报》,他 1919 年 5 月 31 日在《自由谈》上发表的第一篇文章是《我之小说观》(一),但 6 月 3 日上海爆发了工人罢工、商

---

① 天忏生,贡少芹的笔名之一,这是一本单行本,由翼文编译社出版,张勋 1917 年 7 月 1 日演出拥戴溥仪复辟,7 月 12 日即失败逃入荷兰大使馆。这本书的初版也于 1917 年 7 月,贵在及时。有兴趣者可阅《近代文学大系·笔记文学集 2》所选该书的二十六则笔记,可知其"一鳞半爪"。

人罢市,响应北京学生的爱国运动后,周瘦鹃闻风而动,从6月4日至28日,以"五九生"为笔名,写了十四篇《见闻琐言》,主要报道上海工人罢工和商人罢市的壮举。他对当时的北洋军阀政府予以辛辣的讽刺并投以蔑视的一瞥。1919年6月11日,周瘦鹃在《申报》上发表题为《晨钟——为北京幽囚之学子作》的短篇小说,声援被捕学生。周瘦鹃也多次报道了学生罢课和集会游行,其中提到学生游行队伍中有不少人还挥舞着"请勿暴动"的小旗。这"暴动"二字又作何解释,令今天的读者颇为费解,但在《快活林》的杂感中,严独鹤就为我们解答了这个疑窦。

严独鹤1919年6月6日发表的第一篇"谈话"是《同胞听者》:"对于日人说,我们虽然抵制他,却须举动文明,万万不可和他发生冲突……就是坚决到底,万勿暴动,请诸君牢牢记着。"①6月7日,严独鹤的《留心假冒》说得更明白,本市商家罢市,秩序仍旧丝毫不乱;爱国学生,并且各人佩着布带,执着小旗,都写着"万勿暴动"的字样,帮同街警,维持秩序……都道有某国人扮着中国学生装束,在路上故意吵闹殴打,或是抛砖掷石……简直是要借此肇事,嫁祸于学生。6月9日,程瞻庐更用老百姓喜闻乐见的形式在《上海罢市新滩簧》中说明文明抵制的重要性:"矮子肚里疙瘩多,时时刻刻使诡计,有人轧在人丛里,口出不逊挑拨倪,顶好我倪起暴动,耐末俚笃出仔好生意,打坏一个东洋蹩脚生,索起赔偿宛比银行里厢大伙计;打破一爿东洋糕饼店,索起赔偿就是几万几千几百几,所以碰着俚笃挑拨倪,奉劝诸位终要耐耐气,倘然弗耐气,就要中诡计……所以暴动二字大家才要避一避……终要文明抵制有秩序。"②既要坚决抵制,抵制到底,又要文明抵制,他们的文章始终关注将民众的爱国热情引导到正确的路径上去。

周瘦鹃不仅在《自由谈》中报道五四运动,而且用白话载体发表了小说《亡国奴日记》和《卖国奴之日记》。他表明了写前者的动机:"尝忆十年以前英国名小说家威廉·勒苟氏草《人寇》一书,言德意志攻入英国,全国尽陷……夫以英国之强,苟氏尚复发为危辞警其国人,今吾祖国之不振如是,则此《亡国奴日记》乌可以不作哉?"③此书不仅热销五万多册,而且被许多

---

① 独鹤:《同胞听者》,《新闻报》1919年6月6日。
② 瞻庐:《上海罢市新滩簧》,《新闻报》1919年6月9日。
③ 周瘦鹃:《亡国奴日记·跋语》,中华书局1915年版,在五四曾再版,又热销五万多册。

学校指定为课外读物。在《卖国奴之日记》①中他痛斥曹汝霖、陆征祥等的卖国行径,语多激烈,当时没有出版社敢印,他于1919年6月自费出版。他的爱国主义热情在这桩桩件件中得到了充分的展示。

1923年曹锟贿选总统,又是政坛上的一次丑态百出的大闹剧,对这次丑剧《快活林》几乎用每天一文的"日志式"文章予以揭露。从1923年5月开始至同年11月,关涉的文章竟达到一百三十四篇之多。1923年6月,曹锟用武力将总统黎元洪赶下台,黎就到天津去另立门户,拉走了一批议员,曹锟为了拉足议会的法定人数,确保贿选成功,几番讲价,最后商定以五千元一票的价格让议员投票,因此,史称这批议员为"猪仔议员"。这笔巨款,曹锟是不肯自掏腰包的,于是就到各地去敲诈捧他上台的督军和政客们的"政治献金"。严独鹤在1923年8月23日发表的《总统与蟹》一文中写道:"在中国要做总统,也非横行不可。蟹肚中满满地贮着黄白物。在中国要做总统,更非先储着许多黄白物不能成功。照这样说,蟹和总统,简直可算同类。"当曹锟与"猪仔"们讲定价钱之后,又为付款的办法发生了分歧:如曹锟先开出支票,"猪仔"们怕他事后不兑现,而要曹锟付现金,曹锟又怕议员拿了钱就逃脱,因为天津方面对不参选的议员答应付八千元一个;曹锟说先付可以,将钱存在银行里,选了再取款,"猪仔"怕银行靠不住,说先请律师来公证,议员怕请的是滑头律师……最后严独鹤提了两个办法,供双方议决:一、保方先付款,然后将议员监禁起来,到选举时由军警押到会场监督投票;二、议员先投票,然后登报声明,新总统必先付清款项,选举才正式生效。请他们二选其一,然后载入宪法中,如此就万无一失。这种讽刺挖苦,真是到了极致。1923年10月11日,严独鹤发表《五千身价八千小货》一文,说10月5日选举那天,有的议员先到天津拿了决不参选的八千元,然后躲进北京的妓院,串通警察去抓他们后押进会场,再去领曹锟的五千元。万一警察漏抓,一些议员一定会大呼"快来捉我!"他在10月12日的《奇形怪状》一文中又揭露军警当天的确是坐了汽车到处抓议员,会场外还扎营房架机枪。生病的议员被用担架抬入会场,会场还特设病房。会场的墙上还开洞,洞中架有烟枪,以便让瘾君子"猪仔"轮流过瘾。还有戴铜盔的消防队员站在场内四周,然后还将会场大门紧锁。终于凑足了法定人数,贿选大功告成。在周

---

① 周瘦鹃:《卖国奴之日记》,1919年版,自费出版。

瘦鹃主持的《自由谈》中,在描述曹锟与议员们讲价钱时就尖锐地将"猪仔议员"比作妓女:"我听说上海卖淫的妓女,有长三、么二、雉妓三等之分。不过,我们所谓神圣的国会议员,有人收买,也把他们分做了三等:六千、四千、三千,不是个小数目。料他们得了这笔钱,少不得要打情骂俏,曲意献媚了。唉,国会议员啊,你们可要去拿这笔钱么,可还要挂着神圣的招牌么?"①由于有了《快活林》这样"日志式"排炮般的揭露,从此,北洋军阀政府被老百姓视为"狗彘"。从袁世凯做总统至北伐胜利的十三四年中,在他们内部"狗咬狗"式的争斗中,竟换了十三届总统和四十六个内阁。

  在五卅惨案中,《自由谈》的反应也是快捷的。1925年6月1日,周瘦鹃在他的《三言两语》专栏中立刻作出反映:"地上一抹一抹的血痕,被一夜雨水冲洗了,但愿我们心上的所印悲惨的印象,不要也和血痕一样淡化。"这让我们自然而然地想到,他同样显示了像叶圣陶《五月三十一日急雨中》的满腔悲愤。但是从1925年6月2日起由于稿挤,《自由谈》与《快活林》都暂被停刊了。6月2日《新闻报》头版第一条广告:"今日本报,《快活林》及《艺海》均暂行停刊。"直到8月5日,该两刊复刊时还只能间日刊登。同样,《自由谈》也到8月5日才复刊,复刊第一天头条周瘦鹃在《三言两语》中就重提五卅惨案:"砰砰的枪声,红红的血痕,孤儿寡妇们热热的眼泪,哀哀的哭泣。这是我们中国民族史上所留着的绝大纪念,任是经过了两个多月,已成陈迹,而我们的心头脑底,似乎还耿耿难忘吧!《自由谈》销声匿迹,已两个多月了。如今卷土重来,满望欢欢喜喜地说几句乐观的话。然而交涉停顿,胜利难期。在下在本报上和读者相见,只索'流泪眼'望'流泪眼'罢了。"②周瘦鹃的悲愤之情溢于言表。他还在《半月》上创作短篇小说《西市辇尸记》,③控诉帝国主义分子在五卅惨案中枪杀我无辜同胞的罪行。在《快活林》复刊的第一天,严独鹤在《小别重逢之一席话》中也表达了与周瘦鹃一样的情感。而"小记者"(严谔声)则在《五卅运动中之珍闻》中除报道罢市情况外,还有非常令人注目的两段话:"五月三十日在南京路流血而死者,闻以同济学生尹君为最惨。尹被弹后,初不觉,仍高立演讲;第二弹洞其胸,仍未觉也,演讲如故;至第三弹中脑,始仆地而绝,而口中则仍演讲未断也。""巨商

---

① 周瘦鹃:《申报·自由谈之三言两语》,1923年10月20日。
② 周瘦鹃:《申报·自由谈之三言两语》,1925年8月5日。
③ 周瘦鹃:《西市辇尸记》,《半月》第4卷第15期,1925年7月1日。

郭某之子名世泽,肄业于徐汇中学,惨案既起,世泽颇有所奔走。其父爱子甚,急召回,羁之一室,使不得出。世泽愤闷甚,乃索阅报纸,其父许之,阅报方两日,世泽竟受大感触,乘家人不备,吞毒物以死。此事外人知者鲜,以郭某禁止其家人宣泄也。"①小记者为我们补报了两则五卅时的英勇事迹。尹姓同学是伟大不屈的中国青年的标志性人物,而郭世泽则是"生在连爱国也不自由的家庭,毋宁死"。郭某之爱子实乃"害子",他可能感知杀子的凶手中也有他自己的一份。

在1924—1925年的女师大学潮和1926年的三一八惨案中,严独鹤与周瘦鹃也有"不约而同"的表现。周瘦鹃针对教育当局的处置在1925年8月29日发表了自己的意见:"章士钊为了女师大女生厮守着学堂不肯走,他一时倒没有法儿想。这也是他福至性灵,斗的计上心来,便召集了三四十个壮健的老妈子,浩浩荡荡杀奔女师大而去。末了儿毕竟马到成功,奏凯而归。这种雷厉风行的手段,我们不得不佩服他。但是女学堂不止女师大一所,起风潮亦在所难免,照区区愚见,不如组织一个常备老妈子队,专为应付女学堂风潮之用,免得临时召集,或有措手不及之虞……但不知道密司脱章可能容纳我这条陈么?"②而严独鹤则在1925年8月27日发表《特设国女监》一文:"最可怪的,是当局处置这些女学生,竟和对待罪犯一般,临时雇用女仆,驱逐学生出校。这已经是很可笑的了;而尤其奇怪的,是段执政还说,学生如此抗拒,便收入女监。"③于是舆论哗然。在三一八惨案中竟枪杀四十七人之多,周瘦鹃在1926年3月27日写道:"我看了北京惨案中死伤的调查表,不禁吓了一跳,想段大执政的手段,委实可算得第一等辣了。任是那震动中外的'五卅惨案',也没有死伤这样多的人啊!唉,外边人要杀,自己人又要杀,这真是从哪里说起?"严独鹤抓住段干木是个念佛茹素的人,在1926年3月25日发表《善哉善哉》一文加以声讨:"干木本来是一心念佛的,当然应该慈悲为本,不料这回却忽然……大开杀戒,真是罪过。开了杀戒之后,又忽然要哀悼,这简直是猫哭老鼠了;不但哀悼,又忽然要善后。我想既善后,前何必恶,况且别的可以善后,这死者不可复生,又何必善其后呢?……或者请干木先生自己出来捻着佛珠,合掌当胸,念几声善哉善

---

① 小记者:《五卅运动中之珍闻》,《新闻报》1925年8月5日。
② 鹃:《申报·自由谈之三言两语》,1925年8月29日。
③ 独鹤:《特设国女监》,《新闻报》1925年8月27日。

哉。"这种言论的核心与鲁迅对女师大学潮和《记念刘和珍君》中的态度是一致的。

在对待抗日战争的态度上,周瘦鹃与严独鹤在文字上当然是同仇敌忾的。他们二人在敌伪控制《申报》和《新闻报》之后愤而与报馆脱离了关系,周瘦鹃还上了日本宪兵队的黑名单,严独鹤则因发表大量抗日言论,收到过夹有子弹的恐吓信,还有人送了他四盆鲜花,说花下的肥料是人的断指。他离开报社后自办学校任校长,但敌伪要学校登记注册,他断然解散学校,回家过清苦的生活。

我们觉得他们的文章因引文过多而显得"冗长",但他们也是为了摆事实后将道理说清楚,"冗长"并非废话。对他们的这些杂感,新文学家中的某些人是有不同看法的。如《文学旬刊》曾对严独鹤的"谈话"提出过批评:"……等而下之,以至于今,则所有的文丐几乎对于什么事都要取讥嘲的态度。新闻报上的《快活林》的谈话,便是最著之例子。作者似乎是全无心肠的人。说他不注意时事,他又时时讲到时事,不像消极的人;说他注意时事,他却对于无论怎样大的变故,无论怎样令人愤慨的事情,他却好像是一个局外人而不是一个中国人一样,反而说几句'开玩笑'的'俏皮话',博读者的一笑。"①某些新文学家总认为这种言论性文章只是小市民茶余饭后之谈助,是极不严肃的。不过我们也得将话说回来,谁没有个"茶余饭后"呢?除非是不食烟火的神仙。那些被新文学家视为"庸俗小市民"的普通平头百姓,能在"茶余饭后"闲聊时聊出一番对军阀与政客的否定性嘲讽,能在帝国主义的屠刀面前关上自己的店门,实行全市总"罢市",这就有赖于像严独鹤与周瘦鹃这批市民大众文学作家用"小市民"能接受的方式,用"小市民"所能接受的社会语言,进行舆论诱导。说得更"夸大"一点,正因为将曹锟之流的军阀,揭露成如此"无耻之尤",否则北伐恐怕也不会如此"摧枯拉朽"。所以我们今天回望历史,新文学家的作品之所以主要只在知识分子中传播,而不为广大市民所喜爱,恐怕不得不承认他们与市民之间的隔膜了。如此看来,知识分子喜爱的杂感与平头百姓所惯读的言论性文章是有所不同的。看了上述"冗长"的例子,难道能说严独鹤与周瘦鹃是"全无心肠的人""不是中国人"吗?此话实在是"言重"了吧!

---

① CP:《著作的态度》,《文学旬刊》第 38 期,1922 年 5 月 21 日。

第三节 在抗日中同仇敌忾的正义之声

在十四年的抗日战争中,面对日寇侵略,通俗文学作家当然是同仇敌忾的。1931年九一八事变爆发时,严独鹤正在病中,9月24日,他在病榻上发出一个提案:决定在他主编的《快活林》上特辟"抗日同志谈话会"和"救国之声"两个专栏。在提出要办两个专栏后,他对《快活林》这个副刊的名字也提出了新解:"在很'快'的时间内,使全国民众求得一条'活'路。"①在"救国之声"专栏开设后,积极撰文的通俗作家有程瞻庐、程小青、顾明道、马二先生(冯叔鸾)、天虚我生(陈蝶仙)、范烟桥、郑逸梅、姚民哀、黄转陶、徐碧波等人。9月25日至27日,他用三篇文章谈他抗日的《三字诀》,第一个字是"评",就是要在世界范围内与日寇"评理";第二个字是"拼",光评理是不够的,主要是要与之"拼命";第三个字是"进",就是"进气",中国是日本的大市场,要抵制日货,实行经济封锁,一切绝交。在10月7日的《快活林》上,严独鹤发表了《自愧与自责》一文,文中说,现在世界上有"列强"和"弱小民族"之分,但从土地、物产、人口而言,中国不能称为弱小民族,而是"弱大民族"。因此,政府以至全国人民都应该"人人自省,人人自责……自今以始,总要人人立下宏愿,将以前所有的过失,彻底改除,将以后应做的事情,积极进行,大家合力同心,共趋一的,努力于扶危救亡的工作,或者这一个大民族还有保存的希望,还有翻身的日子"。三天之后是中华民国的国庆日,严独鹤编辑了"二十年国庆特刊",他在特刊的第一篇文章《国难声中的国庆日》中,不再笼统地谈人人自省、自责,因为政府与民众,责任应该有个主次之分,所以他在文中将矛头直接对准了政府:"只要拿中国的历史来说,所谓'十年生聚,十年教训'……试问二十年中,生聚了些什么,教训了些什么?……竟会在国难声中,过这一个二十岁的生日。"现在"当然要拼着大家的性命,凭着大家的气力来解救国难,挽回国运,总不能眼睁睁看着大好山河,就是这样陷于暴日之手……最低限度,永远能保住这一个'国',也永远能保住这一个'庆'字,才可以为中华民族争一口气,才可以为缔造民国的诸先烈争一口气"。②

---

① 严独鹤:《为抗日救国敬告本林同志》,《新闻报·快活林》1931年9月24日。
② 独鹤:《国难声中的国庆日》,《新闻报》1931年10月10日。

我们觉得他先提出应该"人人自省,人人自责",接着责问政府:试问这二十年中"生聚了些什么,教训了些什么?"言外之意是政府无能了。

严独鹤在1937年7月7日卢沟桥事变之后,单就这个月统计,他从7月9日至31日,写了二十篇"谈话",都是关于抗日问题的。在8月份,从8月1日到14日,他写了九篇"谈话"(其中生病两天,"谈话"由其他编辑执笔)。8月14日后,《新闻报·新园林》因故停刊,他的"谈话"也不得不中断。他所写的近三十篇"谈话"可分成两类:一类是写我们的敌人,既是杀人的狂魔,又是凶残的流氓,还是泼皮的无赖;另一类是鼓动民气,歌颂英雄,号召人们坚决抗战到底。

严独鹤的第一类文章是揭露敌人丑恶面目的。1937年7月10日,他写了《失踪》一文,日本炮制卢沟桥事变就是以军事演习中失踪一日军为借口的。指出这是日本惯用的发动大事件的前奏曲,例如夜袭沈阳的恶剧就是用这一"小题大做"老手法。"失踪"成了日本"最神秘的外交技术"。7月11日,他发表《哪里去寻》一文,针对日本所谓要找寻两个日本士兵的尸体作新借口,既开枪又轰炮。文章锐利地用一句话点出了日本的意图:"揭开天窗说亮话,所谓'寻人',所谓'寻尸',结果无非是'寻事'。"文中指出,卢沟桥事变后,双方谈判相约停战撤兵,但为"寻尸",日军还在宛平城下留了二百多人,一天寻不着,一天不撤,十天半月寻不着,十天半月不撤,一辈子寻不着一辈子不撤,实际上就是撕毁撤军的约定,表示"我是不走了"。因此,严独鹤向国人发出警示:不要以为事件已经平息了,日寇"只怕还有意想不到的惊人表演"咧。

1937年7月15日,严独鹤发表《自卫?》一文:"我们说:'避免事态扩大。'日本人也说:'避免事态扩大。'实际上对我们取着极猛烈的极狞恶的敌对行为……我们说要'自卫',日本人也说要'自卫',仿佛故意学舌,我们真不知日本人口中的'自卫'两字,又作何解?"①他指出,这是明火执仗的强盗,也对人高呼着说为自卫计,不得不闯入人家,不得不表演这一幕暴行。这岂非是极大的笑话?无独有偶的是在1931年九一八事件后,10月12日,严独鹤也写过一篇题为《怪哉,所谓抗议》的文章:"日本此次对于中国的暴行,差不多和发了狂似的,野蛮凶横,达于极点。"我们提出抗议,可日本也"向吾国

---

① 独鹤:《自卫?》,《新闻报》1937年7月15日。

提出抗议"。他们抗什么议呢？抗的是我国的"所有经济绝交的办法和抵制日货的规约……这真是国际史上从来未有的怪例"。从以上严独鹤所写的抗日文章来看，他是真正勾勒出了一个凶残的刽子手、满腔强盗逻辑的泼皮无赖形象。

严独鹤的第二类文章是鼓动民气、歌颂英雄和号召人们坚决抗日到底的时评杂感。严独鹤特别重视将下层民众中的抗日无名英雄作为中国民众抗日意志同仇敌忾的典范人物予以赞扬。1937年7月22日，他发表《卖菜佣》一文，表彰南京下关一位卖菜小贩，他"听到强敌压境，激于忠愤，便将五年内所积储的私蓄三百元，全数送中央财政委员会，捐赠守土挺战的将士，在抗敌声中，在劳动阶级中，有这样的举动，实在足以使人兴奋"。①严独鹤认为这表明中国民众的爱国情绪，已是很热烈很普遍，同仇敌忾的信念已深深地镌刻在人们心中。8月12日，他发表《伟大的汽车夫》一文。文中汽车司机的公共汽车，"被日人强迫载运士兵，由北平驶往天津，这个汽车夫在中途将机轮疾转，直陷河中，与车内日兵同归于尽。记得在一二八淞沪战役中，也曾经发生过类似这样的一个事件。总之于艰危的时期，作壮烈的牺牲，真是值得人异常敬佩的"。②作者由此发挥：有些高官厚禄的大人物，偏偏要做傀儡，做汉奸，而劳动阶级的汽车夫却反能拼着一死，歼除强敌，这是何等强烈的对比！对抗日将领，严独鹤一再赞扬他们是有独立国格与坚强人格的军人。宋哲元将军在当时发表了谈话，严独鹤认为最扼要的两句话是："能平即和，不平决不能和。""和平两字，原是相连的，即不能平，自决不能和……填平这不平的环境，此外并没有回旋的余地了。"③当时也有中日谈判，谈判中决不能"不平而言和"，那就只有抗战到底。1937年7月16日，他刊出《对得起民众》一文，说的是张自忠将军的表态："'不怕事，不惹事，不丧权，不辱国。'这是宋哲元将军的话。"而张自忠将军接着的表态是："姓张的决不做对不起民众的事。"④总之在强敌一再挑衅与进犯中，一定要坚决抗战到底。于是，严独鹤7月27日以他前两天生病时医生说的根除疾病的道理为喻，说明清除外邪务尽的必要。在治病时他顾虑药方中都用表散药，

---

① 独鹤：《卖菜佣》，《新闻报》1937年7月22日。
② 独鹤：《伟大的汽车夫》，《新闻报》1937年8月12日。
③ 独鹤：《不平》，《新闻报》1937年7月14日。
④ 独鹤：《对得起民众》，《新闻报》1937年7月16日。

他衰弱的体质是否受得了?"医生却坚持着他的宗旨,说无论本体如何衰弱,一有了外邪,必须赶紧驱除。对于外邪,是不可行将就的,如果顾虑到本体太弱而改取缓和的办法,结果使外邪留恋在体内,拖延了日子,渐渐地发生变化,那时节正气就格外不足,体力也格外消耗,就真要酿成大病了。"严独鹤由此巧妙地类比中国当时的局势:要保持全民族的生存,对于外邪更要赶快驱除……"不出一身大汗,邪决不能退,病决不会好,在紧要关头,总须有一个坚强的决断"。①可是北京当局一下子查禁了六十多种刊物。1937年7月24日,严独鹤写了《禁书》一文:在敌我双方谈判时,"人家的兵没有撤,我们的兵却先要撤,这已经是太性急了。人家的兵还没有撤,我们的书却先要禁,这更显得性急了……人家是否能领情,是否还有万万做不到的事的难题要逼着你来做?"六十多种刊物被禁,"说来说去,不过是为了一个'抗'字"。我们说要"不丧权""不辱国",如今却来了一个"不许抗"。国民党政府"真使人莫测高深"。②联系《驱除外邪》的最后一句话:"在紧要关头,总须有一个坚强的决断。"③就是指出国民党在当时对抗日是消极的,它的禁书表明它根本还没有一个"坚强的决断"。纵观1937年7月7日卢沟桥事变后,严独鹤从7月10日发第一篇文章《失踪》到8月14日《新园林》停刊,他共写了三十篇时评杂感,他对抗日斗争的宣传有着重大贡献。

  1931年九一八事变爆发后,从1931年9月24日至10月20日,周瘦鹃在《申报》上写了二十六篇《痛心的话》,抨击国民党的不抵抗政策,呼吁全民抗日。随着时局的发展,他还创作了《卢沟桥之歌》《平津哀歌》等一系列"抗日之声"。他在文章中怒斥日本兵"侵占了我们的土地,掠夺了我们的财产,残杀了我们的同胞",揭露日本人在东北犯下的累累罪行(1931年9月24日)。他抨击国民党政府的不抵抗政策,质问"那大中华民国数十万执干戈而卫社稷的大军又哪里去了?"(1931年9月26日),并借印度人之口来揭穿国民党当局将不抵抗政策与甘地领导非暴力不合作运动相提并论的荒谬,甘地的非暴力不合作运动是抵抗,"不过不用武力的方式罢了",而"如今贵国的不抵抗主义,却实实在在是束手受侮,决不抵抗","若是照这样不抵抗下去,而没有其他有力量的御敌方法,那么贵国要做印度第二恐怕还够不上

---

①③ 独鹤:《驱除外邪》,《新闻报》1937年7月27日。
② 独鹤:《禁书》,《新闻报》1937年7月24日。

咧！"（1931年10月1日）这段话既点明了中国不抵抗政策实为放弃抵抗的实质，也指出此种政策必将导致亡国的后果。周瘦鹃还告诫国人放弃对国联调停的幻想，国民一致奋斗才是生路，"不可过于的信赖'菩萨'，要知'菩萨'有时也会怕恶鬼作怪，而不能保佑我们的，所以我们在希望之中，还须尽力做一切的准备""最后的奋斗，也绝不是贴贴标语开开会议就算完事，非得集中全国的实力，向死路中求生路不可！"（1931年10月15日）他一方面主张抵制日货，从经济上抵抗日本侵略。除了在上海这种大城市演讲开会，派检查，贴标语，宣传抵制日货外，还必须"到内地去，到乡间去，努力地宣传，因为内地与乡间，交通较不便，民智闭塞，恐怕连暴日侵占东三省的事情，还不甚了，而仍然买卖日货，所以非快快地前去宣传不可，同志们，到内地去，到乡间去！"（1931年10月12日）只有全民抵制日货，才有效果。另一方面，他主张全民团结，武力抗战。他号召大家，"以铁血为代价，恢复那寸寸尺尺的被暴日夺去的我国领土"。（1931年10月19日）在1937年卢沟桥事变爆发时，周瘦鹃也有许多抗日的言论发表，但当时他早离开了《自由谈》，因此不能像严独鹤那样集中地根据时局的发展发表系列的时评杂感。

第四节 大义凛然地宣告蒋政权的必然灭亡命运

在抗战胜利后，国民党官僚资本势力控制了《申报》，将周瘦鹃排挤出《申报》编辑的行列，只给了他一个"设计委员"的空衔，他也就退休回苏州了。在上海《申报》与《新闻报》两大报纸中，只有严独鹤在极端困难的条件下，于1945年12月恢复了《新园林》副刊。一直到1949年蒋介石败走台湾为止，他写了四百多篇"谈话"专栏的时评杂感。在这段时间，笔者也正是十四岁到十八岁的一个关心政治并受到飞涨的物价和饥饿威胁的中学生，对严独鹤所写的杂感可说是亲历其境。今天重读这些义正辞严的锐评，真感到严氏是站在当年时代的最前线，使我们了解一段"活的历史"。文章主要强调了两点重要的历史教训。第一，可以让今天的读者了解从抗战胜利到国民党败走台湾的整个演化过程。从欢庆胜利时的锣鼓喧天、万民欢腾到民心丧尽，社会是如何进入"世纪末的疯狂"的。第二，如果站在历史的高视点去考察，从历史的教训方面去总结，可以得到启示：一个这样的政府，它必垮无疑；相反，如果能以史为鉴，避免类似覆辙，一个社会才能欣欣向荣，立于不败之地,这对今天来说也有现实借鉴意义。如果从后者着眼,那么这些杂感集倒是一部不可多得的历史教科书。据郑逸梅回忆:"独鹤晚年也深感耗了一辈子的心血在《谈话》上,迄今成为废纸,为之追悔。"①其实用自己的正义感和真诚的心为广大市民立言,既然能代表社会良知、市民喉舌,是绝不会白废的。综观这部教科书,主要讲了两个重要的历史教训:一、国民党在胜利后只顾排除异己,实现其独裁野心,悍然发动内战,不事生产,不体恤民生,结果是物价飞涨,如脱缰野马,于是民怨沸腾;二、国民党的接收大员及其他官员贪污成风,腐败无能,致使人民对这个政权彻底失望,民心丧尽,都盼其早日垮台。他的杂感的主题是,就政府自身而言,一定要清廉自律。政府一定要树立"民生第一"的观念,国民党在大陆时背离了这两点,它必然要以惨败告终。

我们先从1947年8月26日严独鹤的《失败主义与贪污无能》一文谈起。文中提到美国魏德迈氏奉命为特使到中国来调查,临别时发表了一篇声明,其中特别提出两点:"其一,是'勉励'中国人不应自陷于失败主义。其二,是指责身居要职之官员,大多贪污无能。"连国民党的后台老板也痛斥这不争气的奴才,可想其腐败已到了天怒人怨的极限。在第二次世界大战中,中国曾被列为美、苏、英、法、中"五强"之一,十四年浴血抗战取得了胜利,怎么全国会笼罩着"失败主义"的传染病?严独鹤指出,这"又不能不归咎于魏德迈所指责的'贪污与无能'"。他在多篇杂感中指出胜利之后,"天上飞下来,地下钻出来"了一批接收胜利果实的大员,他们可以说是坐镇重庆的蒋介石的先遣队,是沦陷区百姓所见到的第一批国民党委派来接收沦陷区的官员。盼星星盼月亮般好容易将他们盼来,他们应该来接收什么?严独鹤在1946年9月17日发表的《接收眼泪》一文中说:"接收工作,主要是在接收人心,这原是很透辟的一句话。接收人心,还须接收眼泪,这是更痛切的一句话。"沦陷区的同胞这十四年来流了多少血泪,现在"自己人"来了,应该倾听沦陷区同胞对敌伪的血泪控诉。可是在接收大员看来,接收人心和眼泪有何用?"可是在'接收'变为'劫收'的状态中,连物资的接收,都找不到原始清册,无从核对。至于人心是否接收、眼泪是否接收,那更不在话下

---

① 郑逸梅:《记严独鹤》,《严独鹤杂感录》,上海世纪出版股份有限公司远东出版社2009年版,第454页。

了。"从"接收"变成"劫收",最后竟发展到"劫搜"的地步,大员们要的是张恨水小说中所指的"五子登科":金子、票子、房子、车子和女子。于是人民从这批强盗般的"接收大员"身上看清了国民党政府的本质,从期盼胜利建国的热情中被当头泼上一大盆冷水,迎来的是大失望,这怎么会不充满着"失败主义"情绪呢?在严独鹤1947年11月29日所写的《收拾人心》一文中,开头就提及:最近参政会提出了一条收拾人心的议案。"如今胜利已经两年多了,论理早该由收拾人心而进于安定人心,由安定人心而进于振作人心了。"可是一面是饥民遍野,小民呼吁要吃饭;一边是大发国难财、胜利财、接收财,人心能收拾吗?严独鹤在1947年10月26日发表的《大员大发财》一文中写了东北的一个典型个案:"东北各地,在'打麻将'中新兴了一个花色,是'东风''北风''一筒''发财'四张联在一起,可以开杠,还要加上一'翻',意思是说'东北接收大员大发财'。"(一筒大而圆,谐音为大员)"有人说这'东''北''员''发'的一杠,如果在杠头上抓着一张'红中',更可说是'杠头开花''五门全',因为'红中'之红,象征着鲜血,恭喜大员发财,可怜小民流血,而且大员所以发财,也只为了善于吸血。"这其中还指斥了蒋介石发动内战,使中国流血遍地——"红中",不过在白色恐怖、言论极度不自由的情况下,只能用这样的暗喻。在1948年8月13日的《今也何如》中说"胜利三年来,人民心里充满了忧惧与怨恨"。在1948年11月7日发表的《教训与责任》中明确指出,"经济改革政策大失败……是政府失了信,也失了人心。别的失败还好设法补救,失了信,是不易挽回的,失了人心,是难于收拾的。'民无信不立'……仅仅临民以威,而不能示民于信,在封建之世,已有些行不通,何况现时代。结果是信之不存,威于何有?"国民党只是用白色恐怖的"临民于威",而置民生于不顾,于是最后社会就进入了"世纪末的疯狂"。在严独鹤1947年5月16日的杂感中,也一再提出"在一片贪污声,喧腾耳鼓"和"奸商"的投机倒把和囤积居奇下,贫富差距愈拉愈大,"贫者愈贫,多数人逼上了饥饿线;富者愈富,少数人超过了饱和点"。国民党也叫嚷过惩治贪污,但在1947年7月4日的《守法精神》中严独鹤揭露,"只捉小鱼,大鱼便在例外,只拍苍蝇,老虎便成化外"。国民党表面上也做出要惩治贪污的样子,但最多只打苍蝇,不打老虎。最大的巨虎孔祥熙就是蒋介石的姻亲。杂感指出,官商勾结,在"奸商"头衔里,"此中有官,呼之欲出"。此话张恨水在抗战时写《八十一梦》就有过一个小标题——"一孔通天",这个"孔"就是指孔祥熙。严独鹤在1948年5月29日的杂感中指出：就"豪门"而言，"大'豪'之豪，不仅豪于资，也豪于势，豪于资可查，豪于势者就碍难查。"眼看国民党政权摇摇欲坠，民间于1948年初出现了《好老歌》："大好老飞美国，二好老到香港，三好老来去忙，没钱的满街荡。"……"来去忙"是指为走私"跑单帮"而忙；"满街荡"是指因流浪而飘荡，因失业而闲荡。1948年除夕，严独鹤写下了《送别"三十七年"》一文："送别旧年，任何人都不会有什么惜别的情绪，只加以烦恼的诅咒。因为这'民国三十七年'，论时局是最紧要的一年，论工商业是最衰落的一年，论人民生活，又是最苦痛的一年。一页又一页的日历，其中正隐藏着许多泪痕，许多创痕。真可称为'流年不利'。"这正是"失败主义"最高涨的日子，预示着1949年蒋政权末日的到来。

贪污与无能的政府，当然非垮台不可。这个政府的官员只顾自己发财，漠视民生，必然会被人民所唾弃。在胜利之初，严独鹤在1946年1月9日的《面包与牛油》一文中指出："在战争结束以后，所最当注意的，就该是生人之道，而不是杀人之道。就该是民生问题，而不是民死问题。就该不必再畏惧原子炸弹的威力，而要关切到面包牛油的能否大量生产，大量供给。""民主至上，还是要顾到民生第一。"但国民党只顾贯彻"杀人之道"，执行的是"民死路线"。正如1946年6月2日，严独鹤在《事在人为》一文中所指出的："比方说胜利以后，如果军事上不闹到烽烟四起，政治上不弄成漆黑一团，一切工作，总可以走上轨道了。"可是国民党在美国的支持下悍然发动内战，民主是根本谈不上的，更不会去指导农业生产，增加"面包与牛油"。他们只顾滥发钞票，从小面额到大面额，从法币而改"关金券"，美其名曰"新经济改革政策"。1946年6月底，白米的官价是四万六千元一石，而官价却无货，暗盘即"黑市"是七万元以上。到1947年12月，随着大钞的发行，本来面额最大的是一万元，而现在是"二万元、四万元、十万元，同时出世，仿佛一产三胎"。那年白米每石已暴涨到冲破九十万元大关。在1948年2月14日的《新春飞新钞》一文中谈及"去年最高额一万元，今年最高额已达十万元。一年之计在于春，十倍之额在于钞"。1948年2月，米价冲出二百万元大关，而到3月份，竟冲出了三百万元大关。严独鹤根据1947年的电讯，于1947年7月15日撰文告诉读者：天府之国的"蓉市(指四川成都市——引者注)米价每粒值国币二角一分，黑市则近四角"。白米竟以"粒"来论价，我们今天听来简直可视为奇谈怪论。在1947年12月27日的《喊冤式的诉愿》

一文中说:"米价狂跳,大家都认为是白色的恐怖。"实际上是政治上的白色恐怖与民生上的白色恐怖,一起向老百姓袭来。在1948年国民党的国民代表大会刚闭幕的4月份,蒋介石不再是委员长而就任了总统,但他的政府的货币,却全成了废纸,在1948年4月18日《黄化与白化》一文中说:"都市中盛行的是金本位,乡镇中通行的却是米本位。说得好听些,是都市'黄化',乡村'白化'。说得不好听些,是都市中笼罩着'黄色恐怖',乡镇中呈现着'白色恐怖'。"这个蒋家王朝就只能以"兵败如山倒"的倾势败走孤岛了。

如此说来,只有倡导清廉自律,"苍蝇""老虎"一起打,并确实实践的政府和喊出"民生第一"并切实提高人民幸福感的政府,才能立于世界之林,圆满地实现我们的"中国梦"。严独鹤的时评杂感形象化地为我们提供了一个"反面教材",这样的"著作态度"能说是"全无心肠的人"吗?严独鹤也不必为自己一生的心血花在"谈话"中感到白废,它们凝成了历史的重要教训,在今天仍发挥着警示作用。

所谓鸳鸯蝴蝶派作家兼报人的双重身份,过去并未为我们现代文学研究者所重视,我们的研究还只是一面观,而缺乏双面观、全面观。作为报人,他们还肩负着为平头百姓而呼吁的重任,他们曾发挥过积极的作用。从袁世凯称帝到蒋介石独裁,他们三十多年中所写的有针对性的杂感都可以证明这一点。正如《人民日报》原总编范敬宜先生评价严独鹤时所说:"我认为在严先生身上最可贵的是他作为报人的铮铮铁骨。他一生追求光明,决不屈服于黑暗。无论是在日伪统治时期,还是在国民党统治时期;无论面对的是枪口的威胁还是利禄的诱惑,他都保持了一个中国报人的'特操',不为所惧,不为所惑,大义凛然,一身正气,犹如鹤立鸡群。只有从风雨如晦的年代走过的人,才能懂得做到这一点需要多大的勇气与胆识。就此而言,称严先生为新闻界闻一多、朱自清式的人物毫不为过。如果说,我们过去对他这种风骨的认识还比较抽象和肤浅,那么今天重读他当年横眉冷对黑暗势力写出的投枪般的文章,一定会肃然起敬的。"①

---

① 范敬宜:《独鹤可以不"独"矣》,《严独鹤杂感录·序》,上海世纪股份有限公司远东出版社2009年版,第2页。

第七章　从通俗文学看民族凝聚力的蓄积

范伯群

鸦片战争之后，中国历经丧权辱国。在屡屡受挫之后，国人对待洋人的态度，形成了两极分化的现状。一方面是在官场，自皇权受到外国人的挑战而萎顿之日起，皇族在此问题面前，即使是敢怒，亦不敢言，常常是"怕字当头"。官吏看到皇权尚且受挫，自己的靠山又何在呢？于是一股"惧洋媚外"之风，迅速在官场上蔓延传染。在这里，官吏们没有多少"崇洋"的因素，他们只是怕，只是惧。因为与洋人打交道，略有争执，一旦事态扩大，被上司乃至皇帝知道了，不仅得不到支持，还可能以自己做替罪羊而告终，不但头上的乌纱帽不保，弄不好还要被追究查办，所以他们即使委屈也得求全，不是求"正义"之理，而是求"乌纱"之全。另一方面是在民间，民间就不同了，对这种丧权辱国的现状是义愤填膺的，对官吏的断事不公更是不满，但这种情绪在没有正确诱导的情况下，容易产生一种不分青红皂白的"仇外排外"情绪，甚至对筑路与开矿也一概排斥。这种官场与民间的不同情绪在通俗小说中得到了充分的反映，可贵的是在若干通俗小说中，既写了爱国情愫和民族自尊心得到张扬时的坚不可摧的民族凝聚力，也写出了民族凝聚力与排外主义无缘。教会、教民时有扮演不光彩角色的举措，但外来教士与侵略者毕竟不是同义词。国民在此种形势下，最好的出路是拥有强大的自卫实力，具有民族英雄主义的大无畏精神，唯有这样才能产生巨大的震慑力量。

第一节　从晚清的朝廷到官吏惧洋之风甚嚣尘上

在转型期，中国最早的社会通俗小说就痛心地反映了外国侵略势力在中国大地上飞扬跋扈的情况。李伯元在《官场现形记》和吴趼人在《二十年目睹之怪现状》中，有相当的篇章描写了这方面的生活片段。有些在今天看来似属笑料,但由于处于中洋交涉的早期,这种"初级笑话"是会发生的。自从鲁迅批评谴责小说有连缀"话柄"的缺点以后,我们也往往对此种笑料以"话柄"视之。其实应该予以分别处理,而不应一视同仁。例如,鲁迅在他的杂文中写到洋人到总理衙门来谈判,一通威胁,窃去了中国的许多权益,但是当洋人出门时,中国官员不送他们从正门出来,而只让他们走边门。事后还说,叫他们走边门是大失他们面子的,于是中国似乎得到了胜利。他们似乎忘记了中国丧失的是许多实实在在的权利。外国人是"现实主义"者,他们管什么走边门不走边门,而中国人却从中得到了精神胜利。在杂文中写这一"笑料"是为了说明中国人的"阿Q主义"是如此之普遍,并非阿Q才有阿Q相,这是一个超阶级的带有民族根性的弱点,而不是一则普普通通的"话柄"。在李伯元和吴趼人的小说中,也常有这类貌似笑料的东西。当时官吏的脑袋还在蒙昧的闭关状态中,凡与外国打仗,有打必败。即使在越南与法国打仗得了胜利,结果与打败仗是同样的结局,其昏庸可见一斑。他们也只听到过英吉利、法兰西之类的国家,一旦听到有葡萄牙、西班牙等国名,就说这是英、法向我们要利益要得太多了,他们自己也难为情了,只好再生造几个外国国名,再来多要些利益。这种"初级笑料"恰恰证明了他们的愚昧,而不能说作家以此为"话柄"来挖苦他们。明乎此,我们才能谈《官场现形记》与《二十年目睹之怪现状》中的许多涉外"笑料"。例如,《二十年目睹之怪现状》第十回写了一则巡捕借会审公堂报私仇的故事,最后叙述者痛惜地说:"这会审公堂的华官虽然担着个会审的名目,其实犹如木偶一般,见了外国人就害怕的了不得,生怕得罪了外国人,外国人告诉了上司,撤了差,磕碎了饭碗,所以平日问案,外国人说什么就是什么;这巡捕是外国人用的,他平日见了,也要带三分惧怕……"①这将领事裁判权的实质写清楚了。而《官场现形记》第五十三回就是典型的"恐洋症"的大展示,官吏们的"柔媚迎洋,毑不我开"到了滑稽的程度,即使有严正的官员,想"据理力争"的,也给那班甘愿出卖主权的上司,抱着"宁赠洋人,不与家奴"的思想,将下属与老百姓镇压下去,而将主权和利益乖乖地奉献给洋人。当下属汇报到洋人的种种不是时,他们就腹诽:"你有多大能耐,就敢排揎起洋人来!"当下属再讲

---

① 我佛山人(吴趼人笔名,下文同):《二十年目睹之怪现状》,《新小说》1904年第12期,第40页。

到激起了百姓公愤时,他就急得拍桌大跳:"糟了!一定是把外国人打死了!中国人死了一百个也不要紧,如今打死了外国人,这个处分谁耽得起!前年为了'拳匪'杀了多少官,你们还不害怕吗?"真令人感到已至无可救药的地步。最后这句话也透露了惧洋的根子,还是在于朝廷。

既然有这种"恐洋症",所以满清有些官吏总希望到没有洋人出没,没有教会势力的地方做官,即使当地有洋人,自己的职务最好不必与洋人打交道,这才做得稳官,否则犹如大难临头:

> 我想不到我的运气就这么坏,我走到哪里,外国人跟到我哪里,总算做了半年扬州运司,八个月的湖北臬司,算没有同他来往,省得多少气恼。就是在藩司任上也好,怎么一署巡抚,他就跟着屁股赶来!偏偏是今天接印,他今天就同我捣蛋,叫我一天安稳日子都不能过!真正不知道是我的哪一门七世仇寇,八世冤家!照这样的官,真正我一天也不要做了!……将来我兄弟这条命,一定送在外国人手里!诸公不要不相信,等着瞧罢!①

官吏恐洋的延伸就是惧怕教民。教会的势力在于有洋人做后台,因此,怕洋人就会怕传教士,而传教士是教民的靠山,这就延伸为官吏怕教民了。当中国老百姓与教民发生所谓"民教不和"的案件后,官吏为取媚于洋人,总是判教民一方占上风。当时,教民自称"在教",而老百姓则称他们是"吃教的"。教而可吃,好处想必就是大大的了。《官场现形记》第五十回中写到一个教民听到他侄子受到官府刁难时,便把胸脯一拍说:"容易,无论他做官的如何凶恶,见了咱总要让咱三分。"那侄子也就告诉别人:"诸位太太可晓得我这娘舅他是做什么的,能够眼睛里没有官?原来他自在教。一吃了教,另外有教士管他,地方官就管他不着。"而在张春帆的《九尾龟》中,兄弟在分家产时一方处于下风,就有人为他出主意"叫他拜在天主教士的名下,要请他出来帮忙,说明分家之后,把所有家财产业,提出二成,捐入教会"。后来"果然把财产提出二成来,也有十多万银子,送与教士,一齐捐入教堂。算起来他们兄弟分家,只便宜了一个教士,轻轻易易的几句话儿,就卖了十数万银

---

① 李伯元:《官场现形记》,上海古籍出版社 2005 年版,第 90 页。

子"。正由于有这般意想不到的效果,因此,通俗小说中经常反映中国人的轮船挂外国国旗就能得许多方便。中国人做生意,为了使自己有强硬的靠山,就请外国人来做挂名经理,即所谓"出面东家"。在孙玉声的《黑幕中之黑幕》中,就写了一个外国浪人做了"出面东家"后就"鸠占鹊巢",要将中国老板的财产占为己有。

第二节 通俗小说能分清抗拒洋敌而并非一概排外

在通俗小说中,对洋人在中国的飞扬跋扈虽然采取了严厉批判的态度,但对外国人还是能一分为二的。如李伯元的《文明小史》中,涉外的题材有好多章节,可是他既写洋人的不法、官吏的媚外,也写有的洋人还是发挥了好作用,其中写一位教士救刘伯骥等十几位秀才出冤狱一事,就是一例。这是一个中国化了的教士,他在中国二十六年,对中国文化有一定的研究。他是来传教的,不是来吞食中国的,更不是来鱼肉良民的。因此,他愿意出面拯救无辜。不过在他的拯救过程中,我们也看得出他懂得外国人的"权威",因为官吏怕他们。他正是利用了这一点,才能将他的秀才朋友刘伯骥等人从监牢中解救出来,也就是说,他用这种"势力"保护了无辜,而没有用这种"势力"来扰民。李伯元在写这个教士时很有精彩的几笔:

> 有位教士先生,虽是外国人,却是中华打扮,一样剃头,一样梳辫子,事事都学中国人,不过眼睛抠些,鼻子高些,就是差此一点,人家所以还不能不叫他作外国人。虽是外国人,倒有件本事亏他,我们中华的话,他已学得很像,而且中国的学问也很渊博,不说别的,一部《康熙字典》,他肚子里滚瓜烂熟。①

这说明李伯元写华洋冲突,并没有模式化。他写这个传教士以中国化作为第一步,进而向中国人传布他的教义。这个传教士不轻视中国人,但对比他所信奉的宗教早传入中国的佛教,却大为反对。这个传教士与刘伯骥的一段对话非常有趣。

---

① 李伯元:《文明小史》,通俗文艺出版社1955年版,第49页。

> 刘先生！我要说句不中听的话，你不要生气。这个佛教，是万万信不得的，你但看《康熙字典》上这个佛字的小注，是从人从弗，就是骂那些念佛的人，都弗是人。还有僧字的小注，是从人从曾，说他们曾经也做过人，而今剃光了头，进了空门，便不成其为人了。刘先生！这《康熙字典》一部书，是你们贵国康熙皇上做的，圣人的话是一点不错的。①

这就是他所谓的《康熙字典》背得滚瓜烂熟。从这番话可以看出他为了传布他的教义，对佛教大加贬损。这套理论是强词夺理的，但有意思的是他想钻中国字典的空子，用似是而非的道理来诱导中国的百姓脱离势力强大的佛教的控制，而使他所信奉的宗教大行其道。这是教义之争，而不涉及对某一民族的蔑视。

同样的篇章在孙玉声的《黑幕中之黑幕》中也有。这部小说写了外国人当时对一些新兴职业捷足先得，加以垄断。如当时上海的律师业，均握在外国人之手，而一些外国律师的翻译也善于敲诈自己的同胞，但也有些外国律师能按法律办事，对有些想"鸠占鹊巢"的浪人加以痛斥，做到了仗义执言。孙玉声在小说中写了若干个律师，其中有一位是颇为正直而严谨的大律师。此人"先前在外国曾做过法部大僚，因年老致仕，游历至华，在上海办理律师职务，遇事不惜研究。凡越出法律以外的案子，即使有人愿出重费，不肯接受；证据不足，必致失败的，也是一样。秉性甚是固执，所以生涯反不甚很好。与麦乃来不同，但名望却比麦乃来高出数倍，乃是个品性端洁，临事不苟的人。在上海律师里头，可算是铁中铮铮，庸中姣姣"。此人名物力哥，实际上是"Very good"的译音，而另一位律师名叫麦乃来，麦乃来即"Money"，意思是只要有钱拿来就行了。当时有中国原告请物力哥为自己辩护，即上文提及的因请洋人做"出面东家"，结果这个外国浪人就以当时店里在报上所登的广告启事为据，说资本全是他个人的，反将中国老板逐出门外。物力哥听了原告的申述，他觉得此案就法律而言已陷入被动，因为请"出面东家"时，事先没有订立合同，限定他的权限，只是在报上登开业广告时，说他是东家，因此，官司很难打，而要证明资本是属于中国老板的，主要是缺乏证据。事情闹成僵局，最后还是另一位外国人名叫麦克麦克的出来仗义执言。麦

---

① 李伯元：《文明小史》，通俗文艺出版社1955年版，第125页。

克麦克与这位"出面东家"毕的生斯进行了如下一段对话：

> 毕的生斯道："公司是我开办的，中西报俱曾登过广告，哪个不晓。甄、钟二人从前由我所请，现在因两下意见不合，于前天分手，此事你何必问他。"麦克麦克闻言怒道："好个不要脸的毕的生斯，人家拿出资本来，请你做'出面大班'，你公然喧宾夺主，竟把公司据为己有，我们外国人的体面，被你削尽的了，今夜我正为此事而来，你若稍有羞耻之心，快把公司依旧让还朗之，明天起请他和厚丞进来，若有半个不字，可与你法律相见。"

毕的生斯知道法律也奈他不得，并不惧怕，最后是麦克麦克说他自己有一万资本在这个公司里，毕的生斯也只肯卖他的面子还了五千元。当时厚丞想从中提一千两银子谢麦克麦克，并要他再想别的办法。"好个麦克先生，分文不受，说这件事打的乃是个抱不平，谁要拿甚谢意。至于再想别法，实在是想不出来，还是你们自己（拿）主意。说罢扬长而去。这种人真是难得。"

通俗小说家没有阶级分析的框子，这似乎是他们的弱点，但也是他们能为历史存真的有利条件。在他们的小说中既有飞扬跋扈、侵略成性的洋人，也有仗义执言、铁中铮铮的洋人。孙玉声的这部《黑幕中之黑幕》用了很多篇幅，向读者说明了一个道理，在社会转型期应该具有法律头脑，现在有许多罪犯，因为能钻法律的空子，也可以在法庭上胜诉，而受损的原告却以败诉而告终。在1918—1919年，能写出这样的主题，意识也是颇为超前的。

第三节 通俗小说中侠骨义肠和民族自尊心高扬的颂歌

在近代，中华民族的民族凝聚力是在外国野蛮侵略、祖国山河破碎、人民遭受惨杀的苦难历程中日益蓬勃旺发的。上文就是通俗小说中外国势力横行的实例，但也说明了通俗小说并非一概排外。在上两节的基础上，我们才可能谈民族自尊心、爱国热情、民族凝聚力和民族自卫权等等问题。

向恺然（平江不肖生）于1923年开始连载的两部武侠长篇小说，可说是民国武侠小说奠基之作。一部是《江湖奇侠传》，以奇制胜；另一部《近代侠义英雄传》却在歌颂爱国情愫,褒赞民族自尊心,激扬民族凝聚力等方面,作了大大的发挥。《近代侠义英雄传》以王五与霍元甲为贯串人物,起笔不凡。先将笔墨集中在王五身上,为霍元甲的出场作铺垫。在王五身上,作者强调了他的侠气与义气,实际上,作者想告诉我们的是,义肠侠骨就是民族凝聚力的根本。

作品一开头,第一、第二回就写了王五与安维峻、王五与谭嗣同的关系。安维峻是穷得叮当响却有胆有识的御史,他因弹劾朝廷大员李鸿章,使得中外震动,引来慈禧盛怒,结果被充军口外。满朝文武都怕被牵连,没有一个敢去慰问,像是安家害了瘟疫症一般。

> 王五不听犹可,听了就拔地跳了起来,大声叫道:"北京城里还有人吗?"……当时有一个自命老成的人,连忙扬手止住王五道:"快不要高声。这书呆子弹劾的是李合肥,这本是不应该的。"王五圆睁着一双大眼,望了这说话的人,咬了一咬牙根,半晌才下死劲呸了一口道:"我不问弹劾的是谁,也不管应该不应该,只知道满朝廷仅有姓安的一个人敢说话。就是说得罪该万死,我也是佩服他,我也钦敬他。我不怕得罪了谁,我偏要亲自护送姓安的到口外,看有谁能奈何了我!"
>
> 安维峻这时正在诀别家人,抱头痛哭……王五直走进安家,眼看了这种惨状,即向安维峻拱了拱手道:"恭喜先生,恭喜先生!这哪里是用得着号哭的事。我便是会友镖局的双钩王五,十二分钦敬先生,这回事干得好,自愿亲送先生出口。我这里有五百两银票,留给先生家,作暂时的用度,如有短少的时候,尽管着人去我镖局里拿取,我已吩咐好了。"①

安维峻对王五感激万分,他对王五是一口一个"义士"。这两个人的胆略与义举产生了轰动效应,"沿途的江湖人物、绿林好汉,认识王五的,便想瞻仰瞻仰安维峻,看毕竟是个什么样的人物,能使王五这么倾倒。不认识王五的,就要趁此结识英雄"。这就是中国的民间道德标准,这就是一种凝聚力产生的内在元素。民间钦佩的是正义在他这一边的弱小者,民间拜服那

---

① 平江不肖生(向恺然,下文同):《近代侠义英雄传》,世界书局2013年版,第9—10页。

些为正义的弱小者伸张正义而不惜自己身家性命的道义之士。对个人如此,对国家也不例外。中国被列强欺凌,作为弱小的自卫者,他的正义性是昭然的,更何况是自己的家国田园被蹂躏,因此一方被戮受难,全国同仇敌忾。这股凝聚力来源于中国道德准则中的"义",普通老百姓的义愤又派生出一股不屈而坚韧的侠风。即使是政府、官员卖国,或者是示弱,就像是这么多近臣大员,不敢为安维峻说一句话,民间也会有人起来收拾这片河山。中国在转型期,一直批判民族的劣根性之一——"一盘散沙"。"一盘散沙"就是各人自扫门前雪,莫管他人瓦上霜,而王五大义凛然的"义"正是一种要管同胞瓦上霜,敢管同胞瓦上霜的英雄主义,有了这种精神,民族向心力就有了擎天柱。

王五与谭嗣同的交往也建立在侠风可鉴之上。王五有救谭嗣同出险的侠义赤胆,谭嗣同有殉道的侠义宏愿,并以此作为他们为人的共同准则,他们是义气相投。

> 王五本有关东大侠的声名,谭嗣同和他更是气味相投。谭嗣同就义的前几天,王五多认识宫中的人,早得了消息,知道西太后的举动,连忙送信给谭嗣同,要谭嗣同快走,并愿意亲自护送谭嗣同,到一处极安全的地方。谭嗣同从容笑道:"这消息不待你这时来说,我早已知道得比你更详细。安全的地方,我也不只有一处,但是我要图安全,早就不是这么干了。我原已准备一死,像这般的国政,不多死几个人,也没有改进的希望,临难苟免,岂是我辈应该做的吗?"王五不待谭嗣同再说下去,即跳起来,在自己大腿上拍了一巴掌道:"好呀!我愧不读书,不知圣贤之道,得你这么一说,我很悔不该拿着妇人之仁来爱你,几乎被我误了一个独有千古的豪杰。"过不了几日,谭嗣同被阿龙宝刀腰斩了,王五整整地哭了三日三夜,不愿意住在北京听一般人谈论谭嗣同的事,独自带了盘川行李到天津,住在曲店街一家客栈里。这时正是戊戌年十一月初间。①

王五到了天津,就在书中引出了个天津霍元甲。这点我们按下不表。

---

① 平江不肖生:《近代侠义英雄传》上,漓江出版社2013年版,第20页。

但看谭嗣同这种为道而牺牲生命的义举,真是气壮山河,达到了浩气如虹的境界。所谓血谏者也,是向我们的民族进行血谏,以唤醒民众。一个是改良派的谭嗣同,一个是蹈海自尽的革命派的陈天华,都用这般壮美之举,以生命为弥天大夜中的火把,点亮黑暗王国中的天灯。大概这两个湖南人都有这般万牛也拉不回头的犟劲。他们追求的就是以生命的激情乐章呼唤民族的凝聚力,以自己的鲜血作为老百姓众志成城的黏合剂。

在通俗小说中还有若干篇章写民族自尊心凛然不可犯,这与民族凝聚力是一个问题的两个方面。特别是弱小民族对自尊心的追求,实际上就是不屈于强权,以自己民族凝聚力来捍卫宁折不弯的独立意志。张春帆在《政海》和《宦海》中写了这种民族自尊心。莫看此人写过《九尾龟》,那是他的一面;他还有另一面,那就是写《黑狱》《政海》《宦海》的张春帆。他在《政海》中写了中国拒签巴黎和约的事。他将全国人民与一些进步的名流、国民代表作为一方,将覃督办(段祺瑞)与他控制的福民(安福系)俱乐部作为一方:

> 这学生的风潮,一天大似一天,外交上的签字问题也一天紧急一天……陆威林在巴黎,因为自己的外交政策完全失败,却又完全是本国政府弄糟的,正在一万分的不高兴,怎禁得全国学生同团体的电报就如雪片的一般来得络绎不绝,都叫他不要签字的。这个当儿,政府的电报也同雪片一般地飞来,叫他签字。陆代表着实踌躇了一回,又和胡代表密密地商量了一天,竟毅然决然地拒绝签字,立时回国,只把个覃督办同一班福民俱乐部的人都气得目瞪口呆,做声不得。停了一回,覃督办方才骂道:"好一个陆威林,胆子真不小,将来走着再瞧罢。我记着你就是了。"陆威林这番回国,全国的人,除了覃督办一派而外,自然个个都欢迎他。①

外交官自然是有顾虑的,他不能违拗政府的决策。他要顶风,当然会经过慎重的权衡与斟酌,而全国的民意又非常清楚地放在外交官的面前,而这位外交官本人也想站在民意这一边。民族自尊心除了别有用心与有企图的

---

① 张春帆:《政海·第九回》,大东书局1926年版,第4—5页。

人之外,是容易产生共鸣的。遵民意而违政府,则得民心;违民意而从政府,则得任用甚或升迁,但只留下一个后遗症,那就是"遗臭万年"。这"毅然决然"是作过一番思想斗争的,但这是民族自尊心的胜利。张春帆为历史存真,使我们看到了知识精英作家不大去反映的一面。

张春帆还在《宦海》第十六回中,写了一个小工出身、自学成才的陈连泰独揽广州沙面堤岸工程的故事。这堤岸有一半是在外国租界里,中国工头知道外国人会百般挑剔,好让外国人来承包,但两下的价格比较起来,外国商人比中国工头的开价高出一倍以上。广州袁太守要让中国工头承办,但中国工头都说:

> "这个工程,既然有一半落在他租界里头,他们外国人一定要想承办这个工程的。若是我们中国人做了去,他就横又不好,竖又不好,千方百计地想着法儿,出你的花样。皇上家到了如今的世界,还怕着外国人,何况我们做工的,哪里挡得住他的挑剔?"袁太守听了,没奈何,只得又问道:"万一外国人不来说话,这个工程竟归你们承办,约莫着要多少银子呢?"众工头异口同声道:"就是外国人不来挑剔,我们也没有这样大气魄来包办这个工程。"……袁太守气愤地对人说道:"我们中国人真是没有志气!这样的一个大工程,情愿让外国人去赚钱,竟没有一个敢承办的人,真真的可怜可笑!"不想这一番说话,却激起一个中国人来,出来拍着胸脯道:"我不信我们中国人就这般没用!连一个工程都承办不来,一定要让外国人去承办。我不管他三七二十一,我一个人去承办这个工程,看那外国人怎样的和我过不去!"①

这个人就是在香港做机器厂小工出身的陈连泰。这个袁太守倒是没有"恐洋症"的官员,这个陈连泰也经过了几十年的历练,还是有把握的。外国人也不是没有来刁难,可是他按照他们的挑剔,咬牙返工了。袁太守信任他,他也终于办成了,价钱比别的中国工头的估价还要便宜。"袁太守办了这件事儿,心上觉得十分快活。"②这是一个有志气的中国官员与一个有志

---

① 张春帆:《宦海(外一种)》,上海古籍出版社1997年版,第65—66页。
② 张春帆:《宦海(外一种)》,上海古籍出版社1997年版,第68页。

气的中国工头联合办成的一件有民族自尊心的事。没有官员敢放手给中国人干,没有中国工头敢干能干的气魄,都是无法干成的。陈连泰虽不及詹天佑,但那种民族自尊心和民族自豪感是绝对相同的。

第四节 民族凝聚力与民族自卫能力的相辅相成

王五在八国联军侵华时,被德国军人乱枪打死了。向恺然写道:"当时的人士,没有一个不为王五叹息,也没有一个不为霍元甲欣幸。"作者就是用这种手法,将王五与霍元甲两位英雄穿插着写。在第四回中,王五由于谭嗣同的从容就义,悲痛得在北京住不下去,到了天津,就引出天津的霍元甲。而当霍元甲严惩了义和团的魁首韩起龙之后,又接着写王五到虞城寻访千里马,直写到王五死于非难,才让霍元甲一人挑起这部《近代侠义英雄传》的重头戏。

霍元甲的重头戏是写他以爱国精神为动力对几个轻视中国人的外国大力士进行挑战,而在其间,许多中国人围绕在霍元甲周边,显示出这是一个以民族凝聚力为内在情结的中国人自发的爱国集团。霍元甲面对的第一个是俄国大力士。他蔑视中国,说中国人不仅不是大力士,而且还是东亚病夫。他在上场时,借中国翻译达意的演说词说:

> 鄙人在国内的时候,曾听得人说,中国是东方的病夫国,全国的人都和病夫一般,没有注重体育的。鄙人当时不甚相信,嗣游历欧美各国,所闻大抵如此,及到了中国,细察社会的情形,乃能证明鄙人前此所闻的确非虚假。①

如此狂妄的口气,使霍元甲拍案而起,马上给这位外国大力士下了战表。他提出了三个方案,任大力士选择:"第一个,和我较量,各人死伤各安天命,死伤后不成问题;第二个,他即日离开天津,也不许进中国内部卖艺;第三个,他要在此再进中国内部卖艺也行,只需在三日内,登报或张贴广告,

---

① 平江不肖生:《近代侠义英雄传》上,漓江出版社2013年版,第77页。

取消'世界第一'四个字。他若三个都不能遵行,我自有对付他的办法。"①霍元甲的密友农劲荪随即将这些条件,说给那翻译听了。那大力士不敢履行第一条,第三条也觉得太丢脸,就在次日动身到日本去了,算是履行了第二条。这是捍卫了我们的民族尊严,可是霍元甲也并非恃武力而夜郎自大的人,但等这位大力士离开中国后,霍元甲也叹息道:

"我虽则一时负气把他逼走了,然他在演台上说的话,也确是说中了中国的大毛病,我如今若不是为这点儿小生意,把我的身子羁绊住了,我真想出来竭力提倡中国的武术。我一个人强有什么用处?"农劲荪极以为然说道:"有志者事竟成。你有提倡中国武术的宏愿,我愿意竭我的全力来辅助你成功,但也不必急在一时。"②

这位农劲荪是霍元甲的一位有勇有谋的密友,而且还通晓英语,知晓世界大势,日后果然以民族大义为重,紧紧追随霍元甲,成为他的得力助手与参谋。逼走外国大力士之后,马上有一个非常重要的情节,作者一口气写了五回书,但是,1984年岳麓版的《大刀王五、霍元甲侠义英雄传》(这一版与原著不同的是将"近代"两字换成了两个贯串人物的姓名)却将这下面的五回删去了。这五回的重要性之一是想说明霍元甲绝不是一个狭隘的排外主义者。当然其重要性也绝不止于这一端。这五回是原著的第十五回至第十九回。如此一删,八十回的原著,到岳麓重印版就只有七十五回了,而且重印时也没有加任何说明。这五回主要是写霍元甲以人道主义为本保护教民,而与义和团发生了严重的冲突。这正好说明了民族凝聚力、民族自尊心与排外主义无关的问题。

到目前为止,还有不少人从众而将义和团视为农民革命运动,这是很值得商榷的。在它"扶清灭洋"的口号中,扶清是我们所不取的,那么,我们取它的什么来加以肯定呢?不外乎在外国列强欺凌我们中国时,农民能起来杀洋人。上文说过,教士与教民中有各式人等,并不是一概可杀的。慈禧太后支持的,我们也去支持,恐怕是值得去思索一番再得出结论。这滥杀的结果是引来了八国联军的大破坏,破坏者是八国联军,但引狼入室者也

---

①② 平江不肖生:《近代侠义英雄传》上,漓江出版社2013年版,第81页。

难辞其咎。这是我们民族的一次大灾难,也是文明的一次大毁灭。为外国侵略者制造借口者是昏庸的清朝统治者与蠢笨的只知排外、逞一时之快的愚民。韩起龙先派"说客"拉霍元甲入伙,可霍元甲一听"说客"所说的"刀枪不入"的什么"神拳",马上知道来路不正,所以这一回的回目是《诋神拳片言辟邪教》:

> 霍俊清听了,料知是白莲教一类的邪术。他的胸襟是何等正大,这类无稽邪说哪里听得入耳。只微微地笑了一笑道:"……我生性愚拙,素来不知道相信有什么神灵。我学习拳脚,尤其是人传授的,不相信有什么神拳……大清的江山用不着我们当小百姓的帮扶,洋鬼子也不是我们小百姓可以灭得了的……"①

霍元甲视其为"邪魔野教",眼见得要闹到不可收拾的地步。更触目惊心的是它滥杀教民,甚至一人入教,全家受戮。杀到后来,也不必"坐实",只是说将念过符咒的钱纸在人的头上扬几扬,"说是吃教的拿钱纸那么一扬,钱纸烟里便现出一个十字,不吃教的没有。在每人头上扬了几下,说都现了十字,都是吃教的,遂不由分说的,对着这几个吃教的人你一刀他一棍,登时打死了,还把几人的肚子破开来,每人用手中兵器挑起一大把心花五脏,血滴滴的街上行走,说是'挂红'"。②这下霍元甲再也不能坐视了。一时眉发都竖了起来,马上写出告白,四处张贴:"天津信教者注意:元甲并非信教之人,然不忍无罪教民骈首就戮,特开放曲店街淮庆会馆,供无地可逃之教民趋避。来就我者,不拘男妇老幼,我当一律保护之。惟每人除被褥外,不能携带行李。某月某日霍元甲。"③共有一千五百多教民来淮庆会馆受他保护。霍元甲与农劲荪率领一班会武功的人筑起街垒,严阵自卫。义和团来攻,几番较量,皆无功而返。最后,义和团准备用几座红衣大炮来轰击曲店街与淮庆会馆。这不仅是对教民,就是对一方百姓,也是浩劫临头了。霍元

---

① 平江不肖生:《近代侠义英雄传》,范伯群编:《平江不肖生文集》,华夏出版社 2000 年版,第 274 页。
② 平江不肖生:《近代侠义英雄传》,范伯群编:《平江不肖生文集》,华夏出版社 2000 年版,第 294 页。
③ 平江不肖生:《近代侠义英雄传》,范伯群编:《平江不肖生文集》,华夏出版社 2000 年版,第 295 页。

甲忍无可忍,一面组织人在半路夺炮,将其沉入深潭;另一方面将义和团魁首韩起龙的双手砍断,使其成为废人,使群龙无首,天津义和团也就风消云散了。霍元甲斩魁这一节,向恺然写得颇有点奇侠传的味道。当时二千"神兵"正列队听韩起龙训话:

> (韩起龙)立在桌上说话,也显出一种雄赳赳的气概。一手握着一杆六子连的手枪,说话的声音极大。霍俊清立在远远的(地方),听得其中几句话道:"好不识抬举的霍元甲,我拿他当个英雄,特地派人请他入伙,他不但不从,倒明目张胆地与我们作对。你们大家努力,只等过了午时,他如胆敢再不将那一千五百多个吃教的杂种全数交出来,我韩起龙拿住他,定要碎尸万……"下面的一个"段"字不曾说出,霍俊清已如风飞至,手起刀落,只听得"喳喳"两声响,韩起龙两条握手枪的胳膊,早已与他本身脱离了关系,身体随往桌底躺下。当韩起龙胳膊未断的时候,满坪的"神兵"但听得一声"霍元甲来了",却是霍元甲的影子全场没一个人看见,韩起龙的身体躺下,又齐听得一声"霍元甲少陪了"。全场的人,有大半吓得手中的兵器无故自落的。韩起龙的性命这回虽不曾送掉,然没了两条臂膊,自此成了废人。天津的义和团既去了这个头目,所谓蛇无头不行,没几日功夫就风消云散了。天津的教民因此得全数保全了性命。而京津沪汉各新闻纸上都载了霍元甲保护教民的事实,有称霍元甲为侠客的,有直称为剑仙的。霍元甲三字的声名,在这时已经震惊全世界了。①

删除这样精彩的情节,当然是为了政治上的保险,但如果对义和团的历史评价作出正确的判断,问题也会迎刃而解。这次在编选《向恺然代表作》时,我将这五回选了进去,以存原著之真,但华夏出版社的编辑还是加了一个按语,即希望读者在阅读时进行必要的分析鉴别等语。这也无非是为了政治求稳,但这不代表我个人的观点。我认为向恺然这一段不仅文字精彩,而且说明了霍元甲不是一个排外主义者,而是一个铁骨铮铮的爱国志士。

---

① 平江不肖生:《近代侠义英雄传》,范伯群编:《平江不肖生文集》,华夏出版社2000年版,第313—314页。

下文他就放手写霍元甲与另外的外国大力士较量,不仅高扬了爱国情愫,而且让读者从中听到了中国人民族凝聚力的凯歌。

从《近代侠义英雄传》的第三十九、第四十回开始,断续地出现以霍元甲与外国大力士奥比音比武这条重要线索,但向恺然又是引而不发,一直没有让他们比武成为现实。他反复强调霍元甲为中国人争胜争光的努力,得到中国志士的一致崇扬,霍元甲声名远播,最后一个硕果是在中国成立"精武体育会",要将"东亚病夫"的称号彻底消除。

奥比音比俄国大力士更嚣张,在广告上明确登出,中国人看了他的表演有不佩服的,可上台较量,但又说,他神力无比,"身体脆弱的中国人,万不可冒昧从事"①。他献技的地方不在天津,而在上海。霍元甲为了要争中国人的志气,将天津的事务作了安排,远道赶到上海,但奥比音已到南洋群岛上作表演了,不过这也是个可怜虫,他是受雇于一个外国资本家的"奴仆",要与他比试,主要取决于他的主子沃林。情节如此设置,就达到了引而不发的效果,让霍元甲与沃林在上海谈判,比赛虽暂时不能举行,但与沃林多次预约比武的时间,从而使爱国精神的内核可以时时萦绕在书中。与外国人谈判是有一套程序的,如外国人一定要双方请律师。外国人比武是要以金钱为输赢的,于是又要经济保证人。这样,就会牵动一个相当大的社会面,而这些牵涉其中的中国人就是民族凝聚力的最好表达者。人地生疏的霍元甲在律师问题上就作了难,可热心爱国的彭庶白说:"这类替国人争面子的事,庶白可以去找一个愿尽义务的律师来。"②当他将霍元甲的要求与律师们一说,"在座的人无不眉飞色舞,鼓掌称赞。几个当律师的,都欣然愿尽义务,但是只用得着一人,当下由几个律师中推定了一个,负责同去办理这交涉"③。在上海又引来了一班懂武术的朋友,与霍元甲交流。在这段时间内,霍元甲还在上海摆过擂台,但这个擂台是不与中国人比试的,专门欢迎外国人来较量,可是没有其他的外国人来尝试。在这段时间内,也有中国人向霍元甲无理挑衅。霍元甲一再忍让,说明中国人不要打中国人,但对方苦苦相逼,于是霍元甲在三步之内就将他打倒。当霍元甲一只脚踏在此人的胸脯上时还说:"我屡次劝你打消报复的念头……你偏不信,定要当着许多

---

① 平江不肖生:《近代侠义英雄传》上,漓江出版社2013年版,第218页。
② 平江不肖生:《近代侠义英雄传》上,漓江出版社2013年版,第279页。
③ 平江不肖生:《近代侠义英雄传》上,漓江出版社2013年版,第280页。

外国人,显出我们中国人勇于私斗的恶根性来,你就把我打输了,究竟于你有什么好处?此刻我若不因你是一个中国人,这一拳下来,你还有性命没有?……"①不仅义正辞严,而且语重心长。霍元甲胜利后,上海教育界的名流也设宴为他庆贺。在席上,霍元甲叹道:

> 承诸公盛情,兄弟非常感激。不过兄弟觉得打翻一个张文达,不值得诸公这么庆祝,若是奥比音敢和我较量,我敢自信也和打张文达一样,在三步之内将他打倒,那才是痛快人心的事。可惜张文达是一个中国人。我常自恨生的时候太晚了,倘生在数十年以前,带兵官都凭着一刀一枪立功疆场,我们中国与外国打起仗来,不是我自己夸口,就凭着我这一点儿本领,在十万大军之中,取大将首级,如探囊取物。现在打仗全用枪炮,能在几里以外把人打死,纵有飞天的本领,也无处使用,下了半辈子苦工夫,才练成这一点能耐,却不能为国家建功立业,哪怕打尽中国没有敌手,又有什么用处!②

在座的有一位教育家却很有头脑,他认为"枪炮虽然厉害,若使用枪炮的人,体力不强,不耐久战,枪炮也有失去效力的时候……到了最后五分钟决胜负的时候,必是体格强壮会武艺的占便宜"。他用日俄战争中日本人靠柔道在肉搏时,一人能敌两三个俄国人为例,说明"我中国枪炮既不如人,倘若又没有强壮的体格和善于肉搏的武艺,万一和外国人打起仗来,岂不更没有打胜仗的希望吗?……自从霍先生到上海来摆设擂台,我们就确认我国的拳术,有提倡的价值及提倡的必要"。就在大家交谈中有了创办武术学校的想法,于是大家进行筹划,"精武体育会"终于诞生了,这"精武体育会"实际上就是民族凝聚力之一结晶。正因为霍元甲的武术威力及其传授远播的前景,使日本人存有忧虑而下毒将他害死。《近代侠义英雄传》的最后一句,向恺然写道:"可怜这一个为中国武术争光的大英雄霍元甲,已脱离尘世去了,时年才四十二岁。"③再回顾王五惨死在德国兵的枪下,这难道不是作者在沉痛控诉外国侵略者的罪行,希冀国人继承霍元甲的

---

① 平江不肖生:《近代侠义英雄传》下,漓江出版社2013年版,第623页。
② 平江不肖生:《近代侠义英雄传》下,漓江出版社2013年版,第624页。
③ 平江不肖生:《近代侠义英雄传》下,漓江出版社2013年版,第630页。

民族英雄主义精神,呼吁国人以民族凝聚力为内核,蓄积自卫实力,激扬爱国热情,发愤图国力之壮大和强盛吗？向恺然在一部武侠小说中,能贯穿如此宏大的精神,抒发顶天立地的英雄人物的豪情壮志,也是很值得肯定的。可以说他是民国武侠小说的奠基人,《近代侠义英雄传》堪称民国优秀武侠的奠基之作。

第八章 通俗作家的抗战小说
——以张恨水为中心

张 蕾

通俗作家超越言情武侠小说的类型写作,把笔锋伸向"国难"题材,主要是从 1931 年的九一八事变开始的。日军侵华,国难当头,通俗作家不可能游离这样的时代场景。他们作品中的很大一部分本是讲述社会故事的,而九一八之后,日军侵华、民众失所、政府腐败,都是当时最重要的社会现实。描述这些社会现实,讲述抗战故事,就成了通俗作家的笔力所向。

在通俗作家的抗战小说中,张恨水的创作十分引人注目。有研究者概括道:"张恨水是中国现代作家中创作'抗战小说'最丰的作家。他直接将抗战作为主要素材的作品近十部,涉及抗战生活的作品数十部,在中国现代作家中这样的创作量首屈一指。""张恨水是将'抗日作品'从'国难小说'的层面带入'抗战小说'层面的作家。他的作品写了日本侵略者对中国人民残害,呼吁中国人民奋起反抗。但是,他的注意力显然更集中于写中国人民怎样奋起抗战。不仅仅是受苦受难倾诉,更多的是惨烈、悲壮、感奋的场面描述,张恨水的小说完成了中国的'抗战小说'由'难'转向'战'的提升。"① 张恨水的抗战小说不仅写"国难",也正面叙述战争故事,这对于非从军作家来说是难能可贵的,表现出张恨水的极大才能。在现代作家中,张恨水堪称"全能小说家"。

就抗战题材而言,张恨水的创作主要可分为两部分:一部分即是正面叙述战争故事,另一部分是写大后方的生活。叙写前者,颂扬激励的色彩浓重;叙写后者,讽刺悲愤的色调明显。张恨水的抗战题材小说并不局限于抗战时期的创作,从 1931 年的九一八开始至 20 世纪 40 年代后期,抗战题材

---

① 汤哲声:《张恨水抗战小说中的国家意识及其评价》,《中国现代文学研究丛刊》2006 年第 4 期。

的作品是张恨水创作的重要内容。这里以张恨水 1932 年出版的《弯弓集》为始,评析以张恨水为代表的现代通俗作家对抗战小说创作的贡献。

第一节 "是战之篇":《弯弓集》的问世

《弯弓集》1932 年 3 月由远恒书社出版,世界日报出版部总售。因少见再版,后来学者对《弯弓集》关注不多。这部集子的出名,很大程度上源于钱杏邨对它的批判。在《上海事变与鸳鸯蝴蝶派文艺》一文中,钱杏邨指出了《弯弓集》各篇目的最初来源:"张恨水,在这一次事变中,写作的特别多。在诗歌方面,有《健儿词》(《上海画报》七九八期)七首,《咏史》(《上海画报》七九九期)四首;在小说方面,有《九月十八》(《社会日报》4 月 24 日起刊),《最后的敬礼》(《大晶报》4 月 23 至 28 日),《仇敌夫妻》(《福尔摩斯》4 月 21 日至 5 月 8 日),《一月廿八日》(《大陆新报》5 月 14 日起刊);戏剧则有《热血之花》(《上海画报》七八九期起刊);笔记则有《无名英雄传》(《中国日报》4 月 21 日至 5 月 6 日)九篇。他把这些辑编起来,成为了一部《弯弓集》。"①就 1932 年初版的《弯弓集》所收篇目来看,和钱杏邨的说法有一点出入。《弯弓集》中没有《一月廿八日》一篇,而有短篇小说《风檐爆竹》和《以一当百》。集中各篇顺序是:《自序》《咏史》《健儿词》《风檐爆竹》《以一当百》《最后的敬礼》《无名英雄传》《仇敌夫妻》《九月十八》《热血之花》《跋》。

钱杏邨所指的"这一次事变"是指 1932 年发生在上海的一·二八事变。张恨水在《上海画报》等刊物上发表作品,明显表达出他的爱国呼声。1930 年,张恨水辞去北平《世界日报》《世界晚报》的职务,专门从事创作。因为《啼笑因缘》的发表,张恨水与上海报刊出版界的联系逐渐增多。1931 年,他在上海《新闻报》发表小说《太平花》。原本《太平花》是反对"内战",希望"太平"的作品,"不料写到了一半的时候,九一八事变。这时,全国的人民,都叫喊着武装救国,我这篇小说是个非战之篇,大反民意,那怎么办呢?而《新闻报》的编者也同有所感,立刻写信给我,问何以善其后?"②于是,张恨

---

① 钱杏邨:《上海事变与鸳鸯蝴蝶派文艺》,《现代中国文学论》,合众书店 1933 年版,芮和师、范伯群等编:《鸳鸯蝴蝶派文学资料》下,福建人民出版社 1984 年版,第 865 页。

② 张恨水:《写作生涯回忆》,张占国、魏守忠编:《张恨水研究资料》,天津人民出版社 1986 年版,第 54 页。

水就对小说作了大改动,写成了一部抗战小说。这是一个开始。接着张恨水用了二十六天时间,写成若干篇文字,合成《弯弓集》。张恨水说:"我写作的意识,又转变了个方向。由于这个方向,我写任何小说,都想带点抗御外侮的意思进去。"①如果说《太平花》的初衷并非抗战,那么《弯弓集》则是一部强烈的"抗御外侮"的书,是张恨水积极直面抗战的开始。

虽然《弯弓集》有急就章性质,质量也不能与之前的《啼笑因缘》等作品相提并论,但其反抗色彩十分强烈。在《自序》中张恨水明确表达了他的写作目的:"然则以小说之文,写国难时之事物,而贡献于社会,则虽烽烟满目,山河破碎,固不嫌其为之者矣。""更于其间,略尽吾一点鼓励民气之意,则亦可稍稍自慰矣。""今国难小说,尚未多见,以不才之为其先驱,则抛砖引玉,将来有足为民族争光之小说也出,正未可料。"②写作国难小说以"鼓励民气",《弯弓集》担当了"先驱"的责任。

《弯弓集》的开篇是《咏史》七律诗四首和《健儿词》七绝诗七首。《咏史》第一首云:"山河脱辐三千里,兄弟阋墙二十年。岂是藩篱原易撤,本来萁豆太相煎。江东名士浑如醉,壁上诸侯笑不前。犹叹药炉茶灶畔,有人高比赵屯田。"③内忧外患,以史写今、以史鉴今的意思十分明显。《健儿词》第一首道:"看破皮囊终粪土,何妨性命换河山,男儿要赴风云会,箛鼓连天出汉关。"④充分表现出鼓舞出征、激扬斗志的格调。因为教育和阅读的陶冶,张恨水对于古体诗是拿手的,在壮烈昂扬的时代,诗歌最能简洁地表达出内心丰沛的情感。

接下来的几个短篇,就叙述了几则全民抗战、英勇杀敌的故事。《风檐爆竹》讲述的是一个老婆婆舍身杀敌的故事。她的两个儿子都投身一·二八抗战,她孤身一人在家,一队日本兵撞上门来。日本兵问路,她说不知。悄悄在屋檐下点燃一挂爆竹,房屋着火,附近的中国军队听到声音,向日本军开火。中国军队打了大胜仗,而老婆婆殉国了。《以一当百》是一则舍子杀敌的故事。一个老人守着一个火车站台。站台外的桥断

---

① 张恨水:《写作生涯回忆》,张占国、魏守忠主编:《张恨水研究资料》,天津人民出版社1986年版,第55页。
② 张恨水:《自序》,《弯弓集》,远恒书社1932年版,第2—6页。
③ 张恨水:《咏史》,《弯弓集》,远恒书社1932年版,第1页。
④ 张恨水:《健儿词》,《弯弓集》,远恒书社1932年版,第1页。

了,他要告知到来的火车。谁知来的一辆火车是他儿子从日本人手中夺来的,上面装载了武器。后面日本人开的火车快追来了,老人没有对儿子说出前路危险的实情,而让他开车离去,结果儿子的火车和日本人的火车同归于尽。《最后的敬礼》直接叙述一·二八抗战时的上海。一个中年木匠被一个日本军官辱打,他参加了一·二八抗战的义勇军,冲锋陷阵,遇上了那位辱打他的日本军官,日本军官中弹,木匠在日本军官临死前向他敬了个军礼。这三篇小说都属于讲故事性质,故事感人,艺术性欠缺,表露出急就章的特点。就故事而言,主人公都是普通民众,甚至是老人,他们舍身杀敌、壮烈抗争的故事,确实能起到感染激励的作用。这也是张恨水写《弯弓集》的初衷。

《无名英雄传》包含九则人物故事。其中一则《汽车夫胡阿毛》全文道:

> 二月二十九日北平晨报载云:南市救火会车夫胡阿毛,径(二十五日)在百老汇路,被日军拘至汇山码头司令部,搜出开车执照,因知胡谙开车。感(二十七日)晨押令开一卡车,赴杨树浦车站载军火,由四日兵押运。胡伴允上车,迨至浦江畔,开足速率,疾驰入浦,人车同殉,四日兵亦死。胡诚不愧为中华男儿!水按:若稍事铺张,亦一篇好小说也。①

这是一则中国人被迫为日本人开车子,最终同归于尽的故事,故事情节很像《以一当百》。张恨水说"若稍事铺张,亦一篇好小说也",很有可能这则故事就是《以一当百》的来源。故事叙述语言不完全是白话,颇有笔记之风。开篇表明故事是北平《晨报》上的一则新闻,不是张恨水向壁虚构的产物。《无名英雄传》里的九则故事基本都是这一风格,记述抗击日本侵略的感人故事,具有纪实性。

下面两篇小说《仇敌夫妻》和《九月十八》稍长。《仇敌夫妻》里的主人公桂有恒是抵制日货的领导者,他后来又参加了抗日组织,家里却有一位日本太太榴子。他禁止榴子买日货,其后竟发现榴子是日本间谍,他亲手杀死了榴子,给自己留下了人生创伤。这篇小说虚构和巧合的成分很浓,情节并不

---

① 张恨水:《无名英雄传·汽车夫胡阿毛》,《弯弓集》,远恒书社1932年版,第2页。

完美,但写作意图十分明显。在当时的情形下,抗日是首要之务。《九月十八》主要写一个在南京读书的东北青年的纨绔之态。这是张恨水十分熟悉的题材,在《春明外史》中,有不少像王有济这样终日不读书、寻欢作乐、穷奢极侈的人物故事,但《九月十八》有一个转折。东北沦陷,王有济得不到家里接济,不但不能挥霍寻乐,还得靠典当维持生计。最后他觉悟了,决定去上海投军。这个故事是《弯弓集》收录的小说中篇幅最长的一篇。之所以长,是因为张恨水借助了他之前熟悉的题材来写抗战故事。纨绔青年上战场,既是浪子回头的表现,也是为生计所迫。小说虽然写得很一般,但多少反映出抗战从军的一些情形来。

《弯弓集》中最惹眼的一篇是电影剧本《热血之花》。这一文体是张恨水很少触及的。剧本一共有二十九幕,讲述的是华国雄、华国威兄弟两人从军抗敌的故事。华国雄的未婚妻舒剑花是地下革命者,为了完成任务,与华国雄产生误会。舒剑花抗敌英勇牺牲,华国雄知道真相后,十分后悔,并对舒剑花敬慕之至。"热血之花"既指舒剑花,也指作品中的一个核心意象——石榴花。作品开篇描述华国雄家的场景道:"窗外有平台,摆石榴花十余盆,红光灿烂。这是五月天气。"第二十八幕,华国雄对父亲说:"父亲,记得去年这个时候,你说石榴是战争之花吗?不对,这是热血之花呀!"点题很明确。除此之外,作品的第一幕,华氏父子有一段关于"非战"和"是战"的对话。父亲终被儿子说服,改变了自己"非战"的主张,这可以代表张恨水思想的一种转变。在《弯弓集》的《跋》中张恨水提出一个问题:"向读恨水为文,主张非战,今以非战之人,而作是战之篇,何也?"《跋》主要就是回答这一问题的。张恨水解释道:"盖以昔日中国内战不休,民无死所,吾人犹不非战,非仅为人道之所不容,而亦自觉置国家之创伤于不顾。至于今日,则外寇深入,国亡无日。而吾人耳闻目睹帝国主义者之压迫,为世界人类所不能堪。于此而犹言非战,更何异率吾民束手就缚之余,且洗颈而就戮?不愿就缚与就戮矣,则发扬民族思想,以与来束缚来戮者抗,理也,亦势也,更何疑焉?""《弯弓集》之作,亦如是而已矣。个人行动之矛盾,庸能计及哉?"①所以,《弯弓集》是一部"是战"之作,所收各篇都表达了对抗战的积极响应。

---

① 张恨水:《跋》,《弯弓集》,远恒书社1932年版,第1—5页。

钱杏邨在《上海事变与鸳鸯蝴蝶派文艺》中，否定了《弯弓集》的价值，认为这部作品"缺乏真实性""是鸳鸯蝴蝶的一本""谈不上技术""包含了强烈的封建意识，也部分地具有资产阶级意识的要素"。①钱杏邨是站在左翼作家的立场对《弯弓集》作了批判，其中对艺术价值的批评含有一定的合理性，但从"急就章"的角度来看，《弯弓集》确实舍弃了张恨水小说一贯的艺术性，而突出了"是战"的坚决。这无关"封建意识"和"资产阶级意识"，而与一个作家的爱国情、责任感紧密相连。

第二节 "书生写战事"

也许张恨水自己也感觉到了《弯弓集》艺术性的不足，所以想做一些弥补。在《弯弓集》初版的《九月十八》一篇之前有一页广告，全文是："此本为张君代明星公司编制之电影剧本，业收入《弯弓集》。现张君根据剧本，另编有章回体长篇小说，全书约十万言。现编撰中，不日当即付印，由远恒书社出版。""此本"指的是《热血之花》。《热血之花》的小说版并非在1932年之后由远恒书社出版，而是到1946年6月由上海三友书社出版。可能是由于张恨水生活不安定，也可能是由于写作事务繁忙，《热血之花》的小说版迟迟未出，但终究还是面世了。张恨水最终完成了他的写作计划。

无论是剧本还是小说，《热血之花》没有交代故事发生的确切时间，只把敌人说成是"海盗"。小说《热血之花》共十六回。第十五回开首处言道：

> 这一场悲剧闭幕之后，余鹤鸣下场了，舒剑花也下场了，只有那个期望团圆的华国雄，于假期完满之后，依然到军队里去扛枪，和民族作最后的挣扎。凡是一个人去打人，纵然把人打倒，自己也要费去无限的力量。若是无理去打人，惹起人家强烈的反抗，也许失败者，不是被打的，正是去打人的。海盗和海滨这省的军队，厮拼着三年之后，他们因为经济上有些来源断绝，结果是起了内乱，自己崩溃了。虽然打仗的结果，中国是受了极大的牺牲，可是因为三年以来，始终是和海盗斗争，民

---

① 钱杏邨：《上海事变与鸳鸯蝴蝶派文艺》，《现代中国文学论》，合众书店1933年版，芮和师、范伯群等编：《鸳鸯蝴蝶派文学资料》下，福建人民出版社1984年版，第867—870页。

族性到底是保持着。这民族性就是无价之宝,在大家依然兴奋的中间,把破坏的所在,又陆续建设起来。①

主人公舒剑花被敌人杀害,英勇就义。敌人余鹤鸣深受震动,不再参加侵略战争,出家去了。小说中的"海盗"比较明显是指日本侵略者。张恨水 1932 年发表的剧本《热血之花》已经预言了中国的胜利,而抗战之后出版的小说《热血之花》对中国胜利的叙述表明了张恨水的基本观点——"民族性就是无价之宝",因为"民族性"的保存,中国才会迎来最终的胜利。

小说对于"非战"和"是战"的辨证,要比剧本更为详尽和突出,特别是在胜利后,主人公华国雄转变了他之前的"是战"想法。在第十五回,华国雄和父亲走在战后的城市废墟之上,感叹道:"我们有了些军事知识之后,我们这才知道,战争实在是一种罪恶。""我们因罪恶引起了战争,海盗却又是因战争种上了罪恶。他们的社会崩溃了,他们的人民疲劳了,不会想到战争给了他们一种教训吗? 总而言之,在 20 世纪以后,枪口上决计抢不到人家的土地,光靠枪口,也保护不了自己的土地,另外还要靠经济教育两件大事来维持民族。"②小说《热血之花》可谓升华了"非战"与"是战"的论辩,是张恨水经历战争创伤后的成熟思考。罪恶引来战争,战争是罪恶,但战争也能把罪恶肌体中的病毒消灭掉。抗战救国是大时代的要求,经济教育是维持民族的根本。作为一个小说家,张恨水的思想见识是现代化的,是引领时代的,他通过小说探讨了民族国家发展建设的可行方案。

与剧本相比,小说《热血之花》在叙述故事、描画场景方面更加生动具体,而剧本只是故事情节的概要。剧本第十七幕和第十八幕主要叙述华国雄、华国威兄弟两人舍身御敌的战斗故事。第十八幕剧本写道:

国威伏着,向山下开枪,同人中,又是两个中弹而倒的。

国雄管住一架机关枪,对准山下,卜卜卜乱放,最后只剩弟兄两人了。两人共守机关枪下,紧紧对着敌人的来路。大雨如注,将两人身上的衣服,淋得直流直滴,所伏的草里,山水潺潺流下。国威头垂了下来,

---

① 张恨水:《别有天地热血之花》,北岳文艺出版社 1993 年版,第 107 页。
② 张恨水:《别有天地热血之花》,北岳文艺出版社 1993 年版,第 111—112 页。

手扶了机关枪,不能动了。

国雄看手表,摇撼着他说:"你必得打起精神来,总部给我们的限期,只有五分钟了。在五分钟内,援军一定到的。这最后的五分钟,我们一定要忍耐着的。"

这段艰苦卓绝的战斗描述,在小说中要详尽紧张得多。小说第九回中的相关描述如下:

山上越是人少,越不能让敌人知道虚实,所以对着山下,更是极力地发扬威力,四挺机关枪一架也不停止一息。偏是天不与人方便,在这十几个热血男儿拼命抗敌的时候,雨更下得如竹编帘子一般,大风一卷,哗啦作响,山摇地动,着实怕人,加之人已经作战一昼两夜了,精神也十分疲倦,所以在大雨中挣扎之下,慢慢地把机关枪声减少,山下的匪军,有了这样的情势,也是不肯放松,一次两次的,只管向山头上冲将上来。国雄兄弟的机关枪排列最前面,自然是紧对着山下施放。弟兄二人只管静伏在泥草里,那泥草上的流水,顺着人身上的衣服,向下面流去,满身都是泥浆。国威手扶了机枪,不免将头垂了下去。国雄喊道:"国威国威!抬起头来,有一口气,也不许倒下去。"国威咬着牙,对了山下,又卜卜卜地开着枪。但是在这个时候,其余的三挺机关枪,已陆续停止了响声,不知道他们是子弹用尽了?也不知道他们是受伤或阵亡了?在这样天气之下,恐怕是不能让弟兄们再支持了。①

这是《热血之花》对于战争的直接正面描写。张恨水没有上过战场,但他的描述真切感人,令人如身临其境。能做到如此,不仅因为作家具有天才的想象力和卓越的艺术才华,还因为他下了收集资料的调查功夫。1932年写《热血之花》剧本是仓促成稿的,张恨水还没有多少写战争的经验,加之剧本写法的约束,《热血之花》剧本只能呈现故事的骨干框架。至1946年,张恨水经受和积累了若干写战事的经验,这些经验化成小说,自然使得小说《热血之花》生动可感多了。

---

① 张恨水:《别有天地热血之花》,北岳文艺出版社1993年版,第66—67页。

用小说直接描述战争场景的不只《热血之花》,此外,《东北四连长》《巷战之夜》《潜山血》《大江东去》《虎贲万岁》等都对战争有直接描写。张恨水描述战争的资料来源除报刊新闻外,主要是倾听战争亲历者的诉说。张恨水在谈《东北四连长》的成书时道:"我对军事,是个百分之二百的外行,怎么能写起军中生活来呢?也是事有凑巧,我有一位学生,当过连长。他那时正在北平闲着,常到我家里来谈天。我除了在口头上和他问过许多军人生活而外,又叫他写一篇报告。我并答应给他相当的报酬。报酬他不要,报告却写了。我就以另一种方法,帮助了他的生活。在这情形下,有两三个月的合作,我于是知道了很多军中生活,就利用这些材料,写为抗日的文字。"①单靠向壁虚构,要写成一部好作品,不是容易的事。小说家善于发掘材料,这类听来的故事就是张恨水写作抗战小说的重要来源。在《巷战之夜》的《序》中,张恨水写道:"抗战以来,我虽写了几篇战事小说,但我不肯以茅屋草窗下的幻想去下笔,必定有事实的根据,等于目睹差不多,我才取用为题材,因为不如此,书生写战事,会弄成过分的笑话。这篇小说的故事,是我一个极关切者的经历。他告诉我,这是天津将陷落时那一角落的现状。"②"书生写战事"可以被用来概括以张恨水为代表的通俗作家写抗战小说的姿态,"有事实的根据",不"幻想",这样的抗战小说可以成为一个时代的记录。

《大江东去》就是有事实根据的一部作品。小说1940年发表于香港《国民日报》,1942年在内地出版时,内容作了些修改。这是张恨水20世纪40年代创作的一部在当时销量仅次于《八十一梦》的作品。1942年,张恨水为《大江东去》写《序》道:

民国二十八年冬,友人陈君,将有东战场之行,予小饯之于一酒楼。杯匙之间,畅谈大时代友朋之聚散,更及于男女之离合,甚为喟然。旋陈君更述一故事,以助余兴,则为一军人困于失陷之南京,虽得生还,而有破镜难圆之叹。予曰:此故事良好,然以之配合京沪线战争之烈,及南京屠城之惨,将不失为一时性之小说。陈曰:然则君竟为之如何?予虽笑诺之,然以未有火线经验,固置之未用也。半年后,有两军人

---

① 张恨水:《写作生涯回忆》,张占国、魏守忠编:《张恨水研究资料》,天津人民出版社1986年版,第56—57页。

② 张恨水:《巷战之夜·序》,《热血之花》,湖南人民出版社2011年版,第136页。

为邻,暑夜于星光中移榻纳凉,闲话天下事,亦尝问及战争。耳食人余,颇能补常识之不及……乃更加以三分之渲染,与四分之穿插,并所有之材料作为三分,融合而成为一篇二十万言之章回小说。名之曰《大江东去》。①

《大江东去》也是来源于"友人陈君"讲述的一个故事,但张恨水"未有火线经验",不敢轻易着笔。后来两个军人朋友为他详细描画了战事,张恨水才"以三分之渲染,与四分之穿插,并所有之材料作为三分",写成小说。后又遇到"一少年军人""乃慷慨唏嘘述南京失陷惨状。及予询及光华之役,彼则告以某班长一手榴弹挽救危城之壮举,绘声绘影,令人兴奋"。②于是,修改再版时,把光华门之役和南京大屠杀之事作了更为切实的描述。《大江东去》成为第一部正面描写南京大屠杀的长篇小说。

《大江东去》的主体故事讲述的是薛冰如在两个男人之间的情感选择。她对于爱情的不坚贞以及最后的失败并没有让读者对她产生过多的谴责和叹息,张恨水也没有对这个人物作出明确的道德评判。小说更看重的是故事发生的那个时代——抗战时期。人物一己的悲欢得失,在抗战的大时代中显得那么渺小与轻淡。虽然张恨水用了他最擅长的小说结构方式——"以社会为经,言情为纬"③,但《大江东去》写言情故事是为了记录那个时代。张恨水20世纪40年代小说创作的成就,突出表现在对于时代所发挥的积极作用。

小说前半部分讲述了女主人公薛冰如的移情别恋,后半部分主要叙述男主人公孙志坚守护南京城不成,在日本人屠城的惨事中死里逃生的经过,这是小说最出众的部分。在第十六回"半段心经余生逃虎口　一篇血账暴骨遍衢头"中,孙志坚避难佛门,亲见了一段惨事:

> 在第四日的早上,因为庙里一些劫余存粮都快干净了,和佛林二人

---

① 张恨水:《大江东去·序》,杨义编:《张恨水名作欣赏》,中国和平出版社2002年版,第287页。
② 张恨水:《大江东去·序》,杨义编:《张恨水名作欣赏》,中国和平出版社2002年,第287—288页。
③ 恨水:《总答谢——并自我检讨》,张占国、魏守忠编:《张恨水研究资料》,天津人民出版社1986年版,第280页。

> 趁着天色微明,敌人还不曾出动,就各带了一只篮子出去,到菜园去掘摘些萝卜青菜吃。他们预备多储蓄些,随去菜地摘菜,渐渐走远,又迫近了那条人行路。他们刚一伸直腰,却看到这路上死人犹如掷下的铺路石板,左一具,右一具,不断地横倒在地上,估计着怕不在百人以下。佛林念了一声佛,向志坚摇头道:"师弟,我们不能再向前了。"他手提起盛菜的篮子,扛了在肩上,就向庙里走。志坚一人也不敢落后,提了菜筐走回庙去,刚进得庙门,却看到树林子里奔出两个老百姓来。他们上身穿了两件破棉袄,下面却各穿了一条青布裤子,是警察制服。后面有两个敌兵,各端了一支上着刺刀的枪,追了上来。前面这两人还不曾踏上庙门台阶,两个敌兵已经追上。这两个人回头看着刺刀尖伸过来,不隔三尺,料是跑不了,索性回转身来去夺他的枪。不幸第一个人的手,先碰上了刺刀,啊哟一声,向旁一闪。敌兵再一刺刀,向他胸膛直扎穿过去。那第二个人,倒是握住了敌兵的枪,正在用力拉扯,这第一个敌兵,却回过枪来在他背脊上扎了一刀。他随了这一刀,倒在台阶上,两个敌兵便倒提了步枪,在他身上乱扎了几十下。扎过一阵之后,又将刺刀,在头上拉锯也似,横割了几下,把人头割下,然后伸脚一踢,踢球一般,把人头踢进庙门,砰的一声落在弥勒佛面前的香案上。①

像这样对南京大屠杀的真切描述,在现代作品中是绝无仅有的。以如此惨状来对照薛冰如为一己私心而把爱情转向丈夫孙志坚的朋友,这样的情愫在国家大难面前立时就显得微不足道了。小说结尾孙志坚和朋友江洪投身革命,留下薛冰如怅惘地看着他们乘坐的江轮远去。张恨水 20 世纪 40 年代的小说文字少了二三十年代横溢外露的才气,多了持重凛然的正气。一种更加简明酣畅的小说写作样式成了包括张恨水在内的现代作家的共同追求。

如果说《大江东去》还是以一个爱情故事来结构抗战的主题,那么 1946 年 7 月由上海百新书局出版的《虎贲万岁》则是用一部书描写了一场战役——1943 年 11 月至 12 月的常德保卫战。这是记述抗日战争正面战场的作品,与张恨水的其他小说相比,可谓游离了张恨水一向的写作风格,极大

---

① 张恨水:《大江东去一路福星》,北岳文艺出版社 1993 年版,第 169—170 页。

地表现出张恨水创作的伸展度和可能性。在小说的《自序》中,张恨水写道:"我写小说,向来暴露多于颂扬,这部书却有个例外,暴露之处很少。常德之战,守军不能说毫无弱点,但我们知道,这八千人实在也尽了他们可能的力量。一师人守城,战死得只剩八十三人,这是中日战史上难找的一件事,我愿意这书借着五十七师烈士的英灵,流传下去,不再让下一代及后代人稍有不良的印象,所以完全改变了我的作风。"①颂扬中国军队抗战到底、英勇不屈的精神,是《虎贲万岁》的主旨,这种颂扬与张恨水向来小说中的"暴露"不一样。此外,作风的改变还表现在对"以社会为经,言情为纬"结构的舍弃。《虎贲万岁》的主题故事就是常德保卫战,虽然其中穿插了鲁婉华、刘静媛、黄九妹和参谋程坚忍、勤务兵王彪之间的情事,但并不主要,不起到结构小说的作用。对常德保卫战从头至尾的详尽记述,才是《虎贲万岁》的写作意图。这样的题材,这样的写法,是惯写社会言情小说的张恨水不熟悉的,但《虎贲万岁》确实写得声色俱佳,是一部成功之作。

《虎贲万岁》之所以写得成功,主要得益于张恨水的认真态度。小说从1944年开始酝酿,准备了一年多,才开始动笔,1946年4月写成。1944年张恨水还住在重庆南温泉。年初,两位军人拜访张恨水,他们是常德保卫战的幸存将士,希望张恨水能把这场可歌可泣的战斗写出来。但张恨水没有到过战场,不知如何下笔,写作之事耽搁了下来。两位军人给张恨水提供了很多资料,盛情难却,张恨水终于动笔。张恨水说:"七年来还没有整个描写战事的小说,这是我们文人的耻辱,对不起国家。我们实在也应该写一点,像常德这种战役尤其该写。"②出于文人的职责感,出于对国家军民的敬佩,张恨水开始写这部书。在写书的过程中,中日战事在发生变化,中国反攻,日本投降。张恨水辗转湖南、汉口、南京、安庆、上海等地,最后回北平出任《新民报》经理,断断续续写了一年,《虎贲万岁》终于完稿了。书稿完成,张恨水十分感叹:"我认为不能写完的这部小说,终于写完了。""让我能引以为荣的,是我能写着八年抗战中最光荣的一页,这光荣是七十四军五十七师的朋友们给我的,我得首先表示感谢。不然,以我一个从未踏脚到战场的书生,不能写出这部三十万言的战事小说。"③

---

① 张恨水:《虎贲万岁·自序》,北岳文艺出版社1993年版,第6页。
②③ 张恨水:《虎贲万岁·自序》,湖南人民出版社2011年版,第1页。

《虎贲万岁》的主要特点是纪实性强,在张恨水的作品中,这部小说的纪实部分远远超过虚构部分,为保存历史、铭刻光荣作出了贡献。张恨水说:"这部书的取材,尽可能地保留故事的真实性。作小说不是写历史,为什么这样保留真实性?这就由于甲乙两先生的要求,要把他们五十七师的血渍,多流传一些到民间。""因之,这书内的真实姓名,有点例外,就是涉及罗曼史的几个角儿的姓名,是随便写的。其余却是自师长到伙夫,人是真人,事是真事,时间是真时间,地点是真地点。""因之我这部书的材料充足,只恨笔拙运用不完,却没有一点捏造的英雄事迹。关于每位成仁英雄的故事,我是根据《五十七师将士特殊忠勇事迹》。""关于战事经过,我是根据《五十七师作战概要》的油印品,再加上报纸记载、私人笔记,可以说没有遗漏。"①五十七师代号"虎贲",驻守常德,八千多将士抵御了日军对常德的围攻,生还者寥寥。张恨水以实事为依据,还原了常德保卫战的经过,成就了"书生写战事"的最好表现。

小说共八十章,以少校参谋程坚忍为贯穿战事的主人公,对将士抗战事迹的叙述,对战争场景的描画,是小说的主要内容。如第四十六章描述战争的场景道:

> 程坚忍由兴街口走向中山东路,已是满空子弹横飞,敌人的迫击炮弹,由他的部队头上像流星般过来,毫无目的地,无数团红色火球,划着由南到北的一条线,向城区中心乱落。轻重机枪声和步枪声,这时已无法分出它是前是后,是左是右,人就埋在枪声堆里。里面枪炮发出来的火光,向四处闪动,人家的破屋秃墙,像破坏放映机放出来的影子,在眼前跳动。那平射炮趁着地面射出来,将风沙扫动,哄咤咤发射着旋风,光焰和热烟对准了中山东路直射将来。这一截路的难走又比昨日上午不同了,几乎每走一步路都可遇到炮弹和枪弹。②

这种正面战争场景的描述,在中国当时的抗战小说中是绝无仅有的。它是以张恨水为代表的通俗作家留给历史与文坛的最宏阔壮烈的一笔。

---

① 张恨水:《虎贲万岁·自序》,湖南人民出版社2011年版,第3页。
② 张恨水:《虎贲万岁》,北岳文艺出版社1993年版,第284—285页。

第三节 "不注重公式的抗战文艺"

张恨水的抗战小说中,还有一部分是写大后方重庆的战时生活的。写作社会小说是张恨水拿手的。抗战时期,张恨水居住在重庆,对陪都世相的描画就成为张恨水创作中的重要部分,也是抗战小说的重要内容。

张恨水说:"在抗战期间,大后方的文艺,也免不了一套抗战八股。这个问题,曾引起几次论战。当然,在抗战期间,一切是要求打败日本,文艺不应当离开抗战,这是对的。不过老是那一个公式,就很难引起人民的共鸣。文艺不一定要喊着打败日本,那些间接有助于胜利的问题,那些直接间接有害于抗战的表现,我们都应当说出来。当年大后方时常喊着'讳疾忌医'的这句成语,因此有些从事文艺工作的人,就不注重公式的抗战文艺了。"①张恨水写大后方生活的小说就属于反映"间接有助于胜利的问题"和"直接间接有害于抗战的表现"。他用讽刺、暴露等手法,把大后方的各种问题揭示了出来。

就"不注重公式的抗战文艺"而言,张恨水总结其创作道:"在此期间,除了和《旅行杂志》写了一篇无关痛痒的《蜀道难》而外,我另辟了一条路线去找材料。计在《新民报》发表的,有一篇极长的《牛马走》,和一篇二十多万字的《第二条路》(后在上海出版,改名《傲霜花》)。还有一篇二十多万字的《偶像》。接着《蜀道难》,给《旅行杂志》写了《负贩列传》(后来改名为《丹凤街》)。这里所写的人物都是趋重于生活问题的,尤其《牛马走》《第二条路》和《负贩列传》。"②《牛马走》《第二条路》《负贩列传》《偶像》等小说就是张恨水在抗战时期创作的"趋重于生活问题"的主要作品。张恨水说:"抗战是全中国人谋求生存,但求每日的日子怎样度过,这又是前后方的人民所迫切感受的生活问题。没有眼前的生活,也就难于争取永久的生存了。有这么一个意识,所以我的小说是靠这边写。"③"谋求生存"也是为抗战作贡献,但抗战时期,普通百姓生存艰难,投机商人却大发战争财,腐败官僚也只知自己享乐,张恨水把他的笔意伸向现实深处,用《牛马走》等小说故事来呈现纷繁世相。

---

① 张恨水:《写作生涯回忆》,张占国、魏守忠编:《张恨水研究资料》,天津人民出版社1986年版,第74—75页。
②③ 张恨水:《写作生涯回忆》,张占国、魏守忠编:《张恨水研究资料》,天津人民出版社1986年版,第75页。

《牛马走》1941年至1945年连载于重庆《新民报》,这部小说后来改名为《魍魉世界》,1957年出版单行本。小说描画出了一个"全民皆商"的世界,似乎只有从商,人们才能改变和改善在大后方的生活。这时的从商,不是一种事业,而是"投机倒把"的行为。不顾道义廉耻,不顾身份地位,只要能发财,就可以改行,可以尝试。小说第十四章写道:

> 虞老太爷叹了一口气道:"这现象实在不妙。我就常和我们孩子说,既干着运输的事业,就容易招惹假公济私,兼营商业的嫌疑。一切应当深自检点。"西门德笑道:"那也是老先生古道照人。其实现在谁不做点生意?"虞老先生坐在藤椅上,平弯了两腿,他两手按了膝盖,同时将大腿拍了一下道:"咦!我说从前是中华兵国,中华官国,如今变了,应该说是中华商国了!"西门德道:"正是如此,现在是功利主义最占强,由个人到国家,不谈利,就不行!"虞老先生手摸了胡子,点头道:"时代果然是不同了,那没有什么法子,你没有钱,就不能够吃饭穿衣住房子。国家没有钱,就不能打仗,更不能建设。"①

两个主人公,一个是官僚,一个是知识分子,大谈"钱"和"功利主义",而把抗战、国难置之度外,"中华商国"一语很好地概括了当时的社会世态。张恨水擅长描写社会世态,他的成名作《春明外史》就是一部优秀的叙述世情的小说。20世纪40年代,《牛马走》这类作品基本沿袭了张恨水擅长的社会小说写法,用各种人物故事来描画现实,揭示社会与人生问题。

张恨水20世纪40年代小说揭示的社会与人生问题,是抗战时期的社会与人生。在抗战的大背景下,人的善恶面目与世俗风气,可以上升到国家民族危亡的高度。这点,世俗百姓或许无所觉察,但对知识者来说,却是警醒的话题。在这些反映社会人生的抗战小说中,张恨水喜用知识者作为小说主人公,这不仅是因为作为文人,他对这类人物十分熟悉,还因为知识者在国家危难之时的人生价值取向,可以成为一种时代标识。《牛马走》里的主人公西门德博士终究成了个精明的大商人,被时代的世俗潮流所吞没。

这类软弱的知识者是张恨水抗战小说中十分显眼的存在,他在《傲霜

---

① 张恨水:《魍魉世界》,北岳文艺出版社1993年版,第287—288页。

花》《偶像》等作品中,都对他们作了真切的描述。在《傲霜花》的《自序》中,张恨水说:"当抗战年间,我住在重庆,我在报上,把教育界的困苦情形看多了。同时,我也和些教育界朋友来往。我自己靠一支笔为生,我已很苦,看看他们,比我更苦。我颇有意为他们的生活写一部小说。"①正直的知识者在大后方的环境中,要忍受贫困与疾病的煎熬,而要改变生活,就得放下知识者的身份,或者改行经商,或者嫁作商人妇。小说主人公华傲霜最后嫁给了企业家夏山青,非关爱情,而关人生。有论者道:"'先生将何之?'这是社会现实给文化人提出的严峻课题。避苦趋乐是人的本能,当现实中荒谬当道、腐败公行、道德沦丧之时,人更容易为本能驱使,舍大义而趋小利,弃未来而顾眼前。"②乱世见人性,张恨水用小说深刻揭露了人在危难境遇中慌乱无着的精神世界。"先生将何之?"是《傲霜花》第二十四章的标题。看到同行梁先生转业从商,看到学生家境优厚,却偷看色情书籍,身为教师的华傲霜有了"先生将何之"的感慨。这一感慨可以作抽象的解释:乱世,知识者如何立足,何以立足?这是令人困惑与苦恼的问题。

除了对现实的描写之外,张恨水写于抗战时期的作品还有两类:一类以《八十一梦》为代表,用奇幻的想象来讽刺现实;一类以《水浒新传》为代表,用英雄侠义的故事来勉励现实。《八十一梦》是张恨水抗战时期的代表作,小说用十四个相对独立的梦中故事描写了战时重庆的腐败生活与人的价值观念的失落。如《忠实分子》一篇,出场的几个老头子站在忠实新村门口要收修路费,被接着出场的人物——二三十个青年,逐出村外。这些青年又明目张胆地向人征收"入村税","忠实"成了施诸于金钱的讽喻行为。这个故事的后半部分通过"我"在忠实新村的眼见耳闻来写囤积居奇、投机钻营、寡廉鲜耻的一班人物,最后用钱眼四方的"其道通天"四字作了总结。《八十一梦》的故事上天入地、古今杂糅,笔调酣畅淋漓、纵横恣肆,是抗战文学中的一部奇书。

张伍说:"《八十一梦》《水浒新传》是父亲在川时的重要作品,受到广泛热烈的欢迎,被许多人认为是抗战文学中的力作。"③《水浒新传》是《水浒传》的续书,延续的是《水浒传》里的人物故事。之所以也被称为"抗战文学"

---

① 张恨水:《傲霜花·自序》,北岳文艺出版社1993年版,第1页。
② 杨义编:《张恨水名作欣赏》,中国和平出版社2002年版,第440页。
③ 张伍:《忆父亲张恨水先生》,北京十月文艺出版社1995年版,第217页。

是因为《水浒新传》主要叙述了梁山英雄全体抗金的故事。"抗金"即指"抗日",小说精忠报国的主旨十分明显。《水浒新传》共六十八回,1943年在重庆出版单行本,在此之前,张恨水还写有一部长篇小说《水浒别传》(1932年至1934年连载于北平《新晨报》),同样是续《水浒传》的。《水浒别传》也包含救亡的意味。张恨水为《水浒别传》写《序》,署明的日期是"东三省亡后一年"①,用意十分明显。如果说《水浒别传》《水浒新传》属于英雄侠义类小说,那么1936年,张恨水发表的同类作品《中原豪侠传》也是为抗日而作的。在小说《自序》中,张恨水说:"虽然那时中日外交尚未反脸,受着日寇的压力,不能明白在华北或中原有抗日武力组织,可是暗地的教育与训练是可以留意的,何况这是现成的局面呢?"②因为不能公开写抗日作品,小说的故事时间是辛亥前,主人公秦平生广结中原豪侠,积极革命。小说单行本于1944年在重庆出版,也可被归入"抗战文学"的属类。

  张恨水抗战期间的小说,无论是写现实故事,还是托梦言志,抑或借古喻今,都映现出了那个时代人的生活、观念和意识,都是为抗战而作的。张恨水以小说家的身份积极投身到了抗战洪流中,反省了一个时代的正义与尊严。抗战,对于生活在那个时代的人来说,应是人生中最重大的一段经历。即便在战后,张恨水也依然会把过去的抗战生活作为他小说创作念念不忘的资源。在战后的创作中,《纸醉金迷》和《巴山夜雨》是张恨水回顾抗战生活最重要的两部长篇小说。

  《纸醉金迷》开篇道:"民国三十四年春季,黔南反攻成功。接着盟军在菲列滨(今菲律宾——编者注)的逐步进展,大家都相信'最后胜利必属于我'这句话百分之百可以兑现。本来这张支票,已是在七年前所开的,反正是认为一张画饼,于今兑现有期了,那份儿乐观,比初接这张支票时候的忧疑心情,不知道相距几千万里,大后方是充满了一番喜气。但人心不同,各如其面,也有人在报上看到胜利消息频来,反是增加几分不快的。最显明的例子,就是游击商人。"③小说一开始署明时间,即是以一种回顾的笔调来叙述抗战胜利前夕的故事。"支票"的比喻不是随意的,它预示着小说的主要故事和金钱有关,故事的主要人物之一是"游击商人"。《纸醉金迷》不仅像

---

① 张恨水:《水浒别传·序》,《水浒系列小说集成》,黑龙江人民出版社1997年版,第255页。
② 张恨水:《中原豪侠传·自序》,北岳文艺出版社1993年版,第2页。
③ 张恨水:《纸醉金迷》上,北岳文艺出版社1994年版,第3页。

张恨水写于战时的作品一样,暴露和讽刺了大后方的腐败,更揭示出了一个"全民皆醉"的社会现实。国民政府发行黄金储蓄券,全民哄抢,全民投机,金价上涨,结果政府宣布储蓄券贬值,打破了人们的黄金迷梦。张恨水通过《纸醉金迷》把大后方的混乱浮躁,把战争与人性的关系,把价值失落的悲剧表现得异常深刻与深沉。

第四节 抗战小说的"巅峰之作"

另一部更为深沉的作品是《巴山夜雨》。这部小说又回到了张恨水熟悉的知识者题材,这个题材不仅张恨水很熟悉,而且小说主人公李南泉在一定程度上就是重庆时期的张恨水。张恨水说:"我这里所说的生活材料,是眼见社会上一般人的生活,而不是我个人的生活。我个人的生活,不会明显地反映到文字里去。但文字终究是生活的反映,人不经过某种生活,是不会写出某种文字的。"①《巴山夜雨》是张恨水所说这话的一个例外,确实比较"明显地反映"了他个人的生活。

小说的故事发生在重庆的一个山村里,主要叙述了李南泉一家和他的邻居们的生活琐事。张恨水抗战时期居住在重庆南温泉,"李南泉"的名字大约由此而来。李南泉是位作家,他和太太以及三个儿女之间的日常生活故事,可以映现出张恨水和妻子周南及儿女们在重庆的抗战生活,甚至张恨水对于看戏、唱戏的爱好,也都赋予了小说主人公李南泉。李南泉的邻居们,吴春圃夫妇、石正山夫妇、奚敬平夫妇、袁四维夫妇,包括不见其人的方院长、飞扬跋扈的刘副官等等,都有现实人物的影子。张恨水这样概括他在重庆生活的邻居们:

> 第一,在这个溪两旁,全是受难的公教人员,穷的教员,穷到自己浇粪种菜。大家见面,成日地谈着活不下去。第二,村子里也有极少数的投机商人,对我们的生活,很是一种刺激。第三,隔了面前这座山,就是孔公馆。孔公馆建筑在一座高山上,绿树葱茏。石磴上拔,环曲千级,

---

① 张恨水:《写作生涯回忆》,张占国、魏守忠编:《张恨水研究资料》,天津人民出版社1986年版,第76页。

四层立体式的洋楼,藏在一个树林的峰尖下。不说里面的布置,单是穿山的一座防空洞,里面有无线电,有沙发,有电话,也就可知其阔绰了。这不过无数孔公馆之一,孔院长、孔夫人、孔二小姐,根本不来,只有几十个副官,在这里落寨为王,打家劫舍。这不但文艺人看了心里不平,所有的老百姓,都侧目而视。这一点,往往是引起了我写作的愤慨情绪的。①

这三类人物在《巴山夜雨》中都有形象生动的表现。

除人物之外,小说对山村环境的叙述也十分细腻丰沛。这可以与张恨水写这段生活经历的散文集《山窗小品》对照阅读,《山窗小品》是文言散文,记叙了重庆的山村风物和生活情致,其中《待漏斋》一段云:

屋漏正如人之疮疖溃疡,愈听之而漏愈大。今岁之春,不过数滴,无大风雨,或竟不滴。及暮春,渐变成十余滴。其间有一二巨溜,落地如豆大,丁然有声。数滴更注吾床,每阴雨,被褥辄沾湿不能卧。吾为一劳永逸计,则移床就屋之另一角,意苟安矣。入夏,暴风雨数数突然来,漏增且大,其下如注,于是屋角、案头、床前,无处不漏,亦无处不注。妇孺争以瓦器瓷盆接漏,则淙淙铮铮,一室之中,雅乐齐鸣。吾有草屋三椽,以二居家人,以一为吾佣书之所,天若有眼,佣书之室独不漏,故搁笔小歇,听此雅奏而哑然。山窗小品,即多以此乐助兴而成也。②

草房漏雨,这是张恨水住在重庆南温泉时常遭遇的事,《巴山夜雨》对此叙述得更加详尽且更有情味。

那茅草屋檐下的雨注,拉长了百十条白绳子,由上到下,牵扯着成了一片水帘。对面山上的草木,全让雨水压倒在地。山顶上的积雨,汇合在低洼的山沟里,变了无数条白龙,在山坡上翻腾不定,直奔到山脚下,一直奔到大山沟里来。这门口一条山涧,已集合了大部分的山洪,

---

① 张恨水:《写作生涯回忆》,张占国、魏守忠编:《张恨水研究资料》,天津人民出版社1986年版,第78页。

② 张恨水:《山窗小品及其它》,北岳文艺出版社1993年版,第21页。

卷着半涧黄水,由门前向前直奔。屋子前面就是山沟的悬崖,山洪由山上注到崖下,冲击出猛烈的"哄隆"之声。这屋子后面的山,也是向下流着水,直落到屋檐沟里。以致这屋子周围上下,全是猛烈的响声,这屋子在雨阵里面,好像都摇摇欲倒。

李太太坐在屋子中间,身上也飘了三两点雨点。她摇摇头道:"好大的暴风雨。已经是秋天了,还有这样的气候。究竟四川的天气,是有些特别。"李南泉道:"不如此,怎么叫巴山夜雨涨秋池呢?"李太太说着话,突然凝神起来,不说话了。偏着头,向屋子里听了一听,失声道:"别闹唐诗了。里面屋子里,恐怕闹得不像样了,你去看看,恐怕有好几处在漏雨。"李南泉奔到屋子里去看时,东西两只房角,都有像檐注一样的两条水漏,长牵着,向下直流。东面这注水,是落在里外相通的门口,仅仅是打湿了一片地。西面这注水,落在自己睡的小床铺上。所有被条褥子,全像受过水洗似的。他"呵呀"了一声,赶快把被褥扯了开去,然后找了个搪瓷面盆,在床头上放着。①

风景描写如果没有人情生活的投入,就不会有生命。在《巴山夜雨》中,风景处处和人情故事交织在一起,成了小说的主要叙事方式。

《巴山夜雨》并不像张恨水之前的小说那样,有着曲折动人的故事。因为小说记录的是作家张恨水在重庆的生活状态,日常生活的琐事琐闻就是主要的故事内容。对于一部六十万字的小说而言,缺少情节进展有些不可思议,但抗战生活的忧闷和日常生活的凡俗,又有多少"灰姑娘嫁王子"的传奇可言。小说叙述的主要有两个内容:一个是"躲警报",一个是夫妻纠纷。躲警报的生活,从第二章就开始了。雨天屋漏,晴天躲警报,这就是战时重庆的日常生活。躲警报在小说中不断被重复叙述,但每次躲警报的情形都不一样。有惊无险、随遇而安、轰炸惨象,几天几夜的防空洞生活,或者干脆不躲警报。小说第八章中的一段叙道:

这个地方躲警报,那完全是轻松的。除了听到飞机响声逼近,心里不免紧张一下,倒没有格外的痛苦。只是有家有室的,全成了野人,半

---

① 张恨水:《巴山夜雨》下,北岳文艺出版社1993年版,第821页。

夜归来,天亮就走。吃是冷饭,喝是冷水。家里的用具和细软,只是付之天命。炸弹中了,算是情理中事;炸弹不中,就算侥幸逃过。这样到了第五天晚上,李南泉踏着月亮,由洞子回来,见整幢草屋,静悄悄地蹲在山阴下,没有一点灯火,也没有人声。所有各家门户,全是倒锁着的,正是邻居们还在防空洞里未归。他所躲的地方,并没有情报,看这样子,想必还是在空袭情况中。所幸自己另带有一把钥匙,开了门。借着月光反映,在壶里找点冷开水,喝后端了一张凉板,放在廊沿上睡觉。①

这是躲警报的间歇。几天的躲警报生活让这个村子显得空空荡荡、了无生气。李南泉是这悄然而危险的情境中的无畏者,敌机来时,他常常一人拿本书走到山里去,不和大伙儿挤防空洞,或者干脆留在家里不走,就仿佛重庆时期的张恨水。张恨水把躲警报时的奔走情形、所见景物和时事感喟融合在一起写,虽然都是躲警报,但小说叙及的每次躲警报毫无重复之感,并总会意味不同。而现实永不会重复,张恨水只是用他的天才之笔记述了战时生活的现实。与新文学作家们写的躲警报故事相比,《巴山夜雨》可谓把大后方的躲警报写到了极致。

小说第五章记述了李南泉一天中躲警报的经历。每次敌机当头,找地方躲避,他总会遇到些许人事,仿佛成了这天破除不了的"魔咒"。其中一次遭遇的情形是这样的:

> 李南泉自言自语地笑道:"到底还是有同伴。"他这话音说得不低,早是惊动了那个人,伸出头来望着。看时,却是熟人,对门邻居石正山先生。他也穿了保护色的灰布长衫,抓着沟上的短草,爬了出来。笑道:"当飞机临头的时候,我听到哄咚一声,有东西摔下了沟。当时吓我一跳,原来是阁下。"李南泉道:"躲警报我向来不入洞,就在这一带山地徘徊。今天敌机来得真快,我还没出村子口,四架驱逐机就到了头上。刚才和一位绅粮谈话,耽误了路程,先躲到那边坎下,遇到一条大蛇……"他这段未曾交代完毕,沟里早有人哎呀一声,立刻再钻上一个人来。石正山笑着,将她牵起,正是他的义女小青……李南泉笑道:"我

---

① 张恨水:《巴山夜雨》上,北岳文艺出版社1993年版,第220页。

带的书丢了,再见。"他说着,离开他们,在庄稼地里找失物。将失物找到,抬头也就看不到此二人了。①

这次躲警报带出了小说故事涉及的另一个主要内容,即夫妻纠纷。夫妻纠纷从小说第一章就开始了。李南泉夫妇的日常口角之争成了生活的调味品,但他们可谓是其时其地最好的夫妻,周围邻居们的夫妻关系问题更多。不断争吵还是小事,层出不穷的"桃色新闻"是小说很费笔墨的所在。李南泉躲警报时遇到的石正山和其义女小青就属"桃色新闻"之一。

丈夫外遇,妻子吵闹,这是在命悬一线的抗战年代本不该发生却常常发生的事情,不是张恨水向壁虚构的杜撰。抗战了,生活却依然在继续。夫妻关系、男女之事,是社会上最平常也最复杂的问题。《巴山夜雨》跳出了张恨水惯常的恋爱罗曼史写法,把笔墨投注在凡俗的婚姻之上。婚姻不会因为抗战而改变男女相处之道。男女情事,也不会因为战争而变得单纯易懂。张恨水以几对夫妻矛盾来总领抗战生活是有他深沉的人生体验和思考的,在硝烟弥漫的战争岁月,相互依伴的夫妻之间的矛盾也许是最重大的人生事件。

从小说第一章开始,直到小说结尾,夫妻纠纷一直持续,没有解决。小说结尾又开始放警报了:"各家都有人站在屋檐下,听候二次警报,用耳代目,像死人似的等着。鸡犬无声,也不知到了什么时候。只觉得是长夜漫漫的,长夜漫漫的。"②在这部几乎没有情节进展的长篇小说里,张恨水充分铺写了蛰居大后方一角的人世面貌。"巴山夜雨"是一个形象的写照,借用小说中人物的话来说:"这首巴山夜雨的诗,不就是给我们写照吗?第一句就说着君问归期未有期。咱哪年回去?唉!"(第廿七章)对于不知战争何时结束的人们来说,"君问归期未有期,巴山夜雨涨秋池",李商隐的这句诗是他们生活的形象写实。这句诗,上半句写人物心境,下半句写巴山秋雨的景色,风景和人事互照,正是《巴山夜雨》这部小说的叙事特色。所以,情节在书中并不重要,重要的是一种人生境遇,战时别样的人生境遇。

完成《巴山夜雨》后,张恨水大病三年,之后重新练习拿笔写字,创作力

---

① 张恨水:《巴山夜雨》上,北岳文艺出版社 1993 年版,第 93—94 页。
② 张恨水:《巴山夜雨》上,北岳文艺出版社 1993 年版,第 844 页。

明显减弱。张伍说:"能标志他创作水平的最后一部书,就是《巴山夜雨》。说它重要,还不仅如此,因它是父亲有意在内容上和形式上进行一次新的探索和尝试,是他刻意对自己进行一次新的挑战。从书的内容、形式、文风,都和父亲所有的作品不同,可以说章回小说在这部书里完全是新的姿态出现在读者面前。这样一部重要的探索力作,最后的重要巅峰之作……"①《巴山夜雨》已不能被看成是一部通俗小说,它自然独特的文体、炉火纯青的叙事不仅是张恨水的"巅峰之作",也是抗战文学的"巅峰之作"。战争的罪恶和生存的磨难在这部小说里得到了最深沉的揭示。

---

① 张伍:《雪泥印痕:我的父亲张恨水》,团结出版社 2006 年版,第 233 页。

第九章　张恨水的《八十一梦》与《五子登科》

张　蕾

通俗小说家的写作不仅仅是为了读者的消遣娱乐和自己的煮字疗饥，也有一份责任感在内。不少通俗小说家在他们作品的序言或者小说开头部分都会说明写作目的。如韩邦庆在《海上花列传》的《例言》中说："此书为劝戒而作，其形容尽致处，如见其人，如闻其声。阅者深味其言，更返观风月场中，自当厌弃嫉恶之不暇矣。"①明确表达了写作的"劝戒"目的。平襟亚在《人海潮》的《楔子》部分谈道："心头蕴着无限酸辛，眼底阅尽万千骇怪，一时无可发泄，摸摸身畔，毛锥尚在，楮墨犹存，写出一部整整齐齐的小说来。这其间事实是真是假，聪明人自能索解。"②一是为了"发泄"心头的"无限酸辛"，二是为了"聪明人"，也即是读者，能够辨别是非，通俗小说家写作总有一定目的，这目的就是作为社会文化人的一份责任感。

不同通俗小说家写不同类型的小说，写作目的会有所不同，职责表现的侧重点也会不同，其中"匡世"是现代通俗小说家写作形成的一个传统。鲁迅在《中国小说史略》中说："其在小说，则揭发伏藏，显其弊恶，而丁时政，严加纠弹，或更扩充，并及风俗。虽命意在于匡世，似与讽刺小说同伦，而辞气浮露，笔无藏锋，甚且过甚其辞，以合时人嗜好，则其度量技术之相去亦远矣，故别谓之谴责小说。"③晚清小说在"匡世"方面也与《儒林外史》等小说是相承的，所谓"匡世"，就是"揭发伏藏，显其弊恶，而于时政，严加纠弹"的意思，目的是为了纠正时弊，挽救世道。晚清谴责小说于此形成了一个"匡世"传统，很大程度上影响到后来通俗小说家的创作，写社会小说的通俗作家基本都延续了这一传统。

---

① 韩邦庆：《海上花列传·例言》，人民文学出版社2006年版，第1页。
② 网蛛生（平襟亚笔名）：《人海潮》，上海古籍出版社1991年版，第1页。
③ 鲁迅：《中国小说史略》，上海古籍出版社2006年版，第205页。

作为现代社会言情小说大家,张恨水的作品很能表现出"匡世"的责任感。如果说张恨水20世纪二三十年代的小说主要在于反映社会世相的话,那么抗战以后的作品"严加纠弹"的一面则显得更为突出。这里以《八十一梦》和《五子登科》为例,谈谈通俗小说家如何通过他们的作品行使"匡世"的责任。

第一节 "寓言十九托之于梦"

张恨水《八十一梦》1939年12月1日至1941年4月25日连载于重庆《新民报》副刊《最后关头》,1942年3月重庆新民报社出版单行本。据考证:"这个初印本一上市,就呈畅销局面:仅1942年在重庆便印了四版——3月初版、5月再版、9月三版、12月四版。翻过年来,一年没有加印。1944年4月印了第五版。同时这个'新民报社十四梦本'《八十一梦》还在上海、南京等地被翻印,印数相当大,统计起来很困难,也无人统计。"延安也有翻印本。①可见《八十一梦》非常受欢迎。

张恨水于1938年1月来到重庆,加入在重庆复刊的《新民报》,主编副刊《最后关头》②,开始了他在大后方的抗战生活。张恨水为重庆《新民报》写的第一部小说是《疯狂》,这是一部失败之作,四十天后,《八十一梦》开始连载,大获成功,成了张恨水的代表作之一。《新民报》经理陈铭德为《八十一梦》单行本写了《序言》,盛赞这部小说:"《八十一梦》是恨水先生作品中一个新阶段。这个新阶段,冲破了旧时代旧小说之藩篱,展开了一个新局面。寓意之深远,含蓄之蕴藉,寄情之豪迈,每一个读者,必当和我一样,起了共鸣,起了同感。是抗战声中砭石,也是建国途上的南针。""恨水先生担负了他写作的责任,理想境界已达到极端圆熟之点。""只有恨水先生才能写得出《八十一梦》,只有《八十一梦》才是恨水先生杰作中的杰作。"③之所以说《八十一梦》是张恨水创作的"新阶段",不仅因为这是张恨水大后方生活成功创作的开始,也因为它"冲破了旧时代旧小说之藩篱",与张恨水之前的章回小

---

① 龚明德:《张恨水〈八十一梦〉版本略说》,《池州学院学报》2011年第1期。
② 1941年10月9日《最后关头》因言论激烈,不得不停办。张恨水于1941年12月1日开辟《上下古今谈》专栏,发表杂文,以古讽今,也引起很大反响。
③ 陈铭德:《序言》,张恨水:《八十一梦》,北岳文艺出版社1993年版,第3页。

说写作有明显不同,更凸现出张恨水"写作的责任",而且这种责任感达到了为人民呼吁的高度。

就小说构思而言,张恨水有一番说明:"在《疯狂》写得我无法完篇的时候,我觉得用平常的手法写小说,而又要替人民呼吁,那是不可能的事。因之,我使出了中国文人的老套,'寓言十九托之于梦'。这梦,也没有八十一个,我只写了十几个梦而已。"①"寓言十九"语出《庄子》,《庄子》中有写梦的故事,并且"中国的稗官家言,用梦来作书的,那就多了。人人皆知的《红楼梦》自不必说,像演义里的《布夷梦》《兰花梦》《海上繁华梦》《青楼梦》,院本里的《蝴蝶梦》《南柯梦》……太多太多,一时记不清,写不完"②,所以张恨水会说这是"中国文人的老套",但是把这种写法用于现代长篇小说,却是"冲破了旧时代旧小说之藩篱"的创新。小说共由十四个梦组成,还有一个"楔子"和"尾声"。这十四个梦就是十四个故事,独立成篇,中间用第一人称"我"串联,是"我"做了这些梦,经历了梦中之事,并把这些梦记录了下来。张恨水说:"既是梦,就不嫌荒唐,我就放开手来,将神仙鬼物,一齐写在书里。书中的主人翁,就是我。我做一个梦,写一个梦,各梦自成一段落,互不相涉,免了做社会小说那种硬性熔化许多故事于一炉的办法。这很偷巧,而看的人也很干脆的得一个印象。"③张恨水20世纪20年代创作的《春明外史》等小说,就是运用"熔化许多故事于一炉"的写法,较费功夫,而《八十一梦》自成段落的写法是很方便的,梦原本就荒唐无稽,梦与梦之间不必有多少关联性,以梦构成小说,这种方法既讨巧又有深意。

"寓言十九托之于梦",叙述梦中故事,写"神仙鬼物",是有寓意的。当时人都能看出这些梦的现实所指。因为不能直言,才会"托之于梦"。小说的寓意可以用小说连载过程中张恨水的一次遭遇来说明。"某君为此,接我到一个很好的居处,酒肉招待,劝了我一宿。最后,他问我是不是有意到贵州息烽一带,去休息两年?我笑着也就只好答应'算了'两个字。"④《八十一梦》引起国民党当局的很大注意,张恨水受到威胁要被关进息烽集中营,可以想见"寓言十九"所含之意。很多研究者都认为《八十一梦》只写了十四个梦,是因为国民党当局的威胁,张恨水只能收笔,张恨水自己也如此承认,但

---

① ③ ④　张恨水:《写作生涯回忆》,张占国、魏守忠编:《张恨水研究资料》,天津人民出版社1986年版,第74页。

②　张恨水:《八十一梦》,北岳文艺出版社1993年版,第279页。

就小说整体而言,这十四个梦已很能说明问题,批判讽刺的力度已很强烈,若果然写完八十一个荒唐无羁的故事,也许会像《西游记》的"九九八十一难"一样,难免令人产生雷同之感。张恨水是一个现实的作家,太多的梦境故事会让他难以驾驭。小说"尾声"说道:"八十一是九的一个积数,假如人生不能得到十全的事,得着九乘九的一个得数,也算个小结果,这正也足以自豪了。本来在中国社会上,老早就把八十一这个数目,当了一个不能再扩充结果的形容词。所以有这么一句话:'九九八十一,穷人没饭吃。'人生大事,莫过于吃饭,更莫过于穷人吃饭。九九八十一,既可以作穷人吃饭的形容词,正也可以作我那梦境中的形容词。读者若以为这话过于含混,那也就只好由他去了。"①"八十一"不是确数,而只是一个"形容词"。《八十一梦》讽刺批判国民政府,是为了"穷人吃饭"。抗战时期,有太多的人处于生死贫困、流离失所中,张恨水站在"穷人"立场,为他们写作,却又难以直言,于是就有了这样一部用来"匡世"的"奇书"。所以《八十一梦》的小说标题在张恨水的写作计划之初,并非表明一定要写出八十一个故事,而是一个有意味的形容词。十四个梦中故事足以让《八十一梦》成为一部好小说。

在小说叙写的第一个梦,标题为"第五梦"的《号外号外》中,主人公"我"租房子引出了抗战即将胜利的消息。在这个故事里,除了"我"贯穿始终外,其余人物都此起彼伏地出现,纷纷对这一振奋人心的消息作出不同反应。"我"边走边看,各色人等便在眼前不断出场与退场。因此小说无暇顾及人物性格,至多描画出了各种神态抑或"嘴脸"。而"我"也是一个模糊人物,能够确定的只是作为新闻记者的社会职业。这样的人物配置与结构方式存在于《八十一梦》的大多数故事里,一方面能够复现出梦境印象式的荒诞意味,另一方面也体现了张恨水叙述故事的方法。

"第五梦"是小说其他梦境的起始,在接下来的梦境故事里,小说揭示出金钱、道德等方面的沦落景象。其中金钱迷醉、钱可通神,是梦境故事的一个显在主题。在"第八梦"《生财有道》中,一个"财"字贯穿起除"我"以外所有人物的行动目的。无论是大学教授、已故亲戚,还是乞丐同乡、工人暴发户,都为"财"字兴奋不已。故事的指向很单一,整个梦境以"我"为视点射向那些为财而生的人们。他们的弃学从商、起死回生、投机钻营,无不显示出

---

① 张恨水:《八十一梦》,北岳文艺出版社1993年版,第278页。

金钱的魔力。人们被这一魔力笼罩住,陷入是非标准缺失的混沌之中,唯有"财"才是易于辨出的清晰之物,"我"不由自主地进入其中,想要把它看个究竟。单意向叙述很容易被阅读者接受,荒唐的梦境不能掩盖住一目了然的意向所指。

《忠实分子》和《生财有道》的意向所指完全一样。这个梦境里没有一个忠实分子,连那个光着身子的男孩也会撒谎偷钱。之后出场的人物是几个老头子,他们站在忠实新村门口要收修路费,结果被下面出场的人物——二三十个青年,逐出村外。这些青年又向人征收"入村税",明目张胆地要钱。老老少少,不同年龄段的三种人物依次出来张口要钱,"忠实"只成了施之于钱的讽喻行为。此梦的后半部分继续通过"我"在忠实新村的眼见耳闻来写囤积居奇、投机钻营、寡廉鲜耻的一班人物,最后用钱眼四方的"其道通天"四字作一总结。书中叙道:

> 这建筑也透着一点神秘,我不免向前看去。这轨道的起点,有铁铸的十二生肖:各有十余丈上下。左边一只虎头人,右边一只猪头人,各把蹄爪举起,共举了一个大铜钱。这钱有两亩地那么大,铜钱眼里,便是空中电车道。放了一辆车子在那里。就在这时,有两只哈巴狗几只翻毛鸡,踏上了车厢,车子便像放箭一般,直入云霄。我想着,这一群鸡犬要向哪里去呢?好了,那钱眼车站门告诉了我,原来那钱上将"顺治通宝"四个字改了,钱眼四方,各嵌一个大字,合起来是"其道通天"。①

小说对"金钱万能"的讽刺真正达到了淋漓尽致的程度。有了钱,鸡犬也能升天。《八十一梦》对金钱导致的人性堕落,用"虎头人""猪头人"这类人异化为动物的形象来表现。《狗头国之一瞥》就是明显一例。

在"第十梦"《狗头国之一瞥》中,人都长得狗模狗样,连咳嗽的声音也如同犬吠,并且都嗜财如命。中国民间经常对"狗"赋以贬义色彩,因此狗头国没有给"我"留下好印象,"我"几乎是恐惧地逃出这个梦中之国的。"我"的入梦颇有些了却夙愿的意味:小时候读了《山海经》,后来发现《镜花缘》居然也有类似写法,于是便敢于效法了。《八十一梦》的创作灵感不乏《镜花缘》

---

① 张恨水:《八十一梦》,北岳文艺出版社1993年版,第161页。

的影响,这是这部小说与中国传统文学的联系之一。

《我是孙悟空》和《在钟馗帐下》同样运用了中国传统的文学文化意象,对金钱作讽刺。《我是孙悟空》中的"我"借体于孙悟空的形象出现,于是这一梦境故事成了一则中国版的《变形记》。故事写孙悟空与通天老妖斗法力,其中一些细节颇具想象力,也有幽默感和趣味性,构成对《西游记》某种程度的戏仿。在这个斗法故事的后半部分,孙悟空费尽心机好不容易才逃脱通天老妖的手掌,老妖的通天本领暗示出黄金的无穷力量。《在钟馗帐下》沿袭的是张恨水在 20 世纪 20 年代的小说《新斩鬼传》的思路,《新斩鬼传》出自明清时期的小说《斩鬼传》与《何典》,《在钟馗帐下》的这一梦可谓得来不易。梦中故事的设置颇有些《聊斋志异》的味道,钟馗从"我"挂在墙上的画中"冉冉而下",请"我"去他帐下做秘书,于是从郁席赞到阿堵关再到浑谈国,"我"协助钟馗历经奇遇。"我"从一个文弱书生变成智勇双全的参谋,为钟馗的破关攻国立下不小功勋。这个故事一方面叙写了阿堵关和浑谈国里的人因为贪财无能或者只说不做而受到惩罚;另一方面表现出"我"因为协助有斩鬼能力的钟馗而获得了超乎想象的能力。这一梦境把金钱的魔力打破了,揭示出因贪财而丧国的危机。

对道德败坏的批判是梦境故事的另一主题。第"十五梦"《退回去了廿年》讲述了一个时间倒流的故事。"我"在那时是政府机关的办事员,因为拾金不昧被上司提拔,于是就得意忘形起来。这个梦境中的"我"与其他梦境相比,道德感不太纯粹。当处在下层位置时,"我"是道德的忠实坚守者,交还拾到的钻石戒指,可以很好地证明这一点。然而拾金不昧的举动无意间竟成了晋升的阶梯,以至于陷入同流合污的险境而招来先人的当头棒喝。这个故事是关于道德与职权关系的,两者之间的失衡现象早在二十年前即已存在。同样的主题重复出现在"我"的另一个梦中——《北平之冬》。《退回去了廿年》叙述的故事也发生在北京的冬天。时间、地点与主题故事的匹配,多少暗示出遥远记忆在梦境深处的不断复活。

《北平之冬》叙述的是发生在二十年前的北平冬天的故事,如果说《退回去了廿年》突出的是体制官僚,《北平之冬》则聚焦的是五四青年。五四时代的浓郁氛围,会友、作诗、集会、演讲、学生、杂志,还有风云人物的名姓,一一都标识出那个满怀青春理想的激进岁月,可是"我"的所见却与通常的五四想象有了裂隙。受过西学教育口不离英文的姚又平为了职位不惜折腰侍权贵,声称是徐志摩私淑弟子的胡诗雄不知谢灵运、鲍照是魏晋六朝人,义正辞严的慷慨呈辞者一见了摩登小姐便露出一副讨好作态……所有一切仿佛都在说明一点:五四新文化运动的光彩帷幕有可能遮蔽了一系列可耻行径。尽管在张恨水写作《八十一梦》的时候,不乏反思五四的创作,但是像《北平之冬》这样较为无情露骨的讽刺还不多见。

道德败坏莫如情欲泛滥。在"第六十四梦""追"中,青年男女除了为情欲相互追逐外,不做他事。小说对这帮男女的描述颇费心思,先是展览群体形象,通过外聚焦方式让他们自行演出,然后再具体叙述几对男女的情事。这个展览男女情事的故事通过月老牵引出来,月老本是富含传统文化内涵的人物,可他却为"我"导演了令人分外沮丧的现代男女故事。狗与指引者重复出现在这个梦里,狗变幻为那群青年男女,指引者梅小白则带我观看了这场男女相逐的演出。叙述者"我"的批判立场十分明显。

《八十一梦》对道德沦落的批判是与大后方的现实生活联系在一起的。《星期日》《天堂之游》《上下古今》几个梦,都充分揭露了现实生活的不堪与污浊。《星期日》叙述了抗战时期百无聊赖的人生状态,这显然与抗战的紧张局面相悖。《上下古今》以古鉴今,梦中的每一场景都采用对话体形式,历史人物的郁结成为现实中国破家亡的叹息。《天堂之游》的故事更富趣味性。"我"竟腾云上天邂逅了书里书外、古往今来的许多神怪圣贤人物。天街上的人物,多是兽头人身,或人头兽身,按照叙述者"我"的说法,这些都是"现出原形来"的人物。梦境对天堂的展示实则与人间的现实一般无二。小说叙道:

> 只见潘金莲脸色一变,在汽车里站立起来,这倒让我看清楚了,她穿了一套入时的巴黎新装,前露胸脯,后露脊梁,套着漏花白绸长衣,光了双腿,踏着草鞋式的皮鞋,开了车门,跳下车来。街心里停下车子下来,这是什么意思,我正疑惑着。潘金莲却直奔了站在路当中指挥交通的警察。我倒明白了,这或者是问路。可是不然,她伸出玉臂,向警察脸上,就是一个巴掌劈去,警察左腮猛可的被她一掌,打得脸向右一偏。这有些凑近她的左手,她索性抬起左手来,又给他右腮一巴掌。两耳巴之后,她也没有说一个字,板着脸扭转身来,就走上车去。那汽车夫正和她一样,并未把下车打警察的事,认为不寻常,开了车子就走了。我

看那警察摸摸脸腮,还是照样尽他的职守。①

天堂里仗势欺人的嚣张事并不稀罕。潘金莲打警察是有现实出典的,张伍对此说道:"明眼人一看就知指谁。父亲采用这种看似荒诞,其实却是现实写照的手法,把那些权要的嘴脸,淋漓尽致地勾勒出来,真是燃犀烛照,让他们原形毕露,无处躲藏,可谓嬉笑怒骂皆成文章!但是不少读者也知道《八十一梦》揭了不少权要的底,捅了马蜂窝,是个'娄子',都替父亲捏了一把汗。"②张恨水不畏权要的胆识,可见出战时中国作家的凛然正气。

对政治的态度,在《一场未完的戏》中也可约略看出。在这个梦境里,"我"在看戏,戏里演出的是一个家庭纷争故事。正太太和她的儿子们不容已死了母亲的庶出儿子,千方百计想把他赶出家门,以免和他们分家产。不少论者认为,这个梦影射了国共两党。台下看戏,这是当时普通人对待国共两党的态度,同情所向,不言而喻。

最后一梦《回到了南京》不但呼应了第一梦中的抗战胜利信息,而且进一步想象了抗战胜利以后的情形。陶飞红是这个故事中的显眼角色,她是秦淮河畔的歌女,却有着自己对于世道人心的看法。小说以她来结束梦境,可以代表叙述者批判现实的态度。

《八十一梦》以梦的形式来批判现实。张恨水也确实想以新的面貌出现在抗战文坛上,表明自己的先进立场。他说:"这书我不敢说是什么好作品,但在痛快两字上,当时是大家承认的。"③酝酿梦的形式也许颇费心思,可一旦着笔却发觉并不困难。以梦匡世,梦境的随心所欲让批判更加"痛快"。

以上我们介绍了《八十一梦》的主要情节,但应该进一步论证的是张恨水为什么觉得这部小说写得"痛快",写得解气。如果写一般社会的怠风,也不至于要威胁他到息烽去"休养休养"。当时重庆是抗战时期的所谓"陪都",社会风尚堕落到如此地步,与前线浴血抗战的战士的拼杀当然就形成了鲜明的对比。书中所写的金钱万能之类也只是富人的专利,只有他们可以为所欲为。一切怠风和情欲,都是他们为所欲为的产物。张恨水将这些

---

① 张恨水:《八十一梦》,北岳文艺出版社 1993 年版,第 109 页。
② 张伍:《雪泥印痕:我的父亲张恨水》,团结出版社 2006 年版,第 151 页。
③ 张恨水:《写作生涯回忆》,张占国、魏守忠:《张恨水研究资料》,天津人民出版社 1986 年版,第 73—74 页。

写成社会的普遍现状，不过是放"烟幕"而已，但是更应该看到的是他的小说中影射了若干炙手可热的权贵。例如"孔道通天"，此孔就是指蒋介石的连襟孔祥熙，即有"财神爷"之称的行政院长和财政部长。他曾扬言：趁手中有权的时候赶快弄。于是就借抗战之机，大发"国难财"。他和他的家属亦官亦商，利用千百万中国人在敌机的轰炸下，在九死一生的艰苦环境中筑成的滇缅公路这条战略要道——中国战略物资运送的通道和生命线，大搞走私、投机倒把活动，弄得美国人也开始留意孔家的不正常敛钱手法。当然他在太平洋战争之前，还可以通过香港用飞机私运重庆的紧缺物资。1944年，傅斯年在参政会上向行政院长孔祥熙发难，揭发其在发行美金公债过程中的贪污舞弊行为，孔才被免去财长的职位。1947年，他干脆赴美定居。美国联邦调查局也开始调查孔家，并对孔家实施秘密监视。因为美国总统杜鲁门一直对国民党贪官污吏将他们庞大的美援中饱私囊而愤愤不平。他常对其助手说："今天肯定有十亿美元的贷款在纽约，列入中国人的银行户头。"他关注的首当其冲当然就是孔家，而张恨水笔下的"潘金莲"就是讽刺孔祥熙的二女儿，无法无天的孔二小姐。宋美龄自己没有小孩，她最宠的就是这位孔二小姐。孔二小姐名孔令伟（又名孔令俊），她劣迹斑斑，例如，当时重庆晚上实行灯火管制，但即使有防空警报，她晚上出行时汽车照样开着大灯，肆意横行。警察阻止，她就耳光伺候。所以警察中每当有人发飙时，就有同伴会嘲笑他说："你当心碰到孔二姐。"有一次警察不知她是孔二小姐，对她训了几句，她拔出手枪，一枪就将警察打死，结果也只是赔些钱了事。张恨水在行文时放了"烟幕"，因为孔二小姐性喜男装，头发也是男子的西式头，张恨水写的却是一个穿时装的女子，这使孔二小姐也无可奈何，但老百姓看了是心知肚明的。以上不过是随便举两个例子，所以张恨水觉得这部小说写得"痛快"，他影射的人何止孔祥熙？老百姓看了当然也觉得解气过瘾！

第二节　"五子登科"的现实讽喻

《五子登科》1947年8月开始连载于北平《新民报》，是张恨水在战后重回北平后的一部作品，当时张恨水正担任北平《新民报》经理。解放战争激烈的时候，1947年3月，《新民报》在重庆、成都、南京的报社被封，5月，北平学生开始组织"反饥饿、反内战"游行,在这样的紧张局势下,北平《新民报》连载《五子登科》,充分表现出张恨水的反抗勇气和政治态度。应该说,能写《八十一梦》的作家,一定会写《五子登科》,这有其必然性,看不惯"陪都"的乌七八糟、有正义感的作家,会容忍胜利后,那批天上飞来的,地下钻出来的接收大员胡作非为吗?

"五子登科"的典故来自一则民间故事,讲的是五代人窦禹钧教子有方,五个儿子都登科及第。这是一个吉祥词汇,张恨水把它用作小说名,意思明显变调。小说有两处明确提到"五子登科"。一处是在第十七回:

> 刘伯同起身看看窗子外没有人,回身看看门外,也没有人,这才站在写字台边,轻轻说道:"对朋友热心,还有对亲戚热心吗?佟北湖早几个月在北平,当然是无路不通。到了现在,也还是无路不通。他说我们专员现在是五子登科。哪五子呢?就是房子、车子、金子,这底下我不必说了。他对这五路,都有点办法,可惜无门路可走。我听了这话,不免心中一动。什么几子,我不去谈它,这金子一项,我们专员正在那里大转脑筋,越多越好呢。小姐,这个时候,你又比我们强多了,是不是你可以进言呢?老佟正等我们的回信。"①

这里出现了两个人物,刘伯同和佟北湖。此二人在战时都在北平当汉奸,刘伯同颇通时事,赢得了接收大员金子原的好感,摇身变成了接收政府的重要成员。佟北湖是汉奸头目,抗战以后怕被治罪,又进身无门,托刘伯同在金子原跟前美言。刘伯同不敢直说,转托自己的妻妹杨露珠转达。杨露珠是金子原到北平后认识的第一位女性,刘伯同从中牵和,成了金子原的秘书,实则是情妇。"五子登科"的话是佟北湖说的,"房子、车子、金子"都是接收大员热衷的事情,所以"五子登科"的主语是金子原。佟北湖看穿了金子原的实质,想投其所好,以此进身。此处以汉奸来为重庆专员定性,是绝大的嘲讽。

第二处在小说第二十四回,结尾部分,金子原和杨露珠出逃前,两人有一段对话:

---

① 张恨水:《五子登科》,中国文联出版社2005年版,第171页。

金子原道:"好好的做官? 老实说,在重庆方面做官,可以说无官不贪。至于有的官不贪,那是没有找着路子罢了。"杨露珠叹一口长气,然后道:"人家说,这接收大员,是五子登科。是哪五子呢? 金子、房子……"金子原道:"现在没有工夫讲这些闲话。我去雇三轮,你在这里看守着。"杨露珠道:"你还等一会吧! 我们就这样走吗?"金子原也叹了口气道:"我也舍不得就这样离开这里,但是想到明天这时,逮捕的人来了,那我们是个什么样子呢? 这一走,我们是个双凤齐飞。催这双凤高飞的,就是这两通密电吧?"杨露珠听到明天有人来逮捕,也就不作声了。①

所谓"五子登科"其实就是金子、房子、车子、票子与女子。金子原哪一样不沾手呢? 可以说,他是五毒俱全。金子原在北平的作为在社会上的坏影响实在是太大了,在民愤下,国民党政府也不得不对他采取一点行动,以表示国民党的"清白"。为了逃避责罚,他决定和杨露珠逃之夭夭。杨露珠提到"五子登科"的话,被金子原打断。在金子原看来,他并不后悔自己的所作所为,因为"在重庆方面做官,可以说无官不贪",他来到北平,自然也"应该"是贪的。他不过将重庆方面官员的"贪"带到了沦陷区,而且是变本加厉。他将这个"贪"字直指重庆官员,也就是国民党官僚政府中的官,大家都是"一丘之貉",他不过做得太显眼了。作为重庆派往北平的接收大员,他就是北平当时的"土皇帝",为了自己的私欲,他放开手来,大捞一把。因此,老百姓将"接收大员"称为"劫收大员"或"劫搜大员"。沦陷区的老百姓如"大旱望云霓",盼望胜利后"自己人"的归来。有人说,他们本应该来"接收眼泪",听听老百姓对日寇的暴行和敌伪残害人民的控诉,他们本应该来"接收人心",他们是重庆政府到沦陷区的第一批代表,可是他们来接收的却是"五子登科",于是人们对国民党的看法一落千丈。不过我们倒要"感谢"像金子原这一大批"反面教员",由他们首先带来了一个信息,使全国老百姓知道了所谓领导全国抗战的国民党的原形。重庆离沦陷区较远,大家不知道国民党的真相。《八十一梦》中反映了一些,今天却是眼见为实了。再加上蒋介石返回南京后,倒行逆施,不努力改善人民的生活,反而发动内战,于是物价飞涨,人民生活极度困难,怨声载道,而蒋介石自以为有美国撑腰,有大批美

---

① 张恨水:《五子登科》,中国文联出版社2005年版,第248页。

援,有八百万配备了美国新式武器的军队,结果仅过了三年,这八百万蒋家军就溃不成军,大部灰飞烟灭。国民党失败,它开始受到全国人民的唾弃,"打头阵"的就是这批"劫搜大员"。由此可知,张恨水从《八十一梦》到《五子登科》,以文艺为武器,其作用是何等巨大。

《八十一梦》讽刺的是战时的重庆,包括重庆政府的腐败政治,《五子登科》以战时重庆培养的官员金子原为主人公,叙述了他在战后接收北平过程中的无耻行为,可以说,这两部小说的批判对象是一脉相承的。小说中的金子原常会提及他在重庆抗战期间的资历,联系《八十一梦》,就会明白这些重庆官员的资历是如何炼成的。《五子登科》第五回对"金子原"的名字有一个解释:"对,黄金的金。哈哈,对的,台甫是'原子弹'的'原子'两个字倒过来。"①这里是刘伯同在向佟北湖介绍金子原的名字,请佟北湖印名片。"黄金的金"讽喻着主人公的贪婪本色,"'原子弹'的'原子'"与日本战败及战争的残酷性联系在一起,讽喻主人公的贪婪建筑在战争的死亡和流血之上。"金子原"在战后的出场,就是一个令人堪忧的存在。《八十一梦》的最后一梦也写了抗战胜利后的情形,城市百废待兴,可大家关心的是如何钻营发财。张恨水在20世纪40年代初就有如此犀利的预见,十分了得。战后的黑暗被张恨水言中,《五子登科》是用现实的笔法揭露了现实。

张恨水没有在《五子登科》中明确交代是哪"五子",但小说故事已明白显示,除了"房子、车子、金子"以外,还有"女子、票子"。小说对金子原接收的这"五子"都详加叙述,把国民党要员贪婪无耻的行径暴露无遗。

关于"房子",金子原一到北平就被安排在一所奢华的住宅内,他后来以低价从房主手中买下这所住宅,得其所哉。小说第一回描述了金子原初进这所住宅的所见:

> 金专员进了正屋,很惊讶地观察着,只见正面紫檀雕花的琉璃屏风,光彩夺目。在这下面,是紫檀嵌罗钿的桌椅,上面铺着紫缎子的绣花椅垫和红绸绣花的桌围。桌子正中,紫檀雕花架子,托起了黄色彩龙的尺二大瓷盘,里面供着鲜艳的水果。他踏着尺来厚的大地毯,由刘伯同让上了正屋的左边,这里是三套大三件的绿绒沙发,围着玻璃砖的茶

---

① 张恨水:《五子登科》,中国文联出版社2005年版,第40页。

桌。在屋子角上，四只五彩瓷缸，也是用檀木架着，供了四盆大梅椿。沿花格大玻璃窗下，排列着四五尺宽的热气管。屋子里热气烘烘，犹如暮春，窗台上彩瓷盆的红白鲜花，在油油的绿叶子上，向新来的重庆客献着娇媚。鼻子里便觉得有一种清芬的气味，让人精神为之一振。同时他也觉得暖气熏蒸得扑脸，就解着纽扣脱下大衣。①

严冬时节，这所住宅满屋生春，暖气熏人醉，金子原住在此处，也就被熏醉了。他一边自己住豪宅，一边还在不断接收房子。在第十一回，金子原和杨露珠同行看房子，"金子原已经很便宜地买了一所住宅了，这时更感觉到在北平买房子是极不费力的事，而且买什么东西，也不是由重庆带来的钱，实在也无须怎样去吝惜，想了一下，便毫不经意地笑着对她说道：'你若是中意的话，这房子就给你留下吧。'说着话，又陪她在前院看过，然后到后院走走。"②接收房子就像是给自己物色房产一样，只要"中意"就可以"留下"。这是多么容易的事。

"车子"也一样。金子原不但自己有专车，还给杨露珠一辆。陈六帮他赚钱，他也准备给陈六一辆。公家的车几乎变成他的私有财产，多得可以赠送人情。在第十三回，金子原要送一辆车给陈六，手下办事的张丕诚开来二十多辆车请金子原挑选：

> 约莫过了十五分钟，张丕诚又进房来，向金子原鞠了个躬道："车子来了，请专座去看看。"金子原以为他是要自己过了目，再开去送陈六爷，办事倒很谨慎，于是就随着张丕诚到公馆大门口来。他站在门洞里，向胡同两头看去，不觉暗吃了一惊。原来在门洞左右，小座车和卡车一字排开，一辆跟着一辆，就有二十几辆之多。而且每辆车子旁边，都笔挺地站着一位司机……金子原看到这些汽车，心里倒是一动。原来，多少汽车是已在接收单上看过知道的，不过接收的东西太多了，大批的金条，大袋的珠子，还有十几粒钻石，敲敲算盘，已觉得是财富天外飞来了。只要不把这些东西记到账上去，已经够人醉醺醺的了。对于

---

① 张恨水：《五子登科》，中国文联出版社2005年版，第5页。
② 张恨水：《五子登科》，中国文联出版社2005年版，第106页。

这些大体积的汽车,就没有放在心上。因为这些东西,不能放在口袋里,也不能放在皮包里,所以他根本没有予以注意。这时看到许多汽车,心里想着,不要发别的财,就是把这批汽车据为己有,也是可以开两家汽车行的。他看到之后,心里一阵痛快,也不知道说什么是好,只管将两只巴掌互相搓着。张丕诚走到他身边,低声笑道:"这些汽车,都是以废铁的身份收进来的,公事上是没有的。"金子原听了,也微微一笑。①

金子原看到如此的汽车排场,有一段心理活动,张恨水描述得很入微。金条、珠子、钻石都是可以放在口袋里和皮包里的,汽车不能放,但是如果"据为己有",就可以开车行,同样发财。张丕诚的话无疑说到了金子原的心坎上,这批车没有登记,是可以"据为己有"的。这就是接收大员接收财物的秘密——那时的敌产没有登记到账簿中,接收大员不把财物入账,是可以随时转归己有的。

金子原把这些车子看成自家的,想给谁就给谁。坤角田宝珍就一语中的:"只要他一高兴,未尝不可送一辆汽车。"②(第八回)于是大家纷纷讨好金子原,这些讨好者没有真心,只想从金子原那里得到好处。陈六也讨好金子原,帮他赚钱,于是金子原送给陈六一辆汽车。小说中的"金子"和"票子"主要表现在金子原和陈六干的勾当上。小说第十二回叙述了他们两人密谋倒买倒卖国家金子的事。"陈六道:'专坐自己不回重庆么,也不要紧,只要你派一个亲信的人,到重庆去一趟也行。把金子出手了,把法币带回来。北平现在正是缺少着法币,法币到了北平,再买金子,准可以赚百分之五十。这比冻结不动如何?时间也不过飞机两个来回,是很快的。'"③因为北平和重庆的金价相差很大,所以陈六有了这个主意。金子原完全赞成,请他弟弟帮忙倒卖。第一次很成功,金子原发了很大一笔财。可第二次他弟弟带着金子去重庆,被查获了。金子原因此就不得不被查办,小说结尾处他只能和杨露珠携财逃亡,但逃亡的也只有金子原这个倒霉蛋,还有大量的各地"劫搜员"在大捞而特捞。

---

① 张恨水:《五子登科》,中国文联出版社 2005 年版,第 124—125 页。
② 张恨水:《五子登科》,中国文联出版社 2005 年版,第 75 页。
③ 张恨水:《五子登科》,中国文联出版社 2005 年版,第 117 页。

"女子"是小说着笔较多的所在。金子原一到北平就沾染了"酒色财气"四字,他对女子的喜好和追逐贯穿了小说的终始。他遇到的第一位女子是杨露珠,杨露珠主动接近金子原,成了他的贴身秘书,后来怀了身孕,成了准夫人。可惜金子原事败,她最终只能和金子原出逃,得不到"夫人"头衔。田宝珍是金子原结识的第二个女子,是个坤伶。张恨水的小说多有对坤伶故事的叙述。在《五子登科》中,田宝珍属于常见的一类坤伶,她们凭姿色博得捧客的喜好,从捧客那里谋得钱财。金子原和当时很多看客一样,看戏是为了捧角。他迷恋田宝珍,可田宝珍只想得到金子原的钱。最终因与金子原纠缠不过而逃离北平。金子原结识的第三个女子是陈六家的女仆杏子。杏子是日本下女,日本战败后留在了北平。金子原对杏子十分注意,陈六就投其所好,把杏子送给了金子原,于是杏子就成了金子原公馆里的下女。"日本下女"作为一个文化符号,是有特殊含义的。她不仅是仆人,也可以为主人提供肉体服务。小说中,金子原对待杏子就充满了色欲意味,同时这个滞留在中国的日本女人,是否是间谍,小说似有几分模糊猜测。金子原认识的第四个女子是刘素兰。刘素兰住的房子本是要被接收的,因为她是汉奸的女儿,但金子原见到刘素兰后,就不提接收房子的事了。小说第十一回叙道:

> 金子原现在贵为专员,手边有的是方便的钱,每小时所接触到的,都是顺心的事,正合了那句成语:"饱暖思淫欲。"如在平常,一个人看到了美丽女子,虽也不免多看她一眼,可是决不会因了这一看,就有什么企图。然而在金子原就不同了。这时他看到正屋出来的这位少年女子,朴素之中,又带了几分艳丽,觉得和平常接触的人物比起来,简直是耳目一新。①

不管是否是汉奸,这样清丽的女子又成了金子原追逐的对象。刘素兰对金子原心怀戒备,所以当她无奈地要和金子原同桌吃饭时,就另请了两位小姐作陪,一位叫陶花朝,一位叫李香絮,她们是金子原结识的另两位女子。陶花朝极力接近金子原,想从他那里得到好处。当舞女的身份被揭穿后,金子原对她也就疏远了。李香絮比较单纯,但也是汉奸家庭出生。金子原喜欢她,

---

① 张恨水:《五子登科》,中国文联出版社 2005 年版,第 106 页。

认作妹妹,也有图谋不轨的意思。小说第二十四回写金子原想以黄金笼络李香絮:

> 接着就看箱子里,果然金条一块一块地朝上叠着,叠得像黄色棍子一样。金子原道:"香絮,你这可看见了吧?——露珠,你拿一块,让香絮看看。"杨露珠将手往黄棍子上一摸,摸下一块十两重四方形的金条,往香絮身上一放。金子原道:"这就是金条了,这是北平出产的。这东西很沉,带起来讨厌。露珠,这块你收起,把小块的,也让她瞧瞧。"杨露珠也不作声,又把那块金条收起,在黄棍子里边,伸手摸了一块,又交给李香絮。她看时,是块长方形的东西,上面刻了字,注明是二两三钱六分。金子原道:"这是重庆出的东西,香絮,你觉得怎么样?"李香絮道:"这倒很好玩的。"说时,只管在灯光下手托着细看,她虽是得了不少的东西,总觉得没有这金子更为动人。比如说一件狐皮大衣,这要论起价钱来,比这一小块金子,还要贵些,但是她觉得这金子更好玩。金子原笑道:"既是很爱玩,这块金子就送给你吧。"李香絮手心托着金子,说道:"这是公家的东西,你要负看守的责任啦。"金子原坐起来了,笑道:"我说送给你,真的送给你。至于对公家,那我自有办法。"李香絮笑着站起来点点头道:"那我真谢谢你了。"①

"金子""女子"在此处混同在一起,李香絮不知不觉陷入了金子原的魔爪。这种情形可以用田宝珍的话来概括:"我和他谈过,什么东西都接收,什么东西都估计一个价值出来。只有人心这样东西,是无价之宝,可别忘了接收。他这样做也许是接收人心吧?"②(第十四回)但是金钱终究买不了人心。这些女子对金子原都无真心可言。杨露珠是这些女子中最被着力叙写的一位。面对金子原的好色,她的心理、言行被描述得曲折多彩,极为生动。张恨水擅长写社会言情小说,在暴露弊端的匡世之作中加入"言情"成分,不但是作者得心应手的,也使小说更添了讲述"人心"的力度。

对《五子登科》还应强调的是小说故事发生的时间。抗战刚结束,北平

---

① 张恨水:《五子登科》,中国文联出版社2005年版,第240页。
② 张恨水:《五子登科》,上海文化出版社1957年版,第149页。

城被殖民的气息还未完全消退,有日本人,有汉奸。在金子原周围的刘伯同、张丕诚、佟北湖,还有杨露珠、刘素兰、李香絮等人实则都是沦陷期间的汉奸。他们在战后摇身一变,投靠接收大员金子原,金子原也不追究他们的身份,只要能满足自己的贪欲,他便乐于结交。小说第二十二回有几句话写得很是嘲讽:"一番喜气,充满了客厅。当时金子原也忘了他是个接收专员,这些送礼道贺的人,有几个也忘了自己是汉奸。他们就痛快地玩笑一番。这个日子,是很容易混过的。"①政府官员和汉奸混迹一处,以"玩笑"行世,"忘了"身份,可谓无耻之极。更有甚者,只要博得接收大员的欢心,他也可以将汉奸变成是"地下钻出来"的地下工作者。张恨水把小说故事安放在这样一个特殊的历史节点上,能更形象地把国民党官员的丑态以及国民政府的腐败揭露得淋漓尽致。

第三节 "匡世"的两种方法:暴露与讽刺

《八十一梦》和《五子登科》是张恨水的两部匡世之作,都显示出"揭发伏藏,显其弊恶,而于时政,严加纠弹"的社会责任。这两部小说的写作传统可以上溯到《儒林外史》和晚清小说。袁进说,张恨水的"揭露性作品基本上走的是晚清《官场现形记》《二十年目睹之怪现状》的路子……尤其是《八十一梦》《牛马走》《第二条路》,在写法上又颇接近20世纪20年代的《春明外史》《新斩鬼传》的人像展览,看起来仿佛是一种复归"②。《八十一梦》《五子登科》与晚清谴责小说是一脉相承的,而张恨水在20世纪20年代创作的《春明外史》等社会小说也是晚清谴责小说的一路,所以"匡世"的责任感贯穿于张恨水的创作中,只不过到了40年代因战乱而更加显露。

张恨水说:"吾乃有以取材于《儒林外史》与《西游》《封神》之间矣。此《八十一梦》所由作也。"③明示了《八十一梦》在故事构想与写作方法上与《儒林外史》等小说有承袭关系。张恨水在《八十一梦》的"尾声"中说道:"也有人送我一顶高帽子,说我是《二十年目睹之怪现状》《官场现形记》一类的作风。夫我佛山人与南亭亭长,古之伤心人也。他们之那样写法,除了那个

---

① 张恨水:《五子登科》,中国文联出版社2005年版,第225页。
② 袁进:《张恨水评传》,南京大学出版社2012年版,第260页。
③ 张恨水:《八十一梦·自序》,北岳文艺出版社1993年版,第2页。

时代的反映而外,也许有点取瑟而歌之意,可是我人微言轻,决不作此想,纵有此意,也是白费劲。作长沙痛哭之人多矣,那文章华国的责任,会临到了我?"①虽然张恨水在辩解,但《八十一梦》与晚清谴责小说《官场现形记》《二十年目睹之怪现状》之间的关系是显然的。"长沙痛哭""文章华国"也许形容过度,但忿忿不平之气在小说的字里行间可以流露出来,这也就是小说家的责任。

《八十一梦》受先前小说的影响是比较明显的,因为在小说叙事过程中,常会提到《儒林外史》《西游记》《镜花缘》等作品。《五子登科》是一部现实题材的小说,不会在叙事过程中对其他作品多发议论。在《五子登科》中出现的传统小说只有《红楼梦》。主人公读《红楼梦》是为了消遣,为何只读《红楼梦》,可能是作家张恨水最喜爱这部小说吧。《红楼梦》出现在《五子登科》中,是有些不称的,但《红楼梦》对情爱的叙述,对卑污不平之事的揭露,未尝不启示了张恨水的写作。《五子登科》以政府官员为主人公,可以说直接从晚清《官场现形记》等小说而来,把腐败政府官员的丑态暴露得淋漓尽致。

《官场现形记》等晚清小说继承了《儒林外史》的讽刺传统,都是用来"匡世"的。受到《官场现形记》《儒林外史》影响的《八十一梦》和《五子登科》也用讽刺的方法实现"匡世"的目的。正如鲁迅区分晚清小说和《儒林外史》,分别用"谴责"和"讽刺"来命名一样,《八十一梦》和《五子登科》因具体表现手法不同,也可以分别用"讽刺"和"暴露"来形容。

多数学者认为《八十一梦》是一部"讽刺小说"。正如有论者道:"《八十一梦》是一部社会讽刺小说。讽刺小说总是以人物的描写来表现作品的主题,《八十一梦》也不例外。《八十一梦》中的讽刺对象,包括了'乌烟瘴气'的重庆社会的各阶层人物,上至达官显贵,下至无耻商人,还有洋奴、暴发户、社会蛀虫等等,他们的共同特征是寡廉鲜耻,这些人物构成了重庆社会丑陋、畸形生活的活画图。"②《五子登科》则被认为是一部"暴露小说"。"此书为暴露小说之佳作。发表之后,立即引起很大的轰动。由于它揭露了国民党统治的腐朽,描写了旧社会官员的丑态,该书在1957年得以再次公开出版发行,成了张恨水的有名的作品之一。"③"暴露"和"讽刺"各有所长,代表

---

① 张恨水:《八十一梦》,北岳文艺出版社1993年版,第279页。
② 高建平:《张恨水的生活和创作》,文津出版社2002年版,第189页。
③ 杨义编:《张恨水名作欣赏》,中国和平出版社2002年版,第504—505页。

了20世纪40年代中国文学创作的现代化实践。张恨水的这两部作品都可以归入20世纪40年代"暴露与讽刺"的文学创作潮流。

20世纪40年代关于"暴露与讽刺"的论争,是由国统区张天翼的小说《华威先生》引起的。"这场论争,揭露了国民党的黑暗统治,促进了抗战文艺运动和抗战文艺创作的发展,为1942年9月以后进步文艺界批判国民党'文艺政策'的斗争作了思想准备和理论准备。"[①]"暴露与讽刺"指向的是国民党统治的黑暗,身处40年代国统区的张恨水,当然会对"暴露与讽刺"论争有所动。"讽刺、暴露文学作者,一般都具有强烈的社会参与意识。作者审美情趣向社会功利方向的归依,他们在政治上主动地、自觉地以作品促进社会变革的动机,对他们的作品带来的优长与局限,有时竟难解难分地杂糅在一起。"[②]《八十一梦》作为张恨水创作"新阶段""新局面"的开始,即是与他的"社会参与意识"联系在一起的。1938年,"中华全国文艺界抗敌协会"成立,张恨水任理事。一直被新文学排斥的张恨水,此时和新文学家站在一起共同抗战,无疑更增强了张恨水的责任感。"在政治上主动地、自觉地以作品促进社会变革"成了包括张恨水在内的进步作家的创作意念。

《八十一梦》和《五子登科》是国统区文艺界积极抗战的产物。虽然《五子登科》写于战后,但"暴露与讽刺"论争很大程度上引导了张恨水20世纪40年代以后的创作路向。何谓"暴露与讽刺"? 茅盾在《暴露与讽刺》一文中作了解释:

> 暴露的对象应该是贪污土劣,以及隐藏在各式各样伪装下的汉奸——民族的罪人。我们要用艺术的手腕描画出他们的面目行径,使得他们在广大民众前无可遁形,使得广大的民众能够在种种暗角里抓住他们来示众! 一个作家写他的暴露的对象时,应当是烈火似的憎恨!
> 讽刺的对象应该是一些醉生梦死、冥顽麻木的富豪、公子、小姐,一些"风头主义"的"救国专家",报销主义的"抗战官","做戏主义"的公务员……讽刺的笔尖挑开了他们生活的内幕,刺激起他们久已麻痹了的羞耻的感觉,使得民众对于那些天天见惯了因而不觉其怪的糜烂泄沓

[①] 苏光文:《"暴露与讽刺仍旧需要"——关于〈华威先生〉所引起的论争》,重庆地区中国抗战文艺研究会等编:《国统区抗战文艺研究论文集》,重庆出版社1984年版,第280页。

[②] 刘增杰:《战火中的缪斯》,河南人民出版社1992年版,第123页。

的生活,有了警觉与厌恶。讽刺作者的笔触是冷峭的,但他的心是热的,他是希望今日被他讽刺的对象明日会变成被他赞扬的对象。①

茅盾把暴露小说的叙写对象概括为"贪污土劣"和"汉奸",这很切合《五子登科》的故事人物。贪污官员和汉奸的混迹荒唐,正是小说暴露的主要内容。讽刺小说的叙写对象,茅盾认为是"富豪、公子、小姐""'风头主义'的'救国专家',报销主义的'抗战官','做戏主义'的公务员"等等,这些人物在《八十一梦》中也可以找到对应。所以张恨水的这两部小说与时代联系紧密,它们分别在"讽刺"和"暴露"两方面行使了"匡世"的目的。

张恨水在《八十一梦》的"尾声"部分,明确谈论了小说的"讽刺"手法:

> 不过当我这些残梦的故事,在报上发表的时候,有些认得我的人常在背后指着我说,这人终日的在做梦。这一句话,虽是事实,也许有点讽刺的意味。在前一说呢,我不否认,在后一说呢?我觉得讽刺我倒有可考虑。大家仔细想想,谁不在做梦?谁是清清楚楚地站在梦外?若大家都不否认身在梦中,我便落入梦圈子里,这也不是一件可资讽刺的事吧?②

此处,张恨水把"做梦"和"讽刺"放在一起谈论,他在构思《八十一梦》时,便以"梦"作"讽刺"的外壳。"谁不在做梦?谁是清清楚楚地站在梦外?"人生若梦,而战时的重庆,更充斥着醉生梦死的生活。面对现实,《八十一梦》以梦写实,讽刺自在其中。

《天堂之游》和《我是孙悟空》两篇是《八十一梦》中比较突出的两个梦。张恨水说:"大概书里的《天堂之游》《我是孙悟空》几篇,最能引起读者的共鸣。书里我写着一个豪门,有一条路可通半空,给它添上个横额,'孔道通天'。朋友都说,这太明显了。"③《天堂之游》和《我是孙悟空》之所以"最能引起读者的共鸣",是因为读者对故事人物很熟悉。孙悟空、猪八戒、哪吒、

---

① 茅盾:《暴露与讽刺》,《文艺阵地》第1卷第12期,1938年10月。
② 张恨水:《八十一梦》,北岳文艺出版社1993年版,第279页。
③ 张恨水:《写作生涯回忆》,张占国、魏守忠编:《张恨水研究资料》,天津人民出版社1986年版,第74页。

牛魔王、吃人妖怪等等《西游记》中的角色给人留下了深刻印象。《天堂之游》和《我是孙悟空》借用《西游记》里的人物,讲述了寓意"太明显"的故事,即"孔道通天",金钱和权力在世上横行无忌,由此达到讽刺效果。

《天堂之游》的开头就提到了《西游记》:"我想起来,仿佛八九岁的时候,瞒着先生看《西游记》,我学会了驾云,多年没有使用这道术,现在竟是不招自来了。"①于是"我"驾云到了天堂,遇见的第一个人物是当督办的猪八戒。猪八戒和我商量走私货物的事,和"我"谈论他的几位夫人,并很容易地给"我"一个顾问头衔,使"我"可以在天堂随意参观。这种对权和钱的讽刺已经展露无遗。接着"我"遇见了各式各样古往今来、真实虚幻的人物,有伯夷、叔齐、子路、孔明、墨子、李师师、西门庆、潘金莲、济颠和尚、牛魔王、红孩儿、龙女、郝三等等,他们的陆续出现,是对现实人物世相的讽刺。其中潘金莲打警察的故事"当时在重庆读者中引起轰动,原因是正影射了当时现实中孔祥熙的二女儿因驾车冲红灯,被交通警察拦下,她就愤而打警察的事件"。②所以"孔道通天"也有对官僚家族的讽刺。张伍回忆道:"陈独秀先生当时住在江津,他是安徽怀宁人,和我家是邻县,可说是小同乡,所以和父亲常有往来,他看了《八十一梦》后,担心地说:张恨水骂别人不要紧,骂了三尊菩萨,恐怕要惹麻烦!"③张恨水讽刺笔法的犀利可以想见。

小说中济颠和尚对潘金莲打警察的事件评价道:"你不知道西门大官人有钱吗?她丈夫现在是十家大银行的董事与行长,独资或合资开了一百二十家公司。""我道:'便是有钱,难道天上的金科玉律也可以不管。'宝志道:'亏你还是个文人,连"钱上十万可以通神"的这句话都不知道。'"④天堂和人间是一样的,"钱上十万可以通神",天堂早因此沦落。《我是孙悟空》把"钱上十万可以通神"这句话演绎得更为彻底。在这个梦里"我"化身成为孙悟空,先和金面、银面、铜面三个妖怪斗法,三妖用金银铜气炼成的雾把孙悟空困住,伯夷、叔齐送来薇蕨,化解雾阵。此处,用清廉抵制金钱,这个意思十分明显。接下来是三妖败走,引来通天老妖。孙悟空请天神帮忙,但天神们奈何通天老妖不得,劝孙悟空收手。孙悟空只能独斗老妖。他和老妖有

---

① 张恨水:《天堂之游》,《八十一梦》,北岳文艺出版社1993年版,第97页。
② 高建平:《张恨水的生活和创作》,文津出版社2002年版,第190页。
③ 张伍:《雪泥印痕:我的父亲张恨水》,团结出版社2006年版,第151页。
④ 张恨水:《八十一梦》,北岳文艺出版社1993年版,第110页。

一段对话:"'孙猴,你还有什么本领?'我道:'我有一股天地正气。'老妖哈哈笑道:'正气卖多少钱一斤?你那点本领,在我这里吹什么正气,便是你救星观士音也比我差之千倍。'"①孙悟空大战通天老妖,最终败北,正气敌不过黄金。小说写道:"我回头看来,有一只无可比拟的大手向地面缩了去。那手上,每个手指上,套有黄金白金赤金钻石宝石的戒指。"孙悟空抵抗不过这只手。很明显,"钱上十万可以通神"是对现实的讽刺。孙悟空本领再大也战胜不了这样的现实。张恨水只能通过"梦"的形式来匡世,是否能改变,就不是小说家的职责了。

　　如果说"讽刺"可以在嬉笑怒骂、不着边际的游笔中实现,那么"暴露"则需要直指现实。作为一部现实主义的小说,《五子登科》对现实的暴露是不遗余力的。房子、车子、金子、票子、女子都围绕接收大员而来,他来者不拒,多多益善,贪婪腐化的行径在张恨水的笔下得到生动演绎。张恨水是一位热衷描写现实的小说家。他曾说:"小说有两个境界,一种是叙述人生,一种是幻想人生,大概我的写作,总是取径于叙述人生的。固然,幻想人生,也不一定就是超现实。""但写社会小说,偏重幻想,就会让人不相信,尤其是写眼前的社会。"②《五子登科》属于社会小说,"叙述人生"与"暴露现实"只是一步之遥。前者可以不带主观立场,如《春明外史》《啼笑因缘》,故事展现了人生的多种可能性。后者则需要明显的批判意识,也就是要行使"匡世"的职责。20世纪40年代以后的张恨水,无论是情感阅历还是思想倾向,都有更沉稳而积极的表现,这为他后来的人生轨迹奠定了基础。就《五子登科》而言,张恨水暴露现实的笔力酣畅淋漓,批判的立场也分外明显。小说结尾一段道:

> 这日,是月圆之夜,下午七点钟的时候,月亮照着屋子,内外通明。刘伯同、张丕诚两个人,早已嘻嘻哈哈地上街去了。李香絮还等着杨露珠的电话。刘素兰呢,却也在等着金子原定好吃饭的地方。还有陶花朝三天没有金子原的消息,也打了电话来问,这回是杏子接的电话,说专员同杨小姐都不在家。这里的一切还像昨夜一样。而且月亮分外

---

① 张恨水:《八十一梦》,北岳文艺出版社1993年版,第223页。
② 张恨水:《写作生涯回忆》,张占国、魏守忠编:《张恨水研究资料》,天津人民出版社1986年版,第40页。

圆,分外明。但是一点声音都没有了,房子四周只是静沉沉的,像是坟墓一样。①

小说主人公金子原和杨露珠潜逃,剩下的人物还不知所以。结尾一句中"坟墓"的比喻不是随意写就的,它不仅用来比喻那幢昔日穷奢极侈的房子的安静,也指那种穷奢极侈的腐朽时代终将结束,终将被埋葬。

可以用杨露珠对金子原说的话作一个总结:"我跟你一跑,一面是做了一个大梦,一面又留下了一场笑话。"(第二十四回)作为一部现实主义的小说,也把现实发生的一切比喻为一场梦,这和《八十一梦》"尾声"说的"谁不在做梦?谁是清清楚楚地站在梦外?"可以互照来读。如果沉醉不醒、醉生梦死,终究会成为"一场笑话"。这是小说在醒世,也是其匡世功能的实现。

---

① 张恨水:《五子登科》,中国文联出版社2005年版,第248—249页。

第十章　通俗作家的"强国梦"为何难圆？

张　蕾　范伯群

"何为中国梦？'实现全面建成小康社会、建成富强民主文明和谐的社会主义现代化国家的奋斗目标,实现中华民族伟大复兴的中国梦,就是要实现国家富强、民族振兴、人民幸福,既深深体现了中国人的理想,也深深反映了我们先人们不懈追求进步的光荣传统。'实现中华民族伟大复兴的'中国梦',是随着第一次鸦片战争打碎的'天朝梦'产生的。'中国梦'包括了'民族独立和人民解放'之梦和'国家繁荣富强和人民共同富裕'之梦。"①自从1840年鸦片战争以来,爱国的中国人心中,都有自己的强国梦。中国通俗小说里的"中国梦"也同样体现出对民族独立、人民解放和国家富强、人民富裕的追求,其中对鸦片危害、洪宪帝制、军阀混战、民生凋敝的种种叙述,尽管显示出"噩梦"般的梦魇、愤懑、哀伤和幽怨,但同时也倾吐着他们对"美好的强国梦"的渴望。

以晚清民国通俗小说对"梦"的叙事而言,大致可分为三类。第一类"梦"是以"梦"来结构小说的,即小说的主要内容是梦中故事。第二类"梦"只是小说故事的一部分,但有时可成为小说意义的隐喻。这类写梦的小说占多数。第三类"梦"被作者用来作为小说的题目,但小说不是写梦,而是讲述现实的故事,题目中的"梦"包含着作者的感喟。这三类"梦"也有相互交织的情况。例如,小说题目中有"梦",整部或整篇小说就是关于"梦"的叙事,但就结构而言,这种情况依然可以归入第一种类型。

通俗小说关于"梦"的叙事,较为集中地出现在晚清时期,这是现代中国人探寻民族国家独立富强之路的开始。晚清小说所述之"梦",既可以作为感时忧国的心理投射,也可以作为希冀未来的美好想象。与古代作品中的

---

①　谢春：《〈在延安文艺座谈会上的讲话〉与"中国梦"的实践》,《文化建设》2013年第5期。

《南柯太守传》《枕中记》《秦梦记》等相比,现代作家写"梦",不是为了画饼充饥地去实现个人的功名富贵,而包含着更多的家国情怀。无法言说的现实和恣肆纵横的畅想,都可以通过"梦"来实现。现代通俗小说关于"梦"的叙事可以成为现代中国人构筑"中国梦"的可寻之据。

第一节 "新中国"之梦

以"梦"来结构小说的作品,小说的主体部分是梦中故事。这类作品,晚清有《新年梦》(1904年)、《乌托邦游记》(1906年)、《痴人梦》(1910—1911年)、《新中国》(1910年)等等,民国以后有剑秋的《五月九日六句钟》(1915年)、周瘦鹃的《新年好梦》(1922年)、张恨水的《八十一梦》(1939—1941年)等等。

在这类写梦的小说中,张恨水的《八十一梦》是比较特殊的一部。小说上天入地、博古通今地记叙了十四个梦境里的故事。张恨水自述道:"既是梦,就不嫌荒唐,我就放开手来,将神仙鬼物,一齐写在书里。"①《八十一梦》是出于张恨水对战时国统区的不满而作的,带有一定的政治意味。小说的荒诞作风和现实讽刺联系在一起,正如小说"尾声"部分所说,"我是现代人,我做的是现代人所能做的梦"②,表明《八十一梦》是用一种现代手法来描写现实。

小说中人在做梦,小说叙写的纷扰现实就如同一场梦,小说本身就是作家的"白日梦"。对于现代通俗小说而言,寄予美好憧憬的"中国梦"存在于被铺张叙述的现实背后。现实的残败凋零、乌烟瘴气与奋力挣扎都成为现代"中国梦"滋养的土壤和必经的路途。《乌托邦游记》《痴人梦》《五月九日六句钟》等就属于这类作品,但在以"梦"结构小说的这类作品中,更多的是通过梦境来勾画中国未来的美好图景。这种构思可以追溯至1902年刊于《新小说》杂志上的《新中国未来记》。小说仅写了五回,未完,却清晰摹绘出作者梁启超对于未来中国富强的构想。第一回开首即写"中国全国人民举行维新五十年大祝典"的情形。各国领袖齐聚南京,前来祝贺。上海开办大

---

① 张恨水:《我的创作和生活》,魏绍昌编:《鸳鸯蝴蝶派研究资料》上,上海文艺出版社1984年版,第262页。
② 张恨水:《八十一梦》,北岳文艺出版社1993年版,第279页。

博览会,孔老先生讲演《中国近六十年史》。小说主体故事就是《中国近六十年史》的内容。演说内容追溯到六十年前,主人公黄克强和李去病开始他们救国之路的探寻。小说总体用了倒叙结构,而就梁启超的创作时间来看,第一回和第二回又是明显的预叙。"这部小说一个重要价值是对国家未来的一种想象性的建构,是晚清众多知识分子对未来国家的一种集体性想象的投影,是对国家向现代转型的热切期望,它提供了晚清最初'中国梦'的模式,表明了晚清社会精英对于中国社会历史走向的一种选择。"①

《新中国未来记》是现代中国小说憧憬未来的开始,后来的《新年梦》《新中国》等几乎用整篇或整部小说来描画未来中国的图景,比《新中国未来记》要详尽细致得多。《新年梦》的作者蔡元培借小说发表他的救国和治国理想,《新年梦》和《新中国未来记》一样,可以归于"政治小说"的门类。在小说开端部分,蔡元培塑造了富有学识、游历广博的"中国一民"形象。正逢日俄开战,中国人却对之毫不理会,甚至无动于衷,忙着过新年。"中国一民"对此情形十分沮丧,于是入梦。梦中他走进一个大会场,大家讨论建国构想。小说详细列出了一些条例章程,以明示建国举措。如"恢复东三省""消灭各国的势力范围""撤去租界"等等,反帝反封建与民族独立的愿望表达得十分强烈。散会之后,国家从此变得如构想般强大。于是成立了一个"万国公法裁判所",解决国际问题。再后来,"因为人类没有互相争斗的事了,大家协力地同自然争,要叫雨晴寒暑都听人类指使,更要排驳空气,到星球上去殖民,这才是地球上人类竞争心的归宿呢"。这个梦想真是太长远、太美妙。至此,"中国一民"一梦醒来,依然在现实的"黑暗世界"里。

这个梦既是政治理想的表述,也是对现实世界的翻转。正是因为个人对现实的无力感,才会通过梦来取得心理满足和安慰。周瘦鹃发表于《礼拜六》杂志上的《新年好梦》就是出于这样的写作诉求。小说运用第一人称,在开篇就陈述了"梦"的种种好处。

  世界中最美满的境界,要算得是梦境了。世外桃源、天台仙境,不过是古时诗人文士笔尖上的狡狯,写得神气活现,怎样怎样的美满,其

---

① 高鸿:《探寻晚清的"中国梦"——晚清政治小说〈新中国未来记〉的法律想象和审美价值》,《学海》2013 年第 5 期。

实架着一座空中楼阁,谁也不能前去。我以为最美满不过的,总要让梦境坐第一把交椅。何况这梦境比了世界上无论哪一个共和国文明国都好,随处带着大谟克先拉西主义的色彩,他随时开放,不管穷人富人,都许进去,不用护照,不必通行证,尽着大家自由自在地游行。梦中虽也有不快的事,然而在下林梦生却常在梦境中逍遥自在,从没有感受过一丝不快……因此我每天倘遇了不如意事,心头纳闷,总得倒头便睡,飞一般逃到梦境中去,享受那不可思议的种种幸福。我幸亏有了这种调剂,虽在世上迷离颠倒,挨受无限的苦痛,还不致走上自杀的路去。①

对"我"而言,做梦是逃离现实痛苦的最好方法。在梦境中可以得到现实人生得不到的幸福。梦境成了现实种种缺憾的补偿。如果小说就此写下去,可能会成为一篇关于梦的哲理性的作品,但周瘦鹃没有这样做。在这个富有哲理性的开头之后,小说叙述了一个政治性的故事。"我"做了一个好梦,在梦中"我"成了总统。"我"治国有方,国家变得富裕强盛了。小说列述了六天中国家发生的变化。第一天处理贪官污吏,第二天整顿军权兵力,第三天施行教育,第四天建工厂修铁路,第五天夺回列强在中国取得的所有权利,第六天中国成了世界上最强大的国家,世界各国都听命于我。"但这毕竟是天真而无力的幻想,纯属梦呓。渴求政治清明的盛情可感,但写这样的文章实际是承认无力扶正乾坤。爱国热情可嘉,但强国的目的又是为了去侵略他人。这是一种弱国子民的狭隘的复仇心理。"②梦境成了"天真而无力的幻想",小说的后半部分也因此给人一种"天真而无力"的感觉。

晚清以来中国人做的"好梦"在一定程度上是"天真而无力"的,现实的残破痛苦,只有通过"好梦"得到些许弥补。无论是《新年梦》还是《新年好梦》,都希望通过一系列举措,使中国有一个新的开始。一系列举措的详细列举,是政见的表达,但对于充满幻想的作者而言不免显得"天真而无力"。这一弱点在陆士谔的小说《新中国》里得到了避免。

《新中国》也是一部第一人称小说。主人公陆云翔入梦之后,世界已经换了样。小说共十二回,第一回就开始叙述主人公游历四十年之后的上海。

---

① 周瘦鹃:《新年好梦》,《礼拜六》1922年第146期,第1—2页。
② 范伯群:《周瘦鹃和〈礼拜六〉》,《苏州大学学报》1988年第1期。

所以小说没有如《新年梦》《新年好梦》那样详细列举"旧中国"如何变成"新中国"的一系列举措,而是直接呈现出"新中国"的面貌,这样就避免了直抒政见的"天真"。

陆云翔没有参与国家旧貌换新颜的过程,所以在梦中,他对所见到的一切处处感到惊奇万分。他有一位导游,是他的好友李友琴。李友琴在梦里的职责是带领陆云翔到处游览,并对他的疑惑作出解释。第一回,陆云翔在马路上遇见外国人就产生了疑惑:

> 我这时候再也忍耐不住,问女士道:"怎么外国人这样的谦和?马路上外国巡捕又一个都不见?"女士笑道:"你怎么一睡就睡的糊涂了!现在,治外法权已经收回,外国人侨寓在吾国的,一例遵守吾国的法律,听从吾国官吏的约束。凡有华洋交涉案件,都由吾国官吏审问,按照大清新法律办理,外国领事从不来开半句口呢。那租界的名目,也早消除长久了。凡警政、路政,悉由地方市政厅主持。不见站岗的巡士,都穿着本国警察服式么?"①

从李友琴的解惑中可以看出国家变化的原委。小说每一回都叙述了新中国某一方面或几方面的美好图景,如交通、司法、教育、医药、工业、军事等等。陆云翔的疑惑和李友琴的解惑,使得这些美好图景并不显得是一种幻想,而是合情合理,终会如此的。

小说第三回就谈到了上海浦东的发展:

> 走出车站一瞧,不觉大惊。见一座很大的铁桥,跨着黄浦,直筑到对岸浦东。忙问女士:"这大铁桥几时建造的?"女士道:"足有二十年光景了。宣统二十年,开办万国博览会。为了上海没处可以建筑会场,特在浦东辟地造屋。那时,上海人因往来不便,才提议建造这桥的。现在,浦东地方已兴旺的与上海差不多了。中国国家银行分行,就开在浦东呢。浦东到上海,电车也通行的。"②

---

① 陆士谔:《新中国》,中国友谊出版社 2010 年版,第 5 页。
② 陆士谔:《新中国》,中国友谊出版社 2010 年版,第 18 页。

这一描述简直就是世纪预言,验证了百年后上海浦东的发展。"万国博览会"可以说是承袭了《新中国未来记》中述及的"大博览会",却更加贴近现实情形。此外,对汉语成为世界语言的解释,对国货世界通行的谈论,对女子职业化乃至对新法洗浴的叙述,都表现出作者陆士谔惊人的天才预言。可以说,《新中国》对未来的美好描绘,脱离了"天真而无力的幻想"。

陆士谔之孙解释过其祖父为何会有如此准确的预言。首先,他认为"国破家贫是憧憬美好未来的原动力";其次是陆士谔"常与海归亲友交往",故他视野开阔,获取信息丰富;再次陆士谔是著名的医生,行医出诊的经历让他对上海了如指掌。另外,陆士谔具有审时度势的眼光,受过朴素的共产主义思想的影响。①这一解释把陆士谔的生平经历和思想意识与小说创作联系在了一起。出身贫寒,却靠个人努力成为医术高超、博学多闻的名医,陆士谔的传奇人生和不同凡响的见识对于他构想新中国蓝图确实大有助益。在小说中,陆士谔提到了"社会主义"的理想。小说第四回说道:"我国人创业,纯是利群主义,福则同福,祸则同祸,差不多已行着社会主义了。"②小说所描绘的新中国蓝图,基本可以用"社会主义"来概括。这在晚清,可以说是少有的出类拔萃的见识。

小说体现出的见识可以代表作者陆士谔本人的观点。陆士谔,字云翔,小说主人公陆云翔和陆士谔同名。女主人公李友琴和陆士谔之妻李友琴同名。陆士谔与李友琴大约1898年成婚,1915年李友琴去世。写《新中国》的时候,应是陆士谔夫妇共度人生甘苦之时。小说中李友琴引导陆云翔游历新上海,并为他解释种种新异现象,表现出卓识睿智,这些卓识睿智可以说是作者陆士谔赋予的。

《新中国》和《八十一梦》都是以梦境故事作为小说主体的长篇小说,这是比较难得的。要把奇思妙想的梦境写成长篇,需要作家有高超笔力。张恨水是把一个个梦境故事组合成一部长篇,陆士谔是通过"游览"的结构来展现新中国成就令人惊异的各个方面,都可说是煞费苦心。如果说《八十一梦》是因为不能直接批判现实,只能借助梦境来讽刺,那么《新中国》《新年梦》等小说写未来,则需要借助梦境来畅想。梦既可以作为小说的结构,也

---

① 陆贞雄:《陆士谔〈新中国〉奇梦探秘》,《世纪》2010年第5期。
② 陆士谔:《新中国》,中国友谊出版社2010年版,第26—27页。

是作家逃离现实、神游方外的栖息之地。对于《新中国》等小说而言,用梦境畅想未来,可以把未来写得无比理想化,因为在梦境中,有什么不可能实现的呢?而梦境又能成为现实与未来的媒介,在中国小说的"真实性"传统里,梦中的未来可以成为现实努力的方向。

用梦境来组接现实和未来,《新中国》第一回是这样写主人公陆云翔入梦的:

> 我心里头很是气闷,知道这几天走到朋友家去,不是牌局,就是骰局。我于赌钱一门不甚喜欢,所以到了年头反少趣味,只得走回家里。忽地想着个好友李友琴女士,送我一坛二十年陈的花雕,尚没有喝掉,遂叫小童给我烫了两斤。取过一本马史,揭开瞧时,齐巧是《项羽本纪》,喜道:"真好个下酒菜!"一面读书,一面喝酒,读到巨鹿之战,楚兵呼声动天,诸侯军无不人人慑恐,不觉连举十余觞。读至终篇,早已醺然,遂和衣眠在榻上。①

也是一个新年,同样是主人公和新年气氛格格不入,于是入梦。所以《新中国》之梦,又是一个"新年梦"。新年新气象,一切都应该除旧布新,作者的理想遂借主人公的新年梦境来打开。主人公"我"在新年里一个人在家喝酒,女友送的酒颇为暖心。边喝酒边看历史书。《史记》是最著名的一部中国史书,其中的《项羽本纪》又是名篇。项羽大败秦军的"巨鹿之战"显示出英雄的锐气,楚汉之争,汉朝建立,中国汉文化拉开了辉煌历史。史书的阅读让主人公兴奋不已,"不觉连举十余觞",醉酒入梦。梦中,主人公在跑马厅戏馆子里看戏,演的是十本近代史。从《甲午战争》《戊戌政变》直到《召集国会》《改订条约》,演绎的是中国革新的历史。小说只叙述了第五本戏《请开国会》的剧情,但可以推知"新中国"诞生的大体过程。从历史书到历史剧,从汉朝建立到"新中国"诞生,沉酣一梦,可以见证未来的可能性。

小说结尾,叙述梦醒时分的情形道:

> 我就跟着他出去,走至门口,被门限儿一绊,拍蹋一交,就此跌醒。

---

① 陆士谔:《新中国》,中国友谊出版社2010年版,第4页。

见身子依旧睡在榻上,一个女人站在榻前,却正是好友李友琴君,才知方才的乃是一场春梦。今年依旧是宣统二年正月初一,国会依旧没有开。因问:"女士你来了几时?"女士道:"才来呢。"我遂把梦里头事,细细告知了女士。女士笑道:"这是你痴心梦想久了,所以才做这奇梦。"我道:"休说是梦,到那时,真有这景象也未可知。"女士道:"我与你都在青年,瞧下去,自会知道的。"我道:"我把这梦记载出来,以为异日之凭证。"女士就瞧着我一句句地写,写至上灯时候,方才完毕。①

从梦中醒来后,主人公没有把这个梦作为痴心的妄想,"到那时,真有这景象也未可知""我与你都在青年",表明了希望的存在。"新中国"既是希望,也是中国人为自己设立的目标。从晚清开始,通俗小说对"新中国"之梦的叙述成了中国人前仆后继的一个方向。

第二节 "棋局已残"之梦

小说叙事过程中述及主人公之梦,梦中故事可以成为小说意义的构成部分。这类写梦的小说较为多见。如晚清小说《痴人说梦记》开头就记述了主人公贾守拙的一梦:"我做了一梦,梦到一个所在,一望是水连天,天连水,脚下踏了一张树叶,飘飘荡荡,随着风渡了过去,看见一座高山,便停下了。那山脚下却有一片沙滩,随脚走了几步,前面一片土地,人家不少,那些人的穿着,和我们不一样,一色短衣裳皮靴子,头上还戴顶有边的草帽。见了我一齐嘻嘻地笑。我也对着他笑,不料这笑,竟把我的梦笑醒。"②这个梦为小说人物到外国开发仙人岛作了影射。小说结尾处,稽老古也做了一个梦,梦见回到中国,中国已经大变了样,不再受殖民统治,已经是一个国民安乐、教育发达的新国家。这也属于"新中国"之梦,只不过小说的主人公们只是在一个岛上创建他们的"乌托邦",逃离了现实的中国,梦中所见只是理想而已。

同样相互照应的梦还可见于晚清小说《海天鸿雪记》。作为小说里的重

---

① 陆士谔:《新中国》,中国友谊出版社2010年版,第71—72页。
② 章培恒、王继权等编:《中国近代小说大系·痴人说梦记》,江西人民出版社1988年版,第7页。

要意象,"梦"指示出了小说的意义。小说第五回李伯元有回评道:"颜华生一梦,是全书宗旨。"颜华生梦里见到"一处绝大园亭",里面景致斐然,然亭台上"挂着一副虎皮笺的对联,却没有字"。华生随即"拟了一副长联",醒来只记得"水流花谢,人间天上总凄然"一句,便是"全书宗旨"所在。①第二十回李伯元再评道:"又春一梦,与颜华生一梦遥遥相对,是此书两大结束。""两大结束"指的是书中两个故事的终结。《海天鸿雪记》共二十回,蒋又春一梦做完,小说也就煞了尾。蒋又春同样梦到一座"景致甚好"的"大园林"。可是"忽然大风四起,那树林新叶簌簌地掉下来,霎时间又变成了一片枯林",正合"水流花谢"之意。②此梦并不是简单重复颜华生之梦,而是有所提升的。美好的东西会变得衰败不堪,显得脆弱无比,往昔的繁华总有逝去的时候。这个梦境的意义指向并非用传统文人的退然自守就可轻易解释的,在面对已然的无奈境遇时,究竟何去何从,很难辨识。

不少小说以梦开篇,引起全文,标示出整部小说的旨意。如刘鹗的《老残游记》将梦中的伤感情绪表露得十分明显。小说《自叙》中说道:"棋局已残,吾人将老,欲不哭泣也得乎?"③现实已然残破,刘鹗这一代中国人尽管竭尽全力,可为之奈何?小说第一回,主人公老残梦到海涛中的一只危船,这是他悲思之情的形象表达。

> 这船虽有二十三四丈长,却是破坏的地方不少:东边有一块,约有三丈长短,已经破坏,浪花直灌进去;那旁,仍在东边,又有一块,约长一丈,水波亦渐渐浸入;其余的地方,无一处没有伤痕。那八个管帆的却是认真地在那里管,只是各人管各人的帆,仿佛在八只船上似的,彼此不相关照。那水手只管在那坐船的男男女女队里乱窜,不知所做何事。用远镜仔细看去,方知道他在那里搜他们男男女女所带的干粮,并剥那些人身上穿的衣服……说着,三人就下了阁子,吩咐从人看守行李物件,那三人却俱是空身,带了一个最准的向盘,一个纪限仪,并几件行船

---

① 章培恒、王继奴等编:《中国近代小说大系·中国现在记》,江西人民出版社1988年版,第220页。

② 章培恒、王继奴等编:《中国近代小说大系·中国现在记》,江西人民出版社1988年版,第314页。

③ 刘鹗:《老残游记》第2版,人民文学出版社1982年版,第1页。

要用的物件,下了山。山脚下有个船坞,都是渔船停泊之处。选了一只轻快渔船,挂起帆来,一直追向前去……正在议论,哪知那下等水手里面,忽然起了咆哮,说道:"船主!船主!千万不可为这人所惑!他们用的是外国向盘,一定是洋鬼子差遣来的汉奸!……"谁知这一阵嘈嚷,满船的人俱为之震动。就是那演说的英雄豪杰,也在那里喊道:"这是卖船的汉奸!快杀,快杀!"①

在海涛风浪间有一艘大船充满了危机,眼看就要沉下去了。船上的人非但不想办法救治,反而欺弱凌人,不做好事。这一梦是一个著名隐喻,海涛风浪隐喻各种外来势力的威压,千疮百孔的大船是晚清中国的象征,船里各色人等意指晚清政府及社会上的各种人物。"中国处于劣势,内部矛盾严重,有可能毁于内忧外患(帆船上的残破处象征俄、日、德的帝国主义进攻)……当中国问题急待解决之时,老残有良方。"②老残想用"向盘""纪限仪"来指明出路,向盘和纪限仪是现代文明或者西方文明的象征。老残企图用现代手段来救治危机四伏的中国,却遭到顽固派的反对,被认为是"汉奸"。第一回的这一梦是小说的总纲。小说主体故事记述了老残的游历遭遇,具体呈现出了处于劣势的中国面貌。老残解决其中问题的方法即是小说提供出的救国方案,但由于取鉴西方,在晚清中国还不为多数人所接受。老残或者刘鹗只得发出"棋局已残,吾人将老,欲不哭泣也得乎"的无奈之声。

这一情感贯穿在小说中,正集部分倾向于叙述国家残况,续集部分则偏重于表达个人感念。同正集一样,续集也有一篇"自序",谈的是"梦"。

> 夫梦之情境,虽已为幻为虚,不可复得,而叙述梦中情境之我,固俨然其犹在也。若百年后之我,且不知其归于何所,虽有此如梦之百年之情境,更无叙述此情境之我而叙述之矣。是以人生百年,比之于梦,犹觉百年更虚于梦也!呜呼!以此更虚于梦之百年,而必欲孜孜然,斤斤然,骎骎然,狺狺然,何为也哉?虽然前此五十年间之日月固

---

① 刘鹗:《老残游记》第2版,人民文学出版社1982年版,第6—10页。
② [加]特兰德·赫利奇:《〈老残游记〉讽喻叙事》,[捷克]米列娜编,伍晓明译:《从传统到现代——19至20世纪转折时期的中国小说》,北京大学出版社1991年版,第137页。

无法使之暂留,而其五十年间,可惊、可喜、可歌、可泣之事业,固历劫而不可以忘者也。①

这段关于"梦"的感言,很可见出个人情愫。世事变迁对于老残或者刘鹗来说都显得过分急切,只在观摩间已挥去走远。现实之变犹如梦境般让人来不及捉摸,当回首叙述时,叙述之人已不同于亲历之时的状态了。刘鹗深知叙事上的这种机巧,所以用梦先作一个比喻,既说明了现实状况,也表明了心中的感喟之情。

《老残游记》注意到梦与现实之间难分的联系,从第八回到第十一回构筑了一个桃源般的境界来讨论现实所面临的大问题。在这几回中,老残暂时退场,虽然整部小说总体上是由老残的行迹勾连起来的。第八回申子平出场,代替老残来到桃花山。于是开始了一段主客讨论谈话的文字。这几回没有什么情节,仅申子平、玙姑和黄龙子三人就一些抽象而至关重要的问题相互应对。儒释道三教、自然伦常、北拳南革等等成为讨论的话题,特别是北拳南革,既与时事紧密相连,也表明了论说者的态度。刘鹗对于两者都不赞同。很有一些论者批评刘鹗的这种政治观,但还原到当时的历史情境看,刘鹗的观念只是各种思想中的一种而已,功过是非是后来人的判断,不能取代当时人的活跃意志。

刘鹗对于现实的看法在续集的最后部分可以得到一种反面的观视。续集第七回至第九回写的是老残游地府的情形。这一部分没有写完,可能作者像老残一样也有些不知所了。老残游地府也是梦中的事。第七回叙道:"一日在银汉浮槎里看《大圆觉经》,看得高兴,直到月轮西斜,照到槎外如同水晶世界一般,玩赏许久,方去安睡,自然一落枕便睡着了。梦见外边来了一个差人模样……"②于是入梦。老残在梦中的地府里见到的是种种残酷刑罚,生前犯的罪在这里得到报偿。对于传统中国民间来说,森罗殿上的惩罚可以约束人的现实行径,恐惧的心理致使人在生前尽量少犯过失。面对混乱腐朽的晚清社会,刘鹗只能用此来警告世人,或者,现实世界正如地府般魑魅魍魉横行无忌。在第九回老残言道:"回想人在世间,真如做梦

---

① 刘鹗:《老残游记》第2版,人民文学出版社1982年版,第220页。
② 刘鹗:《老残游记》第2版,人民文学出版社1982年版,第279页。

一般,一醒之后,梦中光景全不相干,岂不可叹!"①这是面对现实的一种感叹。在梦中说梦,可见老残对现实是放不下的,但不得不自我宽慰,以解无奈。

　　因为不满于现实或者忧思着现实才会做梦,做的梦又能隐喻现实。残破之局了然,救治方案何在? 这种无奈、困扰和忧虑在晚清小说中成为一种主导情绪,也是现代人"中国梦"生成的根源。作为"谴责小说"代表作的《官场现形记》很能体现出这点。由于李伯元早逝,欧阳巨源完成了《官场现形记》的结尾。结尾是一场梦,这与《老残游记》的开篇一梦可以构成呼应。梦里人正编一部教科书,突然火起,把教科书烧得只剩下前半部。"原来这部教科书,前半部是专门指摘他们做官的坏处,好叫他们读了知过必改;后半部方是教导他们做官的法子。如今把这后半部烧了,只剩得前半部。光有这前半部,不像本教科书,倒像个《封神榜》《西游记》,妖魔鬼怪,一齐都有。"②所以书只剩得前半部就印行出来。这个梦既是为《官场现形记》的未写完作托辞,也总结了小说的内容及其未完成部分的主旨,但是"教导他们做官的法子"究竟如何,毕竟没有说出。即使李伯元能活得长些,恐怕还是想不出怎样做官的好法子来,因为晚清中国正处于急剧转变中,旧的官制已经衰败,维护调整的办法也不可能改变颓势。一部《官场现形记》揭发出官场的种种丑恶行径,就足以说明这点。

　　晚清小说对"梦"的叙述,为现代通俗小说写梦铺陈了基调。现实成为迷梦,成为批判和谴责的对象,"中国梦"的达成首先在于从沉醉的现实中醒悟。20世纪30年代,刘云若在其小说《小扬州志》的开篇依然在作现实批判。

　　　　至于天津风俗所以变到如此繁华,人心所以变到如此淡薄,据野老迷信的说法,却关系着天津城内鼓楼上一只大钟。那钟在庚子以前,照例每天要撞一百零八下,人们传说那钟是专唤醒世人繁华之梦的,故而天津名诗人梅小树的竹枝词说:"繁华自昔谁醒梦,辜负蒲牢百八声。"可惜庚子之后,那钟已不再闻,人们的繁华梦便日愈沉酣,因此成了今日的模样。这种迷信之谈,原是不值一笑。却难得这谣言造得适逢其

---

① 刘鹗:《老残游记》第2版,人民文学出版社1982年版,第296页。
② 刘鹗:《老残游记》第2版,人民文学出版社1982年版,第733—734页。

会,也就恰值得我拉来作这小说荒唐引证。著者生来嫌晚,并未听过百杵的钟声,自然要算这繁华世界上的人物;虽有心谈些开元遗事,可惜并非白发宫人,所以也只可还来描画这污浊世界。①

"繁华世界"实是"污浊世界",小说对"污浊世界"的描画承续了晚清之风,依然还是希望能"唤醒世人繁华之梦"。何谓"繁华之梦"? 孙玉声在《海上繁华梦》的《序》中对此有具体解说:"客有问于警梦痴仙者曰:'《海上繁华梦》何为而作也?'曰:'为其欲警醒世人痴梦也。'……是故灯红酒绿,一梦幻也;车水马龙,一梦游也;张园愚园,戏馆书馆,一引人入梦之地也;长三书寓,幺二野鸡,一留人寻梦之乡也。推之拇战欢呼,酒肉狼藉,是为醉梦;一掷百万,囊资立罄,是为豪梦;送客留髡,荡心醉魄,是为绮梦;蜜语甜言,心心相印,是为呓梦;桃叶迎归,倾家不惜,是为痴梦;杨花轻薄,捉住还飞,是为空梦……是则《繁华梦》之成,殆亦有功于世道人心,而不仅摹写花天酒地,快一时之意,博过眼之欢者欤!"②现实的"繁华"并非真正意义上的富裕幸福,正相反,在纸醉金迷的背后是价值尺度的堕落,是人格道德的沦陷。生存的悲哀才是"繁华"背面的真正现实。从《海上繁华梦》第一回开始,主人公谢幼安一梦之后,"吓得冷汗涔涔",通俗小说的作者在叙写"繁华"现实的时候,都会寓予惩戒的意思。

小说的这种警世、醒世与觉世的写法,可以脱离开对梦境的构筑,因为现实本身就是一梦而已。于是,小说往往仅在开头叙写一梦,以引出现实故事,或者干脆用小说标题来指示现实与梦之间的密切关联,主体故事不再写梦。胡梯维的《十里莺花梦》就只是以"梦"作标题,来写现实故事的小说。这类小说著名的还有严独鹤的《人海梦》。《人海梦》第一回虽也写了一梦,但从第二回开始的主体故事写的是现实变革中的人与事。

第三节 "人海浮沉"之梦

《人海梦》共三十三回,前十回 1918 年发表于《新声》,后二十三回发表

---

① 刘云若:《小扬州志》,中国文史出版社 2017 年版,第 3 页。
② 孙玉声:《海上繁华梦》,齐鲁书社 1995 年版,第 1 页。

第十章　通俗作家的"强国梦"为何难圆？

于20世纪20年代的《红玫瑰》，1929年，世界书局出版单行本。这是通俗文学家严独鹤唯一的一部长篇小说。小说记述的是晚清至辛亥革命时期学界发生的种种故事。小说主人公华国雄和表兄钟温如同到上海求学，之后又出国留洋。小说以他们的故事为主体，叙述了国内知识界的种种动态：学校教育的新旧并蓄、女学的兴起、青年学生的留学志向、革命思潮的推波助澜等等。时代景象风起云涌，令人目不暇接。

小说第一回"人海浮沉惊涛骇浪　梦魂颠倒骤雨狂风"记叙了一梦。主人公华国雄乘坐一艘海船，船翻了，他被一只小船所救。华国雄和小船主人刘光汉话不投机，被刘光汉扔进大海。华国雄漂流到一座荒岛上，发现一个仙境，与仙子蕊仙共度佳期。蕊仙介绍国雄去黄金岛开采黄金，国雄照此执行。三年后回来见蕊仙，蕊仙反应冷淡，自己一惊而醒，原来是一梦。蕊仙尚在熟睡，不见醒来，仔细一看，蕊仙已死。国雄被当成是杀害蕊仙的凶手，被蕊仙丫鬟珠儿追杀，逃跑中一跌而醒。原来他尚睡在去上海的轮船上。应该说，严独鹤笔下的梦是最缺乏象征意义的梦了。因为小说写到后来，像刘光汉、蕊仙等人与国雄都一起出现在小说的现实之中，刘光汉是清廷的特务头子，而国雄后来成了革命者，两人之间当然是你死我活的关系。蕊仙是一位既勇敢又机智的美女革命家，她后来与国雄志同道合，成为革命同志并热恋相爱。这梦境的大部分都在现实中得以一一验证。虽然这"梦"缺乏象征意义，但是我们也得肯定，小说却是"真刀真枪"地正面描写革命者智慧与勇气的优秀小说，而且写得相当成功。它既反映了清廷统治下国内的现实，同时也写出了革命者在日本与清政府外交官进行的较量，在辛亥革命胜利后，他们迅速从日本回国支援，成了新生革命政权的一批骨干力量。

这部长篇小说前十八回是写国内，从第十九回起到第三十三回就将大部分篇幅移到国外。作为一位资深的媒体人，他写了前十回在《新声》杂志上连载后，趁《新声》杂志的停刊，他也停了五年才再接着写第十一回至第三十三回。表面上看或许由于严独鹤是一位"大忙之人"，他的停顿就可用一个"忙"字去解释，但我们觉得他要将情节移至国外，而且写得还很有血有肉，对一个并没有到过日本的人来说，他可没有少做"功课"。当然，作为一位报界的消息灵通人士，他应该为此时"情节转移"做到非常有把握，才可以动笔。

在前十八回他主要从中国在近现代转型期的教育制度写起，因为本书

201

的主人公之一——十七岁的华国雄是从宁波到上海来求学的,接着他因受革命思想的影响,受到顽固的校方和反动政府的迫害,在国内无法立足而东渡日本,在日本他加入了同盟会,成为一位坚定的革命者。他到上海时首先落脚在叔父华寿卿家中。对人地生疏的青年来说,进什么学校当然要听听叔父的意见。谁知这个华寿卿是个鲁迅笔下的"四铭"式人物,开口就是"如今邪说朋兴,士风日坏",闭口就是"绍古代之遗规,承先圣之道统"之类。他介绍他们去考官办的正谊学校。说学校的监学王吉庶是候补道,在上海兼了几个阔差使,科甲出身,学问极好。学校专重国学,旁参西籍,声光化电无所不包,算得是体用俱备,而且正好近日又要招生。到了考试那一天,真让读者见识了王吉庶借着学校之名实为科举制度还魂的举措,他想实现的是"将科举与学校冶为一炉"的宏愿:

> 但见人头攒动,来考的倒也足有三四百人,都挤立在校门外。那两扇门却紧紧地闭着,门外有许多公差一般的人,在那里伺候。还有几面虎头牌挂在那里,牌上却写着不准抢替、不准怀挟等字样。等了好一会,里面跑出一个戈什哈(满语,指官员的卫兵之类——引者注)来说道:"点名了。"登时校门大开,有十几个人每人搢着一块高脚木牌,整整齐齐地走出来。每一面牌上写着三十个名字,应考的人须自己认清名字在哪一块牌上,就跟着这块牌进去。唱名、接卷……就放炮封门……只见大厅上设着公案,一个人蟒袍补褂红顶花翎,端端正正地朝外坐着……旁边站着一个人,戴着空梁红缨帽,穿着灰色布袍,在那里唱名。①

开学典礼上还要学生行三跪九叩首的忠君大礼。在华国雄看来样样都像演出滑稽戏一样。

《人海梦》上半部最紧张的场面是学校突击搜查禁书。当时革命思潮汹涌,老师在课堂上教十三经,学生在堂下看禁书。省里说是捉到了贩卖禁书的"革命党",知道这些禁书在青年学生中最为流行,于是发了通令。王观察就以迅雷不及掩耳之势进行夜间搜查。可是平时与学生处处作对的舍监为

---

① 严独鹤:《人海梦》,世界书局1929年版,第16页。

了表示自己管理有方,早就向学生放了风,于是大家赶快"坚壁清野"。岂知华国雄这一寝室的四个人因各种原因都不在学校中,并未得到搜禁书的"情报"。王吉庶命校役开锁进屋一看,那书案上,纵横乱放着许多宣传革命的禁书,封面上都是"党人魂""革命军""自由血"等大字。王观察要将华国雄等送官府严办。清廷对革命党人是格杀勿论的。这时同寝室的一位"智多星"想出一个绝妙的办法来,他知道王吉庶有一个相好的妓女,他取得了这位妓女的同情,同意在某处装出与王观察极亲昵的样子,他躲在暗处拍了一张照片。以此来威胁王吉庶,要公开他的丑史,平日"道貌岸然"的王吉庶非常害怕,他原想将这四个学生送官严办,可得加官晋爵,现在他却可能被参而身败名裂,直至丢掉乌纱帽。他不仅答应不再追究此事,而且出了一千元的高价买回底片。一场要掉脑袋的天大风波就此了结。小说写得生动、巧妙而合情合理。作者还顺便将当时印禁书的渠道也融进了小说,成为推动故事情节的重要组成部分。

今天人们可能会想象,禁书一定是由革命党很秘密地印刷并通过秘密通道发行的,但真正由革命党人印刷的是极少数的。因为当时这些书销路最广,就有人做这种生意,几个小印刷厂暗地里印了,挂上一个根本不存在的出版书局的名字,就半公开地在茶馆之类的公共场所发卖,很能赚钱。可以想象,茶馆之类的地方有各色人等,禁书能如此发卖,可见当时人们对革命道理的热心,也是清廷"寿终正寝"即将到来的预告。小说写南京来的侦探长刘光汉在旅馆抓贩卖禁书的贩子,他以为这种贩卖者就是革命党人。在禁书贩子被抓后,一些旅客正在议论纷纷时,一闪出现一个很美丽的年轻女性,在一旁轻轻冷笑——这就是除华国雄之外的本书的"女一号"冯蕊仙。

她虽然到第十二回才出场,但她的行为很带有传奇性,因此只用了几个场面就将这个人物凸显了出来。

《人海梦》从第二回开始,进入现实故事。清末学界之事是小说叙述的重点,小说描述正谊学校上课的情形十分有意思。

> 这天上午,温如国雄二人按着课程表,上的是经学课。一到课堂见了高据师席的,又不是那位葛天民先生,竟换了这样一个人,自然十分奇怪。却也知道这样打扮这副情景,绝不是个教员,私下问了问那些旧学生。果然有人告诉他,这不是教员,却是教员的代表,又可称得是教

员的先锋。温如听了越发不解,那人又笑道:"每逢葛天民的经学课,必定先要令这个仆人到课堂上来整理烟茶,三小时的功课,大约好算此人上了一半,葛天民也只上得一半。"温如二人听着,却摇头道:"真是向所未见的怪现象!"……

这里葛天民坐了下来,先捧起那把茶壶来,壶嘴套着人嘴咕嘟嘟一口气喝了好久,又咳嗽了两声,吐出几口痰来。他桌子旁边明明放着个痰盂,他却不去光顾,只向地板上接二连三乱吐。吐了一会,又用手在胸口摩了几摩,才开言道:"今天……"才说了两个字,倒又喘起气来了。喘了半天,又断断续续地说道:"今天第一天,且不必讲书。我知道本班里添了好几个新学生,倒要考察一番。"说着将那点名表看了一看,按着名字,把些新学生一个个喊上去。众人只当他要考察程度了,谁知等这些人走到面前,他又并不考问,只摘下眼镜来,向他们脸上一个个仔细端详。有几个相貌丑的,他看了只管摇头,有相貌好的,他便十分赞叹,不是说器宇不凡,就是说仪表不俗。末了一个看到温如,忽又肃然起敬,郑重其事地说道:"钟生气度安详,神情秀逸,将来必成大器。勉哉,勉哉,勿负老夫所望。"说完挥了挥手,说道:"各归座位吧。"大家依言归坐,都嘻嘻哈哈笑声不绝。葛天民却正言厉色地说道:"你们不要笑我迂拘,我向来于经史学问而外,专好研究相法。因为一个人的贤奸善恶,寿夭穷通,在相上一定逃不过去的。孟夫子说:'胸中正,则眸子瞭焉,胸中不正,则眸子眊焉。'这就是孟子的相法。后来历史上所载的如蠢目豺声,凶人之相;龙姿凤表,帝王之相,都是丝毫不错。所以我向来收学生一定要先注意相貌。相貌好,可造就的,我便施以化雨,蔚为英才。相貌陋,没出息的,我却也要被以春风,变化气质。这就是我栽培后进的一片苦心。你们这些旧学生,从学日久,早已心领神会了。新学生入门伊始,谅难深晓,我便不得不开宗明义,向你们表白一番。(只算是开场白。)说完了这几句,便又拎起茶壶来呼茶,呼得够了,又放下茶壶,擦了根火柴,点着纸煤,大抽水烟。一时课堂内烟气氤氲。只是葛先生正吸得高兴,那下课钟却又响起来了。学生便纷纷退课,葛天民也就捧着水烟袋一路吸着,一路跛出课堂。①(第八回)

---

① 严独鹤:《人海梦》,春风文艺出版社1997年版,第56—57页。

一堂经学课,只上了半堂,而这半堂课又给教员喝茶、咳嗽、抽烟、看相占去了。葛天民为新来的学生看相,还有一番理论。课后温如说道:"这位葛先生不知他学问究竟如何?至于今天这副情景,真是糟不可言。论他的排场,好像是个说书先生,论他的谈吐,倒又像是个相面先生。"(第八回)把经学先生比成"说书先生"和"相面先生",真是极尽讽刺。

清末学制改革的呼声异常强烈。洋务运动开设洋务学堂,民间进步人士尝试创办新学堂,在华教会纷纷扩展自己的教育机构……西学传入,观念更新,科举取士的教育体制已为越来越多的人所诟病。迫于各方压力,1902年,清政府颁布《钦定学堂章程》,确立了近代学校体制。1904年,在《钦定学堂章程》的基础上颁布"癸卯学制",这是晚清最重要的教育变革举措,为引进西学开通了道路,培养了一批具有现代思想的人才,但是"在制定和颁行'癸卯学制'时,清朝统治集团规定了明确的办学宗旨,即'无论何等学堂,均以忠孝为本,以中国经史之学为基。俾学生心术壹归于纯正,而后以西学沦其智识,练其艺能,务期他日成材,各适实用,以仰副国家造就通才,慎防流弊之意。'说到底,仍然是'中学为体,西学为用',坚持封建传统思想和三纲五常的不可动摇性,力图将新教育纳入旧体制的轨道"①。小说《人海梦》将晚清学堂的这种办学宗旨诠释得十分生动,经学教员葛天民的上课表现就是对此的一种讽刺。

在学堂"以忠孝为本,以中国经史之学为基"的年代里,新旧冲突分外明显。"旧的一面要求学生循规蹈矩,思不出位;新的一面要求学生独立思维,实现自我。"旧的一面"读经修身的封建教育一以贯之";新的一面"西方民主思想、国家学说、法制体系、哲学意识和科学精神,也在新学制、新教育中无所不有"。②新旧冲突之中,必然有旧学不满新学,新学嘲笑旧学的种种情态。华国雄的叔父华寿卿就属于"旧学不满新学"者。他对国雄、温如到上海进学校读书很不赞成,无奈间只能为他们找一所稳妥的学校。在小说第三回,华寿卿道:"你们要知道上海的学校虽多,不是学生嚣张,便是教师放浪。还竟有昌言革命的,这种学校如何去得?""有个正谊学校,是官办学校。学校里的监学王吉庶,是个候补道,在上海当着很阔的差使,这学校监督一

---

① 李华兴主编:《民国教育史》,上海教育出版社1997年版,第83页。
② 李华兴主编:《民国教育史》,上海教育出版社1997年版,第96页。

席,也是兼差。这位王观察我也久已闻名,是科甲出身,学问极好。平日专讲究保存国粹,提倡风雅,所以他这个学校,脱尽时下的恶习,专重国学,旁参西籍,声光化电无所不包,算得是体用俱备的了。我想你们二人若进得这样的学校,不愁没有进步。"①华寿卿之所以同意国雄、温如进正谊学校读书,是因为这所学校保存旧学十分得力,特别是主事王观察是个品学之士。然而就国雄、温如入学后所见,种种均与华寿卿看法相左。王观察实在是个贪色好利之徒,一面在外狎妓吃酒,一面在校口称道德,而经学教员葛天民的相面课更是把"保存国粹"玷污了。就小说的叙事倾向来看,无疑表现出了新学对旧学的嘲笑。当然这个"旧学"已不再是国粹,而是在时代社会变迁发展过程中的一切腐朽衰颓的事物。通俗小说在具体的故事里展现这些新旧迹象,并呈示新旧代谢的曲折历程。

学校的兴办,给了中国青年新的人生选择,不必依循科举之途汲汲于升官发财的迷梦。晚清民国的学校一方面引进西学,让青年学生对西学或新学充满新鲜感与渴求欲;另一方面,学校自身的不足与弊端,也使青年人对西学或国外教育充满向往,对国内学校感觉不满意。于是,留学成为当时流行在学生或知识者中间的一种时髦意识或人生追求。

在《人海梦》中,主人公华国雄和钟温如不满于正谊学校的课程教学和守旧弊端,想要寻找出国留学的机会。这时他们的朋友国光的出现为他们提供了留学机缘。国光成为当时求时髦留学生的代表。国光去了趟日本,回来不但对中国不满,便连本来的中国名字也改成了日本式的"国光太郎"。这个名字导致了他和父亲决裂。更为滑稽的是,国光不认自己的生父却认了日本使馆参赞赵雨卿为父。赵雨卿赏识国光,缘于当年在日本时,雨卿"上了一个取缔学生的条陈,激起留学界的大风潮"(第七回),国光在这件事情上为雨卿解了围,所以雨卿对国光另眼相待,分外照顾。这件事情的前因后果小说中没有详细交代,只是作为人物际会的背景,但这一事件确有它的现实指涉。"对清朝而言,派遣学生留日虽属必要,但留日学生又是革命的原动力,成为朝廷的心腹大患。因此,清廷一方面奖励留学,同时又不得不加以戒备。最使它担忧的三股革命势力——兴中会、华兴会、光复会居然在1905 年夏天团结起来,组成中国革命同盟会。这样一来,一向对留日学生

---

① 严独鹤:《人海梦》,春风文艺出版社 1997 年版,第 15 页。

革命运动神经过敏的清廷,请求日本对留日学生,特别是自费留日学生,加以监督管束。"①"1906年,适逢日俄战争结束,在北京进行中日协约的交涉。当时,由于清廷强烈要求取缔留日学生",日本文部省就颁布了《关于准许清国人入学之公私立学校之规程》,对中国留学生进行取缔管束。②中国留学生进行了大规模激烈的反对运动,影响甚大。晚清官员赵雨卿对这次事件记忆尤深,十分感念国光的帮助,国光在这次事件中充当的角色亦可想见。所以《人海梦》中首先出现的这个留学生形象是一个不着调的浪荡子,虽高呼维新,实为投机者。

不过,国光尽管可鄙,对朋友却十分重情义。他随赵雨卿第二次去日本时,把国雄、怀仁也带上了,还为国雄争取了一个官费留学的名额。于是小说主人公国雄开始了他在日留学的生涯。国雄在日本,耳闻目睹了一些留日中国学生的可笑故事,这些故事在平江不肖生的小说《留东外史》里有更详细的记述,它们成为取缔留日中国学生的最大借口。国雄是一个出色青年,没有像国光一样成为混迹留学界的浪荡子。他除了读书外,还加入了同盟会,进行革命活动。小说结尾,辛亥那年,留日中国学生占领了中国驻日使馆。小说叙道:

> 那许多学生,好似潮水一般涌到公使馆门口。那时节使馆中也早已事前戒备,由日本警察担任守卫,可是那些日警到了这个时候,都有些假痴假呆,并不肯出力。加以来的人实在太多了,便要抵挡也抵挡不住,顿时打开大门,一拥而入。一片声嚷着:休放走公使! 有一部分人就奋勇当前,先冲上楼去。怀仁和国雄这时都被推为领袖,自然都在其内。③

"潮水一般"的革命学生,这个比喻可以和小说标题互照。当这些中国学生涌进使馆时,大使赵雨卿已仓皇逃走。革命胜利后,留日学生竞相回国。国雄回到上海,在沪军都督府里当上了科长。小说道:"他们都在青年,振作精

---

①② [日]实藤惠秀著,谭汝谦、林启彦译:《中国人留学日本史》,香港中文大学出版社1982年版,第273页。
③ 严独鹤:《人海梦》,世界书局1929年版,第372页。

神办事,自觉另有一番新气象。"(第三十三回)既预设了有志青年的大好前程,也为留学生回国后的境遇作了交代。

"1905年6月4日,清政府对十四名毕业归国留学生进行考试,并授予进士、举人出身,分发各衙门任用。这是中国自1872年首次派遣学生留学以来,三十三年间,第一次由中央政府出面考察、任用留学生。""至1911年,清政府共举行这类考试七次,合格者共一千三百八十八人,其中留日学生一千二百五十二人,留欧美学生一百三十六人。由于20世纪初中国留学的主流是赴日本,同时留日学生参加革命活动和社会活动较多,且程度参差不齐,故考试合格者虽大大多于留欧美者,但最优等者,多属留学欧美者。"①虽然这类考试的合理性在当时遭到质疑,但也反映出清政府对留学生非常看重,它选择在它看来优秀的留学生进行任用,对留学生而言不失为一条好出路。不仅在晚清,民国年间,学有所成的留学生也总是能得到更多机会,立足社会,成就其人生理想,这是众多青年学生选择留学的重大理由。其实这是一个十分简单的观念,即便是乡村老妪也明白其中道理。在《人海梦》中,国雄衣锦还乡,家中一个老娘姨说隔壁王家好婆对她说:"如今是革命党得势,以前的官府反而倒霉了。你家少爷幸亏以前见识好,早早地投在革命党中,眼前已在上海做了大官。不但你家太太以后可以享福,便是你这老太婆,既是向来得着太太的重用,将来也多少好沾着些光哩。我听了她的话心中自是欢喜,我也并不要沾太太和少爷什么光。只是老爷这样一个好人,虽然他自己寿命不长,一病死了,天也总要叫他有个好儿子,才算是好有好报。"②(第三十三回)在乡村老妪的谈话和想法里,国雄是个有出息的人,家里人因此可以享福了。小说借用老妪之口道出了重大的时代讯息,在她们朴实的观念背后有青年人的留学之路及附着其上的远大理想。

第四节 "强国梦"难圆之教训

不少通俗作家都是爱国主义者,在中国作为一个弱势的国家时,他们常发出自己的呼吁,希望同胞们一起警醒,不要沉湎于醉生梦死之中。其实他们自

---

① 闵杰:《近代中国社会文化变迁录》第2卷,浙江人民出版社1998年版,第413、第418—419页。

② 严独鹤:《人海梦》,春风文艺出版社1997年版,第383页。

己也是"沉湎者",不知哪一条才是强国的康庄大道。在周瘦鹃身上我们就可以看到最典型的例证。他写过不少爱国小说,因为国家贫弱到了被列强瓜分的地步,所以他有一种"超前的危机感":"在那国难重重国将不国的年代里,我老是心惊肉跳,以亡国为忧,因此经常写作一些鼓吹爱国的小说和散文,例如《亡国奴日记》《卖国奴之日记》……皆在唤醒醉生梦死的国人,共起救国。"①直到新中国成立之后,他才懂得了"救国之钥"掌握在共产党之手,是共产党领导人民推翻了压在中国人民头上的三座大山,到这时周瘦鹃的散文基调才是欣然而乐观的。他说:"祖国获得了新生,国恨也一笔勾销了。到如今我已还清了泪债,只有欢笑而没有眼泪,只有愉快而没有悲哀。"②但是通俗作家在1840年至1949年要认识这个道理却要经过漫长而曲折的道路。

  在晚清,许多通俗作家寄希望于立宪与开国会,他们是立宪派观点的拥护者。通俗作家对于清政府实际上充当的是一个协商者的角色,就是希望顽固不化的清皇朝能听从他们的呼声。对老百姓而言,他们觉得自己要扮演一个启蒙者的角色,他们通过报刊提高老百姓的社会参与感,让老百姓适应立宪后的新环境,自觉地认为自己不再是皇上的臣民,而是立宪国的国民。因此,通俗作家想成为上下之间的沟通者,但现实是残酷的,清政府一而再、再而三地设法拖延这个进程,最后使用镇压的手段来对付立宪派。立宪派进行了四次大规模的请愿运动,像奉天省(即现在的辽宁省)有上万人加入了游行请愿的行列。应该看到奉天是清皇朝的发祥地,也挡不住广大群众的愤怒,在游行之后,立宪派还公推代表赴京请愿。代表路过天津时,天津学界请愿同志会会长温世霖还倡议全国学生罢课响应。可是清廷下令将第四次请愿代表押回原籍,将温世霖发配到新疆。第四次请愿被镇压后,通俗作家在报刊上的态度就有了质变,他们不再与政府进行协商,而为清政府敲起了丧钟。因此,在辛亥革命时期,陈冷血、包天笑可以说都是舆论界冲在最前面的革命派。我们已在《通俗作家笔下的辛亥"武昌首义"》一章中作了详述。包天笑在他的时评中强调,专制政体已在世界范围内走向没落,而共和政体乃世界之大势所趋,他一直表现出"拥护新政制"的态度。陈冷血、包天笑、严独鹤等人在反对袁世凯称帝和声讨张勋复辟的斗争中,一直

---

① 周瘦鹃:《笔墨生涯鳞爪》,香港《文汇报》1963 年 6 月 17 日,"姑苏书简"专栏。
② 周瘦鹃:《红楼琐话》,《拈花集》,上海文化出版社 1983 年版,第 93 页。

站在舆论的风口浪尖,引领舆论界讨伐袁世凯和张勋。他们是坚决捍卫"民国"政体的,但是,通过他们的作品,我们可以说,他们只反到军阀专权为止。连张恨水的《啼笑因缘》和秦瘦鸥的《秋海棠》也是反军阀的,但对国民党独裁政权,他们在舆论上只是起监督作用,他们会提出批评,他们起的作用是所谓"补天派",而不是革命者。对国民党的无可救药,对共产党能救中国,他们一直到抗日战争的后期才有所认识,有的甚至到新中国成立后,经过学习才知道这个道理,这是他们的局限性。他们不像一些新文学家——比较早地认识到只有共产党才能救新中国的道理,有一些新文学家,自身就是共产党员。延安的鲁艺主要是新文学艺术家的天下,并在《在延安文艺座谈会上的讲话》发表后能与工农兵相结合。我们好像没有听说有哪一位通俗作家走上了这唯一正确的道路,但是我们也应该看到,像通俗作家中的张恨水,写出了《八十一梦》和《五子登科》这样优秀的通俗小说。当时掌握《新闻报·新园林》副刊的严独鹤,几乎每天写一篇时评或杂感,猛烈抨击国民党的倒行逆施。当时国统区实行白色恐怖,在他写这些时评杂感时,受到了反动势力的威胁,不仅信中夹着子弹,还有人送他四盆花,并告诉他,泥土中是用人的断指作为肥料的,意思是你不怕被砍去手指吗?他就是凭着自己的正义感没有被吓倒,显示他代表着社会的良知、市民的喉舌。本书评价他的时评杂感的章节就详述了他这些杂文的价值。像张恨水和严独鹤这样的通俗作家,已经感觉到了国民党政权在大陆必然会走向毁灭的结局。这说明,从总体而言,通俗作家在中国向何处去的问题上是后知后觉的,他们虽然有自己的"强国梦",但他们不知道通向强国的光明大道在何方。从辛亥革命起到全国解放、新中国成立那段时日中,他们对清廷是革命者,但对军阀及国民党这个新军阀只是批判,发挥过监督作用,却没有作为革命者想去推翻反动统治。他们的"强国梦"还是空泛的,他们根本不知道从1921年中国共产党成立的那一天起,中国就有一批先进者开始"筑梦",做一个真正能一步一个脚印地走向胜利与成功的"强国梦",埋葬旧世界,建立新中国。作为通俗作家,他们基本上就是一批被解放者,尽管他们撰写的作品也曾作出过一定的社会贡献。他们的贡献就是本书上编的第一章《鸦片战争:国门被砸与烟毒弥漫》到第六章《报人杂感:引领平头百姓的舆论导向》等所展示的他们对国内与国际时代风云的正义见解。

下编

第一章 论谴责小说的历史价值与现实意义

范伯群

第一节 讽刺 谴责 黑幕

在《中国小说史略·第28篇·清末之谴责小说》中,被鲁迅论述的四部小说一直被学者们视为"四大谴责小说"。如果我们查一查它们连载的起始年月,就会惊异地"发现"一个"巧合":它们均诞生于1903年。《官场现形记》起于1903年的《世界繁华报》,《二十年目睹之怪现状》起于1903年的《新小说》,《老残游记》起于1903年的《绣像小说》,而《孽海花》则起于1903年在日本出版的《江苏》。其实,这是一个偶然中的必然,也或许可称是必然中的偶然。所谓"偶然中的必然",鲁迅有过解释:"有识者则已翻然思改革。"①因此,这是"特缘时势要求"而产生的一股创作潮流:"光绪庚子(1900年)后,谴责小说之出特盛。"②可是为什么它们就像事先约好似的,一齐在1903年涌现,则又是必然中的偶然。

"谴责小说"作为一种题材门类,是由鲁迅命名而存在于文学史上的。鲁迅之所以为它特取一个门类"学名",是因为他对这类小说抱有一种一分为二的评价。就积极方面而言:

> 盖嘉庆以来,虽屡平内乱(白莲教、太平天国、捻、回),亦屡挫于外敌(英、法、日本),细民暗昧,尚啜茗听平逆武功,有识者则已翻然思改革,凭敌忾之心,呼维新与爱国,而于"富强"尤致意焉。戊戌变政既不成,越二年即庚子岁而有义和团之变,群乃知政府不足与图治,顿有掊

---

①② 鲁迅:《中国小说史略·第28篇·清末之谴责小说》,中国书籍出版社2016年版,第256页。

击之意矣。其在小说，则揭发伏藏，显其弊恶，而于时政，严加纠弹，或更扩充，并及风俗。①

这显然是一股进步的潮流，其影响之大，也为鲁迅所论及："特缘时势要求，得此为快，故《官场现形记》乃骤享大名；而袭用'现形'名目，描写他事，如商界学界女界亦接踵也。"据学者统计，从1905年到1911年，以"官"或"官场"命名的小说，至少有十六部；而以"现形记"命名的小说，也至少有十六种。②在谈及吴趼人的《二十年目睹之怪现状》时，鲁迅也说他"名于是日盛……尤为世间所称"，但是，鲁迅认为这类小说的缺点也是很明显的：

虽命意在于匡世，似与讽刺小说同伦，而辞气浮露，笔无藏锋，甚且过甚其辞，以合时人嗜好，则其度量技术之相去亦远矣，故别谓之谴责小说。③

正因为小说存在这一缺点，所以鲁迅为它单独命名，以免与讽刺小说相混。所以他在论及《官场现形记》时，指出它"然臆说颇多，难云实录，无自序所谓'含蓄蕴酿'之实，殊不足望文木老人后尘。况所搜罗，又仅'话柄'，联缀此等，以成类书；官场伎俩，本小异大同，汇为长编，即千篇一律"。鲁迅对《二十年目睹之怪现状》也有同样的批评："全书以自号'九死一生'者为线索，历记二十年中所遇、所见、所闻天地间惊听之事，缀为一书，始自童年，末无结束，杂集'话柄'，与《官场现形记》同。"④那么，既然有如此大的缺点，怎么又会在群众中受到如此热烈的欢迎呢？这里就有一个读者对象的问题。鲁迅是从精英的美学审视角度加以评定的，而"浅人社会"却对"话柄"并不反感，对他们来说，好像这并不是什么缺点，相反，它倒是一个"看点"，对书商来说可能更是一个"卖点"。从鲁迅的精英审美视角来看，这些"过甚其辞"是为了"以合时人嗜好"，这乃是一种"迎合"，或者可以理解为"媚俗"。

1927年，胡适写《官场现形记·序》时，他是读过鲁迅的《中国小说史

---

① ③　鲁迅：《中国小说史略·第28篇·清末之谴责小说》，中国书籍出版社2016年版，第256页。

②　林瑞明：《〈官场现形记〉与晚清腐败的官场》，《晚清小说研究》，台湾联经出版社1988年版，第236页。

④　鲁迅：《中国小说史略·第28篇·清末之谴责小说》，中国书籍出版社2016年版，第257—258页。

略》的,他也同意鲁迅对这两部谴责小说的艺术性不足的批评,可是胡适从另一个角度谈了他自己的看法。今天我们将这两位"超一流的文学大师"对同一部作品的"同而不同"的意见进行对比研究,是可以从中受到很多教益的。在评价《官场现形记》时,胡适劈头第一句就说:

> 《官场现形记》是一部社会史料。它所写的是中国旧社会里最重要的一种制度与势力——官。它所写的是这种制度最腐败、最堕落的时期——捐官最盛行的时期。①

胡适就表明自己不从"纯文学"的或精英审美视角去评价这部长篇小说,而是从"社会史料"的角度去考察它的价值,于是胡适就有了这样的见解:"虽然有过分的描写与溢恶的形容,虽然传闻有不实不尽之处,然而就大体上论,我们不能不承认这部《官场现形记》里大部分的材料可以代表当日官场的实在情形。那些有名姓可考的,如华中堂之为荣禄,黑大叔之为李莲英,都是历史上的人物,不用说了。那无数无名的小官,从钱典史到黄二麻子,从那做贼的鲁总爷到那把女儿献媚上司的冒得官,也都不能说是完全虚构的人物。故《官场现形记》可算是一部社会史料。"②李伯元虽然没有做到"含蓄蕴酿",可是他做到了"酣畅淋漓"。胡适认为小说的第四十三至第四十五回写一大群"佐杂小官",是全书最精彩的部分,而就现在的长篇小说整体而言,风格、意境是不高的。胡适觉得李宝嘉的成绩不应该这么坏,觉得他不曾充分用他的才力,于是用一种"惋惜"而又"同情"的设身处地的态度,全面评价了《官场现形记》的优势及不足,这种考虑了多种内外因素而作的综合评估是很值得我们咀嚼品味的:

> 他在开卷几回里,处处现出模仿《儒林外史》的痕迹。他似乎是想用心做一部讽刺小说的。假使此书用赵温与钱典使做全书的主人翁,用后来描写湖北佐杂小官的技术来叙述这两个人的宦途历史,假使作者当日肯这样做去,这部书未尝不可以成为一部有风趣的讽刺小说。

---

① 胡适:《官场现形记·序》,《胡适文存》第3集,华文出版社2013年版,第349页。
② 胡适:《官场现形记·序》,《胡适文存》第3集,华文出版社2013年版,第350页。

但作者个人生计上的逼迫,浅人社会的要求,都不许作者如此做去。于是李宝嘉遂不得不牺牲他的艺术而迁就一时的社会心理,于是《官场现形记》遂不得不降作一部摭拾话柄的杂记小说了。

讽刺小说之降为谴责小说,固是文学史上大不幸的事。但当时中国屡败之后,政制社会的积弊都暴露出来了,有心的人都渐渐肯抛弃向来夸大狂的态度,渐渐肯回头来谴责中国本身的制度不良,政治腐败,社会龌龊。故谴责小说虽是浅薄,显露、溢恶种种短处,然它们确能表示当日社会的反省的态度,责己的态度。这种态度是社会改革的先声……我们回头看那班敢于指斥中国社会的罪恶的谴责小说家,真不能不脱下帽子来向他们表示十分敬意了。①(重点是原有的)

相反,胡适对《儒林外史》却有另一种看法,他认为它只是在"文人社会"里流行,在浅人社会中是没有什么影响的:"况且书里的人物又都是'儒林'中人,谈的什么'举业''选政'都不是普通一般人能了解的。因此,第一流小说之中,《儒林外史》的流行最不广,但这部书在文人社会里的魔力可真不少!……《儒林外史》没有布局……这个体裁最容易学,又最方便。因此,这种一段一段没有总结构的小说体就成了近代讽刺小说的普通法式。"②那也就是说,由于清末这样特定的境遇,面对这样一个腐败的政府,这样一个污浊的官场,用"婉而多讽"已经无法贴近老百姓的"期待视野"了。这些谴责小说深入中下层社会,动员市民关心政局,起了梁启超们倡导政治小说想达到而未曾达到的效果。鲁迅用"掊击"与"纠弹"确实说出了当时的"流行色",由讽刺走向怒斥的小说,在特定时势下产生一种火辣辣的烧炙感,我们可以别谓之"谴责小说",而"辞气浮露,笔无藏锋"只是《官场现形记》和《二十年目睹之怪现状》一类具体作品的缺点,像《老残游记》和《孽海花》一类作品是不在其内的。

通过对两位"超一流文学大师"评论同一部作品的比较,我们感到鲁迅的风格是"率直尖锐",而胡适的风格是"曲折圆通",他能在同意鲁迅的艺术分析的前提下,曲曲折折地说出一番令人很中听的道理来,多角度地审视

---

① 胡适:《官场现形记·序》,《胡适文存》第3集,华文出版社2013年版,第358—359页。
② 胡适:《五十年来中国之文学》,《最近五十年——申报馆五十周年纪念》,上海书店1987年影印本版,第16页。

《官场现形记》。如果将鲁迅的"特缘时势要求""以合时人嗜好"这十二个字作为《官场现形记》等小说的定评,那就最恰当不过了。不过"嗜好"这个词从精英视角与大众视角的不同基点去体认,感觉是不同的:这里有着"媚俗"与"适俗"的分别,前者有贬意而后者是褒词。"嗜好"一般是指不良的特殊爱好,如嗜烟酗酒,但现在是"嗜书""嗜'谴责小说'",应另当别论。《世界繁华报》上有《官场现形记》的连载,每天要去买来看,不看就若有所失,这就是上了"瘾"。老百姓会自掏腰包来买这种文化商品,上海的现代文化市场中的"文学分场"就是这样孕育发展起来的。笔者看到过《官场现形记》的光绪甲辰本(1904年),是二十四册三十六卷的"口袋本",每册只有两回,至多三回,小巧玲珑,比六十四开本还要小一点。这种书可以放在口袋里,便于携带和随时阅读,显然是面向市民而不是给文人雅士在书斋中密圈密点去研读的,这说明现代化的文化市场也在迎适各类读者的需求,在外观形式,包括开本上也日益多样化了。李伯元与吴趼人这些通俗作家对建构现代化的文化市场也是有过贡献的。

第二节　官场小说的史料价值与现实意义
——论《官场现形记》与《二十年目睹之怪现状》

《二十年目睹之怪现状》中所揭露的怪现状也是以官场怪现状为主的,究其原因,晚清时期的腐败官场是一切怪现状之首,也是之源。所谓"之首"是指数量,《二十年目睹之怪现状》第四十七回中吴继之说:"官场上面的笑话,车载斗量。"要写是取之不尽,用之不竭的。所谓"之源",就像九死一生的姐姐所说,做官就"先要学的卑污苟贱,灭绝天良"。于是一切怪现状皆受官场传染,或为官场所逼迫出来的。胡适说:

> 其实当时官场的腐败已到了极点,这种材料遍地皆是,不过等到李伯元方才有这一部穷形尽相的"大清官国活动写真"出现,替中国制度史留下无数绝好的材料。①

如果从"制度史"的角度去研究,这两部书确有永恒的保留价值。它们

---

① 胡适:《五十年来中国之文学》,《最近五十年——申报馆五十周年纪念》,上海书店1987年影印本版,第16页。

用比较宽阔的视域揭露了封建没落时期的官场,但是只要封建残余还存在,官不把自己视为公仆,不是"公"务员,而是只对上面负责,是代表当局来统治百姓的工具,那么这两部小说就有巨大的现实意义。茂苑惜秋生在1903年为《官场现形记》所写的《序》中就深刻地指出:"盖官者有士农工商之利,而无士农工商之劳也。天下爱之至深者,谋之必善;慕之至切者,求之必工。"而在结尾的第六十回,再一次强调、重复了这个"利"字:"统天底下的买卖,只有做官利钱顶好,所以拿定主意,一定也要做官。"利钱最厚,而做官又不难,举手之劳,就能有丰厚的回报,何乐而不为呢?在《二十年目睹之怪现状》第一百回的"回评"中就讲了一个做官容易的故事:

> 曾闻诸人言,合肥李文忠恒詈人曰:"天下最易的是做官,连官也不会做,真是无用的东西了。"昔者闻而疑之,何文忠之轻视做官,一至于此!今观此回,以一蠢如鹿豕之人,仅在官署当仆役数年,即能袍笏登场,俨然人上;始信文忠之言为不谬也。以不通一进而为不知羞,即可做官,是殆作者之微言欤。①

这个故事流传得很广:李鸿章每问被保荐来的人有何专业,如有专业,就把他分派到相关专业去工作,如果说什么也没有学过,他就说那就做官去!因此,在《官场现形记》和《二十年目睹之怪现状》中开头就着重写"跑官买官"。在《二十年目睹之怪现状》第五十回,九死一生说:"至于拿官当货物,这货只有皇帝有,也只有皇帝卖。"②然后当然是逐级按价一层层卖下去。如在《官场现形记》第四回中就有这样精彩的描写:

> 他这人生平顶爱的是钱。自从署任以来,怕人家说他的闲话,还不敢公然出卖差缺,今因听得新抚台不久就要接印,他指日也要回任,这藩台是不能久的,他便利令智昏,叫他的幕友、官亲,四下里替他招揽买卖(原批:贿赂公行,不成世界)。其中以一千元起码,只能委个中等差使。顶好的缺,总得头二万银子。谁有银子谁做,却是公平交易,丝毫没有偏袒。③

---

① 我佛山人:《二十年目睹之怪现状》,花城出版社1988年版,第605页。
② 我佛山人:《二十年目睹之怪现状》,花城出版社1988年版,第251页。
③ 李伯元:《官场现形记》,中州古籍出版社1995年版,第39页。

无独有偶,下面所引则是《二十年目睹之怪现状》第五回所写的卖官景况:

> 他在怀里掏出一个折子来递给我。我打开一看,上面开着江苏全省的县名,每一个县名底下,分注了些数目字,有注一万的,有注二三万的,也有注七八千的。我看了虽然有些明白,然而我不便就说是晓得了,因问他是甚意思。他此时炕也不坐了,拉了我下来……他附着了我的耳边,说道:"这是得缺的一条捷径。若是要想哪一个缺,只要照开着的数目,送到里面去,包你不到十天,就可以挂牌……"①

他们两人所写的作品几乎是同时进行的,不存在哪一个套用另一人的小说情节。这只能说明"天下乌鸦一般黑",才使他们两人的情节"撞了车"。既然做官利最厚,做官的自己爱钱,而他的官又是花大价钱买来的,他到任后的搜括当然更是凶狠。因此,《官场现形记》里至少两次提到做官七字诀是"千里为官只为财",那么老百姓受盘剥的苦况就可想而知了。李伯元甚至用很愤激的语言讽刺天下贪官之多。他在第十四回借妓女龙珠之口说:"能够瞒得过我吗?做官的人得了钱,自己还要说是清官,同我们吃了这碗饭,一定要说清倌人,岂不是一样的吗?(原批:暮鼓晨钟,发人清醒)"②所谓清倌人,就是说自己是"处女",是干净身体,这真是很刻毒的讽刺。胡适说:

> 向来人民对于官,都是敢怒而不敢言;恰好到了这个时期,政府的纸老虎是戳穿的了,还加上一种傥来的言论自由——租界的保障——所以受了官祸的人,都敢明白地攻击官的种种荒谬、淫秽、贪赃、昏庸的事迹。③

清廷的文字狱向来很残酷,但是这些谴责小说大多出现在上海,"晚清上海,本是中国骂官的最好的场所,允许骂,有人听。《官场现形记》骂

---

① 我佛山人:《二十年目睹之怪现状》,花城出版社1988年版,第27页。
② 我佛山人:《二十年目睹之怪现状》,花城出版社1988年版,第169页。
③ 胡适:《胡适古典文学研究》下,上海古籍出版社2013年版,第1018页。

得痛快淋漓,全面,解恨,因此出版以后,纸贵一时,影响空前。模仿之作,风起云涌。"①因此,在小说中着实放手写了一些"大冤案"。从《官场现形记》的第十一回到第二十二回是写浙江官场,其中的重要事件之一是胡统领严州剿匪记。他专门捡没有土匪的地方进兵,乡民听说官兵把他们当"匪"剿,纷纷逃避,于是十室九空,任官兵洗劫抢掠,奸淫妇女,焚烧村庄,还纷纷传出"捷报"。老百姓上告,他们又官官相护,软硬兼施,压服苦主,把一切杀人放火的罪行往"土匪"头上一推,还逼苦主给他们献"万民伞"。他们得胜回朝,报功请赏;一个土匪也没有剿掉,却虚报军费六七十万。一群群老百姓披麻戴孝,焚烧纸锭,号啕痛哭:"官兵就是强盗,害得我们好苦呀!"告状的行列在愤怒中行进,可是所得到的是官家的马棒与鞭子的镇压!读了这些篇章,才更懂得什么叫作"暗无天日"。其他如黄河决口,河工总办大发其财,然后用河工上贪污到的钱大把大把地到京城里去买官,而黄胖姑却又千方百计从中渔利等等。此类事件,当然自古有之,但是市民读者眼界有限,他们不会想到此乃"千篇一律"。

在这两部书中,官员的"恐洋症"也得到了充分暴露。《官场现形记》第九回至第十回山东巡抚胡理图的哀叹是十分典型的:"这都是我兄弟命里所招。兄弟自从县令起家,直到如今,为了洋人,不知道害我花了多少冤枉钱,叫我走了多少冤枉路,吃了多少苦头!我走到东,他跟到东,我走到西,他跟到西,想来是我命里所招。看来这把椅子又要叫我坐不长远了。"②"将来我兄弟这条命,一定送在外国人手里,诸公不要不相信,等着瞧罢!"③原批中有八个字"惊弓之鸟""杯弓蛇影"。怕到这个份上,这样的官不丧权辱国才怪呢。无独有偶,在《二十年目睹之怪现状》第八十四到第八十五回,外国人花了四十元,从中国的一个和尚与一个地痞手里买下了庐山牯牛岭。事情闹到总理衙门,总理衙门的一个大臣写信给处理此事的抚台说:"台湾一省地方,朝廷尚且拿他送给日本,何况区区一座牯牛岭,值得甚么!将就送了他罢!况且争回来,又不是你的产业,何苦呢!"④恐洋症使官员可以任意出卖国家的领土,只要能息事宁人,总理衙门也成了卖国的机构。

《官场现形记》和《二十年目睹之怪现状》这类小说的现实意义是不言而

---

① 熊月之主编:《上海通史·第6卷·晚清文化》,上海人民出版社1999年版,第517页。
②③ 李伯元:《官场现形记》,中州古籍出版社1995年版,第101页。
④ 我佛山人:《二十年目睹之怪现状》,花城出版社1988年版,第480页。

喻的,可以说,反腐反贪是中国历朝历代政府应重视的一项重要政治任务。读《官场现形记》与《二十年目睹之怪现状》对我们有警示作用。如果不重视反腐反贪,贪污所形成的损害甚至会对经济发展的效率产生对冲作用,而反腐也包括整治买官、跑官等猖獗的腐败现象,凡上述此种现象,其危害实在难以估量。现今出台重拳反腐反贪措施,提出"老虎苍蝇一起打",将反腐反贪作为一个长期的制度化建设措施,得到了广大人民的拥戴,这将真正让官员从不敢贪、不能贪到不想贪,做到依法执政,把权力关进制度的笼子里去,形成监督制度,从制度反腐而到以德立国,真正建成一个高效廉洁的政府。这是根治《官场现形记》和《二十年目睹之怪现状》此类历史丑恶现象具有针对性的有效措施。至于"恐洋症",由于中国国力逐步强大,当然有了根本好转,但"恐"得以缓解之后,"崇"还存有,治疗这种"崇洋症"的针对性方案就是现今所提出的要加强"道路自信""理论自信""制度自信"和"文化自信",此乃对症之良方。

第三节　两部未竟之作成为清末小说之翘楚

——论《老残游记》与《孽海花》

清末小说中《老残游记》和《孽海花》这两部未竟之作,在若干评论家口碑中进入了晚清几部出类拔萃的小说名录。

《老残游记》的作者刘鹗(1857—1909年),字铁云,别署洪都百炼生。江苏丹徒人。他因科举失利,发奋专攻杂学。将自己锻造成一个"不守绳墨,勇于作为"①的人。胡适则称赞他道:"他是一个很有见识的学者,同时又是一个很有识力和胆力的政客。"②夏威夷大学教授马幼垣说他是"'小说家、诗人、哲学家、音乐家、医生、企业家、数学家、藏书家、古董收藏家、水利专家和慈善家'……设若再冠以甲骨学家、印学家、碑版学家、文字学家、书法家、钱币收藏家、旅行家、改革家,乃至太谷学派研究家,亦未尝不可"③。那也并非言过其实,这正说明刘鹗所涉猎的杂学之广。但是,刘鹗作为一位"很有识力和胆力的政客"的潜力没有能充分发挥出来,尽管他的确有这方

---

① 严薇青:《老残游记·前言》,齐鲁书社1985年版,第7页。
② 胡适:《老残游记·序》,《胡适文存》第3集,黄山书社1996年版,第396页。
③ 陈玉堂:《刘鹗散论·序》,《刘鹗散论》,云南人民出版社1998年版,第3页。

面的才能,也具备足够的识力与胆力。他能在庚子年间自动携款进京,与帝国主义侵略者谈判,为百姓办理平粜、放赈等,就显示了他有这方面的气质与素养。他是一位"谤满天下不觉稍损,誉言满天下不觉稍益"①的我行我素者。如果他生逢其时,他一定是一位改革开放的急先锋和敢作敢为的实践家。他在《老残游记》的第一回中写道,当他呈上向盘与纪限仪时,有人会说:"他们用的是外国向盘,一定是洋鬼子差遣来的汉奸!"②正如《孽海花》第十八回中通过人物之口所说:"那时中国风气未开,有人讨论西学,就是汉奸。"③刘鹗还是个好发表政见的人。他反对"北拳南革"曾被作为反动的铁证,使他的人和书都成为被批判对象。"北拳"给民族造成如此大的灾害,不言而喻。反对"南革"倒是一个倾向性问题,但"南革"最终也没能挽救中国,当时正处在挽救中国是走改良还是革命道路论争最剧烈的时期,他偏执于自己的见解,对革命有误解,我们不能以此去否定他整部作品的成就。他发表的政见集中在第八回至第十二回。鲁迅在《中国小说史略》中评论的是文学,对政见的问题也略而不论。胡适在指出"《老残游记》的预言无一不错"之后,还告诉我们:"《老残游记》在中国文学史上的最大贡献却不在于作者的思想,而在于作者描写风景人物的能力。"④这种将政见与文学鉴赏分离的态度,应该是建构文学史和评价作品可作参考的一种意见。

鲁迅与胡适不约而同地看重第十六回的"原评",同时引用了下述的话:

赃官可恨,人人知之;清官尤可恨,人多不知。盖赃官自知有病,不敢公然为非;清官则自以为我不要钱,何所不可,刚愎自用,小则杀人,大则误国。吾人亲目所见,不知凡几矣……作者苦心愿天下清官勿以不要钱便可任性妄为也。历来小说皆揭赃官之恶,有揭清官之恶者,自《老残游记》始也。⑤

这的确是"言人所未尝言",也正是《老残游记》的深刻处。小说对清官

---

① 严薇青:《老残游记·前言》,齐鲁书社1985年版,第17页。
② 刘鹗:《老残游记》,中国画报出版社2014年版,第8页。
③ 曾朴:《孽海花》,岳麓书社2014年版,第140页。
④ 胡适:《老残游记·序》,《胡适文存》第3集,黄山书社1996年版,第406页。
⑤ 鲁迅:《中国小说史略》,中国书籍出版社2016年版,第263页。

之所以作恶的心理分析也是入木三分。那位玉太尊，既有才，又急于想做大官，于是就一心要表现其政绩，他的"政绩工程"就是"杀人"。"多杀人"，杀出一个"路不拾遗"的"清平世界"来，杀得人人噤若寒蝉，相互告诫说："明天倘若进城，千万说话小心。"书中写老残"复到街上访问本府政绩，竟是一口同声说好，不过都带有惨淡颜色，不觉暗暗点头，深服古人'苛政猛于虎'真是不错"。《老残游记》中的这些分析官场的话，如上面所引的"官箴"皆出于第六回，而最后老残的总结真可谓令人不寒而栗：

> 我说无才的要做官很不要紧，正坏在有才的要做官。你想，这个玉太尊不是个有才的吗？只为过于要做官，且急于做大官，所以伤天害理的做到这样。而且政声又如此其好，怕不数年之间就要方面兼圻的吗？官愈大，害愈甚，守一府则一府伤，抚一省则一省残，宰天下则天下死！①

鲁迅与胡适所共感的另一方面是作品的叙景状物的成就。鲁迅认为作品"叙景状物，时有可观"②，而胡适觉得这方面的描写更是叹为观止，因此，分析得也更细腻，他认为"《老残游记》最擅长的是描写的技术；无论写人写景，作者都不肯用套语滥调，总想熔铸新词，作实地的描画。在这一点上，这部书可算是前无古人的了"③。这种写景状物达到个性化的程度完全是作者自己有意为之，是一种自觉的艺术锻造，这可由第十三回的"原评"作证：

> 止水结冰是何情状？流水结冰是何情状？小河结冰是何情状？大河结冰是何情状？河南黄河结冰是何情状？山东黄河结冰是何情状？须知前一卷所写是山东黄河结冰。④

经过了这样细致的观察，要写出这样个性化的有地域特色的景物来，"套语滥调"就无能为力了，必须自己"熔铸新词"。前无古人的细致观察，前

---

① 刘鹗：《老残游记》，天津古籍出版社2005年版，第39页。
② 鲁迅：《中国小说史略》，中国书籍出版社2016年版，第263页。
③ 胡适：《老残游记·序》，《胡适文存》第3集，华文出版社2013年版，第374页。
④ 刘鹗：《老残游记》，浙江古籍出版社2015年版，第177页。

无古人的细腻白描,前无古人的熔铸新词,这是刘鹗的一种自觉的艺术追求。否则,一部未竟之作怎么能如此吸引人以致被视为清末小说之翘楚?至于第二回王小玉的唱书,更堪称经典。描写她的音调之美、音域之宽固然不易,就是写那上台的"台型"就令人觉得不同凡响。王小玉也不过仅有"中人以上之姿",但只觉得"秀而不媚,清而不寒",至于怎样形容她的台型,引文就太长了。至于她的启朱唇,发皓齿后的妙音却是值得长长地引上一段的。

> 声音初不甚大,只觉得入耳有说不出来的妙境:五脏六腑里,像熨斗熨过,无一处不伏贴;三万六千个毛孔,像吃了人参果,无一个毛孔不畅快。唱了十数句之后,渐渐地越唱越高,忽然拔了一个尖儿,像一线钢丝抛入了天际,不禁暗暗叫绝。哪知她于那极高的地方,尚能回环转折。几啭之后,又高一层,接连有三四叠,节节高起。恍如由傲来峰西面攀登泰山的景象:初看傲来峰削壁千仞,以为上与天通;及至翻到傲来峰顶,才见扇子崖更在傲来峰上;及至翻到扇子崖,又见南天门更在扇子崖上:愈翻愈险,愈险愈奇。
>
> 那王小玉唱到极高的三四叠后,陡然一落,又极力骋其千回百折的精神,如一条飞蛇在黄山三十六峰中腰里盘旋穿插,顷刻之间,周匝数遍。从此以后,愈唱愈低,愈低愈细,那声音渐渐地就听不见了。满园子的人屏气凝神,不敢少动。约有两三分钟之久,仿佛有一点声音从地底下发出。这一出之后,忽又扬起,像放那东洋烟火,一个弹子上天,随化作千百道五色火光,纵横散乱。这一声飞起,即有无限声音俱来并发。那弹弦子的亦全用轮指,忽大忽小,同她那声音相和相合,有如花坞春晓,好鸟乱鸣。耳朵忙不过来,不晓得听哪一声的为是。正在撩乱之际,忽听霍然一声,人弦俱寂。这时台下叫好之声,轰然雷动。①

刘鹗的别开生面就在于用文字让人凝神屏息地"听"一回"千古绝唱",而且达到了余音绕梁三日不绝的效果。可以说,这是文学史上运用"通感"

---

① 刘鹗:《老残游记》,浙江古籍出版社2015年版,第9—10页。

技术最成功的一次示范。

> 这一段写唱书的音韵,是很大胆的尝试。音乐只能听,不容易用文字写出,所以不能不用许多具体的物事来作譬喻。白居易、欧阳修、苏轼都用过这个法子。刘鹗先生在这一段里连用七八种不同的譬喻,用新鲜的文字,明了的印象,使读者从这些逼人的印象里感觉那无形象的音乐的妙处。这一次的尝试算是很成功的了。①

刘鹗借鉴了白居易、欧阳修和苏轼的成功经验,但如果这三位大师复生,也会对刘鹗的"尝试"甘拜下风,无怪胡适也钦佩得五体投地了。

刘鹗写《老残游记》,也并非一味谴责的,即使是对官场。官场中固然有玉贤、刚弼之流的酷吏清官,也有史观察那种"只因但会读书,不谙世故,举手动足便错"的官吏,也有听了史观察的治河方略,知道"总有十几万家"的身家性命沉入一片汪洋之中,居然"还落了几点眼泪"的庄抚台,更有那"就事论事,细意推求",把一件冤案翻过来的白子寿。因此,我们不能以纯粹的谴责小说视之。至于上述的"政绩论",像玉贤这样的官实在是一个极端的实例,但为了华而不实的政绩而损害人民利益的现象,我们今天也并不少见,也值得警惕。

《孽海花》是一部出色的历史小说,1903 年开始刊载在东京出版的留学生杂志《江苏》上,作者是金天翮(1873—1947 年),又名天羽,字松岑,别署金一、爱自由者、天放楼主人,但他只写了六回。后来才由曾朴(1872—1935年)续写。兹将他们自述的"交接班"过程及两人各自的写作动机介绍如下:

> 余以中国方注意于俄罗斯之外交,各地有"对俄同志会"之组织,故以使俄之洪文卿为主角,以赛金花为配角,盖有时代为背景,非随意拉凑也。余作六回而辍,常熟丁芝孙、徐念慈、曾孟朴创"小说林书社",商之余,以小说非余所喜,故任孟朴续之,第一、第二两回原文保存较多,其预定之六十回目,乃余与孟朴共同酌定之。②

---

① 胡适:《胡适文存》第 3 集,华文出版社 2013 年版,第 377 页。
② 魏绍昌编:《金松岑谈〈孽海花〉》,《〈孽海花〉资料》,上海古籍出版社 1982 年版,第 146 页。

他发起这书,曾做过四五回。我那时正创办"小说林书社",提倡译著小说,他把稿子寄给我看。我看了,认为是一个好题材。但是金君的原稿,过于注重主人公,不过描写一个奇突的妓女,略映带些相关的时事,充其量,能做成了李香君的《桃花扇》,陈圆圆的《沧桑艳》,已算顶好的成绩了,而且照此写来,只怕笔法上仍跳不出《海上花列传》的蹊径。在我的意思却不然,想借用主人公做全书的线索,尽量容纳近三十年来的历史,避去正面,专把些有趣的琐闻逸事,来烘托出大事的背景,格局比较的廓大。当时就把我的意见,告诉了金君,谁知金君竟顺水推舟,把继续这书的责任,全卸到我身上来。我也就老实不客气地把金君四五回的原稿,一面点窜涂改,一面进行不息,三个月功夫,一气呵成了二十回。①

　　上述所引极为重要。这么一部杰构,乃由金一发起,或称创意,由曾朴续成。金一曾自撰广告称它为"政治小说",而到《小说林》出版时则改称"历史小说"。金一的功劳在于能发现这么一个好的题材,这么一个好的贯串人物,而曾朴则能将这一好的题材和好的贯串人物扩大为"尽量容纳近三十年来的历史",而且是汇集"有趣的琐闻逸事,来烘托出大事的背景",这一构思才是正宗小说的格局。应该说,这是金、曾的珠联璧合。当然,曾朴的"执行"是出色的,在好的创意之外,有着自己"执行"中的新开拓。"一出版后,意外的得到了社会上大多数的欢迎,再版至十五次,行销不下五万部,赞扬的赞扬,考证的考证,模仿的,继续的……"②当年中国文坛真是因此书而热闹了一阵。

　　这部原拟六十回的书,写到第三十五回就中止了,未成完璧。连戊戌政变、百日维新也没有写到,后面的谭嗣同(戴胜佛)慷慨就义、八国联军进京、赛金花(傅彩云)与德军统帅瓦德西重逢均是大家想见到的重要情节。可是在这三十五回书中,即使是从第九回金雯青奉旨出国,到第十八回回国这十回书中也不断地插叙国内的有关情节,不忘通过一些琐闻逸事将国家政坛的重要动态烘托出来。因此,鲁迅说这书的优点是"结构工巧,文采斐然"。

---

① 朱一玄编:《明清小说资料选编》下,南开大学出版社2006年版,第868页。
② 魏绍昌编:《曾孟朴谈〈孽海花〉》,《〈孽海花〉资料》,上海古籍出版社1982年版,第311—312页。

说到结构,直至《孽海花》出,才真正摆脱《儒林外史》所造成的结构上无主干的缺陷。《官场现形记》不必说,《二十年目睹之怪现状》中的一个"九死一生",不能解决这结构上缺乏"脊梁"的毛病。《老残游记》还没有解决根本问题,因为老残是"游行"式、"访问"式的人物,他的身份不过使他比"九死一生"略为自然一些。中国的四大古典小说《三国演义》《水浒传》《西游记》和《红楼梦》都有主干人物,《水浒传》也写一个个英雄的个人身世,但"逼上梁山"成为一块磁铁,将他们汇聚在一起。只有《儒林外史》结构上的不良影响,使以后通俗小说中的"结构懒汉"们找到了粗制滥造的借口,它们不学"儒林"之长,却一个劲儿地往它的缺陷中钻。民国通俗小说中存在大量的"儒林"结构,但是,《孽海花》作者很自豪地介绍了他的经验,而且他的哲嗣曾虚白也为此大加发挥:

> 然组织法彼此截然不同。譬如穿珠,《儒林外史》是直穿的,拿着一根线,穿一颗算一颗,一直穿到底,是一根珠练;我是蟠曲回旋着穿的,时收时放,东交西错,不离中心,是一朵珠花。譬如植物学里说的花序,《儒林外史》等是上升花序或下降花序,从头开去,谢了一朵,再开一朵,开到末一朵为止;我是伞形花序,从中心干部一层一层地推展出各种形色来,互相连结开成一朵花球一般的大花。①

《孽海花》这样珠花式的结构,当然比《儒林外史》珠练式的结构,容易呈现时间发展的全貌。这朵珠花的"波澜起伏""前后照应""擒纵""顺逆""蟠曲回旋""时收时放",永远不离一个中心。这中心是洪文卿与赛金花生活故事的进展。作者在《孽海花》中经常写了一段洪、赛的生活,就像放风筝一样,借着一根线把话头放到另一节故事中去。令人最钦佩作者组织能力的是:不论这只风筝放得怎样远,有时天南地北,放到了不知哪个外国去,作者总会找另一根线,把这只风筝带转话头又拉回原中心,继续追叙他洪、赛生活的故事。就这样一收一放地运用,作者的摄影机就能以珠花的组织形态,把整个时代发展的全貌,呈现在

---

① 魏绍昌编:《曾孟朴谈〈孽海花〉》,《〈孽海花〉资料》,上海古籍出版社1982年版,第130页。

读者眼前。这绝不是《儒林外史》珠练式的组织法所能做得到的了。①

赛金花如果没有洪文卿,即便"能量"再大,也无法与政坛保持密切的联系。即使洪文卿死了,她还得靠洪文卿的"遗荫"在社会上自抬身价。赛金花通过洪文卿伸出她的触角,从而起到贯穿人物的作用,但用曾虚白的说法,他们两人实际上是"中心"人物,这也是说得过去的。问题是对这两个形象,作者是否塑造得成功。作为人物形象,金雯青与傅彩云基本上是塑造成功的。

金雯青在社会上与事业上皆是成功者,中状元又奉旨出使,乃大成功。在家庭与爱情上也是成功者,英雄美人,他的夫人张氏却又是如此贤惠,乃大幸福。可是金雯青又是两方面的失败者。一张地图使他的处境如此逆转,一个小妾,他为她一气身亡。他在生活中还是一个要"上进"的人:中了状元,自己还觉得"那科名鼎甲是靠不住的,总要学些西法,识些洋务,派入总理衙门当一个差,才能够有出息哩"。因此,他读《瀛环志略》《海国见闻录》《海国图志》,渐渐通了外务。他不能算昏庸吧?到了外国他"杜门谢客,左椠右铅,于俎豆折冲之中成竹素馨香之业,在中国外交官内真要算个人物了"。他出巨资买那张给自己"掘墓"的地图,他的主观动机是无可厚非的:"我好容易托了这位先生,弄到了这幅中俄地图。我得了这图,一来可以整理整理国界,叫外人不能占据我国的寸土尺地,也不枉皇上差我出洋一番;二来我数十年心血做成的一部《元史补证》,从此都有了确实证据,成了千秋不刊之业,就是回京见了中国著名的西北地理学家黎石农,他必然也要佩服我了。"可是这位书呆子出身的大使在错综复杂的国际交往中缺少一根警惕之弦——帝国主义侵略我国的多种手段:武的、文的、骗的,无所不用其极。就他的家庭结构而言,他以为能满足傅彩云的一切了,可是他不懂得自己有不能满足这位美人的东西。于是他一再震惊于傅彩云的放荡,可是每当他为此震怒时,傅彩云连表面上的忏悔也不给他,而是向他"摊牌"——她的出身他不是不知道,她本性如此,她本性难移。他终于在内外夹攻中命丧黄泉。这是一位煊赫外表的胜利者、幸运儿,实际上是钻在内外两个"圈套"中的连自己也"莫明其妙"的失败者、可怜虫。

---

① 曾虚白:《小凤仙与赛金花》,(香港)《大成》1984年6月1日第127期,第26页。

傅彩云美丽、聪明,但是放荡。她懂得金雯青对他的爱,她利用他的懦弱,于是她有恃无恐。在她向金雯青"摊牌"时,和她在金死后向张夫人与金的好友们摊牌时,显示了直爽与厉害的个性,她坦率地说出她天生就是这副德行,"事到临头,自个儿也做不了主",要她就范,除非杀了她,"我是斩钉截铁地走定的了"。连几个帮着调解家庭难题的大官们,也只好背着她"伸伸舌头道:'好厉害的家伙。'"她能对付孙三儿这样带有流氓气的"丈夫",她充分利用自己的美丽、聪明征服和支使对方,以满足自己放荡的性格。说到底,她就是这么一个人。对她与金雯青之间的描写,倒也不存在"恶谑",这是作者为了塑造这两个人物而采用的正常手段。

　　前二十回出版后,好评如潮,林纾说:"方今译小说者,如云而起,而自为小说者特鲜。纾日因于教务,无暇博览。昨得《孽海花》读之,乃叹为奇绝。"①他又曾说:"所恨无迭更司其人,能举社会中积弊著为小说,用告当事,或庶几也。呜呼!李伯元已矣,今日健者,惟孟朴与老残二君。能出其绪余效吴道子之写地狱变相,社会之受益,宁有穷耶?仅拭目俟之,稽首祝之。"②林纾对这部小说的佳评是恰如其分的,但如果要定它为谴责小说似还可有商榷的余地。当然,它的现实意义就不如上述所论及的三部小说了。

　　就谴责小说总体而言,它们在当今还不失其警示作用,既然有一定的现实意义,那么我们向这些在文学史上有其地位的作品"脱帽致敬"也是应该的了。

---

① 林琴南:《林琴南书话》,浙江人民出版社1999年版,第60页。
② 郑振铎编:《中华传世文选·晚清文选》,吉林人民出版社1998年版,第615—616页。

第二章 侦探小说吹来一缕"科学"与"人权"清风

范伯群

第一节 侦探小说的引进与输入新风

谁都想象不到,早在五四运动的前二十年,侦探小说的输入,不仅给中国读者带来了愉悦,而且为闭塞的中国吹来了一缕"科学"与"人权"的清风。可是它自己恐怕也想象不到,曾几何时,忽然被打入了"冷宫"——被归入鸳鸯蝴蝶派的"逆流"之中,这真是像股票跌停板一样的"掉价"。它在无可奈何中感到,中国的普通老百姓对它并不冷漠,它在中国特殊的国情下,在被"轻蔑"中扎下了根——20世纪20年代中国化的侦探小说终于"定格",但我们不得不回忆,这位外国下嫁来的"公主"怎么会落入中国的寻常"百姓家",这貌似不公道的"贬值",其实也无损于它的身价。

自从美国作家埃德加·爱伦·坡1841年发表的《莫格街血案》成为侦探小说的鼻祖之后,此类小说在欧洲也得到热烈的响应,而到了1887年,英国作家柯南·道尔的《血字的研究》刊行,塑造了他笔下的侦探福尔摩斯之后,侦探小说更是大行其道,可以说红遍了西方:

> 福尔摩斯故事在英、美推出后,马上成为一个热潮,刊登这些故事的 Strand 杂志销量激增至每期五十万本,而且持续多年不变。我们只要想想当年福尔摩斯"悬崖撒手"和"绛市重稣"引起的骚动,就可以知道侦探小说在西方读者心目中占有何等地位了。统计指出1940年犯罪小说及侦探小说占美国全年小说出版总数四分之一,而一直以来这类小说受欢迎的程度从未减退过,时至今日,流行热潮仍然不散,足以证明它的确是"最受欢迎及最有持久力"的小说品种……侦探小说本身既是个普及全球的品种,而清末倡议小说运动的人和小说出版商又都

以普及为目标,那么译介英语侦探小说就顺理成章了。(1893年柯南·道尔决定不再写福案,于是在小说中让福氏与匪首同归于尽,让他撒手人寰。西方有读者竟佩戴黑纱表示哀悼,读者的强烈抗议声让柯南·道尔大感惊讶,世界各地读者来信不断,柯南·道尔终于在1901年让福氏重稣复生。——引者注)①

当然,侦探小说带给西方读者的主要是娱乐效应,但它总被视为一种知识阶层的消闲文学,这是他们用来测试自己智力的一种高尚的游戏。可是当它传入中国时,对中国知识分子来说,好像突然感到眼前一亮,他们读出了另外一层意思。林纾说:"近年读海上诸君子所译包探诸案,则大喜,惊赞其用心之仁。果使此书风行,俾朝之司刑谳者,知变计而用律师包探,且广立学堂以毓律师包探之材,则人人将求致其名誉,既享名誉,又多得钱,孰则甘为不肖者!下民既免讼师及隶役之患,或重睹清明之天日,则小说之功宁不伟哉!"②林纾马上联想到改革清廷的司法制度问题。另一位翻译了许多侦探小说的著名翻译家周桂笙则说:"侦探小说,为我国所绝乏,不能不让彼独步。盖吾国刑律讼狱,大异泰西各国,侦探之说,实尝未梦见。互市以来,外人伸张治外法权于租界,设立警察,亦有包探名目。然学无专门,徒为狐鼠城社。会审之案,又复瞻徇顾忌,加以时间有限,研究无心。至于内地谳案,动以刑求,暗无天日者,更不必论。如是,复安用侦探之劳其心血哉!至若泰西各国,最尊人权,涉讼者例得请人为辩护,故苟非证据确凿,不能妄入人罪。此侦探学之作用所由广也。而其人又皆深思好学之士,非徒以盗窃充捕役,无赖当公差者,所可同日而语。"③在周桂笙的脑海中也马上出现了两个词语,那就是"人权"与"科学"——重证据的科学的"侦探学"。

中国最早引进侦探小说的是张坤德,1896年至1897年《时务报》上翻译了四篇福尔摩斯侦探案[当年他将福尔摩斯(Holmes)译为呵尔唔斯],这比日本翻译柯南·道尔作品的时间(1899年)早了三年。那么中国的读者

---

① 孔慧怡:《还以背景,还以公道——论清末民初英语侦探小说中译》,王宏志编:《翻译与创作——中国近代翻译小说论》,北京大学出版社2000年版,第92页。
② 林纾:《神枢鬼藏录·序》,阿英编:《晚清文学丛钞·小说戏曲研究卷》,中华书局1960年版,第237—238页。
③ 周桂笙:《歇洛克复生侦探案·弁言》,《新民丛报》第55号,第85页。

是如何来欢迎这种新兴类型的小说的呢？他们读了之后又有何感受呢？吴趼人为此作过"调查"："访诸一般读侦探案者，则曰：侦探手段之敏捷也，思想之神奇也，科学之精进也，吾国之昏官、聩官、糊涂官所梦想不到者也。吾读之，聊以快吾心。或又曰：吾国无侦探之学，无侦探之役，译此者正以输入文明。而吾国官吏徒意气用事，刑讯是尚，语以侦探，彼且瞠目结舌，不解云何。彼辈既不解读此，岂吾辈亦彼辈若耶！"①这就是中国读者在当时的反映。奇怪的是当时的中国读者首先不是着眼于故事的新奇与巨大的吸引力，而是"科学之精进"与"输入文明"，而对中国的黑暗甚至是地狱般的司法现状提出了严厉的质询。也就是说，中国读者并非对侦探小说的内容不感兴趣，可是他们更关心的还是社会的公平与正义。他们最迫切需要的是"人权"。其次，他们才受到这类小说的磁石般的强劲吸力的牵引，对它趋之若鹜。

1905年4月24日，清廷"从伍廷芳、沈家本等奏请，将律例内重刑凌迟、枭首、戮尸三项，永远删除，凡死刑至斩决为止"。4月25日，又"从伍廷芳、沈家本等奏请，禁止刑讯拖累，变通笞杖办法，并请查监狱羁所，以矜恤庶狱"②。可是这仅是一纸空文而已，但至少也算是个"理论"上的"改进"。到了民国初年，侦探小说初期引进时的"光环"开始逐渐暗淡，人们开始淡忘它曾在"人权"与"科学"方面对我们的启蒙，而只是单纯从文学方面去对它作出估价。阿英曾对后期的侦探小说的风行作出过解释：

> 为什么到了后期，侦探小说会在中国抬头并风靡呢？其主要原因，当是由于资本主义在中国的抬头，由于侦探小说，与中国公案小说和武侠小说，有许多脉搏互通的地方，先有一两种的试译，得到了读者，于是便风起云涌互应起来，造就了后期的侦探翻译世界。与吴趼人合作的周桂笙（新庵），是这一类译作能手，而当时译家，与侦探小说不发生关系的，到后来简直可以说是没有。如果说当时翻译小说有千种，翻译侦探要占五百部上。这发展的结果，与谴责小说汇合起来，便有了后来"黑幕小说"的兴起。"黑幕小说"的来源，绝非由于"谴责小说"的单纯影响。③

---

① 吴趼人：《吴趼人全集》第7卷，北方文艺出版社1998年版，第72页。
② 郭廷以编著：《近代中国史事日志》下，中华书局1987年版，第1126—1127页。
③ 阿英：《晚清小说史》，江苏文艺出版社2009年版，第190页。

在阿英的这席话中,首先他将此类小说与资本主义制度联系起来,这是有一定道理的。随着清末民初中国大都市工商经济的发展,新形态的社会必然要呼唤新的治安体系和新的治安手段,以保障新兴都市肌体的康健和适应新经济的发展步伐。现代化的新型城市、现代化的经济规律、现代化的作案手段、现代化的侦破技术……是一个必然形成的、环环相扣的"社会生态链",这是一种相辅相成的新的社会生态平衡的产物。可是这种"联系"也会生发出片面性来,如有些人认为这种小说乃资本主义的相应产物,甚至说是为保护有产者服务的小说品种,是文艺为巩固资本主义社会秩序服务的作品。这在中国是个大忌,进而推断社会主义社会不需要这类小说的生产。基于这种误解,社会主义国家的一个共同点就是"的确"没有侦探小说。其次,阿英又将这类小说与公案小说、武侠小说、谴责小说与黑幕小说相联系、相比较,将它与其他类别的小说等量齐观,它初入中国时的头上的"光环"也就黯然失色了。因为知识精英们是鄙视公案、武侠、黑幕小说的。阿英将它与公案、武侠小说相比,大概是说明它还有一定的吸引读者的"紧张"与"悬念",至于说它又是黑幕小说的源头,那简直是有"教唆"犯罪的嫌疑了。

的确,此后侦探小说的地位日日走低,它原先是从外国下嫁来的公主,后来一变而为资本主义的"老妖婆"。因为在知识精英文学的主流看来,我们所从事的神圣使命是推翻旧世界,而侦探小说的任务是维持资本主义社会的"秩序",侦探不过是为百万富翁们看家守钱袋,于是将它划入鸳鸯蝴蝶派的名下,作为批判的对象。

1916年,中华书局出版了程小青等人翻译的《福尔摩斯侦探案全集》。刘半农为其写《跋》时,强调了它的启智作用,说侦探小说"则唯有以脑力为先锋,以经验为后盾,神而明之,贯而彻之,始能奏厥肤功。彼柯南·道尔抱启发民智之宏愿,欲使侦探界上大放光明……即言凡此种种知识,无一非为侦探者所可或缺也……一案既出,侦探其事者,第一步工夫即是一个'索'字,第二步工夫是一个'剔'字,第三步工夫即是一个'结'字……以文学言,此书亦不失为20世纪纪事文中唯一之杰构"[①]。也有后人对这一翻译工程给予了很高的评价:"1916年中华版的《福尔摩斯全集》,就小说翻译的标准

---

① 刘半农:《福尔摩斯侦探案全集·跋》,《刘半农自述》,安徽文艺出版社2014年版,第57—61页。

而言是一个里程碑,编辑与翻译态度之严谨应该得到评家注意。全集共十二册,音译标准化,附有详尽的作者生平及三序一跋;作者生平中所有英文专有名词音译都附上原文;所有故事标题除中译外也附上英文;这当然说明了柯南·道尔在世纪之交的中国译者及读者心目中地位崇高,但更重要的是,这套书建立了新的小说翻译、编辑及出版标准。虽然如此,论者谈小说翻译时却并没有提及这套书,原因大概就因为这是侦探小说。"[1]

正因为侦探小说在五四时期被划归为鸳鸯蝴蝶派小说,不受文坛主流的重视,身价大跌,已无昔日的辉煌。再加上侦探小说的创作也有它独有的规律,所以一般作家也只是偶尔为之,在客串的过程中备尝它具有一定的难度,也就知难而退了。真正使侦探小说"中国化"的也只有程小青与孙了红两位代表人物,所以侦探小说在偌大中国是甚为寥落的。

应该说,在五四运动以后,"赛先生"与"德先生"被引进之后,晚清侦探小说所带来的"清风",不过是"一缕"而已。不过我们也得承认侦探小说在晚清有一定的启蒙性质。到了20世纪20年代,中国有些小说家就试图将从这类小说中移植进来的内容"中国化"。当这些中国作家在这方面的尝试初有成就时,侦探小说就发挥了另一种作用,那就是这些小说对中国读者而言,有一种"移情"与"启智"的效应。除此之外,在优秀的中国侦探小说作家笔下,也非常明显地表露出一种社会正义感,那就是对社会恶势力的一种惩罚,对下层受压迫人民的一种同情。此类侦探小说作家可以程小青为代表,而程小青也是最早将侦探小说"中国化"的探路人。另一位被称为反侦探小说家的代表人物乃是孙了红,所谓"反侦探小说",实际上就是写"侠盗"的小说,这与古代的"劫富济贫"的义侠是一类人物,只不过他是生长在20世纪的穿着西装革履的义侠而已。在孙了红笔下,侠盗鲁平这一形象最受当时读者的青睐。孙了红当然也像程小青一样有一定的社会正义感,但是他们的正义感无法撼动当时现实的根本格局,只是对社会上的个人主持了正义而已。孙了红与程小青的小说也有不同之处,孙了红小说的娱乐性更强,特别是他受美国好莱坞电影的影响,他的小说的情节性更强,因此在20世纪40年代更受一般年轻市民的欢迎。过去作品中还存在的社会正义感也几

---

[1] 孔慧怡:《还以背景,还以公道——论清末民初英语侦探小说中译》,王宏志编:《翻译与创作——中国近代翻译小说论》,北京大学出版社2000年版,第105页。

乎消失殆尽,而男女之间的调情味道更为强烈。现将这两位中国侦探小说类的代表作家的情况作一介绍,以理清从晚清引进侦探小说后,在民国时期侦探小说类型在中国的发展概况。

第二节　侦探小说"中国化"的宗匠——程小青

程小青(1893—1976年)出生于上海淘沙场(今南市)一个小职员家庭。十六岁即入上海亨达利钟表店当学徒,他边学艺边在补习夜校学习英语。1914年秋,上海《新闻报》副刊《快活林》举办征文竞赛,程小青的《灯光人影》被选中。程小青为其中的侦探取名"霍森",但可能是"手民"的误植,而校对又没有改正,印出来时却变了"霍桑"。程小青也就以误就误,陆续写起"霍桑探案"来。1915年,程小青担任苏州天赐庄东吴大学附属中学临时教员,和教英语的美籍教员许安之(Sherejz)互教互学(程向许学英语,许向程学吴语),程小青的英语大有进步,并开始练习翻译文学作品。1916年,程小青和周瘦鹃等用浅近的文言翻译《福尔摩斯侦探案全集》,共十二集,其中第六、第七、第十、第十二等集中均有他的译作。同年,他被聘为苏州景海女子师范学校语文教员。1917年,经人介绍,他加入基督教监理会(后改为中华基督教卫理公会)。1919年,程小青创作的《江南燕》被上海友联影片公司拍成电影,由郑君里主演。1922年,他主编《侦探世界》月刊(由世界书局发行),前后共三十六期。程小青曾先后加入南社、青社、星社等文学团体。1923年,因创作日丰,名声日进,被重学历的东吴大学附中破格聘为语文教员,讲授写作课。同年,在苏州天赐庄附近的寿星桥畔购地营造房屋十多间,自题"茧庐"。1924年,他被无锡《锡报》聘为副刊编辑。同时,通过函授在美国大学进修"犯罪心理学""侦探学"等课程。1927年,他与徐碧波等人合资创办了苏州第一家自有发电设备的"公园电影院"。1930年,程小青应邀再次为世界书局重新编译《福尔摩斯探案大全集》,这次全用白话文翻译。1931年,由文华美术图书公司出版《霍桑探案汇刊》一、二集,标志着他笔下的霍桑这一形象被公认为中国"第一侦探"的文学身份。程小青还先后为上海友联影片公司、明星影片公司、国华影片公司等改编电影剧本《舞女血》《窗中人影》《慈母》《可爱的仇敌》《国魂的复活》《贤惠的夫人》《夜明珠》《杨乃武》《董小宛》《孟丽君》《金粉世家》等。1938年,他与徐碧波合编《橄榄》

杂志。1946年,《霍桑探案全集袖珍本丛刊》陆续由世界书局出版,共计三十种:《珠项圈》、《黄浦江中》、《八十四》、《轮下血》、《裹棉刀》、《恐怖的活剧》、《舞后的归宿》(又名《雨夜枪声》)、《白衣怪》、《催命符》、《矛盾圈》、《索命钱》、《魔窟双花》、《两粒珠》、《灰衣人》、《夜半呼声》、《霜刃碧血》、《新婚劫》、《难兄难弟》、《江南燕》、《活尸》、《案中案》、《青春之火》、《五福党》、《舞宫魔影》、《狐裘女》、《断指团》、《沾泥花》、《逃犯》、《血手印》、《黑地牢》等,这也是程小青最辉煌的时期。新中国成立后,程小青任教于苏州市第一中学。

程小青的《霍桑探案》在中国侦探小说读者中确实可以算是一个名牌。他曾说:"我所接到的读者们的函件,不但可以说'积纸盈寸',简直是'盈尺'而有余……他们显然都是霍桑的知己——'霍迷'。"①在当时确有许多"霍迷",说明程小青的作品对广大读者具有很大的吸引力,这正是程小青能严格地遵循福尔摩斯—华生模式所取得的必然结果。程小青在模式上有所模仿,这并非他没有创造性,而是他认为他翻译过许多国外的侦探小说名家的作品,经比较,他认为在当时,福尔摩斯模式是最佳模式。程小青曾说:"五年以前,我曾译过一部《世界名家侦探小说集》,便可略略窥见侦探小说的作风与体裁的演进的史迹。内中要算柯南·道尔的努力最大,成功最伟。"②程小青是"吃透"了这种福尔摩斯—华生模式的优越性的,他曾谈过学习中的心得与体会,自己为什么要采用霍桑—包朗主从搭档:

> 譬如写一件复杂的案子,要布置四条线索,内中只有一条可以达到抉发真相的鹄的,其余三条都是引向歧途的假线,那就必须劳包先生的神了,因为侦探小说的结构方面的艺术,真像是布一个迷阵。作者的笔尖,必须带着吸引的力量,把读者引进了迷阵的垓心,回旋曲折一时找不到出路,等到最后结束,突然将迷阵的秘门打开,使读者豁然彻悟,那才能算尽了能事。为着要布置这个迷阵,自然不能不需要几条似通非通的线路,这种线路,就需要探案中的辅助人物,如包朗、警官、侦探长等等提示出来。他提出的线路,当然也同样合于逻辑的,不过在某种限度上,总有些阻碍不通,他的见解,差不多代表了一个有健全理

---

① 程小青:《霍桑探案集·舞后的归宿》,群众出版社1997年版,第1页。
② 芮和师、范伯群、郑学弢著:《中国文学史资料全编·现代卷·鸳鸯蝴蝶派文学资料上》,知识产权出版社2010年版,第77页。

智而富好奇心的忠厚的读者,在理论上自然不能有什么违反逻辑之处的。

因此之故,有不少聪明的读者,便抱定了成见,凡为华生或包朗的见解,总是不切事实和引入歧途的废话,对于他的见解议论特别戒严,定意不受他的诱惑。假如真有这样聪明的读者,那我很愿意剖诚地向他们进一句忠告,这成见和态度是错误的! 因为包朗的见解,不一定是错误的,却往往"谈言微中"。案中的真相,他也会得一言道破,他的智力与眼光,并不一定在霍桑之下,有时竟也有独到之处! 因我既不愿把霍桑看做是一个万能的超人,自然他也有失着,有时他也不妨不及包朗。譬如那《两个弹孔》等案,便是显著的例证。读者们如果抱定了前述的成见,读到这样的案子,难免要怨作者的故作狡猾。那我也不得不辩白一句,须知虚虚实实,原是侦探小说的结构艺术啊。①

小说就在这"定式不定"之间运行。通俗文学作家是否有模式并不是衡量他的创造性够不够的标尺,通俗小说并不避讳模式化,作家的本领就在于从模式的框架中,去制造故事情节最大限度的"陌生化"。因此,范烟桥曾评价程小青,他"模仿柯南·道尔的做法,塑造了'中国福尔摩斯'——霍桑",②而这个霍桑却"是纯粹的'国产'侦探"。在中国写过侦探小说的作家不下半百,但能像程小青那样,罄毕生的精力与才智,从事这种集启智与移情于一体的推理小说创作的,实在是不多的。姚苏凤曾说:"在这寂寞万状的中国侦探小说之林中,他的'独步'真是更为难得而更可珍重了。"③这句话在孙了红的小说还未成熟之前,可以说是大致不差的。

程小青是一位认真、严肃、正派的侦探小说家,他既反对描写超人式的英雄,又不渲染色情与暴力。他从自己的正义感出发将霍桑塑造成近乎智慧的化身。他在作品中提出的种种疑窦,运用科学的方法与读者一起去观察、探究、集证、演绎、归纳、判断,在严格的逻辑轨道上,"通过调查求证、综

---

① 芮和师、范伯群、郑学弢著:《中国文学史资料全编·现代卷·鸳鸯蝴蝶派文学资料上》,知识产权出版社 2010 年版,第 79—80 页。
② 魏绍昌、吴承惠编:《鸳鸯蝴蝶派研究资料》,上海文艺出版社 1984 年版,第 240—241 页。
③ 姚苏凤:《霍桑探案袖珍丛刊·姚序》,世界书局 1946 年版,第 3 页。丛刊三十册每册皆有《姚序》。

合分析、剥茧抽丝、千回百转的途径,细致地、踏实地、实事求是地、一步步拨开翳障,走向正鹄,终于找出答案,解决问题"①。程小青的《霍桑探案》总是采取多线索、多嫌犯的错综复杂的矛盾结构,总是在嫌疑与排除、矛盾与解脱、偶然与必然、肯定与否定、可能与不能、正常与反常的对立之中展开和深化情节,几经周转与反复,最后落实到似乎最不可能、最意外的焦点之上,令读者瞠目结舌。此时作者却为此作出无懈可击的逻辑推理,使读者口服心服。侦探小说的结构规范就在于组织之严谨、布局之缜密、线脉之关合等技巧的自如运用,程小青在这方面是有一定功力的。他的作品在"启智"的悬念中使读者进入迷宫,而在"山重水复疑无路,柳暗花明又一村"中使读者解开疑窦,得以豁然开朗,在这一进一出之间,他培养了众多的"霍迷"。

程小青笔下的霍桑并不是万能的超人。书中人曾当面恭维他是"万能的大侦探",但霍桑的回答是:"什么话!——万能?人谁是万能?"程小青塑造的霍桑,是一位有胆有识的私家侦探,是程小青理想中的英雄。程小青曾为霍桑立传,写过《霍桑的童年》一类的文章。在《江南燕》等探案中,也着重介绍过他的身世。程小青将霍桑原籍设计为安徽人,与程小青的祖籍相同。设计包朗与霍桑在中学、大学同窗六年。后来包朗执教于吴中(这也与程小青任教于东吴附中暗合)。霍桑因父母先后谢世,"孑然一身,乃售其皖省故乡薄产,亦移寓吴门,遂与余同居"。并褒赞他学生时代具有科学头脑,对"实验心理、变态心理等尤有独到",而且介绍他"喜墨子之兼爱主义,因墨家行侠仗义之熏陶,遂养成其嫉恶如仇,扶困抑强之习性"。②这种对人物早年习性之设计与其成为大侦探后蔑视权贵强权、同情中下阶层的正义感,具有承袭关系。

霍桑这一形象及其品质有许多值得赞许的地方。他有着敏锐的明察秋毫的观察力,忠实而孜孜不倦的作风,搜集一切足以证明案件实情的材料,进行精密细致的求证。他认为只有具备科学头脑的人,才有"慧悟"的本领,有"察微知著"的"悟性"是侦探最主要的素质。他从不指白为黑,更不冤屈无辜。恐吓的方法与他无缘,没有足够的证据,决不下武断的结论。他说:"我觉得当侦探的头脑,应得像白纸一般,决不能受任何成见所支配。我们

---

① 程小青:《从侦探小说说起》,《文汇报》1957年5月21日。
② 程小青:《新婚劫·霍桑探案5》,吉林文史出版社1987年版,第319—320页。

只能就事论事,凭着冷静的理智,科学的方式,依凭实际的事理,推究一切疑问。因此,凡一件案子发生,无论何人,凡是在事实上有嫌疑可能的人,都不能囿于成见,就把那人置之例外。"①

霍桑的这种优良的办案作风又与他敢作敢为、出生入死、百折不挠的精神紧密相连。霍桑常挂在嘴上的话是:希望是同呼吸一起存在的,绝望的字样在我的字汇中是没有的。程小青就是用这"智慧"与"意志"相结合的性格作为霍桑形象的基本品貌。

包朗这一"助手形象"在程小青看来是不可少的,在柯南·道尔的福案盛行而还没有一种新的模式与它争胜时,似乎这也成为正宗侦探小说所必需的"固定程式",可是问题在于包朗缺乏自己的性格特征。如果说霍桑是"主脑"型的,那么这位助手却成了作品中的工具,不仅霍桑要用他,更主要的是程小青要用他,因此,包朗近乎"工具"型。当作品中布置假线以便将读者引入迷宫时,在大多数情况下,包朗是将读者引入迷宫的"向导",而使读者豁然开朗的则是"主脑"霍桑。在作品中,这位助手还有一个作用,就是成了霍桑制造悬念的"工具",即往往由他从旁提出疑点,而霍桑又不愿当即坦率地作出回答,于是构成了悬念。有时霍桑说自己尚无把握,或者说,再等半小时,真相可以大白,读者当然只有穷追不舍地阅读下去。一旦霍桑引领读者走出了迷宫,又少不得包朗从旁为读者作"注释",因此,包朗既是霍桑的工具,更是程小青的工具,而且还安排他去做读者的工具。包朗在霍桑探案中性格还不够鲜明,这是此类"主从结构"的侦探小说的一大难点。如果"并列结构"这个问题是较为容易解决的,程小青在这方面还不够深思熟虑。

上文提及,社会主义国家的一个共同点就是没有侦探小说,私家侦探在这个制度下是难以存活的。在程小青写作侦探小说的社会中,必然会碰到两个问题:一是怎么看待当时的法律问题,二是怎么处理与官方的警探的关系问题。如果说,以革命的立场彻底否定这两点,就等于否定侦探小说存在的必要性。现在我们也看国外引进的侦探小说和侦探影视作品,我们看的是"猫捉老鼠"的曲折复杂的过程,我们不会去考虑它的背景制度的合理性问题,是一种假设的正义战胜邪恶。程小青作为一个清贫出身的知识分子,也憎恨当时社会的不公,但他绝不是彻底推翻论者,他就是处在这种境地中

---

① 程小青:《霍桑探案外集·轮下血》,群众出版社1997年版,第486页。

的一位有正义感的侦探小说家,这在他的作品中时时有所反映。他要做一位认认真真的"社会剖析派推理小说家",他在作品中常有所流露:"我又想起近来上海的社会真是愈变愈坏。侵略者的魔手抓住了我们的心脏。一般虎伥们依赖着外力,利用了巧取豪夺的手法,榨得了大众的汗血,便恣意挥霍,狂赌滥舞,奢靡荒淫,造成了一种糜烂的环境,把无数的人都送进了破产堕落之窟……骇人听闻的奇案也尽足突破历来的罪案纪录。"①程小青尽量将社会问题与探案有机地结合起来,使鞭挞的寓意与惊险的情节相融汇,此类较为成功的作品有《案中案》《活尸》《狐裘女》和《白纱巾》等。在《白纱巾》中,霍桑与包朗对当时的法律也有自己的评价:"在正义的范围之下,我们并不受呆板的法律的拘束。有时遇到那些因公义而犯罪的人,我们往往自由处置。因为在这渐渐趋向于以物质为重心的社会之中,法治精神既然还不能普遍实施,细弱平民受冤蒙屈,往往得不到法律的保障,故而我们不得不本着良心权宜行事。"②那就是说,程小青对当时的社会和法律都提出了自己的责询,但是他又不是彻底的改造派,他有自己的进步意识,较清醒地站在正义的立场上处理社会不公与法律倾斜诸问题。

霍桑与包朗作为私家侦探,他们与官方警探的关系也存在着两重性。在作品中包朗说:"现在警探们和司法人员的修养实在太落后了,对于这种常识大半幼稚得可怜,若说利用科学方法侦查罪案,自然差得更远。他们处理疑案,还是利用着民众们没有教育,没有知识,不知道保障固有的人权和自由,随便弄到了一种证据,便威吓刑逼地胡乱做去。这种传统的黑暗情形,想起来真令人发指。"③对官方的警探指责到这个程度,也就难能可贵了。这些官方的警探也要与霍桑、包朗共事,而且他们的情况也各有不同,因此,有时也得到适度的肯定,即以汪银林为例:"汪银林是淞沪警署的侦探部长……已担任了十二三年,经历的案子既多,在社会上很有些声誉。"④"汪银林的思想虽不及霍桑敏捷,关于侦探学上的常识,如观察、推理和应用科学等等,也不能算太丰富,可是他知道爱惜名誉,他的办事的毅力与勇

---

① 程小青:《霍桑探案集·活尸》,群众出版社1997年版,第506页。
② 程小青:《霍桑探案集·轮下血》,群众出版社1997年版,第304—305页。
③ 程小青:《霍桑探案集·活尸》,群众出版社1997年版,第416页。
④ 程小青:《霍桑探案集·白衣怪》,群众出版社1997年版,第146页。

敢……在侪辈中首屈一指。"①当然,在程小青笔下也有些许平庸的警探,但主要还是写他们的"主观"与"争功",草菅人命的事还不多见。不管怎样,这些警探的出场是当时的社会结构使然,另外他们的最大职责就是为私家侦探作陪衬,以显示私家侦探的高明,这是侦探小说的又一固定模式。在社会主义国家这样的"贬损"或"陪衬"是绝不容许的,因此,侦探小说就得退出历史舞台,代之以智勇双全的官方警探也是必然的趋势了。

程小青对侦探小说的贡献不仅仅在翻译与创作上的丰硕成果,他在侦探理论上也有一定的造诣。他在这方面的阐述虽还缺乏系统性,但与其他侦探小说作家相比,他的侦探理论的修养要高得多。如果要概括程小青在这方面的建树可用十二个字加以描述:"叙历史,谈技法,争位置,说功能。"程小青对国外侦探小说的历史有较多的了解,这是由于国外的侦探小说也不过百年历史,他在译介多位侦探小说作家的作品时,对他们的创作历程及发展流变进行了一定的研究,这也就呈现了这类小说的历史进程。程小青参与了将侦探小说介绍到中国来的经过,因为自己是亲历者,所以他对此了如指掌。在侦探小说多种技法的运用上,他也有自己的切身体会。例如,他比较了侦探小说的"他叙体"与"自叙体"的不同表达法,通过实践,他阐释自己为什么喜欢运用"自叙体"的原因。他也谈过侦探小说的命名与取材的技巧,怎样设计开端与结尾的技法,直至如何在生活中获取灵感,如何进行构思,以及侦探小说的严谨细致的结构技法等等。

值得提出的是程小青想在文学领域为侦探小说争一席之地的愿望久久萦绕在他的心头,与此相关的是他多次谈及他的侦探小说的功能观,他想用侦探小说的功能从学理上说明它理应存在于文学疆域之中。他在《侦探小说在文学上之位置》一文中指出:"其在文学上之地位众议纷纭,出主而入奴,迄无定衡。"不少人还"屏侦探小说于文学的疆域之外,甚至目侦探小说为'左道旁门',而非小说之正轨。"②侦探小说有大量的读者,竟在文学的"户籍"中报不上一个"户口",他为此而焦急。于是他从想象、情感和技巧三方面来论证侦探小说的文学血缘。他认为任何文学体裁都需要想象,而侦

---

① 程小青:《舞宫魔影·霍桑探案》,吉林文史出版社1991年版,第97页。
② 程小青:《侦探小说在文学上之位置》,《紫罗兰》1929年3月11日第3卷第24号,第1—2页。

探小说更少不了想象这一元素。他对有些人说侦探小说不能"诉诸情感"感到愤愤不平,他指出侦探小说能令读者的感情进入惊涛骇浪的境界:"忽而喘息,忽而骇呼,忽而怒眦欲裂,忽而鼓掌称快……"①在技巧上,程小青指出:"侦探小说除写惊险疑怖等等境界之外,而布局之技巧组织之严密,尤须别具匠心,非其他小说所能比拟。"②程小青是国内较早为侦探小说争文学地位的"先驱"之一,他的结论是:"侦探小说在文艺圈地中的领域可说是别辟畦町的。"③程小青的所谓"别辟畦町"是指侦探小说不仅有一般小说的"移情"作用,而且特有"启智"功能:"我们若使承认艺术的功利主义,那么,侦探小说又多了一重价值。因为其他小说大抵只含情的质素,侦探小说除了'情'的元素以外,还含着'智'的意味。换一句话说,侦探小说的质料是侧重于科学化的,它可以扩展人们的理智,培养人们的观察,又可增进人们的社会经验。所以若把'功利'二字加在侦探小说身上,它似乎还担当得起。"④程小青反复地说明这些道理,他说得够多了,可是却毫无用处,正如《霍桑探案袖珍丛刊·姚序》所说的:"说起侦探小说,在我们的'壁垒森严'的新文坛上仿佛是毫无位置的。一般新文学家既不注意它们的教育的作用,亦无视它们的广泛的力量,往往一笔抹煞,以为这只是'不登大雅之堂'的小玩意儿;于是'宗匠'们既不屑一顾,而新进者们亦无不菲薄着它们的存在。"⑤其实这样的小说是完全符合"文学为人生"的信条的,但是,我们不得不要怪程小青说得太早了。一旦无产阶级当家做主,就会懂得维持社会治安的重要性。因此,也有人出来承认程小青的侦探小说有一定的现实意义。程小青当时并不懂得无产阶级文学运动是文坛上唯一的运动,在这一元化的文坛上,侦探小说是争不到地位的,只有文学多元化时代的到来,侦探小说才会有在文学上的位置。

---

① 程小青:《谈侦探小说》上,芮和师等编:《中国文学史资料全编·现代卷·鸳鸯蝴蝶派文学资料上》,知识产权出版社2010年版,第72页。
② 程小青:《侦探小说在文学上之位置》,《紫罗兰》1929年3月11日第3卷第24号,第3页。
③ 柯灵编:《中国现代文学序跋丛书下·1919—1949小说卷》,海南人民出版社1988年版,第1269页。
④ 黄健编著:《民国文论精选》,西泠印社出版社2014年版,第289页。
⑤ 姚苏凤:《霍桑探案袖珍丛刊·姚序》,世界书局1946年版,第1页。丛刊三十册中每册皆有《姚序》。

第三节 反侦探小说家孙了红

孙了红是中国著名的反侦探小说家。如果说,程小青成名于20世纪二三十年代,那么孙了红创作的高峰要比程氏略迟些,应该说,他的黄金时期是在20世纪40年代,尽管他在20年代初也有作品发表。例如,在1923年释云编的《小报》杂志上就有孙了红的短篇小说《新封神榜》。其中有一段是《姜子牙兵进美人关》,讲守将万人迷用媚眼中的神光——无线电征服了哪吒,用情丝万丈法宝捉住杨戬。姜子牙正无法时,来了猪头山、洋盘真人,用佛光征服万人迷。"正是:英雄难过美人关,美人也怕袁世凯。"①这里的"袁世凯"当然是指银元。在写这篇小说之前,他在1922年的《半月》中还用文言写短篇。到1923年,他习作超短篇小说,被当时称为"五分钟小说",笔调也还稚嫩,创作这些作品的他与后来的反侦探小说家孙了红真是判若两人。看来孙了红的神速进步与他受毛列司·勒勃朗这位法国作家的影响是分不开的,特别是他应大东书局之邀,成为《亚森罗苹案全集》的译者之一,这为他研究反侦探小说提供了大好契机。他的小说往往以罗苹的谐音鲁平为主人公,每作还冠以"东方亚森罗苹近案"为副题。直到1925年9月,他在《红玫瑰》第二卷第十一期上发表《恐怖而有兴味的一夜》成了他的一个新起点。这篇小说中出现了一个蒙面的黑衣人来找孙了红,此人自称鲁平,向孙了红严肃"发令":"我将来造成了一件案子,你笔述起来标题只许写鲁平奇案或鲁平轶事,却不许写东方亚森罗苹案字样,因为我不用这种拾人唾余的名字。"实际上是孙了红宣告他要走自己的路——创新之路。趁此机会,孙了红在文中也自白了写侠盗小说的"用意":"因为我感觉到现代的社会实在太卑劣太龌龊,许多弱者忍受着社会的种种压迫,竟有不能立足之势,我想在这种不平的情形之下,倘然能跳出几个盗而侠的人物来,时时用出奇的手段去儆戒那些不良的社会组织者,那么社会上或者倒能放些新的色彩也未可知咧。"自此,在20世纪20年代下半期,孙了红迎来了他的创作反侦探小说的初潮期,他创作了《燕尾须》《虎诡》《雀语》等等。孙了红是以一个当时社会的叛逆者的形象出现的,这可以用1924年《半月》第三卷第十八号中郑逸

---

① 了红、悲秋:《新封神榜》,《小报》杂志1923年9月1日第2期,第3页。

梅的一篇文章《说林珍闻·名刺话》中的介绍作为旁证:"孙了红的名片有趣极了,是仿宋字印的:中为孙了红,旁有别署野猫四字,反面画着一黑狸奴,耸体竖尾,圆睁怪眼,大有搏击奋跃的样子……"(孙多才多艺,据陈蝶衣回忆,"抗战时期,我曾与他合作鬻扇,他的花卉画,我的不入流的字"。①)可见孙了红有着一个野猫式的鲁平的魂灵,他的肉体却是弱不禁风的老肺病患者。

孙了红成名之后,凡是与他有深交的编辑在介绍他时都异口同声谈到他的"病弱"和他脾气的"古怪"。这"病"使他的作品常常要脱期,甚至"神龙见首不见尾",这"怪"使他的生平事迹往往罩上了浓雾,成了一个"谜"。著名编辑家赵苕狂在1927年12月出版的《红玫瑰》第三卷第四十六期中向读者宣布,孙了红"咯红病剧发,他又卧床不起了"。他要读者谅解稿件的脱期。在该刊第六卷第二十二期中,赵苕狂又在编者的话中写道:"了红真是一个怪人,常常会失踪的,有时竟至数月之久。这种怪癖性,在带点颓废色彩的青年文学家中,大概是不以为奇的吧?他这一次的失踪,似乎比之以前的几次还要长久一点,几乎在一年以上,现在却又和我通讯起来了……"他高兴地预告,将有精彩的小说与读者见面云云。到了20世纪40年代,他还是如此。那时陈蝶衣的《万象》办得十分红火,孙了红的作品成了这一刊物的"镇刊之重器",但陈蝶衣所遇到的还是他的"怪"与"病"。陈蝶衣介绍说:此人"不修边幅,金钱到手辄尽,爱过飘泊的生活。他结过婚,但是没有妻子,却有一个名义上的儿子。了红先生就是这样一个奇特的人,也就由于他的奇特,在他的笔下便产生了一个神秘莫测的小人物——侠盗鲁平"②。陈蝶衣在编《副刊》时,更觉得不能让为他写连载小说的孙了红失踪,"报载小说是不能中断的,为了唯恐这位小说家也像侠盗一样神出鬼没,一时间会找不到他,便请他住到我家里,一如陈蕃之设一榻以待徐稚",但不久他还是杳如黄鹤,后来才知道他住在一个善堂里(善堂是慈善机构,是无家可归者的收容所)。"我曾到善堂里去拜访他一次,他住的是阁楼的一间,没有门,只是在楼板上开了一个洞……小得仅可以容膝……最妙的是一榻一椅之外虽然室无长物,却有一个蜂窠建筑在室中的柱上……日久便熟悉了蜂的习性,

---

① 陈蝶衣:《侠盗鲁平的塑造者——孙了红》,《万象》(香港)1975年9月5日第3期,第38页。
② 陈蝶衣:《编辑室》,《万象》1942年6月第12期,第234页。

发觉它们有一种'色盲患者'的现象,于是获得了灵感,写出了一侠盗鲁平奇案《蜂媒》。"①看来孙了红的作品也得来不易。他小说的设计也颇费心机,写作时也特别用力,有时会砰地一声钢笔尖顿时折断。他在写《一〇二》之第十一章《大西路之血》时,在一种近乎紧张的情绪之下,写了一个"啪"字,这一枪似乎打在他的肺部,口中的鲜血直流,他就是这样被陈蝶衣送入医院的。于是,在1942年10月出版的《万象》上,陈蝶衣向读者伸出了求援之手——一双欲救孙了红出沉疴的灼热的手:"孙了红先生因患咯血症,已由鄙人送之入广慈医院疗治,除第一个月医药费由鄙人负担外,以后苦无所出,甚望爱好了红先生作品的读者们能酌量捐助,则以后了红先生或犹能继续写作。"②此后八个月,在《万象》月刊的每期刊物中都载有"兹将捐款诸君台衔列后,以资征信"的名单。捐钱捐针药,捐补品,甚至捐香烟的读者络绎不绝。影迷服务社还登大幅广告,举行"电影明星照片义卖",帮助孙了红,可谓感人事迹迭出,如1942年11月出版的《万象》上载:"上月捐款中,有汉口梁慧玲之二百元,系汉口十数位小学生所酿集,而以梁慧玲之名义汇来,热忱殊可感佩,特此志谢。"③以至在一年之后,孙了红的病体略有起色时,就写了一篇《生活在同情中》的随笔:"一向,我有一种偏见,以为我们这个世界,整个的地球中心,除了储藏着许多冰块而外,别无所有,而'同情'之类的字样,也只有在字典之中才能找到。今番一病,使我在人海深处,发掘到了素未得到过的东西,竟纠正了我若干年来近乎偏执狂的变态心理。"④这是一只"耸体竖尾,圆睁怪眼"的"野猫"对世界、对人间的鸣谢!

"爱才若渴"的陈蝶衣在介绍孙了红的生平时,表达了这样一种无可奈何的情绪,以为自己与孙了红如此熟稔,可是在这个"怪人"口中也掏不出他的生平行状,他在一篇文章中一开头就说了他的三怪:1.了红的籍,没有人知道,他说话带一些松江(时属江苏省)口音,问他是否松江人,他便耸了耸肩说:"你以为是松江,就算松江。"2.似乎在爱情方面有一段难言之隐,真相如何却从来不肯提,向他叩询也秘而不宣。3.我认识他时,他年龄不到四十岁⋯⋯求他写小说,要请他喝咖啡,陪他摆龙门阵,像孩

---

① 陈蝶衣:《侠盗鲁平的塑造者——孙了红》,《万象》(香港)1975年9月5日第3期,第37页。
② 陈蝶衣:《编辑室》,《万象》第2年第4期,1942年第10月号,第236页。
③ 陈蝶衣:《编辑室》,《万象》第2年第7期,1942年第11月号,第231页。
④ 孙了红:《生活在同情中》,《万象》第3年第2期,1943年第8月号,第200页。

子一样哄他。①陈蝶衣到了香港,还不时地怀念这位友人,他在1959年写过一首《怀孙了红海上》:"万里暌违阙寄声,故人消息未分明。年来久费铜鱼键,犹待相逢说鲁平。"据他说,当时检得孙在上海寓所旧址,但寄出后石沉大海,于是他又作了一首《虚拟得孙了红来书》,内有"书来正在酒酣时,喜极重为倾一卮"等句,这"虚拟"只能说明陈蝶衣梦寐以求的思念心切而已。直到1966年底,陈蝶衣在岁暮还作绝望的怀忆:"别后云王断过鸿,交欢只在梦魂中。不知识己闲胜口,消得唇间几许红。"他只好仰天徒呼:"这一位'侠盗鲁平'的塑造者,明知道他已是存亡莫卜,吉少凶多,而犹欲寄系念于诗篇冀相遇于梦寐,可悲也哉!"②其实陈蝶衣在1959年写《怀孙了红海上》时,就可将诗篇改题为《怀孙了红地下》了。

1993年4月7日,《新民晚报》刊载卢润祥的《孙了红寻踪》,希望知情者提供孙了红生平资料。《新民晚报》1993年6月7日刊载的金筱的《孙了红追踪》算是对卢文的回应:

> 1952年,由范瑞娟、傅全香领衔的东山越剧团在丽都戏院(贵州路北京东路口,今黄浦区物资商场)演出,孙了红的名字首次在该团海报上出现。他以太平天国忠王李秀成的事迹新编了历史剧《万古忠义》。接着1953年他正式参加了丁赛君、筱月英领衔的天鹅越艺社,任编剧,编演的剧目有《三不愿意》《谪仙怨》等,均在卡尔登戏院(今长江剧场)公演。我就是在卡尔登与他一见如故的。翌年了红先生咯血,住凤阳路同济医院(今长征),出院时由我接往我家中小住,调养了一个多月。
>
> 据了红先生自称,祖居宝山县吴淞镇,确系"本地人"。新中国成立后三兄弟似无业,家境相当拮据。
>
> 1958年,了红先生又病倒。我因故迟了个把月才去他家探问,不料孙先生已与世永诀了。③

笔者为台湾业强出版社编辑《侠盗文怪——孙了红》一书所写的序言《独领风骚的侠盗文怪——孙了红》,由《苏州杂志》在1995年第五期转

---

① 陈蝶衣:《侠盗鲁平的塑造者——孙了红》,《万象》(香港)1975年9月5日第3期,第36页。
② 陈蝶衣:《侠盗鲁平的塑造者——孙了红》,《万象》(香港)1975年9月5日第3期,第38页。
③ 卢润祥:《书边小语》,重庆出版社1995年版,第191—192页。

载,笔者的文章开头就写道:"孙了红的生平是个'谜'。他的'反侦探小说'的奇案也充满着'谜'一样的悬念。"在1996年4月4日的《姑苏晚报》上也有了反响。这是孙了红的远房亲戚杨智强提供的《"侠盗"孙了红二三事》:

> 孙了红是个怪人,飘然不定,来去无踪。抗战期间,了红的《新济公传》长篇连载轰动上海滩,但时常脱期,急得曾任《万象》《春秋》主编的陈蝶衣找上门去,而他竟常常一别数月,要找到他也真不容易。熟悉孙了红的人都知道他才思横溢,拆开一只香烟壳子,他也能写下几段悬念。他笔下的鲁平系红领带,叼黑色烟斗,左耳有一点红痣,很多读者想象了红一定西装革履,一派绅士风度。其实不然。他略有驼背,衣衫不整,落拓不羁,用他自己的话来说,像个"老屈死"。
>
> 上海《新民晚报》1993年发表过卢润祥的《孙了红寻踪》和金茄的《孙了红追踪》两文,说到秦瘦鸥说孙了红是苏州人,这没有根据。孙了红祖籍浙江慈溪。光绪年间,其祖即在上海开设孙广兴钟表店。父孙友三,倾心丹青,尤善画松,又名孙松,妻须氏,为吴淞望族。友三常年住岳家。
>
> 孙了红兄弟三人。了红居长,乳名双喜,学名咏雪;二弟吟雪;三弟啸雪,即我的远房姑夫。了红结过婚,妻徐氏,但婚后性格不合,难于相处,徐氏常年住回娘家。
>
> 八一三事件,吴淞首当其冲,孙家迁上海老西门。新中国成立以后,又迁重庆南路华安坊。我在50年代中期在上海参加工作,曾多次去过华安坊。这时,孙了红已贫病交困。但孙了红十分善良,乐于济人。我远房伯伯过去办过小报,与了红沾着点亲,过往甚密。有一天曾提醒他,看看有无遗忘的旧稿。他真的翻箱倒柜找出一部长篇《青岛之雾》,请人推荐给《新闻日报》副刊连载,得稿费六百元。新中国成立初期的六百元是一笔不小的数目。我远房伯伯就亲眼看到他时常去接济比他更窘困的穷朋友。
>
> 我记得最清楚的是,他在50年代末期,曾受聘为上海天鹅越剧团编剧,改编过《搜书院》,由丁赛君、筱月英主演。孙了红取笔名狄弥。我问过远房伯伯,这是什么意思?据告,了红认为笔耕收入,主要为了

籴米买柴养家糊口,取"籴米"的谐音。①

笔者至今所看到的资料中,要算这篇文章为最详细地叙述了孙了红的生平。1996年,卢润祥赐赠与我他的《神秘的侦探世界——程小青、孙了红小说艺术谈》,其中有《关于孙了红生平的发现》一文,内容是卢润祥访问孙了红几位侄女所得的资料,与上引的《"侠盗"孙了红二三事》不同的有如下数点:

> 结核病复发而与世长辞。而那年,正好是1958年,由此而推算出他的生卒年为1897—1958年。孙了红原名咏雪,小名雪官。祖籍浙江宁波鄞县……根据孙了红侄女的回忆,孙了红六十一岁那年,写完反特小说《青岛之雾》。②

过去由于对通俗文学的"贱视",相应对通俗作家的生平也不去考究。一度他们的家属也因有一顶鸳鸯蝴蝶派后人的"准政治帽子"在头上,也觉得不很光彩,所以也难以寻觅,这给我们的研究工作带来极大不便。这次由于卢润祥等几篇文章的发表与调查,引来了知情人及生前友好提供的若干资料,看来用发文章来引起知情者的回眸,"以文引文"是廓清民国时期通俗作家生平有用资料的一个"行之有效"的方法。不过,孙了红的生平中还是存在着一些"迷雾",例如他的祖籍,吴淞镇是否是与他父亲常住吴淞镇岳家混为一谈了?鄞县现属宁波市,而慈溪乃属绍兴市,那么他究竟是宁波人还是绍兴人?尚待考。

在反侦探小说领域的成就很快使孙了红与中国侦探小说的宗匠程小青并驾齐驱了。他们的名字分别有一个"青"和"红"字,以致通俗小说家将写侦探小说和反侦探小说的人戏称为"青红帮"。

真正能代表孙了红最高水平的作品是20世纪40年代发表在《万象》《春秋》和《大侦探》上的侠盗鲁平奇案系列,这第二个创作潮汛也是他的巅峰期。《鬼手》《窃齿记》《血纸人》《33号屋》《木偶的戏剧》《窃心记》《蜂媒》

---

① 杨智强:《"侠盗"孙了红二三事》,《姑苏晚报》1996年4月4日。
② 卢润祥:《神秘的侦探世界——程小青、孙了红小说艺术谈》,学林出版社1996年版,第188—189页。

《鸦鸣声》《蓝色响尾蛇》等皆是这一时期的杰作。他一面口吐着鲜血,一面笔下流淌着心血,写出一批在中国通俗文学史上值得一提的优秀之作。为了精益求精,在出版单行本时,他还修改自己的作品,特别在题目上又颇费了一番心机,如将《劫心记》改为《紫色游泳衣》,将《航空邮件》改为《鸦鸣声》,其中《紫色游泳衣》《蓝色响尾蛇》和《鸦鸣声》可以视为他的代表作。这也说明在孙了红的后期,已经跳出亚森罗苹案的影响,有了自己的特色。毛列司·勒勃朗喜欢调侃福尔摩斯。在巨盗亚森罗苹与侦探福尔摩斯的斗法中,亚氏被写得生龙活虎,而福氏则"笨如蠢豕",但孙了红否定了毛列司·勒勃朗的基调。在他的笔下,霍桑也是智慧的化身,但鲁平的手腕更神出鬼没,令人防不胜防。鲁平"盗亦有道",他为了战胜"盗中之魔",有时冒霍桑之名,有时先发制人,比侦探捷足先得,去占有社会上的吸血鬼们的不义之财,侦探与警局皆奈何他不得,这是孙了红的基本思路。这一基本思路让我们窥视到,所谓胸中满储冰块的孙了红,在内心深处是蕴藏着无限热量的,正因为他充满着人间的同情,才让鲁平去严冷地惩罚那些吸血的臭虫们,严冷不过是炽热的一种变奏。

在早期,鲁平奇案往往是"独脚盗"的精彩表演,属于一种巧构小说。到后期,鲁平已成为一个"首领",下面有了一帮配角,市面也就做得更大一点了。可是用鲁平自己的说法,他还算是"小本经营":"但是鲁平,一向他是一个知足的人,他懂得东方的哲学,他深知这个年头,财,不宜发得太大;戏法,该从小处去变,那才不至于闹乱子。"[1]以上所提及的三篇代表作,都是孙了红在抗战之后发表的。那时,《大侦探》杂志的主编是孙了红,但他病弱的身体是无法担此"重任"的,只要他肯挂名,这个杂志就能靠他的"无形资产",立足于广大的读者群中,更何况他的新作大多发表在这个刊物上。在这些作品中,我们就能看到他对当时从后方飞来的"接收大员"何等憎恨,但他不善用慷慨激昂的文字表达,他喜欢用讽刺调侃的语调去宣泄自己的愤怒。"他忽然又想:为什么世上有许多人,老想做官,而不想做贼? 一般说来,做官,做贼,同样只想偷偷摸摸,同样只想在黑暗中伸手。目的、手段,几乎完全相同。不同的是做贼所伸的手,只使一人皱眉,一家皱眉,而做官者所伸的手,那就要使一路皱眉,一方皱眉,甚至会使一国的人都大大皱眉! 基于

---

[1]　孙了红:《蓝色响尾蛇》,中国国际广播出版社2013年版,第5页。

上述的理论,可知贼与官比,为害的程度,毕竟轻得多!这个世界上,在老百姓们看来,只要为害较轻,实已感觉不胜其可爱!那么,想做官的人又何乐而不挑选这一种比较可爱的贼的职业呢?"①这是对当时"劫收大员"刻骨的讽刺,而语气又是极为"温和"的。

在抗战胜利后的孙了红的作品中,我们能看出当年大量涌进的好莱坞电影对他的影响特深。他的作品要比程小青的"老牌"福尔摩斯探案更显得"现代化",也更"豪华"。他笔下的鲁平也开始有了一点"硬汉派小生"的雏形,特别是在《蓝色响尾蛇》和《航空邮件》中,鲁平的外表扮演得很像"花花公子",引得一些美女们对他的欣赏。如果仔细分辨,这些小说已经是一个个很时髦的分镜头剧本,这与当时引进的美国生活方式很为契合,因此也更能得到一般新市民读者的青睐。在《航空邮件》的开端,大新公司地下室饮食部里的几位漂亮的女售货员悄悄争论的是鲁平像劳勃脱扬还是像贝锡赖斯朋,这些大概都是当年美国好莱坞电影中的著名小生,于是几位小姐又争论起鲁平究竟是二十八岁还是四十六岁。她们频频向鲁平飞来媚眼,以致鲁平也向他们飞了一个吻,作为回报。当然在外表上鲁平像个玩世不恭的"浪荡子",但轮到他做贼时,他还是动真格的。《蓝色响尾蛇》是写抗战刚刚胜利时,两帮日寇的走狗都想摇身一变而成为"新宠",而且还想相互敲诈。陈妙根向"蓝色响尾蛇"黎小姐开价竟达八十万美金之巨,于是这位被敲诈的"蓝色响尾蛇"黎小姐就先动手杀人灭口,她先杀了陈妙根,并顺手劫财。鲁平却来迟了一步,他想到手的陈妙根的"财"——一二千万的黄金美钞已被"蓝色响尾蛇"黎小姐顺手牵羊牵走了。鲁平破译了黎小姐的电话,到她府上谈判。这位美女一会儿与鲁平亲密得像是谈恋爱的对象,一会儿又杀气腾腾,他们两人在黎小姐的豪华别墅里像合演了一出绝妙的折子戏。黎小姐钦佩鲁平将她杀人劫财的一步步动作"还原"得那样准确,像摊牌一样,一张有一张的分量,而老辣的鲁平也在黎小姐的"攻势"下,有时被她逗弄着,"像幼稚园中的女教师,教训着一个吃乳饼的孩子",以致只好呻吟似的说:"我的美丽的小毒蛇,我佩服你的镇静,机警!"这应该看成是一种势均力敌,但到他们正式谈价钱,鲁平叫黎小姐将她从陈妙根处所劫的钱财交给他时,这条"响尾蛇"交出了她的首饰盒,同时以迅雷不及掩耳之势拔出了手

---

① 孙了红:《蓝色响尾蛇》,中国国际广播出版社2013年版,第8页。

枪,她可以立即扣动扳机。"只要指尖一钩,撞针一碰,一缕蓝烟,一滩红的水,好吧,陈妙根第二!"在《21·蓝色死神》节中,作者一再强调那黎亚男的"蓝色线条"与小手枪的"蓝钢管子",好像可以让鲁平做鬼也风流。鲁平是惶急的:"他急得默默地乱念咒语:念的大约就是'二十年后又是一条好汉'。"可是她并没有开枪,直到被鲁平故弄玄虚地将枪"缴"在自己手里。鲁平总算越过了这"一条爱与死的分界线",他毫不客气地没收了她首饰盒里的全部首饰,当他执枪离去,回首作最后一瞥时,只见"这女子疲乏地倒在沙发里,她在嫣然微笑,笑得很得意"。鲁平胜利回去后,第二天仔细"回味"了这嫣然得意的笑容,他又发觉了自己的失败。他所拿到的不过是区区一千万法币的首饰,而陈妙根向她敲诈的却是大大的八十万美金。美人爱他这位鼎鼎大名的英雄,所以不想开枪,然后却用小小的"布施"便轻轻地将他打发走了,这岂非对英雄的侮蔑,无怪她会嫣然微笑地作胜利状。鲁平跳起身来又赶到别墅去,可是迟了,人去楼空。用人给了他一封信和一只黎亚男手上的钻戒。信中写道:

> ……
>
> 昨夜里的某一瞬间,我好像曾经失掉过情感上的控制,由于心理冲突,我曾给予你一种机会。或许你是明白的,或许你还不明白,等一等,你会明白的。
>
> ……
>
> 昨夜,你忘却劫收我的钻石指环了,为什么?你好像很看重这个指环,让我满足你的贪婪吧,请你收下,作一个纪念。愿你永远生长在我的心坎里。
>
> 世界是辽阔的,而也是狭隘的,愿我们能获得再见的机会,不论是在天之涯,是在海之角!
>
> 祝你的红领带永远鲜明!①

当鲁平悻悻离去时,有人向他开了三枪,他那顶 KNOX 牌子的帽子也被打落在地上。他看见一个穿着西装的青年骑车疾驰而去转眼成一小黑点

---

① 孙了红:《蓝色响尾蛇》,中国国际广播出版社2013年版,第91页。

不知所终,他知道这是化装了的她。帽子上是整齐的一排三个洞,只要有一颗子弹略为压低一点,他就去见上帝了。多么精准的枪法。"在这一霎时间,他的情感,突起了一种无可控制的浪涛。他感觉到世间的任何东西,不会再比那个女子更可爱!……他喘息地奔向他的小奥斯汀。他在起誓,送掉十条命也要把这女子追回来,无论追到天涯海角。但是,当他喘息低头开那车门时,突然,一个衰老的面影,映出在那车门的玻璃上,这像一大桶雪水,突然浇上了他的头,霎时,使他的勇气,整个丧失无余。"[1]鲁平已经四十大几了吧,他在车窗上照出了他自己的"惭愧",他能面对这么一个美丽而年轻的"蓝色线条"吗?他觉得不配,自信而无往不胜的鲁平竟然也有失败与惭愧的时候。

孙了红的小说很有好莱坞电影的况味,但也不算浅薄和廉价的赝品。它既有惊险狡诈的斗智,也有半真半假的调情;既有旁敲侧击的谈判,也有朦胧暧昧的爱意;既有剑拔弩张的较量,也有缠绵悱恻的留恋……场面是浪漫刺激的舞厅一角,或是孤零零的别墅中的会客厅,既时尚又豪华。应该说投合当年新市民的"元素"是应有尽有了,即使是今天的时髦青年,或是白领阶层读来,也会觉得过瘾。因此,程小青与他相比,写的还是老派侦探小说,而孙了红一只脚已跨进了新派的门槛,他已有硬汉派侦探小说的英武与灵动,也有了一点现代派的味汁。孙了红小说的风格也为当时评论家所注目,人们喜欢用"诡秘紧张、冷峭讽刺"来概括。这是不错的,但我认为孙了红写这种波谲云诡的小说时最值得称道的是"潇洒"。他的小说情节高度紧张,但作品中荡漾的是风流倜傥的飘逸气概,是紧张中的飘逸潇洒,是潇洒中的剑拔弩张,这大概是一种难能可贵的调适。也可能与这位耳轮上有红痣,喜戴红领带的侠盗鲁平在作案时胸有成竹、举重若轻、风度翩翩的神态自若有关,在他先精密设计好的应付裕如中,紧张的情节化为镇定的"乐在其中",于是作品中就有一股洒脱风流的气息飘出。孙了红的《蓝色响尾蛇》告诉我们,他的风格还会有更大的发展,可是时代与他的体质都不肯给他这份荣幸!在20世纪40年代,他的作品也算是中国侦探小说领域的绝唱了。

---

[1] 孙了红:《蓝色响尾蛇》,中国国际广播出版社2013年版,第92页。

第三章　都市乡土小说对中国现代文学的重大贡献

范伯群

第一节　鲁迅命名了"乡土文学作家"流派

"乡土文学"作为一个新文学流派是在五四运动以后自发形成的文学景观。1923年,周作人就提出应重视"乡土艺术",他认为作家要"把土气息泥滋味透过了他的脉搏,表现在文字上,这才是真实的思想与文艺"①。1928年,茅盾也曾论及作品的"地方色彩",认为"地方色彩是一地方的自然背景与社会背景之'错综相',不但有特殊的色,并且有特殊的味"②。然而,他们皆没有谈及中国是否有一个"乡土文学"流派的问题,直到1935年,鲁迅在为《中国新文学大系·小说二集》作序时,才正式提出"乡土文学作家"这一概念,在剖析作品时,将蹇先艾、裴文中、许钦文、王鲁彦、黎锦明等青年作家的作品作为"乡土文学"的示范标本。自此,文学史家才沿用鲁迅的指认,将他们视为文学上的一个流派。有许多文学研究者指出,鲁迅小说笔下的未庄和鲁镇就是具有象征意义的文化符号,开了"乡土文学"之先河。

鲁迅在《中国新文学大系·小说二集·序》中说:"凡在北京用笔写出他的胸臆来的人们,无论他自称为用主观或客观,其实往往是乡土文学,从北京这方面说,则是侨寓文学的作者。"鲁迅指出,他们是"被故乡所放逐,生活驱逐他到异地去了",于是他们在从事文学创作时,就"将乡间的死生,泥土的气息,移在纸上……""活泼地写出民间生活来"。③鲁迅的主要意图是对

---

① 周作人:《地方与文艺》,王克俭主编:《周作人散文选》,海南国际新闻出版中心1997年版,第16页。
② 茅盾:《小说研究ABC》,《茅盾全集》第19卷,人民文学出版社1991年版,第76页。
③ 鲁迅:《中国新文学大系·小说二集·序》,《鲁迅全集》第6卷,人民文学出版社1963年版,第198页。

这批青年作者加以揄扬与褒赞,但我认为其中也隐含着对他们有分寸的批评:他们是一批寄居都市的游子,在都市中是无根的浮萍,他们缺乏对都市生活的较为深入的了解,因此他们一拿起笔来时,就只能动用自己的"原始积累"——熟悉的故乡的生活经历。也就是说,他们"胸臆"中的储存也仅仅是"乡土"中携来的货色,他们不约而同地选取了这唯一可行的创作通道,他们是靠着"回忆"在做作家。鲁迅既非常爱护,又很含蓄地指出他们的局限:"侨寓的只是作者自己,却不是作者所写的文章,因此也只隐现着乡愁,很难有异域情调来开拓读者的心胸,或者炫耀他的眼界。"①他们身居都市却写不出活泼泼的都市民间生活的广阔画卷来。

"乡土文学"流派的贡献在于用"知识精英"的目光看故乡的民间民俗生活,以人道主义与民主主义的现代眼光重新估价沉滞封闭的古老乡村生活,写出两种文化碰撞中的民族文化的积淀以及他们自己内心的悲愤与哀愁。他们写乡风旧俗,如水葬、冥婚、典妻、械斗、冲喜、拜堂……但他们不仅是为了揭示僻壤奇闻,他们还能在字里行间作犀利的文化批判,窥视人们精神异化。有些乡土文学作家也是想使自己演化转换成"都市社会剖析派"小说家的,但当他们要拓展题材时,往往只能用既定的概念框子去分析他们眼中的都市生活,大多显得板滞而带有说教味。看来以知识精英的姿态与目光去注视都市的民间生活,有时会显现出格格不入的扭曲和居高临下的疏离。

除了知识精英文学中的"乡土文学"之外,从另一个与之并列的文学创作的大系统中——"大众通俗文学"中去进行一番考察,我们就能发现,还有一种可以称之为"都市乡土文学"的文学作品。目前,文学史研究者们正在逐渐取得共识,认为"鸳鸯蝴蝶——《礼拜六》派"是一个现代都市通俗文学流派,而本章要进而论证的是,这一都市通俗文学流派的作品中最精华部分乃是它的都市乡土小说。

第二节 都市的"地方性"是"都市乡土小说"取之不尽的源泉

也许精英文学的评论家们在分析"乡土文学"作品时,往往只以那些描

---

① 鲁迅:《中国新文学大系小说二集·序》,《鲁迅全集》第6卷,人民文学出版社1963年版,第198页。

绘乡村或小城镇生活风味的小说为例,于是形成了一种思维定势,似乎乡土文学就是写乡村或小城镇生活的地方特色文学。当他们在作理论性阐述时,"乡土文学"这个概念包括乡村,但绝不单单指乡村。或许有人从周作人的"土气息泥滋味"等语句中得出结论,"乡土文学"就是"乡村文学",但我觉得还是应从这些评论家们对"乡土文学"的总体界定中去作全面的理解。当周作人论述"乡土文学"这个概念时,其第一层面当然是指某一乡村独特的地域特色在文学中的反映,可是他在为"乡土文学"作界定时,还有第二层面的涵义,那就是泛指以文学为载体的反映某一地方居民特殊的"风土的力"。周作人在1923年提出"乡土艺术"之后,就在同一年,他还说过:"不过我们这时代的人,因为对于褊狭的国家主义的反动,大抵养成一种'世界民'(Kosmopolites)的态度,容易减少乡土的气味,这虽然是不得已却也是觉得可惜的。我仍然不愿取消世界民的态度,但觉得因此更须感到地方民的资格,因为这二者本是相关的……""我于别的事情都不喜欢讲地方主义,唯独在艺术上常感到这种区别……风土的力在文艺上是极重大的。"①在这里,他的"乡土"气息的对应概念是指"世界"共性。正如茅盾在文章中也认为"乡土文学"是泛指镌刻着某一地方的"地方色彩"的作品。茅盾说:"……民族的特性是不可忽略的。比民族的特性范围小而同样明显且重要的,是地方的特性。湖南人有湖南人的地方特性,上海人也有上海人的地方特性。"②这就是我们提出"都市乡土小说"这个概念的理论依据。

  上海是国际化的大都会,但它有自己鲜明的地方特色:它与异民族的大都会纽约、伦敦、东京相比,除了大都市的共同点之外,它们各有自己独特的"民间面容",而与本民族的大都会北京、天津相比,它们除了民族共性之外,也各有自己的"错综相"。上海从一个滨海渔村起家,到宋代设镇,元代建县,而在清末它还是松江府治下的一个普通县城,其发展是渐进的。可是,自1843年开埠以来,在不到一百年的历史瞬间,它从一个只有十条街巷的"蕞尔小邑"一跃而成为"东方巴黎",成为远东第一大都会。那时的东京、香港等城市与它相比,皆不在话下。也就是说,从近代的1843年到现代的20世纪30年代,上海的巨变真是令人惊诧不已,它不像世界上有些大城市是

---

① 周作人:《旧梦·序》,《自己的园地》,人民文学出版社1988年版,第103页。
② 茅盾:《小说研究ABC》,《茅盾全集》第19卷,人民文学出版社1991年版,第62页。

台阶式的发展,它简直是坐上了直升机。

直到1843年上海开埠时,城北李家场一带仍是典型的自然经济的田园风光。时人这样描述道:"最初的租界是以黄浦江、洋泾浜和今北京路、河南路为四至边界的一百五十亩的地盘,这里的土地上大部分是耕作得很好的良田,部分是低洼沼泽地。许多沟渠、池塘横亘其间,夏季里岸柳盖没了低地,无数坟墓散缀其间。"谁也没有想到,短短几年后,这块一直供养几十户人家的土地的价格,会几百倍、几千倍地暴涨,并导致整个社会以一种全新的观点来看待土地的价格和商业的地位。①

这就有它自己的特色了:从雏形、兴建、伸展、建成乃至建成以后,它固有的农本主义文化积淀在两种文化冲撞中激起了浪花。在它的都市现代化系统工程中的丰富多姿的民间民俗生活流变与平民百姓价值取向的演进以及他们心态的波荡,这些动感的图画都应在文学作品中得到充分的反映。这里不仅有物质上的飞跃,而且还有精神上的巨变。作为一个以农本经营为主的小县,除了它自己的本土居民之外,还有大量外来的移民(据说当时上海每六个居民中有五个是外来移民),他们的思想观念是怎样更新成为现代市民的?这就是"都市乡土小说"取之不尽、用之不竭的大好题材。有一位通俗作家就敏锐地感觉到上海有着林林总总的书写不完的都市生活的素材:

有钱的想到上海来用钱,没有钱的想到上海来弄钱,这一个用字和一个弄字,就使斗大的上海,平添了无数奇形怪状的人物……高鼻子的骄气,富人的铜臭气,穷人的怨气,买办的洋气,女人的骚气,鸦片烟的毒气,以及洋场才子的酸气……②

在这位作家所提及的许多生活面中,都可显示出浓重的乡土性。大量需要用钱与弄钱的人涌进上海,也就有一个移民的乡民观念有待都市市民化的

---

① 熊月之主编:《上海通史·第5卷·晚清社会》,上海人民出版社1999年版,第380页。
② 张秋虫:《海市莺花》,春风文艺出版社1997年重印版,第170页。

问题。洋人骄气十足却又人地生疏,他们是要靠买办的媚气来支撑的,而上海的买办先是从广州输入的,然后才由本土自培,或就近取材,这里又有许多乡土故事。女人的骚气是只指那些供人玩弄的卖笑女子而言的,她们是如何从四面八方汇集到这个"人肉超市"中来的?这里又有多少乡上血泪。科举的废除又使多少"士人"要到洋场来找寻新的安身立命的"位置",从传统的士人变成洋场才子是需要大大拓宽自己的思维空间的,这里有着一个全新的调适过程。反映上述诸种题材,特别是要在一个"变"字上做足文章,这却是都市乡土小说的强项。从总体上看,它的确写出了在这片烂泥滩上,如何榨出了亿万资产,也写出了乡民心态、移民心态在经历了渐变后的新的价值观念。都市乡土小说不仅较为忠实地反映了这一过程,还因为它具有符合大众欣赏习惯的优势,作为一种向社会中下层全面开放的文学作品,它又能反过来成为乡民与市民的形象的教科书,成为从乡民到市民的"潜移默化"的引桥。

另一个与知识精英文学的"乡土文学"的不同点是,知识精英是侨寓在北京、上海而写作本乡本土民间生活的作家,而都市乡土小说作家中当然也有北京或上海本地人,但大多数乃是"外来户",他们善于写异地的大都会生活。例如,写《海上繁华梦》的孙玉声是上海人,而写《海上花列传》的韩邦庆是松江人,当时上海乃松江府所辖的一个县治,因此也算他是本地人吧。可是写上海"都市乡土小说"的作家,大部分不是上海本地人,那么他们怎么会没有"侨寓"感,他们怎么会不与现代都市生活产生隔膜,而是如鱼得水似的写出"异地""都市乡土小说"的?这里有主客观的原因。客观来说,他们虽不是本地人,但这些"士人"都是在科举废除后到上海来做"文字劳工"的,在中国人自己的新闻事业刚起步不久就参与办报办刊,成了大都市中的"报人";通过办报办刊,他们熟悉了这个客居的异乡社会。且不说孙玉声,他既是本地人,又是与《申报》齐名的《新闻报》的"本埠新闻编辑主任"。另一位有代表性的重要作家——苏州人包天笑,作为客籍"报人",他开始任职于上海第三大报《时报》,他在《上海春秋·赞言》中说:"上海为吾国第一都市,愚侨寓上海者将及二十年,得略识上海各社会之情状。随手掇拾,编辑成一小说,曰《上海春秋》。"作为安徽潜山人的张恨水也是在北京做了五年记者后,才开始动笔写《春明外史》这部长篇小说的。可见他们都有很好的客观条件。就主观而言,他们完全融入了市民生活,他们以市民的目光看市民的喜、怒、哀、乐,从而去反映他们的动态生活。他们没有像知识精英文学作家一样,习惯于以"封建小市民"这个概念来框范都市民间的许多生活现象,动辄嗤之以鼻。其实"封建小市民"这个概念并不属于马克思主义的阶级分析范畴,这仅仅是一个蔑称或是一顶"帽子"。例如,在上海过去的里弄中,知识精英们可以看到许多"封建小市民"的言行,可是这些言行的"主人"可能是某纱厂的女工,或底子是乡间雇农的人力车夫,用阶级分析的"出身学"去衡量,他们最终还是革命的动力。或许是源于高尔基所写的剧本《小市民》,剧中的主人公别斯谢苗诺夫是个很庸俗而空虚的人。我们再在"小市民"的头上冠以"封建"两字,就将其作为一种狭隘、保守、自私、无聊、迷信的庸俗之辈的"代名词"。你看他们在"观赏"《火烧红莲寺》时那种狂热的态度,也许是极为可笑的,可是在不久之后的抗日战争中,那种支配他们在影剧场中狂呼的善、恶、邪、正的基本爱憎感,就是他们在前线战壕里义无反顾地献出生命的动力。知识精英容易以一种居高的视角"俯瞰"市民的生活情趣,可是都市乡土小说作家则往往取"平等"的态度去淋漓尽致地摹写他们的社会价值取向,通常站在市民阶层当中去反映他们的"社会流行价值观"。

所谓"通俗",即与"俗众"相通。这种以"平视"的态度写出来的作品,历来被某些文艺批评家视为只能反映一种不加修饰的"低层次"和"爬行"的真实,但它们为我们存留了当时的照相般的真实画面,在今天,研究这种不走样的客体,亦有很高的学术价值。"这些畅销书是一种有用的工具,我们能够透过它们,看到任何特定时间人们普遍关心的事情和某段时间内人们的思想变化。"[1]

如此说来,我们是否排除了知识精英文学的社会分析派小说的"乡土性"?问题似乎不能提得如此绝对。周作人在谈知识精英文学时说过:"中国现在文艺的根芽,来自异域,这原是当然的;但种在这古国里,吸收了特殊的土味与空气,将来开出怎样的花来,实在是可注意的事……若在中国想建设国民文学,表现大多数民众的性情生活,本国的民俗研究也是必要,这虽然是人类学范围内的学问,却与文学有极重要的关系。"[2]我认为,相对而言,我们的都市分析派小说作家,站在"世界民"的角度思考"普遍性"和"共

---

[1] [美]苏珊·埃勒里:《畅销书》,[美]托马斯·英奇编,任越译:《美国通俗文化简史》,漓江出版社1988年版,第10页。

[2] 周作人:《在希腊诸岛》,《永日集》,岳麓书社1989年版,第35页。

同性"问题的时间与机会比较多，作为"人类一分子"去思考社会改革的步调与途径比较多，而对都市民俗的地方情趣的考察就比较少，对民间的三教九流芸芸众生接触得比较少。因此，不能简单化地说他们的作品里没有乡土性，但相对而言，没有都市通俗小说流派作品中的民间民俗味那么浓。我们可以用都市乡土小说中的大量实例来回答这个问题。

第三节　上海、北京、天津等大都会各有其"地方乡土特色"

在1894年出版的《海上花列传》第一章，作者韩邦庆无意中写了一个很有意思的开端，乡民赵朴斋到上海来找自己娘舅，谋求糊口生机。上海虽相传是"淘金之地"，可是大马路上是没有黄金可拾的，这位移民在四处碰壁之后，只好脱下长衫，以拉人力车为生。某日被他的娘舅看到，以为是坍了他的台，就叫自己店里的伙计押着赵朴斋上回乡的航船，待店伙计回去复命，赵朴斋就在航船将要离岸的一刹那，一跃又上了"上海滩"。鲁迅在《中国小说史略》中说，此人乃真人真名，后来他事业有成，在上海闯出了个世界，真所谓"英雄不怕出身低!"不知是否是受了韩邦庆的影响，以后许多通俗小说都以外乡人来沪作为小说的开端。例如，孙玉声的《海上繁华梦》就是写谢幼安与杜少牧从苏州到上海，以各种诱惑对他们进行的考验作为这部劝惩小说的引线。后来孙玉声又写了一部名为《黑幕中之黑幕》的小说，开头写崇明人到上海从事商业等多种活动，其中有不少篇幅写到他们在商海中与各类外国人之间的瓜葛。接着是包天笑的《上海春秋》，以写苏州人到上海为开头，中间也写扬州人到上海安身立命。毕倚虹《人间地狱》的开端是写杭州人到上海讨生活。严独鹤的《人海梦》是写宁波人到上海，而平襟亚的《人海潮》共有五十回，前十回写苏州，后四十回写的是前十回中出现的苏州人纷纷到了上海，演出一幕一幕人间话剧。中外小说中写"乡下人进城"的题材不乏其例，但中国现代通俗小说中将外地人到上海作为"文字漫游热线"，主要是反映当时上海这个新兴城市对周边破产农民的吸引力。同时也因为资金投向租界，不受国内政局与战事的影响，所以有许多内地的有钱人挟巨资到上海来落户。这的确如张秋虫所说，一类是来弄钱的，一类是来用钱的。当然也有些例外的，如严独鹤笔下的主人公华国雄是到上海来求学的,而姚鹓雏笔下《恨海孤舟记》中的主人公赵栖桐从北京受聘到上海参加办报。这两部小说后来皆涉及主人公参加了辛亥年间的有关革命活动。在小说中作家大多将上海比作是一只漆黑的大染缸,可是有人偏偏说它是"漂白缸"。在平襟亚的《人海潮》中,写一户苏州农村的赤贫人家逃荒到了上海,在极度无奈中将女儿银珠送进了妓院。那老鸨对银珠先是施以"安心教育",然后又灌输"前途教育":

  你心里定定,不要胡思乱想。一个人看风扯篷,运气来,春天弗问路,只管向前跑。太太、奶奶又没有什么窑里定烧的,一样是泥坯子捏塑成功。你现在是个黄毛小丫头,说不定一年二年后,喊你太太、奶奶的人,塞满屋子,你还不高兴答应咧!
  上海地方堂子里真正是你们的一只漂白缸,只要有好手替你们漂,凭你黑炭团一般,立时立刻可以漂得像天仙女一般。可惜你们心不定,有了这只漂白缸,不肯跳进去漂。阿囡啊!像你这副样子,漂下一二年,一定弗摧扳。现在呢,还讲弗到生意上种种过门节目,只要你一定心,我会得一桩一件教导你,学会了种种诀窍,生意上就飞黄腾达,凭他一等一的大好佬,跳不过你如来佛的手心底。你将来正有一翻好戏在后头。

日后,银珠果然漂成了明丽焕发、娇艳无比的红妓凌菊芬。她遇见同乡沈衣云,不仅没有半点骄气喜色,反而微微喟叹:"我吃这碗饭,也叫末着棋子。养活爷娘是顶要紧。当初爷娘弄得六脚无逃,我没有法想,只得老老面皮,踏进堂子门,平心想想,总不是体面生意经。结蒂归根,对不住祖宗,没有面孔见亲亲眷眷……想我这样一个小身体,今生今世,再也没有还乡日子,几根骨头将来不知落在谁手里咧……我见同乡人,真像亲爹娘一般。"后来她被卖给一个军阀做小妾,可是在新婚中,她的"丈夫"就被暗杀了。像这样反映民间移民命运的小说,在都市乡土小说中俯拾皆是。
  上海既是特大的移民城市,在衣食住行中,当然以住房最为紧张。历史上,上海有几次移民高潮,特别是战争时期,租界地区似乎成了一只保险箱。如太平军三次攻打上海,上海的房地产业,热得几乎发了狂。包天笑的《甲子絮谈》反映了1924年江浙军阀齐卢大战时的种种社会动态,其中涉及上

海的房荒问题。写了一幢一楼一底的石库门,住了十一户人家。这实际上为上海的"建筑民俗"留下了珍贵的一页:

> 把前门关断,专走后门,客堂里夹一夹可以住两家。灶间也取消,烧饭吃只好风炉的风炉,洋炉子的洋炉子。灶间腾出来可以住一家。楼中间像我们这里一夹两间,可以住两家。至多扶梯头上搭一只铺,也可以住一家。有亭子间的至多也住了两家。算来算去,也只好住八家人家,怎样能住十一家?
>
> 我告诉你嚜,他们在扶梯旁边走上去的地方搭了一层阁楼,这阁楼就在半扶梯中间爬进去的,这里可以住一家。楼上扶梯头上也可以搭一个阁楼,也好住一家。并了你所说的八家不是已满十家了吗?还有一个方法,在晒台上把板壁门窗一搭,也可以住一家。这不是十一家了吗?
>
> 不差,我从前看见过一篇短篇小说,叫做《在夹层里》,就是讲的那种阁楼,在楼上楼下之间的,这真是太挤了。①

这是长篇小说中人物的一席对话,让我们看到在难民潮中上海老百姓的居住状况。可是"从前看见过一篇短篇小说,叫做《在夹层里》"的,又是谁做的呢?也是包天笑。如果上面所引的是写难民潮,那么《在夹层里》写于1922年,却是反映移民城市中贫民窟的拥挤。他写一个医生在为贫民义诊时,看到的居民条件极端恶劣的种种"惨况"。作品的结尾是很沉痛的:

> 上海房子本来是有夹层的,就是地板与天花板之间。后来工部局为防鼠疫起见,把所有人家的天花板拆除了,教鼠子没有容身之地。现在你所瞧见夹层楼,是人住的,不是鼠子住的,当然没有鼠疫发生,无庸拆除。可惜穷人的身体,还是和那些富人一般大小,要是穷人身体小得和鼠子一般大小,这个一楼一底的房子,可做好几层夹层咧。②

---

① 包天笑:《甲子絮谭》,《包天笑代表作》,华夏出版社1999年版,第308页。
② 包天笑:《在夹层里》,《包天笑代表作》,华夏出版社1999年版,第4—5页。

与之形成对比的是乌目山人所写的《海上大观园:上海滩与上海人》,书中描述了上海当时首富的房地产——哈同花园(小说中为罕通)的情景,这简直是豪宅中的豪宅了。这个取名"爱俪园"的,"总计园中共有楼八十,台十二,阁十六,亭四十八,池沼八,小榭四,十大院落,九条马路,七乘桥,大小树木,约八千有奇,花数百种,真是洋洋大观",而园内"朝西那条马路,名曰'广学路'。曲折以达,一乘大桥临前,桥上造起牌楼,题'西风东渐'四字"。在爱俪园的"围墙之外,即后买之一百余亩,拟开辟'罕通路',作官路,路西造数十条弄,拟取名'民德里',约有千余幢房屋出租,中间造小菜场,此是外面之布置"。[①] 这是靠炒地皮和贩鸦片起家的英籍犹太人哈同大兴土木,造了两年又五个月才完工的私家花园的鸟瞰图以及他作为当时上海最大的房产主的简略写照。

在都市乡土小说中,对普通老百姓生活起居的反映当然是很详尽的,如果要谈到衣着的时髦,小说中存留着大量的民间民俗描写,特别是女性的时尚沿革,即所谓晚清学妓女,民国学明星。在上海开埠以后,那种农本经济时期的美德,开始被视为落伍者所遵行的生活规范,如视"节俭乃无能者的寒酸"。相反,在努力向财富表示敬意的同时,崇尚一种炫耀式的消费观念。人们在日常生活中,拼命花钱是为了拼命赚钱,因为越是表现自己有钱,自己的商业信用度也就越高。所以在这些小说中对茶馆、酒楼、戏园、堂子、赌场等炫耀式消费场所的民俗描写是很充分的。于是,社交不再是一种单纯的休闲,而是一种谋生的必需。这些丰富的民间民俗的嬗变内容,我们不可能在这里一一列举。过去有一种误解,认为都市乡土小说只是津津乐道一些在民间不登大雅之堂的琐事,无关宏旨的茶余酒后的谈助,其实也不尽然,都市乡土小说的题材是极其广阔的,如写中外商战的有姬文的《市声》,写中国最早的交易所及上海"信交风潮"成因的有江红蕉的《交易所现形记》,写民初政坛风波及军阀混战的有张春帆的《政海》,他还写过揭示鸦片战争起因的《黑狱》,因此,对这位写《九尾龟》的作者,也不能因为胡适说《九尾龟》是"嫖学教科书"而认为他仅给文学造成了负面影响。

[①] 乌目山人:《海上大观园:上海滩与上海人》第2辑,上海古籍出版社1991年版,第162—164页。

都市乡土小说较为集中地写上海是非常必要的,因为在国内外不少学者认为上海是开启现代中国的一把钥匙。都市乡土小说写北京与天津的都市面容也是极为出色的。张恨水的《春明外史》、陈慎言的《故都秘录》、叶小凤的《如此京华》、何海鸣的《十丈京尘》,皆是较为优秀的北京都市乡土小说,而刘云若的"津门小说"脍炙人口,戴愚庵的《沽上游侠传》《沽上英雄谱》等使他成为写天津"混混小说"的专业户,通过他的小说我们可进一步懂得鲁迅杂文中所提及的"青皮精神"。

如果说张秋虫用一个"钱"字概括近商的上海,那么叶小凤以一个"官"字来概括北京的"特种商品":

> 自古政府所在的地点,原不异官吏贩卖的场所。试睁着冷眼向北京前门车站内看那上车下车的人,那上车的,车从煊赫,顾盼谈笑里边,总带着一脸旌旗此去如入宝山的气概;那下车的,望门投止,有如饥渴,总带着几分苏子入秦不得不已的神情,这就可以略识政治界的结构哩。①

陈慎言在《故都秘录》的《序》中说:"故都有三种特殊人物:'满贵族''清遗老''阔伶官'。"他这部长篇小说就是写民初特殊环境中的三种北京特有土产的。他的小说对北京社会转型期的若干特色描写是非常鲜明的。例如,钱柏明做寿的场面就是一个北京官僚绅商所谓高层社会的缩影:

> 钱宅门前汽车马车,把一条胡同完全塞满。来宾可说是无奇不有。单就服装说来,有戴珊瑚顶穿团龙马褂的王公贝勒,有朝珠补褂拖小辫子的遗老,有挂数珠穿黄马甲红长袍的嘉章佛,有戴顶帽佩荷包的宫门太监,有光头黄僧衣广济寺和尚,有蓄长须阔袖垂地的白云观的道士,有宽袍阔袖拿大折扇的名流,有礼服礼帽勋章灿烂的总次长,有高冠佩剑戎装赳赳的师旅长,有西装革履八字小髭的官僚,济济一堂,奇形怪状,盛极一时。至女界方面,福晋、格格、老太太、太太、小姐、少奶奶,一

---

① 林鲤主编:《中国历代珍稀小说3》,九洲图书出版社1998年版,第788页。

切服装,更是光怪陆离,说也说不尽。若把她们聚在一堂,尽可开一个古今服装博览会。①

莫看这是服装打扮上一番热热闹闹的描写,实际上是民国初年的各种政治社会势力的大聚会,平日里幕前幕后,勾心斗角,今天却趁钱府寿期,打恭、作揖、合十、军礼……汇流到一起来了。这样的场面在上海是看不到的。

在都市乡土小说中不仅有许多关于上海、北京、天津等大都市的五光十色、琳琅满目的民间民俗生活的仿真写生,而且对南京、苏州、杭州、扬州等文化名城亦留下许多珍贵的文字瑰宝。就以写南京为主的姚鹓雏的《龙套人语》为例,他自谓此小说是"记载南方掌故,网罗江左轶闻"。戏剧界的老前辈,也是通俗小说家的冯叔鸾,虽不认识作者,也乐于为其写序,以为此书的内容"更廿年后,必将无人能悉,且无人能述"。此书在新中国成立后,根据柳亚子的三卷手抄本重印,改书名为《江左十年目睹记》。作为儒将的陈毅是深知此人的,姚鹓雏经陈毅的推荐,当选为新中国成立后松江县的第一任县长。

《子夜》与《包身工》这些都市社会分析派的小说固然重要,但也需要都市中生动活泼的民间民俗生活与之互补,才能视野更宽广地反映都市生活,反映中国的现状。那些认为通俗小说是一堆垃圾的"因袭思想",它本身就是人们头脑中的一堆垃圾,应该掷进历史的"垃圾箱"中去。

第四节　优秀的都市乡土小说可与社会剖析派小说互补

有些评论家认为,都市乡土小说所反映的生活面的确广阔,这些都市乡土小说作为一些社会学的研究资料尚可,可是作为文学作品,其文学艺术性实在欠缺。其实,就内容与艺术而言,知识精英文学与大众通俗文学这两类文学中皆有上、中、下品之分,皆有自己优秀或拙劣的作品。

就以我们上文所提及的《海上花列传》为例,它被鲁迅归入狭邪小说门类,但是有四位文学大师级的作家,对它推崇备至,褒扬有加,那就是鲁迅、胡适、刘半农与张爱玲。人们通常认为鲁迅对这部作品的评价是"近真""平

---

① 陈慎言:《故都秘录》,湖南文艺出版社1998年版,第9页。

淡而近自然"。其实鲁迅对它的最高评价是"……固能自践其'写照传神,属辞比事,点缀渲染,跃跃如生'之约者矣"①。这十六个字是韩邦庆的自评,但鲁迅首肯他已"自践……其约了"。胡适不仅认真地考证了韩邦庆的生平,而且说它是"吴语文学的第一部杰作"②。刘半农称赞作品中的人物不是平面的,而是"立体的",就像站在你面前一样真切,可见它的人物塑造也是一流的。作为一位语言学权威,刘半农认为韩邦庆的《海上花列传》在"语学方面,也可算得很好的本文"③。张爱玲在晚年花了十年时间,先将它译成英文,又将这部吴语小说"译"成普通话本,并说它是自《红楼梦》后,"填写了百年前人生的一个重要的空白"④。这部现代都市通俗小说的开山之作,就艺术性而言,可与知识精英文学的任何一部优秀的长篇小说相媲美,而它的都市"乡土性"也是极为浓重的。都市乡土小说作家中是有一批而不是一两个,其作品的艺术性达到了较高的水准。

还应该认识到,知识精英文学与都市乡土小说艺术性的评定标准应该按照它们的不同特色有不同的要求。知识精英文学以塑造典型为其追求目标,而大众通俗文学中也有写得成功的典型人物,不过这类小说主要是以"传奇"为其目的,作品只要对读者产生强大的磁场,如出现了"《啼笑因缘》迷",出现了"霍迷"(《霍桑探案》迷),这在他们看来才算莫大的荣耀,这才达到了"传奇"的目的。因此,知识精英文学崇尚"<u>塑人</u>",塑造在文学史画廊中永不磨灭的典型人物,而大众通俗文学则偏爱"<u>叙事</u>",能续出传诸后代的奇事,他们笔下的"奇",又往往与都市中出现的"新"字挂起钩来。他们通常写大都市中民间民俗方面新鲜生动的故事以吸引读者,读者可以从中看到文化的流变创新,民俗的渐进更迭,有时还浓墨重彩地写出城市成型的沿革,而都市小说中的"乡土性"也流露其间。艺术性的评定标准应该各有不同,过去这种有特色的叙事功能,往往被知识精英文学作家作为批评的对象,认为"在艺术方面,惟求报账似的报得很清楚。这种东西,根本上不成其为小说"⑤。其实,"惟求报账似的报得很清楚"却正是通俗小说异于知识精英

---

① 鲁迅:《中国小说史略》,中国书籍出版社2016年版,第210页。
② 胡适:《海上花列传·序》,《胡适文存》第3集,远东图书公司1953年版,第488页。
③ 刘半农:《读〈海上花列传〉》,中国人民大学新闻系文学教研室编:《半农杂文》第1册,中国人民大学出版社1958年版,第227页。
④ 张爱玲:《国语本〈海上花〉译后记》,《张爱玲文集》,安徽文艺出版社1992年版,第355页。
⑤ 茅盾:《自然主义与中国现代小说》,《小说月报》1922年7月10日第13卷第7号,第3页。

文学的特点之一,它们的"精细的记述"正是文化味汁与浓郁乡土性的必备条件。例如,在孙玉声的《海上繁华梦》第二集第五回中,他"报账"似的记录了1893年11月"上海开埠五十周年纪念大游行",让读者看到欧风美雨登陆后上海滩在民俗方面的"中西合参":

> 耳听得一阵西乐之声,恰好洋龙会已来。冲前几个三道头西捕、两个骑马印捕,一路驱逐行人让道。后边接连着十数架龙车,那龙车上扎着无数绸绢灯彩,每一架有一班救火西人,一样服式,手里高擎洋油火把,照耀得街上通明。内中有部龙车,扎成一条彩龙,舞爪张牙,十分夺目。又有几部皮带车,装点着西字自来火灯,并有西人沿途施放炮竹取乐。后随着几部食物车,满载洋酒架非茶(即咖啡)等,预备会中人沿途取食,车上也扎有灯彩,真是热闹异常……①

如果参看吴友如的《点石斋画报》为开埠五十周年庆典所画的九幅图画,更能形象地看到"中西合参"的味道。外国救火车上,扎了一条地地道道的长长的中国龙灯,前面还有一个水龙戏珠的大火球光芒闪烁。因为在当时的上海,这西式的救火车是非常先进的东西,犹如今天游行队伍中出现了新式的导弹一般,所以作了重点描写。又如,中国的科举制度虽已废除,但西方的教育制度引进上海的初期,也竟有人借此使科举借尸还魂。严独鹤的《人海梦》中写华国雄从宁波到上海来求学,他参加新式学校的入学考试竟与科举考试一般无异。

试题当然是科举格式的,只有一门"英文翻译"是"新"的,题目却是要将"古气磅礴"的《尔雅》原句译成英文。考生谁也译不出来,可是有一位学生却一挥而就,得了第一名。据他介绍经验:"教人翻《尔雅》明明是外行,我是猜透了这层道理,便故意造了些极长的字,在中间又随意加上些冠词和介词,看着好像很深的文字,其实完全弄玄虚骗外行罢了。"②这就是当时的所谓"将科举、学校冶为一炉"的"一时矜式"。

这种"记账式"的小说,为我们记下了我国现代化过程中的一环一节一

---

① 孙玉声:《海上繁华梦》,江西人民出版社1988年版,第396—397页。
② 严独鹤:《人海梦》,《新声》1921年第二期第三回。

第三章 都市乡土小说对中国现代文学的重大贡献

链,就是通过这环环相扣,节节相连,构成了现代化进程的长链,可以看到转型期的一串蹒跚的步履足迹。社会的进步靠几个抽象的概念或许可以概括,可是能概括并不等于能真正懂得创业维艰的曲折进程。现代化的历史或许可以说是乡土性的逐渐冲淡,世界一体化的共同点不断增强,但淡出并不等于民族特点和地方色彩的泯灭。知识精英文学有它自己的优长,但不能因此一笔抹煞大众通俗文学存在的必要性。只有读了都市乡土小说的若干代表作,才知道它广博的内容和有自己特点的艺术性皆不容小觑,它不仅与知识精英文学中的社会剖析派小说互补,而且还能与中国近现代史互补。古代历史偏重于帝王将相,改朝换代,现代历史则写阶级搏斗的大势,以及政局的更迭,而都市民间民俗生活则配以老百姓的凡人小事,以及他们备尝的酸甜苦辣,最终来解开大势更序的民间的深层动因。这岂不是微观与宏观相辅相成,相得益彰吗?我以为这就是都市乡土小说对中国文学宝库的独特贡献!

第四章　通俗文学的现代化与现代文化市场的初建

范伯群

第一节　上海开埠——"潜在读者"急需"文字劳工"

上海在1843年开埠以前，农本主义是它生产运作的主要方式，渔业和沙船运输业是它向周边伸出的短短的触须。随着《南京条约》的签订，从广州一口通商变为五口通商之后，海禁大开，上海很快超越广州，成为中国第一大商埠。紧随着外国商业资本和工业资本之后，是金融资本的输入，野心勃勃的广州洋行大班带着中国第一代广帮买办联袂来沪，使它从一个最多只是近海作业的小聚散地，一跃成为中国面向世界的最大窗口，在过去的滩涂上建起了一个十里洋场。原来只是在小农经济的村道上蹒跚的上海，一下子乘上资本经营之车在柏油马路上急行，这使它成了最具魅力的移民城市，吸引着四面八方的国内外投资者和周边破产的乡民，以致那时的上海居民中六分之五来自外乡。它既是冒险家的乐园，也是一个出卖劳动力的大市场。

情况的变化来得如此迅速，像是坐上了直升机似的，在这个原来是烂泥滩的"上海滩"上怎么会一下子榨出亿万的资产来？难道有一个魔棒在冥冥之中施展什么法术吗？人们觉得自己的农本经济头脑不够用了，居民和移民们需要大量的信息来告诉他们这个巨变的内幕，就像小孩子急于要买一本解开魔术奥秘的书籍一样迫切。开始是外国人在上海办外文报纸，可是上海的订户远远不及外国的订户多。中国人对这种蟹行文字是陌生的，懂得的寥寥无几，可是海外的读者却需要从这种报刊上知道如何到上海淘金的信息，再进一步去巩固他们的殖民统治和加强剥削的力度。当时，外国的石印和铅印等印刷术已经开始在上海"落户"，可是起初这只是外国传教士用来印刷中文圣经的工具，先进的印刷条件只是为传播宗教服务。有了这种先进的印刷机器,就有了创办新式报刊的物质基础,有了满足居民与移民迫切需要扩大信息量的前提条件,以便他们去应对这个既日日感到新奇又夜夜感到惶恐的世界。在这个陌生的世界里,他们生怕有一天早晨醒来,自己已掉在一个可怖的陷阱里。他们希望学习,要有传媒来教他们在大都市里如何安身立命,可见"潜在的读者"是大量存在的,那么办报的雇员又从哪里来呢?当时,上海自身的文化底蕴并不深厚,"包围"它的江浙两省却可以向它输送这方面的人才。

这时——20世纪初,中国正好废除科举制度,堵塞了许多文人学士想靠此去荣宗耀祖和加官晋爵的最重要的通道,于是他们迫切需要在社会上找寻新的位置,以确定自己新的社会角色。他们——特别是靠近上海的江浙士人,纷纷来到了上海这个既需要"体能苦力",也需要"知识苦力"的雇员交流市场。那些过去的儒士到了上海,很多人开始做"文字劳工"。这些士人的急务是拓展自己的视野,改变自己许多旧有的观念,在"实践"过程中将自己从科举脑瓜历练成洋场才子。他们凭着自己的脑袋比老百姓的脑袋要敏锐些,就在这"先走一步"的优势中为普通老百姓答疑解惑,积极地参与办报办刊,撰写通俗文章,牢牢地抓住了这批"潜在读者",以为自己换取较为丰厚的生活资料。当然,这批转型士人的道路也不是一帆风顺的。开始,一些守旧分子百般诋毁他们,如左宗棠写信给友人时说新闻记者为"江浙文人无赖之末路",把他们看成是一批无事生非,到处挑拨离间的不安分分子。因此,"昔日之报馆主笔,不仅社会上认为不名誉,即该主笔亦不敢以此自鸣于世"。他们要等到戊戌年间才时来运转,"全戊戌维新,乃为上海报界放一异彩,其时康南海、梁新会以《时务报》提倡社会,社会之风尚既转,而日报亦因之生色……于是新闻业遂卓然成海上之新事业。而往者文人学子所不屑问津之主笔、访事,至是亦美其名曰新闻记者,曰特约通信员,主之者既殷殷延聘,受之者亦唯唯不辞"①。这样上海就成了现代中国的报业与出版业中心,大众传媒的推动使上海较早出现了新兴市民文化,而通俗文学就是这种新兴市民文化中的一个主要角色,它背靠现代传媒,成为一个兴旺发达的"家族"与市民结缘,形象地为市民答疑解惑,成为教导他们如何在上海安身立命的教科书。

---

① 姚公鹤:《上海闲话》,上海古籍出版社1989年版,第131—132页。

第二节　现代传媒为通俗文学提供了巨大空间

新式的现代化媒体使通俗文学有了更为广泛的落脚谋生的地盘,通俗文学作家也就有了更便于获取脑力劳动报酬的可能性。一个现代化的文化市场逐步形成,生产者与消费者在这个市场中自由交易,昔日手工业式的买卖与之相比,情况就不可同日而语了。

中国的小说与经济效益挂钩是有一个过程的。曹雪芹时代没有版税制,也没有刊物连载他的长篇小说,否则他一定是一位腰缠万贯的大款,晚年怎么会过着"茅椽蓬牖,瓦灶绳床"的清贫生活?因此,我们还是从有点经济头脑的《品花宝鉴》的作者陈森说起:从《品花宝鉴》的作者陈森,到《海上花列传》的作者韩邦庆,到李伯元的自办小报,再到报刊明码标价定出稿费制度有一个文化市场日趋现代化的完善过程。

据觉罗炳成考证,陈森的《品花宝鉴》中影射了几位当时的名流巨卿,于是人们很想窥探这些名人的私生活,从好奇心理出发,在此书的写作过程中,就有人纷纷借阅传抄。小说在写成而又未曾刻印之间,作者陈森想出了一个敛财之道。"陈森书挟钞本,持京师大老介绍书,遍游江、浙诸大吏间,每至一处,作十日留,阅毕,更之他处。每至一处,至少赠以二十金,因时获资无算。半聋(觉罗炳成之号——引者注)少时,随其父涮江粮道任,陈至,留阅十日,赠以二十四金,彼犹以为菲薄也。"[①]看来,陈森是很有经济头脑的人,在还没有稿费制度之前,他创立了一种脑力劳动的特殊支付方式,但即使说他获资无算,也只因这是一个仅有一本书的流动图书馆,而且"读者"只是极少数有身份的人,"发财"大概也是有限的。

与陈森相比,韩邦庆要幸运得多,他比陈森迟生了五六十年,是生在传媒开始现代化的时日,他首创自办个人文学期刊的方式,获取脑力劳动报酬。他请《申报》馆代印代售他的个人刊物《海上奇书》。他的这种方式就比陈森要现代化得多了,而且韩邦庆还善于运用大做广告的办法招揽生意。1892年,出版的小说还不多,出版物刊登广告的更少见,但韩邦庆为自己的《海上奇书》刊登了四十三次广告,为自己的作品"叫卖"。在刊物出版之前,

---

[①] 觉罗炳成:《郵罗延室笔记》,孔另境:《中国小说史料》,上海古籍出版社1982年版,第225页。

从光绪十八年正月初六（1892年2月4日）起至正月二十八日（2月26日）他在《申报》上刊登了十一次广告，为即将出版的《海上奇书》造势，其广告词如下：

[标题]：《海上奇书》告白⊙每月朔望①出书一本⊙实价一角⊙托《申报》馆代售

[内容]：《海上奇书》共是三种，随作随出，按期印售，以副先睹为快之意。其中最奇之一种名曰《海上花列传》，乃是演义书体，专用苏州土白演说上海青楼情事，其形容尽致处俱从十余年体会出来，盖作者将生平所见所闻，现身说法，搬演成书，以为冶游者戒，故绝无半个淫亵秽污字样；至于法绘精工，楷书秀整②，尤为此书余事。此外两种，一曰《太仙漫稿》，翻陈出新，夐夐独造，不肯使一笔蹈袭《聊斋》窠臼；一曰《卧游集》，摘录各小说中可喜可诧之事，萃为一编，作他日游观之券。此《海上奇书》之大略也。定于二月初一日出售第一册。《海上奇书》每本实价一角。本埠由卖《申报》人代售。外埠售《申报》处均有寄售。　大一山人③启。

这一告白与他出版时所写的"例言"中的自白是一致的。他在"例言"中说："此书为劝诫而作，其形容尽致处，如见其人，如闻其声。阅者深味其言，更反观风月场中，自当厌弃嫉恶之不暇矣。"这是一本图文并茂的刊物，能给读者以耳目一新之感。而当年上海的"白领人士"皆以说"苏白"为有身份有教养的表征，因此，他用苏州土白所写的书也就成了当时外地人学习苏白的"教科书"。

在第一期出版时，韩邦庆在《申报》上刊登了六次广告，每次内容皆是该期目录，以后每期出版时一般都刊登两次广告，只有第三、第十四、第十五三期刊登一次。《海上奇书》出版至第九期，改半月刊为月刊。韩邦庆于光绪十八年六月初一（1892年6月24日）在《申报》上登载"《海上奇书》展书启"，内容如下：

---

① 朔望即初一和十五。
② 该刊是石印刊物，不是铅字本，因此用"楷书"书写。
③ 大一山人即"太仙"的拆字格，韩邦庆号太仙。

《海上奇书》今出第九期矣。历蒙诸君赏鉴,不胜知己之感。惟说部贵于细密,半月之间出书一本,刻期太促,成稿实难;若潦草搪塞,又恐不厌阅者之意,因此有展期之请,兹于六月朔日出第九期书以后,每月朔日出书一本,庶几斟酌尽善,不负诸君赏鉴之意。再第九期以前之书所存不多,欲补买前八期,书价仍一角。

由此可见他严肃认真的写作与办刊态度。《海上奇书》出版至第十五期停刊,共连载了《海上花列传》三十回。因无停刊启事,停刊原因不详。有人说是销路不佳,但鲁迅在《中国小说史略》中说它"遍鬻于市,颇风行"[1]。现在就很难考证其发行数及盈亏情况了。也许他的确是一位慢工出细活的作者,但也有人说他是一位下笔千言、文不加点的"快手",我们也无法判断其底蕴。不过在1891年,《海上繁华梦》的作者孙家振(玉声)已读过他的第二十四回初稿,看来他是在1892年边改边刊,又新创作了第二十五至第三十回。也许真的觉得"刻期太促",又不肯"潦草搪塞",就戛然而止了。好在到1894年全书六十四回以"花也怜侬"为笔名正式出版发售,虽然没来得及写续篇,但也算是以全璧流传于世。可惜的是就在出书的当年,韩邦庆在贫病中去世,年仅三十九岁。

在阿英先生的藏书中我们可看到《海上花列传》的两种"袖珍本",也即"口袋本",因为是残本,就不知是何年出版。在封面上赫然写着《绘图海上花列传·花也怜侬题眉》,这究竟是韩邦庆生前所出的点子,还是韩邦庆去世后,由书商翻刻的?我没有看到版权页,无法断定,但这种袖珍本的通俗小说,不是文士在书斋中密圈密点研读的圣经贤传,用这样的"小开本"是为了招揽生意,方便读者随身携带,随时随地可以拿出来阅读。由此可见,当时初建的现代化文化市场已经能做到处处迎适当时读者的需求,甚至在开本大小上也动足了脑筋,显示了当年的出版业非常善于抓住商机,以便获取更多的利益。

第三节　小报潮和通俗文学使初期文化市场迅猛扩容

在韩邦庆之后,进一步开拓通俗文学现代化文化市场的是李伯元、孙玉

---

[1] 鲁迅:《中国小说史略》,《鲁迅全集》第8卷,人民文学出版社1963年版,第223页。

声与吴趼人等作家。李伯元在19世纪末20世纪初,独创了"小报"这一新品种,孙玉声与吴趼人也随即紧紧跟上。

李伯元不满二十岁就到上海来闯荡世界,1896年他参与了《指南报》的创办,但这张大报如何与老牌的《申报》和《新闻报》相抗衡呢?于是他就另辟蹊径,在报纸中创一"别裁",办一张小报——《游戏报》,以它的市民性、娱乐性和商业性开拓出一片崭新的文化市场。1897年7月28日,李伯元在该报第六十三号上说明了他创办《游戏报》的宗旨——《论〈游戏报〉之本意》,这是他的一番自我表白:"岂真好游戏哉?盖有不得已之深意存焉者也。"他认为现在要向人们正面讲道理,人家会说你迂腐得不合时宜,而他却最善于"以痛哭流涕之笔,写嬉笑怒骂之文",因此,他要在这张报纸上发挥他的特长。"故不得不假游戏之说,以隐寓劝惩,亦觉世之道也。"因此,《游戏报》"或托诸寓言,或涉之讽咏,无非欲唤醒痴愚,破除烦恼;意取其浅,言取其俚,使农工商贾,妇人竖子,皆得而观之"。当然,《游戏报》中确有若干揭露当局,讽喻社会的文字,但也不完全像李伯元在文章中讲得如此冠冕堂皇。在同一天的报纸上,还刊登了一则《本报按日排印海上群芳姓氏里居表告白》,这是为高等妓院陆续刊登免费广告。这里要附带说明的是,它所刊登的这些"长三"妓院,是当时的一种高级社交场所,或商业谈判,或公关交谊,或诗酒风流,在男女社交不公开之时,也有到这些场合去寻觅红粉知己之类,"客人须是熟人或经名人介绍方可入内,留宿者更严"①。不像现在我们一听到说是妓院就一定是"性交易"场所,但也不排除有性关系。在这一号报上,还有一则《启事》:《本报每逢礼拜日在张园送阅报纸》,使读者可在"茶余酒后,适性陶情,冀与诸君子结文字缘"。第六十三号报纸之所以典型,是一篇"本意",一则"告白",一通"启事",说明了李伯元"另辟蹊径"想达到的三个目的。一是他要用嬉笑怒骂皆成文章的才能对国事与社会上发生的事发表自己的高见,二是要为上海的市民,特别是中产以上的人们提供"游戏"信息,三是他要用浅显俚俗的报章与广大市民结"文字缘"。这是一个向上海中下层读者开拓文化市场的办报策略。当然,这三者之中又以游戏为重点,因此,这种小报后来往往被称为"花报"与"戏报"。为了取得轰动效应,李伯元在报上选"花榜"与"菊榜"("花榜"是妓女选美选艺,"菊榜"是戏曲艺

---

① 熊月之主编:《老上海名人名事名物大观》,上海人民出版社1997年版,第323页。

人评比)。我们在张恨水的《春明外史》中看到过选"花榜"中的种种舞弊手法,但据笔者看到的几个材料,一致认为李氏还是办得很"认真"和"公正"的。他将"花榜"分为两科,一科是"选美",一科是"选艺",因为当时的高等妓女还得所谓"色艺双全"。被选中"艺榜状元"的张五宝工昆曲,她唱的《思凡》一折"虽老伶工亦叹弗如,至今百代公司之留声机中,有张之唱片"①云云。

《游戏报》对国事也较为关心,如从1897年12月1日的第一百六十一号起,在每天的"本馆论说"之前"增添逐日路透电音及时事要电",当时是为了及时报道德国派舰队强占胶州湾等侵略行径,与读者"同怀义愤"。其时电报还不发达,过去只有朝廷发布"上谕"才能动用电报,现在,也向民间媒体开放,虽然价格昂贵,《游戏报》也就赶快聊备一格。《游戏报》有时也登若干较长的连载文章,内容也有指责时弊的,如1904年2月2日至6日连载的《论中国讼狱之黑暗》,可与李伯元在《绣像小说》中连载的长篇小说《活地狱》相互参读。

翻译家周桂笙的《新庵笔记》(卷上)中有《书繁华狱》条,说:"昔南亭亭长李伯元征君(征君旧时指朝廷征聘而不愿受职者——引者注)创《游戏报》,一时靡然从风,效颦者踵相接也。"②到辛亥革命之前,上海陆续出版的小报累计近四十家,形成了一股"小报潮"。影响较大的有孙玉声、吴趼人等办的《采风报》,李芋仙办的《寓言报》,高太痴、秀才翀办的《消闲报》,还有《笑林报》《演义白话报》等等。

《采风报》打的是"采风"牌,在1898年8月10日第三十二号上有一篇《采风》,说是上者采世风、文风,下者雌风、淫风、赌风它都采。这一号上也刊登《招延花丛采访人》的告白。这张小报实际的格局几乎与《游戏报》相仿。1898年7月12日第三号上有《〈采风报〉序——仿〈兰亭集序〉》可以作证:"此报有奇说异论,笑语谐谈;又有新书烘托,石印工致,引以为消闲之助……酒后茶余,挑灯披阅,默悟绮梦之幻,俯察世情之变,所以娱目警心,足以擅笔墨之奇,信可观也……"当时信息来源极为有限,因此小报主要刊登地方新闻,每则数十字、一二百字不等。《游戏报》一开始,标题就用对偶式。而《采风报》就用得更为工整。如1898年8月18日第四十号的地方新

---

① 姚民哀:《花底沧桑录》,《新声》1921年2月第2期,第2页。
② 阿英:《晚清小报录》、杨光辉等编:《中国近代报刊发展概况》,新华出版社1986年版,第116页。

闻的对联标题如下:游客喜成新铁路/痴儿妄想旧金山,真酒徒/伪医士,素接素/花非花,梨园杂志/柳巷琐谈等等。在 8 月 20 日第四十二号上新闻标题如下:产怪/浴龟,狂花敛艳随狂风远作绝塞狂游/妙语解纷说妙人自有无穷妙处,谢月娥顿除憨态/周丽娟善保香名,北里采风/西厢待月等。这套章回小说般的程式,中国文人自幼就素有训练,当然是驾轻就熟。

《寓言报》创办于 1901 年,版式也仿李伯元的报纸,但它的寓言颇耐人寻味,如 1902 年 7 月 15 日刊登的《谈风》:

> 金鱼游行于上,鲫鱼见之,急走还,告其同类曰:"前之游行以来者,其贵官也耶?其身上之文采,何其显耀也。其面上之威仪,何其尊严也。双目怒视,若有所怒者,吾侪其避之。"于是伏处一旁,寂不敢动。而金鱼游行水藻间,绝无去志。无何,蠮螉来,伸螯以钳金鱼之尾。金鱼竭力摆脱,悠然而逝,鲫鱼诧曰:"不期这等一个威仪赫赫的官,却怕这种横行不法的小幺魔钳制。"

这横行不法的"小幺魔"当然是指洋人,晚清的命官是有深度"恐洋症"的,这在《官场现形记》和《二十年目睹之怪现状》等小说中均有详尽的叙述。可是这么一篇寓言,把那"金鱼"的气宇轩昂又外强中干的样子一描绘,真使读者忍俊不禁。另外,若干小报上的知识小品也是很可读的。

由于后办的小报大多跳不出《游戏报》的框范,以致"南亭乃喟然曰:'何善步趋而不知变哉?'遂设《繁华报》,别树一帜。一纸风行,千言日试,虽滑稽玩世之文,而识者咸推重之"①。他另辟蹊径的求变之心又为之大动。

李伯元于 1901 年创办的《世界繁华报》的"变"就体现在栏目的大大丰富上:有"讽林""评林""本馆论说""最新电报""艺文志""野史""官箴""北里志""海上看花日记""鼓吹录""菊部要志""时事嬉谈""滑稽新语""谭丛""小说""论著"等,每天轮流设栏,花样翻新,而且还采取一种与读者"互动"的方式,每天在第一版用花边画出一小块空白,约可写百字左右,注明"本报投函用纸";"凡商艺投标,观剧品评,看花荐格,曲榜荐函,均载入此格内,裁下封

---

① 阿英:《晚清小报录》,杨光辉等编:《中国近代报刊发展概况》,新华出版社 1986 年版,第 116 页。

寄本馆,次日登报。此纸能写一事,并写不录,此纸隔日作废。某月某日。"这种"互动"也是开拓文化市场的一种新手段,实际上增加了不少稿源,扩展了报馆的视野,增进了与读者的亲密度。

《世界繁华报》连载李伯元的《官场现形记》是小报界的一件大事。过去,小说一直被视为"小道",是茶余酒后的消遣品,父兄也禁止子弟去读这些闲书,但李伯元办《游戏报》时,每天就附送《凤双飞》一页,作为赠品。《采风报》每天赠送一页孙玉声的《海上繁华梦》,《笑林报》每天赠送一页孙玉声撰写的《仙侠五花剑》,可是它们不是报纸的组成部分,是单张印刷,随报附送。现在《世界繁华报》将《官场现形记》作为报纸的一个连载专栏,开报纸连载小说之先河。李伯元因"特缘时势要求,得此为快,故《官场现形记》乃骤享大名……"①以后大报也逐渐从轻视小说到跟着小报,给小说一定的篇幅。

《官场现形记》等谴责小说的出版对文化市场的进一步"扩容"是一个很大的促进,从1903年连载完十二回起就由世界繁华报馆刊行《官场现形记》第一编,以后每十二回再续成第二编、第三编,直到1906年初在李伯元1906年4月7日去世前出齐第五编,共六十回。当时翻刻此书的也有其他几个版本,有的是经李伯元同意的,如欧阳钜源的"增注本",也有的是盗版,甚至弄得对簿公堂。1904年11月22日,上海同时有《时报》《中外日报》和《同文沪报》等三家报纸刊登了相同的消息。其中《时报》的内容最详细:"本埠新闻·英界'翻刻书者枷号示众:翻刻《官场现形记》之席粹甫,前奉公堂传讯,乃竟抗不到案,而又明目张胆登报出卖,实属藐视已极。嗣经黄司马出票拘提。昨日早堂由捕房解请讯惩。奉堂先行枷号三天,以为抗传者戒。至其翻刻存案书籍以及日本领事函请追究假冒东洋人各节,真行讯究'。按小说为改良社会之佳书,东西各国硕儒巨子,往往以科学之思想作游戏之文,振聩发聋,厥功不缜,故著者每一书出,尝获政府许以专印版权。在各国有犯翻印书籍之律者,科罚极重。中国书贾贪利翻印他人书籍之事,层见叠出,而中律惩此事也,亦不甚严。一经告发,仅予薄惩或罚款若干了事。乃此次黄司马独能行惩办,其影响所及于出版新书之前途为何如乎。"②盗版者有

---

① 鲁迅:《中国小说史略·第28篇·清末之谴责小说》,《鲁迅全集》第8卷,人民文学出版社1963年版,第241页。

② [日]樽本照雄:《〈官场现形记〉裁判的真相》,[日]《清末小说通讯》2008年7月1日第90期。

如下几个问题：一是非法盗版；二是出版时竟冒日商之名；三是李伯元上诉英租界法庭，因此按英国的法律惩办；四是不法书商唯利是图，但初建的文化市场也开始有法律意识了；五是说明像《官场现形记》这类畅销书已不胫而走，才有翻刻盗印，以获高利。如 1905 年出版的曾朴的《孽海花》多次再版，行销了五万册之多。这类通俗小说已使文化市场面向中下层，迎适了市民阶层的需求，使市场的"扩容"一日千里。

第四节　20 世纪 20 年代通俗作家插上了影视的翅膀

继谴责小说等通俗文学"侵入"广大市民阶层之后，武侠小说与侦探小说开始"发威"，平江不肖生的《江湖奇侠传》在东方图书馆陈列，不到五年，竟看烂了十四部之多，这一"消息"在文化市场上已传为美谈。福尔摩斯"进入"中国后，程小青步其后尘，自撰《霍桑探案》，竟培养了一批"霍迷"。大量通俗文学杂志——周刊、半月刊、月刊和季刊——形成了一个大网络，笼罩着文化市场的文学板块。这类通俗刊物在清末民初独据文坛，在五四运动之后也不止"半壁江山"。可见通俗文学在纸面媒体中的市场是大大地打通了。

在 20 世纪 20 年代，随着文化市场的进一步现代化，通俗作家向当时先进的电影市场进军。通俗文学开始与中国早期的国产电影事业结缘，通俗作家与现代化的银幕文化进一步互通声气。像《火烧红莲寺》等商业娱乐片的盛况，竟使有的精英作家极为生气。在中国，直到 30 年代，左翼作家才对这个电影文化市场产生兴趣，开始介入电影界，成为一支异军而突起。当时上海的电影院分成多个档次，但基本上可分成两类：一类是专映外国影片的影院，国产片是打不进去的；一类是上演国产片的影院，档次相对较低。前者以知识阶层观众为主，而后者的主要观众则是普通市民。我们在印象中好像没有记得鲁迅的日记中有看过国产片的记载，就像他买《啼笑因缘》寄给母亲，而自己却并不看这一类作品一样。

20 世纪 20 年代国产电影的许多编剧或为当时的无声电影写说明词（字幕）的大多是鸳鸯蝴蝶派作家。1923 年，由但杜宇创意、朱瘦菊写说明词的《弃儿》上映。1924 年，朱瘦菊在颜料商人吴性栽的投资下创办了百合公司，从此他就成了专业电影工作者，任大中华百合影片公司的总经理。当时，像他这样改行去专业从影的通俗作家是少数。据说他这个电影公司仅次于当时的电影业的龙头老大"明星影片公司"。明星影片公司最早由郑正秋将徐枕亚的《玉梨魂》改编成电影,演出有相当好的社会效果,也有较好的经济收益。饰演梨娘的演员演来"丝丝入扣,且请枕亚亲题数诗,映诸银幕上,女观众有为之揾涕"。①大概由此启发了明星影片公司的郑正秋与张石川,既然国产电影是市民艺术,编剧还应该求助于鸳鸯蝴蝶派作家,南甜北咸,他们最了解市民大众的口味。于是明星影片公司就由郑正秋出马,请包天笑"出山"。这些通俗文学作家还是能够"胜任"早期电影的编剧的,当时要做个"编剧"也实在"太容易"了,较优秀的通俗小说家大概都能做国产电影的编剧。

> 有一天,郑正秋便到我报馆里来了,他说:"明星影片公司要拜托先生写几部电影上的剧本,特地要我来向你请求。"我说:"你们真问道于盲了,我又不懂得怎样写电影剧本,看都没有看见,何从下笔?"正秋道:"这事简单得很的,只要想好一个故事,把故事中的情节写出来,当然这情节最好是要离奇曲折一点,但也不脱离合悲欢之旨罢了。"我笑说:"这只是写一段故事,怎么可以算做剧本呢?"正秋说:"我们就是这样办法。我们见你先生写的短篇小说,每篇大概不过四五千字,请你也把这个故事写成四五千字,或者再简短些也无妨。我们可以把这故事另行扩充,加以点缀,分场分幕成了一个剧本,你先生以为如何?"……这个所谓电影故事、电影剧本,我从来未写过,倘如现在郑正秋所说的,那真是简单不过的,也何妨尝试一下呢?我还未及回答正秋的话,他又说道:"明星公司同人的意思,请你先生每月给我们写一个电影故事,每月奉送酬资一百元,暂以一年为期,但电影故事可以慢慢地写,最好先把你的两部长篇小说《空谷兰》与《梅花落》整理一下,写一个简要的本事,我们很想把你的两部小说拍为电影,想不见拒吧?"②

包天笑就在这种情况下开始"触电"。他的译作《空谷兰》先拍成无声片,映出后轰动一时。后来当国产片能拍有声电影时,又请当时的"影后"胡蝶重拍一遍,成了明星影片公司的保留节目,还送到国外去展映。他的文言

---

① 郑逸梅:《我所知道的徐枕亚》,(香港)《大成》1986年9月第154期,第36页。
② 包天笑:《钏影楼回忆录续编·我与电影(上)》,大华出版社1973年版,第95—96页。

短篇《一缕麻》被改编成电影,定名为《挂名夫妻》,阮玲玉第一次上银幕的处女作就是拍的这部电影,也颇为成功。他还将托尔斯泰的《复活》"中国化",改编成中国背景的故事片《复活》,又名《忏悔》,但郑正秋则将它定名为《良心复活》,直到包天笑老年时还对这部电影的精彩场面津津乐道:

> 为了有一场"追火车"的外景,明星公司已与上海火车站商量,得其同意,作实地映摄。那天的(杨)耐梅真卖力,一面追火车,一面作出颠跌之状,颈上的围巾,被风飘去也不管,直追至月台尽处,怏怏而归,满面失望悲哀之色,真演得入情入理呢。这还是无声电影呀!但这一场真是"此际无声胜有声",大家一望而不觉得悲从中来的……(托尔斯泰的)书名曰《复活》。我拟的剧名也是《复活》,但郑正秋一定要加上"良心"两字,这剧名叫做《良心复活》。这是他们的生意眼,怎能依你书生之见作主观呢?①

包天笑除了能编剧之外,还写得一手极好的"说明词",也即"字幕"。因为当时还处于"默片"时期,电影还是一个"伟大的哑巴",所以除了要有一位编剧之外,还要有一位写"字幕"的人。包天笑往往是编剧兼说明。包天笑在《说字幕》一文中说:"影戏者,无言之剧也,于种种表现中,失一语言之重大条件,于是欲以文字弥其缺,则谓之字幕……盖字幕之优劣,有左右电影之力量,佳妙者平添无数之精彩,而拙劣者,减削固有之趣味。"②"那些女明星,不过樱唇动一动,而我们就要代她说出一句话儿来,并且这话儿一定要说得相当得体。我笑说,我们做八股文,人家说是'为圣人立言',现在做'字幕',却是为女明星立言了。"③包天笑与明星影片公司的良好合作使若干电影公司对通俗作家产生了浓厚的"兴趣",认为他们都是有很好潜质的编剧兼写字幕者,而通俗作家也认为此项工作对他们说来"驾轻就熟",也乐于接受电影公司的聘请。程小青、周瘦鹃、姚苏凤、郑逸梅、严独鹤、徐卓呆、汪优游、顾明道、张碧梧、徐碧波、陆澹安、王钝根、施济群……都来"客串"电影了,这成了20世纪20年代电影界的一道"风景":通俗作家都能兼写"电影

---

① 包天笑:《钏影楼回忆录续编·我与电影(下)》,大华出版社1973年版,第103—104页。
② 包天笑:《说字幕》,《明星特刊》第5期《盲孤女号》,大东书局1925年版,第1页。
③ 包天笑:《钏影楼回忆录续编·我与电影(上)》,大华出版社1973年版,第97页。

剧本"。如此,许多通俗小说又插上了电影的"翅膀",更是越飞越高,提升了这些作家和小说在文化市场上的竞争力。作为故事梗概的"剧本",有些成了锦上添花的通俗小说,进一步为文化市场所接纳,大大拓宽了读者面与观众面,即使是不识字的市民(其中有不少是家庭妇女)也成了通俗文化的享用者。知识精英开始是看不起这样的"合作"的,他们到了20世纪30年代,特别是九一八之后,才认识到应该去占领这个大众化的阵地,他们的异军突起使中国的电影事业更富时代气息。

第五节 "画报潮"满足上海市民的新口味

20世纪20年代,通俗作家在文化市场上的另一个新的冲击点是掀起一股"画报潮"。在我国现代文化市场刚成型时,《申报》曾于1884年敦请苏州画家吴友如主笔《点石斋画报》,这种画报不仅能迅速反映时事新闻,而且特别重视描绘上海十里洋场上形形色色的社会风貌,广泛地反映市民生活,还遍涉世界风物。凡新事新器,均在它的尺幅之中,使人们大开眼界,受到读者的热捧,吴友如也因此声誉鹊起。他后来又自办《飞影阁画报》。虽然有些精英作家看不起吴友如,但现在国内外还是有许多学者多角度多侧面地研究他的画报所反映的丰富内涵,他直观形象地反映了清末社会的面容。20世纪20年代的"画报潮"是文化市场现代化手段更上一层楼的反映,那是由于照相制版的普及化引起的一轮新潮。其开先河者是著名小说家毕倚虹。1925年6月6日,他创办了《上海画报》(三日刊)。吴友如当时创办的是石印画报,那是以单线勾勒作画的画报,而现在的画报以照相制版为主,图文并茂,用道林纸精印,不仅图像清晰,画面生动,而且文字活泼,使大家为之耳目一新。出版前夕正逢发生五卅惨案,毕倚虹毅然调整版面,及时反映这一震惊中外的流血惨案。毕倚虹在《感谢心心》中说:"此次沪上发生空前之惨剧。南京路一带,戒备甚严,行人且不易通过,故摄影等事,无从着手。本社特请心心照相馆于无可设法中,摄取数影付印,以供众览。"从他的按语中可以知道,帝国主义为了封锁消息,在南京路及其周边实行戒严,而心心照相馆正开在南京路上,他们能尽量设法摄取镜头。在《上海画报》的创刊号上,就有《凄凉之南京路》《南京路之西兵防守》《学生在华界沿途自由讲演》《学生大游行之一部》《热心之学生捐募队》等图片,还配有毕倚虹自撰的《沪潮中我之历险记》,因为画报的办公地点就在南京路附近,惨案发生当天,他仍在为办画报奔波,险成"西兵"枪下之鬼,读来的确令人义愤填膺、触目惊心。在第二期的头版,刊登五卅运动闸北大集会中群情激越的壮观场面的大幅照片。在第二、第三期中还以显著的版面报道《约翰潮》,即圣约翰大学美国校长阻止学生参加爱国学生运动而发生争执。大幅照片有《圣约翰大学及附中全体退学时之摄影》《课堂中之激昂》《出门时之一致》等等。当年的爱国学生争相购阅,使该画报一鸣惊人,轰动沪上及周边地区,还远及京津。毕倚虹后来曾回顾画报的销路之佳:"日售万页,为从来办报者所未有,老辈诧愕,惊为奇观……每值出版前夕,伏印刷所短案终宵,躬自校雠排比,天明日出,驱车始归,当时虽苦,今日回忆,正第一乐境。"这篇回忆文章是1926年1月2日毕倚虹在病榻上写的《余之新年回顾谈》,也算是他病故前在《上海画报》上的绝笔了。毕倚虹在当年5月去世,有一篇悼念文章《呜呼毕倚虹先生》中写道:"五卅案起,各报游戏文章停刊,独毅然发刊《上海画报》,力持正义,风靡一时,京津报房以电索报者踵相接,望风而起者达十余家。有'画报潮'之目。首创此体例者,则先生也。然先生终以此积劳而病,是先生无负于画报,画报有负于先生矣……病益加剧,一再商愚,嘱为绍介,以画报归诸四合公司。愚告以推周瘦鹃先生总编辑。先生笑曰,付托有人矣。"①毕倚虹约编了八十期《上海画报》,后来由周瘦鹃接任主编,在1927年6月6日毕氏办此刊两周年时,有一篇署名记者的《画潮记》:"三日刊的画报在中国是本报创始,毕倚虹先生的心血,大半消磨于此,所以本报同人不敢使他失败。倚虹先生在十四年(按:指1925年——引者注)今日发刊本报之后,时仿效者达三十余种,其间不乏青胜于蓝,尤以《三日画报》为最。"②在画报上也连载小说,其中有毕倚虹自撰的长篇小说《极乐世界》和《新人间地狱》(均未载完),也连载张恨水的《春明新史》与《天上人间》,刊登的时间要早于《新闻报》的连载《啼笑因缘》,但影响不像《啼笑因缘》那样有震撼效应。《上海画报》出版至五百多期后停刊,而周瘦鹃又将精力放到另一本新出的刊物《良友》画报上去了。《良友》画报是一个大型综合性画报,采用图片、漫画、摄影和文字等多种手段,报道中外时事,介绍美术名作,普

---

① 钱炯炯:《呜呼毕倚虹先生》,《上海画报》,《紫罗兰》1926年6月第1卷第13号《呜呼毕倚虹先生专号》,第2页。

② 记者:《画潮记》,《上海画报》1927年第240期,第3页。

及科学知识,刊登体育图片,推广优秀影剧等等,又配以文学作品,以增加读者见闻,丰富常识,开阔视野,以期达到雅俗共赏的效果,曾赢得《良友》遍天下之美誉,实际上成了满足新市民口味的一道"美食"。从通俗作家介入电影潮与画报潮等活动中,我们可以获得一种信息,通俗作家虽受到精英作家的"围攻",但他们能够利用一切机会,沿着市场不断现代化的路子挺进,他们在文化市场上有着"默默的强势",他们能与时俱进,使自己立于不败之地。沈从文看到了这种中国老儿女的嗜好向新市民的时尚爱好过渡的苗头,他曾评价道:"承继《礼拜六》,能制礼拜六派死命的,使上海一部分学生把趣味掉到另一方向的,是如《良友》一流的人物。这种人分类应当在新海派。他们说爱情、文学、电影以及其他,制造上海的口胃,是礼拜六派的革命者。帮助他们这运动的是基督教所属的学生,是上帝的子弟,是美国生活的摹仿者,作进攻礼拜六运动。而仍然继续礼拜六趣味发展的有《良友》一类杂志。"[①]沈从文的这一分析不能说不中肯。不过应该补充的是《礼拜六》的编者曾是周瘦鹃,这本"新海派"的《良友》的主任编辑也曾是周瘦鹃,那么如果套用沈从文的"公式"——"承继周瘦鹃的《礼拜六》,能制礼拜六派死命的,使上海一部分学生把趣味掉到另一方向的,是如《良友》一类的人物",读者的口味在变,周瘦鹃的办刊方针也在随着文化市场的新需求发生变化。昨天的周瘦鹃面向文化市场的变化正在变成今天的周瘦鹃,他是贴近市民读者群众而"与时俱进"的。

第六节 既随市场需求而变策又是读者趣味的引领者

文化市场是由作者、读者与书商三方组成的,而书商在通俗文化市场上有许多特殊的作用。除了正当的经营行为之外,也有不少兴风作浪、尔虞我诈、投机取巧、欺行霸市和挂羊头卖狗肉的勾当。书商不是我们要论述的重点,我们单就作者与读者之间的关系来论述买卖双方的关系。特别值得讨论的是通俗作家有灵敏的触角,当读者对他们的作品有所反馈时,他们能随读者兴趣的变化而变化,更新其写作对策和编刊方针。我们不能将通俗作家只看成是一群"媚俗"的文人,他们往往能成为培养读者新兴趣的引领者。

---

① 沈从文:《郁达夫、张资平及其影响》,《沈从文文集》第11卷,广州花城出版社1982年版,第143页。

在这方面周瘦鹃有许多经验,他在文化市场的大海中搏击了大半生,既受市场的影响,也是一位开拓新品、影响市场的能手。例如,复刊后的《礼拜六》与前一百期的《礼拜六》已有不同,他根据时代潮流的走向,明确提出刊物要更注重社会问题和家庭问题,作者应以极诚恳之笔出之。继《礼拜六》之后,他创办《半月》,其时,他也有过自己的一番设想。他写道:"吾友程小青言,尝闻之东吴大学教授美国某博士,美国杂志无虑数千种,大抵以供人消闲为宗旨。盖彼邦男女,服务于社会中者綦夥,公余之暇,即以杂志消闲,而尤嗜小说杂志,若陈义过高,稍涉沉闷,即束之高阁,不愿浏览矣。是故消闲之小说杂志充斥世上,行销辄数十万或竟达百万二百万以外,若专事研究文艺之杂志,则仅二三种,行销亦不广,徒供一般研究文艺者之参考而已,即英国亦然,著名之小说杂志如《海滨杂志》《伦敦杂志》等,亦无非供人作消闲之品。有《约翰伦敦》周报一种,为专研文艺之杂志,销数无多,海上诸大西书肆中竟不备,余尝往叩之,苦无以应,寻得之一小书肆中,因订阅焉。据肆中人告予云,此报海上绝无销路,每期仅向英国总社订定二册,一归一英国老叟购去,一则归君耳。观于此,则可知英美人专研文艺者之少矣,返观海上杂志界,肆力于文艺而独树新帜者,亦不过一二种,足以代表全国,其他类为消闲之杂志,精粗略备,俱可自立,顾予意中尚未餍,尝思另得一种杂志,于徒供消闲与专研文艺间作一过渡之桥。因拟组一《半月》杂志,以为尝试,事之成否未可知,当视群众之能否力为吾助耳。"①可见周瘦鹃每办一个新刊物,均有自己的一套新规划,除了栏目的更新之外,《半月》的外观也令人耳目一新,用三色铜版纸精印封面画,又首创三十开本的版式,均为当时杂志之首创。他这样精心设计,即使增加成本也在所不惜。出版《半月》的同时,他又异想天开,办了一种个人小杂志,六十四开袖珍本,定名《紫兰花片》,小巧玲珑,用道林纸精印,每期登二十篇左右文章,全是他个人的,或译或作,并配有彩色插页,作紫罗兰色,在文化市场上轰动一时,极为逗人喜爱。在1920年至1922年间,周瘦鹃一个人手中同时编六种刊物:一、《申报·自由谈》,二、后期《礼拜六》,三、《半月》,四、《紫兰花片》,五、先施公司《乐园日报》,六、与赵苕狂合编《游戏世界》。他尽量做到各有特色、各有职能。周瘦鹃还有一个不成文的规矩:一个杂志办了四年他就要改名,并换新栏目,重新设计新封面与杂志开本,使杂志常办常新,使读者不会产生老腻感。在1925

---

① 鹃:《自由谈之自由谈》,《申报·自由谈·小说特刊第27号》1921年7月17日。

年至1926年间,他同时办五种刊物:一是仍旧掌握着《申报·自由谈》;二是《紫葡萄画报》(半月刊);三是《紫罗兰》(半月刊);四是在毕倚虹病重时,他代编《上海画报》,而当毕去世后,他正式任《上海画报》主编;五是《良友画报》月刊。《半月》出了四年,它的第五卷第一期就更名为《紫罗兰》。他在《紫罗兰》创刊号的《编辑室灯下》中道出了自己的新设计:"颇思别出机杼,与读者相见。版式改为二十开,为他杂志所未有,排法力求新颖美观,随时插入图案与仕女画等,此系效法欧美杂志,中国杂志中未之见也。以卷首铜图地位,改为《紫罗兰画报》,以作中坚。图画与文字并重,以期尽美,此亦从来杂志中所未有之伟举,度亦为读者所欢迎乎!"可见他主动在培养一种高格的兴趣。《紫罗兰》出版的第二年,他又标新立异,将版式改为《半月》一样的三十开本,但将封面中间挖空,扉页衬以一幅精印彩色时装仕女画,以期达到"画里真真,呼之欲出"的境界,这也是受到苏州园林中"漏窗"的启发,这种漏窗起到"移步换形"的鉴赏效果。当时用在封面设计上,更觉新颖可喜。直到21世纪的今天,还有封面装帧设计学着当年的《紫罗兰》。《紫罗兰》办了四年后,刊名就改为《新家庭》。在周瘦鹃追求唯美的设计中,我们常听他说参照欧美杂志的经验,他甚至订了一本高格的《约翰伦敦》,要将《半月》办成《海滨杂志》与《约翰伦敦》之间的过渡桥梁。他在所编的刊物中,常常能向读者提供可口的"美味大餐"。在《申报·自由谈》中,毕倚虹的《人间地狱》是脍炙人口的。张爱玲认为在写"自传部分",《人间地狱》优于张恨水的《春明外史》:这两部小说中"两人的恋爱对象雏妓秋波、梨云也很相像"。①可见,周瘦鹃在《自由谈》中的长篇连载也是上乘的。在编《春秋》时,他向读者贡献了秦瘦鸥的《秋海棠》。当时,秦瘦鸥向周瘦鹃提供了三个故事梗概,周瘦鹃选中了《秋海棠》,发表后的反响,堪称20世纪40年代发生了类似《啼笑因缘》式的连锁热潮,而他办后期《紫罗兰》时向读者推出了张爱玲的《两炉香》。这些作品是拿得出手的,均为民国通俗小说的经典之作。他是一位善于倾听市场信息回馈的编者,也是能引领读者步入新的兴趣佳境的编者。他既能顺应又能驾驭文化市场,将他作为一个例证可以说明通俗作家与文化市场的最佳对应关系。他曾被某些精英作家说成是"文化流氓",这是"左联"的关门主义之外的另一种"关门主义"的表现。

---

① 张爱玲:《谈看书》,《张爱玲文集》第4卷,安徽文艺出版社1992年版,第303页。

第五章 中外交流：一支被忽视的翻译方面军

范伯群

第一节 通俗翻译家——中国早期翻译界的一支方面军

在中国近现代文学史上共有三条中外文学交流渠道：一支是以林纾为代表的近代文学翻译家群体，许多新文学家都是读着"林译丛书"而成长的；一支是通俗作家译群，可以周瘦鹃为代表人物，这个译群在五四之前发挥了不小的作用；一支是新文学作家译群，那更是人才济济了。过去，通俗作家受到某些新文学家的严厉批判，因此，他们上述的成就也就不大被提起了，以致造成一种印象，他们既然是新文学家的"对立面"，就被视为"旧派文人"，是一班遗老遗少，是"三家村"里的"冬烘"。可是事实却不然，经我们粗略统计，通俗文学作家在五四前与翻译挂上钩的，竟有三十多位，这个数字是相当可观的。如果我们去追溯他们学习外文的经历，能肯定的、真正说得上精通某一国外文的人，大概只占三分之一，其他人要么是学习外文的经历"不详"，要么就是不通或基本不通外文。这大概也是由于林纾这位不通外文的"翻译大家"带的头吧。只要找一位能作外文口译的人做助手，有些通俗作家也就成了译家。因此，中国早期翻译的特殊情况倒是值得作一番评述的。

在这里先将从事过文学翻译工作的通俗作家名单排列一下。这些所谓通俗作家，有的也并不太"纯粹"。他们或是写过若干通俗小说，但同时也有从事雅文学的经历，如王西神、恽铁樵、姚鹓雏等；有的是早期启蒙主义者，正因为要启蒙，也就与通俗小说发生了关系，从事过通俗小说的创作，如陈景韩等。下面的名单是仅就五四之前而言，基本上按照他们翻译的外国小说作品出现的早迟为排列顺序：包天笑、周桂笙、陈景韩（冷血）、徐卓呆、许指严、王蕴章（西神）、李涵秋、张春帆、恽铁樵、周瘦鹃、贡少芹、张毅汉、徐枕亚、严独鹤、胡寄尘、程瞻庐、陈蝶仙、李定夷、程小青、叶小凤、李常觉、陈小蝶、朱瘦菊、陆澹安、姚鹓雏、刘铁冷、陈蝶衣、赵苕狂、毕倚虹、张碧梧、张舍我、姚民哀、许瘦蝶、吴绮缘、王钝根、顾明道、闻野鹤等等。除了上述的名单之外,我们知道李伯元和吴趼人也与翻译有过关联,而曾朴则是对法国文学有精深研究的专家。

1898年,梁启超在《清议报》第一册上发表《译印政治小说序》,在同期刊物上,他还翻译过政治小说《佳人奇遇》。接着在第二年,也即1899年,林纾(冷红生)、晓斋主人(王寿昌)合译了《巴黎茶花女遗事》。这一册《巴黎茶花女遗事》在中国产生了巨大的影响,正如严复的诗句所形容的:"可怜一卷《茶花女》,断尽支那荡子肠。"梁启超鼓动大家译介政治小说的文章,是颇有些豪言壮语的,所选定的视点也是很高瞻远瞩的,可是他所译的小说,却不能激动读者的心,而林纾译的《巴黎茶花女遗事》则没有这些鼓动性的宣传,他要翻译这部小说的动机与目的也是非常"生活化"的。据说是林纾因丧偶而郁郁寡欢,王寿昌为帮他解闷,就怂恿他合作翻译这部小说,出乎意料的是它竟一炮打响。另一说是王寿昌从法国回来,向他盛赞此书,乃小仲马之"极笔",于是他提出合作翻译的建议。其实这两说是不矛盾的,也许王寿昌有莲花妙舌,能说得他怦然心动,而那时正好林纾丧偶。可是书一出版,却使许多人大开眼界,原来外国也有这样好的文学作品,于是有人就称它为"外国《红楼梦》"。与林纾同调的那些通俗作家在"为什么"要译书这一点上,开始也是无甚高论的。

第二节 通俗作家从事译作的宗旨与目的呈现多样性

在通俗作家中译书最早的是包天笑。他自述英、法文是学过的,但刚学不久就放弃了,基本不通,至于日文,他也读过,而且对其语法进行过一番自修,因此"书中汉文多而和文少的"[①]日本小说,他也有点看得懂。那么他在1901年与杨紫麟合译《迦因小传》时,也像林纾一样,只是笔录和润文而已。因为当时杨紫麟正在学英文,他在公园里边读边讲解给包天笑听,杨对包说:"这有点像《茶花女遗事》,不过茶花女是法国小说,这是英国小说,并且

---

① 包天笑:《译小说的开始》,《钏影楼回忆录》,大华出版社1971年版,第173页。

只有下半部,要搜集上半部,却无处搜集,也曾到别发洋行去问过。"①不过,在包天笑的思想中那种想开风气之先的朦胧愿望还是有的,他曾自述当时受梁启超《时务报》的影响,很有点"喜新厌故"的激动。《迦因小传》最初刊于《励学译编》的第一至第十二册(1901年4月3日——1902年2月22日),即使他在1905年为《迦因小传》出版单行本写序时,也只是用几个象征性的境界谈了他对这部小说的感想。他在读此书时:"剪灯坐钏影楼,时则新月娟娟,冷乎馨乎,微闻邻女笛声,若诉若泪……手持迦因读之,此一境焉。"②他一连用了三个不同的境界,无非是说《迦因小传》太"凄美"了,令人有一种"凄灵幽咽"的感觉,他在静夜吞咽着这一种美感。根据上述归纳之,包天笑因这本书像《巴黎茶花女遗事》而想翻译它,这是他受了林纾译文的影响。他也是为介绍西方新学,想开风气之先而译。他觉得此书能给读者传达一种美感,能将人带到一种美好的人生境界,如此而已。他在译书的目的性上没有什么豪言壮语与精辟警句。通俗作家们有时还要谈及译稿能卖钱能维持生活之类的话,因为他们一般是卖稿为生者,所以他们并不回避这一点。另一位后来在翻译界大有名望的周瘦鹃也大体相类。例如,他谈起那本很有名的《欧美名家短篇小说丛刊》时也曾说:"那时我是二十二岁,为了筹措一笔结婚费而编译这部书的。包天笑先生序言中所谓'鹃为少年,鹃又为待阙鸳鸯,而鹃所辛苦一年之集成,而鹃所好合百年之侣至',即指此而言;他老人家原是知道这回事的。"③可是,就是这样"生活化"的译者,一谈到国家被侵略,民族不平等,他们就会"拍案而起",表示他们的义愤。包天笑在1905年为他和杨紫麟合译的《身毒叛乱记》作序时说:

> 呜呼! 今日平等自由之谈嚣国中矣,倾心彼族者,方以为白种之民德高越地球,足为世界文明之导线,噫唏! 孰知于事实大相刺谬,其惨毒酷厉全无心肝,所谓公理者,仅为荧人视听之具耶! 彼人恒言亡国之奴,即文明者亦施以野蛮之礼,狡为是言,用济其恶。甚者且谓不国之民,不当以人类相待,嗟乎! 我国民者其奈何弗省欤?……瓜分惨祸,

---

① 包天笑:《译小说的开始》,《钏影楼回忆录》,大华出版社1971年版,第172页。
② 包天笑:《〈迦因小传〉序》,阿英:《晚清文学丛钞·小说戏曲研究卷》,中华书局1960年版,第284页。
③ 周瘦鹃:《一瓣心香拜鲁迅》,《拈花集》,上海文化出版社1983年版,第34页。

悬在眉睫,大好亚陆,将成奴界。今者,美禁华工,至惨酷无人理,同胞为奴之朕兆,不已见乎？每一念及,血为之冷！我不知读我书者,其感情又当如何也？噫！①

同样,周瘦鹃在谈到他对翻译被压迫弱小民族国家的作品时说:"欧陆弱小民族作家的作品,我也喜欢,经常在各种英文杂志中尽力搜罗,因为他们国家常在帝国主义者压迫之下,作家发为心声,每多抑塞不平之气。后来在大东书局出版《世界名家短篇小说集》八十篇中,也列入了不少弱小民族作家的作品。"②他们是爱国者,为爱国而译往往是他们共同的宗旨之一。

陈景韩(冷血)是一位早期启蒙主义者,他不能算是纯粹的通俗作家,但为了启蒙也从事通俗小说的创作。他在编《新新小说》时,表明他的著译是为了宣扬一种"侠主义"。"侠",首先就要饱含对弱小民族的同情与对侵略者誓死反抗的精神。他曾编大型刊物《小说时报》,这个刊物以刊登翻译作品为主,而他带有"代发刊词"性质的小说,题名为《催醒术》,表明他要以这个刊物为"催醒"同胞的利器,显示了一位启蒙主义者翻译外国文学时所抱的态度。

不过这些通俗作家在翻译外国文学作品时,除了会对某一具体作品发表自己的译后感外,有时也会对某一作品文类作总体介绍,并联系国内的现实,以表示文类在现实生活中会发挥何种针对性的作用。如精通英、法文的中国早期翻译家周桂笙,他在开始翻译生涯时对侦探小说特别感兴趣,早在1904年就对侦探小说这一文类发表了很有价值的看法：

> 尤以侦探小说,为吾国所绝乏,不能不让彼独步。盖吾国刑律讼狱,大异泰西各国,侦探之说,实未尝梦见……至于内地谳案,动以刑求,暗无天日者,更不必论……泰西各国,最尊人权,涉讼者例得请人为辩护,故苟非证据确凿,不能妄入人罪,此侦探学之作用所由广也。而其人又皆深思好学之士,非徒以盗窃充捕役,无赖当公差者,所可同日

---

① 包天笑：《身毒叛乱记·序》,阿英：《晚清文学丛钞·小说戏曲研究卷》,中华书局1960年版,第293—294页。

② 周瘦鹃：《世界名家短篇小说集》,郑逸梅：《书报旧话》,书林出版社1983年版,第54页。

语。用能迭破奇案,诡秘神妙,不可思议,偶有记载,传诵一时,侦探小说即缘之而起。①

第三节　通俗作家从外国小说技巧中获取借鉴

中国早期通俗作家在翻译外国文学作品时,外国小说的技巧大开了他们的眼界。他们虽然不能在"为什么"要翻译外国文学这一点上,说出像梁启超一样的许多道理来,视角也站得不高,但是他们对艺术技巧的借鉴要比梁启超们更加敏感。这可以分两个方面加以阐说,先是他们对某些技巧加以模仿,例如,吴趼人在《新小说》中将《电术奇谈》这部小说的倒叙技巧运用到了他改写的《九命奇冤》中去,而且也学得很恰当。另外,当时中国的小说一直习惯于全知全能的视角,可是吴趼人却很快地体会到"第一人称"的好处,于是在《二十年目睹之怪现状》中就运用了第一人称"我"——出了"九死一生"这样一个角色,虽然运用得还不够娴熟,但在胡适看来,在结构上就比《官场现形记》要强多了。至于外国小说中的心理描写也引起了吴趼人的兴趣,因此他在《恨海》中就大量运用这种心理描写,使女主人公的内心世界,活生生地呈现在读者面前,取得了显著的效果。吴趼人真是一位很善于借鉴外国小说技巧的作家。周瘦鹃也是一位善于将外国小说技巧运用到自己创作中去的作家。由于他的创作主要是短篇小说,因此这种借鉴的痕迹更为明显。如他翻译过莫泊桑、欧·亨利、契诃夫和托尔斯泰的作品,他就很认真地学习这些大师们的创作手法。他的短篇小说《旧恨》,写一个二十岁就因情场失意而削发为尼的慧圆师太,在七十岁时偶遇她昔日的情人——浪子刘凤来。此时这个昔日的纨绔子弟已成普陀高僧,就在他们四目对视时闪光的一瞥中,慧圆师太扑地"圆寂"了。在小说中,慧圆青灯古佛的五十年孤寂生涯是如何度过的,作家不是直笔坦书,而是通过尼庵中小尼的眼睛去间接勾勒,这不是中国式的从头至尾的"来龙去脉"叙述法,而是非常纯粹的西方小说的横断面的"拦腰一刀"手法。周瘦鹃的短篇小说《脚》的结构很像托尔斯泰的《三死》。开端一段议论统率着下面并不相互关联的两三个故

---

① 周桂笙:《歇洛克复生侦探案·弁言》,陈平原、夏晓虹编:《20世纪中国小说理论资料》第1卷,北京大学出版社1989年版,第119—120页。

事。周瘦鹃的《九华帐里》是独白小说,而《阿郎安在》则是心理小说。周瘦鹃翻译过《自杀日记》,后来他自己创作了《断肠日记》。他的《珠珠日记》采用人物与作家通信的形式,实际上是学外国的书信体小说。包天笑也是一位善于在翻译中学习外国作家技巧的作家,他将这种书信体小说运用到他别出心裁的《冥鸿》中去,即活人与死者的"通信":青年大哀在辛亥革命中牺牲了,他妻子遵守大哀从军时的"卿每星期必以书报我"之嘱咐,"每星期必作一书焚化于炉中",名曰《冥鸿》,写得十分感人。他也很早运用外国系列小说的形式,在《小说画报》中有四篇《友人之妻》,其中三篇都涉及留学生的婚姻观问题。当时科举已经废除,留学生身价"升值",新的价值观念被引进这组小说之中。此外,徐卓呆也在翻译中努力学习,成为五四前中国最优秀的短篇小说家之一。他的《入场券》《买路钱》《温泉浴》《卖药童》《微笑》《箍》等都是当时短篇小说中的佼佼者。

通俗小说家在翻译中向外国小说学习的另一种常见的形式是将某一种小说类型整体地搬来,并将它中国化,从而成了中国小说的"新的生长点"。如翻译侦探小说的程小青就将侦探小说中国化,日后自己塑造了一个"霍桑"私人侦探的形象,成了著名的侦探小说家,甚至"培养"了一批"霍迷",而张舍我在翻译国外作家"问题小说"的过程中,自己成为一位写问题小说的"专业户",甚至被人称为"张问题"。

第四节 以周瘦鹃为代表的通俗小说家在译作中取得较高成就

通俗小说家翻译工作的成绩还是相当可观的。据不完全统计,在1901年至1919年间,他们出版翻译的单行本有一百二十一部,翻译单篇小说三百六十九篇,其中连载的有七十七篇,大多是中长篇小说。有的翻译作品的社会性效果很好。如鲁迅与周作人对周瘦鹃《欧美名家短篇小说丛刊》的评价就是社会效益的最好实例。

鲁迅当时在教育部任社会教育司科长之职,分管评选小说佳作的工作。当他看到周瘦鹃的译作《欧美名家短篇小说丛刊》时,非常激动。其实在当时的教育部,工作是很清闲的。鲁迅不在办公时间处理对此书的评价,却带回绍兴会馆,与周作人共同赏鉴,说明他对此书产生了不同寻常的好感。他认为一个青年译者能继承他与周作人在十年前《域外小说集》的未竟之志，是值得高兴与赞扬的。因为《域外小说集》在当时的社会影响并不大，加之寄售点又因失火，积压的书也被火神菩萨所吞噬，以致他们失去了收回本钱再续译续出的希望，而这十年来，他们几乎没有看到过继承《域外小说集》之志的短篇译作集的出现。今天似乎是"他乡遇故知"般地看到了"老朋友"，因此他与周作人共同拟定了一则评语，赞扬周瘦鹃"所选亦多佳作……用心颇为恳挚，不仅志在娱悦俗人之耳目，足为近来译事之光……则固昏夜之微光，鸡群之鸣鹤矣"①。教育部也因此发给周瘦鹃一张奖状，但此奖状的原委到直到新中国成立后，周作人化名鹤生在《亦报》上发表文章，才首次得到透露。文章谈及"《域外小说集》早已失败，不意在此书中看出类似的倾向，当不胜有空谷足音之感吧？"②《亦报》是一张小报，文化界关注这种小报的人不多，没有产生广泛的影响。直到1956年纪念鲁迅逝世二十周年时，周作人以周遐寿的笔名在10月5日的《文汇报》上发表《鲁迅与清末文坛》一文重提此事，才由鲁迅研究者查找出当年《教育公报》上的评语全文公之于世。严家炎在主编《20世纪中国文学史》时，亦高度评价《欧美名家短篇小说丛刊》："这是继鲁迅、周作人兄弟翻译的《域外小说集》之后最为重要的短篇小说译本，而其影响远远超过《域外小说集》。《域外小说集》收录英国小说仅王尔德一篇，法国仅莫泊桑一篇，轻视主要资本主义国家的短篇小说。译者本意自然希望人们重视俄罗斯文学和北欧等弱小民族文学，但不免矫枉过正之嫌。《欧美名家短篇小说丛刊》正可以成为互补，帮助读者更全面地了解欧美文学。过去有人推测周瘦鹃该书是根据海外短篇小说原版本翻译，其实不然，有证据表明这是周瘦鹃自己下工夫找来的资料。尤其是作家小传，从中可以看到译者所花的心血。"③这本《欧美名家短篇小说丛刊》是应该永垂于中国现代翻译史册的。周瘦鹃亦因此成为通俗作家中最著名的译家。周瘦鹃在20世纪60年代写给在香港的女儿的信中也自认："在我这五十年笔墨生涯中，翻译之作倒是重要的一环。"④直到1947年，他还

---

① 鲁迅、周作人：《〈欧美名家短篇小说丛刊〉评语》，《教育公报》1917年11月30日第15期，由周作人执笔。
② 鹤生：《鲁迅与周瘦鹃》，周瘦鹃：《一瓣心香拜鲁迅》，收入《花前续记》，江苏人民出版社1956年版，第3页。
③ 严家炎主编：《20世纪中国文学史》上，高等教育出版社2010年版，第95页。
④ 周瘦鹃：《笔墨生涯鳞爪》，香港《文汇报》1936年6月17日，"姑苏书简"专栏。

出版了《世界名家短篇小说全集》，共四册，内有八十篇译作。以八十篇就称外国名作"全集"，未免挂一漏万，大概是出于书商"生意眼"的夸大之词吧。

第五节　通俗作家早期译作的稚拙性与酿成的公案

中国的早期翻译也存在较大的缺点，这些缺点也会表现在通俗作家的翻译操作过程中。只要看他们五花八门的标示，就可以知道，这是一种很不严格与很不正规的操作法。他们除了用"译"标示外，还有"译述""译意""意译""戏译""重译""译补""述译""助译""原译""校订""校补"等等，除了"校订"是我们今天常做的一道工序之外，"重译"也可能，过去已有了一个译本，但译得不好，现在再来重新翻译一遍。至于其他的一些"译意"与"意译"之类，其弹性之大，简直是难以估量。"戏译"是什么意思？那时称"戏作"是有的，读毕也总能知道作者为什么要称"戏作"。那么在翻译时为什么要称"戏译"，就很令人费解了。是不负责任的"胡乱"翻译，还是想和原作者及读者开什么玩笑？大概只有查对原文才能知道，可是能查原文的又何必要"你"来"戏"？即使要查原文，也很难查到，因为早期译作还常犯一个毛病，那就是翻译体例很不完备，往往不注明原著作者的姓名，更不注国籍，即使注出原作者的姓名，但因为译名不统一，也会给查找带来一定的困难。例如，在《小说时报》第二期（1909年12月出版），陈景韩以"冷"为笔名翻译契诃夫的《生计》，注明原作者是"屈华夫"，而在同期上包天笑也译了两篇契诃夫的小说《写真帖》等，署原作者名为"祁赫夫"。到该刊第四期（1910年4月出版），包天笑译契诃夫的《六号室》，原作者署名为"奇霍夫"。据考证，一位很著名的科幻小说作者儒勒·凡尔纳，一位很著名的侦探小说家柯南·道尔，他们是中国早期翻译者经常"光顾"的对象，可是"对于这样两位作家的译名，每人竟有不同译音八九种之多，于此可见在当时外国作家译名之混乱"。[①]

再说，有的通俗作家能注明这是译作，也就很"客气"了，有的作家就根本不注明，更有甚者，还加上一个"著"字，也就公然"剽窃"了。这可以包天笑译《爱的教育》为例。这是亚米契斯的著作，全书大概有一百小节，但包天笑译成《馨儿就学记》时只剩下了五十节左右，其中还有几节是自己的创作，有

[①] 郭延礼：《中西文化碰撞与近代文学》，山东教育出版社1999年版，第154—155页。

一节写他全家上坟祭祖,还被编进了当时的小学课本中去。馨儿是包天笑的爱子,八岁时患病早夭,包天笑哀伤之余,想留个纪念,就将这本"译作"定名《馨儿就学记》,而且在封面上赫然印上"天笑生著"。由于《爱的教育》是宣扬爱心教育,重在启发儿童良知和自觉,因此很得当时国民小学很多教师的赞赏。那时正逢我国大力发展小学教育,许多学校就拿这本小说作为学期结束时给优秀生的奖品,有的学校一次就要购上百本,销路极佳,一版再版。包天笑加上一段祭祖,大概他觉得西洋人的孝思远逊于中国,因此这当然有意"补充"原作之不足。当包天笑晚年在回忆中谈及此事时,非常坦然,毫不觉得当时是一种"剽窃"行为,根本不存在"侵犯版权"的内疚感,那大概因为这是当时比较普遍的现象。钱锺书在《林纾的翻译》中也谈道:

> 大家一向都知道林译删节原作,似乎没注意它也像上面所说的那样增补原作……一个能写作或自信能写作的人从事文学翻译,难保不像林纾那样的手痒;他根据自己的写作标准,要充当原作者的"诤友",自以为有点铁成金或以石攻玉的义务与权利,把翻译变成借体寄生的、东鳞西爪的写作。在各国翻译史里,尤其在早期,都找得着与林纾做伴的人。①

这包天笑当然是能算与林纾做伴的人了。可是,包天笑凭他一生的创作业绩,也不像是"剽窃者",那只说他是爱子心切,希望用他人的"石材"为爱子镌刻一块"纪念碑"。我们只能用这个理由为包天笑开脱了。

此类情况,连周瘦鹃也在所难免。他在《游戏杂志》第五期(1914年4月出版)上发表小说《断头台上》时,在"瘦鹃附识"里也曾"自暴其假":"余为小说,雅好杜撰。年来所作,有述西事而非译自西文者,正复不少。如《铁血女儿》《鸳鸯血》《铁窗双鸳记》《盲虚无党员》《孝子碧血记》《卖花女郎》之类是也。"②这也是19世纪末20世纪初,中国有些作家常用的手段之一,他们有时将自己的创作冠以译作拿出去发表,或者给译作戴上创作的桂冠。

在早期译作中还有一种"豪杰译",这一名词来自日本。明治初年的翻译

---

① 钱锺书:《林纾的翻译》,商务印书馆1981年版,第27—28页。
② 周瘦鹃:《断头台上》,《游戏杂志》1914年第5期。

者常将原作的主题、结构乃至人物均作修改，于是人们称其为"豪杰译"。至于有的日本译者在翻译西方作品时，将人名、地名、称谓、典故乃至生活习惯统统改成日本式，而中国译者，从日本再转译时，又将日本化的西洋原作，再作一番中国化，此种情况更是司空见惯，而译者认为如此乃符合中国审美欣赏习惯。

谈到符合中国审美欣赏习惯和民情民风，在早期译作中竟还出现这样的公案，姑且名之《迦因小传》公案吧。我们在上文已引用包天笑的话，说明杨紫麟的确只找到了半本《迦因小传》。后来林纾得到了全书，就将全本译了出来，这当然是件好事，却引起了一场寅半生大骂林纾的风波。在包、杨的"半部本"中，迦因是个纯情女郎，她愿意牺牲一己的感情和生命以换取爱人的幸福，为中国读者所钟爱。可是到林纾将"全本"（在林纾译本中与包、杨本不同的是《迦因小传》变成了《迦茵小传》，多了一个草字头）译出，迦茵与男友亨利未婚先孕，两人又不顾父母之命自由恋爱等等情节"第一次"出现在中国读者眼中，在当时未婚先孕是寡廉鲜耻的大罪状，而违背父母之命去自由恋爱，也是"父母国人皆贱之"的行为。金松岑在评论中仅是温和地说："《迦因》小说，吾友包公毅译。迦因的人格，向为我所深爱，谓此半面妆文字，胜于足本。今读林译，即此下半卷内，知尚有怀孕一节。西人临文不讳，然为中国社会计，正宜从包君节去为是。"①可是钟骏文（寅半生）就严厉得多了。他非常肯定地说，包、杨本"非真残缺焉，盖曲为迦因讳也"。

> 不意有林畏庐者，不知与迦因何仇，凡蟠溪子所百计弥缝而曲为迦因讳者，必欲历补之以彰其丑……迦因何幸而得蟠溪子为之讳其短而显其长，而使读《迦因小传》者，咸神往于迦因也；迦因何不幸而复得林畏庐为之暴其行而贡其丑，而使读《迦因小传》者，咸轻薄夫迦因也……今蟠溪子所谓《迦因小传》者，传其品也，故于一切有累于品者，皆删而不书。而林氏之所谓《迦因小传》者，传其淫也，传其贱也，传其无耻也，迦因有知，又曷贵有此传哉？甚矣译书之难也！②

---

① 松岑：《论写情小说于新社会之关系》，《新小说》第17号，陈平原、夏晓虹编：《20世纪中国小说理论资料》第1卷，北京大学出版社1989年版，第155页。
② 寅半生：《读〈迦因小传〉两译本书后》，《游戏世界》第11期，陈平原、夏晓虹编：《20世纪中国小说理论资料》第1卷，北京大学出版社1989年版，第229—230页。

寅半生所谓的"译书之难"就是要译者"懂得"如何去为了"中国社会计"而去删改原文,要译者善于为了中国的旧礼教去"避讳"其所谓的"丑行"。这种公然要译者不忠实于原作的篡改伎俩,居然能堂而皇之地发表,不惜鼓动译者对原作施展大刀阔斧的"暴行",这也是中国早期翻译界所受的社会压力之一,因此他们按"国情"或"己意"而"背离"原作也被视为理所当然。包、杨译本被寅半生奉为"典范",而且表扬他们百计弥缝,曲意为迦因讳,好像他们是有意识地出炉这部"半面妆"的。直到老年写回忆录时,包天笑仍"不敢"受寅半生之抬举,还是肯定了他们只是译了一本小说的残本。

包天笑在谈及自己的"外国文的放弃"时,告诉读者,自己不精于外文,他早期与杨紫麟合作译书,后来又与精通外文的张毅汉合译。包天笑在翻译史上当然是不可能有地位的,却是中国早期译界最具典型意义的人。一、他能代表当时不懂外文也能翻译小说的一批人,在当时像这种译家是占相当数量的;二、他也像不少通俗作者翻译作品一样,缺乏明确的从事这项工作的宗旨与目的,仅有一个较为笼统的想开新风气之先的思想,也有为生活而换取稿费的念头;三、作为一个通俗小说家,他在译作的过程中,的确向外国作品学习了不少创作技巧;四、在早期翻译中的不规范操作在他的身上也表现得也较为突出,删节、增添,甚至"借体寄生",包括将"译作"篡改为"著作";五、当时,许多未来的新文学作者开始读包天笑、周瘦鹃的译作才知道外面还有如此广阔的世界,因此早期通俗作家的翻译在客观上是发挥过一定作用的,包天笑的客观社会效果当然不及周瘦鹃的《欧美名家短篇小说丛刊》那样大,但他的第一部"翻译"《迦因小传》能令人如此瞩目,是连他自己也感到非常意外的。

中国早期的翻译带着一股新鲜感和一种稚拙性呈现于中国读者的面前。

第六章 从通俗小说看转型期知识分子的面影
——论姚鹓雏笔下的知识分子形象

范伯群

中国的小说、戏曲有歌颂民族英雄的优良传统,有礼赞清官的新腔老调,可是对知识分子却是相对要冷淡得多。《儒林外史》脍炙人口,当然是由于它的高超艺术,但对知识分子的讽刺也是达到了顶峰。它也有自己的楷模,那就是像王冕这样与世无争的人,即所谓清流,超然物外,清白自许。在这纷乱的世界中,此种隐逸态度虽也独善其身,但对社会缺乏一种责任感,也不可能成为推进时代发展的动力。

第一节 "功成不居"与"刚正不阿"的亮色

在现代通俗小说中很有些光辉的知识分子形象,其中的原因之一是他们从生活的直感出发,甚至从生活的原形出发,写出了几个令人敬仰的知识分子。我们往往将有的作者不懂阶级分析看成是作者世界观的一种局限,其实不能一概而论。请想一想,如果鲁迅在前期就懂得阶级分析,他就决不会去写阿Q是未庄的一个雇农,那么中国小说的典型形象画廊中就没有阿Q这一人物了。同样,这些现代通俗作家站在形象光辉的知识分子面前,不会去吹毛求疵地分析他们的"两面性"与"三面性"之类,而是秉笔直书。

通俗作家姚鹓雏早年曾是京师大学(北京大学前身)的高才生,与林庚白一起被称为"太学二子",辛亥革命时期他就从事新闻工作,后虽转入政界,但从政之余,还是在几所有名的高等学府兼任教职。他对知识分子的了解非同一般,特别是对一些有名望的知识分子的为人为文乃至掌故轶闻颇为关注。在他的笔下,就有各种类型的知识分子形象。他的社会小说《恨海孤舟记》(1915年)和《龙套人语》(1929年)中有着众多的知识分子。

在《龙套人语》中,他以乡里先贤、松江名士杨了公(在小说中名尹几园)为模型,塑造了一位颇有亮色的知识分子形象。尹几园既是一位仗义疏财的富户,又是松江城里的一位很有学问的"狂士"。他家境优厚,无志功名,一心办地方公益。姚鹓雏通过几个真实的故事一下子使读者与人物贴近了。当时江苏省松江县城(现属上海市)里有一个大火药库,如果一旦失慎爆炸,就会危及这个小城全城百姓的身家性命。尹几园一再为民请命,向提督知府提出将火药库搬迁至城外荒无人迹处,可是提督知府一再以"没有钱"三个字来搪塞推托。这样的官吏其昏庸已经达到了极致,他们非但不顾老百姓的生命安危,就连自己的乌纱帽也置之度外,因为一旦爆炸,人民固然要遭殃,他们自己即使不遭横死,那乌纱帽也是保不住的。上面要平民愤,就得拿他们来开刀。他们的推诿也留给尹几园一条后路——一个很大的活动空间:只要有钱,这火药库的迁移还是能够实现的。这位轻财仗义的富户为救一城百姓,防患于未然,决心以募捐来解决这一难题。在通俗小说中常写一种"善棍",这些人的职业就是打着行善的招牌,募捐以中饱私囊,却又为自己博取"大善士"的美名。这种"善棍"做得有了名望,每逢某省受了特大水旱灾,是要发大财的。他们以救灾为名,到处捐募敛钱,又拿其中的极小部分到灾区去赈灾。每到一处,作福作威,连当地的官员也敬他们若神明,因为一旦他们上告,地方官吏是要受大处分的。在通俗小说中所写的这种"善棍"也是令人发指的。在《龙套人语》中,却真正写出了一个"大善士",写了一个"损己利人"的知识分子。尹几园为拯民于水火,自己先拿出三千元,以表示诚意与决心,同时也以此来堵住想一毛不拔的士绅们的种种借口。以这三千元打底,到各富绅家去善言劝募,好不容易集腋成裘,凑满了上万元款项,将这个火药库迁到了城外荒僻地段。尹几园真可谓一时义声遍于乡里,松江人民对他非常拥戴。可是在其他富户眼里,他却是个叛逆。因为就迁移火药库一事来说,还是情有可原的。你尹几园"怕死",其他被劝说而捐募的富户也是怕死的,损失几个钱也就算了。尹几园的"损己利人"并不到此为止,他还关注平民百姓的疾苦,"他曾因农民担负田租,业主征取过苛这个问题,发起过一个佃户会,召集佃农,商议减纳,几乎激起风潮"①。在其他富户看来他简直是"吃里爬外"的掘墓人。

---

① 姚鹓雏:《姚鹓雏文集·小说卷(下)》,上海古籍出版社2008年版,第813页。

以上这些情节已有许多新潮成分了,但作家姚鹓雏还着重写此人的"转型期"知识分子的特征。在辛亥革命时期,国民军即将入城前,尹几园独自跑上城楼,竖起了两面白旗,顿时将龙旗打倒。再加上其他诸因素,总之"革命军不费一矢,能成大功",光复了松江县城。"几园以一介书生,竟能高揭白帜",一时传为美谈。光复之后,他又"功成不居",仍旧做他的诗,参他的禅,散他的财,不失书生本色。尹几园还舍得在地方文化事业上花钱。他看到松江虽有中学与师范,但只收男生,没有一个女子求学的场所,就捐款办起了"慕彤"女子学校,开松江风气之先,还自任国文教员。有些满脑子封建思想的人却认为这是伤风败俗,"女子无才便是德"是他们不二的信条。富户们怨恨他的仗义散财暴露了他们的守财奴本色。这"一散一守,相形之下,做了个轻财仗义的侠士,岂不是其他富户尽做了嗜利忘义的钱虏。你想那班人心里岂有不恨"。尹几园散财的结果是家财告罄,还负债不少。可是他又办了一个孤儿院,那时只能靠他卖文鬻字的收入来充孤儿院的用度。这样的事迹是有真人真事作为依托的。作为知识分子,他对教育事业不遗余力。可是在新中国成立后,我们对尹几园的原型杨了公却讳莫如深,20世纪50年代初,一部表扬武训的电影给他带来了无尽的麻烦。全国一阵戾风狂飙,谁还敢去提起这个杨了公呢?也根本想不到在1929年出版过一部名叫《龙套人语》的小说中,竟有这么许多知识分子为社会添了几许"亮色"。

政府的官员一般总要有文化的人做,也就是说,官是要由知识分子来做的。可是进了官场,知识分子得去掉书生气。如果不肯同流合污,还是保留书生本色,那总显得不合时宜,在场合中总会显得格格不入,即使你是一位干员,也终久要被排斥。《龙套人语》第十六回中的孙思礼(子才)就是这样一位官员。

孙思礼平息浙江省萧山县(现属杭州市)教案一事,是令人钦佩不已的。"那时的外国人初到内地传教,民教冲突之事,非常之多。"这样的问题往往是极为复杂的。这里有帝国主义的文化侵略问题,有普通外国传教士传布宗教的自由问题,有官员的恐洋症问题,有个别民族败类做了教徒,依仗洋人势力欺侮同胞的问题,也有贪小之徒"吃教"的问题,还加上中国乡民自卫心理的问题,也有愚民政策下的排外主义和聚众闹事等问题。萧山教案的严重性在于"乡民乱纷纷,足有五六千人,手拿着锄头扁担,劈柴刀斧之属,正在呼号叫骂,要焚尽全县教堂,杀尽全县教民"。声势汹涌,聚众闹事,这个场面是很难收拾的。乡民不散,官府要镇压;镇压一旦失控,全县将受巨大的损失;洋人被杀,就会引起国际纠纷;教民被戮,将良莠同焚。总之这种局面到了一触即发,难于驾驭的边缘。官府只想到用兵屠杀的老套路,听到孙子才愿去平息纷争,就问他要带多少兵勇。孙子才认为此种局面,一带兵勇易导致双方对峙。他愿不带一兵一卒,只带两个亲随前去抚平百姓的怒火。他也不入城,而是在路边饭店里卸下行装,叫亲随去找两根长竹竿,每竿上扎一方白布,制成两面旗子,亲笔题写上"奉谕来办教案,诚心救我萧民"十二个大字。叫亲随一人一面旗子,掮到乡民集中的小山头上。他有一篇慷慨激昂的即席演说:

"你们且不要乱,听我一言。我虽是奉抚台的札委而来,实在是来救你们萧山全县百姓的。我是中国人,读的是中国的书,做的是中国的官。你们这种爱国的良心,我心里也很赞成,不过可惜用得不好。你们现在聚众围城,形同反叛,杀洋鬼子没杀成,先自犯下了灭门大罪。一旦朝廷知道,派兵剿办起来,你们想想,值得不值得了?况且你们平日本是安分耕农的好百姓,试问能抵敌枪械俱全的官军吗?再者在你们本意,不过仇恨洋人教民,不知洋人果然不好,自有抚台办他。教民更容易了,按律治罪,还怕逃到哪里去。何用你们自由行动?我因为爱惜你们一片爱国愚忠,你们自己不晓得已犯了国法,所以特地在抚台大人面前讨了这个差使,来劝谕你们。如其听我良言,你们便可立刻散归,候我回明抚台,把洋人教民一一究问惩治。如果十天之内,没有动静,你们再自由行动,也不为迟。如不听我言,你们就先杀了我,免得我眼见你们陷于大辟,玉石俱焚,心中不忍。你们细细去想,究竟是走哪条路好?我孙思礼单身到此,不带一兵一卒,决不是顾惜性命畏首畏尾的人,尽可以听你们处置。"说罢从容挺立,气概凛然。①

孙思礼的话当然有许多局限性,但他生在那时,没有经马列的点拨,当然经不起马列主义武装的我们去剖析,可是他的这一席话在当时却起了作

---

① 姚鹓雏:《姚鹓雏文集·小说卷(下)》,上海古籍出版社2008年版,第777页。

用。接着是义正辞严地与洋人谈判,洋人见了这样的官员,也只能暗暗钦佩,问题也易于解决,他又惩治犯罪的教民和滋事的乡民,三下五除二地了结了天大的风波。可是就是这么一位"通省第一能员",却屡屡不得升迁,这就是当时官场的黑暗,容不下刚直不阿的能人。看样子孙子才书是读通了,可是官场的门径没有摸通,也不屑去摸,也不愿同流合污。这正是知识分子的一腔傲气与"书毒头"的一身傲骨!

说到尹几园与孙思礼,虽有可歌可泣、可圈可点的业绩,不过他们的原型还不太有名,只是小有名望而已。在《恨海孤舟记》和《龙套人语》中姚鹓雏也写了不少名人,在《恨海孤舟记》中,他涉及的名人有宋教仁、陈其美、蔡锷、章太炎、刘师培、杨度、何震、柳亚子、叶小凤、苏曼殊、陈去病诸人。在《龙套人语》中涉及的名人更多,因为他写作的目的就是"记载南方掌故,网罗江左轶闻。说句旧话,便是野史稗官,聊以备方志国书的考证"。有些江南政要没有被列入知识分子的行列,但有些历史上曾大写一笔的人物,如"江南无冕皇帝"张謇就整整写了五章,不仅写他有极大掌控政界的腕力,连他与绣娘沈寿的一段瓜葛,请梅兰芳和欧阳予倩赴南通演出,皆有所涉猎。又如记南社虎邱雅集,弘一法师在虎跑某寺庙做小沙弥等等也有详略不等的记述。至于梁启超与章太炎在南京讲学的盛况,更是写得栩栩如生,音容笑貌,宛在眼前。由于这两部小说中写章太炎的轶事较多,我们不妨花一点篇幅,把镜头集中在他身上,用以探索知识分子在转型期的种种处事行状。

第二节 勇而无谋、赤子之心的饱学名流

章太炎是个兼学问家与革命家于一身的人。作为革命家,他不仅在辛亥革命期间有光辉业绩,以后对居心叵测的袁世凯,他也有威慑力量。章太炎的骂声,令袁氏头痛万分。袁氏发给章太炎大勋章,他却拿它当作扇坠,在总统府门前摇着扇子,晃着扇坠,大骂袁世凯。于是袁氏给他起个绰号——章疯子,意在叫人不当他一回事,意思是疯子讲的是疯话,不能当真的,可是人家就喜欢听这章疯子的疯话。来硬的吧,暗杀是袁世凯的拿手杰作,可是他影响太大,再说他还不像陈其美、宋教仁那样,非杀不可以让袁坐稳总统的宝座。杀章则是不合算的,他不过在舆论上使袁不得安生,如果杀了他,国内外反响很大,收获却一般,只不过耳根清净一点而已。若不杀陈

其美与宋教仁,他们就会"杀"将过来,要袁的命,至少坐不稳总统的宝座,那他的皇帝梦也将落空。袁世凯懂这道理,就对章太炎采取软禁的办法。《恨海孤舟记》主要是写软禁与反软禁的情节。袁世凯将章太炎(书中名庄乘伯)软禁在北京龙泉寺里,不准他越雷池半步。庄乘伯横下一条心,来个绝食。可是绝了九天,不但没有委顿,"精神反觉得清爽过于平日",不得已再重新进食。"公府里还不时地虚辞慰问,送酒送食。"庄乘伯就将酒食摔在地上,当着军警的面大骂袁世凯,可是他们只在一边赔着笑脸,不去睬他。"看官,这种虐待名流的事,岂是共和国家所常见的,也只为乘伯一生心直口快,不识风头,才遭此难。"对章太炎性格描述得更精彩的是写他在日本友人的策划下,想逃离虎口的一幕。日本友人叫他穿上和服,他还忍痛剪了唇上髭须,化装成东洋买药人的样子,准备逃出京城:

> 正是火车将开行的当儿,站上搭客一拥而出。那日本朋友正招呼他上车,猛见人丛中挤出一人来,穿着件蓝布大褂儿,像个店家伙计打扮,看他倒也和颜悦色地走上前来,对乘伯弯了弯腰,说道:"庄大人,久违了啊!您老一向好?怎不请过来。"乘伯一愣,不觉冲口说道:"你是谁?"那人满面堆下笑来,说道:"庄大人,您真是贵人多忘事啦!小的便是琉璃石厂德古斋里的。大人,您往常没事的时候,总到小店里来逛逛的,小的也伺候过您老好几回啦。"说着一边向袋里摸出一扣折子,乘伯听了,也只是模模糊糊的,便道:"你想是认错人了,我又不姓庄,我有事要到天津去,也没有工夫和你多拌嘴。"说着举步想走,却被那人双手拦住,笑道:"且慢!庄大人要到天津去,我也不敢拦您的驾,不过有一笔账,请大人就算算。"说着就递过那折子来。乘伯惊道:"我几时欠你家的钱,你这人好没道理,只顾胡缠。"说时,车已将开,汽笛呜呜地响了,那日本朋友急得只用眼来睃着他,又见是索账的事,不好来管,早见有几个军官装束的人走了进来,见了乘伯,还举手行了个敬礼,笑道:"庄大人,在这里什么事?"又向那人道:"你这人好不睁眼,扯着大人做什么?府里有事要请大人去啦。"说着便去扯开那伙计,那人只自笑,也不争辩。此时车站站长也走了进来,对着乘伯只自打躬作揖说道:"不晓得庄先生驾到,没有招待,失礼得很!"庄乘伯急得暗暗顿足,说道:"你们不知,我有急事到天津去。无奈那个人胡言乱语地打搅人。"站长笑

道:"先生别怪,别的事小可不敢管,先生是大总统命令我们保护着的人,到天津去的事,没有公府里吩咐,小可却不敢斗胆叫先生去。"乘伯大怒道:"我偏要去,你们又该拿我怎样?"站长只顾笑,也不回答。几个军官,做好做歹,把那伙计拖了开去,便道:"马车已套好了,请大人就去。"乘伯瞋目道:"哪里去?"军官笑道:"公府里一早传出话来,叫请大人进去,有面谈的公事。我们四处都找到了,却不晓得大人要到天津去。"说到这里,笑了一笑,便也不由乘伯分说,半拖半扶,把乘伯簇拥入马车里,加上一鞭,风驰电掣般,直向总统府去了……乘伯到了公府,总统却给你一个不见,任乘伯在府里客座上大跳大骂,只是个不见不闻,足足挨了三四个钟头,乘伯火气也挫了些下去,才见步军统领、巡警总监两个人,一先一后走了进来,对乘伯陪话,跳了个三花脸儿,劝着乘伯回去。乘伯一面走,一面说道:"你们别太高兴了!这压力不是可以常用的,你们现在果然是狐假虎威,张牙舞爪,我看冰山一倒,你们还有这样势力吗?到那时,我还要来抚着你们的没头尸体,凭吊一回哩。"①

这简直是袁世凯导演的三簧戏,先叫一个小特务来纠缠住章太炎,然后又是军官又是站长,几管齐下,逼你就范。章太炎的性格也跃然纸上,这个书呆子连一个化了装的伙计也对付不了,怎么能有计谋地去对付袁世凯呢?动不动就是"赤膊上阵",大跳大骂,敌方却正中下怀,暗暗窃笑。因为你虽然是知识分子,但你的战法却是《三国》中的许褚式的。文章写得头头是道,颇有谋略,可是在文章之外的实战中,却有勇而无谋。章太炎的赤子之心,倒实在是令人感喟的。

袁世凯这个洪宪皇帝龙驾归天了,在军阀统治时期,章太炎是想做学问的,他也的确有学问,他的学问对当时与后世都是有价值的。东南大学当时曾请梁启超去讲学,因为素享他的文名,如雷贯耳,再加上他做过总长,在官场中也有影响,所以听讲者风起云涌,可谓万人空巷。连厅长、处长,也高车驷马,前来凑趣。谁知这位梁先生一口粤音官话,按他事先编好的讲义,照本宣科,毫无穿插发挥,一个原来围得水泄不通的礼堂,渐渐就剩下小猫三只四只了,才知道梁先生的一张钝嘴,敌不过他的一支锐笔。梁先生自知不

---

① 姚鹓雏:《恨海孤舟记》,春风文艺出版社1997年版,第144—145页。

妙,赶紧偃旗息鼓而去。可是那位曾经在日本以其博学"征服"过鲁迅的章太炎可不同了,他到南京,风光一时。以他的儒宗大师身份来整理国故,别说是在讲堂上侃侃而谈,滔滔汩汩,雄辩无穷,就是在秦淮河的游船上,也由他包场,且食且谈,诸子学、佛学、文学,无一不说,无说不详。他在两段话之间,从没有相隔二十秒钟的,陪客只有洗耳恭听的份,别说插嘴,就是一个标点符号也插不进去。有一天老先生忽然雅兴大发,要游南京的半山寺。在游宴中,庄先生还是滔滔于他的讲说,忽然有一位老教授来了个突然袭击,问道:

"庄先生,请教就这半山寺的名称而论,即使不一定在半山里,也必定离山不远,何以这寺又在城里?四面并无一山,是何缘故?可否赐教,解释解释?"众人见那位突如其来的一问,倒颇觉得异想天开,未经人道,不禁大家目注庄遁庵,看他如何回答。遁庵略停了停,即说道:"那是有缘故的。当初王荆公舍宅为寺,原名报宁。何以称为半山呢?志书上载着,宋时锺山去城十四里。这报宁寺地方离城七里,恰为城至锺山的一半路,所以称为半山。如此,则半山寺应在城外的了。何以此刻又在朝阳门内呢?因为此刻之城,非那时之城,此地在宋为江宁府,在元为集庆路,到明朝才定都于此。那宋时的江宁府城当然比'明朝定鼎,缮治国都'的南京城要小得多。所以在宋时,半山寺距城还有7里之遥,而现在的南京城已将半山寺收在城里来了。"众人听了,觉得他随口说来,确有根据,自然都佩服庄先生的渊博无伦。①

这一则轶事说明章太炎学问广博,他对王安石也颇有研究,而且对舆图的变迁,也即对地理史的研究也是博识的,总之他对这个突如其来问题的回答,显示出一种综合性的实力,经他的融会贯通,才能如此有说服力地说讲清了不动的半山寺与变动的南京舆图之间的关系。试想一个出了家门就不认识自己家在何处的人,只知上了人力车,叫车夫拉回家去。车夫问道,您老家在何处?则答曰,我家你也不知道?弄得笑话百出,日后,只好由夫人将家庭地址写在纸上,出门时交给他,叫人力车时,自己看看纸条,然后将目

---

① 姚鹓雏:《恨海孤舟记》,春风文艺出版社1997年版,第737页。

的地告诉车夫。这又是章太炎的一则轶事,与说出半山寺的来历相比,真可谓大智若愚。他的脑力全给了学问,而自己的生活必需则倒是一问三不知,或者说是无知。

鲁迅对这位老师是既有所肯定也有所批评的。鲁迅在临终前,接连写了两篇关于章太炎的文章,其中一篇是他去世前二日搁下的未完稿,读后觉得鲁迅对这位老师有一种"尊敬的贬意"。也许是鲁迅在当时太崇尚革命,而将学术放在次要的位置上了。鲁迅说他"既离民众,渐入颓唐,后来的参与投壶,接受馈赠,遂每为论者所不满,但这也不过白圭之玷,并非晚节不终"。① 看来鲁迅还是笔下留情的。鲁迅对有的事实并没有知晓清楚,例如投壶的仪式,章太炎是没有参与的。或者孙传芳是请他了,但他最终没有去。当时孙传芳在南京设立婚丧祭礼制会,特聘儒宗大师章太炎为会长。《龙套人语》第十八章专门用一章的篇幅讲了这件"公案",即《乡饮投壶先兵后礼　大庠人够偃武修文》这一章,其中就讲到章太炎未参与投壶,现在《鲁迅全集》的有关注释中也证实了这一说法。姚鹓雏的《龙套人语》中更精彩地说清了为什么这些军阀藩镇会如此欣赏章太炎,把这位儒宗大师也卷进去,使他红极一时,弄得后世对他有种种非议。

> 师孟道:"庄遁庵(即影射章太炎)近来在这班藩镇之间,红得了不得,真可以算是诸侯上客,但是他所讲究的'国故',并不是为帷幄运筹用的,他们请教他是些什么?我倒不懂。"敬斋道:"有甚不懂。我好有一比,便是比如我们卖书画的,人家说卖书卖画,简直可以说末等的生意了。因为书画这一类东西,既非如粟米之疗饥,又非如珠钻之可贵,穷的人买不起,不消说了;稍为够过的,也不要买这类不急之物。至于大家巨阀呢,钱是有的,也尽有余暇来考究那些,可是他家里的古董书画,早已装满了几十个木箱,又无需我们那种新鲜出品。算来算去,惟有那些暴发财人家,骤然间有了钱,便要装潢门面,附和风雅,那便是我们这行买卖的唯一受主,可是在这唯一的受主——暴发户的心目中,还要分几个等级次序。当他发了几十百万的财之后,要穷奢极欲起来,便先是锦衣玉食,次是娇妻美妾,到最后一着,方才是住的问题。于是乎

---

① 鲁迅:《鲁迅全集》第6卷,人民文学出版社1981年版,第297页。

必须盖新房子,以满足他住的奢欲。盖起房子来,如果他盖的是洋式巨宅,还需要不到我们的这种东方艺术的书画。照此程序推算下去,第一步要他发财;发财之后,第二步奢侈到衣食;衣食之后,第三步到妻妾;妻妾之后,第四步到洋房汽车。只在这第四步之中,有一条小小叉路,便是希望万一那暴发户——唯一觅主盖的是中国式房子,那才有挂我们那种旧书画的余地,那才可以讲行情论交易。还要人情熟练,应酬圆到,方可得到这唯一受主之一顾。你想这种买卖难乎不难?这类职业可做不可做?可是现在那些大军阀、大将军,在金钱权势上固然完全是一个大大的暴发户,论起他的知识来,又只想盖中国大厦,而不想收罗'洋才',所以这东方书画式的庄遁庵就值了钱了。现在那庄先生便如一张吴仓石的花卉、康有守(影射康有为)的大字。那些大将军的地盘,便如新盖的中国式的大厦一般,东也要拿他去挂两天,西也要拿他去悬几日,以表示他们暴发的神气,礼贤的盛事,于是乎庄先生乃大红而特红。"①

这一段精辟的论述,似乎能说清这位儒宗大师被包围的时代背景与人文环境。知识分子,特别是他们之中的名流,有时也是身不由己的,当然,在原则问题上是应该自己把握的,而不能使自己失足。

第三节 以自己的才情与作品中的人物相融通

姚鹓雏的《恨海孤舟记》和《龙套人语》这两部写了许多知识分子的小说还有一个特色,那就是皆以知识分子的目光与视角看知识分子。为了取得这样的效果,他设定的这两部小说的"贯串人物"皆是知识分子,《恨海孤舟记》中是赵栖桐,而《龙套人语》中是魏敬斋。

赵栖桐的出身倒是与作者姚鹓雏相近,皆是京师大学的高才生,皆是辛亥革命时风闻满清要封城杀汉人,京师大学因此停课,被疏散而南回的学生。到了上海,就由程伯生(影射陈陶遗,江苏同盟会支部长)推荐给花吴奴(影射叶楚伧),在他主办的上海《东海日报》任编辑,与他共事的有杨平若

---

① 姚鹓雏:《姚鹓雏文集·小说卷(下)》,上海古籍出版社2008年版,第298页。

(影射柳亚子)等人,这也与姚鹓雏的经历相仿。小说中穿插了两个妓女与赵栖桐之间的柔情蜜意,这是否与作者的身世相同呢,就不得而知了。小说作者很为他笔下的赵栖桐开脱,主要是因为世情黑暗,"狐鼠凭城,豺狼当道",而自己则像一叶"恨海中的孤舟",在"朝局尽翻,民生憔悴"之时,只好以"妇人醇酒"为遁逃薮而已。小说的结局是非常消极的,赵栖桐看破红尘,出家云游四方去了。书中说:"我便想做个游方僧撑着冷眼看尽世人哩。"作者没有去发掘赵栖桐积极的一面,事实上他从北京到上海之后,四周所接触的都是当时的知识精英,不少是积极入世、前仆后继的革命党人。《恨海孤舟记》的价值之一,就是为当时的一段史实与活跃在其中的真实人物,留下了雪泥鸿爪的足迹。可是写到贯串人物的命运却很消极,这与作者的思想也好像有共鸣处,他在这部小说脱稿后所写的《自序》中说:"鹓雏之生,二十有六年,容色苍老近三十许人,发有数茎白者。或者诏我,忧能伤人,子弗复尔。夫工愁善感,出之天性,即有津梁,弗能度也。抚膺四顾,百端交集,如信潮之弗可止,如奔涛之弗可御也,则我其为恨海之孤舟云尔,作《恨海孤舟记》。"①可见消极遁世的观念也是人物与作者有些相通的,不过他没有像赵栖桐一样去出家为僧。我们不妨再作一点考证,即使是在"妇人醇酒"这一点上,两者也是相近的。我的有力旁证是在毕倚虹的《人间地狱》中,有一批知识分子的身影活跃其间。苏玄曼实乃苏曼殊,包天笑是姚啸秋,毕倚虹是柯莲生,叶楚伧是华雅凰,而其中也有一个赵栖桐,那就是影射姚鹓雏。不过在毕倚虹的笔下,此人不是个玩弄女性者,倒是与某妓"相濡以沫"的书生。如此看来,《恨海孤舟记》颇有些自传体的况味,不同的是作者不像贯串人物最终出家云游,而是从新闻界转入政界,做过江苏省长公署秘书、南京市政府秘书、江苏省政府秘书。在从政之余,他先后在东南大学、河海工程大学、南京美专、江苏医政学院任教,主讲国文。我还在一个资料中看到,在国民党临败退去台湾时,他还去看过于右任,他们大概都不是国民政府中的主流派,尚对政局有清醒的一面。这样的人,身在污泥之中,又幻想出淤泥而不染,也是极为苦闷的,可见,他们的灵魂总是在云游四方而不得安生的。为证明我上述的分析,我再举一个旁证,在新中国成立之后,姚鹓雏曾是上海文史馆馆员,经陈毅元帅提名,他被选为当时松江县副县长。他一直是个

---

① 姚鹓雏:《姚鹓雏文集·小说卷(上)》,上海古籍出版社2008年版,第458页。

统战人物,至 1954 年病逝。这个赵栖桐与姚鹓雏是可以作为具有两面性的知识分子细细剖视的。

《恨海孤舟记》写于 1915 年,连载于包天笑主编的《小说画报》上。《龙套人语》写于 1929 年,作者笔名为龙公,先连载于上海《时报》,新中国成立后出版过一次,改书名为《江左十年目睹记》,是根据柳亚子的三卷手抄本排印的。作者为自己安排了一个"跑龙套"的角色,写的主要是江南的种种轶事,心情与恨海中的一叶孤舟相似:"龙公百无聊赖,将十年来心头的旧事,雨窗月槛,一一重温,酒后茶余,闲闲点笔……"①一位并不认识作者的老新闻工作者、老作家、老剧评家冯叔鸾为这本书写了一篇《序》,既高度评价了这部书的价值,也一针见血地指出了作者的心态。他认为该书中的事"更廿年后,必将无人能悉,且无人能述。赖有此书,详其颠末。以意度之,著者必为文章识见绝人之士,而沉沦于末寮者,故能巨细靡遗,滔滔不尽,若数家珍。虽曰诙谐以出之,而言外余音,固含有无限感慨,殆所谓伤心人别有怀抱者耶?"②细细品味起来,它与《恨海孤舟记》是略有不同的。经过了这十多年的世事磨炼,作者不再是赵栖桐了,而变成了参透世情、老辣无比的魏敬斋。

魏敬斋是一位阅尽人间沧桑的"硬里子"的老名士,他已经达到了"清狂自许,荣辱无关"的炉火纯青境界。他浮沉微署十五年,至今还是一个科员,他听有将要给他科长作之讯,大大摇头,表示不愿,在他看来,无论什么科长、厅长,无非混饭而已,他画得一笔好画,另在一种超秀出神之致。这种超拔不羁的秉性,使他对一切功名富贵视若粪土。他诗画卓著,傲才视物,真是看透了这个世界,否则对藩镇为什么要如此捧章太炎的一番道理,能说得那么鞭辟入里吗?他也绝不是"政盲",他懂得"天下乌鸦一般黑,同是军阀,断分不清什么是非好坏来的,人心怨毒到了沸点""望南方革命党来,如同望岁"。这部《龙套人语》以他为贯串人物,格调自然就高了。

姚鹓雏用两个知识分子各贯串一部社会小说,使我们看到两种类型的转型期知识分子的面容。这两个人与作者的气质是相同或相近的。赵栖桐在茫茫人海中,觉得前无古人,后无来者,在人海的荒漠中,独怆然涕泪滂沱

---

① 姚鹓雏:《姚鹓雏文集·小说卷(下)》,上海古籍出版社 2008 年版,第 814 页。
② 冯叔鸾:《姚鹓雏文集·小说卷(下)》序,上海古籍出版社 2008 年版,第 692 页。

而已,这是正直的知识分子所患的典型的"彷徨症"。魏敬斋是距赵栖桐十多年后的姚鹓雏,魏敬斋也像作者一样,是个浮沉微署的角色,这是个坐在"冷板凳"上看当今的"热门人物",可谓"阅尽人间"的智者。他为读者一一指点评判,但仍意犹未尽,还给作品添涂了亮色,那就是像孙子才与尹几园一类"民族的脊梁"。在他们的身上,我们或许还能看到《儒林外史》中王冕的身影,动不动就要超然物外,清白自许,但他们毕竟有着许多社会转型期知识分子的特色。他们成不了时代的缔造者,牢笼的破毁者,但是他们身上凝聚着中国传统知识分子的可贵品质。在《儒林外史》这类以讽刺见长的文学名著之外,也为若干知识分子唱了颂歌,听来也是清新悦耳的。

第七章 历史学家对"鸳鸯蝴蝶派"的评价
——以研究"上海学"的史家论述为中心

范伯群

作为中国近现代的一个重要通俗文学流派——鸳鸯蝴蝶派是中国近现代都市文学的蘖萌,它以中国近现代初兴的市民社会为主要描摹对象,上海是这一通俗文学流派的大本营,也是中国近现代通俗文学的出版中心。中国近现代通俗文学往往可以与中国近现代的上海史相互映照,因此,要较为深入地研究都市通俗文学,就要多读甚至熟读上海史。研究上海发展史的史学家也必然要对这一具有地方特色的重要文化组成部分作出自己的评价。在世界范围内研究上海的历史学家已在自己的研究领域形成了一门"上海学",他们将反映上海都市建成沿革及其移民城市特色的市民文学作为自己考察的对象,对鸳鸯蝴蝶派在上海文化史上所发挥的作用,必然会给予客观的定位。这些研究"上海学"的历史学家对鸳鸯蝴蝶派的定位与结论,与我们过去的中国近现代文学史对这一流派的评价有相当明显的差距,这正是本章试图探讨的问题。

第一节 鸳鸯蝴蝶派——现代都市文学的滥觞

在"上海学"史家的笔下,在清末民初的转型期,鸳鸯蝴蝶派在文化领域具有与上海的经济繁荣和上海市民社会初兴同步发展的"正面形象",是中国"现代都市文学的滥觞":

> 如果我们不是以政治上的褒贬来评判鸳鸯蝴蝶派,不是先验地把鸳鸯蝴蝶派作为一个贬义词,那么,用鸳鸯蝴蝶派来概括民初上海文坛上出现的这种新的小说倾向,也未尝不可。作为民国以后上海最早出

现的文学现象,应当说鸳鸯蝴蝶文学努力在建立一种适合现代都市商业运作机制的文化形式,它的类型化操作(小说人物、故事、道德以及形式的类型化)使得它比较容易找到固定的消费者。同时,通过尝试,它实际上已经建立起某种形式的文化市场,一定的写作者与一定的阅读者之间的良好的供求关系。从这层意义上来说,晚清的传统文人在民初通过这一形式,完成了自己谋生方式的转变,都市生活也由此创立了新的文化形式。小说对于改造社会所能起到的影响,绝不像关于"小说革命"言论中所说的那样骇人,但小说作为一种文学形式受到社会人士的广泛关注,却是由民初的鸳鸯蝴蝶派逐渐造就的形势。而且,由民初职业文人所建立的报刊、小说、戏剧、电影之间的共同关系,对于文学的传播和扩大影响产生了良好的效果。实际上,阅读的趣味,从某种程度上来说,是作者和读者共同创造的。就这个意义而言,鸳鸯蝴蝶派小说是创造了上海城市的阅读趣味。作为现代都市文学的滥觞,我们应该看到鸳鸯蝴蝶派在民初上海文化上的广泛影响。同时,我们也不应当把这种历史的影响无限推衍,毕竟小说和文学都在不断地成长和发展,上海的文学成就和文化,是众多文化人共同的心血结晶。①

华裔历史学家卢汉超在他著名的《霓虹灯外——20世纪初日常生活中的上海》中也评价道:到了民国时代,"海派"这个词开始与文学联系起来,"鸳鸯蝴蝶派"小说是最早的"海派文学"。②他还指出,海派风格的小说讲求娱乐性,以凄楚动人的爱情故事为主线,头脑清醒一点的读者也能从中发现某种社会和道德价值。鸳鸯蝴蝶派的作品在民国早期的上海文学界处于主导地位。

从中外历史学家的论述中,我们就会感到,其中含有若干可以深入探讨的评价性问题:例如,为什么说鸳鸯蝴蝶派是当时上海出现的一种"新的小说倾向",它为都市生活创造了一种"新的文化形式"?为什么这种新的文化形式适应了"现代商业运作机制",从而创建和开拓了上海的文化市场?为什么说这种类型的小说与报刊、戏剧和电影共同协力繁荣了上海的文化市

---

① 熊月之主编:《上海通史·第10卷·民国文化》,上海人民出版社1999年版,第76—77页。
② 卢汉超:《霓虹灯外——20世纪初日常生活中的上海》,上海古籍出版社2004年版,第47页。

场,具有广泛的影响力,而在传播媒介上产生了良好的效果?这种新的小说和新的文化形式既使晚清文人完成了自己谋生方式的转变,又使他们找到了自己谋生所系的固定的读者,这些固定读者究竟是何种群体?总之,在历史学者的笔下,鸳鸯蝴蝶派是清末民初在上海出现的值得肯定的一种新的文化载体。当然他们的充分肯定也并非毫无保留,也即是不能将这种"历史的影响无限推衍"。以上历史学家的评价我们将在下文中一一加以阐释与论证。现在我们先要来关注卢汉超所说的:海派风格的小说虽然讲求娱乐性,以凄楚动人的爱情故事为主线,但是"头脑清醒一点的读者也能从中发现某种社会和道德价值",那就是我们惯常所最关注的作品的内容问题。

在《上海通史》中,历史学家所举的实例是过去很少被新文学界所注目的一个刊物——1917年1月创刊的《小说画报》。权威的工具书《中国近代期刊篇目汇录》中连这个杂志的刊名也没有,就更不会收录它的详目了,但是,近年来研究鸳鸯蝴蝶派的作者多次提到它:这本杂志是胡适发表《文学改良刍议》的同年同月在上海出版的一本通体白话小说刊物,仅就这一点而言,它就有一定的文学史意义。

> 民初上海文坛向公众推出了通俗文学期刊《小说画报》(1917年1月—1919年8月,计出二十二期)……他们选择以"闺秀学生"为主要对象,以小说形式输入新道德、新观念,"所撰小说均关于道德教育、政治科学等,最益身心、最有兴味之作",折射出有关上海女性观念更新的信息。
>
> 《小说画报》婚恋小说的基调,已不是《点石斋画报》欣赏的对婚姻敢怒敢弃的俗妇,而是"郎才郎貌,女才女貌"对等结交的良缘。青年男女对理想配偶的标准已逐渐接近。相貌、性情、才学,是青年学人选择配偶的要素。而理想姻缘的模式则是一对青年男女,双双出自洋学堂,中英文俱佳,不仅彼此一见钟情,连父母也深感合情合理,美满无憾。作为佳人,她们的新道德观首先是婚恋自主……这种通俗文学作品中的女学生形象,对诱发读者的心灵震撼和示范效应是前所未有的,反映了社会对女性审美眼光的变化调整,由单一转向多元……这些小说的视角反映作者对民初都市女性命运的关注、思考和对重塑女性形象的参与……作者将女学生作为表现新女性的代表,侧重展示她们的婚恋

观、贞操观、职业观,实已触摸到民初上海女性面临的挑战。《小说画报》通过小说中的新女性,向生活在上海的女学生提出如何选择人生的问题。其中传递了女性婚恋自主、男女择偶标准的趋同、小家庭的理想以及女子职业的发展等信息。到1930年代,这些问题已成为上海女性面对的现实选择。①

历史学家还指出,《小说画报》中的美女形象已不是《点石斋画报》和《飞影阁画报》中的妓女图像,"该刊的女性造型选择女学生为模特,着力展示她们活泼健美的魅力"②。其实《小说画报》并不完全如史学家所说的以"闺秀学生"为主要对象,因为该杂志的《例言》开宗明义第一条即宣称:"小说以白话为正宗,本杂志全用白话体,取其雅俗共赏,凡闺秀、学生、商界、工人无不咸宜。"它内定的读者面是非常宽泛的,但它的确如《上海通史》上所说的,非常关心女性面对的现实选择问题。主笔包天笑在杂志的第一年就分四期刊登了四篇同名为《友人之妻》(一)至(四)的系列小说。在这四篇小说中,三篇都是写留学生回国后的择偶条件问题,另一篇的主人公虽然不是留学生,可也是写一位维新教育家的婚姻问题。在《友人之妻》(一)中,男主人公回国后,为他做媒的人很多,但他首先宣布了自己择偶的三个条件,不合此三条者"免谈",这三个条件是:

> 第一件要天然足,这天然足不是那种似放非放的假装大脚,鞋子里塞了许多棉花,是要一种从来不曾缠过的。因那时候天足的风气还没有大开,所以才有这一条。第二件要懂得些普通英文,这也有个意思,因为吾这位友人他学的是政治科,难保将来没有外交公使之望,到得交际场中,不至于做哑旅行了。第三件倒也好笑,说是身体要高高儿,要是种娇小玲珑的美人儿,他一概谢绝,至少只能比他自己短半个头。自从这三个条件披露出来了,他的定婚却便有个归纳法,倒省了许多烦杂。③

紧接着,作者在书中感慨道:"向来小说书中,总说是郎才女貌,其实郎

---

① 熊月之主编:《上海通史·第9卷·民国社会》,上海人民出版社1999年版,第270—272页。
② 熊月之主编:《上海通史·第9卷·民国社会》,上海人民出版社1999年版,第293页。
③ 包天笑:《友人之妻》(一),《小说画报》1917年第1期,第8—24页。

才女貌在现今时代中,算什么奇。此刻委实是郎才郎貌,女才女貌,才算得是美满咧!"①这些条件与感慨实际上反映了科举制度的寿终正寝使留学生变得身价百倍,而在婚恋中他们理想的终身伴侣也只有在女学生中去物色了。而在系列小说《友人之妻》(二)中,这位虽然不是留学生的维新教育家在结婚时,"依着他的意思,竟要仿照欧美各国的办法,叫做文明结婚起来,也要请了有名的人来做证婚,也要请新娘子不遮方巾,披上白纱,不用跪拜等等"②。因此,像《小说画报》这样的鸳鸯蝴蝶派刊物,在清末民初,至少在五四运动之前,已在试图倡导新道德、新观念、新价值、新伦理、新知识和新的生活方式。历史学家选择《小说画报》这样的刊物说明鸳鸯蝴蝶派小说为都市大众流行文化之一种新形式是具有一定说服力的。这种大众流行文学已经走出了文人的圈子,而进入了上海市民的视线。历史学家还肯定了《玉梨魂》与《孽海花》在社会上广泛传播所产生的良好效果。"如果说,《茶花女》在晚清的影响主要还是集中于知识分子和文人中间,那么,作为民国初年最流行的小说《玉梨魂》的读者,则更加广泛,这是因为时代发展的关系……而新学和新式教育从某种意义上来看实际是教育普及的过程,是为适应近代化城市经济文化而培养城市市民的过程……在如此氛围下,《玉梨魂》这类小说的影响也就能走出文人圈,在一般社会中激起反响。曾朴的《孽海花》在晚清上海是一部很畅销的小说,'不到一二年间,竟再版十五次,销行至五万部之多'。而《玉梨魂》,据研究者称'它的读者以百万计'。近代城市大众媒体的建立和完善,也是《玉梨魂》流行的重要原因……《玉梨魂》开创了民国上海都市文学史上流行小说的成功模式,同时也建立了一种流行小说的类型,即哀情小说(鸳鸯蝴蝶派)。这种类型几乎同时在上海其他文艺形式如新剧的家庭伦理戏、电影的悲情伦理片中也逐渐形成。"③《玉梨魂》所反映的是"寡妇再嫁"的问题,小说不仅激起了巨大的反响,进入了广大市民的视野,建构了流行小说的成功模式,而且启示了其他文艺形式对家庭伦理剧等题材的连锁响应。仅就《玉梨魂》而言,就被郑正秋改编为同名电影,取得了很大的成功。正如当时的一位评论者所说的:"此剧为一问题剧,问题即为'寡妇是否可以(可以二字,是一种可能性,阅者请不要误解)再嫁?'这个问题,非旧礼

---

① 包天笑:《友人之妻》(一),《小说画报》1917年第1期,第8—24页。
② 包天笑:《友人之妻》(二),《小说画报》1917年第4期,第4—18页。
③ 熊月之主编:《上海通史·第10卷·民国文化》,上海人民出版社1999年版,第66—67页。

教的忠臣孝子,多承认有可能性了。此片虽然没有直接说出'寡妇再嫁之可能',但在寡妇不得再醮惨状的描写内,及旧礼教的吃人力量的暗示内,已把'寡妇不得再醮'的恶制度攻击,间接地提倡与鼓吹'寡妇再嫁'的可能了。(可能二字,是指寡妇欲再嫁的,尽可再嫁,不愿再嫁,那么只得尊崇她与死人的恋爱了。)此种主义,合于新伦理,合于新潮流,合于人道的。有人说它'提倡节妇',未免近视了吗!……此剧为哀情,故多内心的动点。内心表演的感动力最大,感动力即为影片生命的生活素。"① 由此看来,小说《玉梨魂》与电影《玉梨魂》对启发人们去探索新伦理发挥过一定的作用,而当时那些有影响的鸳鸯蝴蝶派畅销小说又往往被电影或其他地方剧种改编演出,广受市民观众的欢迎。在大众文化的"大家庭"中,小说和其他文艺形式也往往相互发挥着启迪作用。

历史学家曾提出一个具有讽刺性意味的现象:

> 在五四时期的新文化运动人士眼里,"鸳鸯蝴蝶派"主要是指民初的艳情小说(这里所说的艳情小说即指哀情小说——引者注)。他们对鸳鸯蝴蝶派小说的批判主要是基于道德上的,认为这类小说"贻误青年""陷害学子"。对于民初艳情小说一些保守的人士早在新文化运动以前就提出了批判,他们认为艳情小说是"青年之罪人";"近来中国之文人,多从事于艳情小说,加意描写,尽相穷形""一编脱稿,纸贵洛阳",青年子弟"慕而购阅",结果"毁心易性,不能自主"。艳情小说造成了"今之青年,诚笃者十居二三,轻薄者十居七八"。新旧人士一样反对艳情小说,只是新文化人士认为那是复古的祸害,旧派人士认为那是趋新的弊端。②

这是一个很耐人寻味和值得深思的悖向同归问题。这种新旧人士都"同声相应"的现象,对保守人士来说,他们对时代的新发展无法理解,而对革新人士来说,他们对在时代发展中的某些事物缺乏历史唯物主义的正确

---

① 冰心投稿:《〈玉梨魂〉之评论观》,《电影杂志》1924年6月第1卷第2号。当时杂志刊登读者来稿(即外稿)时往往加上"投稿"字样。此"冰心"非我们熟知的女作家冰心,因为其时冰心在美国留学。

② 熊月之主编:《上海通史·第10卷·民国文化》,上海人民出版社1999年版,第61页。

定位。那么,怎样才能作出正确的定位? 那就是要研究鸳鸯蝴蝶派形成的历史原因,以及在某种历史机遇中,上海近现代社会是怎么促成这种文化机制的转型,使它具有广泛影响的。因此,历史学家认为,"其实对于研究历史的人来说,对鸳鸯蝴蝶派的评价已经不是一个重要的问题,有意义的是通过对鸳鸯蝴蝶派形成的历史原因的探究,真正认识近代上海的文化机制是如何形成与运作的,并从中发现一些人所未见的东西"①。

第二节 社会经济结构的变化促成文化趣味的更新

在探究鸳鸯蝴蝶派形成的原因时,历史学家认为鸳鸯蝴蝶派文学是与清末民初社会的转型、现代市民社会的初兴同步发展而生成的。

> 上海小说的繁荣始于晚清,这个过程实际上同近代上海城市市民社会的兴起密切相关,近代小说的读者就是那些近代城市中正在成长的新市民。整个社会经济结构的变化,必然造成社会中人们文化趣味的变化。晚清上海小说的发达,正是新的文化趣味的表现之一。有人认为是戊戌变法时期维新派对小说的鼓吹,造成小说较高的社会地位。其实正相反,是小说在一般市民中日益蔓延的流行趋势,使得梁启超等人产生利用小说进行政治思想宣传的愿望……20世纪初年的政治小说只是满足了当时人们高涨的政治热情,并没有对社会也没有对文化提供更多的新东西。世纪初的亢奋过去后,上海社会又回到原来的正常生活中,小说重新成为人们文化生活的一项内容。不过,社会心态很明显地发生了变化,人们对小说的欣赏也跟着起了很大变化。从晚清到民初小说风格的变化中,我们还可以得到一个明显的信息,民初上海的文化消费者比晚清要年轻得多。晚清上海流行的狭邪小说、谴责小说,在民初已经渐失影响,取而代之的是哀情小说。这表明晚清的小说读者大多数还是旧文人,到民初,小说读者已经有了大量的学生(包括女学生)。②

---

① 熊月之主编:《上海通史·第10卷·民国文化》,上海人民出版社1999年版,第77页。
② 熊月之主编:《上海通史·第10卷·民国文化》,上海人民出版社1999年版,第59—60页。

随着上海工商经济的大发展,各方移民大量涌入都市,现代化的市场经济促进现代市民社会的形成,而阅读小说成了新市民文化生活中最省俭和最感兴趣的休闲方式。过去的狭邪小说较为符合文人雅士的情趣,谴责小说又是老百姓对清廷腐败政府由愤慨转为极度蔑视嘲讽的发泄洪流。当清廷被推翻,市民又回到原来的正常生活中时,他们的情趣是否发生了变化?历史学家的回答是:"一般市民的文化兴趣也同晚清时有了明显不同,无论是小说还是戏剧,哀情缠绵的东西比以前更受欢迎。鸳鸯蝴蝶派小说、家庭伦理新剧等在这个城市中有了更多的爱好者,当然这种情形和正在变化着的市民结构也有莫大的关系。"①当时,虽然清廷被推翻,但社会的旧道德、旧观念并未有多大的改变。对年轻人来说,他们希望更改婚制等切身的要求也并未得到满足,这种哀情小说能直接或间接地表现他们要求冲破千年铁律的愿望。另外,就市民们而言,对"一家一姓的福祉平安以及由商品社会、世俗功利所造就的个人利益及其保全意识,总是小民百姓最基本的诉求"。②在市民追求新的生活方式时,他们急需新的家庭伦理观的指导,因此,当时的鸳鸯蝴蝶派式的新家庭伦理剧也得到广大读者的拥戴。《玉梨魂》和《孽冤镜》等小说在民初能得到如此的流行与畅销,与市民的兴趣所向是极有关系的。不仅是小说,当电影市场的票房有危机感时,郑正秋就以家庭伦理新剧《孤儿救祖记》为"法宝",赚得盆满钵满。当年的"申曲"在革新时,创作了家庭伦理新剧《离婚怨》,屡演屡满,甚至影响了沪剧的发展史。哀情小说与家庭伦理小说在市民社会的一定历史发展阶段中必然要扮演重要的角色,它们是市民用自己口袋中的钱币去购买世情、舆情、价值共识和娱乐消遣所培育的一股"人气",是众人拾柴火焰高的必然反映。于是,"上海学"史家们得出一个有悖文学史家们的大胆结论,他们认为:"由改良群治、教化社会为号召的小说革命,在民初的上海所体现的实际文化成果,就是'鸳鸯蝴蝶派'小说。实际上,鸳鸯蝴蝶派小说是民初的上海文人为适应变化了的社会的一种尝试,也是小说这一文化形式在现代上海社会这样的都市里找到自己生存位置的努力。它所建立的文学类型化趋势以及所找到的同读者之间的关系,包含了许多作为现代都市商业文化中一

---

① 熊月之主编:《上海通史·第10卷·民国文化》,上海人民出版社1999年版,第5页。
② 徐𡹬民:《上海市民社会史论》,文汇出版社2007年版,第247页。

些特征性的东西。因此,对于民初鸳鸯蝴蝶派文学的研究,将会是一个很有意思的课题。"①

对民初上海通俗作家的结构,历史学家也作出了自己的判断:"从19世纪后半期起,上海就成为中国近代新型知识分子的集结地。最早一批新型知识分子主要是从上海和江南一带的旧文人、士绅转化而来的……这些人进入上海后,谋食于城市新式的文化事业机构,以传播西学或者从事城市大众文化事业为主要职责。"②应该说,这些旧文人或士绅是最早从旧卵中破壳而出的自由职业者。他们已具备较新的知识结构,也不再苟同于传统士大夫的人生价值观,不再把做官作为荣宗耀祖的途径。他们已经不是庙堂御用文人,而是属于民间社会的自由人。凭着自己的知识技能,或独立谋生,或服务于新式的文化教育机构,从事新闻、出版、教育、西书翻译、画师、作家、技师、医疗、律师等职业。像李伯元、徐枕亚和包天笑就属于这类自由知识分子。李伯元拒绝了清廷的经济特科考试,他作为一位作家和报人已在上海的新闻、出版界找到了发挥自己才能的位置,实现自己的人生价值,而包天笑、徐枕亚也像李伯元一样,作为报人和作家,不仅受到许多"粉丝"——忠实的读者的敬仰,而且有相当丰厚的收入。

有一批中国早期的自由职业者成为作家,广大的新市民是他们作品的主要读者,他们之间以商业经营机制构成了供求关系。对这些新的作者与新的读者而言,"写作成为职业,阅读成为消费"③。当然,写作者要向阅读者传导一定的新信息,如新的价值观、新的伦理观和新的生活方式等等,而对阅读者说来,也要对作者所传导的新信息感兴趣。商业经营机制的最初触媒就建筑在这"兴趣"之上,阅读的兴趣在某种意义上来说是作者与读者共同创造的。鸳鸯蝴蝶派与上海的新市民共同创造了清末民初上海的阅读趣味,《玉梨魂》与《孽冤镜》受到以年轻化的读者群为主的广大市民的欢迎,而《歇浦潮》《人海潮》和《上海春秋》却引起了广大新移民的兴趣,它们告诉新移民在上海要谨防各种魑魅魍魉的陷阱。在商业经营机制的激励下,对有兴趣的题材,其他作者也会闻风一拥而上,直到粗劣的作品叠出,让读者倒了胃口才罢休,于是再共同去创造新的热点。上海的现代化文化市场就

---

① 熊月之主编:《上海通史·第10卷·民国文化》,上海人民出版社1999年版,第75页。
② 熊月之主编:《上海通史·第10卷·民国文化》,上海人民出版社1999年版,第1页。
③ 熊月之主编:《上海通史·第10卷·民国文化》,上海人民出版社1999年版,第59页。

是靠一个个新热点构成而逐渐走向成熟的。

城市社会的构成人员不同了,这个城市的主要文化诉求也就会随之改变。正像一般市民逐渐成为上海剧场的观众主体一样,中国第一代作家也与新市民建立了良好的供求关系,在文学领域逐渐产生了广泛的影响,成为大众流行文化的有机组成部分。从建构现代文化市场的观点出发,又从上海新市民冲破旧的士大夫的特权文化和培育自己的阅读习惯着眼,历史学家对后来被新文学家痛批的《礼拜六》周刊也予以一定的好评。他们称周瘦鹃是"优秀的文人和作家"①,而《礼拜六》是一本依靠市场发行生存的小说类杂志,因此它的商业性倾向是毋庸置疑的"②。"由于王、周两位主编的尽心,《礼拜六》周刊在民初众多的小说刊物中脱颖而出,成为民初最成功、最流行的杂志……'每逢星期六清早,发行《礼拜六》的中华图书馆门前,就有许多读者在等候;门一开,就争先恐后地涌进去购买。这情况倒像清早争买大饼油条一样。'……实际上,无论是'鸳鸯蝴蝶派'还是'礼拜六派',都是从当时论争的需要出发,并不是从研究的出发去命名的,带有很大的随意性。"③其实不止是在民初,即使到了20世纪40年代,张爱玲对市民读者的评价,还有许多值得探讨的余地。她对自己作为作家的职业,有自己的理解:"苦虽苦一点,我喜欢我的职业。'学成文武艺,卖与帝王家';从前的文人是靠着统治阶级吃饭的,现在情形略有不同,我很高兴我的衣食父母不是'帝王家',而是买杂志的大众。不是拍大众的马屁的话——大众实在是最可爱的顾主,不那么反复无常,'天威莫测';不搭架子,真心待人,为了你的一点好处会记得你到五年十年之久。"④她非常看重自己与普通市民读者的关系,甚至也站在市民的立场上去思考问题,去撰写自己作品中的"人生":"每一次看到'小市民'的字样,我就局促地想到自己,仿佛胸前佩着这样的红绸字条。"⑤"世上有用的人往往是俗人。我愿意保留我的俗不可耐的名字,向我自己作为一种警告,设法除去一般知书识字人的咬文嚼字的积习,从柴米油盐、肥皂、水与太阳之中去寻找实际的人生。"⑥从张爱玲的自述中

---

① 熊月之主编:《上海通史·第10卷·民国文化》,上海人民出版社1999年版,第195页。
② 熊月之主编:《上海通史·第10卷·民国文化》,上海人民出版社1999年版,第71—72页。
③ 熊月之主编:《上海通史·第10卷·民国文化》,上海人民出版社1999年版,第70—71页。
④ 张爱玲:《童言无忌》,《张爱玲散文全编》,浙江文艺出版社1992年版,第98页。
⑤ 张爱玲:《童言无忌》,《张爱玲散文全编》,浙江文艺出版社1992年版,第97页。
⑥ 张爱玲:《必也正名乎》,《张爱玲散文全编》,浙江文艺出版社1992年版,第46—47页。

我们可以知道,即使是在20世纪40年代,大众流行文学作家对上海市民读者也有所期待,更何况是在民初的上海呢?我以为历史学家对民初上海的文化生态的把握,在今天的文化多元价值观的关照下是符合辩证的历史唯物史观的。

第三节　历史学家坚持兼容并包的多元化并存格局

以上主要论述了清末民初上海文坛的情况,可是从"文学革命"开始,特别是五四运动以后,新文学在文学界发挥了巨大的作用,历史学家是如何评价雅俗文学的呢?这就要从他们对雅俗文坛的对比说起了。

有学者认为:"新文学是一种由西方'启蒙'论述和大学文化资本相结合的强势话语。"①这一判断是有根据的。首先,鲁迅曾一再说过:"现在的新文艺是外来的新兴潮流,本不是古国的一般人们所能轻易了解的,尤其是在这特别的中国。"②1934年,鲁迅又说:"小说家的侵入文坛,仅是开始'文学革命'运动,即1917年以来的事。自然,一方面是由于社会的要求的,一方面则是受了西洋文学的影响。"③1936年,他说得更加绝对:"新文学是在外国文学潮流的推动下发生的,从中国古代文学方面,几乎一点遗产也没摄取。"④从鲁迅这三处言论中,关于新文学是受"西方'启蒙'论述"而诞生的这一点得到了充分的佐证,但从鲁迅这些论述中,也应该想见,既然新文艺不易为中国的一般人们所轻易了解,那么,中国的一般人们是否需要一种可以比较容易了解的文艺呢?这也是可以肯定的。鲁迅没有将1917年之前的小说列入中国文学之中,他完全是站在新文学的精英立场上说这些话的。其次,关于"大学文化资本相结合"的论点,大概是就多数新文学作家的文化学历而言的,加上许多新文学作家又具有"作家兼大学教员"的身份。一般说来,少数通俗作家虽然也曾有大学的学习经历,甚至是留学生,而能站到

---

① 陈建华:《岂止"消闲":周瘦鹃与1920年代上海文学公共空间》,姜进主编:《都市文化中的现代中国》,华东师范大学出版社2007年版,第227页。
② 鲁迅:《关于〈小说世界〉》,《集外集拾遗补编》,《鲁迅全集》第8卷,人民文学出版社1991年版,第112页。
③ 鲁迅:《〈草鞋脚〉小引》,《鲁迅全集》第6卷,人民文学出版社1991年版,第20页。
④ 鲁迅:《"中国杰出小说"小引》,《集外集拾遗补编》,《鲁迅全集》第8卷,人民文学出版社1991年版,第399页。

大学讲台上去的却是凤毛麟角。历史学家在对比雅俗作家的文化背景时，通常会指出通俗作家大多具有"报人兼作家"的身份。的确，通俗作家虽然站不上大学讲台，他们在没有围墙的"社会大学"中却扮演着重要的角色，他们大多数是"报人"，面对的是整个社会，他们的创作主要面对中下层民众。历史学家对清末民初报人的评价是很高的，同时也指出他们的局限性。例如，在《海外上海学》一书中，王敏就较为详细地介绍了季家珍(Joan Judge)的专著《印刷与政治：〈时报〉与清末改革文化》。季家珍指出：19世纪末20世纪初的上海是一个印刷品开始与政治发生密切关系的时期，其标志是戊戌维新时期的《时务报》，而1904年6月狄葆贤创办的《时报》比《时务报》的时间更长，影响更大。这些政治性出版物同西方"市民社会"中的"公共空间"有可比性。《时报》周围聚集着一批具有新思想的知识分子。而《时报》的骨干就是报人兼作家的陈景韩(冷血)和包天笑等人。冷血写的《催醒术》就是一篇1909年发表的"狂人日记"，这是他和包天笑共同主编的刊物《小说时报》创刊时的"代发刊辞"。一方面，他们是政治改革和社会转型的主动参与者，又是下层民众的启蒙者，要使专制国的"子民""臣民"成为现代的公民、国民，担负的是"新民"塑造者的角色；另一方面，他们作为作家，又能够将思想家的思想转换成可以让民众接受的社会话语，以便进一步提高国民素质。①如陈景韩在所写的"代发刊辞"中宣称自己这个刊物的宗旨就是为了"催醒"，"催醒"在这里是"启蒙"的同义词。他希望催醒以后的中国民众能"伏者起，立者肃，走者疾，言者清以明，事者强以有力。满途之人，一时若饮剧药，若触电气，若有人各于其体魄中与之精神力量若干，而使之顿然一振者"。②谁为民众的体魄注入"精神力量"呢？当然是像他这样的报人和作家，而注入这些精神力量后的民众当然就是他希望见到的中国未来的"新民"。季家珍认为，像狄葆贤、陈景韩这种人"又不同于五四新文化运动时期同传统彻底决裂的激进知识分子"。他们在要求立宪时，扮演的是民众的启蒙者、政府的督促者，也希望自己成为民众与政府之间的沟通者，但是他们也是失望者，"随着第四次请开国会运动被清政府拒绝，报人们也疏离了清政府""新闻报业最终敲响了清政府的丧钟"，因此才有包天笑在辛亥革命后

---

① 王敏：《印刷与政治：〈时报〉与清末改革文化》，熊月之、周武主编：《海外上海学》，上海古籍出版社2004年版，第217—226页。
② 冷：《催醒术》，《小说时报》1909年第1期。

很坚决地作出"拥护新政制"的表态。

历史学家在关注五四运动之后的文化史时,对民国文坛究竟是应该坚持一元化还是倡导兼容并包的多元化这一问题发表了自己的史学见解。熊月之在《乡村里的都市与都市里的乡村——论近代上海民众文化的特点》一文中指出:"上海是世界性与地方性并存、摩登性与传统性并存、先进性与落后性并存,贫富悬殊,是个极为混杂的城市。""上海的移民,往往离土未离根,身离魂未离。"对家乡与上海抱着一种双重认同的态度。多元、混杂是上海民众文化的特点:中西混杂,现代与传统交叉,因此,他特别强调"民众文化的分层性"。①另一位历史学者提出了上海文化还存在着分区性的现象,商人的地域分区:北四川路、武昌路、天潼路——广东人相对集中行商和居留的地区,旧城南市小东门外的洋行街——福建商人较为集中的地区,南市内外咸瓜街的商号——基本上由宁波人在经营。②人们在各自为多数的区域内说家乡话,吃家乡菜,听家乡戏,守家乡风俗,形成一种相对的区域文化,也增强了乡土文化在上海的生命力。在这个意义上,近现代的许多上海人也同时生活在都市的乡镇里。

不仅如此,在上海更宏观的范围中去研究,它是一市三治,除了中国政府的管辖区外,还有公共租界与法租界,因此,多元性必然会在一切事物中得到充分的表现:行政多元、法律多元、人口多元、文化多元、道德多元,这些"多元"皆处于共时性中,而不是历时性的。在这种具体的环境里,再加上新史学思潮所提倡的研究动向是"由上而下""由高而低""由贵到贱",于是里弄文化、民间通俗文化与下层社会的关系就成为这些历史学家重点关注的对象。卢汉超指出:"就像城市中被摩天大楼遮蔽的无数的里弄房子那样,在城市精英投射出的令人晕眩的光影映照下,普通百姓的生活显得模糊不清。然而,正是这些为数众多而又地位微贱的'小市民'编织着城市经纬中最丰富多彩的部分。"③他认为如果缺少了对里弄的研究,上海的社会史或文化史都会显得不完整,而研究上海的里弄文化也是研究近现代中国市民

---

① 熊月之:《乡村里的都市与都市里的乡村——论近代上海民众文化的特点》,姜进主编:《都市文化中的现代中国》,华东师范大学出版社 2007 年版,第 11—26 页。
② 徐牲民:《上海市民社会史论》,文汇出版社 2007 年版,第 41 页。
③ 卢汉超:《霓虹灯外——20 世纪初日常生活中的上海》,上海古籍出版社 2004 年版,第 274 页。

文化不可缺少的一个环节。在这一研究过程中,他甚至注意到了上海里弄中的小书摊,将它视为民间流动图书馆,而这些街头读物,正是寻常百姓获取历史知识与文学兴趣的初级课本。对于鸳鸯蝴蝶派小说在普通老百姓中的影响当然也不容忽视:"上海的小市民是 20 世纪早期(尤其是在 20 年代)在全国极具影响力的'鸳鸯蝴蝶'派小说的主要阅读者……邻里之间的暧昧故事是他们所阅读的爱情小说的生动再现。"①在民国时期,可以说再也没有其他城市像上海那样出版自由,新文学与通俗文学在这样的环境中共同繁荣。他认为用新文学去遮蔽鸳鸯蝴蝶派在当时的影响是人为制造出来的一种假象:"上海作为现代中国西化的橱窗这一形象经常遮掩住了'小市民'日常生活中传统的持续性……尽管西方的影响从表面上看是城市的主流且被中国的上层社会所渲染夸大,在遍布城市的狭隘里弄里,传统仍然盛行……如果说中西文化在上海这个交汇之地谁都不占优势,那么,这不是因为两种文化对峙而导致的僵局,而是因为两者都显示了非凡的韧性。对很多人来说,这个城市的魅力正是来自这种文化的交融结合。"②传统与现代不是简单对立的关系。从这种"两者都显示了非凡的韧性"的"城市魅力"出发,历史学家指出了一些新文学家对通俗文学的作用缺乏认知的局限性。

新文学家中抱定文学"一元"观的人不在少数。虽然在新文学内部也有不同观点的对立,可是在对待鸳鸯蝴蝶派的态度方面却是比较一致的,以至于这种情绪发展到新中国成立后的文学史著作中给它们扣上了"逆流"的帽子。卢汉超在他的专著中分析了当时作为新文学作家中的部分"亭子间作家"的思想状态:"这类作者的特点是:敏感,自负,看不起周围的一切,但又无法超然世外。"③这些住在亭子间中的文人四周都是普通老百姓,可是他们却将这些邻居们视为庸俗的小市民。

> 如同金字塔一样,这些生活宽裕的作家们位于塔的顶端,而塔的下部则是许许多多刚刚来到上海的年轻知识分子们,他们多数以当自由撰稿人为生。从经济角度而言,这些年轻作家可能还无法跻身社会精英的行列,他们写作的收入并不比一般的技工或者店主来得高。为了

---

① 卢汉超:《霓虹灯外——20 世纪初日常生活中的上海》,上海古籍出版社 2004 年版,第 208 页。
② 卢汉超:《霓虹灯外——20 世纪初日常生活中的上海》,上海古籍出版社 2004 年版,第 274 页。
③ 卢汉超:《霓虹灯外——20 世纪初日常生活中的上海》,上海古籍出版社 2004 年版,第 158 页。

人生理想而奋斗的他们住在上海弄堂的"亭子间"里,在与平民为伍的同时维持着精神上的精英状态……考雷(Cowley)关于20世纪二三十年代一群逗留巴黎的美国作家的描述同样可以用于几乎同时期居住在上海的作家们:"他们中的一些人成了革命家,另一些人在纯粹的艺术中寻求精神安慰;但是他们所有人都追寻着能够令他们满意的现实世界,在这个世界中,尽管他们周围是木匠们和店员们,他们仍然可以悄然地怀有贵族般的心态。"①

对考雷的评价值得补充的是,这些"亭子间作家"中有革命思想的人在理论上是尊重工农大众的,也知道"劳工神圣"的道理,或许他们还会主动到工厂或工人夜校中去接近他们,写起文章来也是头头是道的。可是在里弄里,"大众"也必然有这样或那样的流俗毛病,那么同样是一个具体的工人,在里弄里就被他们视为庸俗的小市民了。他们往往不自觉地拥有这种"二元"的矛盾心态。例如,上海娱乐场所的"分层性"是很明显的。在高级的电影院里,观众当然是很文明的,可是在什么三流的电影院里,观众在看电影的时候,例如看《火烧红莲寺》,在"正邪斗法"之际,当以正压邪时,观众就会鼓掌狂呼,这其实也是观众发自内心赤诚的爱憎感,可是这种举止就会被视为"封建小市民"的不文明表现。其实这些观众中是不乏工人群众的,但是那时的工人在他们的脑中就是变成了"引车卖浆"的不入流之辈。

有的历史学家还对此类"一元论"的思想根源进行了剖析,认为在清末,眼看日本明治维新成功,戊戌变法失败,人们感到失望,再加上清廷的所谓立宪不过是一纸遥不可及的空头支票,觉得改良路线无异于"与虎谋皮"。这时为了国家政制的革新与民族的富强,"就直接导致了激进主义思潮的蔓延和高涨,并且由此开启了中国近现代激进主义的先河"。"由文化激进主义而导致的文化集权与文化专制,将为思想政治以专制强权的形态破坏多元价值,以致粗暴地进入私人领域,诸如对个人爱好、恋爱婚姻、亲情友情,甚至对情绪性格横加干涉与管束,提供理论与方法的依据。"因此,"文化激

---

① 卢汉超:《霓虹灯外——20世纪初日常生活中的上海》,上海古籍出版社2004年版,第48页。

进主义所做的,恰恰是要将'一元论'重新请回来"。① 于是,上海市民社会的许多现代性内涵,也就下意识地被这些激进的作家所漠视。这种对市民社会认识的空缺就使他们对鸳鸯蝴蝶派进行了彻底的否定,就此而论,这也是某些新文学家的历史局限性。

研究"上海学"的历史学家在研究近现代上海的社会史和文化史的过程中,以辩证法和历史唯物主义为指针,对近现代的一个重要通俗文学流派——鸳鸯蝴蝶派作出了自己的评断,对这一流派在上海市民社会的形成和发展中所作出的贡献予以客观的估价:

> 有人说,晚清上海的市民意识是"读"来的……除报刊、出版和学堂之外,晚清上海还拥有众多贴近民众的,更为通俗化、大众化的大众艺术样式,如画报、戏曲、小说、电影、曲艺等等,它们以自己独具的魅力吸引读者和观众的视线,成为他们增长见识和休闲解闷的另一渠道……不少学者认为各种大众化的艺术样式就是市民文化。就其功能而言,主要体现在两个方面:一是娱乐消遣,丰富市民的闲暇生活;二是以市民喜闻乐见的形式有效地灌输近代意识……其实,云蒸霞蔚的大众文化,并不仅仅具有娱乐消遣的功能,对绝大多数城市民众而言,它更是近代市民意识萌生与滋长的触媒,或者说是近代市民的启蒙教科书。②
>
> 问题的另一面是大众文化的兴盛又意味着文化向中下层社会的全面开放,它在一般性地满足中下层社会的娱乐消费需求的同时,又从多方面改变和塑造着中下层社会,是上海人从乡民转变为市民的又一座"引桥"。③

历史学家对鸳鸯蝴蝶派的贡献既作了充分的肯定,也非常中肯地指出,他们不是决裂者、革命者、旧社会的摧毁者,这是他们的局限性,但是历史不能否定他们在"乡民市民化"的现代化进程中所发挥的积极作用。相应的,历史学家在肯定新文学家的同时,也指出了他们的不足与局限,那就是将近

---

① 徐牲民:《上海市民社会史论》,文汇出版社 2007 年版,第 280—281 页。
② 熊月之主编:《上海通史·第 5 卷·晚清社会》,上海人民出版社 1999 年版,第 387、第 394 页。
③ 熊月之主编:《上海通史·第 5 卷·晚清社会》,上海人民出版社 1999 年版,第 395 页。

现代文学史上的一个多元化的兼容并蓄的文坛"遮掩"成一个"一元化"的文学界,一度还将这些有一定贡献的力量"推划"到敌对力量的一边,造成了文学史上的一个错案。不过,历史学家在谈及新文学家对鸳鸯蝴蝶派的批判时,也说了一段"富有弹性"的话:

> 作为新出现的文学形式,鸳鸯蝴蝶派小说还有许多粗疏的地方,如果从这一方面去批评它是完全合理的。五四时期在粉碎旧文化、创立新文化的理想下,对于鸳鸯蝴蝶派的情趣之类进行批判,也是理所当然的。因为,从情趣上来讲,鸳鸯蝴蝶派并没有提供多少新的东西,看看五四时期对于传统文化的无情抨击,那么鸳鸯蝴蝶派所遭受的并不是太过分。①

对鸳鸯蝴蝶派的作品当然也是需要分层的,他们作品中粗疏与粗糙的东西也是不少的。有的作品情趣也并不高尚,指出他们的不足当然是合理的。这个流派在清末民初时期虽然起到启蒙的作用,但是他们提供的新的思想与观念,例如"寡妇再嫁""缠脚与天足""文明结婚""男女社交公开"等问题毕竟是一些阶段性的问题,随着社会的发展与前进,他们也不断地提出新的问题,然而与新文学的"强势话语"相比是不足的,因此说他们"并没有提供多少新的东西"也是言之成理的。新文学家对他们的批判当然是过分了,但历史学家认为新文学家对不应该全盘否定的中国传统文化尚且进行"无情抨击"和彻底的否定,以致"几乎一点遗产也没摄取",那么对像鸳鸯蝴蝶派这样的他们认为"不登大雅之堂"的东西,当然是"等而下之"地予以痛斥。我以为,对鸳鸯蝴蝶派的批判也"并不是太过分"与上下文相联系,是能作多种理解的,如果不作"完全应该"去解释,那么这些话中还是能体会出它的"分寸感"的。

我们应该看到过去上海的市场经济培育了上海市民社会的"多元"文化,而今天,当我们在以经济建设为中心时,在改革开放的大潮中,市场经济的逐步回归,一个市民社会正在同步发展,市场经济与市民社会本来就是一个命运共同体,它们之间有一根"脐带"相连。因此,对鸳鸯蝴蝶派的重新评

---

① 熊月之主编:《上海通史·第10卷·民国文化》,上海人民出版社1999年版,第77页。

价也有必要在这个社会大背景下作出了必要的反省,没有这个大背景,这种反省也是根本不可能出现的。我们如何去总结过去鸳鸯蝴蝶派的经验与教训,从而对历史作出交代,同时也应循此对现实中许多新的市民文学现象予以探讨和解释,这已成了我们急切需要去应对的问题。正因为这样,我们应该向那些研究"上海学"的历史学家们学习,冲破思想观念的禁忌,拿出自己新的、厚重的研究成果来,去指导今天的文学创作实践。

第八章　请为他们戴上"市民大众文学"的桂冠

范伯群

在中国古代文学史上,明代冯梦龙等人的作品曾被定性为"市民文学",可是中国现代文学史中就再也没有"市民文学"的称谓了。将晚清、民国社会与明代相比,中国的市民阶层却在不断壮大。市民阶层从冯梦龙的古代农业文明时代发展到现代工商社会,在中国出现了一个人数更为众多也更趋成熟的市民阶层。既然有这样一个广大的阶层,在文学史上也必然会有相应的现代"市民文学"的涌现。可是到了中国现代文学史中,"市民文学"却似乎"绝迹"了。究其原因,是"市民文学"在不经意之间被某些文学家用"鸳鸯蝴蝶派"的名词所取代了,但是在现代社会中也毕竟不能绝对不提"市民"两个字,于是一些文学评论家就总是在"市民"头上加上一个"小"字,例如一些武侠小说被说成是"封建的小市民文艺",而像《啼笑因缘》一类作品被说成"半封建小市民文艺"。"市民"头上一旦被加上一个"小"字,就主要指中下层市民,如果再被扣上"封建"的帽子,于是他们就变成了狭隘、保守、愚昧、自私、无聊,甚至迷信的庸众的代名词了。从此,人们也就忌讳将"文学"与"市民"这两个字堂堂正正地挂起钩来。

其实鸳鸯、蝴蝶是两种很美丽的动物,古来一直被视为成双成对、恩爱美满的象征,如果不带贬意的话,将言情小说称为"鸳鸯蝴蝶小说"也未尝不可。不过将社会小说、武侠小说、侦探小说等门类都涵盖在它的名下,似乎就不伦不类了。现代文学史中所定的"鸳鸯蝴蝶派"这个"派名"实际上是将其定性为文学史中的一股"逆流",那就只有接受批判的份儿了。文学中确有通俗文学与庸俗文学之分,据说当年也有人将"海派"作为一个贬义词,可一位著名演员却说得好:我们是"良性海派",不是"恶性海派"。同样,过去被贬为"鸳鸯蝴蝶派"的一些优秀或较优秀的通俗文学作家,如包天笑、张恨水、向恺然(平江不肖生)、李寿民(还珠楼主)、李涵秋、周瘦鹃、程小青、刘云若、王度庐等人,他们实际上就是冯梦龙的嫡系传人。冯梦龙是古代农耕文明时代杰出的市民大众文学作家,而"鸳鸯蝴蝶派"则是现代工商文明时代市民大众文学的代表,而当下在市民大众之间广泛流通,甚至有几亿读者的"网络类型小说"则与古代"冯梦龙们"的市民大众文学及现代文学中的"鸳鸯蝴蝶派"有着血缘关系。如果从文学史的视角去研究,通俗类型小说就是由"鸳鸯蝴蝶派"所定型的,而且社会、言情、武侠、侦探等多种类型小说在"鸳鸯蝴蝶派"中都有他们各自的优秀代表作家。时代发展了,今天人们的眼界往往比先辈更阔大,因此,当下的网络类型小说可以说是上接中国市民小说的传统,沿着明清小说、民国"鸳鸯蝴蝶派"和当代以金庸、琼瑶为代表的港台通俗文学的轨迹一路走来,并嫁接了日本动漫、英美奇幻电影、欧日侦探小说等多种新元素的市民大众文学。"冯梦龙们→鸳鸯蝴蝶派→网络类型小说"乃是古今市民大众文学有血缘纽带的一条"文学链",这条"文学链"也与科学的发展同步,从"冯梦龙们"的木刻雕版,到鸳鸯蝴蝶派的机械化媒体,再到网络小说的无纸化与去油墨化,市民大众文学的道路愈走愈宽广。

冯梦龙时代的城市也是由农民迁入城市而扩建的,但古代城市的变化是"微调型"的,乡村移民进城,城市可以将他们自然消化吸纳。那时从农村迁入城市的乡民往往有一技之长,即他们可以靠手工艺技能在城市中立足,或者他们生产大量的农产品等物资,运送到城市作为商品流通,进而先富裕起来,这些具备优越条件的乡民是"乡而优则城"。研究"明史"的专家将这种明代的农民称为"农工互动型"或"农商互动型"移民,这很容易使我们联想起"三言二拍"中那些城市商贩和手艺人的生活状况。在晚清、民国社会中,上海的人口流动量则大不相同,它呈现出"爆炸型",其中当然也有少数富有者到上海来投资兴业,但绝大多数是因战乱与天灾促成了移民洪流般的奔涌,他们是"破产型"的移民。开埠后的上海一跃成为中国的第一大都会,租界既成为难民的遁逃薮,也成为投资者的"乐土"。当移民人口达到超饱和状态时,就业的竞争就变得非常残酷,形成了一支失业大军。在都会的超负荷情况下,必然形成交通拥堵、住房紧张、环境污染、社会骚乱、失业贫困、犯罪率上升等种种"城市病"。面对有如此数量的贫苦移民的"人海潮",面对这些生活在贫民窟里的新移民,如何使他们能在这"一市二制三治"(清政府、公共租界、法租界)的大都会里生存下来并逐渐融入大都会的生活中去,这也是一种对他们的人文关怀,因此只有使"乡民市民化",他们才能在城市中安身立命。那么由谁来承担新环境、新风俗的教化职能,使传统的乡民变成现代市民,就成了一个迫切而现实的重要课题,这其实也是现代化系统工程的一个组成部分。新文学家"探求人生"的宏愿对乡民来说还太深奥了。新文学的主要读者是知识分子,中国的普通老百姓也该有自己的文艺,有自己可读的东西,这个任务就非由冯梦龙的继承者来完成不可。历史学家,特别是研究"上海学"的历史学家们经过对上海市民社会发展过程的全面研究得出结论:一些通俗文化,特别是其中一些优秀或较优秀的通俗世情小说,成了"乡民市民化"的启蒙教科书。如此看来,这些通俗世情小说不仅满足了中下层市民的娱乐需求,也成了"乡民市民化"的一座引桥。另外,这些所谓"鸳鸯蝴蝶派"的作家中不少人都是当时的新闻工作者,他们自称是"报人",当年上海的三大报纸"申、新、时"(《申报》《新闻报》和《时报》)的副刊都由他们任主编,他们用老百姓喜闻乐见的形式和看得懂的语言写过不少政论杂感,发挥过"社会良知"和"市民喉舌"的职能。《新闻报》副刊主编严独鹤,曾写过近万篇政论与杂感,从反对袁世凯称帝一直写到国民党政权被赶出大陆,在历次重大关节点上,还包括对旧社会民间疾苦的呼吁,他都能仗义执言。《申报》副刊主编周瘦鹃也有上千篇政论杂感。这些作家虽不属革命者,但他们的许多文章也有其革命性。他们的读者群体远超过新文学的受众,但在中国现代文学史中,他们只能"默默地强势,悄悄地流行"。今天,我们应该将他们作为市民大众文学作家载入文学史册。

一位历史学家说得好,在上海这个大都会中,以知识分子为主要读者的新文学和以市民大众为主要读者的通俗文学都以其为出版传播中心,二者长期并存,这不是文坛上的一个"僵局",而正是上海文化魅力之所在。一种单一的文学是不可能满足多元人群的需求的,因此,为所谓鸳鸯蝴蝶派"摘帽",并为他们戴上"市民大众文学"的桂冠,今天也已成为文学研究者和广大读者的共识。

后 记

2017年12月12日,我为范伯群先生送行。在苏州小王山,送行的挽联在先生墓前焚化,余烬袅袅,随着微风飘向高空。当日回来,即收到这部书的校样,许是冥冥之中的一份嘱托吧!

那天去医院看望病重的先生,他躺在那里,周边是屏幕上闪着各种数据的仪器。他戴着氧气罩,冬日午后的阳光透过遮蔽的蓝色窗帘照射进来。先生看到我来,说了几句话,口鼻上的氧气罩让他费力说出的话更加含糊不清。先生重复了两遍,我才明白,他是交代我把这部书的后续工作完成。当时书稿已送到江苏凤凰教育出版社,汤哲声老师与出版社签订了合同,但校样还没有出来,校对之类的工作先生大概是不能做了。我连忙答应,要知道,如果先生康健,校对之事他一定会亲力亲为,以往出书均是如此,不管书稿多厚,范先生都会亲自核校。先生见我答应,似乎完成了一桩心事。他伸手指指,含糊地又说了几个字,是在吩咐我戴上口罩,不是怕我污浊空气,而是担心我被感染。守在先生的病榻旁,看他闭目养神,安静祥和。这是先生最后一次和我说话。

这部书是汤哲声老师的国家社科基金重大项目"百年中国通俗文学价值评估、阅读调查及资料库建设"的子课题之一,范先生作为子课题的负责人,对这部书的写作十分重视。那天我到他家中喝茶聊天,先生说他正着手这项课题的研究,谈了他的研究思路,并说,你熟悉张恨水,张恨水的这一部分就由你来写吧,他让我也承担一点儿工作。可以说,书中我负责的三章是先生的命题作文,我不敢轻怠,认真查找资料,重新细读作品,和先生商量具体的写作思路。成文后,"通俗作家的抗战小说"一章和"张恨水的《八十一梦》与《五子登科》"一章,先生看过,没有作修改。"通俗作家的'强国梦'为何难圆?"一章原先设计的标题是"1840—1949志士'梦'难圆",借助现代通俗作品中对诸多"梦"的叙述,来谈通俗作家的时代抱负和挫折感伤。写出后,先生对这一章的前两部分没有意见,第三部分专论严独鹤的长篇小说《人海梦》。《人海梦》是通俗文学中的一部著名作品,写的是辛亥革命之前的学界,特别是留学生的读书生活和青年的革命故事。先生让我把《人海梦》一书找给他,他自己十分仔细地重读了小说,提出了具体的修改意见,亲自修改了相关论述,增写了第四部分,并把标题改成"通俗作家的'强国梦'为何难圆?"似乎在回答他心中的疑问。

这部书分为上下两编。上编大致按时间顺序,从鸦片战争、辛亥革命、五四运动、军阀混战到20世纪40年代后期,以通俗文学家的小说、杂感、报刊、文章、翻译等为主要论述文本,分析百年来中国历史中通俗文学家和国家命运之间休戚与共的关联,共十章。下编共八章,就谴责小说、侦探小说、都市乡土小说、翻译文学、市民文学等具体文类来论析通俗文学所记录的历史景观,所反映的时代问题,所体现的现代意义。

上编偏向细部研究,如谈五四运动,以周瘦鹃为视点,论述通俗文学与五四运动的具体联系。范先生写道:"周瘦鹃是踏着五四运动的鼓点跨进《申报》大门的。他在熟悉新环境时,正值五四运动的波涛于'六三'在上海掀起巨浪。工人罢工、商界罢市和学生罢课的'三罢'运动和周瘦鹃的'救国基因'产生了强烈的共鸣。他闻风而动,在上海六三运动的次日——6月4日起就以'五九生'为笔名,陆续写了一组以《见闻琐言》为题的十四篇文章,大多是报道上海爱国运动的实况并痛斥军阀政府镇压爱国学生的暴行。"(上编第五章)这样的文字展现出的既是生动形象的历史情景,也是通俗作家参与历史变革与斗争的志气和行动。范先生用他细致的史料开掘功夫,力图揭示的是通俗文学的另一个面向,不是脂香粉腻、轻浅愉悦,而是家国大义、庄肃严正。通俗而品高,许是文学的佳境。

下编偏重宏观阐释,为通俗文学建构理论视景。在"通俗文学的现代化与现代文化市场的初建"一章中,范先生论道:"通俗作家有灵敏的触角,当读者对他们的作品有所反馈时,他们能随读者兴趣的变化而变化,更新其写作对策和编刊方针。我们不能将通俗作家只看成是一群'媚俗'的文人,他们往往能成为培养读者新兴趣的引领者。"(下编第四章)文化市场是通俗文学赖以生存的环境,是文学生产驱动力的来源。作家、读者、书商、出版社、报刊社、编辑部等等所构成的市场使文学成为一种商品在其间生产、传播、消费和流传,但通俗文学又不仅仅是商品,它寄寓着作家的情感、读者的期待与时代的共鸣。通俗文学作家及其作品往往具有丰富多面的特征,通俗文学作家不只是作家,也是现代文化市场的建设者,甚至是时代政治的参与者、革新者。对处于如此纷繁历史情境中的通俗文学,又岂能像以往那样仅给予偏颇、简单的评定?范先生用他几十年对通俗文学的精深研究,重新评估了中国现代通俗文学的价值。

在此书中,范先生总结出若干重要结论。"在我们的民族耻辱史的第一页上,若干优秀的通俗小说成为正史之外真实而生动的一段'稗官野史'。"(上编第一章)"不少通俗作家都是爱国主义者,在中国作为一个弱势的国家时,他们常发出自己的呼吁,希望同胞们一起警醒,不要沉湎于醉生梦死之中。"(上编第十章)"通俗文学是中国'现代都市文学的滥觞'。"(下编第七章)。"为所谓鸳鸯蝴蝶派'摘帽',并为他们戴上'市民大众文学'的桂冠,今天也已成为文学研究者和广大读者的共识。"(下编第八章)这些结论既是对已有通俗文学研究的总结,也是今后通俗文学研究继续推进的基础,是对通俗文学创作持续发展的指导。

对鸦片战争以后一百年的通俗文学进行细致与宏观的研究,考察通俗文学与百年中国之间的种种历史际会,是范先生此书的主要任务。范先生的研究不仅以历史为根基,更以当下的现实关怀为出发点,他在书中写道:"在改革开放的大潮中,市场经济逐步回归,一个市民社会正在同步发展,市场经济与市民社会本来就是一个命运共同体,它们之间有着一根'脐带'的相连。因此,对鸳鸯蝴蝶派的重新评价也在这个社会大背景下作出了必要的反省,没有这个大背景,这种反省也是根本不可能出现的。我们如何去总结过去鸳鸯蝴蝶派的经验与教训,从而对历史作出交代,同时也循此对现实中许多新的市民文学现象予以探讨和解释,这已成了我们急切需要去应对的问题了。"(下编第七章)作为一位卓越的文学史研究者,范先生的学术眼光与研究立场无疑具有示范意义。学术研究应能对当下的现实问题作出回应,并以此为基础,反省历史,"对历史作出交代",对未来作出指引。

这部书是范先生的遗著。书中部分内容已先期发表。例如,上编第一章论鸦片战争、第二章论武昌首义、第四章论军阀混战,下编第三章论都市乡土小说、第八章论市民大众文学等相关论文已在《文学评论》《社会科学》等学术杂志上发表过。先生和黄诚合作的上编第三章"通俗作家声讨袁氏称帝和张勋复辟两股逆流"、上编第六章"报人杂感：引领平头百姓的舆论导向"也已在《中国现代文学研究丛刊》《新文学史料》上发表。黄诚在苏州大学读博期间，成了范先生的得力助手，他对范先生的学术思想十分熟悉，在通俗文学研究方面得到了范先生的悉心提点。黄诚独立发表过《论民初通俗作家对袁氏称帝复辟逆流的声讨》《百年前通俗作家笔下的张勋复辟》两篇论文，收入本书时合为一章，范先生作了仔细修改，补充了相关论述。这些先期发表的论文，有的是在"百年中国通俗文学价值评估"这一重大课题立项之前范先生就已经作出的思考，有的则是这一课题的研究成果。这些已有的研究成果纳入此书，和此书其他部分一起构成了一个完整的论述体系，充分表明了范先生对通俗文学社会历史价值的肯定态度。

作为国家社科基金重大项目的子课题，此书也是范先生与汤哲声老师通力合作的成果。汤老师是范先生的得意门生，他们师生的合作这不是第一次。在2017年出版的由汤哲声老师组稿和主编的一套丛书中，有范先生的《晚清民国通俗小说论稿》上下册，这部《论稿》专门论述了现代通俗小说的重要文学史事件、作家和作品，我的《出入于虚构和现实之间——现代通俗小说的社会情态》也忝列在这套丛书中。我的小书也谈论了通俗小说和社会历史之间的关系，只是这一"社会"局限在日常生活的范畴，是处于民族国家之下的一个具有空间意义的概念。范先生曾和我讨论过通俗文学的社会价值问题，他用"富矿"来形容。他在此书中所构建的百年通俗文学的社会视野及于民族国家，很大程度上与中国现代文学的"救亡""启蒙"话语相合辙。所以范先生的这部著作也可以见出他"填平雅俗鸿沟"的不懈努力。通俗文学，从小说、杂感到翻译，均可融入中国现代文学的整体言论话语中。

范先生既是一位具有深刻思想洞见的学者，也擅长与其他研究者合作。他与曾华鹏老师的合作已成为当代学术史上的佳话。此番作为门生的汤老师主持课题，范先生积极参与，也是一段佳话。我与黄诚是范先生的再传弟子，虽在书中也写了一点儿文字，但所尽力量实在绵薄。这部书是范先生的著作，他署上我和黄诚的名字，完全是他对后学的鼓励和提携，这让我们汗颜，也永远心存感念。如果勉强算合作的话，那么这是我和先生的第二次合作，也是最后一次。

先生落葬那天，我收到这部书的校样，便马上开始校对工作。怀着对先生去世的悲痛，读着书中的每一个字，仿佛先生并没有离去，他还在我耳旁谈古论今。感谢崔慧、章琳、郭艺、贾若雅、朱孔婷、贾愫娟、毛子怡、肖依仁、孙晴晴几位研究生帮忙核对注释。如果先生健在,他一定会像他惯常所做的那样,在《后记》中记下学生们的名字。这些研究生有的已毕业工作了,有的还在读书求学,她们恳切认真的帮忙让我记忆犹新。

  在写这篇《后记》的时候,得知范先生此书获评 2021 年度国家出版基金项目,这是对范先生学术成果的一大肯定。感谢先生的老朋友江苏凤凰教育出版社,感谢编辑老师的辛勤付出。2021 年是范伯群先生诞辰九十周年,这部书的出版可以告慰先生的在天之灵。

张 蕾
2021 年 2 月 1 日